跟着金圣叹读『才子古文』

上册

《跟着金圣叹读〈才子古文〉》编写组 编

中共中央党校出版社

图书在版编目（CIP）数据

跟着金圣叹读《才子古文》. 上册 /《跟着金圣叹读〈才子古文〉》编写组编 . --北京：中共中央党校出版社，2021.9

ISBN 978-7-5035-7147-3

Ⅰ.①跟…　Ⅱ.①跟…　Ⅲ.①古代文论-中国-文集　Ⅳ.①I206.2-53

中国版本图书馆 CIP 数据核字（2021）第 111021 号

跟着金圣叹读《才子古文》

责任编辑　冯　研　齐慧超

责任印制　陈梦楠

责任校对　王明明

出版发行　中共中央党校出版社

地　　址　北京市海淀区长春桥路 6 号

电　　话　（010）68922815（总编室）　（010）68922233（发行部）

传　　真　（010）68922814

经　　销　全国新华书店

印　　刷　北京盛通印刷股份有限公司

开　　本　710 毫米×1000 毫米　1/16

字　　数　718 千字

印　　张　28.75

版　　次　2021 年 9 月第 1 版　2021 年 9 月第 1 次印刷

定　　价　165.00 元（全二册）

微 信 ID：中共中央党校出版社　　**邮　　箱**：zydxcbs2018@163.com

正本溯源：看金圣叹如何批读《才子必读古文》*

在我国，如果要问有哪一种古代散文选本流传最广、阅读的人最多的话，人们会异口同声地回答：当然是《古文观止》。诚然，这个选本从17世纪末（康熙中叶）问世以来，就不断有人翻刻。新中国成立后，又有不少出版社相继加以校印，并不乏专家撰写文章予以评介。但是，谁也没有注意到，这部300年来脍炙人口、影响深远的《古文观止》中的大部分文章，却是转录自在它之前三四十年由著名的文学评论家金圣叹评选的《才子必读古文》。《古文观止》选编的绝大部分文章与《才子古文》雷同不说，这个选本中的许多思想性较强、艺术分析较为细致精到的评语，往往也是从《才子古文》抄过来的。而由于《古文观止》的编选者吴楚材和吴调侯的封建正统思想严重和艺术欣赏水平较低，他们在抄录金本时又往往排斥了一些思想性较强的篇章，塞进了一些封建色彩较浓的作品；他们还有意无意地把金批中富于民主性、批判性的内容加以删削，而把一些磨去了锋芒棱角的、不痛不痒或含混不清的批语硬与金批嵌合在一起。这何异狗尾续貂，鱼目混珠！读了金批的这个选本之后，这个问题是不难看清了。

---

* 本文为原湖北大学人文学院教授、金圣叹研究会会长张国光教授生前的一篇力作，在先生辞世12周年之际，重新修订再版此书。

一、金圣叹评点《才子古文》的始末

金圣叹虽然在二三十岁时就订了一个评点“六才子书”的计划。但实际上他一生只完成了《水浒传》和《西厢记》这两部的评改。前者批改刻印于明崇祯十四年（1641 年），而后者直到清顺治十四五年才出版。接着又批点了唐人七言律诗。除此之外，他零散地批点的《左传》《孟子》的篇段，以及《古诗十九首》等，都编入了《唱经堂才子书汇稿》，这是人们所易见到的。但他还批点了一本古代散文，则很不为近人所知。他在其《西厢记·读法》中写道：

> 仆昔因儿子及甥侄辈要他做得好文字，曾将《左传》《国策》《庄》《骚》《公》《谷》《史》《汉》、韩、柳、三苏等书杂撰一百余篇，依张侗初先生《必读古文》旧名，只加“才子”二字，名曰《才子必读书》，盖致望读者之必为才子也。久欲刻布请正，苦因丧乱，家贫无赀，至今未就。今既呈得《西厢记》，便亦不复念之矣。

说明他评选古文时间较早，后因乙酉丧乱，他的家境更为困顿，以致多年未能出版。由于金圣叹不仅是一位敢于歌颂农民起义的民主思想家，而且有很强的民族意识。因此，在 1661 年顺治帝死去的“国丧”期间，发动和组织了吴县士民的“抗粮哭庙”活动。随之，于这一年七月被清朝杀害于南京。其家被抄，其独子——曾协助他完成唐人律诗评点的金雍，也被充军辽阳。身后幸得他的族兄金昌为他刻印了《唱经堂才子书汇稿》。我们从《汇稿》书前开列的《唱经堂外书总目》中，知道《唱经堂外书》共四种：《第五才子书》《第六才子书》《唐才子书》和《必读才子书》均已刻过。《必读才子书》当然就是《必读古文》。它能够在金圣叹生前出版，显然是由于朋友们支援经费的结果。顺治己亥（十六年）春，金昌写了《才子书小引》，指出金圣叹著述不少，凡涉其（指金圣叹）手者，“实皆世人之所并未得见者也”。而金圣叹既“贫无财”，又不肯“与坊之人刻行”，因此只好请同学们帮助刊行。大约就在这之后，金圣叹就把他原来的古文选本加以甄别和补充，定名为《必读才子书》刻行了，后来称之为《才子古文》。

现在我们读到的这部《才子古文》共选了352篇（段）文章，但其中并未选录《公羊传》《穀梁传》《庄子》《离骚》的篇（段）。这说明金圣叹在所评《西厢记》出版后，曾对原来的古文选本作了较大的补充，并对原来的内容作了一些更动。

二、后来居下——《古文观止》对《才子古文》的抄袭和窜改

《才子古文》共十六卷（其第十六卷称为“卷末”）。按周、秦、汉、晋、唐、宋顺序排列（末卷系补遗）。《古文观止》分十二卷，选文仅220篇，除明文十八篇系新选的和从《公羊传》《穀梁传》《礼记·檀弓》选的十一篇为《才子古文》所未录以外，其选篇大部分与《才子古文》相同，而且不少评语，都是直接抄袭金批的。如果说有所不同，那就是《观止》有意删去了金本的一些思想性强的选篇，并删略了他的许多不符合封建正统思想和对清朝有影射的评语。兹发其覆如下：

（一）

《古文观止》删削《才子古文》中富有民主性的篇章。如《才子古文》在“秦文”部分选了《张耳、陈馀说诸县豪杰》一篇，金圣叹并在总批中十分激动地写道：

> 一段极写秦毒之深，一段极写陈王倡义之响应，然后一段鼓励诸县豪杰。其笔一低一昂，使读者至今尚欲推案大呼而起！

又尾批云：

> 笔态顿挫激昂，早有前歌后舞之乐。

但是，《观止》却断然把附有这样批语的名篇砍掉了。

又如苏轼的《武王论》提出了批判武王兼及成汤的命题，在当时无疑是惊人之笔。金圣叹显然喜爱此文，因而加以选评。他在总批中指出：此文是“惊人之论”，又谓：“武王非圣人也”一语，“劈空落大笔，发怪论，不怕天雷，不怕王法，妙妙!”又批“昔者孔子盖罪汤武”语云：“上只大书六字一句，下便忙请孔子自解，妙妙!”这就是说，写这类文章要善于用些“保护色”，以孔子之矛，攻孟子之盾。借以“证已骂武王不背于孔子”。尽管《古文观止》选苏轼作品多至十七篇，但独独不录《武王论》，显然是由于视此文为“恣肆”的“怪论”之故。

金圣叹是一个鼓吹暴力反抗的激进思想家，他批点《水浒》对农民起义军反对封建王朝的壮举十分赞赏，并大加渲染，他选《才子古文》有意选了《史记》的《刺客列传赞》，并总批云：这五个刺客“或成或不成，笔意盖注或不成也。五人中，独惜荆轲甚至!”明说《刺客列传》是为了突出刺秦始皇的荆轲而作，并为他的失败而深表遗憾。又批“世言……荆轲伤秦王，皆非也”云：“吾正恨荆轲何故必欲生劫秦皇，乃古人亦已先惜之耶？史公却不欲附会。”这是说荆轲对秦始皇不应存有幻想而采取“生劫”方式，以致其功不成。又批“自曹沫至荆轲五人此其义，或成或不成，然其立意较然不欺其志”一段云：“只重立意不欺，不重成不成。妙妙!”这无疑是要读者勿以成败论反抗强权的英雄。《古文观止》不选《刺客列传》，自不难理解。

柳宗元的《送薛存义序》是一篇富有鲜明的民主意义的文章，金圣叹是大加推崇的。他称它“便如孔子之一部《春秋》”。柳文云：“凡吏于土者若知其职乎？盖民之役非以役民而已也。”金批：“极奇，极正，极径，极曲。”又评“凡民之食于上者出其十一佣乎吏，使司平于我也”云：“古初设官之故，说出慨然!”这样的文章，显然也不合乎封建正统观而未被收入《古文观止》。

又如萧望之的《入粟赎罪议》被金圣叹称为“不惟通达治体，又最通达人情”，他评萧文“民阳故有仁义之心，民阴故有欲利之心，二者并函于心”语云：“如此说方是圣贤语不是头巾语。”萧云：“尧在上不能去民欲利之心”，“虽桀在上不能去民好义之心”，金批：“说尧桀不能有加于民，真是十成透语。”这样深刻的见地，当然不会引起《古文观止》选编者的共鸣，因而摒之不录。

北宋欧阳修不仅是古文运动的领袖、诗人和词人，而且还是一位史学家和经学家，他的《春秋或问》能突破汉唐经师的藩篱，运用较为科学的方法，研究《春秋》这部儒家的经典。金圣叹是要学司马迁那样借用比附《春秋》来抬高自己的著述地位的，因此他对欧阳修的观点有保留，故批此文云：“《春秋》始终，设果无义，则游、夏二子何至一辞莫赞？其事甚大、甚深，且姑存而俟之。”但他却非常称赞欧阳修反传统、反独断的治学精神。欧阳文云：“或问春秋何为始于隐公而终于获麟？曰吾不知也！”金批：“妙妙，读书第一高眼，著论第一高手”，因此，才敢把《春秋》之始于隐公和终于获麟，都“说得雪淡平常”。又盛赞欧阳所谓“义在《春秋》，不在起止”的观点，是“真正第一眼、第一手”。《古文观止》编者的主导思想自然和这种思想格格不入，因而欧阳修此文也未被选入。

《古文观止》十分推崇韩愈，故选韩文多达廿四篇，而选柳文只十一篇。金圣叹则能从柳宗元在世界观上远比韩愈进步这一点出发，公开地扬柳抑韩。我们看金圣叹的选本中的欧阳修所作的《读李翱文》一文，其中竟有这样一段话：“况乃翱一时人有道而能文者，莫若韩愈。愈尝有《赋》矣，不过羡二鸟之光荣，叹一饱之无时耳。推是心：使光荣而饱则不复云矣。”金批云：“意思欲抬李，却不顾捺韩至此。”不问可知，欧阳此文也是不能入《古文观止》之选的。

金圣叹是一个具有深沉的民族思想的知识分子。这一点，在《才子古文》的选篇和批语中也有流露。像苏洵的《送石昌言为北使引》就是作者爱国思想的体现。他写道：“凡虏所以夸耀中国者，多此类也。中国之人不测也，故或至于震惧而失辞，以为夷狄笑。呜呼！何其不思之甚也？”就是说：辽朝是虚张声势，要石昌言不为威屈，不畏恫吓。而金圣叹批云：“老泉胆识如此！”这就间接说明了他对清王朝是蔑视的。

我们知道金圣叹对封建帝王是很少好评的，他批《史记》也总是站在司马迁一边，深刻暴露汉武帝。可是他在《才子古文》中却选了《高祖本纪赞》，并总批云：“推崇汉家，其学甚醇，谓史公不知道，岂其然哉？”又批：此赞“推崇昭代之意，只四字便尽，岂后来纷纷符谶之云乎？”他又选批《魏世家赞》云：“此明明高推汉受天命，非过许虎狼之秦也！”这个“虎狼之秦”究何所指，不是指的清王朝吗？再看他对班彪《王命论》的批语：“总断尧、舜、禹、汤、文、武以至汉兴”；“极写高祖，所谓必有明圣显懿之德、丰功厚利积累之业也。”用意亦不难揣度。再看《古文观止》对以上借以倾吐民族思想的文字全都不选，就可见它的选编者如何屈服于清统治者的淫威了。

（二）

此外，有些富于民主性的篇章，虽然《古文观止》保存下来了，但金圣叹高度评价这样的篇章的批语则被大加删削，因而失去了原有的光彩。例如对《左传·晏子不死君难》一文，金圣叹的总批云：“注眼看定‘社稷’二字，便于君臣生死之际，处之夷然自如。此本严毅之论，而出之以犹夷之调，最是脱俗文字。”又批晏子的“君民者，岂以陵民，社稷是主”云：“陵，居其上也。妙言，至言！”又批晏子“臣君者，岂为其口实，社稷是养”二语云：“口，禄也。妙言，至言！一眼只注社稷也。”晏子说“故君为社稷死，则死之；为社稷亡，则亡之。若为己死而为己亡，非其私暱，谁敢任之”一段，金圣叹极口赞云：“斩斩截截，磊磊落落。此等文字，与日月争光可也！”但《古文观止》只在总批中抄了“注眼看着社稷，于君臣死生之际”二语，而赘以“乃有定策”四字，简直是不通。《观止》的批者不仅不同意金圣叹称晏子“不死君难”诸语“可与日月争光”，甚至连金批中“斩截”“历落”“妙言至言”的批语，也看不顺眼而略去不提，这就可以看出他们和金圣叹的思想距离，何其遥远？

须知，金圣叹这样赞颂“不死君难”一文，是为了批判那些为殉朱由检而自杀的士人之不足取而发的：当甲申（1644 年）三月十九日，李自成率领的大顺军攻占了北京，独夫朱由检在煤山自缢之后消息于次月传到苏州时，苏州诸生迅即组织了“哭庙”活动。

据《明史·忠义传》：“是时诸生殉义者”，京师有曹肃等四人，“大同则李若葵，金坛则王明灏，丹阳则王介休，鸡泽则殷渊，肥乡则宋汤齐、郭珩、王拱辰”。王明灏闻崇祯之死，“日夕痛哭，家人解慰之”，他以故走二十里外投水死。王介休不食七日死。殷渊则同诸生黄裕等悲号发丧，“入城行哭临礼……为奸人所乘被杀”。吴县生员许琰的表现尤为典型，他“闻京师陷，帝殉社稷，大恸，誓欲举义兵讨贼”，但缙绅“皆不应”。当吴县诸生聚哭明伦堂时，许琰如丧考妣，“衰杖擗踊，号泣尽哀”。“趋古庙自经，为人所解。乃步至胥门，投于河”，被救。“家人旦夕守，不得死，遂绝粒，寻闻哀诏至，即庭中稽首号恸并不复言，以六月三日卒，乡人私谥曰：潜忠先生。”这就可见金圣叹的上述批语具有启蒙意义。

《国语·召公谏厉王弭谤》一段，这也是一篇有名的鼓吹给人民以一定的言论自由的文章。金圣叹热情地批道：“前说民谤不可防，则比之以川；后说民谤必宜敬听，则比之以山川原隰。……后贤务须逐番细读之。真乃精奇无比之文，不得止作老生常诵习而已。”又批：“夫民虑之于心，而宣之于口”二语，“说谤之可宝如此，真是精奇无比！”可是《古文观止》中此文的总批则只称它“笔意纵横，不可端倪”而已，又把金圣叹斥厉王的话是“大愚人语”一句改为“痴人声口如画”。且在此文的所有夹批中均不见“精奇无比”字样，这就可见《观止》的艺术趣味了。

对于金本批中大胆暴露封建统治者和愤世嫉俗的言论，《古文观止》评者也多认为不合“温柔敦厚”的古训，因而要设法磨去它的锋芒，削弱它的批判性。例如金圣叹批《左传·郑伯克段于鄢》一文：“庄公寤生，惊姜氏，故名曰寤生，遂恶之”云：“一‘遂’字，写恶得无理。”又批“爱共叔段，欲立之”云：“妇人率性，往往遂成家国之祸，如此类甚多。”这显然是对顺治前期朝政的影射。无怪《观止》的评语，只是就事论事，评“武姜爱恶之偏”，而不敢作联系实际之想。

由此我们也可以想到，金本之所以选《国语》“鲁敬姜不预闻朝政及家政”，是有深意的。敬姜说无论是“外朝”“内朝”，“皆非吾所敢言也”。金圣叹批云：“‘皆’字妙，不惟官职不敢言，虽家政亦不敢言。后世太后临朝，岂知前古先有如此龟鉴。”其讽刺清王朝的意味十分明显，无怪《古文观止》不收此文了。

金圣叹强烈反对封建暴政，因而对《史记·商君列传赞》迭批：“史公恨商君，并恨其书！”又批《酷吏列传》：“当是之时，吏治若救火扬沸，非武健严酷，恶能胜其任而愉快乎？”云：“下‘胜任’字已可恨，又下‘愉快’字，写尽秦吏治之惨酷！”但《古文观止》则评此语云：“此时非酷吏救止，安能偷少顷之快？”这就把司马迁的反话，说成对汉武帝重用酷吏的肯定了。

司马迁的《史记》明是发愤之作，以致曾被指目为“谤书”，但是，《史记·自序》却把此书的撰作目的写得冠冕堂皇。他借壶遂之口问：“夫子所论，欲以何明？”金圣叹批云：“再反复”；“必须反复，不然后来终是被人点检。”意即需要再加一层“保护色”，以免被人揭发。又批：“《春秋》采善贬恶，推三代之德，褒周室，非独刺讥而已也”云：“此言《春秋》与众经一体，俱为至纯厚、至隆盛之书，先非刺讥之文。”但《古文观止》的批语则是：“言《春秋》与诸经同义，皆纯厚隆盛之书，非刺讥之文，极得宣尼作《春秋》微意。”竟把司马迁的饰词，当作符合实际的话，真是肤浅之见。

《报任安书》是司马迁向即将临刑的知己倾吐内心的愤激之作。金圣叹抓住这篇文章的精髓，一而再、再而三地批云：司马迁“独缕缕切恨宫刑!”但《古文观止》连一句这样的批语也没有。

司马迁的外甥杨恽因为写了《报孙会宗书》而被腰斩，这是历史上有名的文字狱。对于这封信，金圣叹总评云：“愤口放言，不必又道，道其萧森历落，真为太史公妙甥!”又迭批：“愤口放言”，“尽是愤口放言”，“皆放言胸臆也”，“一发愤绝!”但他却是完全赞同杨恽这样写，故批杨文“诚荒淫无度，不知其不可也”云：“愤口放言，意色甚恶，然自是妙文!”又批“故君父至尊亲，送其终也，有时而既”云：“借喻不伦，然愤口时有此等语。”而《古文观止》则在“不知其不可也”下批云：“满纸不可人意。”又迭批：“纯是怨望”，“何谩骂至此?”“含讥带诮，恽之得祸在此。”简直是认为杨恽“咎由自取”。尤其错误的是竟在总批中说什么：“宣帝处恽，不以戴长乐所告事，而以报会宗一书；异哉，帝之失刑也!”这岂不是说杨恽本该腰斩，不过不应坐以报孙会宗一书耳。何荒谬至此耶?

李华的《吊古战场文》，是一篇主张对边疆少数民族采取和平、团结政策，反对一切诉诸武力、以残杀为唯一手段的文章，它表面上批判秦汉，而实际上是指的唐朝（当然李华对唐与少数民族的关系的看法有些片面性），所以金圣叹批云：“看他迭迭只怨秦汉，即近代不言可知。”又批“呜呼噫嘻，时耶?命耶?从古如斯”云：“怨之至，怒之至，不嫌出于诅矣!”就是有意把作者对封建王朝的怨望情绪，提高到愤怒以至公开咒诅的尖锐程度，而《古文观止》仅抄录了“迭迭只怨秦汉，即近代不言可知”二语，其总批则云：“写得愁惨悲哀，不堪再诵。”仅把此文作为哀怨之作而不承认它是一篇对封建统治者的控诉状。

（三）

也有许多古代散文名篇，《才子古文》选了，《古文观止》也选了。后者也抄了前者的许多评语，但就其评论的整个风貌而论，两者却有显著的差别。总的来说：金批是富有个性的，他敢于联系实际，而又认识深刻，笔锋犀利，因之很能给读者以启发。而《古文观止》的评语，往往是陈词老调，苍白无力。有时它虽然照抄了若干金批，但为了掩其抄袭之迹，又不得不“自出心裁”加以窜改，所以《观止》的评语，有时竟使人不知所云。例如金圣叹为了辩明李陵《答苏武书》之非伪托，批云：

> 相其笔墨之际，真是盖世英杰之士，身被至痛，啣之甚深，一旦更不能自含忍，于是开喉放声，平吐一畅。看其段段精神，笔笔飞舞，除少卿自己，实乃更无余人可以代笔，昔人或疑其伪作，此大非也。

尽管他这个结论难以成立，但其文字却富有何等气势！何等笔力！无形中就能慑服读者，而《古文观止》则总批云：“文情感愤壮烈，几于动风雨而泣鬼神……更无余人可以代作。苏子瞻谓齐梁小儿为之，未免大言欺人。”殊嫌平庸无力。

又如柳宗元的《书箕子庙碑阴》本是一篇寓有很深哲理的文章，而金圣叹又有意通过批点此文寄托其以保存和复兴民族文化为己任的潜在意识，因而写下了一些半吞半吐、闪烁其词的批语。他不仅在此文的“保其明哲，与之俯仰”，“及天命既改，生人以正，乃出大法，用为圣师，周人得以序彝伦而立大典”，“及封朝鲜，推道训俗，惟德无陋，惟人无远，用广殷祀，俾夷为华”诸语之下，四批：“写箕子入微。”又批“於戏！当其周时未至，殷祀未殄，比干已死，微子已去。向使纣恶未稔而自毙，武庚念乱以图存，国无其人，谁与其理？是固人事之或然者也。然则先生隐忍而为此，其有志于斯乎”一段云：“上段正文已毕，忽然别起波浪，使人失声长痛！”试问一般的读者，读此文何至于悲愤到这样的程度？这明是易代之后身受清王朝压迫的金圣叹的特有的民族情绪的曲折反映。所谓“人事之或然”者，不就是金圣叹对以郑成功、张煌言为代表的晚明恢复力量的向往的潜在意识吗？自然《古文观止》中不会有这样的感情，可是他们却也依样画葫芦，在“其有志于斯乎”文下批：“忽然别起波浪，语极淋漓感慨，使人失声长恸！”未免使人茫然不知所谓。

苏轼的前后《赤壁赋》是脍炙人口的名篇，金圣叹总评前赋云：

> 游赤壁受用现今无边风月乃是此老一生本领，却因平平写不出来，故特借洞箫呜咽，忽然从曹公发议，然后接口一句喝倒，痛陈其胸前一片空阔了悟，妙甚！

而《古文观止》则把这段评语改为：

> 欲写受用当现前无边风月，却借吹洞箫者发出一段悲感。然后痛陈其胸前一边空阔了悟，风月不死，先生不亡也。

两相比较，优劣自见。对《后赤壁赋》，《古文观止》的批语“岂惟无鹤、无道士、并无鱼、并无酒、并无赤壁，只有一片光明空阔”，是照抄金批不必说，但此书把金圣叹在“山鸣谷应，风起水涌”句下的“人间世时时有此”的批语改为“写出萧瑟景况”却不合适。因为金圣叹以“风起水涌”喻人世变乱，所以又在“余亦悄然而悲，肃然而恐，凛乎其不可留也”语下批云：“先生亦不能不知难而退也。”而《观止》既改了前面的批语，却又照抄后面的批语不改。这不正说明它的选编者竟是一个拙劣的文抄公么！

三、《才子古文》保存了金圣叹对《史记》的真知灼见

金圣叹把《史记》列为六才子书之一，又在《水浒》和《西厢》评中多次赞扬司马迁的文笔，可惜他并没有留下一部完整的《史记》评本，但是《才子古文》中却保存了他评选的《史记》序赞九十余

篇（有几篇只抄了原文，未加评语）。我们知道：司马迁不是客观主义地对待修史的任务，而是站在同情人民、反对残暴的封建统治的立场来写《史记》的，因而大力表彰了历史上的明君贤相，而鞭挞了许多暴君酷吏。他对于秦二世、赵高这样的暴君和奸臣，对于迷信神仙和残酷镇压农民起义的汉武帝，以及武帝重用的酷吏，都是尽情地揭露的。对于我国第一个农民起义领袖陈胜和为人民抱不平的游侠，他是称道的。对于爱国人物、文学家、思想家和科技家及一切受迫害的正派人士，他都是尊重的。他的那些写得成功的传记，字里行间都表现了自己鲜明的倾向性。古代的史家很多，为什么独独司马迁能够在史书中流露如此丰富的感情，甚至敢于对当朝的皇帝这样大胆的揭露呢？这正如鲁迅所说，是“发愤著书，意旨自激”。而金圣叹之评《史记》正是牢牢地抓住了一个“愤”字，他总批《平原君、虞卿列传赞》云：“末‘穷愁著书’另宕一句，乃写自家意思。”又批“然虞卿非穷愁，亦不能著书以自见于后世”二句云：“另出一笔，为自家吐气耳。”又谓西汉“田叔本不足立传”，司马迁特与立传，只为救孟舒一节，略与史公救李陵同，故特地借来自吐垒块。”（《田叔列传赞》批语）又批《魏豹、彭越列传赞》“智略绝人，独患无身”云：“哀哉！如此痛声，便是史公自己生平不曾告人之至深里言也！故写得特地加倍曲折秾至。”

司马迁每每借写历史上暂时忍受屈辱而最后终能大有作为、一雪前耻的人物，作为自己的榜样，抒发自己“隐忍以就功名”的思想，金圣叹对此是深有体会的，故批《伍子胥列传赞》云：“一叹怨毒于人最甚。”“再叹乞食人有心事。”“再叹隐忍是烈丈夫。”“再叹不隐忍人无用。”又批《越王勾践世家赞》云：“极赞勾践，是史公心喜此一辈人物。”“何与乎勾践？与其能隐忍以就功名，为史公一生之心。”但他又指出司马迁并不是一个只提倡苟且偷生的人，故在《季布、栾布列传赞》批中，强调此文乃是“贤者必自重其死。又有时不自重其死二意”，并谓：“史公凡于人隐忍不死时，必留连不置口，却从不曾说到死又实不足重一意。故知此赞是其得意煞时。”

尤为可贵的是金圣叹能够从关心人民疾苦的立场阐释《史记》的进步意义，这样就不至于把司马迁的怨愤仅仅理解为个人的冤抑，如他批《蒙恬列传赞》云：“史公之痛恨轻百姓力如此。又是得之目击，故尤切齿！”他认为司马迁是儒家仁政爱民思想的膺服者，是孔子的真正信徒，故评《孔子世家赞》云：“赞孔子，又别作异样淋漓之笔。一若想之不尽、说之不尽也者，所谓观海难言也。”儒家反对残民以逞，故金圣叹批《循吏列传赞》云：“史公真是本论，便与孔子意旨一样。”又赞司马迁所谓的“奉职循理亦可以为治，何必威严哉”二语云：“仁人之言，真乃蔼如！”司马迁在《酷吏列传赞》中痛斥比酷吏还要残暴的一批刽子手“何足数哉？何足数哉？”金批云：“既不足数，又留其名与后人骂！”表现了对这种人强烈的憎恨！

金圣叹富于正义感，故严正地批判背叛师训，出卖灵魂，唯奸臣赵高之命是听的李斯云：“李斯学出荀卿，荀卿出子夏，其知六艺之归，非虚也。乃既为三公，一意持爵禄为阿顺，听高邪说，驯致亡秦。传中纯写赵高事，妙妙！言高之所为，皆李斯听之也。末言，‘不然且与周召列’，岂非为子夏门墙致痛耶？”（《李斯列传赞》批）可谓深悟司马迁的用心。

金圣叹批《水浒》极不满宋江之权诈，这是因为他生性素来戆直、率性而行之故，因此批《张仪列传赞》云：“骂张仪，并骂三晋之人，史公之恶权变强秦之士至矣！”又批《樗里子、甘茂列传赞》中“叹秦时尤趋谋诈”一语云：“只一‘尤’字，便是骂尽天下尽趋谋诈也。”

对于听信谗言残害忠良的昏主，金圣叹也表示了深恶痛绝的态度，故批《赵世家赞》云：“史公深恶迁之信谗杀李牧。故特地暴扬其母之丑，以当痛棒苦治也。”

明清研究《史记》的文人中，金圣叹是对《史记》的讽刺笔法理解得最深切、阐释得最透辟的一位。他批《匈奴列传赞》云：“史公不喜武帝穷兵匈奴，然又不敢深论，故特地一笔出，一笔入”。所谓“一笔出，一笔入”即用时隐时显、又茹又吐的方式揭露封建统治者阴险狡诈与残酷的本质。这也就是他在《水浒》批中所称道的“叙事微而用笔著”的手法。

司马迁写《淮阴侯列传》对韩信因功高震主而受戮，充满着深刻的同情，这一点金圣叹可说是洞悉无遗，并且深有同感的。因此他批《淮阴侯列传赞》云：“史公极贵学道，如此判淮阴不学道，我欲泪下！”实际是说司马迁对韩信爱之深不免责之切耳。

由于司马迁深为被刘邦杀害的韩信不平，所以对萧何、曹参等不无微词。他在《萧相国世家赞》中写道：“萧相国何，于秦时为刀笔吏，碌碌未有奇节。及汉兴，依日月之末光。何谨守管籥，因民之疾，奉法顺流，与之更始。”金批云：“此四句十六字，便是碌碌未有奇节人也。有奇节人，正不能耳。”又批“淮阴黥布等，皆以诛灭”二语云：“此皆奇节人也，可胜叹息！”言下便见刘邦对“有奇节人”必欲置之死地而后快，能容者仅碌碌之辈耳。金圣叹认为《曹相国世家赞》“一半写战功，一半写相业，俱不甚许曹参”，故批“曹相国参，攻城野战之功，所以能多若此者，以与淮阴侯俱”诸语云：“忽然为淮阴洒泪，大奇！须知此是史公故作之笔。”可谓独具慧眼。《赞》又云：“及信已灭，而列侯成功惟独参擅其名。”金批：前四字“寄慨无穷！”后“十一字句。参清净固胜，只是回想淮阴，泪落多少！”这也说明金圣叹觉察出所谓韩信与陈豨共同谋反一案实是吕雉罗织成的大冤案。

司马迁对于汉武帝宠爱卫青、霍去病也不乏讥刺之笔，而金圣叹恰好看出了作者的用心，故批云：“全传写大将军战功，至《赞》忽补写苏建语，便使人看大将军是另一样气色。”金圣叹也颇不以卫、霍的拒绝延揽人才为然，故在卫青语云：“人臣奉法遵职而已，何与招士？”和“骠骑亦放此意，其为将如此。”语下夹批云：“二将军之以功名终也，不亦宜乎？”这就是说卫、霍之所以受宠，是由于他们善于体会武帝的旨意，一切谨小慎微之故。

在《史记》批文中，金圣叹也常借他人杯酒浇自己之块垒，例如他批《伯夷列传》就否认它是“史公自抒其愤”之作，以为“此文虽以伯夷名篇，其实乃言自古至今，如伯夷其人，正不知有千千万万，只为不曾经孔子大圣之所表章，便老死于水边林下，竟以湮没不传”。他说这种伯夷式的人物“固有宁甘枵腹槁项以死，而断断不肯少损其洁白者”。这不正是金圣叹的夫子自道——借伯夷以自喻不肯趋附清朝的思想吗？

四、精湛的散文创作理论

《才子古文》的金批，不仅有丰富的民主性（绝少封建说教），而且体现了金圣叹先进的文学观点，这也是对古代优秀散文的写作经验与手法的总结，因而对于今天的散文创作是有借鉴意义的。

金圣叹在《水浒》批中曾说：“才子心清如水，故物来毕照。”这就带有“反映论”的味道。在《才子古文》中，他又强调文学家要闳览博物，即必须具备多方面的生活阅历和丰富的知识。因此他在《史记·蒙恬列传赞》批中称“史公足迹，无处不到”。又批《吴泰伯世家赞》“闳览博物君子”语云：“言闳览则博物，博物则君子，……盖人诚闳览博物，未有不慕义无穷者也。”

在封建帝王中，金圣叹仅对汉文帝颇有好评。他盛称文帝的《赐尉佗书》能够推心置腹以至诚感人，故云“文字只要从一片心地流出，便正看、侧看、横看、竖看，俱有种种无数美妙。任凭后来何等才人，含毫沉思，直是临模一笔不得也！”这就把文品和人品统一起来，也无异于对无行文人下一针砭。他还认为只有胸襟开阔、识见高超的大家才能不受束缚，即使是常见的小题目，到他们手上也可以写成皇皇名篇。故批李格非《书〈洛阳名园记〉后》云：“幺麽小题，发出如许大论。大儒眼中，固无细事；大儒胸中，固无小计；大儒手中，固无琐笔；定当如此。”而《古文观止》仿此批写道："至小之物，关系至大，有学有识，方有此文。"意思本相同，但语句却淡而无味之至。

金圣叹在批点一些古文名篇时，常用比较法，指出它们之间的承传关系。例如他批《乐毅报燕王书》云："善读此文者，必能知其为诸葛出师之蓝本也。其起首、结尾，比出师更自胜无数倍。"又谓读《司马错论伐蜀》"始知诸葛公乃有粉本"。这说明他重视创新，反对因袭。

苏轼论文如行云流水，要"行于所当行，而止于所不可不止"。金圣叹也称苏轼的《上梅直讲书》"文态如天际白云，飘然从风，自成卷舒。人固不知其胡为而然，云亦不自知其所以然"。同样形象化地讲明了"文贵自然"的道理。他又批《李斯谏逐客书》云："自首至尾，落落只写大意，初并无意为文。看他起便一直径起，住便一直径住，转便径转，接便径接。后来文人无数笔法，对此一毫俱用不着。然正是后来无数笔法之祖也。"无意于为文，而文反而最工，无意于运用笔法，反而能成为无数笔法之祖。金圣叹这种说法符合艺术辩证法。他还指出有的文章看似散文，漫无检束，却极纵横变化之至。如批韩愈《送孟东野序》云："拉杂散漫，不作起，不作落，不作主，不作宾，只用一'鸣'字跳跃到底。如龙之变化屈伸于天，更不能以逐鳞逐爪观之。"金圣叹所说的笔法，有时又称之为文法，也就是我们今天所说的文章作法。他认为名家之文，看似"一直说话"，实则符合写作要求，这乃是经长期创作实践而后达到的境界。故批韩愈《祭十二郎文》云："通篇凡作无数文法：忽然烟波窅缈，忽然山径盘纡。论情事，只是一直说话，却偏有如许多文法者，由其平日戛戛乎难，汩汩乎来：实自有其素也。"

在金圣叹评论古文艺术性的文字中，常常运用形象的比喻，优美的文辞，使读者读起来津津有味。他批《左传·吕相绝秦》如"千岩竞秀，万壑争流"。又批苏轼的《荀卿论》云："迅如秋江，峭如秋山，皎如秋日，旷如秋空。后贤精切读之，脱肉胎，换仙骨，真文字之宝符也!”又批苏辙的《六国论》云：“看得透，写得快，笔如骏马下坡，云腾风卷而下只为留足不住故也。”金圣叹批《水浒》特别注重人物对话，并把“人有其声口”，“一样人便还他一样说话”的主张作为塑造典型的重要条件。在《才子古文》批中，他也提到了散文中人物语言要有个性的主张。如批《左传》“晋败秦师于殽”云：“读原轸语，读栾枝语，读文嬴语，读先轸怒语，读明谢阳处父语，读秦伯哭师语，逐段细细读，逐段如画。”又批“秦伯不食言”云：“写秦伯语，又如骄奢，又如戏谑，又如真恳。妙！写晋群臣语，满口哀求，又并不曾一字吐实。妙！写穆姬语，无限慌迫，却只说得一片瓜葛何至于此，并不是悍妇强求。妙!”对《战国策》“甘茂自托于苏代”一段，金批亦云：“托喻处女，便真如处女声口，连琐中，甚明划，明划中，仍甚连琐。诵之如闻香口也。”“邹忌谏齐威王”的故事写邹忌与其妻、妾、朋友的对话，虽然谈的是一个问题，而问法、答法则不一样，金圣叹的批语正是就三问、三答的差异指出作者的匠心。他还主张用对照手法写人物对话，故批《左传》“晏婴叔向相语”云：“前幅，写两家婚媾，作无数珍重之言。后幅，写两人忧乱，作无数败坏之言。前幅珍重，是出色珍重；后幅败坏，是出色败坏。古人撰文，最重斗色。此真斗出异样色也。”

金圣叹还认为作品应善于刻画人物形象。《左传》“子革对灵王”一段，写“楚子次于乾谿以为之援，雨雪，王皮冠。秦复陶翠被、豹舄，执鞭以出，仆析公从”。金圣叹七批“写绝”，又总结一句云：“写必及于难之人，如在目。”又批《国语》“范蠡不许吴城”云：“通篇皆写范蠡。其眼辣、心辣、口辣、手辣处，即其所以候时转物者也。既是写范蠡，便不是写勾践，毋便谓勾践不忍于吴……也。”这就是说要写出人物的性情、气质来。

金圣叹批《水浒》《西厢》都提出了“文贵曲折”的主张，在《才子古文》评中又特别赞赏韩愈的《送董邵南序》，“命意既自沉痛，用笔又极顿折；看他只是百数十余字，凡作几反几复。”又称欧阳修的《梅圣俞诗集序》“随手所到，皆成低昂曲折。少年偷见此等文字，便思伸手泚笔，自作古文”。

金圣叹认为一篇好的古文应具备四个特征。他称赞苏轼的《乐毅论》“说王说霸，乃如说家常事者，直是心地光明，眼光洞越，手腕迅疾，笔墨恬净，故能至此。盖四者之中，若少一件亦不得也”。为此他又指出作家不仅要有识见，还应有胆量、有笔力，才能写出妙文和奇文，故批苏文“然当是时百姓无一人叛者，以凡民之秀杰者多以客养之不失职也。其力耕以奉上，皆椎鲁无能为者，虽欲怨叛而莫为之先，此其所以少安而不即亡也”一段云：“妙绝！妙绝！谁有此识？即有此识，谁有此胆？谁有此笔？真是大奇、大奇！”又批李翱的《答进士王载言书》云：“一看其数说古人文章，如数说家中盐酱；二看其心中有所欲言，手中浩浩然更不留笔。特表出之欲后贤恣心放笔为文也。”“恣心放笔”就是要作者解放思想，不受一切条条框框束缚。

一个优秀的文学家要有胆有识，敢于放手为文，一个优秀的批评家又何能例外？试以《才子古文》对诸葛亮《出师表》的评语为例，即可见金圣叹识见之高超与文笔之宏肆，其批云：

> 此文，自来读者皆叹其矢死伐魏，以为精忠；殊不知此便是了没交涉也。看先生自云“临表涕泣”，夫伐魏即伐魏耳，何用涕泣为哉？正惟此日国事，实当危急存亡之际；而此日嗣主，方在醉生梦死之中。“知子莫如父”，惟“不才”之目，固已验矣。岂“知臣莫如君”，而“自取”之语，乃遂敢真蹈也？于是而身提重师，万万不可不去；心牵钝物，又万万不能少宽。因而切切开导，勤勤叮咛。一回如严父，一回如慈妪。盖先生此日此表之涕泣，固自有甚难甚难于嗣主者。而非为“汉贼不两立”也。

这就是说刘备托孤时说的“如其不才，君可自取”一番话，成了诸葛亮一生的隐痛。当时他手握军政大权，又要在“益州疲敝”之时率师北伐，刘禅既未必以此举为然，臣僚也会有非议者，诸葛亮不能不担心他远去之后发生宫廷之变，这才是《出师表》的潜在主题。也只有金圣叹对此挖掘得深入，分析得透辟。所谓“此表所忧，不在外贼，而在内蛊也。哀哉!”可谓一语破的。后来的《古文观止》亦批此表云：“时宵小伺伏，必有乘孔明远出而蛊惑其君者。”显然是从金批得到的启示。但《古文观止》不敢全盘接受金圣叹的这一论断，因而谈得不深不透，他们只是从金批中撷取一鳞半爪，使这种思想微露端倪而已。

“有比较才能鉴别”。从以上的论证可见《才子古文》的选篇既比《古文观止》的评语富于民主性，而所附金批的识见又远比《古文观止》卓越。所以，它长期被埋没，是不公平的。

所以，今天向广大读者推荐古文阅读本时，无疑地应该把金批《才子古文》作为首选的本子，这是因为它所选篇目既是古文中的精华，而金圣叹的评论又远远高过其他旧式文人的水平，我们今天把这个本子作为选读本，可以说是“取法乎上”。而中共中央党校出版社的同志，又约请了一些专家对本书中的一些选篇作了必要的注释和评析，藉以帮助读者克服阅读过程中的障碍，这就能收事半功倍之效。

我很赞成中共中央党校出版社为组织审订和出版本书所作的努力，特把自己多年来研究金圣叹其人其书的心得写出来供读者参考，并欢迎专家指正。

目　　录

上　册

卷　之　一

卷　之　二

卷之三

卷 之 四

卷　之　五

卷之六　西汉文

卷之七　西汉文

卷之一

《左　传》

《左传》是《春秋左氏传》的简称，为我国一部伟大历史名著，也是一部历史散文杰作。关于《左传》的作者和成书年代，历来有过许多争论，司马迁、班固均认为是春秋末年鲁国史官左丘明编写，至唐代则有人怀疑《左传》非左丘明作，有认为是“史佚、迟任之流”，有认为是吴起，或认为是楚人作，莫衷一是。现在比较一致的看法是，作者可能是战国初期人，根据春秋时代各国史料编写成书，后经许多人增益。

《左传》是先秦时代内容最丰富、规模最宏大的历史著作。所记载历史年代大致与《春秋》相当，同起于鲁隐公元年（前722年），终年比《春秋》晚28年，即鲁哀公二十七年（前468年），全书共18万字。按鲁国隐公至哀公12个国君顺序，比较系统、客观地记述了春秋时代各国的政治、经济、军事和文化等方面的一些事件，对王室衰微、诸侯争霸、统治阶级腐朽残暴、宗法制度崩溃，以及各种制度礼仪、社会风俗、道德观念、天文地理、历法时令、古代文献、神话传说、歌谣谚语等都有大量记叙。可以说，在一定程度上真实地反映了那个时代的历史面貌，是研究中国古代社会很有价值的历史文献。

《左传》因其在文学和语言上的巨大成就，也被称为一部历史散文著作。清代学者刘熙载在《艺概·六》说：“《左氏》叙事，纷者整之，孤者辅之，板者活之，直者婉之，俗者雅之，枯者腴之。剪裁运化之方，斯为大备。”《左传》叙事详细完整，富于完整性、戏剧性，有紧张动人的情节，注意文章的结构与布局，以简括的语句写出复杂纷繁的事物。比较突出的是，《左传》擅长于描写历史人物和战争，善于用极少的笔墨刻画出人物的细微动作与内心活动，使人物形象跃然纸上。战争篇章占了《左传》很大一部分，生动地记叙了春秋年间发生的重大战争。因其善于描写复杂的战争事件和捕捉战争的性质、特点，因此被称为“相斫书”，也是历代军事家所喜欢读的著作，几与《孙子兵法》相媲美。同时，《左传》的外交辞令也极为出色，真可谓不战而屈人之兵。

《左传》不仅开我国传统史学之先河，后代的大史学家司马迁、班固等无不从中汲取营养，而且也标志着我国历史散文的巨大发展，上承《尚书》《春秋》，下启《战国策》《史记》，在我国史学史、文学史上占有极重要地位。

郑伯克段于鄢

通篇要分认其前半是一样音节，后半是一样音节。前半，狱在庄公，姜氏只是率性偏爱妇人，叔段只是娇养失教子弟。后半，功在颍考叔，庄公只是恶人到贯满后，却有自悔改过之时。

初，郑武公[①]娶于申[②]，曰武姜，生庄公及共叔段[③]。“初”字起，后仍至“初”字结。庄公寤生[④]，惊姜氏，故名曰寤生，遂恶之。一“遂”字，写恶得无理。爱共叔段，欲立之。亟请于武公，公弗许。妇人率性，往往遂成家国之祸，如此类甚多。

及庄公即位，为之请制[⑤]。公曰：“制，岩邑[⑥]也，虢叔[⑦]死焉，他邑唯命。”一路写庄公，俱是含毒声，其辞音节甚短。请京，使居之，谓之京城大叔。谁与作此名？定是庄公自作之，盖故若尊宠之，以生其骄心。庄公处心积虑杀其弟，此日便早定计。祭仲[⑧]曰：“都城过百雉，国之害也。先王之制，大都不过参国之一，中省“都”字。五之一；小省“国”字。九之一。今京不度，非制也。君将不堪。”一梦中人。公曰：“姜氏欲之，焉辟害？”子称母“姜氏”，是含毒声。对曰：“姜氏何厌之有？不如早为之所，无使滋蔓。蔓，句。难图也；句。蔓，句。草，句。犹不可除，百忙中又入喻。况君之宠弟乎！”梦中。公曰：“多行不义，必自毙，子姑待之。”含毒如此，人自不觉。

既而大叔命西鄙、北鄙贰于己[⑨]。不敢便收，故且贰也。只须禁之便止。公子吕[⑩]曰：“国不堪贰，君将若之何？欲与大叔，臣请事之。曲折。若弗与，则请除之，无生民心。”又一梦中人。公曰：“无庸，将自及。”曰“自毙”、曰“自及”，含毒如此，人自不觉。大叔又收贰以为己邑，至于廪延[11]。盖庄公听之。子封曰：“可矣！厚，句。将得众。”梦中。公曰：“不义不昵，厚，句。将崩。”含毒如此，人自不觉。庄公语，段段音节甚短。大叔完聚，缮甲兵，具卒乘，《诗》有两“叔于田”，则此自为田猎，未可知。将袭郑。夫人将启之[12]。此二“将”字，明明疑狱，连坐姜氏。妙。公闻其期，曰：“可矣！”祭仲不闻，子封不闻，偏是公闻。命子封帅车二百乘，以伐京。京叛大叔段，段入于鄢。公伐诸鄢[13]。经书。五月辛丑，大叔出奔共。经不书。

书曰：“郑伯克段于鄢。”段不弟，故不言“弟”，依经释，一。如二君，故曰克，依经释，二。称“郑伯”，讥失教也。依经释，三。谓之“郑志”。谓郑庄公之志也，“志”言心之所之也。不言出奔，难之也。释“经不书”也。遂置姜氏于城二“遂”字写得无理。颍，城，高墙也；颍，寘城之地在颍。特注明以为考叔来因也。而誓之曰：“不及黄泉，无相见也。”含毒声至此，始尽畅。既而悔之。大性，○已上，一篇地狱文字；已下，一篇天堂文字。颍考叔为颍谷封人[14]，闻之，闻其悔，非闻其诚。有献于公。公赐之食，食，句。舍肉。特挑其问。公问之，对曰：“小人有母，只四字，直刺入耳，从耳直刺入心，下俱羡文耳。皆尝小人之食矣，未尝君之羹，请以遗之。”公曰：“尔有母遗，繄[15]我独无！”哀哀之音，宛然孺子失乳而啼，非复已前毒声短节。颍考叔曰：“敢问何谓也？”公语之故，“故”，所以城之故也。且告之悔。“悔”，又多誓之悔也。对曰：“君何患焉？轻轻便解，更无难事。若阙[16]地及泉，隧[17]句。而相见，其谁曰不然！”天下大难事，到圣贤手中，只如儿戏便解。公从之。公入而赋：入便赋也，乐故也。“大隧之中，赋之首句也。其乐也融融。”融融，则知其前之阴毒也。姜出而赋：出然后赋也。“大隧之外，赋之首句也。其乐也泄泄[18]”。泄泄，则知其前之隐忍也。遂为母子如初。三“遂”字，“初”字结。

君子曰：颍考叔，纯孝也。爱其母，施及庄公。《诗》曰：“孝子不匮，永锡尔类[19]。”其是之谓乎？一篇郑庄公文字，却以颍考叔结，是以颍考叔为孝子，而以郑庄公为“尔类”也。左氏用“君子曰”例如此，严矣哉。

〔注释〕

①郑武公：郑，姬姓国。周宣王封自己的庶母弟友为郑桓公，都棫林，在今陕西华县西北。武公为桓公子，名掘突。

②申：姜姓国，在今河南南阳市。

③共叔段：武姜生两个儿子，长子庄公，次子名段，后出奔共，故称共叔段。

④寤生：寤，为“牾”假借字，逆也。寤生即难产。

⑤请制：制，郑国地名，亦名虎牢，在今河南汜水县西。即要求把制作为领地。

⑥岩邑：险要之地。

⑦虢叔：东虢君。虢有东西二国，均为姬姓。东虢故城在今河南荥泽县虢亭。

⑧祭仲：字足，郑国大夫，又称祭足、祭仲足、祭封人仲足。

⑨西鄙、北鄙贰于己：鄙，边境之邑。贰，两属，既属于郑庄公，又属于叔段自己。

⑩公子吕：郑大夫，字子封。

⑪廪延：地名，在今河南延津县北。

⑫夫人将启之：夫人指武姜，将开启城门里应。

⑬鄢：古国名，在今河南鄢陵县西北，为郑武公所灭，成郑国一部分。

⑭颍考叔为颍谷封人：颍考叔，郑国大夫。颍谷，郑国的边邑，今河南登封市西南。封人，管理土地疆界的官吏。

⑮繄：句首语气词，相当于“惟”。

⑯阙：同“掘”。

⑰隧：地下的隧道。

⑱泄泄：舒畅相得之意。

⑲孝子不匮，永锡尔类：此句见《诗经·大雅·既醉》，意为孝子的道德是没有穷尽的，永远能感化你的同类。

〔解读〕

本篇所载的是郑庄公图谋霸业前在处理家庭内部关系上的一个插曲。当时，周室衰微，郑国率先崛起，郑庄公欲谋取霸主，挟天子以令诸侯。而恰在此时，发生了其弟与母亲勾结阴谋叛乱之事，他一举粉碎了这起叛乱。文章用追溯写法，一条线索是从武姜难产，因而讨厌寤生，爱共叔段，武公时屡次要求立共叔段为世子而不果，到庄公即位后又为共叔段请封，最后则作为内应协助共叔段叛乱失败。另一条线索是写庄公如何对其母亲和兄弟，诱使其弟走上叛乱之路，然后借口兴兵讨伐，根除隐患，其阴险狡诈，无所不用其极。在文章中，庄公的枭鸷、奸诈、狠毒，力图杀其弟一线，与姜氏盲目地溺爱共叔段一线，互相交织，充分暴露了当时奴隶主内部尔虞我诈、互相倾轧，无骨肉之亲的残酷事实，尤其鞭挞了郑庄公的虚伪。

庄公戒饬守臣

细细读其计又远，心又孤。极欲瞒人，更瞒不得。于是乎，遂成曲曲折折、袅袅婷婷之笔。

郑伯[①]入许，许庄公[②]奔卫。郑伯使许大夫百里奉许叔[③]以居许东偏，已弟叔段何在，而爱许庄之弟耶？一片纯是奸猾，毋为其妙文所欺也。曰：“天祸许国，鬼神实不逞于许君，而假手于我寡人。自瞒云，非己欲伐许也。一片纯是奸猾，文却妙绝。寡人唯是一二父兄不能供亿[④]，其敢以许自为功乎？军兴必有供亿，甚言伐许以供亿烦父兄，极不得已也。寡人有弟不能和协，而使餬其口于四方，看他怕人说，便自开口先说，奸极。然的是妙文。其况能久有许乎？吾子其奉许叔以抚柔此民也，吾将使获[⑤]也佐吾子。笔笔老奸，心事吞吐，然的是妙文。若寡人得没于地，天其以礼悔祸于许，天或佑许也。看他说在自己身后者，明明自己在时必不使许得悔祸也。笔笔老奸，心事吞吐。无宁无宁，宁也。三十字为句，与下无滋他族三十三字为句，心口相商也。兹许公复奉其社稷，唯我郑国之有请谒焉。如旧婚媾，其能降以相从也。兹，此也，言若他族来逼，则不如此许公复国。奸口奸心，不露自露也。无滋他族，实偪处此，以与我郑国争此土也。吾子孙其覆亡之不暇，而况能禋祀[⑥]许乎？犹俗言连根俱丧，岂但丧许也。奸口奸心如此。寡人之使吾子处此，不唯许国之为，亦聊以固吾圉[⑦]也。”说至此，老奸不免尽露。然计远者心孤，亦自不得不露矣。

乃使公孙获处许西偏，曰：“凡而器用财贿，无寘于许，而，汝也。计远者心孤如此。我死，乃亟去之。只是极忧死后，可见生前更不容许吐气。吾先君新邑于此。王室而既卑矣，周之子孙日失其序。旧郑在京兆，新郑在此河南。○看他心孤语。夫许，太岳之胤[8]也。天而既厌周德矣，吾其能与许争乎！”看他心孤语。凡老奸至尽头日，都比常人更怯。

君子谓：“郑庄公于是乎有礼。礼，经国家，定社稷，序民人，利后嗣者也。许无刑而伐之，服而舍之，德而处之，量力而行之，相时而动，无累后人，可谓知礼矣。”“于是乎有礼”者，言郑庄一生无礼。彼善于此，而姑许之。

〔注释〕

①郑伯：即郑庄公。

②许庄公：名苐，许国国君。

③百里奉许叔：百里，许国大夫。许叔，即许穆公，名新臣，许庄公之弟。

④供亿：共安相处。

⑤获：即公孙获，郑国大夫。

⑥禋祀：敬祭，泛指祭祀。

⑦圉（yǔ）：边疆。

⑧太岳之胤：太岳，对四岳的尊称。旧说许国为尧时四岳伯夷的后裔，不可信。胤，后代、后嗣。

〔解读〕

鲁隐公十一年（前712年），郑庄公联合鲁隐公、齐僖公以周天子的名义出兵讨伐许国。许国被攻灭后，郑庄公当仁不让地占有了许国土地。而怎样统治新获得的土地呢？郑庄公老奸巨猾，对许分而治之，东部让许国大夫百里辅佐许庄公弟许叔管辖，以许治许，使许成为其附庸国，而西部则使郑国大夫公孙获管辖，并授以密计。在此，充分暴露了郑庄公的真实用心。全文分三个层次，一层写郑庄公嘱许大夫百里，一层写郑国大夫公孙获，最后一层是“君子谓”，构成一篇完整的文章。

齐伐楚盟召陵

此篇写齐，凡三换声口；写楚，只是一意闲闲然，此为左氏于小白之微词也。

春，齐侯以诸侯之师侵蔡[①]。蔡溃，遂伐楚。看齐来楚踪迹，便不正大。楚子[②]使与师言曰："君处北海[③]，寡人处南海，唯是风马牛不相及也。不虞君之涉吾地也，何故？"问得闲闲然，绝不以齐为意，妙。管仲[④]对曰："昔召康公[⑤]命我先君太公曰：'五侯九伯，女实征之[⑥]，以夹辅周室。'一援王命，破"不相及"句。赐我先君履：东至于海，西至于河，南至于穆陵[⑦]，北至于无棣[⑧]。二宣赐履，破"涉吾地"句。尔贡包茅[⑨]不入，王祭不共，无以缩酒，寡人是征。昭王南征[⑩]而不复，寡人是问。"三与楚罪，破"何故"句。对曰："贡之不入，寡君之罪也，敢不共给！看他承一件。昭王之不复，君其问诸水滨！"推一件，其实与楚无干也。看他只是闲闲然，绝不为意也。妙妙！师进，次于陉。

夏，楚子使屈完如师[⑪]。师退，次于召陵。齐侯陈诸侯之师，与屈完乘而观之。写齐总不正大。齐侯曰："岂不穀[⑫]是为？先君之好是继。与不穀同好，如何？"最是婉曲好文，然总写出齐怯处。对曰："君惠徼福于敝邑之社稷[⑬]，辱收寡君，寡君之愿也。"妙妙！只是闲闲然，绝不为意。齐侯曰："以此众战，谁能御之？以此攻城，何城不克？"写齐更不是。对曰："君若以德绥诸侯，谁敢不服？君若以力，楚国方城以为城，汉水以为池，虽众，无所用之！"到底只是闲闲然，绝不为意也。屈完及诸侯盟。"及诸侯盟"，则非与齐盟也，通篇结案在此。

〔注释〕

①齐侯以诸侯之师侵蔡：齐侯，即齐桓公。公元前656年，齐桓公称霸天下，率鲁、宋、陈、卫、郑、许、曹等进攻蔡国。

②楚子：即楚成王。

③北海：古人称渤海以北为北海，此处泛指北部边远地区。

④管仲：名夷吾，字仲。齐大夫，春秋时著名政治家，辅佐齐桓公称霸。

⑤召康公：即周成王时太保召公奭。

⑥五侯九伯，女实征之：五侯，公、侯、伯、子、男五等诸侯。九伯，九州之长。女，同“汝”。此处泛指对各诸侯可以进行征伐。

⑦穆陵：古地名，在楚境内。有认为相当于今湖北省麻城县西北的穆陵山，有认为是今山东临朐县的穆陵关。

⑧无棣：齐地名，今山东无棣县一带。

⑨包茅：指楚国应向周王进贡的一种特产植物。包，当作苞，丛生曰苞。茅。即菁茅。

⑩昭王南征：昭王，即周昭王，他曾巡狩南方，渡汉水时船至河中心解体，他和从臣均淹死。

⑪屈完如师：屈完，楚大夫。如师，前往齐桓公的军营。

⑫不穀：古代诸侯自称的谦辞。

⑬徼福于敝邑之社稷：徼，求。敝邑，对自己国家的谦称。社稷，社是土地神，稷是谷神，此处指国家。

〔解读〕

本篇记叙的是春秋争霸过程中齐楚两国之间军事、外交斗争的一个插曲。着重刻画了在大敌压境之时，楚国使者针对齐国的自恃强大、软硬兼施的咄咄逼人之势，随机应变，时硬时弱，不卑不亢，对齐国的蛮不讲理、故意找茬，针锋相对，予以驳斥，致使齐国不得不罢兵讲和，签订盟约。本文精彩之处不少，如楚使者问“你远在北边，我远在南边，本是风马牛不相及，却想不到您却踏上我的土地，何故?”如回答管仲质问昭王南巡不归事，楚使者毫不客气将了一军：“昭王南巡不返，您到水边去问吧。”如对齐桓公的以强兵威胁，则答：“您若依仗武力，我们楚国将以方城山为城墙，以汉水为护城河，您军队虽多也无济于事。”这些回答都恰到好处。尤其是最后一句“楚大夫屈完与诸侯订立了和约”，本来是齐国率诸侯攻楚，结果楚却不战而屈人兵，并与诸侯立约和好。

宫之奇谏假道

事险，便作险语，看其段段俱是峭笔、健笔，更不下一宽句、宽字。古人文，必照事用笔，每每如此。

晋侯[①]复假道于虞以伐虢。下一“复”字，便有一不可再语也。通篇文字在叙事时如此。宫之奇[②]谏曰：“虢，虞之表也。虢亡，虞必从之。事急，故陡作险语，峭甚，健甚。晋不可启，寇不可玩。一之为甚，其可再乎？在昔为晋，在今为寇；在昔为启，在今为玩。晋不可启，故一为甚。寇不可玩，故不可再也。谚所谓‘辅车相依，唇亡齿寒’者，其虞虢之谓也。”事急，故再作险语：虢存则辅车相依，虢灭则唇亡齿寒。公曰：“晋，吾宗也，岂害我哉？”亦是人情。对曰：“太伯、虞仲，太王之昭[③]也。太王于周为穆，穆生昭，故太王之子为昭。太伯不从，是以不嗣。此句，只说虞固出于太王。虢仲、虢叔，王季之穆[④]也；昭生穆，故王季之子为穆。为文王卿士，勋在王室，藏于盟府。此句，乃说虢更亲于虞仲。将虢是灭，何爱于虞？承上“吾宗”句，破得甚辣。且虞能亲于桓庄[⑤]乎，其爱之也？句法妙，谓之补注法。若顺笔写之，则将云：“且晋爱虞，能过于桓庄乎？”桓庄之族何罪，而以为戮？不唯偪乎？桓叔、庄伯，皆晋献从祖昆弟，恶其偪，尽杀之。亲以宠偪，犹尚害之，况以国乎？”辣语、险语。公曰：“吾享祀丰洁，神必据我。”写大愚人到尽头，如画。对曰：“臣闻之，鬼神非人实亲，惟德是依。通篇悉作峭笔、健笔。故《周书》曰：‘皇天无亲，惟德是辅。’“德”字，引书一。又曰：‘黍稷非馨，明德惟馨。’“德”字，引书二。又曰：‘民不易物，惟德繄物[⑥]’。“德”字，引书三。连引三书，“德”字三见，皆是峭健之笔。如是则非德，民不和、神不享矣。又作冷语，愈益峭。神所凭依，将在德矣。愈益冷、愈益峭。若晋取虞，而明德以荐馨香，神其吐之乎？”妙语。随笔转出，冷峭乃不可言。

弗听，许晋使。宫之奇以其族行，曰：“虞不腊⑦矣。在此行也，晋不更举矣。”到底作险语，峭甚、健甚。言虞不及腊祭，与虢俱灭，晋不必再起兵也。

冬，晋灭虢，师还，馆于虞。遂袭虞，灭之。执虞公。

〔**注释**〕

①晋侯：即晋献公。

②宫之奇：虞大夫。虞，春秋时小国，位于今山西省平陆县东北。虢，春秋时小国，位于今河南省陕县东南。

③太伯、虞仲，太王之昭：太伯即大伯，与虞国的始封君虞仲，均为大王之子。太王即泰王。按古代宗庙制，始祖神位居中，左为子，称昭，子之子在右为穆。周以太王为始祖，其子三人太伯、虞仲、王季都称为昭。

④虢仲、虢叔，王季之穆：虢仲等封于虢，为王季之子。因王季为昭，二人为穆。

⑤桓庄：桓、庄二人后裔均为晋献公近亲，后也为晋献公所灭。

⑥民不易物，惟德繄物：见《周书·旅獒》“人不易物，惟德其物”，意谓不同的人祭祀神时，祭品相似，不必改易，惟有德者的祭品为神所享受。

⑦腊：岁终祭神曰腊。此话谓虞国之亡等不到岁终了。

〔**解读**〕

本文是一篇典型的明臣昏君对话录，记录了虞国大夫宫之奇在对待关系国之存亡大事上的先见之明和谏诤。宫之奇洞察时局，深知晋国借道伐虢之后患，从历史教训、国与国关系、人神关系几方面力谏虞公不可挑起祸端。而昏庸顽固的虞公却认为晋国与其同族，而且自己祭祀神的供品丰盛又洁净，神会保佑他。宫之奇针对此，提出“辅车相依，唇亡齿寒”的哲理，并批驳了虞公的家族观念和神权思想，说上天不分亲疏，只保佑有德行的人，只享用有德者进的贡品。而虞公终不听劝，终于导致了虞国的灭亡，自己也当了俘虏。

齐桓下拜

看他一连写五个“下拜”。

王使宰孔赐齐侯胙[①]，《周礼》：“脤膰以亲兄弟”，于异姓则独夏、商二王之后有焉，客之也。今以胙赐桓，乃尊之比二王后。曰：“天子有事于文、武[②]，使孔赐伯舅胙……”本与下“以伯舅耋老”句连文，只因齐侯下拜，遂隔断。此古人夹叙法也。齐侯将下拜，孔曰：“且有后命，孔本欲一气宣下，因见齐侯下拜，遂添出此句。天子使孔曰：‘以伯舅[③]耋[④]老，加劳赐一级，无下拜。’”此一段原连上成文。对曰：“天威不违颜咫尺，此句是说平日。小白余敢贪天子之命无下拜，恐陨越于下以遗天子羞，敢不下拜？”应云：“敢贪天子之命，不下拜？”句最明健。因自注“天子之命”，即“无下拜”三字；再又注“天子所以命无下拜”，乃为“恐陨越以遗羞”。只为添此两重自注，便成袅袅二十六字长句。下，句。拜，句。登，句。受。句。

〔注释〕

①王使宰孔赐齐侯胙：王，指周襄王。宰孔，即宰周公，周王室执政大臣。齐侯，即齐桓公，名小白。胙，宗庙祭肉。

②有事于文、武：有事，指举行祭祀的事。文、武指周文王、周武王之庙。

③伯舅：周天子对异姓诸侯称伯舅，对同姓诸侯称伯父或叔父。

④耋：古代七十岁以上者称耋。

〔解读〕

本文记述了鲁僖公九年（前651年）齐桓公在葵丘会盟诸侯，周襄王派宰孔赐胙，齐桓公下拜受胙的经过。当时，齐桓公已为诸侯霸主，但为拉拢人心，以尊王相标榜，所以在诸侯前下拜，以示尊崇周室。此文虽仅一百多字，但一连写了五个“下拜”，充分反映了齐桓公为称霸而良苦用心的一个侧面。

本文内容极其简练，如最后“下，拜，登，受”，仅四个字即描绘出古代诸侯接受天子所赐物品的一套繁缛礼节。

秦伯不食言

写秦伯语，又如骄奢，又如戏谑，又如真恳，妙！写晋群臣语，满口哀求，又并不曾一字吐实，妙！写穆姬语，无限慌迫，却只说得一片瓜葛何至于此，并不是悍妇要求，妙！

秦获晋侯[①]以归，晋大夫反首拔舍[②]从之。极写。秦伯[③]使辞焉，曰："二三子，三字句。何其感也？四字句。寡人之从君而西也，亦惟晋之妖梦[④]是践，十六字句，"从君而西"，辞令妙！岂敢以至！"四字句，如相戏，如相慰，妙妙！晋大夫三拜稽首曰："君履后土而戴皇天，先写此句，生出"皇天后土"字。皇天后土实闻君之言，次将"皇天后土"证实其语。君臣敢在下风。"次方说已、众人无不一同闻之。妙于满口感激，却并不曾吐出一字，浑是镜花水月之笔。穆姬[⑤]闻晋侯将至，以太子罃、弘与女简璧，登台而履薪[⑥]焉。极写。使以免服衰绖逆[⑦]。且告，曰："上天降灾，使我两君不以玉帛相见而以兴戎。十八字句，相其语意，乃正妙于"我两君"字，"不以玉帛相见"字。全是一片瓜葛至戚，正不以"降灾兴戎"字为愤感也。若晋君朝以入，则婢子夕以死；夕以入，则朝以死！惟君裁之。"上一句，何其缠绵！此四句，何其决烈！秦伯虽欲不从，又岂可得。乃舍诸灵台。

大夫请以入，公曰："获晋侯，以厚归也。既而丧归，焉用之？大夫其何有焉！承穆姬一段事，辞诸大夫。且晋人感忧以重我，天地以要我，不图晋忧，重其怒也。我食我言，背天地也。重怒难任，背天不祥；承晋群臣一段事，辞诸大夫。必归晋君！"总一句。

〔注释〕

①晋侯：即晋惠公。

②反首拔舍：反首，散乱的头发自面部向下垂着。拔舍，在草中宿息。

③秦伯：即秦穆公，春秋五霸之一。

④晋之妖梦：据《左传》鲁僖公十年载，晋大夫狐突不寐遇见了太子申生鬼魂，斥责晋惠公无道，并说晋惠公必在韩地被秦击败。故此处称“晋之妖梦”。

⑤穆姬：晋献公女儿，也是秦穆公夫人。

⑥登台而履薪：登上闭宫者所居的台，踩着干柴，即准备自杀。

⑦以免服衰绖逆：免服、衰绖均为衰服，即使人穿着衰服出迎晋惠公。

〔解读〕

鲁僖公十五年（前645年），秦为惩罚晋惠公违背誓约之仇，出兵进攻晋国，双方在韩展开激战，因晋军士气低落和晋惠公刚愎自用失策，晋军战败，晋惠公当了俘虏。这段文章记叙了罪有应得的晋惠公在被秦军俘获后的情况。先是晋国几个大臣披发野宿随之西行，以语相激，使秦穆公发誓不把晋惠公当俘虏对待；再次是秦穆公之夫人以携子女登台欲自焚要挟，并派人穿衰服去迎接晋惠公，转告秦穆公说：“上天降灾，使我秦、晋两国国君不以礼相见，却以武力交锋，如晋君早晨入秦，婢子晚上即死；晚上入秦，婢子早上即死。唯有您能裁决此事。”晋大夫之激将法和穆姬之以死要挟，使秦穆公不得不放弃将晋君作为战俘带回秦的打算，只好将晋惠公放回，两国讲和。

阴饴甥对秦伯

看他劈空吐出“不和”二字，却便随手分作小人、君子。凡我有唐突秦伯语，便都放在小人口中；有哀求秦伯语，便都放在君子口中。于是自己只算述得一遍，既是不曾唐突，又并不曾哀求，真措辞入于甚深三昧者也。

十月，晋阴饴甥会秦伯[1]，盟于王城[2]。秦伯曰："晋国和乎？"对曰："不和！对得奇杀人，直是使人吃惊！○后来宋人争“献”“纳”字，岂复有此精彩？小人[3]耻失其君而悼丧其亲，不惮征缮以立圉[4]也，曰：'必报仇，宁事戎狄[5]！'君子爱其君而知其罪，不惮征缮以待秦命，曰：'必报德，有死无二！'整整二扇，说出不和之故。看他句句挺特，字字精神，妙绝、妙绝！○上初读“不和”二字，只谓尽露其短；今详读此，始知正炫其长，煞是奇事。以此不和。"二扇下，又用不和字结正，笔法精整。○不和在“必报仇”“必报德”二句。看他句上一样双加“不惮征缮”四字，乃是其制缚秦伯之要著也。上再加“君亲”，下再加“宁事戎狄，有死无二”，真是一字千椎，二字百炼。秦伯曰："国谓君何？[6]"对曰："小人慼，谓之不免；君子恕，以为必归。小人曰：'我毒秦[7]，秦岂归君？'君子曰：'我知罪矣，秦必归君。'看他通篇用整整二扇之法，又用接连四扇一气写成，奇妙！奇妙！贰，句。而执之；句。服，句。而舍之；句。德句。莫厚焉；句。刑句。莫威焉。句。服者，句。怀德；句。贰[8]者，句。畏刑。句。此一役也，秦可以霸。明明笼络。纳而不定，废而不立，以德为怨，秦不其然。"明明笼络，○须知秦伯之受此明明笼络，全是上文两“不惮征缮”夺气。秦伯曰："是吾心也。"改馆晋侯，馈七牢[9]焉。

〔注释〕

①阴饴甥会秦伯：阴饴甥，复姓瑕吕，名饴甥，因封于阴（今河南陕县至陕西商县一带），又称阴饴甥。秦伯：指秦穆公。

②王城：秦国地名，在今陕西朝邑县东。

③小人：在下之人，指下层老百姓。

④圉：即晋惠公太子姬圉。

⑤戎狄：为我国西北方两大古老民族。

⑥国谓君何：晋国人怎样看待晋国国君。此句话指晋国人估计晋惠公会不会回去。

⑦我毒秦：我伤害了秦国。此句指晋惠公违背以前与秦订的报恩盟约。

⑧贰：二心。

⑨七牢：牛、羊、猪各一头为一牢，七牢为当时款待诸侯的礼节。

〔解读〕

借“君子”“小人”之口而巧对秦穆公之问，不愧为一篇绝妙的外交辞令。此篇是指在鲁僖公十五年（前645年）秦晋之战后，晋国战败，晋惠公被俘。阴饴甥作为败方谈和代表，就秦穆公问“晋国意见是否一致”，巧妙引用国内上层和下层的社会舆论，向秦国施加压力，使秦穆公闻“小人”拼死抵抗之话而畏惧，闻“君子”爱君知罪报德之语而快意，从而使秦穆公不得不释放晋惠公。

子鱼论战

笔快，却如剪刀快相似，愈剪愈疾，愈疾愈剪。胸中无数关隔噎欬之病，读此文，便一时顿消。

朔[①]，宋公[②]及楚人战于泓。先一句，总。宋人既成列，楚人未既济。司马曰："彼众我寡，及其未既济也，请击之。"公曰："不可！"写宋公鬼怪。既济而未成列，又以告。公曰："未可。"鬼怪。师陈而后击之。宋师败绩，公伤股，门官[③]歼焉。国人皆咎公。公曰："君子不重伤，不禽二毛[④]。古之为军也，不以阻隘也。寡人虽亡国之余[⑤]，不鼓不成列。"鬼怪。

子鱼[⑥]曰："君未知战。一句断尽。勍敌[⑦]之人，隘而不列，天赞我也。阻而鼓之，不亦可乎？快论，又快笔。犹有惧焉。加一句，更透、更快。已下，一句接一句，一句快一句，如乱刀疾斫相似。且今之勍者，皆吾敌也，虽及胡耇[⑧]，获则取之，何有于二毛？快论，又快笔。明耻教战，求杀敌也。快快，妙妙，更有何说。伤未及死，如何勿重？快快，妙妙，更有何说！若爱重伤，则如勿伤；快快，妙妙，更有何说。爱其二毛，则如服焉。快快，妙妙，更有何说！三军，以利用也，快快，妙妙。金鼓，以声气也。快快，妙妙。利而用之，阻隘可也；快快，妙妙，快论，又快笔。声盛致志，鼓儳[⑨]可也。"快快，妙妙，快论，又快笔。

〔**注释**〕

①朔：夏历每月初一。

②宋公：即宋襄公。

③门官：守卫宫门的官，即君主的门口侍卫。

④不禽二毛：禽通“擒”。二毛，头发有二色，指花白头发老人。

⑤亡国之余：宋国君主为商王后裔，而商早已灭亡，故宋襄公自称为亡商之后。

⑥子鱼：即宋襄公庶兄，当时担任大司马，掌管军政。

⑦勍敌：强劲有力的敌人。

⑧胡耇（gǒu）：年纪老的人。

⑨鼓儳：击鼓进攻不整齐的敌人。儳（chán），不整齐，即“不成列”。

〔解读〕

宋国是属于亡商之后的一个小国，但宋襄公却不自量力，在齐桓公死后，自以为复兴亡商之机已到，与强大的楚国争霸。鲁僖公二十二年（前638年）夏，宋襄公率领许、卫等小国进攻郑国；同年冬楚国发兵攻宋以援郑，宋襄公不听劝告迎战。两国在泓（今河南柘城县）水交战。当时宋处于劣势，恰逢楚军还没过河，大司马子鱼劝趁机发动进攻，宋襄公不许。当楚军过河而队列还未成形时，子鱼再请求进攻，又不许。而等楚军摆好阵势开战，宋军大败，宋襄公伤及大腿。但宋襄公却自有一番道理，说君子不打击已经受重伤的敌人，也不擒杀年老敌人，不进攻处于不利的敌军。子鱼听后予以反驳，阐述了其军事思想，辩证地阐述了仁义与战争、个别老伤病残与整个敌军的关系，双军对垒，就是你死我活之斗，更何况是面对强敌，不存在什么仁义不仁义，如果讲仁义，就根本不要参战迎敌。

重耳历楚至秦

俊杀。

重耳①及楚，楚子飨之②。曰：“公子若反晋国，则何以报不穀③？”无端引出妙文。对曰：“子女玉帛，则君有之；妙。羽毛齿革，则君地生焉。妙。其波及晋国者，君之余也，其何以报君？”妙妙！总是故作好态。曰：“虽然，何以报我？”定要引出妙文。对曰：“若以君之灵，得反晋国，此九字是话头，决不可少。晋、楚治兵④，遇于中原，其辟君三舍⑤；只此。○三十里为一舍。若不获命，其左执鞭弭，右属櫜鞬⑥，以与君周旋。”辟三舍，只是衬语，此乃报楚之正答也。看他左、右二句，分明画出略不相让。真是异样英物。子玉请杀之。楚子曰：“晋公子，广而俭，文而有礼；其从者，肃而宽，忠而能力。楚子知人。○公子方作此语。乃楚子评之，却云文而有礼。想古人眼力，直是超绝后来。晋侯无亲，内外恶之。吾闻姬姓，唐叔之后，其后衰者也，其将由晋公子乎？天将兴之，谁能废之？违天必有大咎！”楚子知天。乃送诸秦。

〔注释〕

①重耳：即晋文公。

②楚子飨之：楚子，指楚成王。飨之，即酒宴款待。

③不穀：诸侯自谦之称。

④治兵：双方交战。

⑤辟君三舍：辟，同“避”。舍，三十里。此语谓如楚晋交战，为报楚王招待之恩，晋军后退三舍。

⑥左执鞭弭，右属橐鞬：鞭，马鞭。弭，两端不加装饰的弓。属，佩、系。橐，盛箭之器。鞬，盛弓之物。意谓手持武器准备迎战。

〔解读〕

晋文公重耳出逃是春秋时一件大事。鲁僖公四年（前656年），晋献公听信骊姬谗言，迫太子申生自杀，申生的两个弟弟重耳、夷吾被迫逃亡国外。本文所载的是晋文公逃至楚国，受楚国国王招待时的一段对话，描述了晋文公虽处于逃窜途中，但仍不卑不亢，善于应对，不失其人格和大国尊严，并由此得到了楚王之敬重。

介子推不言禄

最是清绝、峭绝文字。写其母三段话，是三样文字。细细玩味之！

晋侯赏从亡者[①]。介之推[②]不言禄，禄亦弗及。先正多责推借正言以泄私怨，非也。看此叙事，先书“不言禄”三字，便知推本自过人一等。推曰：“献公之子九人，唯君在矣。一，非二三子力。惠、怀[③]无亲，外内弃之。二，非二三子力。天未绝晋，将必有主。三，非二三子力。主晋祀者，非君而谁？妙妙，说得雪淡。天实置之，而二三子以为己力，不亦诬乎？断得倒，二三子更何对？窃人之财，犹谓之盗；况贪天之功以为己力乎？再痛骂之。本落得骂也。下义其罪，上赏其奸，上下相蒙，难以处矣。”直是断晋国后来，奈何诬其为怨言耶？其母曰：“盍亦求之，以死谁怼[④]？”母特试之也，为上“不言禄”也。对曰：“尤而效之，罪又甚焉。且出怨言，不食其食。”尤，罪也。既已罪之，又复效之也。看推自亦认有怨言字，何劳后人又责其怨。其母曰：“亦使知之，若何？”母特再试之也。对曰：“言，身之文也。妙！身将隐，焉用之文？妙妙。是求显也。”妙妙。其母曰：“能如是乎？细读此四字，知母上二番为试之也。与女偕隐！”奇母。遂隐而死。方信“龙蛇之诗”非推笔。

晋侯求之不获，以绵上[⑤]为之田，曰：“以志吾过，且旌善人。”天理人心，不足为好。

〔注释〕

①晋侯赏从亡者：晋侯，即晋文公重耳。赏从亡者，即他回国登上君位后重赏

他落难逃亡国外时跟随他的人。

②介之推：介子推，一作介之推，跟随晋文公出逃者。

③惠、怀：均为晋献公子，惠即晋惠公，怀即怀公子圉。

④谁怼（duì）：怨恨谁。

⑤绵上：晋地名，在今山西介休市南。

〔解读〕

介子推在历史上是个以有气节、不求名利而著称的人物。当晋文公重耳落难逃亡时，他毫无怨言相跟随，后文公赏赐跟随者，唯独不及介子推。介子推也不请赏，便与其母亲逃入深山。至于其结局，一种广泛流传说法是被火烧死。晋文公为逼他出山，便放火烧山，希望他能出来，而介子推却宁愿烧死也不出来。据说，寒食节禁火起因即为纪念介子推之死。本文记叙了介子推出逃前与其母亲的对话。其母三番设问，以考验儿子对名利的态度。本文笔法简练新奇，尤其其母三次反问，一层层揭示了介子推对名利的非同一般的态度。

展喜犒师

只是短幅，却有无数奇妙。如斗按“恃”字作突兀一句，一也；并举二祖同事先王，二也；赐盟至今在府，三也；忽然感颂桓公，四也；诸侯共望率桓之功，不止鲁之望之，五也；自写无怨，袅袅二十五字，只作一句，六也。

齐孝公[①]伐我北鄙。公使展喜[②]犒师，人来伐我，却往迎劳之，便妙。使受命于展禽[③]。下皆柳下辞也。“圣之和者”，其辞侃侃又如此。

齐侯未入境，展喜从之，妙！应后“乃还”二字。曰：“寡君闻君亲举玉趾，将辱于敝邑，使下臣犒执事。”此即柳下辞。齐侯曰：“鲁人恐乎？”对曰：“小人恐矣，君子则否。”算来说恐又不得，说不恐又不得，忽分君子、小人，奇妙无比。齐侯曰：“室如县罄[④]，野无青草，何恃而不恐？”对曰：“恃先王之命！突兀，大奇！昔周公、鲁祖。太公齐祖。并举二祖。股肱周室，夹辅成王。成王劳之而赐之盟曰：‘世世子孙，无相害也。’盟辞，即先王之命也。载在盟府[⑤]，太师职之。加此二句妙！言凛凛至今在。桓公是以纠合诸侯而谋其不协，弥缝其阙而匡救其灾，昭旧职也。“是以”字妙绝！三“其’字，皆指鲁也。及君即位，先之以桓公，妙！疾接“及君即位”，更妙。诸侯之望曰：‘其率桓之功。’不独写鲁，通写诸侯，妙！我敝邑用不敢保聚[⑥]，曰：‘岂其嗣世九年，而弃命废职，其若先君何？二十五字，只成袅袅一句，妙绝、妙绝！君必不然。’再断一句。恃此以不恐。”直接到“恃”字。齐侯乃还。

〔注释〕

①齐孝公：名昭，齐桓公之子，公元前 642—前 633 年在位。

②展喜：鲁国大夫，公孙展之后。

③展禽：名获，字禽，又字季，鲁大夫，当时是一位著名贤人。当秦攻齐时，下令谁敢到其墓五十米而砍柴者杀无赦。因食邑柳下，谥曰惠，亦称柳下惠，史曰“柳下惠坐怀不乱”。

④室如县罄：县罄，即悬罄，指空洞无物，没有粮食。

⑤载在盟府：载，载书，此处指盟约。盟府，管理盟约之书档案的官府。

⑥保聚：聚众保守，修城郭，缮甲兵。

〔解读〕

鲁僖公二十六年（前634年）夏，齐孝公举兵伐鲁，鲁君派展喜以“犒师”名义去质询齐孝公出兵。展喜既谦虚有礼，不触其怒，而又义正词严地指出齐侵鲁之不对，并搬出齐国名君齐桓公能遵守成王“世世子孙，无相害也”的祖训，说鲁齐之祖先周公、太公同辅周室，以此来激励齐孝公，从而使齐孝公理亏抱歉，感到伐鲁有违于列祖列宗，便自动退兵。展喜短短数言，能使齐孝公翻然知过，实在高明。林纾评价此文说：“文字中有下一字，造一语重如山岳，震如雷霆，闻者立动其颜色，即此篇‘恃先王之命’五字是也。文字中有使人欢悦，使人疑骇，闻者必加以考问，即此篇‘小人恐矣，君子则否’八字是也。”

宁武子保身济君

读起袅袅二句，真欲泪落；读后斩斩数语，直欲血迸。

卫侯出奔楚，晋文公伐卫，卫侯请盟，晋弗许。卫人出其君以说，遂奔。使元咺奉叔武①以受盟。摄君事以受盟于践土。或诉元咺于卫侯曰："立叔武矣。"其子角从公②，公使杀之。咺不废命，奉夷叔以入守。晋人复卫侯。宁武子③与卫人盟于宛濮，曰："天祸卫国，君臣不协，以及此忧也。十三字句，说往事，句态袅袅。今天诱其衷，使皆降心以相从也。十三字句，说今事，句态袅袅。不有居者，谁守社稷？句法斩然。不有行者，谁捍牧圉？句法斩然。上二句，恰合袅袅；此二句，恰合斩然。不协之故，用昭乞盟于尔大神以诱天衷④。乞盟之故。自今日以往，既盟之后，二句叠写，妙！行者无保其力，血泪交迸之句。居者无惧其罪。血泪之句。有渝此盟以相及也，明神、先君是纠是殛。更不烦称，至今凛凛然。国人闻此盟也，而后不贰。"前文，叙起得苍健；此处，又收煞得苍健。

〔**注释**〕

①元咺奉叔武：元咺，卫国大夫，食采邑于元，因以为氏。叔武，即夷叔，卫成公之弟，因卫侯出逃，他代表卫国参加践土之盟。

②子角从公：元咺的儿子元角跟随卫公。

③宁武子：名俞，卫国大夫，当时随从卫侯在外。

④天衷：犹言天心，即上天保卫。

〔解读〕

鲁僖公二十八年（前632年），晋国攻打卫国，卫成公出逃至楚国，吩咐大臣元咺辅佐其弟叔武出面主持国政。而卫成公由于听信谣言，便杀了跟随他在外的元咺之子，但元咺并没因此而废弃卫成公之命，仍奉卫成公弟叔武主持国政。卫国大夫宁武子则与卫国官吏、大族立盟，以表示要团结一致，无论随卫成公出逃的，还是留守的，都要一致团结。本文主要讲了宁武子在国难当头，召集国人，对明神、先君发誓，保身济君，其盟约正如金圣叹所评“血泪交迸之句”，其忠君爱国之情溢于字里行间。

烛之武退秦师

分明一段写舍郑之无害，一段写陪晋之有害，而其文作连锁不断之句。一似读之急不得断者，○妙在其辞愈委婉，其说愈晓畅。

晋侯、秦伯[①]围郑，以其无礼于晋，且贰于楚也。晋军函陵，秦军汜南[②]。佚之狐[③]言于郑伯曰："国危矣。若使烛之武[④]见秦君，师必退。"公从之。辞曰："臣之壮也，犹不如人；今老矣，无能为也已！"早是婉曲。公曰："吾不能早用子，今急而求子，是寡人之过也。然郑亡，子亦有不利焉。"亦甚婉曲。许之。夜，缒而出。

见秦伯，曰："秦、晋围郑，郑既知亡矣。最妙是此一句，使人气已先平一半。○一折。若亡郑而有益于君，敢以烦执事[⑤]。二折。越国以鄙远，君知其难也。三折。焉用亡郑以陪邻？邻之厚，君之薄也。四折。一段四折。若舍郑以为东道主，行李[⑥]之往来，共其乏困，君亦无所害。又一段，○亦无所害，妙。且君尝为晋君赐矣，许君焦、瑕[⑦]，朝济而夕设版焉，君之所知也。一折。夫晋何厌之有！既东封[⑧]郑，又欲肆其西封；若不阙秦，将焉取之？二折。阙秦以利晋，唯君图之。"三折。○一段三折。前段，写舍郑之无害；后段，写陪晋之有害。秦伯说，与郑人盟。使杞子、逢孙、扬孙[⑨]戍之，乃还。

〔注释〕

①晋侯、秦伯：晋文公、秦穆公。

②晋军函陵，秦军汜南：函陵，郑国地名，在今河南省新郑市北。汜南，汜水

之南，此指东汜水。即晋军攻打函陵，秦军攻打汜南，使晋受两面夹击。

③佚之狐：郑大夫。

④烛子武：郑国大夫。

⑤敢以烦执事：足以劳动您的左右。执事，国君左右的办事人员。

⑥行李：古代的外交使者，也称行理、行人。

⑦焦、瑕：晋国二邑名，故址在今河南省三门峡市一带。

⑧封：疆界。

⑨杞子、逢孙、扬孙：此三人均为秦国大夫。

〔解读〕

鲁僖公三十年（前630年），秦国和晋国以郑国对晋文公不礼貌和郑国亲附楚国，联合夹击郑国，小小的郑国危在旦夕。在此情况下，郑文公不得不起用退休的老臣烛之武前往秦营，以游说秦穆公退兵。烛之武先撇开郑国利益不谈，而抓住秦晋两大国争霸必然导致的利害冲突，向秦穆公陈述郑国存亡与对秦之利弊，并特别提醒晋国一向背信弃义、贪得无厌，对于秦国是最大之隐患。烛之武切中要害之分析，打动了秦穆公，使他心悦诚服地撤兵，晋国也不战而退。本篇描述了郑国烛之武以委婉巧妙的外交辞令拆散秦晋联盟，成功地保住了国家的动人故事，刻画出了一个具有爱国思想、能言善辩的外交使节的形象。

蹇叔哭师

一片沉痛，却出之以异样兴会。

秦伯[①]召孟明、西乞、白乙[②]，使出师于东门之外。蹇叔[③]哭之，曰："孟子！先呼，便惨。吾见师之出，而不见其入也！"只一句，情文俱极。公使谓之，曰："尔何知？中寿[④]，尔墓之木拱矣！"公亦诅，妙！不如此，不与上下文配。蹇叔之子与师，哭而送之。曰："晋人御师，必于殽[⑤]。殽有二陵焉：其南陵，夏后皋[⑥]之墓也；其北陵，文王[⑦]之所避风雨也。必死是间，只是"晋人御师必于殽，余于其间收尔骨"一句，看他忽然生出"殽有二陵"遂写得如此异样秾至，始悟文章有何定态，人自不会搜捕耳。余收尔骨焉！"秦师遂东。

〔**注释**〕

①秦伯：指秦穆公。

②孟明、西乞、白乙：即百里视（字孟明）、西乞术、白乙丙，三人均为秦国将领。

③蹇叔：秦国老臣。

④中寿：古代以六十岁左右为中寿，此时蹇叔已七八十岁，过了中寿。

⑤殽：即崤，山名，在今河南洛宁西北。

⑥夏后皋：夏朝帝王，名皋，夏桀之祖父。

⑦文王：即周文王。

〔**解读**〕

作为秦国一个具有丰富政治经验的老臣，蹇叔分析秦国千里迢迢远征的利弊，认识到秦国虽强、郑国虽弱，但疲罢之兵，长途跋涉，彼方养精蓄锐，占天时地利人和，秦兵必然失败。但秦穆公急于取得郑国，不听劝谏，发兵远征。蹇叔无奈，只好哭送，说他们有去无回，而秦穆公却派人骂蹇叔说："你知道什么，一个快死的老头！你坟头上的树已经两手合抱那么粗了。"而结果正如蹇叔所料，秦军大败于崤山，全军覆没。此文说明老者的智慧和君主刚愎自用的后果。

晋败秦师于殽

读原轸语，读栾枝语，读破栾枝语，读文嬴语，读先轸怒语，读孟明谢阳处父语，读秦伯哭师语，逐段细细读，逐段如画。

秦师灭滑[①]而还。晋原轸[②]曰："秦违蹇叔，而以贪勤民，天奉我也。"天奉我"，本奇语，然只为其违蹇叔则固至理也。后之违先生长者，尚其戒哉！奉不可失，敌不可纵。纵敌患生，违天不祥。双承之笔。必伐秦师！"笔势健举之甚。栾枝[③]曰："未报秦施[④]而伐其师，其为死君乎？"时文公新死，言忘秦施，是死其君。此亦只是文字故作一曲。先轸曰："秦不哀吾丧，而伐吾同姓；秦则无礼，何施之为！破"未报"句。吾闻之：一日纵敌，数世之患也。谋及子孙，可谓死君乎？"破"其为"句。遂发命，遽兴姜戎[⑤]。子墨衰绖[⑥]，梁弘御戎，莱驹[⑦]为右。夏四月辛巳，败秦师于殽。获百里孟明视、秦帅。西乞术、秦帅。白乙丙秦帅。以归。曰"遂"，曰"遽"，曰"以归"，写先轸如画。遂墨以葬文公，晋于是始墨[⑧]。

文嬴[⑨]请三帅，曰："彼实构吾二君，妙口。寡君若得而食之不厌，君何辱讨焉。妙口。使归就戮于秦，以逞寡君之志，若何？"妙口。又毅甚，又婉甚。公许之。先轸朝，问秦囚，公曰："夫人请之，吾舍之矣！"先轸怒，曰："武夫力而拘诸原，"力"字妙，千古同恨！妇人暂而免诸国[⑩]。"暂"字妙。千古同恨，事事如此。堕军实而长寇仇，此句双承："堕军实"，承"武夫"句；"长寇仇"，承"暂免"句。亡无日矣！"言不及克日也。不顾而唾。实是愤，勿谓其无礼也。公使阳处父[⑪]追之。及诸河，则在舟中矣。写得释三人疾去，如画。释左骖[12]，以公命赠孟明。阳处父儿戏，然此时急智，又只得尔。孟明稽首曰："君之惠，不以累臣衅鼓，使归就戮于秦。寡君之以为戮，死且不朽！此谢先之见释也。若从君惠而免之，三年，将拜君赐！"此谢今之不复转船也。言三年以后来伐晋，当面谢，今不复被诱转船矣，读之令人绝倒！

秦伯素服郊次[13]，乡师而哭曰："孤违蹇叔，以辱二三子，孤之罪也。"不替[14]孟明，曰："孤之过也。大夫何罪？且吾不以一眚掩大德。"仍结违蹇叔。

〔注释〕

①滑：春秋时国名，姬姓小国，在今河南滑县。

②原轸：又名先轸。晋之名将，因封于原，故名原轸。

③栾枝：即栾贞子，晋国大夫。

④未报秦施：施，恩惠，指晋文公入秦避难事。

⑤遽兴姜戎：用驿车传令征调姜戎部队。遽，驿车。姜戎，秦晋间一个部族。

⑥子墨衰绖：子，晋文公太子，即晋襄公，因文公未葬而刚即位，故称其为子。墨，染黑。衰绖（cuī dié），孝服，衰为不缝边的孝服，绖是麻制的腰带。

⑦梁弘、莱驹：二人皆为晋大夫。

⑧晋于是始墨：晋人以后居丧及遇有兵戎盟会之事，丧服用墨自此始。

⑨文嬴：秦穆公女儿，晋襄公之嫡母。

⑩暂而免诸国：暂，仓卒。免诸国，从都城放回去。即说妇人一下子便从都城把他们放走。

⑪阳处父：晋大夫。

⑫释左骖：解下乘车左边的一匹马。

⑬素服郊次：穿着丧服在郊外等待。

⑭替：废、撤换。

〔解读〕

晋郑是结盟之国。鲁僖公三十二年（前628年）夏四月，郑文公死，太子即位。同年冬天，晋文公死，晋襄公即位。秦穆公便抓住两国国丧之际，不听老臣蹇叔之苦谏，举兵袭郑，以打击晋国，树立秦国霸权地位。但因郑国事先得到情报，防备甚严，秦师只好灭了小小的滑国就回师。在经过晋国的殽陵山区时，遭到晋国军队截击，秦军大败，三名主帅被俘。此文主要讲了晋国截击秦师之智和晋襄公听信其母释放秦主帅之愚。一智一愚，反映了晋国统治阶层的错综复杂的关系。

商臣弑父本末

写子上语，是四句，妙于错落；写潘崇语，是一句，妙于轻巧；写江芈语，是三句，一句一字，一句二字，妙于径露；写商臣语，是三句，二句二字，一句一字，妙于磅辣。不过五七行文字，其间无变不极。

初，楚子[①]将以商臣为太子，访诸令尹子上。子上曰："君之齿未也，而又多爱；二语，说尽少年轻举。黜，乃乱也。只此，已断定不可立。下另补二事耳。楚国之举，恒在少者。言又有此一事。且是人也，蜂目而豺声，忍人也，不可立也。"言又有此一事。○此"不可立"句，只顶"忍人"，不总承上文。既，又欲立王子职[②]，而黜太子商臣。果应"齿未""多爱"之料。商臣闻之，句。而未察。句。告其师潘崇曰："若之何而察之?"潘崇曰："享江芈而勿敬[③]也!"轻巧之至。从之。江芈怒，曰："呼，犹今云"嗄"。役夫[④]！宜君王之欲杀汝而立职也。"轻轻毕吐，因更思潘崇之巧也。告潘崇曰："信矣!"潘崇曰："能事诸乎?"曰："不能!""能行乎?"曰："不能!"潘崇明知商臣欲行大事，特不便开口，故假作二问，看他连答二"不能"。"能行大事乎?"曰："能!"二"不能"一"能"，写得辣甚，疾甚。果又应"蜂目豺声"之料。

冬十月，以宫甲围成王。王请食熊蹯[⑤]而死，弗听。熊蹯难熟，冀有外救。丁未，王缢。谥之曰"灵"，不瞑；曰"成"，乃瞑。此记商臣不惟弑父，又为父作恶名。今谥"楚成"者，乃目不瞑自争所得耳。穆王立，以其为太子之室与潘崇，异赏一。使为太师，二。且掌环列之尹[⑥]。三。○一笔连写三赏，总见蜂目人忍于其父也。

〔注释〕

①楚子：指楚成王。

②王子职：楚成王庶子，商臣异母弟。

③享江芈而勿敬：享，同“飨”，宴请。江芈（mǐ），楚成王妹，商臣姑母，嫁与江国，故称“江芈”。勿敬，不恭敬。

④役夫：奴才，即贱者之称。

⑤熊蹯：熊掌，一种难熟的美味。实际上，成王想借此拖延时间待外援。

⑥环列之尹：宫卫之官，即保卫宫廷的长官。

〔解读〕

这篇小短文以极其简练的笔法记叙了一起宫廷政变的始末。全文可分三个段落，第一段交代事件的起因，即楚成王早立商臣为太子时已埋下祸根，而立后不久又废黜，从这个角度讲，事情完全是由于楚成王的错误决策引起的。第二段记叙了商臣与其师傅密谋对策，先是设计从其姑母口里套出真情，后则采取果断措施。尾段讲发动政变及政变后诸事。本文刻画了商臣的残忍阴险，先是讲此人“蜂目而豺声”，最后又加其不惟弑父，而且谥其父恶名，可谓不道之至。

晋立灵公

先写秦康语，次写穆嬴语，次写林父语，次写士会语，都作一样最峭、最健之笔。

秦康公送公子雍于晋，曰："文公之入也无卫，故有吕郤之难[①]。"只半句，最是峭，又最是健。书此为戊子之败加色。乃多与之徒卫。去年八月，晋襄公卒，灵公少，晋人欲立长君，赵孟曰："立公子雍，难必舒矣。"晋使先蔑、士会如秦迎之，康公送之。穆嬴[②]日抱太子以啼于朝，曰："先君何罪？其嗣亦何罪？舍适嗣不立而外求君，将焉寘此？"写穆嬴出色。○辞最峭，又健。出朝，则抱以适赵氏[③]，顿首于宣子曰："先君奉此子也，而属诸子，曰：'此子也才，吾受子之赐。不才，吾唯子之怨。'今君虽终，四字句。言犹在耳而弃之，七字句。若何？"写穆嬴出色。○辞最峭，又健。

宣子与诸大夫皆患穆嬴，且畏偪，乃背先蔑，而立灵公，以御秦师。此皆匆匆军中变计。箕郑居守[④]，箕郑本将上军，是日居守，止佐独行，故先书，以明箕郑不在军中。赵盾将中军，先克[⑤]佐之；荀林父[⑥]佐上军，先蔑将下军，先都佐之。步招御戎，戎津为右，及堇阴[⑦]。先蔑、士会，既迎公子雍，先还晋。晋人以迎雍出军，卒然变计立灵公，故先蔑亦在军中也。宣子曰："吾若受秦，秦则宾也；是。句句健峭。不受，寇也。是。峭健。既不受矣，而复缓师，秦将生心。是。峭健。先人有夺人之心，军之善谋也；是。峭健。逐寇如追逃，军之善政也。"是。峭健。宣子语，止此。○宣子语至此，便更不待语毕，竟传令行下五事。训卒，一。利兵，二。秣马，三。蓐食，四。潜师夜起。五。叙事都峭，都健。戊子，败秦师于令狐[8]，至于刳首[9]。战书日。

己丑，先蔑奔秦，士会从之。奔书日。先蔑之使也，荀林父止之，追写前日。曰："夫人、太子犹在，而外求君，此必不行。子以疾辞，若何？不然，将及，摄卿以往可也，何必子！句句峭，句句健。同官为寮；吾尝同寮，敢不尽心乎？"写荀林父好。弗听。为赋《板》之三章[10]，又弗听。追写前日止此。及亡，接写今日。荀伯尽送其帑及其器用财贿于秦，曰："为同寮故也。"写荀林父好。一段，写荀林父。

士会在秦，三年不见士伯。写士会好。士伯，即先蔑。其人曰："能亡人于国，不能见于此，焉用之？"士季曰：即士会。"吾与之同罪，非义之也，将何见焉？"写士会好。及归，遂不见。一段，写士会。

〔注释〕

①吕郤之难：指吕甥、郤芮的祸难。鲁僖公二十四年（前636年），晋文公从秦回国为君时，因没有卫护，发生了吕甥、郤芮要"焚公宫"，险杀文公之事。

②穆嬴：晋襄公夫人，灵公之母。

③赵氏：即赵盾，又称赵宣子，晋军主帅，并执掌国政。

④箕郑居守：箕郑，又称箕郑父，晋卿，此时为留守将帅。

⑤先克：先且居之子，此时代狐射姑为中军佐。

⑥荀林父：又称荀伯、中行伯、中行桓子、林父，晋卿。

⑦堇阴：晋地名，今山西临猗县东。

⑧令狐：晋地名，今山西临猗县西。

⑨刳首：晋地名，今山西临猗县西30里。

⑩《板》之三章：《板》为《诗经·大雅》中之一篇，其第三章诗为："我虽异事，及尔同僚。我即尔谋，听我嚣嚣。我言维服，勿以为笑。先民有言，询于刍荛。"义取刍荛之言，尚不可忽视，何况同僚之言。

〔解读〕

鲁文公六年（前621年），晋襄公死，在立谁为嗣君的问题上，晋国统治者内部发生了纠纷，晋灵公虽在晋襄公时已为太子，但年纪太小，难以对付国家发生的祸难。赵盾坚持立年纪大的公子雍，他居住在秦，并与秦亲近，而狐射姑则欲立公子雍之弟公子乐。而就在决定迎回公子雍为君时，晋灵公之母穆嬴迫使赵盾改变了主意，决定立灵公为君，并派兵迎击护送公子雍回国的秦军。本文充分反映了晋国上层内部在嗣君废立问题上微妙的关系和复杂的斗争，尤其是写穆嬴的聪智和赵盾的随机应变，使晋国避免了一起大灾难。

季文子讥齐侯不免

先作十六字袅袅一长句。次作四字斩斩四短句。后则反引诗，正说之；正引诗，反说之。末又过一层翻跌不免。诚乃短短小幅，无美不备。

齐侯[①]侵我西鄙，谓诸侯不能也。一句，便写尽无礼人心胸。遂伐曹入其郛[②]，讨其来朝[③]也。写尽无礼。文子[④]曰："齐侯其不免乎？先断，下释。已则无礼，而讨于有礼者，曰：'女何故行礼？'十六字袅袅成句，妙妙！○一句中，凡下三"礼"字。礼以顺天，一句。天之道也。已则反天，一句。而又以讨人一句。上据事释，此又据理释；上从无礼说至礼，此从礼说至无礼。难以免矣！两释后，再断一句。下引诗证。《诗》曰[⑤]：'胡不相畏？不畏于天！'反引诗。君子之不虐幼贱，畏于天也。正说诗。在《周颂》曰：'畏天之威，于时保之。'正引诗。不畏于天，将何以保？反说诗。○看他正反，反正，无限错落，人只是不觉。以乱取国，奉礼以守，犹惧不终；过一层语，妙妙。多行无礼，弗能在矣[⑥]。""在"字妙妙，只一字，耐人数日思。

〔注释〕

①齐侯：即齐懿公，荒淫无道，被杀而死。

②郛：外城，即城郭。

③讨其来朝：讨伐其去鲁国朝见。

④文子：鲁国大夫。

⑤《诗》曰：指《诗经·小雅·雨无正》篇。

⑥弗能在矣：不能善终，即保不住君位了。在，犹言终，即善终。

〔解读〕

鲁文公十五年（前612年）秋天，齐国侵袭鲁国西部，认为别的国家不能前来救援，并且攻打鲁的邻国曹国，讨伐其到鲁国行礼朝见。鲁国大夫季文子就此发表了自己的看法，认为齐懿公无道而反讨伐有道，有违天意，肯定不能善终。而事情正如其所料，两年后，齐懿公病重，被人所杀。本文揭示了一个真理：多行不义必自毙。

子家与赵宣子书

前幅，缕述自己事晋惟谨；乃至陈蔡之事晋，皆出郑人之力，犹为战战畏大国之言。至后幅，忽然开胸破喉，只说不复能耐，又别述楚国宽大，以深讥晋之不知恤小：真目眦尽裂之文！

晋侯蒐于黄父[①]，遂复合诸侯于扈[②]，平宋也。公[③]不与会，齐难故也。书曰诸侯，无功也。于是晋侯不见郑伯[④]，以为贰于楚也。

郑子家使执讯[⑤]而与之书，以告赵宣子[⑥]，执讯，通问之官也。曰："寡君即位三年，召蔡侯而与之事君。九月，蔡侯[⑦]入于敝邑以行。敝邑以侯宣多之难[⑧]，寡君是以不得与蔡侯偕。十一月，克灭侯宣多，而随蔡侯以朝于执事。一。○郑穆即位之三年，郑召蔡庄，与同事晋。其年九月，蔡庄过郑，适郑有宣多作乱之事，不能同行。直至十一月，始同朝晋。十二年六月，归生佐寡君之嫡夷[⑨]，以请陈侯[⑩]于楚，而朝诸君。二。归生，即子家。言我又辅太子名夷，请陈共朝晋。陈共畏楚不敢来朝，太子夷又为先请于楚。十四年七月，寡君又朝，以藏[⑪]陈事。三。○郑穆又亲朝，以成去年陈共之好。十五年五月，陈侯自敝邑往朝于君。四。○陈灵新即位，又自郑入朝。往年正月，烛之武[⑫]往朝夷[⑬]也。五。○郑又遣之武入朝。盖太子夷往，而之武辅之。八月，寡君又往朝，六。○郑穆又亲朝。以陈、蔡之密迩于楚，而不敢贰焉，则敝邑之故也。妙妙，不惟说自朝，乃至说陈、蔡之朝，皆出于郑。八字一句，十一字一句，勿读破。虽敝邑之事君，何以不免？一结。在位之中，言郑穆自即位至今。一朝于襄[⑭]，而再见于君，夷与孤之二三臣相及于绛。再将上文结算一通，妙妙。虽我小国，则蔑以过之矣。再结。

今大国曰：‘尔未逞吾志。’敝邑有亡，无以加焉。八字妙妙，如有芒刃。古人有言曰：‘畏首畏尾，身其余几？’又曰：‘鹿死不择音[15]。’小国之事大国也，德则其人也，不德则其鹿也。言以人视我，我还是人；若以鹿视我，我便是鹿。铤而走险，急何能择？笔笔芒刃。命之罔极，亦知亡矣！笔笔芒刃。将悉敝赋[16]以待于鯈，唯执事命之。鯈，晋郑之境也。文公二年六月壬申，朝于齐。四年二月壬戌，为齐侵蔡，亦获成于楚。贰楚。忽反写楚之宽大以讽晋，更妙、更奇。居大国之间而从于强令，岂其罪也？开胸放喉，竟自承认，又妙又妙！大国若弗图，无所逃。”再结。

〔注释〕

①晋侯蒐于黄父：晋侯即晋灵公。蒐，检阅，阅兵。黄父，一名黑壤，晋国地名，大概在今山西翼城县东北接近沁水县界。

②扈：郑地名，在今河南原阳县。

③公：指鲁文公。

④郑伯：指郑穆公。

⑤执讯：古代掌管通讯的官吏。

⑥赵宣子：即赵盾。

⑦蔡侯：即蔡庄公，名甲午，穆公之子。

⑧侯宣多之难：侯宣多，郑国大夫，他因立穆公，恃宠而专权作乱。

⑨归生佐寡君之嫡夷：归生，即子家，此子家自称名。嫡，嫡子。夷，郑国太子名，即后来的郑灵公，即位一年便被杀。

⑩陈侯：指陈共公。

⑪藏（chǎn）：完成，办好。

⑫烛之武：郑国大夫。

⑬往朝夷：即让夷往朝。

⑭襄：指晋襄公。

⑮鹿死不择音：指鹿在临死的时候不择庇荫的地方。音为“荫”之假借。

⑯赋：即田赋，此处指士兵，古代按田赋征兵。

〔解读〕

春秋初年，诸大国为争夺中原霸权展开了激烈的军事、政治斗争。本文所记叙的就是晋郑在争霸中的一场外交较量。当时，郑国处于晋、楚之间，对近邻晋国和楚国都要侍奉、周旋。鲁文公十七年（前610年）时，晋灵公在扈地会合诸侯，但却不与郑穆公会见，认为他与楚国勾结，对晋怀有二心。在此情形下，郑国执政大臣子家写给晋国执政大臣赵宣子一封信，历数了郑君对晋国的朝见活动，并指出郑对晋之恭顺已至极点，暗示如晋再逼迫，郑国将铤而走险，或投靠楚，或与晋决一死战。此信写得很得体，寓强硬于驯服，凛然难犯，非常明确地阐明了郑国的外交策略，由晋国自去权衡选择。果然，晋国看到此信后，立即派大臣巩朔到郑讲和。

楚子问鼎

与《国语》不许请隧篇千载对峙，彼特婉曲，此特劲激。

（宣公三年）楚子伐陆浑之戎①，遂至于雒②，“遂”字便无礼。观兵于周疆。无礼。定王使王孙满③劳楚子，楚子问鼎④之大小轻重焉。无礼极矣。对曰：“在德二字句。不在鼎。三字句。问鼎答德，笔力千钧。昔夏之方有德也，有德。远方图物⑤，贡金九牧⑥，铸鼎象物⑦，百物而为之备，使民知神奸。故民入川泽山林，不逢不若⑧。魑魅罔两，莫能逢之。用能协于上下，以承天休⑨。已上，有德有鼎。桀有昏德，无德。鼎迁于商，鼎迁。载祀六百⑩。商纣暴虐，无德。鼎迁于周。鼎迁。○已上，无德鼎迁。德之休明，四字句，德。虽小，二字句。重也；二字句，鼎。其奸回昏乱，五字句，德。虽大，二字句。轻也。二字句。鼎。天祚明德，有所底止。成王定鼎于郏鄏⑪，卜世三十，卜年七百，天所命也。奇语骇激。周德虽衰，天命未改，鼎之轻重，未可问也。”劲极，又能带曲笔。

〔注释〕

①楚子伐陆浑之戎：楚子，即楚庄王，名侣。陆浑之戎，戎的允姓一支，僖公二十二年（前638年），秦、晋诱其居于今河南省嵩县及伊川县境，后为晋灭。

②雒：即洛水，源出于陕西省洛南县冢岭山，经洛阳市至巩县东北洛口入黄河。

③定王使王孙满：定王，即周定王，名瑜。王孙满，周共王玄孙，周大夫。

④鼎：即所谓九鼎。相传夏禹时铸，三代相传，以为重器，为国家权力象征。

⑤远方图物：远方的国家图画山川奇异之物而献给夏朝君主。图，画也。

⑥贡金九牧：九州的长官进贡青铜。金，青铜。牧，州长。

⑦铸鼎象物：把九州所贡的青铜来铸鼎，且按照远方所画的图像铸在鼎上。

⑧若：顺，此处意谓不顺心的事。

⑨天休：上帝的保佑。

⑩载祀六百：载、祀均为历史纪年之称。据载，自商汤伐桀至武王伐纣，共629年。言六百年者，举商代立国的成数。

⑪成王定鼎于郏鄏：成王，即周成王。郏，山名。鄏，地名。其地在今洛阳市境内，武王迁鼎于此，至成王才定。

〔解读〕

本篇记述了王孙满对楚王不怀好意所问的回答。其中心内容是阐述了鼎的实质内容，即“在德不在鼎”，当时周室衰微，强大的诸侯觊觎周王之位，楚王竟陈兵周境，不怀好意地对前来犒师的周王特使问九鼎大小轻重。王孙满义正词严地回答楚王：九鼎之来历，九鼎之实质，王者得天下“在德不在鼎”，君德善明，鼎虽小而重不可移，如奸邪昏乱，鼎虽大也易迁。末句以“天命在周，鼎未可问”，无疑对野心勃勃的楚庄王兜头泼了一盆冷水。王孙满面对强兵压境，不惧不卑，不辱使命，可以说是一言而折强兵，如《史记·周本纪》言：“王使王孙满应说一辞，楚兵乃去。”

楚子不筑京观

看他先说无以示子孙，次又说不成武功，次又说不是京观，总是前幅有几句几字，后幅必须句句字字与他发放。若后幅不拟发放者，即前幅不得漫然着一句一字也。

乙卯，晋与楚战。晋师败绩，楚获晋知罃[①]。晋射楚连尹襄老[②]，遂载其尸；又获公子谷臣[③]。丙辰，楚重至于邲[④]，辎重也。遂次于衡雍[⑤]。

潘党曰："君盍筑武军[⑥]，筑军营以夸武功。而收晋师以为京观[⑦]。京，大也；观，示也。积尸封土其上，以彰武功之大也。臣闻克敌，必示子孙以无忘武功。"潘党意在示子孙，下通篇皆说无以示子孙。楚子[⑧]曰："非尔所知也。极不然之辞。夫文，字文。止戈为武[⑨]。"武"字之文，左文为止，右文为戈。武王克商，作《颂》[⑩]曰：'载戢干戈，载櫜弓矢。我求懿德，肆于时夏，允王保之。'引"武"字注脚。又作《武》[⑪]，其卒章曰：'耆定尔功。[⑫]其三曰：'铺时绎思，我徂维求定[⑬]。'其六曰：'绥万邦，屡丰年。'引"武"注脚。夫武，上引文，此自讲。禁暴、一。戢兵、二。保大、三。定功、四。安民、五。和众、六。丰财者也，七。故使子孙无忘其章。言如欲示子孙以无忘，必须如此。今使我二国暴骨，暴矣；无其一，句句变换。观兵以威诸侯，兵不戢矣。无其二，句句变换。暴而不戢，安能保大？无其三，句句变换。犹有晋在，焉得定功？无其四，句句变换。所违民欲犹多，民何安焉！无其五，句句变换。无德而强争诸侯，何以和众？无其六，句句变换。利人之几，而安人之乱，以为己荣，何以丰财？无其七，句句变换。武有七德，总"夫武"七句。我无一焉，总“今我”七句。何以示子孙？“非尔所知”至此一段，正答潘党必示、无忘之请。其为先君宫，告成事而已，祀先君，告战胜而已。武非吾功也。找此一段，正答潘党“武功”二字。古者明王伐不敬，取其鲸鲵⑭而封之，以为大戮⑮，于是乎有京观以惩淫慝。今罪无所⑯，晋罪无名。而民皆尽忠以死君命。死者皆忠，妙妙！又何以为京观乎？”再找一段，正答潘党“京观”二字。

祀于河，作先君宫，告成事而还。

〔注释〕

①知罃：晋大将知庄子（荀首）之子。

②连尹襄老：连尹，楚国官名。襄老，人名。

③公子谷臣：楚庄王之子。

④郔：郑国地名，今河南陕县东。

⑤衡雍：郑国地名，今河南原武县西北五里。

⑥君盍筑武军：君王何不修筑军营来显示武功。

⑦京观：京，高丘。观，古建筑之名称。积尸封土其上谓之“京观”。

⑧楚子：即楚庄王。

⑨夫文，止戈为武：从文字构造看，止戈合起来叫“武”。此言“武”字真正含义是止息干戈，而非穷兵黩武。

⑩《颂》：此处指《诗经·周颂·时迈》篇，传为周武王作。此段《颂》其意谓把干戈收藏起来，把弓矢藏进囊鞘，求美德以治天下，把求贤之意颁布全国，以保有天下。

⑪《武》：指《诗经·周颂·武》。

⑫耆定尔功：耆，致，即使之得到。定尔功，成就他的功绩。

⑬铺时绎思，我徂维求定：意谓布政陈教，使百姓归往以求安定。“铺”今本《诗经》作“敷”，布。时，是。绎，陈。思，语尾助词。徂：往。

⑭鲸鲵：大鱼名。此处喻吞并小国的不义之人，指恶人。

⑮大戮：即“大僇”，大耻辱。

⑯今罪无所：现在晋国没有罪过的地方。

〔解读〕

楚庄王是春秋时五霸之一，也是楚国有作为的一个君主，在位期间重用孙叔敖等，对内改革，对外扩张，一度陈兵周郊，派人询问象征天子权威的九鼎大小轻重。此文讲的是在鲁宣公十二年（前597年），晋楚为争占郑国展开激战，晋军大败，尸体堆积如山。部将潘党问为何不收集晋人尸体筑京观，以显示武功，楚庄王回答说：从文字构造看，“武”字的含义是止戈，其目的是为了消灭战争，以求得百姓安宁，如周武王伐纣那样。所谓“武”包括禁暴、戢兵、保大、定功、安民、和众、丰财七项，而今天与晋作战没有一项美德，何以告示后代子孙？用武本来是为惩处那些恶人，今天晋国并无什么恶处，做京观又有什么用呢？作为封建君主，楚庄王能比较正确地理解战争，并且能在胜利时保持清醒的头脑，可谓明君贤主。同时也可看出，楚庄王其志不在小，欲效周武王伐纣，成为天下霸主，以仁义之师号令天下。

士贞子谏杀林父

快论，又快文！

秋，晋师归。桓子请死[①]，晋侯[②]欲许之。一请一许，亦是恒事，不图下发此论。士贞子[③]谏曰："不可！城濮之役，僖二十八年事。晋师三日谷[④]，晋败楚，晋兵食楚谷三日。文公犹有忧色。左右曰：'有喜而忧，如有忧而喜乎？'言甚微婉。公曰：'得臣犹在，忧未歇也。"犹在"字法妙，"未歇"字法妙。困兽犹斗，况国相乎[⑤]？'不是喻，乃极言忧。及楚杀子玉，公喜而后可知也。曰：叙事，又带画文公，又带写"曰"字。三字句，飞舞之色，扑纸而起。'莫余毒[⑥]也已！'应前"未歇"。是晋再克，而楚再败也。前日之喜，直到今日方喜；今日之喜，始连前日都喜。此句只是写喜之甚，不必与讲两"再"字。楚是以再世不竞[⑦]。上，晋文喜语已毕；此，士贞子断楚杀子玉之失。今天或者大警晋也，句未尽，应连下读。而又杀林父以重楚胜，重，即再也，平声字。其无乃久不竞乎？辞婉意辣。林父之事君也，进思尽忠，退思补过，社稷之卫也，重写林父生平。若之何杀之？是。夫其败也，轻写林败。如日月之食焉，何损于明？"是。晋侯使复其位。

〔**注释**〕

①桓子请死：桓子即晋军元帅荀林父。因城濮之战中失败，他请死以谢罪。

②晋侯：即晋景公，名獳，晋成公子。

③士贞子：名渥浊，一称士贞伯，又称士伯，为士会族子，属晋贵族。

④晋师三日谷：晋师吃了三天楚军的粮食。此指晋楚城濮大战后，晋军歇兵三

日，吃楚军军粮三日。

⑤况国相乎：此指子玉身为楚国令尹，不能甘拜下风。

⑥莫余毒：毒，害、作对，即再没有同我作对的人。

⑦再世不竞：指楚成王、楚穆王两代国势不振。

〔解读〕

鲁宣公十二年（前597年）楚晋之战中，晋国大败，晋军主帅荀林父因败军罪请杀，按律，晋景公欲答应其请。士贞子劝谏说，晋国已在战争中败给楚国，如再杀主帅，等于楚国又一次打了大胜仗。并援引城濮之战后晋文公之一忧一喜，当时楚军大败，而晋文公反而忧愁，直到楚君杀了令尹子玉，晋文公才转忧为喜，楚国从此连续两世而一蹶不振。俗言，世无常胜之军，关键是怎样对待失败，士贞子能在晋军战败后援引敌国历史上教训为鉴，辩证地分析胜与败、喜与忧，不仅使晋国避免了又一次失败，而且使晋景公心悦诚服地恢复荀林父原职，可谓功莫大焉。

宾媚人责晋人

文带喜色者，须彻底皆喜色；文带怒色者，须彻底皆怒色。此文，彻头彻底皆带怒色，读之使人战栗。

晋师从齐师，齐师败走，晋师追之。入自丘舆[①]，击马陉[②]。齐侯[③]使宾媚人赂以纪甗[④]、玉磬与地，不可，则听客之所为。好！言欲战则更战也。宾媚人致赂，晋人不可，曰："必以肖同叔子[⑤]为质，而使齐之封内，尽东其亩。"对曰："萧同叔子非他，只二字，妙绝。寡君之母也。若以匹敌，则亦晋君之母也。又妙绝。吾子布大命于诸侯，而曰'必质其母以为信'，十七字句。其若王命何？上不便。且是以小孝令也。下不便。《诗》曰：'孝子不匮，永锡尔类。'此引《诗》，比下略后。若以不孝令于诸侯，其无乃非德类也乎？"其无乃非"，句态。○已上一件，侃侃之甚。先王疆理天下，物土之宜而布其利，故《诗》曰：'我疆我理，南东其亩。'此引《诗》，比上略前。今吾子疆理诸侯，而曰'尽东其亩'[⑥]而已。唯吾子戎车是利，无顾土宜，其无乃非先王之命也乎？"其无乃非"，句态。反先王则不义，何以为盟主！已上一件，侃侃之甚。其晋实有阙。四王之王[⑦]也，树德而济同欲焉；五伯之霸[⑧]，勤而抚之，以役王命。今吾子求合诸侯以逞无疆之欲。《诗》曰：'布政优优，百禄是遒[⑨]。'又引诗。子实不优，而弃百禄，诸侯何害焉！侃侃重说。上分，此总，所谓"晋实阙"也。不然，寡君之命使臣则有辞矣，分责二段后，再总责一段，此忽如饥鹰撇然一转。曰：'子以君师辱于敝邑，妙！不腆敝赋以犒从者，妙！畏君之震，师徒挠败。妙！吾子惠徼齐国之福，不泯其社稷，使继旧好。妙！唯是先君之敝器、土地不敢爱，妙！子又不许，请收合余烬，背城借一[10]，敝邑之幸，亦云从也。况其不幸，敢不唯命是听？’”侃侃，如掬其怒也。

鲁、卫谏曰：“齐侯疾我矣！段。其死亡者，皆其亲暱也。段。子若不许，仇我必甚，段。唯子则又何求？段。子得其国宝，我亦得地而纾于难，其荣多矣。段。齐晋亦唯天所授，岂必晋？”段。只此数语，亦复多段，段段精挺。晋人许之。

〔注释〕

①丘舆：齐国邑名，今山东益都界。

②马陉：齐国邑名，今山东益都县西南。

③齐侯：即齐顷公，名无野。

④宾媚人赂以纪甗：宾媚人，齐国大夫，亦称国武子、国子。甗，古代炊器。

⑤肖同叔子：齐顷公之母。肖，国名。同叔，齐顷公外祖父字。子，女儿。晋人不便直言以齐顷公的母亲为抵押，才这样称呼她。

⑥尽东其亩：使田间的垄埂都按东西的方向开，以便日后晋之车兵入齐境时易于通行，而且有侮辱齐国之意。

⑦四王之王：四王指夏禹、商汤、周文王、周武王。之王，之所以能够统一天下，此“王”为动词，王天下之意。

⑧五伯之霸：五伯，或指夏之昆吾、商之大彭、豕韦、周之齐桓公、晋文公五人；或说是春秋时的齐桓公、晋文公、宋襄公、秦穆公、楚庄王。之霸，即成为天下霸主。

⑨布政优优，百禄是遒：见《诗经·商颂·长发》。布，施行。优优，和缓宽大貌。禄，幸福。遒，聚集，意谓施行宽和政治的君主，百种福禄都将归到他的身上。

⑩背城借一：背着城池，借着残兵，决一死战。

〔解读〕

鲁成公二年（前587年），晋齐发生了鞌（地名，今山东省历城县）之战，齐败，而作为晋主将的郤克为报其以前使齐时遭妇人在帷幄之内笑其脚跛之辱，在胜齐后竟提出了以齐顷公母亲为人质和改变齐国垄埂走向的无理条件，晋国派出宾媚人据理力争。作为战败国代表，宾媚人不卑不亢，先驳斥晋人的“质母”蛮横要求和“尽东其亩”的荒谬言辞，证明晋人的这种不义行为不能成为号令诸侯的天下霸主；次则以历史上四王的树德和五伯的怀抚诸侯来指斥晋国的求合诸侯是逞无穷之欲，是要穷兵黩武；最后则以“不然”二字转折，提出如晋不许和，齐将收集残兵剩勇作背城一战，表明齐人抗战到底的决心。《重订古文释义新编》评论说：“对词四段，固是不辱命处，末一段更是足贵，见其不辱。”

楚归晋知罃

四问，便有四段妙论，一段妙是一段，读之增添意气。○逐段细看其起伏转折，直是四篇文字，四篇又是四样。

晋人归楚公子穀臣与连尹襄老[①]之尸于楚，以求知罃[②]。于是荀首[③]佐中军矣，故楚人许之。

王送知罃，曰："子其怨我乎？"问得妙。对曰："二国治戎[④]，臣不才，不胜其任，以为俘馘[⑤]。执事不以衅鼓[⑥]，使归即戮，君之惠也。臣实不才，又谁敢怨？"对得妙。王曰："然则德我乎？"对曰："二国图其社稷而求纾其民，各惩其忿以相宥也，两释絫囚，以成其好；二国有好，臣不与及，其谁敢德？"对得又妙。王曰："子归，何以报我？"问得更妙。对曰："臣不任受怨，君亦不任受德，无怨无德，不知所报。"对得更妙。王曰："虽然，必告不穀。"问得更妙。对曰："以君之灵，絫臣得归骨于晋。寡君之以为戮，死且不朽。宾。若从君之惠而免之，以赐君之外臣首，首其请于寡君而以戮于宗[⑦]，亦死且不朽。宾。此虽二宾句，然显见晋之国法森然，家法森然。若不获命而使嗣宗职，次及于事，而帅偏师以修封疆，虽遇执事，其弗敢违。其竭力致死，无有二心，以尽臣礼，所以报也。"对得愈妙，妙绝，妙绝！此是千古第一等议论，第一篇文字。王曰："晋未可与争。"重为之礼而归之。

〔注释〕

①公子穀臣与连尹襄老：公子穀臣，楚王子，宣公十二年（前597年），邲之

役，被荀首射中，囚于晋。连尹襄老，楚臣，连尹为官名，襄老为人名，在邲之战被射死，尸首运回晋国。

②知罃：晋大夫，荀首之子。

③荀首：即知庄子，晋国上卿。

④治戎：治兵，意即交战。

⑤俘馘：俘虏。馘，本义谓杀敌人后割其左耳以计功。

⑥衅鼓：以血涂鼓，古代一种祭礼。此处意为杀掉。

⑦戮于宗：执行家法，在宗族内受到惩罚。

〔解读〕

这篇小短文记叙了楚共王放回晋大夫知罃时二人的对话。这二人，一是威风凛凛、握有生杀大权的一国之君，而另一个是身陷囹圄、生死难保的异国囚犯，身份天壤之别。但有趣的是，二人的对话似乎将身份倒了过来。楚共王为笼络已担任晋中军佐的荀首，便将作为俘虏的荀首子知罃放回去。在释放之前，楚共王却问对方“会不会埋怨”，“会不会感激”和“怎样报答”，而知罃却撇开私情，一切从国家利益出发。这使楚共王对他肃然起敬，并由此认识到了与晋争雄的差距。

巫臣忧莒城

只是一意，层叠说出四句，一句紧是一句。写尽机警人目动股栗，而彼笨伯方惛然不知。○明年十一月，渠丘与莒二城俱溃。莒子不足又道，看渠丘公一样不以为意。妙绝！

晋侯使申公巫臣如吴，假道于莒①，与渠丘公②立于池上，牵入一渠丘公，妙妙！曰："城已恶。"莒子曰："辟陋在夷③，其孰以我为虞？"诎诎之声，使人叵耐。对曰："夫狡焉思启封疆以利社稷者，何国蔑有④？"夫，徒然发声之辞。盖心惊莒子诎诎之声；启，开也；疆，边界也；狡，目左右窥伺也；"何国蔑有"言处处、时时有此人也。唯然，故多大国矣，又下亲切指点，妙妙！唯或思或纵⑤也；又言偶无此事，殆不可恃。○"或思"即上"狡焉"之思也；"或纵"者，偶不思也。勇夫重闭，况国乎？"又譬。虽有勇夫，卧必重闭，言数重闭门也。

〔注释〕

①莒：春秋时小国，曹姓，国都在今山东莒县，后为楚灭。

②渠丘公：莒国国君，名朱，纪公之子。

③辟陋在夷：辟，同"僻"，陋即简陋，在夷即处于蛮夷之地。

④蔑有：没有。

⑤或思或纵：此句有两种解释，一说是有的企图开拓疆土，有的放纵暴虐掠夺；一说是小国或思虑为备，以是得存，或放纵不为备，以是致亡。

〔解读〕

鲁成公九年（前582年），晋侯派申公巫臣出使吴国，途经莒国，与莒国君主渠丘公站在护城河上，说："城墙太坏了。"而渠丘公却说："敝国偏僻粗陋如处蛮夷之地，有谁会把敝国作为觊觎对象呢?"巫臣答曰："那些狡猾企图开拓疆土的人，哪国没有！大国不就是这样多起来的吗！只不过有的思念开拓疆土，有的放纵暴虐掠夺罢了，勇士还要关闭内外窗户以防盗，何况是一个国家呢?"渠丘公不以为备。结果次年楚国攻打莒国，因其城墙颓坏而溃。巫臣可谓有先见之明。

晋使吕相绝秦

饰辞驾罪何足道？止道其文字，章法、句法、字法，真如“千岩竞秀，万壑争流”，而又其中细条细理，异样密致，读万遍不厌也。

晋侯使吕相绝秦[①]，曰：“昔逮我献公及穆公相好，戮力同心，申之以盟誓，重之以昏姻[②]。从秦、晋好说起。天祸晋国，文公如齐，惠公如秦。无禄[③]，献公即世，穆公不忘旧德，俾我惠公用能奉祀于晋，说秦德。又不能成大勋，而为韩之师。略曲。亦悔于厥心，用集我文公[④]，是穆之成也。说秦德。文公躬擐甲胄，跋履山川，逾越险阻，征东之诸侯虞、夏、商、周之胤，而朝诸秦，则亦既报旧德矣。说晋报德。郑人怒君之疆场，我文公帅诸侯及秦围郑。说晋德。秦大夫不询于我寡君，擅及郑盟。诸侯疾之，将致命于秦。略曲。文公恐惧，绥静诸侯，秦师克还无害，则是我有大造于西也。说晋德，结住上文。

无禄，文公即世，穆为不吊[⑤]，蔑死我君[⑥]；一“我”字。寡我襄公，二“我”字。迭我殽地[⑦]，三“我”字。奸绝我好，四“我”字。伐我保城；五“我”字。殄灭我费滑[⑧]，六“我”字。散离我兄弟，七“我”字。挠乱我同盟，八“我”字。倾覆我国家。九“我”字。我襄公未忘君之旧勋，而惧社稷之陨，不忘俾我惠公、集我文公也。我是以有殽之师。“我是以有”一。犹愿赦罪于穆公，曲作波。穆公弗听，而即楚谋我。曲作波。天诱其衷[⑨]，成王殒命[⑩]，穆公是以不克逞志于我。曲作波。穆、襄即世，康、灵即位[⑪]。康公我之自出[⑫]，曲作波。又欲阙剪[⑬]我公室，一“我”字。倾覆我社稷，二“我”字。帅我蝥贼[14]，三“我”字。以来荡摇我边疆。四“我”字。我是以有令狐之役。“我是以有”二。康犹不悛[15]，入我河曲，一“我”字。伐我涑川，水。二“我”字。俘我王宫，地。三“我”字。剪我羁马。地。四“我”字。我是以有河曲之战[16]。“我是以有”，三。东道之不通，则是康公绝我好也。就手且结。

及君之嗣也，我君景公引领西望曰：‘庶抚我乎？’曲作波。君亦不惠称盟；利吾有狄难[17]，入我河县，一“我”字。焚我箕、郜，二“我”字。芟夷我农功[18]，三“我”字。虔刘[19]我边陲。四“我”字。我是以有辅氏之聚[20]。“我是以有”，四。之师，之役，之战，之聚，各换字。君亦悔祸之延，而欲徼福于先君献、穆，使伯车来命我景公曰：‘吾与女同好弃恶，复修旧德，以追念前勋。’言誓未就，景公即世，我寡君是以有令孤之会。曲作波。君又不祥，背弃盟誓。白狄及君同州，君之仇雠，而我昏姻也。君来赐命曰：‘吾与女伐狄。’一。说秦反侧。寡君不敢顾昏姻，畏君之威，而受命于吏。君有二心于狄，曰：‘晋将伐女’。狄应且憎，是用告我。二，秦反侧。楚人恶君之二三其德也，亦来告我曰：‘秦背令狐之盟，而来求盟于我，昭告昊天上帝、秦三公、楚三王曰：余虽与晋出入，余惟利是视。三，秦反侧。○一段，秦与楚誓辞。不穀恶其无成德，是用宣之，以惩不壹。’诸侯备闻此言，斯是用痛心疾首，昵就寡人；一路，备说秦恶，归到此句。寡人帅以听命，唯好是求。辞令好，身分好。君若惠顾诸侯，矜哀寡人，而赐之盟，则寡人之愿也。其承宁诸侯以退，岂敢徼乱？宾句。君若不施大惠，寡人不佞，其不能以诸侯退矣！主句。敢尽布之执事[21]，俾执事实图利之。”

〔注释〕

①晋侯使吕相绝秦：晋侯指晋厉公。吕相，即魏相，晋国大夫魏锜之子，因食采邑于吕，故称吕相，又称吕宣子。

②昏姻：昏，同“婚”。秦晋两国结为姻亲，指晋献公之女嫁给秦穆公为夫人

（即穆姬）。

③无禄：即死，言不再食禄。此处作“不幸”解。

④用集我文公：用，因而。集，安定，指秦穆公助重耳回国，安定其君位。

⑤不吊：不吊唁。

⑥蔑死我君：轻蔑我故去的先君文公。

⑦迭我殽地：迭，同“轶”，超越、侵犯。殽，同“崤”，崤山。僖公三十三年（前 627 年）秦晋在崤大战。

⑧费滑：实指滑国，因其建都于费，故称费滑。

⑨天诱其衷：诱，开也。衷，内心。此句意谓“天开其心”，即天意保佑晋国。

⑩成王陨命：指鲁文公元年（前 626 年），楚成王被其子商臣所杀。

⑪穆、襄即世，康、灵即位：穆指秦穆公，襄指晋襄公，康指秦康公，灵指晋灵公。

⑫康公我之自出：康公母亲即穆姬，为献公女儿，因而秦康公为晋之外甥。

⑬阙翦：损害，削弱。

⑭蟊贼：本指两种吃庄稼的害虫。此处指晋公子雍，他一直寄居秦国。

⑮康犹不悛：秦康公还不改悔。

⑯河曲之战：河曲，晋地名，故城在今山西永济市东南。鲁文公十二年（前 615 年），秦晋双方在此遭遇，因秦兵夜遁，未分胜负。

⑰利吾有狄难：利用我国同狄人发生战争而处于艰难之时。

⑱芟夷我农功：割收、损坏我国的庄稼。农功，庄稼、农作物。

⑲虔刘：劫掠、杀戮。

⑳辅氏之聚：聚集群众在辅氏地方抗拒秦师。辅氏，晋国地名，在今陕西朝邑县西北。

㉑敢尽布之执事：敢大胆地把所有的意见都向您的办事人员宣布了。

〔解读〕

这是一篇典型的战国时代策士之风的外交辞令。据载，鲁成公十一年（前 580 年），晋厉公原定与秦桓公盟会于令狐，结果晋君先到，而秦桓公却临时改变主意，违反盟约。后来秦又对晋不友好，于是晋君派吕相为特使，入秦面数秦之罪状，并与之绝交。吕相从晋献公与秦穆公时两国结盟通亲谈起，至晋文公入逃秦国，协助文公回国继承君位，文公不忘秦在其危难时收留之恩，号令东方诸侯朝见秦国。而秦国则背弃盟约，侵掠其国土，扰乱其同盟，颠覆其国家，自秦穆公，历秦康公、桓公，秦国一直敌视晋国，多次发动进攻。最后向秦下了通牒，威胁说如秦国再弃盟寻衅，晋国将率诸侯与秦交战。随即秦晋又一次在麻隧激战，因秦国令狐违约遭到天下各诸侯之反对，一起联合起来对付秦国，秦国大败。

因属外交辞令，虽行文如奔流急湍，一气呵成，但文中充满颠倒黑白、捏造事实、夸大诬罔之词，余诚评说："只为背盟起见，因备溯先世之事，竟把秦晋之世好，写成世仇，好则归之己，晋则归之人。即有道人之好处，亦略而不详；有道人之恶处，皆因人而起。故言辞极婉曲中都含极愤怒意。叙至背盟伐狄与楚作盟两确证，直使秦桓无可置喙。说到绝秦处，牵定诸侯，两意双铃，听秦自寻一条路走。……至行文之妙，一波未平，一波随起，前后相生，机神鼓荡。有顿挫处，有跌宕处，有关锁处，有收束处，有变换处，长短错综，纵横排奡，无美不备，应是左氏得意之作。"（《古文释义新编》）吴曾祺在《左传菁华录》中也说："吕相之言，颠倒是非，于事理全悖。而其辞令之工，实为罕见。"

卷之二

《左　传》

穆叔重拜《鹿鸣》

此为无风起波之文。只是穆叔如晋，晋侯享之，何处却有如此一篇文字？某读之，因悟人今日用平常语言、动静之中，无处、无时不有妙文，特是人不会写出来也。

穆叔[①]如晋，四字，叙。报知武子之聘也。一句，注。晋侯享之。四字，叙。已下写出奇。金奏《肆夏》之三[②]，不拜，奇。工歌《文王》之三[③]，又不拜，奇。歌《鹿鸣》之三[④]，三拜。奇！后贤读至此等处，便须作出奇想，不得草草成诵去。韩献子使行人子员问之，曰："子以君命，辱于敝邑。先君之礼，藉之以乐，以辱吾子。吾子舍其大而重拜其细，敢问何礼也？"对曰："《三夏》，逐件说，如闻其声。天子所以享元侯也，惊人之句。使臣弗敢与闻。犹言不图有此。须知此句乃大不然之辞。《文王》，逐件说。两君相见之乐也，此句，犹尚惊人。臣不敢及。犹言臣非君也。此句，须是谦，然亦带不然之色。《鹿鸣》，逐件说。此又分作三段说。君所以嘉寡君也，一章。敢不拜嘉？拜其嘉我君。《四牡》，君所以劳使臣也，二章。敢不重拜？拜其劳己。《皇皇者华》，君教使臣曰：'必谘于周。'三章。臣闻之，'访问于善为谘，谘亲为询，谘礼为度，谘事为诹，谘难为谋。'臣获五善[⑤]，敢不重拜？"拜其教己。

〔注释〕

①穆叔：即叔孙豹，鲁国大夫。

②金奏《肆夏》之三：金奏，用钟、镈之类的金属乐器演奏。《肆夏》，乐曲名。三，指三章乐曲。

③工歌《文王》之三：工，乐工。《文王》，《诗经·大雅》首篇。三，指《文王》《大明》《緜》三篇。

④《鹿鸣》之三：指《鹿鸣》《四牡》《皇皇者华》三篇。

⑤五善：指访问于善、谘亲、谘礼、谘事、谘难五事。

〔解读〕

鲁襄公四年（前569年），鲁国大夫叔孙豹为回报知武子的聘问，到了晋国。晋侯设厚礼招待他。在宴会上，为他奏了乐曲《肆夏》三章，又歌唱《文王》三曲，但他均不答拜。而当乐工为他歌唱《鹿鸣》三曲时，却三次答拜。晋大夫韩献子很纳闷，派人去问他为何对大的礼仪不拜，而却拜小的礼仪？他答曰："三《夏》为天子用来招待诸侯，使臣不敢听它；《文王》是两国国君相见时的音乐，使臣不敢参与听它；《鹿鸣》是君王用来嘉奖寡君的，岂敢不拜谢？《四牡》是君王用来慰劳使臣的，怎敢不再拜？《皇皇者华》是君王教导使臣'一定要向忠信的人谘询'，向善人访问叫谘，谘询亲戚叫询，谘询礼仪叫度，谘询政事叫诹，谘询困难叫谋。臣得到这五样善事，敢不再三拜谢？"本文虽叙述了叔孙豹谙熟古代礼仪，三拜《鹿鸣》，舍大取小，但也暗示着周代礼仪的衰落，连姬姓晋国君主都已不知用什么礼来迎接他国使臣。

戎驹支不愿与会

先读宣子语，真如拔剑砍案，骤莫可犯。既而读驹支语，乃如枪棍家，门户相当，逐解开破，更无难处；甚至反有余勇相贯。斯为笔墨之出奇也。

十四年会于向[①]，将执戎子驹支[②]。范宣子[③]亲数诸朝。曰："来，姜戎氏。先呼"来"，次补呼姜戎氏，便画出一面相凌之色。昔秦人迫逐乃祖吾离[④]于瓜州，吾离，戎乃祖名。乃祖吾离被苫盖、蒙荆棘，以来归我先君。故添"被苦"六字，尽出其丑。我先君惠公有不腆之田[⑤]，与女剖分而食之。剖分而食，妙！写加恩于戎，非复常等。今诸侯之事我寡君不如昔者，盖言语漏洩，则职女之由[⑥]。有何言语漏泄，宣子自纳败缺矣。○"不如昔者"四字，亦蕴藉之至。诘朝之事[⑦]，尔无与焉。与，将执汝。"一段话，用"昔"字、"今"字、"诘朝"字，转笔。

对曰："昔秦人负恃其众，贪于土地，逐我诸戎。第一段先辨戎祖吾离被逐瓜州，则秦人实恶，非戎之丑。惠公蠲其大德，谓我诸戎是四岳[⑧]之裔胄也，毋是翦弃。第二段，次辨惠公加德于戎，乃因戎本圣裔，礼应存恤，不为特惠。赐我南鄙之田，狐狸所居，豺狼所嗥。我诸戎除翦其荆棘，驱其狐狸豺狼，以为先君不侵不畔之臣，至于今不贰。第三段，又辨晋分土田，至为敝恶；戎自开垦，非受实惠。○亦故添"狐狸"等字相讥切。昔文公与秦伐郑，秦人窃与郑盟而舍戍[⑨]焉，于是乎有殽之师[⑩]。引一事。晋御其上，戎亢其下，秦师不复，我诸戎实然。第四段，又辨戎有大功于晋，亦足云报矣。譬如捕鹿，晋人角之，诸戎掎之，与晋踣之。戎何以不免？添譬，倍更明畅。○何以不免，犹言已足报晋，何为尚蒙切责不休？自是以来，晋之百役，与我诸戎相继于时，以从执政，犹殽志[⑪]也，岂敢离遏？第五段，又辨戎之有功于晋。殽师乃其大者，至于百役，岂可枚举？今官之师旅，无乃实有所阙，以携诸侯，而罪我诸戎。第六段，终辨诸侯不如昔者，定是晋实有阙，与我戎则何与？○“官之师旅”妙，竟骂是宣子等之罪，文字乃如剑戟相撞。我诸戎饮食衣服不与华同，贽币不通，言语不达，何恶之能为？索性放喉快吐，妙不可言。不与于会，亦无瞢[⑫]焉。”说得一场扯淡，妙不可言！赋《青蝇》[⑬]而退。言宣子无信谗言也。宣子辞焉，使即事于会，成恺悌[⑭]也。《青蝇》有“恺悌君子”也。

〔注释〕

①向：春秋吴地，在今安徽怀远县西。

②戎子驹支：即姜戎氏国君。戎子，姜戎君首领之称。驹支，首领之名。

③范宣子：晋国大臣，士氏，名丐。

④吾离：戎子驹支的祖父。

⑤不腆之田：不丰厚的土地。腆，多，丰厚。

⑥职女之由：主要是由于你的缘故。职，主要。

⑦诘朝之事：明天早晨之事。此处指诸侯在向盟会之事。

⑧四岳：传说为尧、舜时的四方部落首领。姜姓。

⑨舍戍：留下戍守的军队。指鲁僖公三十年（前622年），晋与秦围攻郑国，郑烛之武说服秦穆公讲和，留下戍守部队，班师回国。

⑩殽之师：指鲁僖公三十年晋军与秦军在崤山遭遇，秦军大败。

⑪犹殽志：如同殽地战役的意愿一样。志，即支援晋国之志愿。

⑫瞢（méng）：烦闷，杜预注：“瞢，闷也。”

⑬《青蝇》：《诗经·小雅》篇名，诗中有“恺悌君子，无信谗言”，戎子驹支赋此诗，即取此义。

⑭恺悌：亦作岂悌，和乐、平易之义。

〔解读〕

姜戎族是居住在我国西北部的一支古老民族，原住在瓜州（今甘肃敦煌西）一带，后遭秦人攻击，迁徙到晋南（今山西南部），依附于强大的晋国。鲁襄公十四年（前 559 年）晋国在向地会盟各诸侯国。在会盟前夕，晋国大臣范宣子将姜戎族首领驹支召来，责备他泄露了有关晋国的国家机密导致诸侯离心，不让他参加次日的盟会，并威胁说，如驹支参加盟会，将把他逮起来。作为晋国附庸的戎子驹并没有听凭晋国的训斥，而是据理反驳。一席话使范宣子哑口无言，连忙赔罪，并立即请驹支参加了盟会。由此可以看出春秋时期大国与小国之间复杂的关系，以及作为弱小的国家或部落，如何运用外交手段取得胜利。

臧武仲不能诘盗

此为刀切斧斫之文，自起笔直至后，只是一样法。

邾庶其以漆、闾丘来奔[①]，季武子以公姑姊妻之[②]，皆有赐于其从者，于是鲁多盗。

季孙谓臧武仲[③]曰："子盍诘盗[④]？"武仲曰："不可诘也。看他矢口侃侃说出"不可"二字，奇奇，妙妙。纥[⑤]又不可。"看他又侃侃说出"不可"二字，奇奇，妙妙！季孙曰："我有四封[⑥]而诘其盗，何故不可？实是可惊，因而急问。子为司寇[⑦]，将盗是务去，何故不能？"双辞，亦双问，遣笔最妙。武仲曰："子召外盗而大礼焉，何以止吾盗？重快说不可。子为正卿而来外盗，使纥去之，将何以能？重快说不能。○此已直斥季孙矣，然尚未的指何事。庶其窃邑于邾以来，子以姬氏娶之而与之邑，其从者皆有赐焉。此方直斥其事。若大盗，礼焉以君之姑姊，与其大邑；其次，皂牧[⑧]舆马；次盗也，省"以"字。其小者，衣裳剑带；是赏盗也！奇句，怪句。赏而去之[⑨]，其或难焉。结上毕。下提笔重起。纥也闻之：在上位者，洒濯其心，壹以待人[⑩]，八字句。轨度其信，可明征也，八字句。而后可以治人。六字句。又结。夫上之所为，民之归[⑪]也。再提笔起。上所不为而民或为之，是以加刑罚焉，而莫敢不惩；妙妙，快快。若上之所为而民亦为之，乃其所也，又可禁乎？妙妙，快快。《夏书》[⑫]曰：'念兹在兹，释兹在兹。名言兹在兹，允出兹在兹，惟帝念功，将谓由己，壹也。'信由己壹而后功可念也。"不加结，妙！

〔注释〕

①邾庶其以漆、闾丘来奔：邾，春秋时小国。庶其，邾国大夫。漆，邾国邑名，

在今山东邹县北；闾丘，邾国邑名，在今山东邹县南。庶其盗邾国二邑逃亡到鲁国。

②季武子以公姑姊妻之：鲁国执政大臣季武子把鲁襄公的姑母嫁给他。

③臧武仲：鲁国大夫，任司寇之职。

④诘盗：禁治、查办盗贼。

⑤纥：即臧武仲。

⑥四封：四境。封，封疆、疆界。

⑦司寇：刑狱之官。

⑧皂牧：自皂至牧共八等（皂、舆、隶、僚、仆、台、圉、牧）执贱役的人。

⑨赏而去之：即赏赐外来的大盗而除掉国内的小盗。

⑩壹以待人：专一对待他人。

⑪归：趋而效法。

⑫《夏书》：杜预注："逸书也。"其下一段话意谓想做的这事就在此，不做的事也在此；要命令这事就在此，要推行这诚信也在此，只有天帝才能记下这功劳。兹，此。

〔解读〕

大盗与小盗、在上的人与在下的人，是本文所论述的主题。庶其携带邾国的漆、闾丘二邑来投奔，相对邾国来说，他是个大盗。所以，鲁国对他奖赏有加，实际上是对盗窃的鼓励。而作为司寇的臧武仲辩证地提出了这个问题，既然执政者放纵大盗，并大加赏赐，而凭什么能除去国内的小盗呢？从而又引申出，在上的执政者不能以身作则，而下面的老百姓又何处归依呢？本文通过一问一答对话形式，问的奇，答的更奇，层层深入，从而揭示出本文的主题。

子产论币重

气最遒，调最婉。婉与遒本相背，今却又遒又婉，须细寻其婉在何处，遒在何处，又不得云此句遒，此句婉：须知其句句遒，句句婉也。

范宣子[①]为政，诸侯之币重[②]，郑人病之。二月，郑伯如晋。子产寓书于子西[③]以告宣子曰："子为晋国，只此四字，落笔便妙，说甚道理；说道理，便不入耳矣。四邻诸侯，不闻令德，而闻重币，侨也惑之。劈插"令德"字入来。侨闻君子长国家者，非无贿之患，而无令名之难。章法不宽不偪，句法既宕又遒。"令名"，即令德之闻于邻者也。又插"令名"入来。夫诸侯之贿，聚于公室，则诸侯贰；竦然。若吾子赖之，则晋国贰[④]。竦然。诸侯贰则晋国坏，晋国贰则子之家坏，竦然。何没没[⑤]也！遒甚，又逸宕甚。将焉用贿？四字又妙：不连上，不连下，只自踌躇。夫令名，德之舆[⑥]也；德，国家之基也。有基无坏，无亦是务乎[⑦]！从名转德，从德转国家，从国转到无坏。"是务"，务令名也。有德则乐，乐则能久。《诗》[⑧]云：'乐只君子，邦家之基'；有令德也夫。引诗收"令德"，又宕又遒。'上帝临女，无贰尔心'；有令名也夫。'引诗收"令名"，又宕又遒。恕思以明德，则令名载而行之，是以远至迩安。还宜如此乎。毋宁使人谓子，'子实生我'，而谓'子浚我以生[⑨]'乎？还欲如此乎。象有齿以焚其身，贿也。"竦然，却又逸宕之甚。宣子说，乃轻币。

〔**注释**〕

①范宣子：士氏，名丐，范文子之子。春秋时晋国执政大臣。

②币重：币，帛。此处指贡品沉重。当时晋为霸主，诸侯需向晋缴纳较贵重贡品。

③子产寓书于子西：子产，即公孙侨，一字子美。郑简公时为卿，主张改革。寓，寄托，递。子西，即公孙夏，郑国大夫。

④贰：有二心，即离心。

⑤没没：犹言昧昧，沉湎、执迷不悟的样子。

⑥舆：车子，犹言装载。

⑦无亦是务乎：此句为倒装句，意谓不也致力于这个吗！

⑧《诗》：即《诗经》，以下引的几句诗分别见之于《小雅·南山台》和《大雅·大明》。

⑨浚我以生：榨取我的财货而养活自己。

〔解读〕

在春秋时期，大国与小国的关系是非常不平等的，如秦、晋、楚、齐等国动辄讨伐甚至灭掉小国，小国非依附大国则无法生存。本文反映的是大国与小国关系中小国的委婉抗争。当时，晋国为霸主，诸侯朝见晋国的贡品很重，对弱小国家是个负担。鲁襄公二十四年（前549年），当郑国君主去晋国访问时，郑国执政大臣子产便给晋国执政大臣范宣子写了一封信。本信采取说理形式，利用晋国极欲保持其盟主之位和范宣子希望巩固其权力、得到美名的心理，阐述了“重币”之祸和“轻币”之福，并以大象因牙而杀身为例，证明一味地聚敛财富于国于己均不利。本文语言简练，危语、赞语交替使用，具有很强的说服力。

晏子不死君难

注眼看定“社稷”二字，便于君臣生死之际，处之夷然自如。此本严毅之论，而出之以犹夷之调，最是脱俗文字。

崔氏弑庄公①。晏子②立于崔氏之门外，其人曰：“死乎？”曰：“独吾君也乎哉，吾死也？”奇语，妙文！曰：“行乎？”曰：“吾罪也乎哉，吾亡也？”愈奇，愈妙！曰：“归乎？”曰：“君死安归？上二妙语，得此句始定。君民者，岂以陵民，社稷是主。臣君者，岂为其口实③，社稷是养。口，禄也。妙言至言！一眼只注社稷也。故君为社稷死则死之，为社稷亡则亡之。若为己死而为己亡，非其私暱，谁敢任之？斩斩截截，磊磊落落，此等文字，与日月争光可也！且人有君而弑之，吾焉得死之而焉得亡之？忽又作滑稽语，妙妙！将庸何归？”但无语可归耳，滑稽，妙妙！门启而入，枕尸股而哭。兴，三踊而出。人谓崔子必杀之，崔子曰：“民之望也，舍之得民。”

〔注释〕

①崔氏弑庄公：崔氏，即崔杼，也称崔子、崔武子，为齐之执政大夫，专横贪婪，射杀齐庄公。及至太史书“崔杼弑其君”，他竟一连杀了三个史官。

②晏子：即晏婴，字仲，谥仲，《史记》称晏仲平，为齐国一位著名大臣。

③口实：俸禄。

〔解读〕

齐庄公因与大臣妻子通奸被杀，而作为大臣的晏婴应该怎样对待这件事呢？

本文突出地写了在齐庄公被崔杼杀后他能明辨是非，当其左右问他是否“殉死”“出逃”“回家”时，他作了至情至理的绝妙回答，认为人君作为社稷之主，不能凌驾于人民之上，而为人臣的也不能只为君主一人和俸禄，应保全社稷。如果君主是为国家而死，人臣则也应殉死，如果君主为了国家而逃亡，人臣也应随之出亡，而如果君主为了自己的私事或死或逃，不是其私下亲近人，不必随之而去。所以，他只是伏在庄公的尸体上大哭一阵，便回家了。晏婴关于君臣关系这段话，意义非常深远。

季札观周乐

每一歌，公子皆出神细听，故能深知其为何国、何风。今读者于公子每一评论，亦当逐段、逐字，出神细思；便亦能粗粗想见其为是国，是风也。不然，杂杂读之，乃复何益？

吴公子札来聘[①]，请观于周乐[②]。来鲁也，故乐加“周”字避嫌，细笔也。使工为之歌《周南》《召南》[③]，“使工”，使我乐工也；“为之”，为吴公子也。已下段段不脱“为之”字。曰：“美哉！始基之矣[④]，“始”字起，“止”字住，为一篇大局段。犹未也，然勤而不怨矣。”逐段逐字细细想：何以《周南》《召南》，却如此评？为之歌《邶》《鄘》《卫》[⑤]，曰：“美哉渊乎！忧而不困者也！细细想，何以《邶》《鄘》《卫》如此评？吾闻卫康叔、武公[⑥]之德如是，是其《卫风》乎？”添一句妙！○一路，或添，或减，或明，或暗，各自入妙。为之歌《王》[⑦]，曰：“美哉！思而不惧。其周之东乎？”细细想，何以《王》如此评？为之歌《郑》[⑧]，曰：“美哉！其细已甚，民弗堪也，是其先亡乎？”细细想，何以《郑》如此评？细，烦琐也。为之歌《齐》[⑨]，曰：“美哉！泱泱[⑩]乎，大风也哉！又一调。表东海者，其太公乎？国未可量也。”何以《齐》如此评？为之歌《豳》[⑪]，曰：“美哉！荡荡乎，乐而不淫，其周公之东乎？”细细想，《豳》如此评。为之歌《秦》[⑫]，曰：“此之谓夏声。又一调。夫能夏则大，大之至也，其周之旧乎？”《秦》如此评。为之歌《魏》[⑬]，曰：“美哉！沨沨[⑭]乎，大而婉，险而易行；以德辅此，则明主也。”又一调，《魏》如此评。为之歌《唐》[⑮]，曰：“思深哉！其有陶唐氏[⑯]之遗风乎？不然，何忧之远也！非令德之后，谁能若是？”《唐》如此评。为之歌《陈》[⑰]，曰：“国无主，其能久乎？”《陈》如此评。自《郐》[18]以下无讥焉。略之何？微也。为之歌《小雅》[19]，曰：“美哉！思而不贰，怨而不言，其周德之衰乎！犹有先王之遗民焉。”先王，纣也。若周德盛，则能荡荡然，不复见其思与怨也。《小雅》如此评。为之歌《大雅》[20]，曰：“广哉！熙熙乎，曲而有直体，其文王之德乎？”《大雅》如此评。为之歌《颂》[21]，曰：“至矣哉！直而不倨，曲而不屈，迩而不偪，远而不携，迁而不淫，复而不厌，哀而不愁，乐而不荒，用而不匮，广而不宣，施而不费，取而不贪，处而不底，行而不流，五声[22]和，八风[23]平，节有度，守有序，盛德之所同也。”三代同德，奇理奇语，至理至语！二《颂》如此评。见舞《象箾》《南籥》[24]者，曰：“美哉！犹有憾。”恨不至太平。见舞《大武》[25]者，曰：“美哉！周之盛也，其若此乎！”失望之辞。见舞《韶濩》[26]者，曰：“圣人之弘也。而犹有惭德，圣人之难也。”奇句！能令圣人下泪。见舞《大夏》[27]者，曰：“美哉！勤而不德[28]，非禹其谁能修之？”大德，不自以为德也。吾读此语，常欲往视河工。见舞《韶箾》[29]者，曰：“德至矣哉！大矣，如天之无不帱也，如地之无不载也，虽甚盛德，其蔑以加于此矣。公子眼力如许。观止矣！“始”字起，“止”字住，一篇大局段。○如此长文，只三字收住。若有他乐，吾不敢请已。”戏笔作波。

〔注释〕

①公子札来聘：即季札，吴王寿梦少子。因食邑于延陵、州来二地，又称延陵季子或延州来季子。来聘，即来访问。

②请观于周乐：请求聆听和观赏周朝的音乐舞蹈。因鲁国为周公之后，故有天子之乐。

③《周南》《召南》：即《诗经》十五国风中的《周南》《召南》二首。“南”有二解，一解为乐名，一解为周公旦、召公奭之风化自北而南，从岐周被于江汉，南方之国亦可为南。

④始基之矣：为王奠定基础。

⑤《邶》《鄘》《卫》：指《诗经》中的三篇。本为三国，武王灭殷，分其地为三监。自朝歌以北谓之邶，其南为鄘，其东为卫。三监叛周，周公平定之，并改封

康叔。

⑥卫康叔、武公：卫康叔，周公弟，始封于卫。武公，康叔九世孙。二人均为卫国贤君。

⑦《王》：《诗经》十五国风中的《王风》。

⑧《郑》：《诗经》十五国风中的《郑风》。

⑨《齐》：《诗经》十五国风中的《齐风》。

⑩泱泱：宏大之声。

⑪《豳》：《诗经》中的《豳风》。豳为周之旧国，在陕西旬邑县。

⑫《秦》：即《诗经》中的《秦风》。秦声也称夏声，秦本在西戎汧陇之西，秦仲始有车马礼乐，弃戎狄之音而有诸夏之声。

⑬《魏》：即《诗经》中《魏风》。魏本姬姓国，在今山西芮城县北，鲁闵公元年为晋献公灭。

⑭沨沨：形容乐声婉转抑扬。

⑮《唐》：即《诗经》中的《唐风》。唐叔虞始封地，今山西太原市。

⑯陶唐氏：史称唐尧。尧先封于陶，后徙于唐，而唐旧址为尧都，故言“陶唐氏之遗民”。

⑰《陈》：即《诗经》中的《陈风》。陈国之地在今河南开封市以东，安徽亳县以北。

⑱《郐》：同“桧”，指《诗经》中的《郐风》。郐国传为祝融之后，周初封此，为郑武公所灭，今河南郑州市南。

⑲《小雅》：雅，王畿的音乐。《小雅》多属周室衰微到周平王东迁后的作品。

⑳《大雅》：即《诗·大雅》，多为周初作品。

㉑《颂》：指《诗经》中的《颂》，分《周颂》《鲁颂》《商颂》。

㉒五声：五声指宫、商、角、徵、羽。

㉓八风：八方之风称八风。

㉔《象箾》《南籥》：舞名。《象箾》，其舞奏箫故为象箾舞，舞者手执象箾，是一种武舞。箾，同“箫”。《南籥》，以籥伴奏而舞，为文舞。二者均为歌颂文王的乐舞。

㉕《大武》：歌颂周武王之舞。

㉖《韶濩》：成汤的乐舞。

㉗《大夏》：歌颂夏禹之舞。

㉘勤而不德：勤劳于民事而不自以为有功。

㉙《韶箾》：舜的乐舞。

〔解读〕

吴季札在鲁国观礼是《左传》中的名篇。本文叙述了吴季札观礼的经过。鲁国应其请为其依次演奏了四代的乐歌，而吴季札一一作了品评。从其演奏的乐歌和吴季札所作的评语看，在季札以前（即鲁襄公二十九年）我国已有较完整的诗歌总集——《诗》三百篇，《国风》的篇目次序大部分与现存的接近。本文最精彩之处是吴季札观赏完每一支舞曲后的评论，足见其学问之渊博，精通乐章，熟悉历史，闻其声即知为何国之风，知其当时政治之关系和国家之盛衰，充分说明了每一历史时期的乐舞与民风、政事的密切关系，寓政于乐。可以说，吴季札的评论是一篇评论先秦乐歌的重要文献。全文按诗篇的顺序，边奏边评，文字简要，上下连贯，而且婉转和谐，抑扬顿挫，音韵铿锵，被称为“奇文”。

子产坏晋馆垣

子产妙辞，更不必说。须细寻其处处细针密线，前后不差一黍；又要看前段文伯之悻悻，后段叔向之津津：俱是为极写子产而设。

子产相郑伯[①]以如晋，晋侯未之见也。以鲁丧故。子产使尽坏其馆之垣，而纳车马焉。奇事。士文伯让之[②]曰："敝邑以政刑之不修，寇盗充斥，寇盗充斥，为客设馆垣之故也；政刑不修，又寇盗充斥之故也。长句法，累累而详如此。无若诸侯之属辱在寡君者何，十二字句。是以令吏人完客所馆。高其闬闳[③]，厚其墙垣，如此二句，言是特设，以重坏之之罪。以无忧客使[④]。已上，自说一段盛意。今吾子坏之，虽从者能戒，其若异客何！措辞最曲折。异客，言后来客也。以敝邑之为盟主，此句，带矜意。缮完葺墙，以待宾客，此句，又带矜意。若皆毁之，其何以共命[⑤]？言后客又毁，则不堪也。然语意纯是矜。寡君使匄请命。"明明问罪声口。对曰："以敝邑褊小，介于大国。诛求无时，是以不敢宁居，悉索敝赋，以来会时事[⑥]。一段，先责晋重币。逢执事之不闲，而未得见；此句，叙鲁丧。又不获闻命，未知见时。一段，次责晋慢客。不敢输币，亦不敢暴露[⑦]。一段，次陈己左难右难。然未畅说，故下又双承之。其输之，则君之府实也，非荐陈[⑧]之，不敢输也；此句：承"不敢输币"。其暴露之，则恐燥湿之不暂，而朽蠹，以重敝邑之罪。此句，承"不敢暴露"，左难右难如此。侨闻文公之为盟主也，宫室卑庳，无观台榭，文公自居如此。以崇大诸侯之馆。文公待诸侯如此。下，细列此句。馆如公寝，一。库厩缮修，二。司空[⑨]以时平易道路，三。圬人[⑩]以时塓馆宫室。四。诸侯宾至，甸设庭燎[11]，五。仆人巡宫，六。车马有所，七。宾从有代；八。巾车脂辖，九。隶人牧圉，各瞻其事；十。百官之属，各展其物。十一。公不留宾，而亦无废事；结住。忧乐同之，加一句。事则巡之；再加一句。教其不知，而恤其不足。再加二句。宾至如归，无宁灾患，不畏寇盗，而亦不患燥湿。再结住。上十一句，是馆中事；加此四句，是文公心上事。今铜鞮[12]之宫数里，与“宫室卑庳，无观台榭”正反。而诸侯舍于隶人。与十一句正反。门不容车，而不可踰越。盗贼公行，而夭厉不戒。与加四句正反。宾见无时，挽“执事不闲”句。命不可知。挽“又不闻命”句。若又勿坏，是无所藏币，以重罪也。挽“不敢输币，又不敢暴露”句。敢请执事，将何所命之？正对“寡君使匄请命”句，侃侃然可畏也。虽君之有鲁丧，亦敝邑之忧也。妙妙，夺其所委之故。若获荐币，晋纳币。修垣而行，郑修垣，妙绝妙绝！一似晋只是惜此垣费也者。君之惠也。敢惮勤劳？”修垣之劳也。

文伯复命。赵文子[13]曰：“信！只一字，写心服如画。我实不德，而以隶人之垣以赢诸侯，是吾罪也！”注“信”字。使士文伯谢不敏焉。极写子产也。晋侯见郑伯，有加礼，皆极写子产，非写晋也。厚其宴好而归之。极写。乃筑诸侯之馆。极写，○所谓“诸侯赖之也”。叔向[14]曰：“辞之不可以已如是夫！津津然不啻口出。子产有辞，诸侯赖之；不止郑是赖。若之何其释辞也！写出津津然。“释”，弃也，自悔不能如子产之辞，乃是少时弃而不学也。《诗》[15]曰：‘辞之辑矣，民之协矣；辞之怿矣，民之莫矣。’其知之矣！”四字妙！言诗人知之，吾初不知，写出津津然。

〔注释〕

①子产相郑伯：子产即公孙侨，郑伯即郑简公。

②士文伯让之：士文伯，晋大夫，名匄，字伯瑕，士弱之子。让之，责备他。

③闬闳：巷门，此指客馆之大门。

④客使：外国使节。

⑤共命：供应所求。

⑥会时事：按时朝会纳贡。时事，春秋时一种按时朝贡的制度。

⑦暴露：露天放着，日晒夜露。

⑧荐陈：呈献。古代进献贡品，陈列在庭内，然后收纳。

⑨司空：官名，负责建筑的官。

⑩圬人：泥水工人。

⑪甸设庭燎：甸，甸人，掌管柴火的官。庭燎，点起庭中的火把。

⑫铜鞮：晋国国君的别宫，故址在今山西省沁县南。

⑬赵文子：名武，晋国大夫。

⑭叔向：即羊舌肸，晋国大夫。

⑮《诗》：指《诗经·大雅·板》，此句话意谓辞令平和，民心协同；辞令乖张，百姓遭殃。

〔解读〕

本文记叙的是在春秋末年诸侯争霸过程中，弱小的国家怎样用外交技巧和辞令维护本国的利益和尊严。本文记叙的是鲁襄公三十一年（前542年），鲁襄公去世，郑国执政大臣子产陪郑国国君到晋朝拜，而晋平公因为鲁国丧事没有接见他们。子产很生气，就派人将其住的宾馆围墙全部拆毁，以便自己的车马进去。晋国大夫士文伯对此很不理解，便责怪子产不该这么做。子产则回答说，我们小国为应付你们大国随时索要贡物，全力搜求本国之所有运来，国君亲自押送，而大国的执政者既不接见，也不说接见日期，贡物无地方储存，又怕在露天腐烂。从前晋文公做霸主时，自己的宫室修得狭小，而为各诸侯建的馆舍却富丽堂皇，殷勤招待，既无盗贼、水火之忧，更无露天存放贡物腐烂之患。而现在晋君的离宫别馆方圆数里，招待诸侯的馆舍却如奴婢住的小屋，大门狭隘得进不去车，又不能翻墙而入。盗贼横行，天灾难防，如不拆围墙而入，何处存放货物？子产言之有理，尤其搬出晋文公，今昔对比，益显当今晋主之不德。士文伯复命后，晋国执政大臣赵文子理屈词穷，承认自己失德，立即又派士文伯去道歉，并立即安排晋侯隆重接见了郑国国君。

子产论尹何

欲作缠绵帖肉之文，须千遍烂读此文：非贵其文辞，贵其心地也。此文，只是一片心地。

子皮欲使尹何为邑[①]。子产曰：“少，未可知否。”此篇，纯作婉爱之调。子皮曰：“愿，吾爱之，逐句婉爱。不吾叛也。使夫往而学焉，夫亦愈知治矣。”婉爱之调。子产曰：“不可！人之爱人，求利之也。段段婉爱。今吾子爱人则以政，犹未能操刀而使割也，其伤实多。一喻。子之爱人，伤之而已，其谁敢求爱于子！妙语解颐。子于郑国，栋也；栋折榱崩[②]，侨将厌焉[③]，敢不尽言。二喻。夹入一句，又婉爱。子有美锦，不使人学制焉；三喻。大官大邑，身之所庇也，而使学者制焉；其为美锦，不亦多乎？纯作婉爱之调。侨闻学而后入政，未闻以政学者也。若果行此，必有所害。譬如田猎，射御贯则能获禽，若未尝登车射御，则败绩厌覆是惧，何暇思获？”四喻。纯是婉爱之调。随手出喻：一喻尹何，二喻自己，三喻子皮，四喻尹何。初无定法，手便即喻。子皮曰：“善哉！虎不敏。吾闻君子务知大者远者，小人务知小者近者。我小人也：衣服附在吾身，我知而慎之；大官大邑，所以庇身也，我远而慢之。便援前喻。微子之言，吾不知也。纯作婉爱之调。他日我曰：‘子为郑国，妙！四字句。我为吾家，以庇焉其可也。’妙！十字句。今而后知不足。妙！六字句。自今请虽吾家听子而行！”妙！十字句，纯是婉爱。子产曰：“人心之不同，如其面焉：吾岂敢谓子面如吾面乎？抑心所谓危，亦以告也。”妙妙！纯是婉爱之调。子皮以为忠，故委政焉。子产是以能为郑国。

〔注释〕

①子皮欲使尹何为邑：子皮，字罕虎，郑国大夫。尹何，子皮家臣。为邑，担任采邑长官。

②栋折榱崩：榱，椽。此句言大梁断了，椽子也一定压折。

③侨将厌焉：侨，子产自称。厌，同“压”。

〔解读〕

本篇记叙了郑国大臣子产与子皮二人关于治理国家的对话。本文由子皮要派他喜欢的人担任其采邑长官一事谈起，子产论述了学而优为官的治国思想，他说，正如你有美丽的绸缎，不一会儿叫生手拿着去学剪裁一样，采邑是你的托身之处，你却叫一个还没学会做官的人去学着管理，这岂不是重美锦而轻采邑吗？听说过学好了去做官，而没听说过学着做官的。正如打猎一样，如射箭、驾车习惯了才能捕获禽兽，如还没有学习射箭、驾车，唯恐翻车遭压，哪有心思去射获禽兽呢。子皮听完子产一席话深为感动，承认自己愚蠢，属于无知小人，要求子产不仅要治国家，而且也要管理子皮家事，对其极为信任。子产知无不言，子皮善听正确意见，全力支持子产之政，实在难能可贵。子产善于利用比喻，使道理明显易懂，富有情趣，从而使人能乐意听取接受。

子围逆女以兵

子产从直叫破，妙绝！乃州犁语；亦甚腴甚苍，甚委甚劲。

楚公子围[1]聘于郑，楚将为虢之会也。且娶于公孙段[2]氏，围娶子石女也。伍举为介[3]。聘之副使为介。此先叙伍举者，为后垂櫜之请也。将入馆，郑人恶之，使行人子羽[4]与之言，乃馆于外。入馆者，入郑而馆也；馆于外，则不入郑也。子羽语不载。既聘，将以众逆[5]。子羽不使入馆，于是楚将以兵逆女。子产患之，使子羽辞曰："以敝邑褊小，不足以容从者；请墠[6]，听命。"请于城外除地为墠，以成婚礼。令尹命太宰伯州犁[7]对曰："君辱贶[8]寡大夫围，句。谓围，句。将使丰氏[9]，句。子石女也。抚有而室，句。腴之甚。围布几筵告于庄、共之庙[10]而来。十二字句，腴之甚。若野赐之，是委君贶于草莽也，一"是"字。是寡大夫不得列于诸卿也。二"是"字。不宁唯是[11]，又转笔疾，撇上二"是"字。又使围蒙于先君，将不得为寡君老，十四字句，言既欺先君，则不得为今君大夫。其蔑以复矣。唯大夫图之！"言无颜以归国矣。子羽曰："小国无罪，恃实其罪[12]。将恃大国之安靖己，而无乃包藏祸心以图之。只用一句，直直叫破：妙绝妙绝！更妙于将欲叫破，却先倒装一"恃"字；将欲倒装"持"字，却又先倒装一"罪"字，又先倒装一"无罪"字。小国失恃，而惩诸侯，使莫不憾者，距违君命，而有所壅塞，不行是惧。上二十六字为一句，只是"无乃"二字；此二十六字为一句，只是"是惧"二字。不然，句。敝邑，句。馆人之属也，其敢爱丰氏之祧[13]？"句。上两二十六字为句，何等气急！此四短句，何等安闲！伍举知其有备也，请垂櫜[14]而入。许之。

〔注释〕

①公子围：春秋时楚国共王次子，名围。后杀死楚王郏敖即位为楚灵王。

②公孙段：字伯石，郑国大夫。因食邑于丰，又称丰氏。

③伍举为介：吴举为楚国大夫，伍子胥之祖父。为介，为副使。

④行人子羽：即公孙挥，又称行人挥，郑国大夫。

⑤以众逆：率兵众迎娶。

⑥墠：古代清扫过的供祭祀用的地面。此句指子文欲除地为墠，代丰氏之庙，行迎亲之礼。

⑦太宰伯州犁：太宰，管理宫廷内外事务，辅助国君治理国家。伯州犁，楚国的宗子，楚康王时任太宰。

⑧贶：赐予。

⑨丰氏：即公孙段，赐氏为丰。

⑩庄、共之庙：指楚庄王、楚共王，公子围之祖父、父亲。

⑪不宁唯是：不仅如此。

⑫恃实其罪：依靠大国而无防备是它的罪过。

⑬祧：祖庙。

⑭垂橐：橐，盛弓矢之器具。垂橐，即倒悬着弓矢袋，意指没带武器。

〔解读〕

鲁昭公元年（前 541 年），为执政大臣的楚国公子围以访问和迎娶为借口，带领楚兵企图趁机袭击郑国。但是，郑国执政大臣子产识透了其阴谋，拒绝其入城，以郑国国都狭小容纳不了众多随从为由，请他们在城外设坛举行婚礼。而公子围则说，郑国公孙段氏是蒙郑君厚赐，并特地设筵，在庙堂禀告祖宗，然后特地到郑国受赐，如此隆重礼仪总不能在城外野地举行吧，这样做太不给面子了。郑国使者干脆直言揭穿其阴谋，并警告说，如果楚国一定要侵袭郑国，依附楚国的诸侯将会憎恨楚国，影响楚国霸主地位。公子围见郑国有预防，只好放弃企图，倒空箭矢袋，进城迎娶新妇。兵临城下，亏郑国使者智勇双全，针锋相对，使楚人理屈，不战而屈人之兵。

张趯智在君子后

妙处全在冷峭，峭故愈冷，冷故愈峭。今后欲作冷笔，其务作峭笔哉！

郑游吉[①]如晋送少姜[②]之葬，梁丙与张趯[③]见之。梁丙曰："甚矣哉！子之为此来也。"不是不满游吉语，正是不满少姜语。细细想之！子太叔曰："将得已乎？四字用紧笔先接住；下引文、襄，宽宽反起。昔文、襄[④]之伯也，其务不烦诸侯：须记"伯也"字，"不烦"字。"不烦诸侯"四字，先总，下细开。令诸侯三岁而聘，不烦。五岁而朝，不烦。有事而会，不烦。不协而盟。不烦。君薨，大夫吊，卿共葬事；不烦。夫人，士吊，大夫送葬，不烦。足以昭礼、命事、谋阙而已，无加命[⑤]矣。"足以"妙，"而已"妙，再添"无加命矣"四字，妙！○此既明明说晋将失诸侯，只是反说，故不觉。今嬖宠之丧，不敢择位而数于守适[⑥]，言不敢计择其是妾媵，而礼数比于夫人。此句乃正对"甚矣此来"语。惟惧获戾，岂敢惮烦！妙妙，记第二"烦"字。少姜有宠而死，齐必继室；今兹吾又将来贺，不惟此行也。"偏要再加一倍说，笔情最恣，笔气最峭：妙真不可言也！张趯曰："善哉！吾得闻此数也。然自今疾转笔，妙妙！○"昔今"妙，"今兹"妙，"然自今"妙。子其无事矣。譬如火[⑦]焉，火中，寒暑乃退：火，心星也。季夏，昏中而暑退；季冬，旦中而寒退。此其极也，能无退乎？晋将失诸侯，诸侯求烦不获。"忽将"烦"字作一余波，冷峭不可言。

二大夫退。子太叔告人曰："张趯有知，其犹在君子之后乎？"十二字一句，言张趯直无智耳。虽闻我言而跃然，似为有智，然我既已明言之矣；彼为晋臣，胡为又复言乎？"在君子之后"，犹言不得与于君子之列也。

〔注释〕

①郑游吉：郑，即郑国。游吉，即子大叔郑大夫，在郑简公、郑定公时为卿，继郑子产执政，其为郑国大族游氏之宗主。

②少姜：即少齐。齐国嫁给晋平公为妃的女子。

③梁丙与张趯：此二人均为郑国大夫。

④文、襄：指晋文公、晋襄公。

⑤无加命：无额外命令。

⑥守适：嫡夫人。

⑦火：大火星，心宿。

〔解读〕

鲁昭公三年（前538年）春天，郑国的游吉为晋侯夫人少姜送丧到了晋国，郑国大夫梁丙和张趯认为他做得过分，少姜又不是嫡夫人，何必专为此事而来呢！结果，游吉很有感慨地说了一连串反话，如“其务不烦诸侯”“无加命矣”“岂敢惮烦”等，表示对晋国的不满。张趯则比喻晋国是正处于中央的大火星，马上将由盛转衰。此文通过游吉的冷言反语和张趯的比喻，说明了晋国正在失去霸主地位，新的不满正在各国诸侯中酝酿。

晏婴、叔向相语

前幅，写两家婚媾，作无数珍重之言；后幅，写两人忧乱，作无数败坏之言。前幅珍重，是出色珍重；后幅败坏，是出色败坏。古人撰文，最重斗色。此真斗出异样色也。

齐侯使晏婴[①]请继室于晋，是时，晋侯妾少姜死。曰："寡君使婴曰：'寡人愿事君，朝夕不倦，将奉质币[②]，以无失时。十七字句。则国家多难，是以不获。九字句。一段，先叙疏阔，宽宽而起。不腆先君之适[③]。以备内官，焜耀寡人之望；十六字句。则又无禄，早世陨命，寡人失望。十二字句。一段，次叙少姜之戚，渐入话由。君若不忘先君之好，惠顾齐国，辱收寡人；十六字句，叙晋。徼福于太公、丁公[④]，照临敝邑，镇抚其社稷，十六字句，叙齐。则犹有先君之适及遗姑姊妹若而人。十五字句。君若不弃敝邑，而辱使董振择之[⑤]，以备嫔嫱，十七字句。寡人之望也。'"已上，为是吉礼，故多作珍重之辞。

韩宣子[⑥]使叔向[⑦]对曰："寡君之愿也。接口先允，妙。寡君不能独任其社稷之事，妙语，是一句。未有伉俪。又是一句。在缞绖[⑧]之中，是以未敢请。又是一句。君有辱命，惠莫大焉！若惠顾敝邑，晋一边说。抚有晋国，齐一边说。二句只是一句。赐之内主[⑨]，岂惟寡君？亦作珍重之辞。举群臣实受其贶。添一层。其自唐叔[⑩]以下，实宠嘉之。"又添一层。看他写婚姻，便纯用婚姻声口，妙绝！

既成昏，晏子受礼。叔向从之宴，相与语。叙得如画。叔向曰："齐其何如？"句下，明有晋已如此。晏子曰："此季世[⑪]也，吾弗知。二句七字，本不欲言。齐其为陈氏[⑫]矣，此为不能忍，因又言，下又尽言也。上，不欲言：妙！此，又言：妙！下，尽言：妙！公弃其民而归于陈氏。齐句。旧句。四量[13]：句。豆、句。区、句。釜、句。钟[14]。句。四升为豆，注豆。各自其四，以登于釜；注区，注釜。句变。釜十则钟；注钟。先详齐之国量。陈氏句。三量，皆登一[15]焉，钟乃大矣。再详陈之家量。将国量、家量先详，下便甚明。以家量贷，而以公量收之；陈氏事一。山木如市，弗加于山；陈氏事二。鱼、盐、蜃、蛤，弗加于海。陈氏事三。民参其力，假如三分民力。二入于公，而衣食其一；公聚朽蠹，而三老[16]冻馁。齐国事一。国之诸市，屦贱踊贵[17]。齐国事二。民人痛疾，齐。而或燠休[18]之。陈。其爱之如父母，内。而归之如流水，外。欲无获民，将焉辟之？细读"其"字，"而"字，"欲无"字，"将焉"字，二十字乃成一句。箕伯、直柄、虞遂、伯戏[19]，四人，皆舜后陈先。其相胡公、大姬[20]，已在齐矣。"妙妙！上还说人情，此竟说神灵，见陈代齐更无疑。

叔向曰："然！妙！先用一字，满口应过。虽吾公室，今亦季世也。亦不能忍，遂亦尽言也。"虽"字，"亦"字妙！如闻其声。戎马不驾，戎车不复驾马：一。卿无军行，卿无所将之军：二。公乘无人，公车御不得人：三。卒列无长。百人不得其长：四。庶民罢敝，而宫室滋侈；句中有"而"字。道殣相望，而女富溢尤[21]；民闻公命，如逃寇雠。上四句，说晋军政大坏，不能征伐；此六句，说晋不恤民命，叛形已著。栾、郤、胥、原、狐、续、庆、伯，降在皂隶。此一句，说晋大族八姓，尽皆陵替。政在家门，民无所依。此一句，说晋令出多门，莫知禀承。君日不悛，以乐慆忧[22]。此一句，说晋君方乃荒无逸乐，漫不知戒也。公室之卑，其何日之有？总断上多句。《谗鼎之铭》[23]曰：'昧旦丕显，后世犹怠！'况日不悛，其能久乎？"添引鼎铭，再申朱句，加倍精炼。

晏子曰："子将若何？"独晏问向者，前发端本自向；向实有心诉晏，故晏不得不问，并非两人互诉；此又须互问也。叔向曰："晋之公族尽矣。先提过他族，下方说己族：好！肸闻之：公室将卑，其宗族枝叶先落，则公从之。句中，又插公室。肸之宗，十一族，唯羊舌氏在而已。肸又无子，此说己族也。十一字为句，哀怨之甚，不堪再读。公室无度，又插公室。

幸而得死，岂其获祀[24]？”言尚未必得死，哀怨一至此！回想前幅无数婚姻珍重之言，真欲一笑出泪。

〔注释〕

①齐侯使晏婴：齐侯，即齐景公。晏婴，即晏子。

②质币：质，同“贽”，见面礼。币，古代玉、马、皮、圭、璧、帛皆称币。

③不腆先君之适：不腆，即不厚，不美好，为当时常用谦辞。先君，指齐庄公。适，同“嫡”。

④太公、丁公：太公即姜太公，丁公即姜太公子，为齐国之祖。

⑤董振择之：董，正，督。振，整。言使人督选精择。

⑥韩宣子：韩起。

⑦叔向：羊舌肸。

⑧缞绖（cuī dié）：缞，亦作衰，古代衰服用粗麻布制成。绖，麻带。此句意谓在丧期。

⑨内主：正夫人为内宫之主，以治后宫之政，故称内主。

⑩唐叔：晋始封之君。

⑪季世：末世，衰世。

⑫齐其为陈氏：齐将不保，将为齐氏之国了。齐氏，齐国陈敬仲的宗族。

⑬四量：四种容积单位与量器名称。

⑭豆、区、釜、钟：区，一斗六升；四区为釜，六斗四升；钟，十釜。

⑮登一：登，加也，即各增加四分之一。

⑯三老：“三老”说法不同，杜预注云“三老，谓上寿、中寿、下寿。皆八十以上，不见养遇”。孔《疏》引服虔云：“三老者，工老、商老、农老。”

⑰屦贱踊贵：屦，麻制的鞋子。踊，假足（一说为扶持之杖）。此句言受刖足之刑者甚众。

⑱燠休：燠，厚也；休，赐也。或言安慰病痛之人。

⑲箕伯、直柄、虞遂、伯戏：四人皆舜之后代，陈氏之先祖。

⑳胡公、大姬：胡公为周始封陈之祖。大姬，周武王长女，胡公之妃。

㉑女富溢尤：溢、尤均为过度之义。言嬖宠的女家富裕得太过分。

㉒以乐慆忧：乐，娱乐。慆，过也。

㉓《谗鼎之铭》：古代鼎名。服虔注云“疾谗之鼎”，但考证不出何时何人所作。

㉔岂其获祀：难道能得祀于晋，言必不祀。

〔解读〕

本文前半写齐侯派晏婴请继室于晋，因当时晋国强盛，晋为霸主，齐国欲与晋结盟，故欲嫁女于晋。派晏婴去向晋求婚。晏婴之卑辞谦语打动了晋国，两国遂结为姻亲之国。可以说，晏婴一席外交辞令完成了齐国的一项重大外交活动。而在订婚宴会上，晏子与叔向二人的对话是本文的主要内容。二人各论本国的季世，对两国所面临的问题和前景深感担忧，并非常敏锐地观察到了两国将来的问题，对韩、赵、魏之分晋，及田氏代齐都作了预测。虽深感担忧，但惜其君不用其言，使贤者束手无措。一个政治家的高瞻远瞩在此可见一斑。

叔向许子皮朝楚

一片纯是至诚，则不须又用防也，而又句句无不周防；句句纯是周防，则未免稍伤至诚也，而又一片纯是至诚：妙绝，妙绝！后，闲中又写张趯一段，见晋、郑卿大夫，如此开心见诚，更妙。

秋七月，郑罕虎[①]子皮。如晋，贺夫人[②]，贺齐已继室于晋也。且告曰："且"者，贺之外，另告也。"楚人日征敝邑以不朝立王之故。时楚灵已篡立。敝邑之往，则畏执事，其谓寡君而固有外心；"而"，汝也；"固"，从来也。撰出一语，妙。其不往，则宋之盟云。襄二十七年盟宋，有"晋楚之从，交相见也"云云。进退，罪也。寡君使虎布之。"实实布出其往，其不往两难之心，妙妙！宣子使叔向[③]对曰："君若辱有寡君，在楚何害？修宋盟也。君苟思盟，寡君乃知免于戾矣；看他亦实实说出若有，若不有两猜之心，妙妙！○"君若辱有"，一段。君若不有寡君，虽朝夕辱于敝邑，寡君猜焉！"君若不有"，二段。君实有心，何辱命焉？不必来布，三段。君其往也，苟有寡君，在楚，犹在晋也。"君可竟去，四段。○段段真挚，段段铿锵，段段缜密，段段疏越，妙！张趯[④]使谓大叔曰："自子之归也，小人粪除[⑤]先人之敝庐，曰：'子其将来'。今子皮实来，小人失望。"一片知己恩爱，风雨连朝，不可多读。大叔曰："吉[⑥]贱，不获来。畏大国，尊夫人也。正对毕。且孟曰：'而将无事。吉庶几焉。"重又捎带前日"自今子其无事语"，冷峭之甚。

〔注释〕

①罕虎：郑国大夫，即子皮。

②夫人：指晋平公新娶的齐国女子。

③叔向：晋大夫，即羊舌肸。

④张趯：晋国大夫。

⑤粪除：打扫。

⑥吉：即游吉。

〔解读〕

这是一篇极微妙、极高超的外交辞令。当时晋楚两国争霸，而夹在中间的小国郑国动辄得咎，怎样处理好与大国的关系，是让郑国很头疼的问题。郑国大夫罕虎利用去晋国祝贺晋平公新娶的机会，报告了楚国催逼郑国去楚朝贺楚灵公新立之事，并表示了对晋的忠一不二。晋国大夫叔向则给郑国出一主意，即只要心向着晋国，不妨到楚国去朝贺，从而解决了郑国的难题。几段对话虽然不长，但其委婉、缜密令人拍案叫绝。

司马侯许楚召晋诸侯

绝顶见识，绝顶议论，不必又道。今论其通篇段段皆作双行之文。如前两“未可知”，两“若归”，已自妙绝；至后“三殆”，却将“马”与“险”作一对先破了。后另将“多难”，变出“或多难”“或无难”，便是到底仍用双行。此可见：古人文字一篇不换手法，前后只用一手法也。

楚子使椒举[①]如晋求诸侯。椒举致命曰：“寡君使举曰日君有惠，“日”，往日也。赐盟于宋曰‘晋楚之从，交相见也。’往日盟辞也，言诸侯从晋者，使见于楚，从楚者亦可见晋。以岁之不易，寡君愿结欢于二三君；使举请闻。以多难，欲召晋诸侯。君若苟无四方之虞，则愿假宠以请于诸侯。”言若不虞意外，则命诸侯见我。辞令好！

晋侯[②]欲弗许。司马侯[③]曰：“不可。楚王方侈[④]，二字，断尽。天或者欲逞其心，以厚其毒而降之罚，未可知也；妙论，确论。看他“或者”“欲”字、“以”字、“而”字，一句方作三四折始成，妙妙！其使能终，亦未可知也。又陪一句，一发妙论。其妙，非浅人粗人所知。晋、楚唯天所相，不可与争。上平写两“未可知”，此定不可不接“唯天”一句。君其许之，而修德以待其归。句。若归于德，吾将事之，况诸侯乎？若适淫虐，楚将弃之，吾又谁与争？又一平写两“若”，妙妙！浅人、粗人不知。公曰：“晋有三不殆[⑤]。其何敌之有？国险，而多马，齐楚多难：有是三者，何乡[⑥]而不济？”对曰：“恃险与马，而虞[⑦]邻国之难，是三殆也。先接口疾翻，下再逐件破。四岳、三涂[⑧]、阳城、大室[⑨]、荆山、中南[⑩]，九州之险也，是不一姓[⑪]。先破险。○看他指出许多险。○言皆灭亡相寻。

冀之北土，马之所生，无兴国焉。次破马。看他指一多马地。○言不见以马兴。恃险与马，不可以为固也，从古以然。十四字句。是以先王务修德音，以享神人，不闻其务险与马也。三件先破二件，便先结过，文情若连若断。邻国之难，不可虞也。再破“多难”。或多难以固其国，启其疆土；或无难以丧其国，失其守宇，妙论！看他又平写“或多难”“或无难”。若何虞难！”结。○三件事，两件先结，一件再结，妙！

〔注释〕

①楚子使椒举：楚子即楚灵王，椒举即伍举。

②晋侯：即晋平公。

③司马侯：晋国大夫。

④侈：骄纵跋扈。

⑤殆：危险，不安。

⑥乡：同“向”。

⑦虞：同“娱”，即幸灾乐祸，以他国之难为己之乐。

⑧四岳、三涂：四岳即东岳泰山（今山东泰安境）、西岳华山（今陕西华阴市境）、南岳衡山（今湖南衡山境）、北岳恒山（今河北省曲阳县境）。三涂即三涂山，位今河南嵩县西北（或认为应指太行、轘辕、崤渑三道）。

⑨阳城、大室：阳地，古地名，在今河南登封市东南。大室即太室，中岳嵩山（今河南登封市境）。

⑩荆山、中南：荆山，在今湖北西部、武当山东南，相传卞和于此山得玉。中南，即陕西西安市南部的终南山。

⑪是不一姓：不属于一姓所有。

〔解读〕

本文在写作手法和思想内容上均可称为上等作品。至于写作手法之妙，通篇段段皆作双行之文，前后互衬，金圣叹前面已经点批。楚灵王是个野心勃勃的家伙，本来按盟约是和晋国平起平坐，而随着野心膨胀，则意欲将晋国排挤出霸坛，所以派大臣椒举去晋国游说。晋平公本不同意，但晋大夫司马侯则认为这是天意，任其猖狂下去，等待上天的惩罚。晋平公则自恃晋国有三条可以匹敌的客观条件：地势险要而易守难攻，盛产马匹可武装军队，齐、楚国内多艰而自顾不暇，而晋则没有什么可忧之事。对此，司马侯则一针见血指出，自恃天险和幸灾乐祸本身就是灾难，并列举历史上兴亡之例和有客观条件而却照样失败的例子，提出治国之道惟务修德，而不恃险与马匹。

吴蹶由对楚子

此篇，不是曲折顿挫，不是回环往复，乃是认得清，咬得定文字。千载忠臣，含笑入地，只是此篇文字烂熟于胸中。

楚子①以诸侯及东夷②伐吴，以报棘、栎、麻之役③。吴子④使其弟蹶由犒师。楚人执之，将以衅鼓⑤。王使问焉，曰："女⑥卜来吉乎？"妙问，直是无言可对。对曰："吉！妙妙。与"晋国和乎？"对曰"不和"，便是一样妙人。寡君闻君将治兵于敝邑，卜之以守龟⑦，因其问，便撰出此事。曰：'余亟使人犒师，请行以观王怒之疾徐⑧，而为之备，尚克知之。'龟兆告吉，并撰出祝辞，妙妙！曰：'克可知也。'君若欢焉，好逆使臣，滋敝邑休怠而忘其死，亡无日矣。宾，妙！今君奋焉，震电冯怒，虐执使臣，将以衅鼓，则吴知所备矣。敝邑虽羸，若早修完，其可以息师⑨。难易有备，可谓吉矣。主，妙！且吴社稷是卜，岂为一人？妙论至论！千载忠臣，视死如归，只是此意看得透彻。使臣获衅事鼓，而敝邑知备，以御不虞，其为吉孰大焉！反反覆覆，曰"克可知也"，曰"可谓吉矣"，曰"其为吉孰大焉"，只是一句话，都作三遍说：所谓认得清，咬得定也。国之守龟，其何事不卜？一臧一否⑩，其谁能常之？城濮之兆，其报在邲⑪。今此行也，其庸有报志？"更妙！乃弗杀。

〔**注释**〕

①楚子：即楚灵王。

②东夷：居住于今山东沿海一带的少数民族，也称夷。

③棘、栎、麻之役：指昭公四年（前538年）冬天吴国军队攻入楚国的棘、栎、

麻三地（今安徽东南一带）发生的战役。

④吴子：吴国国君夷末。

⑤衅鼓：即涂鼓，以其血染鼓。

⑥女：同“汝”。

⑦守龟：用来占卜吉凶的龟壳。

⑧疾徐：快慢。此处指怒气大小。

⑨息师：阻止进攻。

⑩一臧一否：一吉一凶。

⑪郯：郑国地名，在今河南荥阳县北。

〔解读〕

一言可定九鼎，一语可决死生。吴王之弟蹶由之妙对，不仅挽救了其一己之命，而且也使吴国免遭灭顶之灾。在楚军即将杀蹶由染鼓时，楚王向其来使占卜凶吉，蹶由则对曰“吉”，并编出一套合情合理的妙论，指出，如楚王暴怒则使吴人惕然恐惧，必有备而死战；如楚王高兴善待使者，则使吴人松懈，吴国必亡。而现在楚王大怒，并欲杀其以涂鼓，这对吴国是莫大好事，因为可使吴人懂得应怎样备战迎敌，修缮城郭，决一死战，免遭灭亡。楚王听之有理，便舍而不杀。本文表现了蹶由的智慧和对国家的忠诚。

子革对灵王

不图有如此前半篇，有如此前半篇了，不图又有如此后半篇，真千载奇文！

楚子狩于州来[①]，次于颍尾[②]。写。使荡侯、潘子、司马督、嚣尹午、陵尹喜，帅师围徐以惧吴。写。楚子次于乾谿[③]，以为之援。写。

雨雪，写绝。王皮冠；写绝。秦复陶翠被[④]、写绝。豹舄[⑤]，写绝。执鞭以出，写绝。仆析父从。写绝。○写出必及于难之人如在目。右尹子革夕[⑥]，王见之，去冠被，写。舍鞭，写。与之语，写。曰："昔我先王熊绎[⑦]，与吕伋、齐。王孙牟、卫。燮父、晋。禽父[⑧]，鲁。并事康王，四国皆有分，我独无有。今我使人于周，求鼎以为分，王其与我乎？"必及于难人声口。对曰："与君王哉！奇妙，便如接口。昔我先王熊绎，辟在荆山。筚路蓝缕，以处草莽；跋涉山林，以事天子。唯是，桃弧、棘矢[⑨]以共御王事。无分之故。齐，王舅也；晋及鲁、卫，王母弟也。有分之故。楚是以无分，而彼皆有。正论以"昔""今"字分。今周与四国服事君王，奇谈。将唯命是从，岂其爱鼎？"奇谈！王曰："昔我皇祖伯父昆吾[⑩]，遥遥皇祖，隐隐伯父。旧许是宅[⑪]。今郑人贪赖其田而不我与，我若求之，其与我乎？"必及于难人声口。对曰："与君王哉！奇妙，便如接口。周不爱鼎，郑敢爱田？"奇谈！又趁上文热铛，故甚省而加妙。王曰："昔诸侯远我而畏晋；今我大城陈、蔡、不羹[⑫]，赋皆千乘，子与有劳焉！带句，生姿。诸侯其畏我乎？"必及于难人声口。对曰："畏君王哉！奇妙，便如接。是四国者，专足畏也；又加之以楚，敢不畏君王哉！”奇谈！

工尹路[13]请曰：“君王命剥圭以为铖柲[14]，敢请命。”又写，写绝。王入视之。写绝。析父谓子革：“吾子，楚国之望也。今与王言如响，国其若之何?”忽作一波折，大奇，大妙！子革曰：“摩厉以须[15]，王出，吾刃将斩矣。”奇谈！王出写。复语。写。左史倚相[16]趋过，王曰：“是良史也！子善视之，是能读《三坟》《五典》《八索》《九丘》[17]。”恰凑入“摩厉以须”人刃下。对曰：“臣尝问焉：昔穆王[18]欲肆其心，周行天下，将皆必有车辙马迹焉。祭公谋父作《祈招》[19]之诗以止王心，王是以获没于祗宫[20]。臣问其诗而不知也；若问远焉，其焉能知之?”大奇大妙，何处飞来？王曰：“子能乎?”对曰：“能！其诗曰：‘祈招之愔愔[21]，式[22]昭德音；思我王度，式如玉，式如金，形民之力，而无醉饱之心。’”大奇，大妙！

王揖而入，写。馈不食，寝不寐，写。数日不能自克，以及于难。结。仲尼[23]曰：“古也有志：‘克己复礼，仁也。’信善哉！楚灵王若能如是，岂其辱于乾谿[24]?”再结。

〔**注释**〕

①楚子狩于州来：楚子即楚灵王，名围，即位后改名虔。州来，楚地名，在今安徽凤台北。

②颍尾：颍水入淮处，今安徽颍上东南。

③乾谿：楚地名，今安徽亳县东南。

④秦复陶翠被：秦国所赠的用禽兽毛绒所制的羽衣和用翠羽装饰的披肩。

⑤豹舄：豹皮做的鞋子。

⑥右尹子革夕：右尹，官名，春秋时楚国长官多称尹。子革，郑大夫子然之子，名丹，由郑奔楚。夕，暮见。

⑦熊绎：楚国始受封国君。

⑧吕伋、王孙牟、燮父、禽父：吕伋，或称吕级，齐太公吕尚之子，又称丁公。王孙牟，卫康叔之子卫伯。燮父，晋始封之君，唐叔之子；禽父，即伯禽，周公之子，始封于鲁。

⑨桃弧、棘矢：桃木做的弓和酸枣木做的箭。

⑩皇祖伯父昆吾：陆终氏二子，长名昆吾，少名季连。季连是楚国的远祖，故称昆吾为“皇祖伯父”。皇祖，远祖。

⑪旧许是宅：曾在许国故土住。许，春秋小国名。

⑫大城陈、蔡、不羹：陈、蔡，春秋时小国，陈在今河南淮阳一带，蔡则在河南上蔡东南一带。不羹，楚国地名，有东西二城。

⑬工尹路：楚国大夫。工尹，楚国官名。

⑭剥圭以为鏚柲：剥，割，裂，犹言破开。圭，玉器名，长方形，上尖下方。鏚，斧子。柲，兵器柄。

⑮摩厉以须：摩厉，今作“磨砺”，磨刃使锋利。须，等着。

⑯左史倚相：左史，官名，记事官。倚相，楚国史官名。

⑰《三坟》《五典》《八索》《九丘》：均为古书名，内容已失传。

⑱穆王：即周穆王，也称穆天子，据传曾周游西域。

⑲祭公谋父作《祈招》：祭（chài）公谋父，周穆王卿士。《祈招》，有认为是人名，即司马祈父，名招，掌管军事；有认为“招”是“韶”的假借，是乐名，此解似较妥。

⑳获没于祇宫：获没，善终。祇宫，周穆王官名。

㉑愔愔：安静和悦貌。

㉒式：语首助词，无实际意义。

㉓仲尼：即孔子，名丘，字仲尼。

㉔辱于乾谿：指鲁昭公十三年（前529年），楚灵王为公子比等所逼，在乾谿自杀而死。

〔解读〕

春秋中后期，楚国崛起，而长江下游的吴、越势力也很强盛，吴、楚间多次发生激战。鲁昭公十二年（前530年）冬天，楚灵王借出游打猎为名，派兵包围了吴国的附属徐国，以震慑吴国。这时，子革求见。与通常进谏者不同的是，子革并非一开头就批评楚王，而是先顺着楚王的话头和思路，然后以祭公谋父谏周穆王《祈招》诗为鉴，委婉提出要体谅民力，不要有“醉饱之心”。本文对人物的衣饰、说话的口吻描写得非常形象，如描写雄心勃勃、傲慢无礼的楚灵王，头戴皮帽，身穿秦国所赠羽衣，外披翠鸟羽毛披肩，脚蹬豹皮鞋，手执鞭子，完全不可一世，开口即埋怨周王朝对之不平等，派人到成周去问鼎，到郑国去问田，大有取代周天子，霸占天下之架势。但文章结尾是，在楚灵王听了子革一番话后，陷入沉思，几天不食不寐。本文成功地刻画了一个有经验、有智谋的谏臣形象。

穆子不受鼓降

一篇奇妙文字，却是一片平实道理。故先贤每教人，未提笔作文字，必须先将道理讲得烂熟于胸中。盖道理为文字之准衡，而平实乃奇妙之祖祢也。

晋荀吴[1]中行穆子。帅师伐先虞[2]，白狄别种。围鼓[3]。鲜虞邑。鼓人或请以城叛，畔鲜虞而来。穆子弗许。左右曰："师徒不勤，而可以获城，何故不为？"穆子曰："吾闻之叔向曰：'好恶不愆[4]，民知所适，事无不济。'叔向语也。先妙在不没叔向。或以吾城叛，吾所甚恶也；人以城来，吾独何好焉！妙妙。此自是人心天理至公至平之事，无奈世人总不肯说到此；今被说来，实是通身惭愧。○唐人弹琴诗曰："人心尽如此，天下自和平。"正可移赞此语。赏所甚恶，若所好何？若其弗赏，是失信也，何以庇民？说到此，已是第二义，不得不说到耳。若力能，则进；否，则退。是，更妙更妙！此二句，乃正对左右。吾不可以欲城而迩[5]奸，所丧滋多！"千古龟鉴，其敬佩之！使鼓人杀叛人，而缮守备。奇事，正理，服鼓人已在此矣。围鼓三月，鼓人或请降。使其民见，曰："犹有食色，姑修而城。"呼其民观之，而令更修城未须降，妙妙，益更奇也！军吏曰："获城而弗取，勤民而顿兵，何以事君？"穆子曰："吾以事君也！接口甚疾者，只是一片天理烂熟于胸中也。获一邑而教民怠，将焉用邑？说一遍。邑以贾怠，不如完旧；贾怠无卒，弃旧不祥[6]。又说一遍。鼓人能事其君，吾亦能事君！又说一遍，愈说愈妙。率义不爽，好恶不愆，城可得而民知义；所有死命，而无二心；不亦可乎？"又说一遍，愈说愈妙。此篇文字只是一片天理烂熟。鼓人告食竭，力尽而后取之。克鼓而反，不戮一人。添此八字，分外姿致。

〔注释〕

①荀吴：即中行穆子，晋国大夫，又称中行伯、中行吴。

②先虞：也作“鲜虞”，春秋时小国，在今河北正定县一带。

③鼓：鲜虞之邑名，在今河北晋州市。

④慾：过分。

⑤迩：接近。

⑥贾怠无卒，弃旧不祥：卒，终，结果。此句意谓买来的懈怠没有好结果，抛弃一贯的勤慎不吉祥。

〔解读〕

鲁昭公十六年（前526年），晋国主帅荀吴率军攻伐鲜虞，包围了鲜虞之鼓城，鼓城有人欲叛而降，而荀吴却不接受叛降，左右大为不解，问：“不费兵力而获得城邑，为什么不同意?”荀吴认为不能为了得到一个城邑而容忍奸邪，这样是得不偿失。并让鼓城人杀掉欲叛降的人而修缮守城设备。包围了三个月，鼓城有的人请求投降，而荀吴则说：“看你们的脸色还能吃上饭，好好去修缮你们的城邑吧!”直到有报告鼓城粮绝力尽，荀吴才率兵入城，不杀一人而完成此次行动。作为一个军事将领，宁愿久围而不接受敌方的投降，实在是件怪事。但通过此事，阐明了一个道理，即战争的目的不仅要征服对方，夺得其地，而更重要的是要征服敌人的心，不战而胜。

子产不与晋玉环

看其通篇纯作严毅之笔，却并无一字使气，为千载以小事大之定式。○吾更爱其先衬以太叔、子羽低商数语，便令毅者加分出色。

晋韩起[①]聘于郑。宣子有环，其一在郑商。妙妙。偏有此锐事，发起一篇大文。○锐，小也；今俗呼小物曰“零锐”，谓其小如针末也。碎，误。宣子谒诸郑伯，子产[②]弗与，曰：“非官府之守器也，寡君不知！”初闻，谓其奇；细味，却是确。确故毅，毅故妙。子太叔、子羽[③]谓子产曰：“韩子亦无几求，此句说小。晋国亦未可以贰。此句说大。晋国、韩子，不可偷[④]也。总。若属有谗人交斗其间，诚有此虑。鬼神而助之，以兴其凶怒，诚有此虑。悔之何及！又总。吾子何爱于一环？再说小。其取憎于大国也，盍求而与之！”又总。○细看子产何等毅，太叔、子羽却何等婉！写郑六卿，千载下如画。子产曰：“吾非偷晋而有二心，将终事之；是以弗与，忠信故也。先将一句提出本心，下乃细说。侨闻君子，非无贿之难，立而无令名之患；一“侨闻”，以处宣子。侨闻为国，非不能事大字[⑤]小之难，无礼以定其位之患。又一“侨闻”，以处郑。○看他平提二“侨闻”，笔态一往，只是毅甚。夫大国之人，令于小国，而皆获其求，何以给之？一共一否，为罪滋大。大国之求，无礼以斥之，何厌之有？吾且为鄙邑，则失位矣。此只是四十九字一长句，并不曾转笔，乃是作三个反复说成耳。言，皆给则不能；或给或不给，则终见罪。然则不如据礼斥之，吾岂为尔属邑，故受诛求？若韩子奉命以使，而求玉焉，贪淫甚矣，独非罪乎？细看他用“而”字法，用“焉”字法，便下得“贪淫甚矣”四字。出一玉以起二罪，吾又失位，韩子成贪，将焉用之？此只是“出一玉以起二罪将焉用之”十一字句；中八字，注二罪耳。此古文法也。且吾以玉贾罪，不亦锐乎？”余文又折出此语，愈益妙。○看太叔、子羽何等婉，子产却只是毅。写郑六卿，千载下如画。

韩子买诸贾人。既成贾矣，商人曰：“必告君大夫。”此不是商人又奇，定是子产细到，详算当知之。韩子请诸子产曰：“日，起请夫环，执政弗义，弗敢复也。今买诸商人，商人曰：‘必以闻。’敢以为请！”直读至此，不应便下，须先代子产细算如何处：实是更难措语。子产对曰：“昔我先君桓公⑥与商人，皆出自周。郑先在西周畿内，桓公东迁，与商俱来。庸次比耦⑦，以艾杀此地，斩之蓬蒿藜藿而共处之。点缀此句，以溯昔者相盟之故也。并非要语，却政自少不得。世有盟誓，以相信也，曰：‘尔无我叛，我无强贾。毋或丐夺；尔有利市宝贿，我勿与知！’如此盟语，不知是真有，不知是临时撰出。恃此质示，故能相保以至于今。算来更无可措语，只得一直以盟誓为据，力争到底。今吾子以好来辱，而谓敝邑强夺商人，是教敝邑背盟誓也，毋乃不可乎？吾子得玉而失诸侯，必不为也。一直只以盟誓力争到底，妙妙，更不烦第二语矣。若大国令而共无艺⑧，郑，鄙邑也，亦弗为也。侨若献玉，不知所成⑨，敢私布之？”一直只争盟誓，至收时，却仍以“失位”句缴正，辞令之妙如此。韩子辞玉曰：“起不敏，敢求玉以徼⑩二罪？敢辞之！”

〔注释〕

①韩起：即韩宣子，晋国大夫。

②子产：即公孙侨，字子产，春秋著名的政治家。

③子太叔、子羽：子太叔即游吉，子羽即公孙挥，又称行人挥，二人均为郑大夫。

④偷：犹言轻视。

⑤字：大国对小国的安抚救助。

⑥桓公：郑国始封之君。

⑦庸次比耦：犹言共同合作。

⑧艺：法则。

⑨不知所成：不知道有什么道理与好处。

⑩徼：通“邀”。

〔解读〕

作为大国之附属小国，竟敢拒绝大国来访大臣一只小小玉环之求，实为罕事，也为不可思议之事。但细读全文，方才觉得这一只小小玉环之中蕴含天大的道理。事情是在鲁昭公十六年（前 526 年）三月，晋国大夫韩起到郑国访问，他有一个玉环在郑国商人手里，便向郑国国君请求，但郑执政大臣子产却拒绝给他，说：“这非国库中存有之物，国君不知此事。”郑国大夫子太叔、子羽则劝说：“韩子也没更多要求，况且对晋国、对韩子都不可轻视，不可怀二心。如果此时有人离间晋郑关系，晋国发起怒来，我们后悔也来不及，何必为爱惜一只玉环而惹怒大国?”子产则解释说，正是为了忠信和礼仪之缘故才不能将玉环给韩子，如果晋国一次次下命令勒索，我们一次不能满足，便将成为我们的罪过；而且满足韩子之贪婪，也是罪过，一只玉环，不仅使我们失去国家地位，也使韩子成为贪婪之人，所以不能以小小玉环换来双重罪过。后来，韩子花钱从郑国商人手里买来，而商人却请求一定要报告子产，子产则以不能背叛开国君主与商人之盟约为由，劝韩子主动退回这只玉环。此文通过一只玉环表现了当时小国对大国蛮横要求之抗争，也刻画了子产的智慧和为政原则，其作为一个政治家的风格暴露无遗。

晏子论梁丘据

至理至论不论，论其笔端一何清峭疏越！

齐侯[①]至自田，晏子[②]侍于遄台[③]，子犹梁丘据。驰而造[④]焉。公曰："唯据与我和夫！"晏子对曰："据句，亦'同'也，焉得为'和'？"公曰："'和'与'同'异乎？"对曰："异。'和'如羹焉。实论羹，非以羹喻也。水火不同性。醯醢[⑤]盐梅不同味。以烹鱼肉，燀之以薪。人不知味，谓火在釜下，岂知只薪在釜下，火固在釜中哉！宰夫和之，齐之以味；济其不及，以泄其过。君子食之，以平其心。至理至论。君臣亦然。陡地过笔。君所谓可，妙。而有否焉；妙。臣献其否，妙。以成其可；妙。君所谓否，妙。而有可焉；妙。臣献其可，妙。以去其否。妙。是以政平而不干，民无争心。至理至论。故《诗》曰：'亦有和羹，既成既平；鬷嘏无言[⑥]，时靡有争。'引诗腴甚。先王之济五味，和五声也，以平其心成其政也。在今人手，即一喻一正便毕，否则两喻都在前。今看其方作过接，再起。声亦如味：实论声，非再以声喻也。一气、二体、三类、四物[⑦]、五声、六律、七音、八风、九歌[⑧]，乐以人气为主，一也；文武，二也；风雅颂，三也；方物，四也；宫商角徵羽，五也；阳律，阴律六也；五音加变宫、变羽，七也；八方、八卦之风，八也；六府、三事，九也。以相成也；清浊、不同。小大、不同。短长、不同。疾徐、不同。哀乐、不同。刚柔、不同。迟速、不同。高下、不同。出入、不同。周疏，不同。以相济也。君子听之，以平其心。心平德和，故《诗》曰：'德音不瑕[⑨]。'引《诗》腴甚。章法变化如此。今据不然：君所谓'可'，据亦曰'可'；君所谓'否'，据亦曰'否'。若以水济水，谁能食之？此是喻，收前。若琴瑟之专壹[⑩]，谁能听之？此是喻，收后。同之不可也如是！”总收。

饮酒乐，另文。公曰：“古而无死，其乐若何？”晏子对曰：“古而无死，则古之乐也，君何得焉！只作闲闲冷语，却又是至理至论。昔爽鸠氏[⑪]始居此地，少昊司寇，今何在？季萴[⑫]因之虞夏诸侯，今何在？有逢伯陵[⑬]因之，商诸侯，今何在？蒲姑氏[⑭]因之，商周间诸侯，今何在？而后太公[⑮]因之。太公亦何在？古若无死，爽鸠氏之乐，非君之愿也。”不说太公，偏说爽鸠，妙！

〔注释〕

①齐侯：即齐景公。

②晏子：即晏婴，字平仲，历齐灵公、庄公、景公三世为秦卿，著名政治家。

③遄台：齐国地名，在今山东临淄东。

④造：往见。

⑤醯醢：醋与用肉、鱼制成的酱。

⑥鬷嘏无言：出自《诗经·商颂·烈祖》。鬷，通“奏”；嘏，通“假”，即奏格。奏，献羹；格，神灵来到。

⑦一气、二体、三类、四物：一气，指空气。二体，指文舞与武舞。三类，即诗的风、雅、颂。四物，即四方之物。

⑧五声、六律、七音、八风、九歌：五声，即歌的五种声调。六律，审定音乐高低清浊的标准，即黄钟、太簇、姑洗、蕤宾、夷则、无则。七音，宫、商、角、徵、羽、变宫、变徵。八风，八方之风。九歌，九功之德之歌。

⑨德音不瑕：瑕，瑕疵，毛病。此句出自《诗经·豳风·狼跋》。

⑩专壹：单一。

⑪爽鸠氏：传说中的古代人物，为少昊司寇。

⑫季萴：虞夏时的诸侯。

⑬有逢伯陵：殷代诸侯，姜姓。

⑭蒲姑氏：殷周间诸侯。

⑮太公：即姜太公吕尚，齐国开国封君。

〔解读〕

这是一篇妙论君臣关系的文章。齐景公打猎，晏子随侍，梁丘据请见。齐景公感叹说“只有梁丘据与我最和协”，晏子则答道“据也不过相同而已，谈不上什么和协”。齐景公遂问“和协”与“相同”有何差异，晏子则以做羹汤为比喻，味美的羹汤需要厨工用水火醋酱盐梅来烹调鱼及各种肉类，加上调料，予以调和，使味道合口。又以诗歌音乐为例，是由一气、二体、三类、四物、五声、六律、七音、八风、九歌组成的，有清浊、大小、短长、缓急、哀乐、软硬、快慢、高低、出入、疏密等互相调节，从而悦耳动听。君臣关系也是如此，要互补长短，君主有不完备的，为臣的要指出来使其更加完备，以达到政事平和而不违背礼仪。如果国君认为可以，臣下也说可以；国君说不可，臣下也说不可，君唱臣随，没有差别，就如用清水调清水，用琴瑟老弹一个音，有何意思？有差别才有协调。此篇论述君臣关系的文章，不愧为一篇极佳的千古至论，充分运用了美学的原理，表现了晏子的政治天赋和超人见地，至今仍有现实意义。

吴许越成

详写少康，便可略写勾践。后三段，句句字字精神。

吴王夫差败越于夫椒[①]，报檇李[②]也，定十四年越败吴于檇李，至是三年矣。遂入越。越子以甲楯[③]五千保于会稽[④]；使大夫种因吴太宰嚭以行成[⑤]。吴子[⑥]将许之，伍员[⑦]曰："不可！二字断。臣闻之：'树德莫如滋，去疾莫如尽。'先引格言，次引古事。昔有过浇[⑧]，杀斟灌以伐斟鄩，灭夏后相。后缗[⑨]方娠，缗，相妻。逃出自窦，归于有仍，母家。生少康[⑩]焉，为仍牧正。惎浇[⑪]，能戒之。"惎"音忌，毒也。浇使椒[⑫]求之，椒，浇臣。逃奔有虞[⑬]，舜后封国。为之庖正[⑭]，以除其害。除，免也。虞思[⑮]于是妻之以二姚，思，虞君名。而邑诸纶，有田一成[⑯]，方十里。有众一旅[⑰]，五百人。能布其德，而兆其谋，以收夏众，抚其官职。使女艾谍浇[⑱]，女艾，臣名。使季杼诱豷[⑲]，杼，少康子；豷，浇之弟。遂灭过、戈。灭浇于过，灭豷于戈。复禹之绩。祀夏配天，不失旧物。引少康事毕。今吴不如过，而越大于少康，出语精神之至。或将丰之，不亦难乎？第一段，语语精神之至。勾践能亲而务施，一。施不失人，亲不弃劳，与我同壤，二。而世为仇雠。三。于是乎克而弗取，将又存之，违天而长寇雠，后虽悔之，不可食已。第二段，语语精神之至。食言也，食今日之许成也。姬之衰也[⑳]，日可俟也。泛一句。介[㉑]在蛮夷，而长寇雠，以是求伯[㉒]，必不行矣。"第三段，语语精神之至。弗听。

退而告人曰："越十年生聚，而十年教训，二十年之外，吴其为沼[㉓]乎！"精神之至。三月，越及吴平。

〔注释〕

①夫椒：即夫、椒二山，在今江苏省西南部太湖中。

②槜李：地名，在今浙江嘉兴西南。

③甲楯：楯，同“盾”。此处指披甲执盾士兵。

④会稽：山名，今浙江绍兴南。

⑤大夫种因吴太宰嚭以行成：大夫种即越大夫文种。嚭，吴王宠臣。行成，议和。

⑥吴子：吴王夫差。

⑦伍员：即伍子胥。

⑧过浇：过，国名，今山东莱州市北。浇，人名，相传为东夷族首领寒浞之子，封于过。

⑨后缗：传说为夏王期之妻，有仍氏之女。

⑩少康：夏第六代君王。

⑪惎浇：惎，忌恨。而少康忌恨浇。

⑫椒：浇的臣子。

⑬有虞：古国名，姚姓。

⑭庖正：掌管膳食的小官。

⑮虞思：有虞国国君。

⑯成：方十里为一成。

⑰旅：五百人为一旅。

⑱使女艾谍浇：女艾，少康之臣。谍，刺探。即派遣女艾去刺探浇的动向。

⑲使季杼诱豷：季杼，少康子，后称帝，为帝杼。豷，浇之弟。

⑳姬之衰也：姬，吴为姬姓国之一。此处即指吴国之亡也。

㉑介：处于。

㉒求伯：伯，通“霸”，指去争霸。

㉓沼：池子。此指吴被越亡后，宫室废坏，将变为池沼。

〔解读〕

鲁哀公元年（前494年），吴王夫差率军在夫椒击败越国，以报其父被越败于槜李之仇。越王勾践率残兵五千人退守会稽山，灭亡即在旦夕。为拯救越国，派大夫文种前去吴国，并贿赂吴太宰嚭以求和，吴王夫差将答应其求。伍子胥坚决反对，本文便是伍子胥劝谏吴王的话。在此篇谏言中，伍子胥先引格言，说树立品德如植树，欲其滋长壮大，而改正缺点如人治病，务尽去其病根。同时举了夏少康复国为例，过国的过君浇虽灭了斟鄩二国，消灭了夏王相，只因漏走了夏王朝已怀孕的妻子，生下少康，从而最终导致少康复仇，灭了过国，恢复了夏王朝。相比较而言，现在的吴国强不如过国，而越国则比少康还强大，越王勾践发愤图强，亲臣民，得民心，并且越与吴土地相接，世代为仇。如果现在不消灭越国，反而保全它，这是违背天意而助长仇敌，吴国之亡也指日可待了。吴王不听劝告，伍子胥告诉别人说，越国十年生聚，十年教育，二十年后吴国必亡。事实的确如此，二十年后，吴国被越亡国。

此文写作特点是以宾作主，详写少康，略写勾践，而写少康处也恰是写勾践处，充分表现了伍子胥的精于分析和先见之明。

子产戎服献捷

要先看晋人问辞，气色甚恶；然后读下对辞，大悟其全以质胜。末纪仲尼深叹其文，此真所谓质有其文者也。

郑子展、子产[1]伐陈，遂入之。子产献捷于晋，戎服将事[2]。晋人问陈之罪，大难登对。对曰："昔虞阏父为周陶正[3]，以服事我先王。我先王赖其器用也，与其神明之后也。连押"也"字弄姿。庸以元女大姬[4]，配胡公[5]而封诸陈，以备三恪[6]；则我周之自出，至于今是赖。以上，叙周之大德。○我之自出。一。桓公之乱[7]，鲁桓五年，陈桓疾病，乱作。蔡人欲立其出；陈厉，蔡甥；蔡先欲立之。我先君庄公奉五父而立之。陈佗也，杀太子代立，郑庄就定其位。蔡人杀之，鲁桓六年，蔡人杀陈佗。我又与蔡人奉戴厉公。至于庄、宣，皆我之自立。夏氏之乱，鲁宣十一年，夏征舒弑陈灵。成公播荡，又我之自入；已上，叙郑之大惠，○我之自立，二；我之自入。三。君所知也。一结。今陈忘周之大德，蔑我大惠，弃我姻亲，介恃楚众，以凭陵[8]我敝邑，不可亿逞[9]。四字，倒句法，犹言其狂逞，乃至说不尽。我是以有往年之告，未获成命，则有我东门之役[10]。去年，郑伯稽首告晋，请伐陈。晋不见许，陈反从楚伐郑东门也。当陈隧者，井堙木刊。敝邑大惧不竞[11]，而耻大姬。直连到周。天诱其衷，启敝邑心。谓宵突陈城也。陈知其罪，授首于我。正对晋人问陈罪，毕。用敢献功!"此四字另作一句，乃献捷正文。晋人曰："何故侵小?"又是大难以登对。对曰："先王之命，惟罪所在，各致其辟；正对毕。言只论罪否，不论大小。且昔天子之地一圻，千里。列国一同[12]，自是以衰。百里降至七十，五十里也。今大国多数圻矣，若无侵小，何以至焉！”上已辨过不是侵小，此又以侵小揹掠晋人，妙妙！晋人曰：“何故戎服？”又是大难登对。对曰：“我先君武庄，为平、桓卿士。城濮之役，文公布命曰：‘各修旧职！’命我文公戎服辅王，以授楚捷：不敢废王命故也。”僖二十八年，晋楚战于城濮，晋文命诸侯各修其职。于是郑文方傅周王，遂戎服以献楚捷也。恰恰又揹掠着晋人，妙妙！

士庄伯⑬不能诘，复于赵文子⑭。文子曰：“其辞顺，犯顺不祥。”乃受之。乃者，难之辞也。若郑无辞，晋且问罪也。

仲尼曰：“《志》有之：‘言以足志，文以足言’；不言，谁知其志？言之不文，行而无远。晋为伯，郑入陈，非文辞不为功。慎辞哉！”言晋人实为伯，而郑人敢入陈，若非文辞，几至不救！

〔注释〕

①郑子展、子产：二人为郑国大夫。

②戎服将事：着军服办理事务。

③虞阏父为周陶正：虞阏父，舜之后代，曾在周武王时管理陶器制作。

④元女大姬：元，长也。即武王长女太姬。

⑤胡公：即胡公满，即虞阏父之子。

⑥三恪：恪，恭敬。三恪，指封黄帝、尧、舜之后裔。

⑦桓公之乱：陈桓公死后发生的动乱。

⑧凭陵：进逼。

⑨亿逞：逞，古字通“盈”。此处指满足欲望。

⑩东门之役：指襄公六年（前 567 年）发生的陈从楚攻郑国东门之役。

⑪不竞：不强、不敌。

⑫同：方百里之地。

⑬士庄伯：晋国大夫。

⑭赵文子：即赵武，赵朔之子，晋国执政大夫。

〔解读〕

郑国攻伐陈国，并且郑国执政子产穿着戎装向晋国禀报，这使作为霸主的晋国很不高兴，便找茬惩罚郑国。先问其何故伐陈，子产则俨然以周天子代言人自居，说陈国祖先原为周之陶正，也算是周之后代；而且陈的几代国君都由郑国所立，而陈国现在忘恩负义，竟随着楚国攻打郑国，郑国伐陈是上天旨意。晋国人又质问何故以大欺小，子产则答说，按先王命只要有罪就可以惩罚，不论大小，而且按礼制，天子的土地方圆千里，可现在诸侯的土地不也方圆千里吗？如不侵掠小国，何以至此！从而寓讽晋国也是以大欺小。又问其为何穿戎装，子产答说，这是你们先王晋文公的命令，岂敢废除。三问三答，使晋人无衅可挑，只好接受了郑国的奉献。正因为子产三答有理有据，针锋相对，使本来作为问罪方的晋人反而成为受审者，转主动为被动，所以孔子称赞子产“文辞之功”。

卷之三

《国　语》

《国语》是我国第一部按国别记事的国别史。它记载上自西周穆王二年（前990年），下至东周定王十六年（前453年），前后共538年的历史。全书21卷，分周、鲁、齐、晋、郑、楚、吴、越八卷。《国语》以“国”分目，记“语”为主，故名《国语》。其作者问题，宋以前大都认为它和《左传》同出左丘明之手，故在汉唐时都把其称《春秋外传》。宋以后学者们认定其“必非出一人之手”，可能是战国初年一位熟悉各国历史掌故的人，根据春秋时代各国史官的原始记录，加工整理汇编而成。

《国语》反映了春秋时期各国政治、经济、军事、外交等各方面的历史，勾勒出奴隶社会向封建社会转化阶段的时代轮廓，表现了当时许多重要人物的精神面貌。虽然其在史学价值和文学成就上不及《左传》，但仍有其独到之处。首先，它开创了国别史的体例；其次，由于作者是以变革发展的史学观念来看待历史，尽管大部分是从维护正统，甚至保守的立场记录的史事，但通过作者采撷的篇章、事件、言论，除客观保存了大量史料外，也反映出当时处于社会大动荡时期人们的思想意识和一些进步观点。《国语》作为优秀的历史散文，在散文发展史上有其独特的成就，擅长记载历史人物的语言和对话，语言古朴简洁，议论时旁征博引，对话幽默风趣，口吻毕肖，颇能表现出人物的个性与精神面貌。

本书选录了28篇文章，既有对统治者的残暴的批判，也有对广大人民切身利益表示的同情，对开明的贤君贤相寄予热情的赞扬，大至治国平天下，小至治家教子，均值得一读。其精美的辞藻，哲理性的语言，相信读者会从中得到不少启发。

召公谏厉王止谤

前说民谤不可防，则比之以川；后说民谤必宜敬听，则比之以山川原隰。凡作两番比喻。后贤务须逐番细读之，真乃精奇无比之文，不得止作老作老生常诵习而已。

厉王[①]虐，国人谤王。召公[②]告王曰："民不堪命矣。"命虐，故也。王怒。得卫巫，使监谤者。巫有神灵，知谁曾谤也。以告，则杀之。国人莫敢言，道路以目。四字，写愈不堪，愈益谤：如画。

王喜。告召公曰："吾能弭谤矣，乃不敢言！"大愚人语。为此四字，所以必画"以目"四字。召公曰："是障之也。一字断住。防民之口，甚于防川。以民比川。川壅而溃，伤人必多；独写川。民亦如之。独写民。是故为川者，决之使道，为民者宣之使言[③]。双写川、民，○数句川、民，本甚明白，所以分注之者，要学其笔下凿凿然。故天子听政，使公卿至于列士[④]献诗，瞽献典[⑤]，史献书，师箴[⑥]，瞍赋，矇诵，百工谏，庶人传语，近臣尽规，亲戚补察，瞽史教诲，耆、艾修之[⑦]，而后王斟酌焉。是以事行而不悖。"故"字起，"之"字止，"而后"字转，"是以"字证，只是一句文字。民之有口也，犹土之有山川也，财用于是乎出。犹其有原隰衍沃也，衣食于是乎生。上曰民口犹川，言谤口也；此曰民口犹山川原隰，言斟酌之口也，不惟不犯重，须知正欲如此用笔，以力辨民口必宜敬听，不宜怒而监之。口之宣言也，善败于是乎兴。行善而备败，所以阜财用衣食者也。上二句，本是惊奇之论，故必须特与作释。此特与作释也。夫民，虑之于心，而宣之于口，二语，说谤之可宝如此，真是精奇无比。成而行之，胡可壅也？若壅其口，其与能几何！""其与"，言其教诲我，即上

“王然后斟酌也”：皆精奇语！

王弗听。于是国人莫敢出言。三年，乃流王于彘。

〔注释〕

①厉王：即周厉王，名胡，夷王之子。暴虐无道，后被流放于彘（今山西霍县）。

②召公：即邵穆公，名虎，周厉王的卿士，后辅佐周宣王。

③宣之使言：宣导人民，使之尽言。宣，作通解，有开导之意。

④列士：周王室官职分为公、卿、大夫、士各级，士为下层官员。

⑤瞽献典：瞽，无目曰瞽，指盲艺人。典，指乐曲。古代乐官皆由盲人充任，其所献乐曲多采自民间，故多能反映人民意见。

⑥师箴：师，乐师。箴，一种有劝诫意义的文辞。

⑦耆、艾修之：古代六十岁的人叫耆，五十岁的人叫艾。此处指国内元老。修之，即把瞽、史的教诲加以修饰整理。

〔解读〕

周厉王是周朝之残暴君主，在位期间，以刑杀为威，惹得朝野上下怨声载道，人民已达到再也不能忍受其残酷统治的境地。但周厉王为对付人民的批评和愤怒，竟使卫国的巫者来监督人民，以致使熟人在路上相遇只能以目示意而不敢言。周王很高兴，告诉召公：“我已消除了人民的咒骂，他们不再敢说话了。”而召公却直言不讳指出：这等于是堵住了人民的口。防民之口，其危险比堵截河流大川还要可怕，一旦奔流决口，伤人必多。并认为善于治国者要如善于治水者一样，要引导人民敢于讲话，使公卿大夫、聋盲艺人、各色工匠、左右近臣、皇亲姻亲、乐史乐官等畅所欲言，经常劝诫。

这篇文章不仅记叙一个专制暴君压制民言、不听规谏而最终为老百姓所废黜这样一个历史事实，而且通过召公一番寓意深刻的谏言，刻画出一个注重民意、具有民主思想和卓越远见的政治家形象，“防民之口，甚于防川”，其比喻形象生动，真为千古至理名言。

周襄王弗许晋文公请隧

其理甚直，其辞甚曲，其态甚婉，其旨甚辣。

“昔我先王之有天下也，天下，大物；乃先王有之，曾无所利也，止是服物采章，稍与公、侯、伯、子、男有轻重之分。然亦实为临长百姓不得不尔，此不可以奸也。起得正大明白不难，难在又离奇，又疏快。规方千里。以为甸服[①]，止于此耳。以供上帝、山川、百神之祀，以备百姓兆民之用，以待不庭不虞[②]之患；有此许多用处。其余，甸服之余。以均分公、侯、伯、子、男[③]，使各有宁宇，以顺及天地，无逢其灾害；不惟至公，又见至恩。先王岂有赖焉？完上语。内官不过九御[④]，外官不过九品[⑤]，足以供给神祇而已，岂敢厌纵其耳目心腹，以乱百度？将写服物采章，先写九御九品以为顿挫。要细看其“不过”字，“足以”字，“而已”字，“岂敢”字。亦惟是死生之服物采章[⑥]，以临长百姓，而轻重布之，“亦惟是”妙，始入正题也。隧为死之服物采章，今带一生字，且为大概之论也。百忙中，又特下“临长百姓”四字，分明将先王心事都说破。王何异之有？异之为言希罕也。已上，先将隧说透毕；已下，反复写弗许。今天降祸灾于周室，余一人，仅亦守府[⑦]，又不佞，以勤叔父[⑧]。叙子带启翟入周，襄王出居汜上事。而班先王之大物，以赏私德，其叔父实应且憎以非余一人。如此说转来，妙妙！余一人岂敢有爱也。又疾接此句，妙妙。已上，写弗许已毕；已下，纯是刀斧剑戟之文。先民有言曰：‘改玉改行[⑨]。’叔父若能光裕大德，更姓改物，以创制天下，自显庸也，而缩取备物，以镇抚百姓。余一人其流辟于裔土，何辞之与有？直发出如许说话，不顾诡死人。就中最精细又是“更姓”二字，便有“流辟裔土”之句也。若犹是姬姓也，尚将列为公侯，以复先王之职，大物其未可改也。看他一振一落。是何等笔墨！叔父其茂昭明德，物将自至，余敢以私劳变前之大章，以忝天下，其若先王与百姓何？何政令之为也？又一振一落。此非重叠之文，盖上一振落，是为隧；此一振落，是为请。若不然，叔父有地而隧焉，余安能知之？”又直说至此，真尽情尽事之文。

文公遂不敢请，受地而还。

〔注释〕

①甸服：指京城周围方圆千里的土地，定期向天子交纳贡赋。

②不庭不虞：不来朝贡和意想不到的事故。

③公、侯、伯、子、男：古代五等爵位，按《礼记·王制》孔颖达注，公之地为五百里，侯为四百里，伯为三百里，子为二百里，男为一百里。

④九御：即九嫔，嫔为君主宫内女官名。

⑤九品：即九卿，周代以少师、少傅、少保、冢宰、司徒、司伯、司马、司寇、司空为九卿。

⑥服物采章：服物，即使用的器物及礼仪；采章指在服饰、旌旗、车舆上绣绘的彩色花纹，以区别等级地位。

⑦府：指先王的府藏。

⑧叔父：周天子称同姓诸侯叫叔父。

⑨改玉改行：玉，佩玉。古代以佩戴玉来表示其地位和应享受的礼仪，改变佩玉就必须改受行步。

〔解读〕

周襄王十三年（前639年），王子带勾结狄人将周襄王赶出王城，妄图篡位。晋文公出兵驱走狄人，杀了王子带，将周襄王接回王城。襄王感其拥立复位之功，赏给他一块土地，但晋文公却偏偏要作为周天子象征的隧地。当时晋文公恃强有功，既不能惹怒，又不能满足其要求，周襄王更不能放弃祖传的天子享有的特权。于是便采取似扬实抑、以攻为守的方法，大讲“亲亲”“尊尊”之礼法大防，说先王得天下并没给自己留什么特别的好处，只不过生前死后享用的服饰礼仪有所不同，以表明尊卑贵贱罢了。而我个人仅是个守成之王，如果拿先王的隧地来酬谢您，您还应该憎恶我。如果您能发扬美德，变更姬姓王朝，改变服物采章，创立新制度，收取天子专有的隧地，我个人即使被流放边远地区也无所谓。但如天下还是姬姓的，您还是周室的诸侯，执行先王规定的职责，那么，隧地还是不可以轻易动的。周襄王通篇没有一字直接回绝，但句句都说明晋文公不能得到隧地，层层深入，使晋文公最终放弃自己的请求。由此可见，周武王、周成王时规定的天子诸侯礼法和等级关系，在数百年后仍然有一定的威慑力，超越实力和强权之上。

单子知陈必亡

此篇，篇法不论，只细看其字法。

定王[①]使单襄公[②]聘于宋[③]，遂假道于陈以聘于楚。火[④]朝觌矣，道茀可行也，一。候[⑤]不在疆，二。司空[⑥]不视涂，三。泽不陂，四。川不梁；五。为下辰角见一段案。野有庾积[⑦]，六。场功未毕，七。道无列树，八。垦田若艺；九。为下“周制有之”一段案。膳宰不致饩[⑧]，十。司里[⑨]不授馆，十一。国无寄寓，十二。县无施舍；十三。为下“周之秩官”一段案。民将筑台于夏氏。十四。及陈，陈灵公[⑩]与孔宁、仪行父，南冠[⑪]以如夏氏，留宾弗见。十五。为下“先王之令”一段案。

单子归，告王曰：“陈侯不有大咎，国必亡！”王曰：“何故?”对曰：“夫辰角[⑫]见而雨毕，天根[⑬]见而水涸，本见而草木节解[⑭]，驷[⑮]见而陨霜，火见而清风戒寒。故先王之教曰：引古。‘雨毕而除道，水涸而成梁，草木节解而备藏，陨霜而冬裘具，清风至而修城郭宫室。’故《夏令》[⑯]曰：再引古。‘九月除道，十月成梁。’其时儆[⑰]曰：‘收而场功，偫而畚挶[⑱]；营室[⑲]之中，土功其始；火之初见，期于司里。’此先王之所以不用财贿，而广施德于天下者也。今陈国，入“今陈”。火朝觌矣，而道路若塞，野场若弃，泽不陂障，川无舟梁，是废先王之教也。一结。

“周制有之曰：引古。‘列树以表道，立鄙食[⑳]以守路。国有郊牧，疆有寓望，薮有圃草，囿有林池，所以御灾也。其余无非谷土。民无县耜，野无奥草；不夺民时，不蔑民功；有优无匮，有逸无罢；国有班事，县有序民。’今陈国，入“今陈”。道路不可知，田在草间，功成而不收，民罢于逸乐，是弃先王之法制者也。二结。

周之《秩官》[21]有之曰：引古。‘敌国[22]宾至，关尹[23]以告，行理以节逆之；候人为导；卿出郊劳；门尹除门，宗祝执祀；司理授馆，司徒[24]具徒；司空[25]视涂，司寇[26]诘奸；虞人[27]入材，甸人[28]积薪；火师[29]监燎，水师[30]监濯；膳宰致餐，廪人献饩；司马陈刍，工人展车；百官各以物至，宾人如归。是故，小大莫不怀爱。其贵国之宾至，则以班加一等，益虔。至于王使，则皆官正莅事，上卿监之；若王巡守，则君亲监之。’今虽朝也不才，入“今陈”。有分族于周，承王命以为过，宾于陈，而司事莫至，是蔑先王之官也。三结。

“先王之令[31]有之曰：引古。‘天道赏善而罚淫。故凡我造国，无从非彝，无即慆淫，各守尔典，以承天休。’今陈侯，入“今陈”。不念胤续之常，弃其伉俪妃嫔，而帅其卿佐以淫于夏氏，不亦渎姓矣乎？四结。陈，我大姬之后也，弃衮冕而南冠以出，不亦简彝乎？是又犯先王之令也。再结。昔先王之教，茂帅其德也，犹恐陨越。若废其教而弃其制，蔑其官而犯其令，将何以守国？居大国之间，而无此四者，其能久乎？”总收。

六年，单子如楚。八年，陈侯杀于夏氏[32]。纪是年，以见其验之速也。九年，楚子[33]入陈。

〔**注释**〕

①定王：即周定王，周襄王之子，前606—前586年在位。

②单襄公：名朝，又称单子，定王卿士。

③宋：春秋国名，在今河南商丘一带。

④火：古星名，也称大火。

⑤候：即候人，掌管迎送宾客的小官。

⑥司空：官名，掌管土木、水利工程的官。

⑦庾积：无顶的粮仓，此处指露天里堆积着五谷。

⑧膳宰不致饩：膳宰，即膳夫。饩，活的牲畜。

⑨司里：即里宰，掌管客馆的官。

⑩陈灵公：陈国国君，名平国。

⑪南冠：楚地的帽子。

⑫辰角：星名，即角星，二十八宿之一。角星九月初寒露节早晨在东方出现。

⑬天根：星名，在寒露后五天的早晨出现。

⑭木见而艸木节解：木，星名，即苍龙七宿之一的氐宿。在寒露的十天早晨出现。节解，指草木枯萎叶落。

⑮驷：星名之一，指苍龙七宿之一的房星。

⑯《夏令》：夏朝时使用的历法。

⑰儆：提醒。

⑱偫而畚挶：偫，预备。畚挶，盛土和抬土的器具。

⑲营室：星名，即定星，夏历十月黄昏时，出现在南方天空。

⑳鄙食：边邑大道每十里有庐屋，设有饮室，既分里程，又可备传报。

㉑秩官：书名，按官职品级写明职司内容、制度的一本小书。

㉒敌国：地位相等的国家。

㉓关尹：又叫司关、关人，主管出入关口之官。

㉔司徒：官名，《周礼·地官》谓大司徒主管教化，为六卿之一。

㉕司空：也作司工，主管营造宫室、制造车服舆马、监督手工业奴隶的官。

㉖司寇：主管刑狱，为六卿之一。

㉗虞人：即山虞，又叫虞师，掌管山泽之官。为地官之属。

㉘甸人：即甸师，主管照明柴薪之官，为天官之属。

㉙火师：又称司火、司烜氏，管火的官吏。

㉚水师：即萍氏，管水之官吏。

㉛先王之令：指周文王、武王之教诲，后面一段话见于今文《尚书·汤诰》，意为上天奖善而罚淫恶，凡是我分封的诸侯国，不要遵从不按常规的法则，不要怠慢淫乱的行为，各自遵守你们的法规，接受上天的赐福。

㉜陈侯杀于夏氏：即陈灵公被夏征杼所杀。

㉝楚子：指楚庄王。据《左传》宣公十一年载，楚庄王讨夏氏杀君之罪，欲灭陈置为楚县，由于楚大夫劝谏，庄王复封陈为君。

〔解读〕

单襄公是东周王室的使臣，在途经陈国时，看到了许多不良现象，深有所感，回国后即向周定王汇报，并断定陈国即将有大的灾难发生，非国亡即君主遭难。果如其料，不久陈灵公即因与臣下妻通奸被杀，陈国也险些被楚国所灭。本文主要是讲单襄公在目睹陈国道路不通、泽无堤、河无桥、粮食露天堆放、庄稼如草芽、官吏不守职、君臣纵淫乐等情况后，根据先王的教诲和比较，认为陈国违背农事季节，不重视生产建设，不执行国家交往原则，田园荒芜，民生凋敝，内政外交一片混乱，社会秩序陷于瘫痪，这样的国家是不能持久的，国君也是难辞其咎的。本文有事实，有论点，层层剖析，多用偶句，文笔简练，内容逻辑性强，前后照应。

鲁展禽论祀爰居

海鸟爰居，止于鲁东门之外三日。臧文仲使人祭之，柳下惠论之。

看其议论处，叙述处，结束处，凡发出无数典故，直是疏快。

“越哉①，臧孙②之为政也！不责其祀，直责其政，极大极精议论。下紧接注释。夫祀③，国之大节也。而节，政之所成也，故慎制祀以为国典。故不责其祀，直责其政也。今无故而加典，入事。非政之宜也。断毕。下广引典故。夫圣王之制祀也法施于民则祀之，五帝、殷契、周文。以死勤事则祀之，夏鲧、殷冥、周弃。以劳定国则祀之，虞幕、夏杼、段上甲微、周高圉、太王。能御大灾则祀之，夏禹。能扞大患则祀之：殷汤、周武王。非是族也，不在祀典。先虚论一番。

昔烈山氏④之有天下也，其子曰‘柱’⑤，能植百谷；百蔬，夏之兴也，周弃⑥继之。故祀以为稷。故祀稷。共工氏⑦之伯九有也，其子曰‘后土’⑧，能平九土，故祀以为社。故祀社。已上，社稷。黄帝⑨能成命百物，以明民共财，黄帝。颛顼⑩能修之，颛顼。帝喾⑪能序三辰以固民，帝喾。尧⑫能单均刑法以仪民，尧。舜⑬勤民事而野死，舜。鲧⑭障鸿水而殛死，鲧。禹⑮能以德修鲧之功，禹。契⑯为司徒而民辑，契。冥⑰勤其官而水死，冥。汤⑱以宽治民而除其邪，汤。稷⑲勤百谷而山死，稷。文王⑳以文昭，文王。武王㉑去民之秽，武王。看他杂杂叙述，下却一笔结束之，便成极整齐。故有虞氏禘㉒黄帝而祖颛顼，郊尧而宗舜夏后氏禘黄帝而祖颛顼，郊鲧而宗禹；商人禘喾而祖契，郊冥而宗汤；周人禘喾而郊稷，祖文王而宗武王。已上，禘，郊，宗，祖，先总叙功德，后总出祀典。幕能帅颛顼者也，有虞氏报焉；幕。杼㉓能师禹者也，夏后氏报焉；杼。上甲微[24]能帅契者也，商人报焉；上甲微。高圉、太王[25]能帅稷者也，周人报焉。已上报，逐句出祀典，与上法变。

凡禘、一。郊、二。宗、三。祖、四。报，五。此五者，国之典祀也。典祀。○已下，补叙社稷等祀，法又变。加之以山川、社稷之神，皆有功烈于民者也；一。及前哲令德之人，所以为民质也；二。及天之三辰，民所以瞻仰也；三。及地之五行，所以生殖也；四。及九州名山川泽，所以出财用也：五。非是不在祀典。如此大篇，只用六字结，最严峭。

今海鸟至，已不知，三字，妙。而祀之，以为国典，入事。难以为仁且知矣。再断之。夫仁者讲功，而知者处物。又与仁智作注释。"讲功"，讥其祀爰居也；"处物"，讥其不知爰居也。无功而祀之，非仁也。结上。不知而不问，非知也。出下。今兹海其有灾乎？夫广川之鸟兽，恒知而避其灾也。"说出一笑！

〔注释〕

①越：迂阔。

②臧孙：即臧文仲，为鲁国执政大臣。

③祀：祭祀。

④烈山氏：炎帝即神农氏的号。

⑤柱：传说中神农氏的儿子，夏以前被祀为五谷之神。

⑥弃：即后稷，周人始祖，传说在尧舜时为农官。

⑦共工氏：传说中国古代部族首领。相传曾"壅防百川""振滔洪水"，因而为帝喾所杀。又说与颛顼争夺位，怒触不周山，致使天柱折，地维绝。

⑧后土：共工氏之子，名句龙，传说黄帝时任土官。

⑨黄帝：传说为中华民族中原各族祖先。相传为少典之子，姓公孙，住在轩辕之丘，号轩辕氏，又迁居姬水，改姓姬，因有土德之祥，称黄帝。

⑩颛顼：传说黄帝的孙子，号高阳氏，生于若水，居于帝丘。

⑪帝喾：传说中五帝之一，为黄帝曾孙，颛顼之族子，号高辛氏，帝尧之父，周人祭为先祖。

⑫尧：帝喾庶子，号陶唐氏，名放勋，史称唐尧。

⑬舜：颛顼六世孙，姚姓，号有虞氏，名重华，继尧即位，史称虞舜。

⑭鲧：传说中颛顼之后，大禹之父，因治理洪水无功被杀。

⑮禹：史称大禹、夏禹、戎禹、伯禹，鲧之子，姒姓，相传继父业采用疏导办法治水，继舜为帝，建夏王朝。

⑯契：传说中商的始祖，帝喾之子，曾助禹治水，被舜任命为司徒，主管教化。

⑰冥：契六世孙，夏朝水官，因忠于职守，治水时死于水。

⑱汤：又称成汤、武汤、天乙，冥九世孙，原为夏诸侯，后推翻夏桀，建立商王朝。

⑲稷：后稷，即弃，周人始祖，传说播百谷时死于黑水之山。

⑳文王：即周文王姬昌，曾被纣囚于羑里。

㉑武王：即周武王姬发，推翻商纣王统治，建周。

㉒禘：祭祀名。

㉓杼：禹之后人，少康之子，传说是禹的七世孙季杼。

㉔上甲微：商契八世孙，汤的六世祖。

㉕高圉、太王：后稷十世孙，公非之子。太王，即古公亶父。高圉曾孙，文王祖父，率周人从豳迁到岐。

〔解读〕

展禽，名获，字禽，《庄子·盗跖》及《战国策》称为“柳下季”，食邑柳下故名。而据《列女传》，其妻私谥之曰“惠”，也称柳下惠。当时一只叫做“爰居”的海鸟落在鲁国东城门，三天而不飞走，鲁国执政大臣臧文仲视之为神，派人去祭祀它。展禽知道后，就祭祀发了一通感慨，本文记录的就是展禽的议论。他认为，祭祀为国家之大典，不可随便举行。圣王制定祭祀的原则是，对国家和人民做出贡献的人才能享受祭典，如黄帝、帝喾、颛顼、尧、舜、禹、成汤、弃、周文王等，都是在历史上做出了一定贡献，才被后人奉为神而祭；或者是有益于人类的自然现象，如天地、五谷、名山大川、金木水火土等，都是为百姓所仰望所依赖。而现在却来祭一只偶然飞来的海鸟，实为不明智之举，不是仁爱的人应做的。并推测，这只海鸟之所以飞到这三天不走，恐怕是大海里发生了什么变化，因为海鸟有预知躲避灾难的天性。果然，这一年海上大风不断，冬季反而暖和。臧文仲在事理面前承认了错误，将展禽的话抄录三份保存下来作为法则。此文典故丰富，叙述处杂杂总总，而结论处却一笔而成，很有特色。

里革断罟匡君

沉毅而有扶疏之意，板整而有圆滑之能。

宣公[①]夏滥于泗渊[②]。里革[③]断其罟[④]而弃之，看他下一“其”字，便自毅然。曰：一面断，一面说，所以下有公闻之字。“古者大寒降，土蛰发[⑤]，水虞[⑥]于是乎讲罛罶[⑦]，取名鱼，登川禽，而尝之寝庙[⑧]，行诸国人，助宣气也。鸟禽孕，水虫成，兽虞于是乎禁罝罜，矠鱼鳖，以为夏槁，助生阜也。鸟兽成，水虫孕，水虞于是乎禁罝罜，设阱鄂，以实庙庖[⑨]，畜功用也。三段，极齐整，却是极参差，如兽虞却矠鱼鳖，水虞却设阱鄂。且夫山不槎蘖[⑩]，泽不伐夭，鱼禁鲲鲕[⑪]，兽长麑麇[⑫]，鸟翼鷇卵，虫舍蚳蝝[⑬]，蕃庶物也，古之训也。换笔再写，极齐整，极参差。今鱼方别孕，“别孕”，字法。不教鱼长，“不教”，字法。又行网罟，贪无艺也[⑭]。”“无艺”，字法。

公闻之曰：“吾过而里革匡我，不亦善乎！是良罟也。为我得法，使有司藏之，使我无忘谂[⑮]。”公又好。师存侍，曰：“藏罟，不如置里革于侧之不忘也。”师存又好。

〔**注释**〕

①宣公：即鲁宣公，名姬倭，一名接，文公之子。

②滥于泗渊：滥，沉浸，指把渔网下入水里。泗，水名，发源在今山东泗水县陪尾山，因四源并发故名。

③里革：鲁太史，名克。

④罟：渔网。

⑤土蛰发：即藏伏于土中冬眠的动物开始活动。

⑥水虞：又名渔师、泽虞，掌管川泽禁令之官。

⑦罛罶（gū liǔ）：捕鱼的大网与竹笼。

⑧寝庙：宗庙。古代宗庙分两部分，前面祭祀地方叫庙，后面停放牌位和先人衣冠的地方叫寝。

⑨庙庖：宗庙里的厨房。

⑩槎蘖：砍伐树木的嫩条。

⑪鲲鲕：鲲，鱼子。鲕，小鱼。

⑫麑麌：幼鹿与獐子。

⑬蚳蝝：蚁卵和未生翅的蝗的幼虫。

⑭艺：限度。

⑮谂：劝告。

〔解读〕

鲁宣公贪得无厌，不顾时令，下网捕鱼，太史里革当即割断渔网，强行劝止，并讲述一番自然保护大道理。说古时候，大寒节过后，掌管河川禁令之官便告诉人们怎样用渔具抓鱼虾，祭祀宗庙；而在鸟兽怀孕时，掌管鸟兽禁令的官宣布禁止撒放捕鸟兽的罗网，以等其长成后再捕捉；并且规定山上不砍小树，湖中不割幼草，以便繁殖自然界的各种生物，直斥鲁宣公违古人教导，贪得无厌。鲁宣公听后即承认过失，并让主管官员将这张渔网收好，以志不忘里革之劝谏，而乐师存则说“收藏断网，不如把里革留在您身边，时时不忘其劝告”。从这篇小文可以看出，我国古人很早就懂得生态环境保护，并制定有成法和专人管理，同时也表现出鲁宣公纳谏如流，有错即改。

季文子俭德

“吾亦愿”“然吾观”“吾是以”“且吾闻”：只两行文字，却作此三数折。诵之，婉媚之甚，而更不能知其婉媚乃在何处。某是以论文必原其心地，此只为直从心地流出故也。

季文子相宣、成[①]，无衣帛之妾，无食粟之马。仲孙它[②]谏曰：“子为鲁上卿，相二君矣。妾不衣帛，马不食粟，人其以子为爱，且不华国乎?”文子曰：“吾亦愿之。先作四字，一顿。然吾观国人，其父兄之食粗而衣恶者犹多矣，吾是以不敢。世人但传季氏强臣，岂知其有此蔼如之言？○语调甚婉折。人之父兄食粗衣恶，而我美妾与马，无乃非相人者乎？与上，不知其是复是单，但见婉折之甚。且吾闻以德荣为国华，不闻以妾与马。”“德荣为国华”，自是常语，妙正在以妾与马耳。

文子以告孟献子。献子囚之七日。自是子服之妾，衣不过七升之布[③]，马饩[④]不过稂莠。文子闻之曰：“过而能改者，民之上也。”使为上大夫。又好。

〔**注释**〕

①季文子相宣、成：季文子，鲁国正卿。宣、成，即鲁宣公、鲁成公。

②仲孙它：即子服它，孟献子之子，又称子服孝伯，鲁国大夫。

③七升之布：古时八十缕为一升，按《礼记·杂记》“朝服十五升”，七升仅为其半，属极粗陋之布。

④饩：马饲料。

〔解读〕

本文通过鲁正卿季文子回答仲孙它的话，描写了一个居家节俭、严于律己、体恤民艰的政治家形象。作为两代国君的执政大臣，季文子妾不穿丝绸，马不喂粮食，不染贵族气息，实在难能可贵。并且他能从为民着想的角度来看问题，他回答仲孙它的那段话可谓千古名言："听说德行高尚才能给国家增光添彩，没听说把妾和马养得美来给国家增光。"此外，本文还特意塑造了严以教子的老人——孟献子，他为此竟将儿子囚了七天，使其子也学季文子那样勤俭节约。文子得知后，认为有错能改可为人上之人，升其为上大夫。此文虽短，但季文子的几句话和仲孙它前后转变的事实，有极深远的历史意义和现实意义，如果一个国家老百姓还吃粗穿破，为官的应感到羞耻。一个国家的荣誉和威信在于为官的人格力量，而绝不是摆阔气、讲排场。

叔仲劝襄公如楚

笔笔快耸，节节扶疏。某如得假十年全力学之，则或亦有其快耸，然终不得其扶疏也。

襄公[1]如楚。及汉，闻康王[2]卒，欲还。康王，楚王也。叔仲昭伯[3]曰："君之来也，非为一人也，康王。为其名与其众也。言其国大，有盟主之名，略地多，兵甲众。说得快耸。今王死，其名未改，其众未败，何为还？"快耸。诸大夫皆欲还，子服惠伯曰："不知所为，姑从君乎？"庸人无识，往往作此言。

叔仲曰："子之来也，非欲安身也，为国家之利也，故不惮勤远而听于楚：非义楚也，畏其名与众也。便用上文句法，又增添数句，扶疏之甚，快耸之甚。夫义人者，固庆其喜而吊其忧，况畏而服焉。妙妙，快耸之甚。闻畏而往，闻丧而还，苟芈姓实嗣，其谁代之任丧？王太子又长矣，执政未改。予为先君来，死而去之，其谁曰不如先君？言畏康王故往，康王死便还，康王岂无后耶？既有厥嗣，便有丧主。彼年已长，执政又仍旧，然则我之来而忽去，岂以嗣君不肖，不复如先君可畏耶？妙妙，快耸之甚也。将为丧举，闻丧而还，其谁曰非侮也？言今日在本国，闻其丧尚须来，岂有到彼国反去耶？妙妙，快耸之甚。事其君而任其政，其谁由己贰[4]？此段承"执政未改"句，言畏先王，不畏嗣君，便是贰之；我今实执楚政，岂可容人如此！快耸之甚也。求说共侮而亟于前之人，其仇不滋大乎？说[5]侮不懦，执政不贰，帅大仇以惮小国，其谁云待之？"说"，脱也。彼执政誓欲自解其受侮，而求几及先王，则必与我为大仇也。若从君而走患[6]，则不如违君以辟难。又拗一笔，扶疏之甚，快耸之甚。且夫君子计成而后行，二三子计乎？有御楚之术，而有守国之备，则可也；又拗一笔，扶疏之甚，快耸之甚。若未有，不如往也。”扶疏快耸绝也！乃遂行。

〔注释〕

①襄公：即鲁襄公，鲁成公子，名午，前572—前542年在位。

②康王：即楚康王，名昭，楚共王之子，前559—前545年在位。

③叔仲昭伯：鲁国大夫，名带，叔仲惠伯之孙。

④其谁由己贰：意谓楚臣由谁肯在自己执政时使诸侯对楚怀有二心呢？当时楚为盟主。

⑤说：同“脱”。

⑥走患：指返回鲁国是趋就祸患。

〔解读〕

鲁襄公二十八年（前545年），襄公去楚国朝见，在途中，闻听楚康王死，就想返回鲁国，众大夫也欲跟着返回。叔仲昭伯力排众议，反复陈述利害，认为此次入楚，并不是专为楚王一人而来，而是因为楚是大国之盟主，辽阔的土地，众多的武力，现在楚康王死了，楚之盟主名义并没变，众多武力也没少，为何要回去呢？而如果就此回去，不仅是对楚国的侮辱，而且使鲁与楚结仇，这样对鲁更不利。叔仲昭伯精辟的分析，使众人心悦诚服，继续前往楚国，终于避免了一场外交战。从此文可以看出，鲁襄公是一个贫于深谋、看事肤浅的庸君，而叔仲昭伯却有智谋有勇气，在自己处于少数派的情况下，坚持己见，有条有理地劝说，终于取得了胜利。从而也说明，只要言之有理，掌握真理，坚持到底，终会由败转胜。

敬姜述先姑

妙处总在问答之外。

季康子[①]问于公父文伯之母[②]，曰："主亦有以语肥也。"妙句。对曰："吾能老而已，何以语子?"每读文伯母语，谓其过严，却又作如此谐趣。康子曰："虽然，肥愿有闻于主。"好句。对曰："吾闻之先姑[③]曰：'君子能劳，后世有继。'"能劳有继，反是常语，妙在述其先姑。子夏[④]闻之曰："善哉！商闻之曰：'古之嫁者，不及舅姑，谓之不幸。'夫妇，学于舅姑者也。"后世为妇者，胡可不闻此言。

〔注释〕

①季康子；季悼子曾孙，季桓子之子，名肥，鲁国正卿。

②公父文伯之母：公父文伯是季悼子之孙，公父穆伯之子，鲁国大夫。之母，即公父穆伯之妻，即敬姜。

③先姑：即死去的婆母。旧时大夫之母称姑，死称先。

④子夏：孔子大弟子，卜氏名商，字子夏，卫人。

〔解读〕

本文记叙了公父文伯之母敬姜夫人与季康子一段对话。敬姜是一位老年贵夫人，季康子是一位国家执政者，二人一问答，告诫人们，居官要辛苦，不骄不傲，才能后继有人。更妙的是孔子大弟子子夏之评论，更加重"君子能劳，后世有继"之意义。

敬姜以鳖逐文伯

琐事琐言，却特妙绝！

公父文伯饮南宫敬叔[①]酒，以露睹父[②]为客。羞[③]鳖焉，句。小，句。睹父怒，相延食鳖。辞曰："将使鳖长而后食之。"妙语。不意古人乃有此，政复后人不及。遂出。文伯之母闻之，怒曰："吾闻之先子曰：必称"先子"，妙妙。'祭养尸[④]，飨养上宾。'重二"养"字，言顺适其志也。鳖于何有，而使夫人怒也？"十字妙句，千载至言。○言鳖何难，而致开罪于人。遂逐之五日。鲁大夫辞[⑤]而复之。

〔注释〕

①南宫敬叔：孟献子之孙，孟僖子之子，鲁国大夫。南宫为复姓。

②露睹父：鲁国大夫。

③羞：进献。

④尸：神主。古代祭祀时。用人代死者受祭，象征死者神灵，称尸。

⑤辞：请。

〔解读〕

本文记叙了小不忍发怒而辞宴的露睹父和严于教子的贵夫人，与上篇相呼应。上篇敬姜引用其婆婆的话，此篇却引用其公公之话，三言两语阐明了一个大道理。

敬姜弗应

前添"天子及诸侯"一段，是笔力大处；中插"寝门之内，妇人治焉"一段，又是笔力大处；后分"外朝、内朝"，特地总一"皆"字，又是笔力大处。若汉以后人便更写不到。

公父文伯之母如季氏，康子在其朝①。季氏外朝也。下"从之，及寝门"，则穿过内朝也。与之言，弗应。从之，及寝门②，弗应句。两"弗应"好，只是弗应也。而入。上写两"弗应"，好；次写两"而入"，好。

康子辞于朝而入句。见曰："肥也不得闻命，无乃罪乎?"曰："子弗闻乎? 四字毅甚。天子及诸侯合民事于外朝，合神事③于内朝；段。宾。自卿以下合官职于外朝，合家事于内朝；段。主。寝门之内，妇人治其业焉：段。别插妇人。上下同之。天子、诸侯、自卿以下同之也。夫外朝句。子将业君之官职焉，"子将"字妙，"焉"字妙。内朝，句。子将庀④季氏之政焉："子将"字妙，"焉"字妙。皆非吾所敢言也。""皆"字妙。不惟官职不敢言，虽家政亦不敢言。后世太后临朝，岂知前古先有如此龟鉴!

〔注释〕

①康子在其朝：康子，即鲁国正卿季康子。朝，官府的大堂，古代卿大夫家议事办公的厅堂叫内朝。

②寝门：古代天子五门，诸侯三门，大夫二门。最靠里的门叫寝门，又称路门。

③神事：祭祀之事。

④庀：治理。

〔解读〕

问而不答必有原因。本文即讲敬姜到季康子家去，而却不答季康子之问，确实奇怪，引起了人们的兴趣。下面通过敬姜的回答，解说了外朝与内朝之区别，外朝是天子诸侯、卿大夫议国家大事之地，内朝为处理家政之地，妇人们则只能在寝门内治家务。正因此，她不能在内朝——家中议事厅与人答话。本文描绘了一个恪守封建礼法的贵族妇女形象。

敬姜教子逸劳

极参差，极严整；极径直，极曲折。读其参差，须学其严整；读其径直，须学其曲折。

公父文伯退朝，朝其母，其母方绩。奇。文伯曰："以歜之家，只四字，便写尽淫心。而主犹绩。惧忓季孙之怒[①]也，其以歜为不能事主乎？"无多句，却有三四折。便要细读，不止读下文也。

其母叹曰："鲁其亡乎？使僮子备官[②]而未之闻邪！通篇议论，看他如此起笔，读之瞿然失惊！妙妙。居，吾语女：昔圣王之处民也，择瘠土而处之，劳其民而用之，故长王天下。头。○瘠土劳民，长王天下，千载至言。夫民劳则思，思则善心生；逸则淫，淫则忘善；忘善则恶心生。双释"劳民"。"思"字，妙理；"忘"字，妙理。沃土之民不材，淫也；瘠土之民莫不向义，劳也。双释"瘠土"。"不材"，妙理；"莫不向义"，妙理。是故天子大采朝日[③]，与三公九卿[④]祖识地德。春分，朝日。日中，考政，与百官之政事，师尹[⑤]惟旅、牧、相，宣序民事。日中。少采夕月[⑥]，与太史、司载[⑦]，纠虔天行。秋分，夕月。日入，监九卿，使洁奉禘郊之粢盛[⑧]，日入。而后即安。第一段，天子劳。诸侯朝，修天子之业命；朝。昼，考其国职；昼。夕，省其典刑；夕。夜，儆百工，使无慆淫，夜。而后即安。第二段，诸侯劳。卿大夫朝，考其职；朝。昼。讲其庶政，昼。夕序共业，夕。夜庀其家事，夜。而后即安。第三段，卿大夫劳。士朝而受业，朝。昼而讲贯[⑨]，昼。夕而习复，夕。夜而计过，无憾，夜。而后即安。第四段，士劳。自庶人以下，明而动，明。晦而休，晦。无日以怠。第五段，庶人劳。王后亲织玄紞[⑩]，王后绩，一。

已下，皆女工。公后之夫人加之以纮綖[11]，公侯夫人绩，二。卿之内子为大带[12]，卿内子绩，三。命妇[13]成祭服，命妇绩，四。大夫妻也。列士[14]之妻加之以朝服，士妻绩，五。自庶士以下皆衣其夫，庶民妻绩，六。社而赋事，烝而献功；二句，总上女工。男女效绩，则有辟：二句，总前男女。古之制也。总住。

"君子劳心，小人劳力，先王之训也，自上以下，谁敢淫心舍力？重申心力必劳。今我寡也，尔又在下位。曲折。朝夕处事，犹恐忘先人之业；曲折。况又怠惰，其何以避辟？曲折。吾冀而朝夕修我曰：'必无废先人！'曲折。尔今曰：'胡不自安？'曲折。以是承君之官，余惧穆伯[15]之绝祀也！"曲折。看他十数曲折。

仲尼闻之曰："弟子志之：季氏之妇不淫[16]矣。"季氏之妇，季氏合族诸妇也；不淫，皆勉于劳也。

〔注释〕

①惧忓季孙之怒：忓，触犯。季孙，指当时鲁国的执政大臣季孙肥，他于季氏为大家。此句意谓怕触犯季氏家族的愤怒，即其母亲不该自己纺麻。

②僮子备官：僮子，即童子，不谙世事的年轻人。备官，做官，此处有充数之意。

③大采朝日：大采，五彩的礼服，指衮冕。朝日，祭祀朝拜日神。古时天子每年春分时身着衮冕，举行祭日典礼。

④三公九卿：古代中央最高官僚构成。三公为太师、太保、太傅；九卿为朝廷各直属部门长官，即冢宰、司徒、宗伯、司马、司寇、司空、少师、少傅、少保。

⑤师尹：大夫官。

⑥少采夕月：少采，三彩礼服，指黼衣，低衮冕一等。夕月，古时天子每年秋分夜里祭祀月神。

⑦太史、司载：太史，掌天文历法与记录史事的长官。司载，有认为载应作"烖"，是灾字的篆文，主管天文灾异之官。

⑧粢盛：装在祭器中供祭祀用的谷物。

⑨讲贯：讲解学习。

⑩玄紞：黑色的丝绳。紞，古代帝王冠冕上用来系瑱的带子。

⑪纮綖：纮，系王冠的带子。綖，覆在冠上的装饰布。

⑫大带：古代束在祭服上的黑丝腰带。

⑬命妇：大夫之妻。

⑭列士：指上士，周代士分元士、中士、下士三等。

⑮穆伯：公父文伯的父亲。

⑯不淫：即勉于劳，不淫逸。

〔解读〕

本文记述了一个贵族家的孀妇以实际行动和语言教子的动人故事。敬姜对儿子语重心长地讲，从前圣王以俭治国，选择贫瘠之地，让百姓辛勤劳动，不使其生淫逸之心。肥沃土地的百姓不成材，是因太安逸之故。自天子、三公九卿到一般士人，各司其职，昼夜不敢懈怠，而王后、公侯大夫的夫人们则自织服饰。君子劳心，小人劳力，从上到下，从男到女，各尽其力，以不耽溺于淫逸而生邪恶。并且感叹鲁国用这样的孩子做官，说明鲁国要亡，而祖宗的业绩也将毁于一旦。

此文有一定的进步意义和现实意义，说明一个千古通用的道理，逸则滋恶，劳则生善，高官厚禄者尤其要注意，不要使自己和后代放纵腐化，应该时时刻刻继承前辈建基立业之艰，从而使国与家兴盛久安。怪不得孔子闻听此言后，要求弟子们牢记敬姜夫人的话。

靡笄之役

此是六段文字，段段妙绝！

郤献子[①]聘于齐，齐顷公[②]使妇人观而笑之。郤献子怒。归，请伐齐。

范武子[③]退自朝，曰："燮[④]乎，吾闻之：干人之怒，必获毒焉。奇理，至理。夫郤子之怒甚矣，不逞于齐，必发诸晋国。奇理，至理。不得政，何以逞怒？奇理，至理。余将致政焉，以成其怒。奇理，至理。无以内易外也，尔勉从二三子以承君命唯敬。"奇理，至理。乃老[⑤]。已上，范武子一节事。

范文子莫退于朝，武子曰："何莫也？"对曰："有秦客廋辞[⑥]于朝，作隐语也。大夫莫之能对也。吾知三焉。"武子怒曰："大夫非不能也，让父兄也。妙妙，闻之凛然。尔童子何知，而三掩人于朝？吾不在晋国，亡无日矣。"妙妙，闻之凛然。击之以杖，折委笄。已上，范武子又一节事。

靡笄之役[⑦]，韩献子将斩人。郤献于驾，速驾也。将救之。速驾之意也。至，句。则既斩之矣。读至此，试掩卷思其下将如何，便益意智。郤献子请以徇[⑧]。大奇。其仆曰："子不将救之乎？"要发明。献子曰："敢不分谤乎？"已上，郤献子又一节事。

靡笄之役，郤献子伤，曰："余病喙[⑨]！"张侯御曰："三军之心在此车矣，其耳目在于旗鼓[⑩]。奇文，妙理。车无退表，鼓无退声，军事集矣。奇文，妙理。吾子忍之，不可以言病！奇文，妙理。受命于庙，受脤[⑪]于社，甲胄而效死，戎之政也。奇文，妙理。病未若死，奇文，妙理。只以僻志。”奇文，妙理。乃左并辔，右援枹[12]而鼓之。马逸不能止，三军从之。齐师大败。逐之，三周华不注之山[13]。已上，又一节事。

靡笄之役，郤献子师胜而反。范文子后入，武子曰：“燮乎，女亦知吾望尔也乎?”哀音刺耳，使人堕泪。对曰：“夫师，郤子之师也，其事臧。若先，则恐国人之属耳目于我也，妙。故不敢。”武子曰：“吾知免矣。”已上，范文子又一节事。

靡笄之役，郤献子见，公曰：“子之力也夫。”对曰：“克也以君命命三军之士。三军之士用命，克也何力之有焉?”妙。范文子见，公曰：“子之力也夫。”对曰：“燮也受命于中军，以命上军之士。上军之士用命，燮也何力之有焉?”妙。栾武子[14]见，公曰：“子之力也夫。”对曰：“书也，受命于上军，以命下军之士。下军之士用命，书也何力之有焉?”妙，如此安得不集事?已上，又一节事。

〔**注释**〕

①郤献子：晋国大夫，即郤缺之子郤克，亦称郤子、郤伯，困谥为“献”，故称郤献子，身残跛腿。

②齐顷公：齐惠公子，名无野，前598—前582年在位。

③范武子：即士会，初封随，又称随会、随武子，后改封范，故称范武子。此时为晋国正卿，中军元帅。

④燮：范武子之子士燮，又称范文子、范燮、范叔。

⑤乃老：乃告老，于是请求告老退休。

⑥庾辞：隐语，即打谜语。

⑦靡笄之役：靡笄，齐国山名，即今山东省济南市南郊的千佛山。靡笄之役指晋为救鲁、卫，于前589年攻齐，双方在靡笄山下开战。

⑧请以徇：请求用尸体示众。

⑨喙：疲劳气喘的样子。

⑩其耳目在于旗鼓：古代战争中，主帅车上有旗鼓，士兵们要耳听中军鼓声，目视中军旗帜，以知进退。

⑪脤：古代祭祀用的生肉。

⑫援枹：拽过鼓槌儿。

⑬华不注之山：即华不注山，在今山东省历城县东北。

⑭栾武子：即栾书，栾枝之孙，栾盾之子，晋国卿，在靡笄之战中任晋军主帅。

〔解读〕

晋国大夫郤献子到齐国访问，因跛足，受到了齐顷公之母肖同叔子的嘲笑。郤献子大怒，回到晋国，向晋景公请求发兵攻齐。晋国正卿范武子惧怕郤献子一腔怒气无处发泄而害己，便提前告老退休，腾出位置以避祸。范献子老于世故，深谙退让避祸术，其子退朝回来告诉父亲，秦国客人在朝堂说话打哑谜，而大夫们均答不出，他却解答了三个问题。范武子听后大怒，认为小孩子家不知谦让，而抢先说话，这是要亡家的，拽过拐杖将其子揍了一顿。而靡笄之役胜利后，范武子之子则最后一个入城，知道抢功也会遭祸，全面领会和接受乃父的处世哲学。此外，此篇短文还赞扬了郤献子勇于与人分担责任和推功于下的好品德，如靡笄之役前，任军司马的韩献子杀人，郤献子因迟到而未来及挽救。救人不成，反而要求将尸体示众，以分担韩献子杀人引起的怨谤。在靡笄之役后，不居功自傲，推功于君主和士兵，其下范文子、栾武子均推功于上和士兵，不抢先表功。可见，通过范武子谦退让位这一榜样，在晋国官僚上层形成一股谦让的良好风气。

范文子不欲伐郑

侵伐，武事，忽然写得郁伊悱恻之甚：古人之多奇如此！

厉公[①]将伐郑。郑从楚故也。范文子[②]不欲，曰："若以吾意，四字，便妙绝。诸侯皆畔，则晋可为也。奇语，妙语。唯有诸侯，故扰扰焉。奇语，妙语。凡诸侯，难之本也，得郑，忧滋长；安用郑?"奇语，妙语。郤至[③]曰："然则王者多忧乎?"文子曰："我王者也乎哉！劈口直接"王者"，先破此二字。夫王者，成其德，而远人以其方贿[④]归之，故无忧。庄语王者如彼。今我"夫王者"，三字提；"今我"，二字提；"故无忧""故多忧"，一样三字结。寡德，而求王者之功，故多忧。子见无土而欲富者，乐乎哉?"奇语，妙语。

〔注释〕

①厉公：晋厉公，名州蒲，晋景公之子，前 580—前 573 年在位。

②范文子：即范燮、士燮，晋国正卿。

③郤至：晋国大夫。

④方贿：方，方物特产；贿，财货贡物。

〔解读〕

前 575 年，郑国背叛晋国，晋厉公与正卿栾书力主伐郑，于是导致当年六月的晋楚鄢陵大战。范文子为智谋之士，他不同意出兵讨伐郑国，说诸侯都背叛我们反而更好，正因有这些诸侯还归附我们，天下才搞得乱七八糟，得到郑国只会使晋国忧患更多。郤至则抢白说，那么周天子的忧患不更多吗？范文子则反问："我们是天子吗?"遂即讲了一番天子勤修德政，以仁治天下，远方部族都带着土产贡物归附，所以无有忧患，而晋国少德却去追求天子的功业，当然忧患更多。实际上，范文子看到了晋国伐郑背后的巨大隐患，因为与郑战必使楚卷入，晋胜则更助长厉公之骄，国将不国；晋败则国内矛盾更加激化。

叔向贺贫

读柳子厚贺失火，不如先读此。看他写栾家三世，有许多转折；写郤家，却又是一直：极尽人事天道。

叔向[①]见韩宣子[②]。宣子忧贫，叔向贺之。奇文。宣子曰："吾有卿之名，而无其实。无以从二三子，吾是以忧。子贺我，何故？"好。对曰："昔栾武子[③]更不说是甚道理，竟直举一家。无一卒之田[④]，其官不备其宗器，贫。宣其德行，顺其宪则，使越于诸侯。德。诸侯亲之，戎狄怀之，以正晋国；行刑不疚[⑤]，以免于难。岂非可贺？○举验贫之宜贺已毕。下，又曲折详写其子孙，妙妙。及桓子[⑥]骄泰，奢侈贪欲无艺，略[⑦]则行志，假货居贿，不贫，又无德。宜及于难，而赖武之德，以没其身。偏写其事之反。及怀子改桓子之行，而修武之德，改桓，是贫；修武，是德。可以免于难；而离桓之罪，以亡于楚。桓之免难，是贫之可贺；乃又及其子孙。怀之离罪，是不贫之可吊，若不于其身，又必于其子孙也。已上，举一家以验贫之宜贺。夫郤昭子[⑧]，又直举一家。其富半公室，其家半三军；富。恃其富宠，以泰于国。无德。其身尸于朝，其宗灭于绛。岂非可吊？举验富之宜吊已毕。下，亦作曲折。不然，夫八郤，五大夫、三卿，五大夫、三卿，为八也。其宠大矣，一朝而灭，莫之哀也：唯无德也。已上，再举一家，以验富之宜吊。今吾子入正文。有栾武子之贫，吾以为能其德矣，是以贺。若不忧德之不建，而患货之不足，将吊不暇，何贺之有？"反，又奇文。

〔注释〕

①叔向：即羊舌肸（xì），羊舌职次子，为晋国上大夫兼太傅，是晋国历史上的

名臣。

②韩宣子：韩厥之子，名起，晋卿。

③栾武子：即栾书，晋厉公、晋悼公时为正卿。

④一卒之田：一百顷田地。一卒，一百人。

⑤行刑不疚：指栾书弑杀晋厉公而不被国人责难。

⑥桓子：栾书之子栾黡。

⑦略：违犯。

⑧郤昭子：即郤至，其家族有三人为卿，为晋国大族，后自杀。

〔解读〕

韩宣子为其贫困忧虑，而叔向却去向他祝贺，说栾书身为正卿，节俭贫穷，发扬美德，遵循法度，名声传遍天下，诸侯亲近他，戎狄归服他，即使他弑了晋厉公也没有遭到国人责难。后来他的儿子栾桓子骄横奢侈，贪婪无度，触犯刑法，本该遭到祸难，但仰其父的美德得以善终。而郤昭子财富可抵晋国公室一半，三军将帅一半是其家人，恃其财势，骄横放肆至极，结果落得家破身亡，家族灭绝。通过这些有财无德而遭祸的实例，勉励宣子应忧虑的是德行不立，而不应忧愁钱财不多。从而使韩宣子认识到有德无财，可以保家；有财无德，早晚是祸的道理，起身向叔向叩头道谢。

范献子自伤不学

曰“人不可不学”，曰“唯不学”，曰“人之有学”，曰“而况君子之学”；一剪一裁，笔墨整齐。读之始不敢以文为戏。

范献子[①]聘于鲁，问具山、敖山[②]。一犯“具”“敖”字。鲁人以其乡对。别以乡名对，不正对二山也。献子曰：“不为具、敖乎？”妙妙，又一犯“具”“敖”字，此为故作之笔。对曰：“先君献、武之讳[③]也。”献公讳具，武公讳敖也。

献子归，偏戒其所知。苦切劝学也。曰：“人不可以不学。一句作一段。真正创钜痛深语，不是口中常谈。吾适鲁而名其二讳，为笑焉，唯不学也。二句作一段。看他上述“吾适鲁”，下述“为笑”，句法袅袅。人之有学也，犹木之有枝叶也；二句作一段。木有枝叶，犹庇荫人，而况君子之学乎？”三句作一段。

〔**注释**〕

①范献子：晋卿，范宣子之子，即士鞅、范鞅。

②具山、敖山：鲁国两座山名，具山即具茨山，在今河南省密县东。敖山，在今河南省荥阳市东北。

③献、武之讳：献，即鲁献公，始封国君，伯禽之曾孙，名具。武，即鲁武功献公之少子，名敖。具、敖均为鲁国人之避讳。

〔**解读**〕

避讳为我国古代一门学问，也是很重要的礼法。《礼记·曲礼上》曰：“入境而问禁，入国而问俗，入门而问讳。”范献子至鲁问具山、敖山，却想不到犯了鲁国祖宗鲁献公、鲁武公之名讳，所以深有感慨，告诫人不可以不学，否则惹人见笑，并比喻人之有学问如树有枝叶一样重要。

董叔得系于范

“求”字妙妙，“既”字妙妙，“矣”字妙妙，分作两句妙妙，“欲而得之”妙妙，“又何请焉”妙妙，不知文者谓是佳谑，却不知是一片眼泪。○读此，忽然又想着虞翻“远求小姓，足使生子”语。

董叔将娶于范氏[①]，叔向曰：“范氏富，盍已乎？”求婚至言，千载敬佩之！曰：“欲为系援[②]焉。”千载求婚富室人同心。他日，董祁愬[③]于范献子曰：“不吾敬也。”董祁，即董叔所取于范氏之妻，献子之妹也。○富女，哪可不敬？一笑！献子执而纺[④]之庭之槐。妙妙。

叔向过之。亦是特地过之。曰：“子盍为我请乎？”叔向曰：“求系既系矣，求援既援矣，欲而得之，又何请焉？”妙妙，不是谑。正是痛剳。

〔注释〕

①董叔将娶于范氏：董叔，晋国大夫。范氏，指范宣子的女儿，也即范献子妹妹。

②系援：作为绳梯攀援上去，即通过婚姻关系往上爬。系，联系。援，攀附。

③董祁愬：董祁，董叔之妻。愬，同“诉”。

④纺：同“绑”，捆绑。

〔解读〕

本文不愧为一篇小幽默。本文借叔向之妙言，将“系”“援”二字意思变为抓住和捆吊之意，讽刺了那些一心想通过婚姻关系攀高枝的人，最终自食其果。

董叔赤裸裸地借娶妻而往上爬，结果由于其妻告他“不敬”之罪，被其丈哥范献子抓住捆在庭中槐树上。当叔向经过时，董叔求叔向去说情，结果遭叔向一番讽刺。

魏献子悟三叹

初叹，是惟恐不足；再叹，是岂主而有不足；三叹，是已足。轻轻只将"不足"二字翻剔，而已令其主心动于内，意悦于外。有臣如此，主欲不名闻诸侯，不可得也。

梗阳①人有狱，将不胜。请纳赂于魏献子②，献子将许之。阎没谓叔宽③曰："与子谏乎？只四字，忠爱悱恻之甚。吾主以不贿闻于诸侯。可惜许。今以梗阳之贿殃之，下一"殃"字，妙！不可！"只二字，义形于色之甚。○初商，用一"乎"字；熟商用一"不可"字；如闻二人之声，如见二人之心。二人朝，句。而不退。好。

献子将食，问谁在廷。好。曰："阎明、叔褒在。"好。召之，好。使佐食。写献子之视二人如此，是以忠爱形色也。比已食，三叹。妙于不谏，此人子事父母几谏之法，而二人以之。既饱，献子问焉，曰："人有言曰：'唯食可以忘忧。'吾子一食之间，而三叹，何也？"同辞对曰："吾小人也。一称"小人"。贪馈之始至，惧其不足，故叹。忽然无中生有，想出"不足"二字；又恣意变作三句，妙妙！中食，而自咎也，曰：'岂主之食，而有不足？'是以再叹。"惧其不足"妙，"岂主有不足"更妙；分明直劄心窝里。既食，愿以小人之腹，为君子之心，属餍④而已，是以三叹。"再称"小人"。○插此二句，法奇。○犹言小人之腹，属餍而已，愿君子亦以是为心也。轻轻已谏毕。献子曰："善！"乃辞梗阳人。献子又妙。君臣如此，直父子也，鱼水不足喻矣。

〔注释〕

①梗阳：晋地名，魏氏的食邑，在今山西清徐县。

②魏献子：魏绛之孙，名舒，其时为晋正卿。

③阎没谓叔宽：阎没，又称阎明，晋国大夫。叔宽，又称叔褒，司马侯女齐之子，晋国大夫。

④属餍：属，恰好。餍，吃饱。引申为满足。

〔解读〕

这篇文章讲了一个巧言劝谏的故事。梗阳地方有人要打官司，将要败诉，便打算送礼给执政大臣魏献子。魏献子准备接受。晋国大夫阎没和叔宽便一同去劝谏，在魏献子将吃饭时前往。魏献子请他们一同吃饭。吃饭时他们二人接连三次叹气，魏献子感到奇怪，问何故叹气，二人便讲了一番道理，借吃饭证明人不能贪心不足，劝谏魏献子不要受贿。劝谏者忠正机敏，讲究劝谏方式，寓严肃于幽默，收到很好效果。

窦犨论人化

可谓所对非所问矣，然实是志得意满人兜头一痛札。

赵简子[①]叹曰："雀，句。入于海，句。为蛤[②]；句。雉，句。入于淮，句。为蜃[③]。句。详二。鼋、鼍、鱼、鳖[④]，莫不能化，唯人不能。哀夫！"求仙之说，乃始于此，不蚀秦皇、汉武矣。妙妙。窦犨[⑤]侍，曰："臣闻之，君子哀无人，不哀无贿；哀无德，不哀无宠；不接"化"字，却接"哀"字，妙妙！二句，宾。哀名之不令，不哀年之不登。此句，主。夫范、中行氏[⑥]，不恤庶难，而欲擅晋国，今其子孙将耕于齐。上云哀年不登，明明知其化字如此，却偏作尔语。宗庙之牺[⑦]，为畎亩之勤。腴句，笑悯都有。人之化也，何日之有！"胡可胜叹。

〔注释〕

①赵简子：晋卿，赵武（文子）之子，名鞅，后改名志父。

②蛤：蛤蜊，一种有介壳的软体动物。

③雉，入于淮，为蜃：雉，野鸡。淮，淮水。蜃，大蛤蜊。

④鼋、鼍、鱼、鳖：鼋，大鳖，俗称癞头龟。鼍（tuó），一名鼍龙，即扬子鳄。鳖，俗名甲鱼、团鱼。

⑤窦犨：晋国大夫。

⑥范、中行氏：范，范吉射，中行氏，即中行寅，原晋国贵族，后出奔齐国。

⑦牺：宗庙祭祀用的纯色牲，此处指祭主。

〔解读〕

赵简子感叹人不如动物，天上飞的鸟，海中游的鱼，莫不能随境而变，而唯有人不能变化。实际上，其叹含有长生不死、长盛不衰之意。金圣叹非常正确地点明这一点。而窦犨则举晋国贵族范氏、中行氏不修德行、不恤民艰，贪婪奢侈，最终由富变穷，说明人是会变化的。所以，为君子者要强调修德，应忧无人辅佐，善名不立，不应忧无钱财、不受宠，否则，人的变化每天都会发生的。

郇无正论垒培

不惟不堕垒培，反又增之，此是通篇正论之所由发也。妙又在前之加意写一必堕之命，后之加意写一如故之怨，特为通篇添无数气色。

赵简子[①]使尹铎[②]为晋阳，曰："必堕其垒培[③]，荀寅、士吉射围赵氏时所作也。吾将往焉。后日或将至晋阳也。若见垒培，是见寅与吉射[④]也。"自是铮铮语。尹铎往而增之。出奇。○每每出奇，写到下，却是一片至理。

简子如晋阳，见垒。怒曰："必杀铎也而后入。"句色劲甚。大夫辞之，不可，曰："是昭余仇也。"必杀之故。郇无正[⑤]进曰："昔先王文子[⑥]简子之祖赵武也。少衅于难，从姬氏[⑦]于公宫。已成幽微。有孝德，以出在公族；孝，德之基也。有公德，以升在位；公，德之成也。有武德，以羞为正卿；武，德之用也。有温德，以成其名誉。温，德之藏也。四德，有次序，有分寸。失赵氏之典刑而其去师保[⑧]，其先。基于其身以克复其所。其身。○基，始也；其身，文子身也；克复典刑师保，为其所也。及景子长于公宫，文子子，简子父赵成，从王母在宫。未及教训，句。而嗣立矣。句。"矣"字写出不幸意。亦能纂修其身以受先业，无谤于国。上言名誉，此言无谤，德成固惟人言是凛凛。顺德以学子，择言以教子，择师保以相子。三"子"字，正指简子。今吾子嗣位，有文之典刑，一。有景之教训，二。重之以师保，三。加之以父兄：四。子皆疏之以及此难。"荀、士垒培之难。夫尹铎曰："思乐而喜，思难而惧，人之道也。至理妙言。委土可以为师保，奇句，奇字。"委土"，言委弃之土也。吾何为不增？至理妙言。“何为不”，妙妙！是以修之。”庶曰：“可以鉴而鸠[⑨]赵宗乎？叠叠代尹铎说出。若罚之，是罚善也。句色劲甚。罚善必赏恶，句色劲甚。臣何望焉？”句色劲甚。简子说，曰：“微子，吾几不为人矣！”无语不作铮铮声！以免难之赏赏尹铎。军赏也，引例而赏也。

初，伯乐无正字。与尹铎有怨；下又奇。此先为下注一句，不在叙事例。以其赏如伯乐氏，曰：“子免吾死，敢不归禄？”禄，所得赏也；亦必然之情。辞曰：“吾为主图，非为子也。妙妙！奇怪甚，却是一片至理。怨若怨焉。”添写四字出色。

〔注释〕

①赵简子：晋卿，赵武之孙，赵成之子，名鞅，后改名志父。

②尹铎：赵简子家臣。

③垒培：军营的围墙。

④寅与吉射：寅，荀寅，中行偃之孙，荀吴之子，又称中行文子，晋卿。吉射，即范吉射，范匄之孙，范鞅之子，又称范献子，晋卿。

⑤邮无正：又称邮无恤、邮良伯乐，晋国大夫。

⑥先王文子：指赵文子，即简子的祖父赵武。

⑦姬氏：赵文子之母庄姬，为晋景公之女。

⑧师保：官名，古代担任教育的官员。

⑨鸠：安定。

〔解读〕

仇人落井，是援之以手还是投石下井？确实是一个两难选择。赵简子是晋国正卿，鲁定公十三年（前497年），他为了卫地五百家的事杀了同族兄弟赵午，于是，赵午的舅舅荀寅伙同姻亲吉射在晋阳（即今山西太原）作乱。自此，赵荀子不愿看到当时平乱时的军营围堵。当他委任家臣尹铎去管理晋阳时特嘱要拆毁此墙。但尹铎却不仅没拆毁，反而增筑，赵简子气得欲杀尹铎。而尹铎的仇人邮无正则出于公心，列举赵简子之祖文子凭自身之德行修养恢复卿位，父景子继承德业，修身教子的史实，劝谏赵简子不能惩善赏恶，而要把围墙作为一生鉴戒，才能安定赵氏。赵简子从谏如流，赏赐了尹铎。

士茁惧室美

看他不用多笔，而写尽骄奢，固知善写者皆不用多笔也。

智襄子[1]为室美，士茁[2]夕焉。夕，暮见也。知伯曰："室美夫！"一"夫"字，写尽骄奢。用"夫"字法。对曰："美则美矣，抑臣亦有惧也。"只二语，又婉，又警，用"则"字法，用"矣"字法，用"抑"字法，用"亦"字法。知伯曰："何惧?"骄奢。对曰："臣以秉笔事君，先陪此语，自言是书生。《志》有之曰：'高山峻原，不生草木；松柏之地，其土不肥。'此秉笔人所常诵。今土木胜，臣惧其不安人也。"上曰"何惧"，正惧此也。知伯更无语，可知不为意。室成三年而知氏亡[3]。

〔注释〕

①智襄子：即智伯瑶，晋卿，谥曰襄子。

②士茁：智襄子之家臣。

③三年而知氏亡：前459年，韩、赵、魏三家共灭智伯，瓜分其土地。

〔解读〕

古人一贯注重德行，认为德行为立家做人第一位，并从此人之德行预测其将来祸福。此小短文讲述了智伯炫耀宫室华美，却不注意道德修养，其家臣士茁独具慧眼，认为大兴土木，住所过于豪华，会使家族不能长保平安。结果应验其言。

子囊议恭王谥

只短短数句，却有断制，有顿挫，有精彩，有气力，可称大国大事，大老大文。

恭王①有疾，召大夫曰：召大夫。“不穀不德，失先君之业，覆楚国之师②，不穀之罪也。若得保其首领以没，唯是春秋③所以从先君者，请为灵若厉④。”恭王好。大夫许诺。大夫诺。王卒。及葬，子囊议谥⑤。大夫曰：“君王有命矣。”大夫曰。子囊曰：“不可！夫事君者，先其善，不从其过。先断。赫赫楚国，而君临之，抚征南海，训及诸夏，其宠大矣。宾句。有是宠也，而如其过，可不谓恭乎？主句。若先君善，则请为‘恭’”。再断。大夫从之。大夫从。一篇以大夫为章法。

〔注释〕

①恭王：楚恭王熊审，前590—前560年在位。

②覆楚国之师：指前575年晋楚鄢陵大战，楚恭王大败之事。

③春秋：指一年四季的祭祀。

④为灵若厉：谥为灵或厉。《左传》襄公十三年杜预注：“欲受恶谥以归先君也。乱而不损曰灵，戮杀不辜曰厉。”

⑤子囊议谥：子囊，楚国令尹，恭王之弟。议谥，古代帝王、诸侯、卿大夫死后，葬前依死者生前事迹议定称号。

〔解读〕

楚恭王是一个在位时间较长、但却无所作为的君主。临死，他尚有自知之明，认识到自己没有德行，失去了先君的霸业，如死后能在祖庙中有一享受祭祀的位次便可瞑目，请求谥为“灵”或“厉”。但是，作为令尹的子囊能从善评价楚恭王一生，特别是能从楚国的国际声望和影响出发，决定给其一个“恭”的谥号。临死而知悔，虽晚尚可褒扬；而不念死者之恶，死者有知，可安心于九泉之下矣。

王孙圉对简子

以二贤人为宾，固是正论，然已被后人盗袭至成烂；其又以云连徒洲为宝，即后人至今未见临摹也。可见后人只是口头依样乱说，古人则尽是真实见识，真实本事。看他三样宝串成一片，便可信。

王孙圉[①]聘于晋，定公[②]飨之。赵简子[③]鸣玉以相，问于王孙圉曰："楚之白珩[④]犹在乎?"对曰："然"。简子曰："其为宝也，几何矣?"几何世也。曰："未尝为宝。一句答，最辣手。楚之所宝者曰观射父[⑤]，奇妙，又无腐状。能作训辞，以行事于诸侯，使无以寡君为口实。最要此句，所以无腐状。又有左史倚相[⑥]，能道训典，以叙百物，以朝夕献善败于寡君，使寡君无忘先王之业；最要此句。又能上下说乎鬼神，顺道其欲恶，使神无有怨痛于楚国。最要此句。上一"使"字，此二"使"字，参差。又有薮曰云连徒洲[⑦]，宋人能作上二语，不能作此一语，是以有腐状也。金、木、竹、箭之所生也；句法参差。龟、珠、齿、角、皮、革、羽、毛，所以备赋用以戒不虞者也，句法参差。所以共币帛以宾享于诸侯者也。句法参差。若诸侯之好，币具，云连徒洲。而导之以训辞，观射父。有不虞之备而皇神相之，左史倚相。又将三段串成一片。寡君其可以无罪于诸侯，而国民保焉：此楚国之宝也。奇妙！收。若夫白珩，先王之玩也，何宝焉？再答白珩毕。圉闻国之宝，六而已：重起奇文，以刺其鸣玉，与白珩无复干。圣能制议百物，以辅相国家，则宝之；玉足以庇荫嘉谷，使无水旱之灾，则宝之；龟足以宪臧否[⑧]，则宝之；珠足以御火灾，则宝之；金足以御兵乱，则宝之；山林薮泽足以备材用，则宝之。若夫哗嚣[9]之美，鸣玉声也。楚虽蛮夷，不能宝也。”

〔注释〕

①王孙圉：楚国大夫。

②定公：即晋定公午，晋顷公之子，前511—前475年在位。

③赵简子：即晋国正卿赵鞅。

④白珩：楚国著名佩玉。

⑤观射父：楚国大夫。

⑥左史倚相：左史，官名，晋、楚曾设左史官、倚相，此史官之名。

⑦云连徒洲：即云梦泽，也称云土、云社，在今湖南、湖北境。“云连徒洲”为楚地方言。

⑧宪臧否：显示吉凶。

⑨哗嚣：喧哗，指佩玉相触发出叮当声。

〔解读〕

国有国宝，那么国宝究竟是什么？晋国正卿赵简子问楚国的国宝白珩怎么样，结果遭到了楚国大夫王孙圉一顿教训。王孙圉答说：白珩并非楚国之宝，楚国视为国宝的是人才，如善作外交辞令的观射父，精通先王典籍的左史倚相，出产金、木、竹箭的云梦泽也是国宝，至于白珩，只不过是先王的玩物。并指出堪称国宝的有六种，都是对国家有益的东西。王孙圉之国宝论，既驳斥了赵简子的无端挑衅，打击了其嚣张气焰，嘲笑了其见识浅薄，骄奢浮华，又保持了大国的尊严，使楚国虽然在军事上非晋国对手，但却在外交上得了分。王孙圉能弃国宝之传统俗论，别开生面，侃侃而谈，充分展示了其机敏和气概。

蓝尹亹告子西修德

叹是何等沉忧，看他只用二“矣”字解之：曰“无患吴矣”，曰“吴将毙矣”；此是用“矣”字法也。选此文，只为此二“矣”字写得入神。

子西①叹于朝。蓝尹亹②曰：“吾闻君子，唯独居思念前世之崇替③，长句。与哀宾丧，短句。于是有叹；有叹。其余则否。下四句，即其余则不。先总，下细列耳。君子临政思义，饮食思礼，同宴思乐，在乐思善，无有叹焉。无叹。今君子临政而叹，何也?”特致问，非讥也。子西曰：“阖闾④能败吾师。阖闾即世，吾闻其嗣又甚焉。吾是以叹。”自是应叹事，说来诚闷人。对曰：“子患政德之不修，无患吴矣。至言不必又道。看其语态，何飘然以逸也。夫阖闾，高提阖闾。口不贪嘉味，耳不乐逸声，目不淫于色，身不怀于安；朝夕勤志，恤民之羸；闻一善若惊，得一士若赏，有过必悛，有不善必惧，是故得民以济其志。言吴前日也如彼。今吾闻夫差⑤，顺落夫差。“今吾闻”三字，奚落多少。好罢民力以成私，好纵过而翳谏；一夕之宿，台榭陂池必成，六畜完好必从。言吴今日也如此。夫先自败也已，焉能败人？子修德以败吴，自败，败人，败吴，连用三“败”字弄姿。吴将毙矣！”此“矣”字，与前“无患吴矣”“矣”字，是一口气语。写出不必为意，一片飘然逸态。

〔注释〕

①子西：即公子申，楚平王之子，昭王之庶兄，当时任楚国令尹。

②蓝尹亹：楚国大夫。

③崇替：兴盛衰亡。

④阖闾：吴国国君，名光，吴王诸樊之子，前514—前496年在位。

⑤夫差：吴国国君，吴王阖闾之子，前495年—前473年在位，曾击败越王勾践，后骄奢淫逸，被越王勾践战败自杀。

〔解读〕

楚国令尹在朝堂感叹，大夫蓝尹亹感到纳闷，问其何叹，子西说，吴王阖闾能战败我国，而现在阖闾去世了，其子夫差更厉害。蓝尹亹劝他不要惧怕貌似强大的吴国，之所以吴王阖闾能打败我们，是因为阖闾讲究道德修养，口不贪吃美肴，耳不喜听淫佚之乐，眼不贪看美色，早晚思虑国家大政，体恤民生苦难，闻一句好话即受宠若惊，得一位贤士好比受到赏赐，有错即改，能得到民众拥护。而今天的吴王夫差，不惜民力大兴土木，贪图享受，放纵恣肆，刚愎自用，他这样做是要先搞垮自己的，哪还能打败敌人呢！蓝尹亹劝子西不要以吴为虑，只要自己修养德政就行了。

诸稽郢行成于吴

言大甘者，其中必大苦。古之辞命，未有更卑、更甘于此者。

吴王夫差[①]起师伐越。越王勾践[②]起师逆之江。大夫种[③]乃献谋曰："夫吴之与越，唯天所授，奇情王其无庸战。庸，用也。夫申胥、华登[④]吴二臣。简服[⑤]吴国之士于甲兵，而未尝有所挫也。十六字句，袅袅而劲甚。夫一人善射，言吴二臣。百夫决拾，言吴余臣。胜未可成；观此四字，悟古今说越事者，皆差一倍。夫谋必素见成事焉，而后履之，素，豫也；履，蹈也。不可以授命。胜不可必，则战焉必死，是授命也。王不如设戎约辞，设兵以自备，卑辞以甘之。行成以喜其民，以广侈吴王之心。十三字句。吾以卜之于天，奇情。天若弃吴，必许吾成而不吾足也，将必宽然有伯诸侯之心焉。不以吾为足虑也。二十四字句，袅袅而劲甚！既罢弊其民，而天夺之食，奇情。安受其烬，乃无有命矣！"烬，余也。天之所弃，吾取者，乃天之余也。乃无有命，言吴更无天命也。

越王许诺，乃命诸稽郢行成于吴，曰："寡君勾践，使下臣郢不敢显然行礼，敢私告于下执事，妙辞，所谓侈其心也如此。曰：'昔者越国见祸，得罪于天王。伤阖闾足曰"得罪天王"，得罪于吴曰"越国见祸"。"见祸"，犹言祸见也。天王亲趋玉趾[⑥]，句。以心孤勾践而又宥赦之。十字句。"心孤"，属下句佳。君王之于越也繄起死人而肉白骨[⑦]也。妙辞，侈其心。孤不敢忘天灾，其忘君王之大赐乎？妙辞，侈其心。今勾践申祸无良，草鄙之人，八字，只是自罪之辞。敢忘天王之大德而思边垂之小怨，以至得罪于下执事？二十二字句。勾践用帅二三之老，亲委重罪，顿颡[8]于边。今君王不察，盛怒属兵，将残伐越国。越国，固贡赋之邑也，君王不以鞭箠使之，而辱军士使寇令焉。妙妙，侈其心。勾践请盟：一介嫡女，执箕帚以晐姓于王宫；一介嫡男，奉盘匜[9]以随诸御；春秋贡献，不解[10]于王府。天王岂辱裁之？亦征诸侯之礼也夫。妙妙，侈其心。谚曰：'狐埋之而狐搰[11]之，是以无成功。'此等喻，今人必避，在古不论。今天王既封殖越国，以明闻于天下，而又刈亡之，是天王之无成劳也。虽四方之诸侯，则何实以事吴？'妙妙，侈其心。敢使下臣尽辞，唯天王秉利度义焉！"

〔注释〕

①吴王夫差：前 495 年—前 473 年在位，吴王阖闾之子。在位间曾大败越国，开凿邗沟，北攻大败齐兵。后越国兴起，他兵败自杀。

②越王勾践：又称菼执，越王允常之子。前 497—前 465 年在位，曾被吴大败于会稽，入吴国三年为人质，后卧薪尝胆，发愤图强，十年生聚，十年教训，终灭吴国，为春秋五霸之一。

③大夫种：越大臣文种，字少禽（或子禽）。

④申胥、华登：吴国大臣。申胥，即伍员，字子胥，楚国贵族后裔，因家祸弃楚入吴，辅佐吴王阖闾，伐楚报父兄之仇。在吴王夫差时，因劝夫差拒绝越王勾践求和而遭谗言，夫差赐其自杀。华登，原宋国人，也为避难入吴。

⑤简服：选用。

⑥趋玉趾：即劳大驾。此处指吴国夫椒大败越国事。

⑦繄起死人而肉白骨：是使死人回生和白骨上长出新肉。繄，是。

⑧顿颡：叩头。颡，前额。

⑨盘匜（yí）：古代盥洗用具。

⑩解：通"懈"。

⑪搰：掘出。此句俗话原意是狐狸多疑，自己埋了东西再扒出来。此处形容夫差多疑。

〔解读〕

公元前 494 年，吴王夫差为报父仇，率军队大败越师于夫椒（今江苏苏州），乘胜攻入越都，越王勾践率五千甲盾退守会稽山。其后，夫差为彻底消灭越国，再次兴兵进攻越国残部。率兵起而迎战，做最后一搏，还是设法求和，保存势力？在越王勾践面前摆着两种选择。越大夫文种明察时局，建议勾践一边备战，一边派使者前去吴国求和，以谦卑言辞满足吴王虚荣和野心，以换取时间，再兴越国。勾践接纳了建议，派越大臣诸稽郢为使者去求和。

这篇文章实际上是越国求和使者的一篇求降书。当时越国之亡已成定局，吴大将伍子胥、华登率领的常胜军，对付困守会稽的五千越军游刃有余，而且伍子胥力主彻底摧毁越国。能否挽救垂亡的越国，诸稽郢此番话极为重要。诸稽郢首先代表勾践感谢天王——吴王夫差的活命之恩德，而自贬本国国君冒犯天王，是没有德行的草野鄙贱之人。然后提出越国投降请和，无需再劳吴军讨伐，送来越王的亲生女儿侍候吴王，以诸侯礼天子礼向吴王进贡。而最后却以一句“狐埋之而狐搰之”谚语将了吴王一军，使吴王处于尴尬境地，不得不允其求和。

申胥谏许越成

多作长句，而句法又最遒最逸。他文长句皆不能遒逸，遒者、逸者率非长句也；又要看其字法新异。前后凡有无数字法，俱极新异。

吴王夫差乃告诸大夫曰："孤将有大志于齐[①]。吾将许越成，而无拂吾虑。若越既改，吾又何求？若其不改，反行，吾振旅焉。"辞调遒逸。申胥[②]谏曰："不可许也！先一句，断。夫越非实忠心好吴也，又非慑畏吾甲兵之强也。论越，最遒逸。大夫种[③]勇而善谋，将还玩吴国于股掌之上，以得其志。还玩，转弄也。十四字句，最遒逸。夫固知君王之盖威以好胜也，转折，笔笔遒逸。故婉约其辞以纵逸王志，使淫乐于诸夏之国以自伤也；二十二字句，遒逸之至。使我甲兵钝弊，民人离落，而日以憔悴，十五字句，遒逸之至。然后安受吾烬。已上，论大夫种。夫越王好信以爱民，四方归之，年谷时熟，日长炎炎。论越王。及吾犹可以战也。为虺[④]弗摧，为蛇将若何？"自论吴，笔笔遒逸之至。吴王曰："大夫奚隆于越，隆，尊也。妙语，写出吴王如见。越曾足以为大虞乎？妙语，吴王如见。若无越，则吾何以春秋曜[⑤]吾军士？"妙语，写吴王如见。乃许之成。

将盟，越王又使诸稽郢[⑥]辞曰："以盟为有益乎？前盟口血未干，足以结信矣！妙妙，遒甚，逸甚。以盟为无益乎？君王命甲兵之威以临使之，而胡重于鬼神而自轻也。"妙妙，早已还玩于股掌之上矣。吴王乃许之，荒成不盟[⑦]。

〔注释〕

①有大志于齐：即要讨伐齐国。

②申胥：即伍员，字子胥，楚太傅伍奢之子，后逃到吴国，吴王封申地为食邑，故又称申胥。

③种：即文种，越国大夫。

④虺：小蛇。

⑤曜：炫耀。

⑥诸稽郢：越国大夫。

⑦荒成不盟：即凭空答允越国的求和，没有歃血为盟。

〔解读〕

越国被打败后，派大夫诸稽郢入吴求和，吴王夫差因急于北上攻伐齐国，向中原诸侯炫耀武力，便应允其求和。吴国大夫申胥力谏不可，分析了吴、越两国情势，认为越国并非真心实意对吴友好，也不是害怕吴国强大的军队，而是玩弄吴国，以实现其灭亡吴国的目标；并且故意迎和吴王之争强好胜心理，使吴国疲惫衰弱，而自己则发展壮大。因此，不如趁其衰败时将其灭掉。而吴王夫差却认为申胥过高估计了越国实力，竟凭空口与越国达成协议，没有举行歃血为盟的仪式，完全被越国牵着鼻子走。

申胥谏伐齐

笔下最曲折，最细琐，而诵之纯是忠烈之气，侃侃一直，如并不用曲折，不用细琐者。

吴王夫差既许越成，乃大戒师徒，将以伐齐。申胥进谏曰："昔天以越赐吴，而吴弗受。只一句，下更不接，笔态巉岩。夫天命有反。又只一句，巉岩甚也。今越王勾践，恐惧而改其谋，舍其愆令[①]，轻其征赋，施民所善，去民所恶，身自约也；裕其众庶，其民殷众，以多甲兵，譬越之在吴也，犹人之有腹心之疾也。譬，句法。夫越王之不忘败吴，于其心也戚然[②]，服士以伺我吾间。笔笔巉岩之甚。今王非越是图，而齐、鲁以为忧。夫齐、鲁譬诸疾，疥癣也，譬，句法。岂能涉江淮而与我争此地哉？将必越实有吴土。笔笔巉岩之甚。王盍亦鉴于人，无鉴于水。一路看他笔态，一味只是巉岩。

昔楚灵王[③]不君，其臣箴谏以不入；前总。乃筑台于章华[④]之上，阙为石郭[⑤]，陂汉[⑥]，以象帝舜[⑦]；一。罢弊楚国，以间陈、蔡[⑧]；二。不修方城之内，踰诸夏，而图东国[⑨]，三。三岁于沮、汾[⑩]，以服吴、越。四。其民不忍饥劳之殃，后总。三军叛王于乾谿[⑪]。王亲独行屏营，彷徨于山林之中。细写。三日，乃见其涓人畴[⑫]。中涓，名畴。王呼之曰：'余不食三日矣！'细写。畴趋而进，王枕其股以寝于地。王寐，畴枕王以墣而去之。细写。王觉而无见也，乃匍匐将入棘闱。细写。棘闱不纳，乃入芊尹申亥氏焉。细写。王缢，申亥负王以归，而土埋之其室。细写。此《志》也，岂遽忘于诸侯之耳乎？看他笔态。

今王既变鲧、禹之功[⑬]，而高高下下[⑭]以罢民于姑苏[⑮]，四字，只是二字却写尽姑苏之台。天夺吾食，都鄙荐饥。今王将狠天而伐齐，“狠天”，奇。夫吴民离矣，体有所倾，譬如群兽然：一个负矢，将百群皆奔，王其无方收也。奇譬，妙譬。人必来袭我，王虽悔之，犹有及乎？”

王弗听。

〔注释〕

①慫令：错误的政令。

②戚然：警惕，恐惧。

③楚灵王：初名围，后改名熊虔，楚恭王庶子，前540年杀楚王郏敖自立为王。

④章华：即章华之宫，楚王离宫名，故址在今湖北省监利县离湖上。

⑤阙为石郭：阙，通“掘”，挖凿。石郭，即石椁，墓中停放棺材的石室。

⑥陂汉：壅导汉水。

⑦以象帝舜：传说舜葬九嶷山，山的四周有水环绕，故楚灵王要壅导汉水环绕自己的墓穴，摹仿帝舜。

⑧以间陈、蔡：等候陈国、蔡国的机会而灭亡它们。

⑨东国：指楚东面的徐、夷、吴、越等国。

⑩沮、汾：二水名，在楚国东部边境乾谿一带。

⑪三军叛王于乾谿：即前529年，楚公子比、公子黑肱、公子弃疾等率陈、蔡等国的军队攻入楚都，派观从到乾谿瓦解楚灵王的军队，楚王的军队到达訾梁就溃散了。

⑫涓人畴：涓人，宫中担任洒扫清洁的小臣，秦汉时称中涓。畴，人名。

⑬鲧、禹之功：鲧、禹父子造福于民的功德。此指夫差改变了其父阖闾简朴爱民的仁德作风。

⑭高高下下：使高处更高，低处更低，即高起台榭，低挖池湖。

⑮姑苏：山名，在今江苏苏州西南，夫差在山上筑台，名姑苏台。

〔解读〕

这是在越国被打败后，申胥谏夫差许越和不成，又劝谏夫差勿北伐齐国。他首先指出，对越王勾践不可掉以轻心，说勾践减轻赋税，推行百姓接受的政令，生活节俭，国内人口增长，兵力增强，这对吴国是莫大的隐患。而现在不把越国作为主要敌人，而却以远在中原的齐、鲁诸国为忧，没有道理，齐鲁岂能越江渡淮来与我们争国土？然后又举楚灵王不修内政，不好好治理国家，不听劝谏，大兴土木建筑、罄国之财力人力，不顾国力疲惫去进攻陈、蔡、吴、越，结果引起楚人反抗，众叛亲离。孤身一人逃到深山老林，谁都不接纳他，只好自缢而死。申胥希望以楚灵王之惨死来警醒夫差，并批评他纵欲劳民，人心思叛，如果北出伐齐，后果将不堪设想。但夫差听不进去，不久即率军伐齐。伐齐胜利，使吴王夫差更加骄横，一意孤行，甚至还给申胥扣上叛国罪名，迫使申胥自杀。

勾践谋伐吴

此文，凡写数十段，段段异样神彩。段段读之，使人跳舞。

越王勾践栖于会稽之上，乃号令于三军曰：“凡我父兄昆弟及国子姓，有能助寡人谋而退吴者，吾与之共知越国之政。”一路，笔歌墨舞，无一单寒软弱句。大夫种进对曰：“臣闻之贾人，夏则资衣，冬则资绨[①]，旱则资舟，水则资车，以待乏也。夫虽无四方之忧，然谋臣与爪牙之士，不可不养而择也。譬如蓑笠，时雨既至必求之。今君王既栖于会稽之上，然后乃求谋臣，无乃后乎?”真正笔歌墨舞。勾践曰：“苟得闻子大夫[②]之言，何后之有?”笔笔歌舞而起，已上一段。执其手而与之谋。遂使之行成于吴，曰：“寡君勾践，乏无所使[③]，另添四字。使其下臣种，不敢彻声闻于天王，另添八字。私于下执事，曰：‘寡君之师徒，不足以辱君矣；笔笔歌舞。愿以金玉子女，赂君之辱。请勾践女，女于王；大夫女，女于大夫；士女，女于士；越国之宝器毕从；寡君帅越国之众，以从君之师徒。唯君左右之！若以越国之罪为不可赦也，将焚宗庙，系妻孥，沉金玉于江；有带甲五千人将以致死，乃必有偶[④]，是以带甲万人以事君也。无乃即伤君王之所爱乎？与其杀是人也，宁其得此国也，其孰利乎?”笔笔歌舞。○已上一段。

夫差将欲听，与之成。子胥谏曰：“不可！夫吴之与越也，仇雠敌战之国也；三江环之[⑤]，民无所移。有吴则无越，有越则无吴；将不可改于是矣。员闻之：陆人居陆，水人居水。夫上党之国[⑥]，我攻而胜之，吾不能居其地，不能乘其车；夫越国，吾攻而胜之，吾能居其地，吾能乘其舟：比利也，不可失也。君必灭之！失此利也，虽悔之，亦无及已。”笔笔歌舞，○已上一段。

越人饰美女八人，纳之太宰嚭[⑦]曰：“苟赦越国之罪，又有美于此者，将进之。”太宰嚭谏曰：“嚭闻古之伐国者，服之而已，今已服矣，又何求焉?”夫差与之成而去之。已上一段。

勾践说于国人曰：“寡人不知其力之不足也，而又与大国执雠，以暴露百姓之骨于中原，此则寡人之罪也。寡人请更[⑧]！”笔笔歌舞。于是葬死者，问伤者，养生者；吊有忧，贺有喜；送往者，迎来者；去民之所恶，补民之不足。然后卑事夫差，宦事三百人于吴，其身亲为夫差前马。笔笔歌舞。○已上一段。

勾践之地，南至于句无[⑨]，北至于御儿[⑩]，东至于鄞[⑪]，西至于姑蔑[⑫]，广运百里。乃致其父母、昆弟而誓之，曰：“寡人闻古之贤君，四方之民归之，若水之归下也。今寡人不能，将帅二三子夫妇以蕃。”命壮者无取老妇，令老者无取壮妻；女子十七不嫁，其父母有罪；丈夫二十不取，其父母有罪。将免[⑬]者以告，公令医守之。生丈夫，二壶酒，一犬；生女子，二壶酒，一豚；生三人，公与之母；生二人，公与之饩。笔笔歌舞。当室者[⑭]死，三年释其政[⑮]；支子死，三月释其政；必哭泣葬埋之如其子。令孤子、寡妇、疾疹、贫病者，纳官其子[⑯]。笔笔歌舞。其达士，洁其居，美其服，饱其食，而摩厉[⑰]之于义。四方之士来者，必庙礼之。笔笔歌舞。勾践载稻与脂于舟以行。国之孺子之游者，无不餔也，无不歠[⑱]也：必问其名。笔笔歌舞。非其身之所种则不食，非其夫人之所织则不衣。笔笔歌舞。十年不收于国，民俱有三年之食。笔笔歌舞。○已上一段。

国之父兄请曰：“昔者夫差耻吾君于诸侯之国。今吾国亦节矣，请报之!”勾践辞曰：“昔者之战也，非二三子之罪也。如寡人者，安与知耻？请姑无庸战!”笔笔歌舞。父兄又请曰：“越四封之内，亲吾君也，犹父母也。子而思报父母之仇，臣而思报君之仇，其有敢不尽力者乎？请复战!”笔笔歌舞。○已上一段。

勾践既许之，乃致其众而誓之曰：“寡人闻古之贤君，不患其众之不足也，而患其志行之少耻也。今夫差衣水犀之甲者，亿有三千[19]，不患其志行之少耻也，而患其众之不足也。今寡人将助天灭之。吾不欲匹夫之勇也，欲其旅进旅退也。进则思赏，退则思刑；如此，则有常赏。进不用命，退则无耻；如此，则有常刑。”笔笔歌舞。○已上一段。果行，国人皆劝。父勉其子，兄勉其弟，妇勉其夫，曰：“孰是君也，而可无死乎？”笔笔歌舞。○已上一段。是故败吴于囿[20]，又败之于没[21]，又郊败之。笔笔歌舞。○已上一段。

夫差行成曰：“寡人之师徒不足以辱君矣！请以金玉、子女赂君之辱！”妙，便用前语。笔笔歌舞。勾践对曰：“昔天以越与吴，而吴不受；今天以吴予越，越可以无听天之命而听君之令乎？吾请达王甬、勾东，吾与君为二君乎！笔笔歌舞。夫差对曰：“寡人礼先壹饭[22]矣。君若不忘周室而为弊邑宸宇，亦寡人之愿也。君若曰：‘吾将残女社稷，灭女宗庙。’寡人请死！余何面目以视于天下乎？越君其次也！”遂灭吴。笔笔歌舞。已上一段。

〔**注释**〕

①绨（chī）：细葛布，用以制夏天穿的衣服。

②子大夫：大夫前冠于“子”字，为对大夫的尊称。

③乏无所使：缺乏出使外国人才。

④乃必有偶：必有加倍之死亡。

⑤三江环之：三江指长江、吴淞江、钱塘江，吴越两国在此三江之流域内。

⑥上党之国：犹言高邻，指中原大陆。

⑦太宰嚭（pǐ）：吴太宰，伯氏，名嚭；一作帛喜、白喜，字子馀。深受吴王夫差宠信，吴破越，他受贿；许越媾和，谗杀伍子胥。吴亡后，为勾践所杀。

⑧请更：请求改过。

⑨句无：今浙江省诸暨市南五十里有勾无亭，即其地。句，同“勾”。

⑩御儿：今浙江省崇德县东南有语儿乡，即其地。

⑪鄞：今浙江省宁波市。

⑫姑蔑：今浙江省龙游县北。

⑬免：同娩。

⑭当室者：负担家务的长子。

⑮释其政：免其徭役。

⑯纳官其子：把其儿子送到官府加以教养。

⑰摩厉：同“磨砺”，切磋讨论。

⑱歠：同“饮”。

⑲亿有三千：十万三千。亿，古代也指十万。

⑳囿：今太湖一带。

㉑没：地名，不知是今何地。

㉒寡人礼先壹饭：吴王自言年长于越王。壹饭，极言时间不长。

〔解读〕

本文叙述了越王勾践在失败后，处心积虑，务求报仇雪耻，经过长期的奋斗，终于达到目的的故事。本文自越王困守会稽山开始，也是勾践检讨自己在位为政失败后，向全军征求退敌高招。大夫文种挺身出，并自请往吴国求和，一以利诱，二以死拼要挟，并重贿夫差亲信太宰嚭，终使夫差答应讲和。吴越讲和后，越王勾践痛定思痛，采取了一系列历史上罕见的取信于民、休养生息的政策，并从己做起，最终不仅在百余里地盘内培养起灭吴兴越的基地，而且灭了吴国，雪了会稽之耻。

勾践灭吴在历史上向来是被引以为戒的一个历史故事。从吴亡教训来看，不要姑息垂亡的敌人，不要忽视阶下败将，否则，只能是自掘坟墓。吴王夫差贪图越国美女财宝，轻易相信了勾践的“投降”，结果反而被勾践灭亡。而勾践则吸取了吴王夫差的教训，当夫差效法勾践当年会稽被困求和之例向勾践求和时，却遭到勾践断然拒绝。从越国灭吴重兴经验来看，任何一个统治者必须依靠老百姓，真正取信于民，才能无敌于天下。越王勾践卧薪尝胆，十年生息，十年养育，终于报仇雪耻，再造越国之辉煌。本文思想内容与表现手法俱佳，正如金圣叹所批“段段异样神彩”，连批了几十个“笔笔歌舞”。

范蠡不许吴成

通篇皆写范蠡，其眼辣、心辣、口辣、手辣处，即其所以候时转物者也。既是写范蠡，便不是写勾践，毋便谓勾践不忍于吴，不忘于蠡也。

吴王帅其贤良，与其重禄，以上姑苏[①]，吴贤良，犹越君子也；重禄，大臣也。使王孙雒行成于越[②]，曰："昔者上天降祸于吴，得罪于会稽[③]；今君王其图不穀，不穀请复会稽之和。"辞甘甚。王弗忍，欲许之。

范蠡[④]进谏曰："臣闻之：圣人之功，时为之庸[⑤]。二句叶。得时弗成，天有还刑。二句叶。天节不远，五年复反；小凶则近，大凶则远。四句叶。先人有言曰：'伐柯者其则不远。'[⑥]今君王不断，其忘会稽之事乎？"范蠡辣。王曰："诺"。不许。"诺"是诺范蠡，"不许"是辞使者。使者往而复来，辞愈卑，礼愈尊。王又欲许之。

范蠡谏曰："孰使我蚤朝而晏罢[⑦]者，非吴乎？与我争三江五湖之利者，非吴耶？夫十年谋之，一朝而弃之，其可乎？上说天时，已辣；此说人事，亦辣。王姑勿许，其事将易冀已[⑧]。""姑勿"妙，"将易"妙，犹言但少忍，只在一刻完事。加此二语，更亦辣也。王曰："吾欲勿许，而难对其使者。子其对之。"范蠡乃左提鼓，右援枹[⑨]，以应使者，须知此文，乃是出像写范蠡，非真乌喙人有良心也。曰："者者上天降祸于越，委制于吴，而吴不受；今将反此义，以报此祸，吾王敢无听天之命，而听君王之命乎？"奇语。王孙雒曰："子范子！不知是宿望，是旧交，三字，便如闻声。先人有言曰：'无助天为虐，助天为虐者不祥。'

今吾稻蟹不遗种，子将助天为虐，不忌其不祥乎？”哀音彻耳。范蠡曰：“王孙子！亦呼之，如闻声。昔吾先君，固周室之不成子也，故滨于东海之陂，鼋鼍鱼鳖之与处，而蛙黾[10]之与同渚。余虽靦然而人面哉，吾犹禽兽也！又安知是谖谖[11]者乎哉？”妙绝，妙绝！奇情奇文，一味只是辣。王孙雒曰：“子范子！将助天为虐，助天为虐不祥。雒请反[12]辞于王。”范不接此语，妙；王又重理此语，妙。范蠡曰：“王已委制于执事之人矣！子往矣，无使执事之人得罪于子！”妙绝，妙绝！一味纯是辣。使者辞反。范蠡不报于王，击鼓兴师，以随使者，至于姑苏之宫。不伤越民，遂灭吴。一段毕。曰，另又一段。

反，句。至五湖，范蠡辞于王曰：“君王勉之，臣不复入于越国矣！”千古高见。王曰：“不穀疑子之所谓者何也？”实是斗然。范蠡对曰：“臣闻之：为人臣者，君忧臣劳，君辱臣死。昔者君王辱于会稽，臣所以不死者，为此事也。今事已济矣，蠡请从会稽之罚！”饰辞，妙。王曰：“所不掩子之恶，扬子之美者，使其身无终没于越国！子听吾言，与子分国；不听吾言，身死，妻子为戮！”连乌喙人都好。范蠡对曰：“臣闻命矣！只四字，妙。君行制，臣行意[13]。”转笔又只六字，妙妙；更不多赘一字，妙妙。遂乘轻舟以浮于五湖，莫知其所终极。千古高见。○细读此六字，即范蠡传已毕；另如耕海，居陶，皆后人蛇足也。

王命工以良金写范蠡之状，而朝礼之。浃日[14]，而令大夫朝之。环会稽三百里者，以为范蠡地。曰：“连乌喙人都好。后世子孙，有敢侵蠡之地者，使无终没于越国！皇天后土、四乡地主正之！”誓文奇峭。

〔注释〕

①姑苏：吴王姑苏台。

②王孙雒行成于越：吴国大夫王孙雒向越求和。

③会稽：山名，在今绍兴。吴国战败越国时，把越王勾践困于此山上。

④范蠡：字少伯，越国大夫。助勾践灭吴复国，后辞官游齐，号鸱夷子皮，到陶（今山东定陶西北），改名陶朱公，以经商致富。

⑤时为之庸：利用天时。庸，通“用”。

⑥伐柯者其则不远：此句出自《诗经·豳风·伐柯》，意谓拿着斧子砍木作斧柄，样子就在眼前。柯，斧柄。则，法则，榜样。

⑦蚤朝而晏罢：早早上朝而很晚才罢朝回家。蚤，通“早”。晏，晚。

⑧将易冀已：很快将有希望。冀，希望。

⑨援枹：援，拽住。枹（fú），同“桴”，鼓槌。

⑩黾（měng）：蛙的一种。

⑪谖谖：巧辩。

⑫反：同“返”。

⑬君行制，臣行意：您按照您的制度，我按我的意愿行事。

⑭浃日：十天。古代以干支纪日，称自甲至癸一周十日为“浃日”。

〔解读〕

“宜将乘勇追穷寇”，想当年，吴王夫差听信伯嚭之言而留越王勾践一条生路，结果导致越国再度兴起，使吴国遭到灭顶之灾，越兵直攻至姑苏台下。在此情景下，吴王派使者王孙雒入越求和。由于吴王使者一而再的“辞愈卑，礼愈尊”的求和，勾践动了恻隐之心，欲允许其求和。而范蠡则坚决反对讲和，认为灭吴是上天赐给的机会，是十年工夫的图谋，否则，将有大祸临门，劝勾践勿忘会稽之耻。最后，范蠡索性自己出面，痛斥吴国使者，并在没有禀报勾践的前提下，击鼓发兵一举拿下了吴国。但在凯旋回师至越国边界时，范蠡却向勾践告辞，毅然拒绝了勾践分地封爵，泛舟而游五湖。

此篇文章分前后两部分，前部分写范蠡在最后灭吴中所起的关键作用，可以想象，如没有范蠡的力谏和果断行动，历史有可能重演，吴越历史将会改写。后一部分写范蠡在功成名就后坚决引退，一个坚决灭吴，一个坚决退引，两个“坚决”，实为一般人所不及，没有高超的智慧和意志，是绝对做不到的。通篇文章以范蠡与勾践、与使者对话为主，通过生动的对话，一个忠诤之臣、侠义之士的形象跃然纸上，令人拍案叫绝，同时也为后来为人为臣者树立了一个光辉的榜样。

卷之四

《战　国　策》

《战国策》简称《国策》，据刘向《战国策书录》，此书在未经集录之前，曾有《国事》《短长》《事语》《长书》《修书》等不同名号。实际上是一部战国时游士为所用之国出谋划策的资料汇编。西汉刘向校订群书，以这类书中“有国别者八篇”为基础，加以补充，删去重复，分东周、西周、秦、齐、楚、赵、魏、韩、燕、宋、卫、中山国十二国，共三十三卷，记事起于东周定王三十六年（前453年），迄秦二世元年（前209年），共240余年，既是一部战国时代国别史文集，又是一部历史散文总集。

本书以“策略至上”思想为指导，主要记载了战国时代谋臣策士纵横捭阖的政治活动及有关的谋议和辞说，广泛地反映了当时社会矛盾和复杂斗争，七国的合纵连横，统治集团的争权夺利、荒淫残暴、昏庸腐朽及当时伦理道德、风俗习尚等，其不朽之思想价值就在于它的主要思想倾向，随着时代的脉搏一起跳动。比较突出地表现了他们的奇策异智和他们在政治舞台上所发挥的巨大能量，其中包括了“士贵而王者不贵”“重利而轻忠信仁义”“改革弊政，富国强兵”“爱国主义”“民本主义”“歌颂真善美，反对假恶丑”等思想，旧时许多学者常拘泥于用儒家的仁义道德观念去评论是非，对《战国策》评价颇为极端，认为其书多“谲诳相轻、倾夺之说”“偎陋浅妄之夸说”。

但历代学者对《战国策》的艺术成就，尤其是语言成就无不推崇备至，一是其文辞优美，具有铺张扬厉、明快自如的独特语言风格；二是刻画了许多栩栩如生的谋臣策士形象，无不惟妙惟肖；三是运用大量精美的寓言陈述政治的利害得失。策士们不仅巧比善喻，运用形形色色的比喻和寓言，说明抽象事理，并在一些游说之词中多用排比、夸张等手法，语言明快，辞采绚烂，感情充沛。论事说理，无不纵横反复，曲尽其意，因而使文章具有很强的感染力。本书选录了 37 篇，或其艺术性，或其思想性，均有一定的欣赏价值和借鉴意义。

游腾[①]为周谢楚

前引智伯桓公事，健举之甚；中诉秦有吞周意，又健举之甚；次陈卒迎只是防其不然，又健举之甚；后谢楚，又健举之甚；更无一拖笔沓字。

秦令樗里疾[②]以车百乘入周，周君迎之以卒[③]，甚敬。楚王怒，让周，以其重秦。客游腾谓楚王曰："昔智伯[④]欲伐厹由厹，音求。遗之大钟，载以广车，因随入以兵，厹由[⑤]卒亡；引一旧事。无备故也。此处入此句，下却省，文态便健举。桓公[⑥]伐蔡也，号言'伐楚'，其实袭蔡。又引一旧事。今秦，虎狼之国也。兼有吞周之意。使樗里疾以车百乘入周，周君惧焉；以蔡、厹由戒之，故使长兵在前，强弩在后；名曰卫疾，而实因之。妙妙。周君岂无能爱国哉？恐一日之亡国而忧大王。"又妙，又妙！楚王乃说。

〔注释〕

①游腾：一名游胜，周臣。

②樗里疾：战国时秦国贵族，秦惠王异母弟，名疾，居于渭南阴乡（今陕西咸阳东北）樗里，故称樗里子。秦武王时为丞相，滑稽多智，人称智囊。

③卒：百人为卒。

④智伯：晋卿，智襄子之孙，姓荀名罃。

⑤厹（qiú）由：又作仇由、仇首、仇犹，地名。古代狄人所居，今为山西盂县东北。

⑥桓公：春秋时齐国君。姜姓，名小白。公元前685—前643年在位，任用管仲进行改革，国力强盛。以"尊王攘夷"为号召，成为春秋时第一个霸主。

〔解读〕

本文记叙了周赧王八年（前307年），秦攻陷宜阳后，派樗里疾入周。周君用百人去迎接他，表现得十分恭敬，因而引起楚怀王的愤怒和责备。游腾以昔日厹由贪图大钟之赂，开道至晋以受钟，智伯带兵尾随而入以取其国和齐桓公明言伐楚，实则袭蔡的故事，说明周君因畏惧强秦吞周，深以厹由和蔡国的事为戒，派百名士兵手持戈弩，名为护卫樗里疾，其实是预防不测。文中开头对周君的做法并未作直接解释，而是略举两例，说明周君的真实用意，便使楚怀王焕然而释，文字洗练，极具说服力。

苏厉说白起勿攻梁

前后只复写白起兵功二遍，却于中间描画善射者百发百中、一发不中，而意已尽出。此为最善用笔也。

苏厉[①]谓周君曰："败韩、魏，杀犀武，攻赵，取蔺、离石、祁[②]者，皆白起[③]；是工用兵，又有天命也。写一遍。工用兵外，再加有天命，笔最称至。今攻梁[④]，梁必破。破则周危，君不若止之。"

谓白起曰：看他斗说射。"楚有养由基者[⑤]，句。善射，句。去柳叶百步句。而射之，句。百发百中。句。左右皆曰善。句。有一人过，句。曰：'善射。句。可教射也矣。'句。必如此分句，若漫然连读，都不见好。养由基曰：'人皆善，子乃曰'可教射'，子何不代我射之也？'妙语。客曰：'我不能教子支左屈右[⑥]。妙语。夫射柳叶者百发百中，句。而不以善息；句。少焉，句。气力倦，句。弓拨，句。矢钩，句。一发不中，句。前功尽矣。'句。必如此分句。今公破韩、魏，杀犀武而北攻赵，取蔺、离石、祁者，公也，公之功甚多。又写一遍。今公又以秦兵出塞过两周[⑦]，践韩而以攻梁。十七字句。一攻而不得，前功尽灭。公不若称病不出也。"

〔注释〕

①苏厉：战国时东周洛阳（今河南洛阳东）人，苏秦之弟。

②蔺、离石、祁：赵地名。蔺（lìn）在今山西离时县西，离石即今离时县，祁即今山西祁县。

③白起：一称公孙起，战国时秦国名将，郿（今陕西眉县）人。善于用兵，屡

战获胜，夺得韩、魏、赵、楚很多土地。公元前 278 年攻克楚都郢（今湖北江陵西北），因功封武安君。又在长平之战大败赵军，坑杀赵降卒 40 万。后为相国范雎所逼，被迫自杀。

④梁：即大梁，魏国都（今河南开封市西北）。

⑤养由基：一作养游基。春秋时楚国大夫，善射，能百步穿杨，曾一箭射穿七层甲叶。

⑥支左屈右：为善射之法。左臂支出，右臂弯曲。

⑦两周：即东、西周。

〔解读〕

秦将白起善于用兵，又顺天意，连败韩、魏两国，杀韩将犀武，并夺取赵国蔺、离石、祁三城，锐不可当。秦兵又准备攻梁，西周面临威胁。苏厉对周君诉说利害，并教之以养由基事，力劝白起勿贸然贪功，停止进攻梁国，以免前功尽弃。本文中间部分着力描画善射者，以百发百中与力倦一发不中相讽喻，劝说白起罢兵，言简意赅，十分传神。

司马错[1]论伐蜀

读此，始知诸葛公乃有粉本。后贤信诸葛公亦烂读《国策》，则其烂读，可无俟再劝也。

司马错与张仪[2]争论于秦惠王[3]前，此句是通篇总案，下乃更叙起也。司马错欲伐蜀，张仪曰："不如伐韩。"王曰："请闻其说。"对曰："亲魏，二字句。善楚，二字句。下兵三川[4]，塞轘辕、缑氏[5]之口，当屯留[6]之道。十六字句。魏绝南阳，承亲魏。楚临南郑，承善楚。秦攻新城、宜阳，以临二周之郊，诛周王之罪，侵楚、魏之地。承下兵。周自知不救，九鼎[7]、宝器必出；一利。据九鼎，按图籍，挟天子以令天下，天下莫敢不听；又利。此王业也。此段先陈己所以欲伐韩之利。今夫蜀，西僻之国，而戎狄之长也。敝兵劳众，不足以成名；得其地不足以为利。此段次破司马错欲伐蜀之失。臣闻：'争名者于朝，争利者于市。'今三川周室，天下之市朝也；而王不争焉，顾争于戎狄，去王业远矣。"总断伐韩、伐蜀相去。

司马错曰："不然。只二字推倒张仪。臣闻之，欲富国者务广其地；欲强兵者务富其民；欲王者务博其德。三资者备，而王随之矣。先发正大之论，下入今事。今王之地小民贫，故臣愿从事于易。妙妙。识时务为俊杰，错论事称矣。夫蜀，西僻之国也，句抑。而戎狄之长也，句扬。而有桀、纣之乱。以秦攻之，辟如使豺狼逐群羊也。斜插一喻，为下未必利作反照也。取其地足以广国也，得其财足以富民、缮兵。此二句，说实。有"也"字，无"也"字，文法参差。不伤众而彼已服矣。故拔一国，而天下不以为暴；利尽四海[8]，诸侯不以为贪。此三句，说名。是我一举而名实两附，其利如此。而又有禁暴正乱之名。加一句，应上桀、纣句也。自陈伐蜀毕。今攻韩，句。劫天子。名虽攻韩，实劫天子。劫天子，大恶也；特与深明，下又极论之。劫天子，恶名也，仪出此语，实是丧心，故特擒住痛骂，下虽转笔，犹反复不已。而未必利也。又有不义之名，而攻天下之所不欲；句止此。下“危”，乃一字句耳。危。臣请谒其故：郑重再说。周，天下之宗室也。本心语。韩，周之与国也。本心语。二语，使张仪无地生活，下更论利害。周自知失九鼎，韩自知亡三川，则必将二国并力合谋，以因于齐赵而求解乎楚、魏。“则必将”贯下成二十字句。以鼎与楚，以地与魏，王不能禁。论事又绝明畅。破仪伐韩毕。此臣所谓危，不如伐蜀之完也。”又下一语，总断。

惠王曰：“善，寡人听子。”四字，亦如刘先主声口，大奇，大奇！卒起兵伐蜀。十月取之，遂定蜀。蜀主更号为侯，而使陈庄相蜀。蜀既属，秦益强富厚，轻诸侯。

〔注释〕

①司马错：战国时秦国大臣。

②张仪：战国时魏国贵族后代。与苏秦同师鬼谷子。以连横之策说六国。始任秦相，后入魏为相。曾帮助秦惠文君称王，游说各国服从秦国，瓦解齐楚联盟。

③秦惠王：战国时秦国君，名驷，孝公子。公元前338年至前311年在位。即位后即杀商鞅，但仍施新法。任用张仪、司马错、樗里疾等，先后击败魏、韩、赵、楚等国，降服巴蜀、义渠，国势更为强大。

④三川：指河、洛、伊三水，在今河南省黄河以南。

⑤轘辕、缑氏：轘辕，山名，在今河南巩县西南。缑氏，山名，今河南偃师县东南。

⑥屯留：韩地，今山西省东南部，当时属上党地。

⑦九鼎：禹时，使九州牧贡金，铸九鼎，图山川百物之形于其上，成为王者拥有天下的象征。夏亡商兴，成汤迁鼎至商邑。商灭周立，周武迁鼎到洛邑。公元前606年，周成王定鼎于郏鄏（今河南洛阳市西）。

⑧四海：南宋鲍彪注本为“四海”，言四方之物蜀兼有之。其他版本为“西海”，《史记》亦作“西海”，此处指蜀国。

〔解读〕

此文是记载周慎靓王五年（前316年），秦臣司马错与张仪在秦惠王前争论战事。张仪主张伐韩，然后占领楚魏的土地，威逼周君献出九鼎，挟天子以令天下，以成王业。司马错反对说，欲富国、强兵、成王业，必须广地、富民并博其德行。他根据当时秦国尚不强大的条件，建议从易处下手，攻取蜀国。这样不费气力，便可名实共获，一举两得。并且还可以免除劫天子的恶名和诸侯并力攻秦的危险。司马错先用“不然”二字推倒张仪的主张，随之而来的是正大之论，力陈得失，步步进逼，据理而争，淋漓畅快。而张仪“挟天子以令天下”的主张，也多为后世皇权衰微时，权臣利用皇帝名义威令天下所使用。该句演绎为贬义被沿用至今。

甘茂自托于苏代

托喻处女，便真如处女声口。连琐中，甚明划；明划中，仍甚连琐。诵之，如闻香口也。

甘茂①亡秦，且之齐，出关，遇苏子②。曰："君闻夫江上之处女乎？"随口所撰事也，却问人闻否，可谓憨绝。文章正于此等处讨姿致也。苏子曰："不闻。"实实对"不闻"，文字憨绝。曰："夫江上之处女③，有家贫而无烛者，处女相与语，欲去之。家贫无烛者将去矣，谓处女曰：顿笔，纯是姿致。'妾以无烛，故常先至，扫室、布席，何爱于余明之照四壁者？凡说三遍。一遍是"何爱"。加之"照四壁"字，好好！幸以赐妾，何妨于处女。一遍，是"何妨"。妾自以为有益于处女，何为去我？一遍，是"何为"。○三遍，恳恳侃侃，总是憨绝姿致。处女相语，以为然，而留之。不惟自意尽，并人意亦尽。今臣不肖，弃逐于秦，而出关，愿为足下扫室、布席，幸无我逐也！"托喻既婉，自致不妨便直。妙妙！苏子曰："善，请重公于齐。"过望之答。

乃西说秦王，曰："甘茂，句。贤人。句。非恒士也。句。其居秦，句。累世④重矣。句。自殽塞、谿谷，地形险易尽知之。句。彼若以齐约韩、魏及以谋秦，是非秦之利也。"处天下事，皆有窍会。如下棋高手，则动有窍会。看其重甘于齐，即反先说秦，即窾会也。妙妙！秦王曰："然则奈何？"苏代曰："不如重其贽⑤，厚其禄以迎之。彼来则置之槐谷⑥，终身勿出。天下何从图秦？"妙妙！谁不谓为至计？秦王曰："善"。与之上卿，以相迎之齐。

甘茂辞不往。两心照。苏子谓齐王曰："甘茂，贤人也。今秦与之上卿以相迎之，茂德王之赐，句。故，句。愿为王臣。句。此四字，注“不往”二字。今王何以礼之？正说一番。王若不留，必不德王。彼以甘茂之贤，得擅用强秦之众，则难图也。”又说一番。齐王曰：“善！”赐之上卿，命而处之。

〔注释〕

①甘茂：楚国下蔡（今安徽凤台县）人。曾任秦相国，被人谗毁，因而从秦逃亡。

②苏子：即苏代，战国时东周洛阳（今河南洛阳东）人，苏秦之弟。齐湣王末年游说于齐楚两国间，曾劝说燕昭王联秦伐齐。

③处女：未嫁之女。

④累世：甘茂事秦惠、武、昭三王。

⑤重其贽：言多持礼物送之。

⑥槐谷：槐里之谷。槐里，古县名，治所在今陕西兴平东南。

〔解读〕

甘茂受人谗毁，被迫从秦国逃往齐国。出了函谷关，遇见苏代。甘茂托喻江上处女，穷蹙无着，请求苏代帮助。苏代先到西面游说秦王，说明甘茂对秦的重要，使秦王赐之高官厚礼，以抬其身价。随后，苏代又东至齐国，向齐王推荐甘茂做了上卿。苏代之举，与冯驩游说秦王和齐王，使孟尝君恢复相位有异曲同工之妙。文中甘茂以处女喻托，既委婉，又直接。全文用字极少，却把事情讲得生动明了。

范雎[1]见秦王

最是宽衍之调。选之者，欲后贤学其晓畅，学其萧疏耳。晓畅、萧疏，乃初发笔时之至宝也。

秦昭王[2]见范雎于离宫，敬执宾主之礼，范雎辞让，秦王屏左右，宫中虚无人。写此为深言地也。秦王跪而进曰："先生何以幸教寡人?"范雎曰："唯唯。"好写。有间，秦王复请，范雎曰："唯唯。"好写。若是者三。秦王跽[3]曰："先生卒不幸教寡人耶?"三句凡三换。

范雎谢曰："非敢然也。好写。下方启齿。臣闻昔者吕尚[4]之遇文王也，身为渔父，而钓于渭滨耳。若是者，交疏[5]也，交疏，作半句写。已说[6]而立为太师，载与俱归者其言深也。"已"，已而也。言深，作半句写。故文王遂收功于吕尚，而卒王天下。交疏言深，其利如此。向使文王疏吕尚而不深言，是周无天下之德，而文武无与成其王业也。反复最快。此是笔下宾句，却是意中主句。

"今臣，羁旅[7]之臣也，交疏于王，因上先引入自意，便见婉贴之甚。而所愿陈者皆匡君之事。处人骨肉之间[8]，愿效愚忠，而未知王之心也；此所以王三问而不敢对者也。措辞婉贴之甚。臣非有畏而不敢言也。上意已尽，此句忽然飏开，遂成曼衍之篇。臣知今日言之于前，明日伏诛于后，然臣不敢避也。紧紧翻过，下别生"患""忧""耻"三字，开下三段。大王信行臣之言，死不足以为臣患；不足患。亡不足以为臣忧；不足忧。漆身为厉[9]，被发为狂，不足以为臣耻。不足耻，下逐段应。且以五帝之圣焉而死，三王之仁焉而死，五霸之贤焉而死，乌获[10]之力焉而死，贲、育[11]之勇焉而死；死者，人之所必不免也。处必然之势可以少补于秦，此臣之所大愿也，臣又何患哉！应“不足患”。伍子胥[12]橐载而出昭关。夜行昼伏至于溧水，无以糊其口；膝行蒲伏[13]，鼓腹吹篪，乞食于吴市；卒兴吴国，阖闾为霸。使臣得尽谋如伍子胥，加之以幽囚，终身不复见，是臣之说行也，臣又何忧？应“不足忧”。箕子、接舆[14]，漆身为厉，被发为狂，无益于主。使臣得同行于箕子、接舆，可以有补所贤之主，是臣之大荣也，臣又何耻？应不足耻。臣之所恐者，独恐臣死之后，天下见臣之尽忠而身死，因是以杜口裹足，莫肯向秦耳。正说一段，“臣之所恐”提在上。足下上畏太后之严，下惑奸臣之态，居深宫之中，不离保傅[15]之手，终身闇惑，无与照奸。大者宗庙灭覆；小者身以孤危，此臣之所恐耳。再正说一段，“臣之所恐”押在下。若夫穷辱之事，死亡之患，臣弗敢畏也。臣死而秦治，是臣死贤于生也。”又缴。

〔注释〕

①范雎：一作范且，战国时魏人。因受人诬，被笞击折胁。逃至秦国，游说昭王。后为秦相，称应侯。主张远交近攻，逐步兼并诸国。

②秦昭王：即秦昭襄王，战国时秦国君。名稷，秦武王异母弟。公元前306—前251年在位。初由太后、外戚专权。公元前266年改用范雎为相，在长平（今山西高平西北）大胜赵军，奠定统一全国的基础。

③跽：即长跪。为了表示尊敬或注意，把上身挺直，臀部离开脚跟。

④吕尚：即姜太公。姜姓，名望。西周初年官太师，辅佐武王灭商有功，封于齐。

⑤交疏：相交不深。

⑥已说：已，止，完。意思是：听完这席话。有的版本为“已一说”，意同。

⑦羁旅：寄寓在秦。

⑧处人骨肉之间：骨肉，指至亲。太后是昭王之母，穰侯是昭王之舅，而二人又权倾天下。

⑨漆身为厉，被发而狂：厉，通“癞”，漆有毒，涂身生癞疮。被，通“披”，披头散发为癫痴。

⑩乌获：周武王时大力士。

⑪贲、育：即孟贲、夏育，皆勇士。据说，夏育能力举千钧。

⑫伍子胥：春秋时楚国人，名员。父兄被害，他藏入牛皮袋中，用车载出昭关。

⑬蒲伏：即匍匐。

⑭箕子、接舆：箕子，商纣王叔父，商太师，进谏纣王而被囚，于是披发佯狂。接舆，春秋时楚人，姓陆名通，佯狂避世。

⑮保傅：担任侍候君王的女官。

〔解读〕

此文讲述秦昭王向范雎请教治国兴邦之道的故事。秦昭王即位时，年少未冠，其母宣太后临朝决政。太后用其弟魏冉为相，封穰侯。及昭王年长，太后、穰侯专权如故。昭王畏其势力，又被人监视，不敢有所作为，以致君权旁落。文中，昭王向范雎恳请再三，先是执宾主之礼，复而跪之，进而长跽，三次用语皆不同。范雎深知事关重大，故仅答“唯唯”二字。前后用字极少，却生动形象，使读者如临其境，如闻其声。随之，本文又以长篇大论，用周文王信用吕尚，终得天下；商纣不纳箕子之言，卒至灭亡的例子，说明君主用人和治国的道理。旁征博引，表达了范雎“臣死而秦治，是臣死贤于生”的决心，十分真切感人。

唐雎不辱使命

俊绝、宕绝、峭绝、快绝之文。

秦王[①]使人谓安陵君[②]曰："寡人欲以五百里之地易安陵，安陵君其许寡人！"看他用笔，另是一样调。安陵君曰："大王加惠，以大易小，甚善；一折。虽然，受地于先王愿终守之，弗敢易。"一正。○一折一正，真另是一样调。秦王不说。

安陵君因使唐雎[③]使于秦。秦王谓唐雎曰："寡人以五百里之地易安陵，安陵君不听寡人，何也？以"何也"押过上句，下再细说，真另是一样调。且秦灭韩、亡魏[④]，而君以五十里之地存者，以君为长者，故不错意[⑤]也。今吾以十倍之地请广于君，而君逆寡人者，轻寡人与？"另是一样调。唐雎对曰："否，一字直撇。非若是也。再用三字轻撇。安陵君受地于先王而守之，虽千里不敢易也，岂直五百里哉？"故增一句，妙，真另是一样调。

秦王怫[⑥]然怒，谓唐雎曰："公亦尝闻天子之怒乎？"斗来。唐雎对曰："臣未尝闻也。"缓接。秦王曰："天子之怒，伏尸百万，流血千里。"八字自写天子之怒，丑甚。唐雎曰："大王尝闻布衣[⑦]之怒乎？"妙妙。最突兀之语，却又最调笑之笔也。秦王曰："布衣之怒，亦免冠徒跣，以头抢地耳。"八字写他"布衣之怒"，又加"亦"字、"耳"字，丑甚。唐雎曰："此庸夫之怒也，非士之怒也。驳去"免冠"八字。夫专诸之刺王僚[⑧]也，彗星袭月；举一骇人事。聂政之刺韩傀[⑨]也，白虹贯日；再举一骇人事。要离之刺庆忌[⑩]也，苍鹰击于殿上。再举三骇人事。此三子者，皆布衣之士也。将三上半句束一笔。怀怒未发，休祲[⑪]降于天，将三下半句束一笔。与臣而将四矣。疾接，骇杀人！若王必怒，伏尸二人，流血五步，天下缟素，今日是也。”又将“伏尸”“流血”二句，翻作一笑，加“天下”八字二句，骇杀人！挺剑而起。

秦王色挠，长跽而谢之曰：“先生坐，妙，活写。何至于此！妙，活写。寡人谕矣。妙，活写。夫韩、魏灭亡，而安陵以五十里之地存者，徒以有先生也。”妙，活写。

〔注释〕

①秦王：即秦始皇嬴政，当时始皇尚未称帝，因此称秦王。

②安陵君：安陵君主。安陵，战国时小国，附庸于魏国，国土位于鄢陵，即今河南鄢陵县西北。

③唐雎（jū）：战国时魏国人。

④灭韩、亡魏：秦国分别于秦王政十七年（前230年）和二十二年（前225年）攻灭韩国和魏国。

⑤错意：在意、置意。错，通“措”。

⑥怫（bó）：通“勃”，愤怒貌。

⑦布衣：古代平民穿麻布衣服，故称平民为布衣。

⑧专诸之刺王僚：春秋时，吴国公子光派专诸刺杀吴王僚。

⑨聂政之刺韩傀：聂政为战国时韩国人，避仇隐于屠者中间。韩烈侯时韩国大臣严遂和相国韩傀争权结怨，求其代为报仇。聂政入相府刺死韩傀后自杀。

⑩要离之刺庆忌：要离，吴国人。公子光杀吴王僚后，使要离刺其子庆忌。

⑪休祲：凶吉的征兆。

〔解读〕

战国末年，秦国强盛，先后攻灭韩、魏，加速其兼并诸国、统一天下的步伐。安陵国小势微，从属于魏。魏亡，安陵处于巢破卵危的境地。秦王恃强凌弱，欲吞并之，又故做仁义之态，在被回绝后，便以“伏尸百万，流血千里”相要挟。唐雎则不畏强暴，其中专诸刺王僚等句，气势悲壮，“伏尸二人，流血五步，天下缟素”的布衣之怒，足使秦王色挠胆怯。文章将秦王骄横贪婪而又色厉内荏，以及唐雎敢于以死抗争，终于不辱使命刻画得极为生动。

赵良说商君

只承“孰与五羖大夫贤”句，劈作两大段、两小段。更不用零笔碎墨。而其中间，如整齐，如不整齐，浩浩落落，扶扶疏疏，真奇笔也！

商君①相秦十年，宗室贵戚多怨望者。先写此句作案，与下不连也。赵良②见商君，商君曰：“鞅之得见也从孟兰皋③，今鞅请得交可乎？”赵良曰：“仆弗敢愿也。”商君曰：“子不说④吾治秦与？子观我治秦也，孰与五羖大夫⑤贤？”次写赵良来见，却是一段故旧情深。赵良曰：“千羊之皮，不如一狐之腋；千人之诺诺，不如一士之谔谔。仆请终日正言而无诛，可乎？”妙妙。只为故旧，便得作此言。商君曰：“语有之矣：貌言，华也；至言，实也；苦言，药也；甘言，疾也。夫子果肯终日正言，鞅之药也。鞅将事子，子又何辞焉？”妙妙。声声口口，皆故旧情深，故下乃得作此言。设无前文如此一段，而忽然进其危苦之说，岂非孟浪？

赵良曰：“夫五羖大夫，荆之鄙人也。先陈五羖之贤如彼。闻秦缪公之贤，而愿望见。行而无资，自鬻于秦客，被褐食牛。五羖如彼。期年，缪公知之；举之牛口之下，而加之百姓之上，秦国莫敢望焉。五羖如彼。相秦六七年，而东伐郑，三置晋国之君，一救荆国之祸；发教封内，而巴人致贡；施德诸侯，而八戎来服。由余⑥闻之，款关⑦请见。五羖如彼。五羖大夫之相秦也，劳不坐乘，暑不张盖；行于国中，不从车乘，不操干戈。五羖如彼。功名藏于府库，德行旋于后世。五羖如彼。五羖大夫死，秦国男女流涕，童子不歌谣，舂者不相杵。五羖如彼。又整齐，又扶疏，最好笔。此五羖大夫之德也。一段，结过五羖之贤如彼。

今君之见秦王也，次陈君之于秦如此。因嬖人景监以为主，非所以为名也。照缪公知之。相秦不以百姓为事，而大筑冀阙，非所以为功也。照置晋救荆。刑黥太子之师傅，残伤民以骏刑，是积怨畜祸也。照施德。教之化民也，深于命[8]；民之效上也，捷于令。插二句，笔最扶疏。今君又左建外易[9]，非所以为教也。照发教。君又南面而称寡人，日绳秦之贵公子[10]。《诗》曰：'相鼠有体，人而无礼；人而无礼，何不遄死[11]。'以《诗》观之，非所以为寿也。照男女歌思。公子虔[12]杜门不出，已八年矣。君又杀祝懽而黥公孙贾[13]。《诗》曰：'得人者兴，失人者崩'。此数事者非所以得人也。照由余请见，此于四"非所以为"中，独添四字，笔最扶疏。君之出也，后车十乘，从车戴甲，多力而骈胁者为骖乘。持矛而操闟戟者，旁车而趋。此一物不具，君固不出。照"不从车乘"。《书》曰：'恃德者昌，恃力者亡。'君之危若朝露。一段，结过"君之危"如此。下始转笔。尚将欲延年益寿乎？则何不归十五都[14]，灌园于鄙，劝秦王显岩穴之士，养老存孤，敬父兄，序有功，尊有德，可以少安。一"尚将"，笔势扶疏之甚，下再转笔。君尚将贪商于之富，宠秦国之政，畜百姓之怨。秦王一旦捐宾客[15]而不立朝。秦国之所以收君者，岂其微哉！亡可翘足而待！"二"尚将"，笔势扶疏之甚。商君弗从。后五月而难作。

〔注释〕

①商君：战国时政治家。卫国人。公孙氏，名鞅，亦称卫鞅。初为魏相公叔痤家臣，后入秦进说秦孝公。任左庶长，实行变法。不久，升任大良造，进一步推行变法。公元前 340 年，封商地十五邑（今陕西商县东南），号商君，因称商鞅。两次变法使秦国奠定富强基础。秦孝公死后，被贵族诬害，车裂而死。

②赵良：秦国隐士。

③孟兰皋：人姓名。言商鞅与赵良因孟兰皋而相见。

④说：通"悦"。

⑤五羖大夫：即百里奚，春秋时秦国大夫。原为虞国大夫，虞亡时被晋俘去。作为陪嫁之臣送入秦国。后出走楚国，又被秦穆公以五张羊皮赎回，用为大夫，故称五羖大夫，助穆公建立霸业。

⑥由余：春秋时秦国大夫。其先祖为晋人，逃亡入戎。初在戎任职，后入秦，为秦穆公重用，任上卿。帮助秦穆公伐西戎，灭十二国，称霸西戎。

⑦欵关：即叩关。

⑧教之化民也，深于命：教为商鞅之令，命为秦君之令。意思是人们畏惧商鞅甚于秦君。

⑨左建外易：左建，擅自建立威权。外易，在外改变秦君之命。

⑩日绳秦之贵公子：这里指的是太子驷（即惠文王）犯法，商鞅则对其师施刑一事。

⑪遄死：遄（chuān），速、快。遄死，即快死。

⑫公子虔：为太子驷之傅，因太子犯法而被商鞅治罪。

⑬黥公孙贾：黥（qíng），在脸上刺字，再涂上墨。公孙贾，为太子驷之师，因太子犯罪而受黥刑。

⑭十五都：商鞅所封之地，有十五邑，赵良劝其归之。

⑮捐宾客：这里是指秦孝公一旦去世的委婉说法。

〔解读〕

卫鞅自魏至秦，以霸道说秦孝公，受到信用，被任为左庶长，施行变法。制定变法之令，尚有功，戒私斗，令民为什伍连保，鼓励生产，改变落后习俗，定立爵秩等级，等等，使秦国日渐富强。于是，卫鞅被升为大良造。又兵败魏国，尽取河西之地，置令、丞，建郡县。因军功封之于商十五邑，号商君，人称商鞅。

商鞅在秦为相十年，因法令严明，刑罚不避大夫，曾因太子犯法而刑及师傅，所以遭到宗室贵戚等守旧势力的怨恨。商鞅却志得意满，并不在意，且自比百里奚相秦。旧时宾客赵良来见商鞅，指出商鞅与百里奚不同之处，认为商鞅治秦，刑法太严厉，积怨蓄祸，危在旦夕。并劝商鞅弃封归田，不要贪于富贵，以免祸及自身。商鞅不从。不久，秦孝公死，商鞅被车裂而亡。本文十分规整，论点明晰，又引《诗经》《尚书》为据，说理性很强。

邹忌谏齐威王

一段，问答孰美；一段，暮寝自思；一段，入朝自述；一段，讽王蔽甚；一段，下令受谏；一段，进谏渐稀。段段简峭之甚。

邹忌[①]修[②]八尺有余，而形貌昳丽[③]。朝服衣冠，朝，晨也；服，着也。窥镜[④]谓其妻曰："我孰与城北徐公美[⑤]？"问法一。其妻曰："君美甚，徐公何能及君也。"答法一。城北徐公，齐国之美丽者也。疾忙下一闲笔，妙。忌不自信，而复问其妾曰："吾孰与徐公美？"问法二。省"城北"字。妾曰：徐公何能及君也。答法二，省"君美甚"字。旦日[⑥]，客从外来，与坐谈，问之："吾与徐公孰美？"问法三。客曰："徐公不若君之美也。"答法三。

明日，徐公来，熟视之，自以为不如；窥镜而自视，又弗如远甚。暮寝而思之，曰："吾妻之美我者，私[⑦]我也；妾之美我者，畏我也；客之美我者，欲有求于我也。"直直三句，更无枝蔓，最是简峭。于是入朝见威王[⑧]，曰："臣诚知不如徐公美。臣之妻私臣，臣之妾畏臣，臣之客欲有求于臣，皆以美于徐公。更无枝蔓，最是简峭。今齐地方千里，百二十城；宫妇左右，莫不私王；朝廷之臣，莫不畏王；四境之内，莫不有求于王。由此观之，王之蔽[⑨]，甚矣。"更无枝蔓，最是简峭。王曰："善。"乃下令群臣吏民，能面刺寡人之过者，受上赏；上书谏寡人者，受中赏；能谤议于市朝，闻寡人之耳者，受下赏。简峭。

令初下，群臣进谏，门庭若市；数月之后，时时而间进[⑩]；期年[11]之后，虽欲言，无可进者。简峭。燕、赵、韩、魏闻之，皆朝于齐。此所谓战胜于朝廷。只为有此一结于胸中，便凭空撰起此一篇文字。

〔注释〕

①邹忌：战国时齐国相。封于下邳（今江苏邳县西南），称成侯。劝说齐威王奖励群臣吏民进谏，主张修订法律，监督官吏，并选荐得力大臣守卫边境。从此齐的国力渐强。

②修：长，指身长。

③昳丽：漂亮有光彩。

④窥镜：照镜子。

⑤孰与城北徐公美：孰，谁。与，比。即与城北徐公相比，谁美。徐公，《十二国史》作徐君平。

⑥旦日：明日，即第二矢。

⑦私：偏爱。

⑧威王：齐威王，战国时齐国君。公元前356年—前320年在位。任用邹忌为相，田忌、孙膑为将和军师，改革政治，国力逐渐强盛。败魏军于马陵（今河南范县西南）。继办稷下学宫，任学者讲学议论。

⑨蔽：蒙蔽。

⑩间进：间，间或。断续地进谏。

⑪期年：期，音jī，一周年。

〔解读〕

齐威王即位之初，国力还很弱，经常遭到韩、赵、魏、鲁等国的侵扰，处于“诸侯并伐，国人不治”的局面。威王却不理政务，溺于享乐。邹忌鼓琴取相，以平民身份，讽谏威王，受到重用，被擢为齐相。本文中，邹忌又以自己与徐公比美为例，告诫威王虚心纳谏。威王乐以采纳，鼓励群臣吏民直言进谏，又励精图治，整顿朝政，遂使齐国中兴，成为当时的东方强国。本文用语简练，虽所举日常之事，但比喻巧妙，使听者易于接受，说服力强。

说齐王贵士

笔之犀利，如刺客一寸之匕。所擿必中要害。血濡缕，即立死。

齐宣王[1]见颜斶[2]，曰："斶前。"写骄倨，只得二字。奇妙！斶亦曰："王前。"写高贵，亦只得二字。奇妙！宣王不说[3]，左右曰："王，人君也；斶，人臣也。王曰'斶前'，斶亦曰'王前'，可乎？""斶前""王前"，两二字句，本煞奇妙。因再写一遍，更奇妙也！对曰："夫斶前为慕势，王前为趋士；与使斶为慕势，不如使王为趋士。"四语又峭，又健，又省，又畅，真是妙笔！

王忿然作色，曰："王者贵乎？士贵乎？"对曰："士贵耳，奇快。王者不贵。"添写一句，更奇快。王曰："有说乎？"斶曰："有。一字，接得快甚，最是峭笔。昔者秦攻齐，令曰：'有敢去柳下季[4]垄五十步而樵采者，死不赦。'令曰：'有能得齐王头者，封万户侯，赐金千镒[5]。由是观之，生王之头曾不若死士之垄也。"快甚，峭甚，读之失惊。"生王"字奇，"之头"字，更奇。宣王曰："嗟乎！君子焉，可侮哉！寡人自取病耳。愿请受为弟子。结前半篇。且愿先生与寡人游，食必太牢[6]，出必乘车，妻子衣服丽都[7]。""且"字下，后半篇。

起辞曰："夫玉生于山，妙妙。制则破焉[8]；妙妙。非弗宝贵矣，妙妙。然大璞不完。妙妙。士生乎鄙野，妙妙。推选则禄焉；妙妙。非不尊遂[9]也，妙妙。然而形神不全。妙妙。斶愿得归，晚食以当肉，妙言，千载犹共享之。安步以当车，妙言。无罪以当贵，妙言。清净贞正以自娱。"妙言。则再拜辞去。看用"则"字法。君子曰："斶知足矣。归真反璞，则终身不辱。”结后半篇。

〔注释〕

①齐宣王：战国时齐国君。田氏，名辟疆，齐威王之子。约公元前 319 年至前 301 年在位。

②颜斶（chù）：战国时齐国隐士。

③不说：说，通“悦”。不说，即不悦，不高兴。

④柳下季：即柳下惠。姓展，名禽，字季。春秋时鲁国大夫。食邑在柳下（鲁国西北部），因称柳下季。

⑤镒：计量单位。二十两为一镒。

⑥太牢：牛、羊、猪各一头称一太牢。

⑦妻子衣服丽都：妻与子的衣着服饰都很华美。

⑧破焉：焉，代词，指玉。意思是破坏了玉在璞中的本来面貌。

⑨尊遂：尊贵显达。

〔解读〕

齐宣王在位时，曾继其父祖的做法，在稷下（今山东淄博东北）广置学宫，招揽学者讲学、议论政治。本文是宣王与颜斶的一段精彩对话。宣王先是以傲倨的态度对待颜斶，颜斶则以保持士的尊严相对，反映了颜斶士贵君轻的民本思想。随后，颜斶拒绝了宣王的高官厚禄，坚持自己避世索居的人生态度。其中“晚食以当肉，安步以当车”等四句，至今被人们沿用，成为世人修身养性之铭言。“归真反璞”（即返璞归真）亦为常用之语。

田需论轻重

绝顶透情透理之文，却只用得“轻重”二字。

管燕①得罪齐王②，谓其左右曰：“子孰而与我赴诸侯乎？”左右默然莫对。管燕连然③流涕曰：“悲夫！士何其易得而难用也！”田需④对曰：“士三食不得餍⑤，而君鹅鹜⑥有余食；下宫糅⑦罗纨，曳绮縠⑧，而士不得以为缘。”二句，倒对法。妙。唐人“裙拖六幅湘江水，髻挽巫山一段云”，用此法。且财者，君之所轻，死者，士之所重。忽生出“轻重”二字，妙。君不肯以所轻与士，而责士以所重事君，只“轻重”二字，说得透情透理，使流涕人愕然大悟。非士易得而难用也。”

〔注释〕

①管燕：战国时齐国人。

②齐王：即齐宣王。

③连然：连，通涟。

④田需：史无详载。疑为魏相田需。

⑤餍：意为饱。

⑥鹜：鸭子。

⑦糅：杂。

⑧绮縠（hú）：有罗纹的纱织服装。

〔解读〕

管燕得罪齐王，欲投奔他国，见门客无人响应，遂抱怨士人容易得到但难以信用。田需仅用“轻重”二字说明一个道理：欲将取之，必先予之。连轻贱的东西都舍不得给人，却要别人把贵重的东西送给自己，是不可能的。言语不多，却鞭辟入里，使人顿悟。

田骈不宦

口头便语，成此快文。

齐人见田骈[①]曰："闻先生高义[②]，设为不宦[③]，而愿为役[④]。"便是恶谑。田骈曰："子何闻之?"丑。对曰："臣闻之邻人之女。"大奇，使人失惊。田骈曰："何谓也?"对曰："臣邻人之女设为不嫁，行年三十而有七子；不嫁则不嫁，然嫁过毕矣。妙妙。今先生设为不宦，赀[⑤]养千钟[⑥]，徒[⑦]百人，不宦则然矣，而宦过毕矣。"妙妙。句法又微变。

〔注释〕

①田骈：战国时齐国隐士。著《田子》一书，反对致仕，提倡"亲耕"的复古思想。其书久佚。

②高义：高尚的道义。

③设为不宦：设，假如，这里有虚假之意。不宦，不去做官。

④而愿为役：役，役使。我愿意受你役使。

⑤赀：通"资"，资财。赀养，享用的资财。

⑥钟：古代一种计量单位。六十四斗为一钟。

⑦徒：被驱使的奴仆。

〔解读〕

战国时期，有一股提倡无为和复古之风。田骈为代表人物之一。曾学黄老道德之术，以隐而不仕、亲耕自给相标榜，企图过一种逃避现实、离群索居的原始生活。这篇短文，以犀利之言和对话的形式，对田骈的消极和虚假进行了讥讽。

孟尝君使公孙弘观秦王

通篇奇秀。奇在秀，秀又在奇。○使人先观，奇；昭王先闻，奇；欲愧以辞，奇；好三等人，奇；笑谢，奇；连说无数“客”字、“寡人”字，奇。

孟尝君①为从②，公孙弘③谓孟尝君曰：“君不如使人先观秦王④。意者⑤，秦王，帝王之主也。君恐不得为臣，奚暇从以难之？意者，秦王，不肖之主也。君从以难之⑥，未晚。”两“意者”，疏秀不可言。孟尝君曰：“善！愿因请公往矣。”公孙弘敬诺，两头安“敬诺”字作章法。以车十乘之秦。昭王闻之而欲愧⑦之以辞。昭王先闻，奇；只欲愧之，奇；愧之而以辞，奇。

公孙弘见，昭王曰：“薛公之地，大小几何？”公孙弘对曰：“百里。”昭王笑而曰：昭王笑，又奇。“寡人地数千里，犹未敢以有难也；今孟尝君之地方百里，而因欲以难寡人，犹可乎？”笔笔疏秀。公孙弘对曰：“孟尝君好人，大王不好人⑧。”来得捷。昭王曰：“孟尝君之好人也奚如？”入玄中矣。公孙弘曰：“义不臣乎天子，不友乎诸侯；得志不惭为人主，不得志不肯为人臣。如此者三人。大言欺之也，然只是借来作实句。其妙绝，乃在下第三等。治可为管、商⑨之师，说义所行，能致其主霸王。如此者五人。此犹属宾句。万乘之严主也，辱其使者，退而自刎，必以其血污其衣，如臣者十人。”方是主句，骇杀人。上两“如此者”，此忽换“如臣者”，妙妙！昭王笑而谢之，曰：“客胡为若此，一句一妙。寡人直与客论耳。一句一妙。寡人善孟尝君，一句一妙。欲客之，必谕⑩寡人之志也。”一句一妙，可谓一连说出四句，然句句断续，急状如画。公孙弘敬诺。两头安“敬诺”字作章法。公孙弘可谓不侵矣。一结。昭王，大国也；孟尝，千乘也。立千乘之义而不可陵⑪，可谓足使矣。再结。

〔注释〕

①孟尝君：即田文，战国时齐国贵族。封于薛，称薛公，号孟尝君。被齐湣王任为相国，门下有食客数千。

②为从：从，通“纵”，即要施行合纵抗秦政策。战国时期，秦国最为强大，齐、楚等六国联合抗秦。六国地连南北，为纵向，故联合抗秦谓之合纵。

③公孙弘：战国时齐国人。

④秦王：即秦昭襄王。战国时秦国君，名稷。公元前 306 年—前 251 年在位。先后战胜三晋、齐、楚等国，又在长平（今山西高平市西北）大胜赵军，奠定统一全国的基础。

⑤意者：即或者。

⑥难之：难。发难，敌对。难之，与秦国相敌对。

⑦愧：引申作羞愧，即羞辱之。

⑧好人：好，音 hào，喜爱。好人，喜欢贤人。

⑨管、商：指管仲、商鞅。

⑩谕：讲明，说明。

⑪陵：通“凌”。欺辱，凌辱。

〔解读〕

战国时期，秦国经过变法之后，国力逐渐强盛起来，多次发动战争，对其他国家构成很大威胁。齐国的孟尝君准备联合燕、赵、楚、韩、魏五国合纵抗秦。他接纳公孙弘的建议，派公孙弘为使，到秦国观察秦王情况。秦王欲羞辱齐使，讥讽孟尝君只有区区百里的封地，竟敢与拥有数千里土地的强秦为敌。公孙弘则以孟尝君喜欢贤人，而秦王不喜欢贤人相对。指出，孟尝君在坚持正义时，不在天子面前屈服，不讨好诸侯。得志时不愧为人民之主，不得志的时候不肯做人家的仆役，并且以他的才能治理国家可做管仲、商鞅的老师。表示即使面对万乘兵车的威严君主，如果他敢污辱使者，使者将自刎，用自己的血溅污君主的衣服。公孙弘不畏强暴，敢于以死抗争，迫使秦王道歉，以礼相待。文中情节生动，人物刻画逼真，有正义得以凛然伸张之感。

赵威后问齐使

前一气连出三“无恙耶”，中又三次散出三“无恙耶”，后又特变作一“尚存乎”，又两结“何以至今不”，两结“何为至今不”；又逐段各结“是养其民者也”“是息其民者也”“是率其民出于孝情者也”“是率其民出于无用者也”；章法越整齐，越参差；越参差越整齐，真为奇绝之文。

齐王使使者问赵威后[①]，书未发[②]，三字，便作势。威后问使者曰：“岁亦无恙[③]耶？民亦无恙耶？王亦无恙耶？”斗问三语，如空陨石，其法大奇。使者不悦，曰：“臣奉使使威后，今不问王而先问岁与民，岂先贱而后尊贵者乎？”洗发。威后曰：“不然。一句，二字句。苟无岁，何有民？苟无民，何有君？四句，三字句。峭甚，又炼。故有问，故，旧例也。舍本而问末者耶？”纯用“耶”字，成峭势。乃进而问之曰：“齐有处士[④]，曰钟离子，无恙耶？又一“无恙耶”。是其为人也，有粮者亦食[⑤]，无粮者亦食；有衣者亦衣，无衣者亦衣。是助王养其民者也，何以至今不业[⑥]也？一“何以至今不”。叶阳子无恙耶？又一“无恙耶”。是其为人，哀鳏寡，恤孤独，振困穷，补不足。是助王息[⑦]其民者也，何以至今不业也？二“何以至今不”。北宫之女婴儿子[⑧]无恙耶？又一“无恙耶”。彻其环瑱[⑨]，至老不嫁，以养父母。是其率民而出于孝情者也，胡为至今不朝[⑩]也？三“何以至今不”。此二士弗业，一女不朝，何以王齐国，子万民？忽作一收。于陵子仲[⑪]尚存乎？六“无恙耶”，后忽变出一“尚存乎”，真是奇情奇笔。是其为人也，上不臣于王，下不治其家，中不索交诸侯。此率民而出于无用者，何为至今不杀乎？”四

“何以至今不”。通篇用“耶”字，末忽变用二“乎”字，益成峭势。

〔注释〕

①赵威后：即赵太后，赵惠文王之妻。

②书未发：书，指齐王给赵太后的书信。发，启封。

③岁亦无恙：岁，指收成。恙，忧患、灾害。

④处士：隐居不仕之人。

⑤食：给人食物吃。食，音 sì。

⑥不业：不使其在职位成就功业。

⑦息：生，使繁衍。

⑧北宫之女婴儿子：北宫，复姓。婴儿子，姓北宫的女子的名字，当时齐国有名的孝女。

⑨彻其环瑱：彻，通“撤”，即拿掉。瑱，做耳饰的玉。

⑩不朝：不上朝。古代妇女有封号的才能上朝。这里的“不朝”实际上是指不加封号。

⑪于陵子仲：于陵，齐邑名，在今山东长山县西南。子仲，齐国隐士。

〔解读〕

根据当时诸侯之间的一种礼节，齐王建派遣使者前往赵国问候赵威后。本文一开始，威后接连发出三问，先问收成，再问民，后问王。当齐使不悦时，威后又以“苟无岁，何有民？苟无民，何有君？”诘之。反映了她的政治见解，突出了她的民本思想。随之对钟离子、叶阳子和婴儿子的询问，以及对齐国君“何以王齐国、子万民”的指摘，危言奇峻，体现了她的治国思想。本文的收语，表现了赵威后对消极避世，于社会、国家、民众无补的隐士的一种蔑视。文章自始至终突出一个“问”字，步步进逼，气势迫人。

触詟说赵太后

此篇，琐笔碎墨，于文中最为小样。然某特神会其自首至尾，寸寸节节，俱是妙避“长安君”三字。如“太后盛气而揖之”“太后之色少解”、太后曰“诺，恣君之所使之”。其间苦甘浅深，一一俱有至理，其文乃都在笔墨之外，政未易于琐碎处尽之也。

赵太后[①]新用事，叙一事。秦急攻之，叙一事。赵氏求救于齐。叙一事。齐曰：“必以长安君[②]为质，兵乃出。”叙一事。一句各叙一，并不得连作一事读过。太后不肯，大臣强谏；太后明谓左右：“有复言令长安君为质者，老妇必唾其面。”此始叙今事也。

左师触詟[③]愿见。“见”上加“愿”字，画。太后盛气而揖之。“揖”上加“盛气”字，画。入而徐趋[④]，“趋”上加“徐”字，画。至而自谢曰：“自谢”上，加“至”字，画。“老臣病足，曾不能疾走，先谢足病。不得见久矣，窃自恕[⑤]，次谢因不见久，故自恕足病。恐太后玉体之有所郄[⑥]也，故愿望见。”三谢愿见。○看他全不提长安君。太后曰：“老妇恃辇[⑦]而行。”言亦病足。曰：“日食饮得无衰乎？”看他姿意只说老态，更不提长安君。曰：“恃鬻耳。”粥也。曰：“老臣今者殊不欲食。先说不食。乃自强步，日三四里，次说调身。○绕室中行，可三四里也。少益嗜食，和于身。”次说能食，看他终不提长安君。曰：“老妇不能也。”太后之色少解。“老妇”“老臣”喃喃既久。老妇入老臣玄中矣。

左师公曰：“老臣贱息[⑧]舒祺，看他渐渐来。最少，妙。不肖，妙。而臣衰，妙。窃爱怜之。又少，又不肖，又自衰，妙妙。愿令得补黑衣之数[9]，以卫王宫。没死以闻。”看他只不提长安君，却又渐渐来，加四字，奏疏体。太后曰：“敬诺！年几何矣？”先诺请，后问年，自入玄中之故也。对曰：“十五岁矣。虽少，愿及未填沟壑[10]而托之。”既答年，再勤请，看他明是渐渐来逼，却只不提。太后曰：“丈夫亦爱怜其少子乎？”妙妙，诉然而合。对曰：“甚于妇人。”妙妙，加一倍法。太后曰：“妇人异甚！”妙妙。老妇此时，已无不罄倒矣。对曰：“老臣窃以为媪之爱燕后[11]贤于长安君。”妙妙。已擒矣，又故纵之。○此时“长安君”三字，谁敢轻出诸口？看他轻轻出口。曰：“君过矣，不若长安君之甚！”老妇罄倒。

左师公曰：“父母之爱子，则为之计深远。媪之送燕后也，持其踵，为之泣；念悲其远也，亦哀之矣。已行，非弗思也，祭祀必祝之，祝曰：‘必勿使反[12]。’岂非计久长、有子孙，相继为王也哉？”忽舍长安君，别说一燕后，文又曲折淋漓满志。太后曰：“然”。只是舍长安说燕后，便蘧然心开；甚矣，进说之勿犯其所逆也。

左师公曰：“今三世以前，至于赵之为赵，赵王之子孙侯者，其继有在者乎？”曰：“无有。”曰：“微独赵，诸侯有在者乎？”曰：“老妇不闻也。”“此其近者祸及身，远者及其子孙；岂人主之子孙，则必不善哉！位尊而无功，奉厚而无劳，而挟重器[13]多也。舍燕后，又只说赵；舍赵，又别说诸侯；终不犯长安君，然而苦切之言，已毕得入。今媪尊长安君之位，而封以膏腴之地，多予之重器，而不及今令有功于国；一旦山陵崩[14]，长安君何以自托于赵？老臣以媪为长安君计短也，故以为其爱不若燕后。”苦切之言，已毕得入，却反找到燕后，如终未尝提及长安君者。太后曰：“诺，恣君之所使之。”“诺”字快，“恣君”字更快，岂易得此于老妇哉？于是为长安君约车百乘质于齐，齐兵乃出。

子义[15]闻之，曰：“人主之子也，骨肉之亲也。犹不能恃无功之尊、无劳之奉，以守金玉之重也，而况人臣乎？”通篇琐屑之笔，临了忽作曼声收之，此文章相救法也。

〔**注释**〕

①赵太后：即赵威后，赵惠文王妻，赵孝成王母。公元前266年，赵惠文王死，

其子年幼，由赵太后执政。

②长安君为质：长安君为赵太后小儿子的封号，即以长安君为人质作抵押。

③触訾：赵国的左师，左师为优待老臣的一种闲散官。

④徐趋：做出快步走的姿势，一步一步向前走。徐，慢。趋，快步走。古时臣下朝见君长应快步走，一种礼节。

⑤窃自恕：私下原谅自己。

⑥有所郄：有些不舒服。郄，通“隙”，空隙，欠缺，此处指“病痛”。

⑦恃辇：靠车。辇，国君、王后专乘的一种车子。

⑧贱息：我的孩子。息。子女。

⑨补黑衣之数：补进侍卫里。黑衣，王宫卫士，因穿黑色衣服而称黑衣。

⑩填沟壑：“死”的谦卑说法。

⑪媪之爱燕后：媪，对老年妇女的尊称。燕后，即赵威后女儿，因嫁与燕王为妻，故称燕后。

⑫必勿使反：一定使其不要被送回来。反，通“返”。古代诸侯女儿远嫁异国，只有被废或亡国才回转本国。

⑬挟重器：挟，持，据有。重器，贵重器物，如古代象征国家权力的钟鼎之类。此处泛指财货和权力。

⑭山陵崩：古代比喻君王死去的一种尊重而避忌的说法。此处指太后死。

⑮子义：赵国的贤士。

〔解读〕

本文所叙述的故事发生在战国时代。当时秦国进攻赵国，形势十分危急。赵国求救于齐，但齐国却提出了以赵太后幼子为人质的出兵条件。赵太后溺爱儿子，拒绝群臣劝谏，从而使赵国危在旦夕。在此种情景下，赵国老臣触訾用非常委婉和巧妙的方法，终于说服了赵太后。触訾劝说成功在于，他没有从国家存亡大道理讲起，而是漫不经心地从生活琐事谈起，抓住作为母亲的赵太后溺爱幼子的心理，以燕后为衬托，从侧面迂回，打开僵局，由远及近，引入正题，使赵太后翻然醒悟。文章主要以对话形式，从生动的对话中，描绘出了人物神态、口吻，表现出了触訾与赵太后性格特征及心理变化。

楼缓虞卿论秦

虞卿赤心为赵，不比楼缓狙诈，自然看事决，说理透，所不待言；乃楼缓当虞卿如此又决、又透之下，亦复滔滔凡作三四反复，真文字之雄也！

秦攻赵于长平[①]，大破之，引兵而归。因使人索六城于赵而讲。赵计未定。叙事。楼缓[②]新从秦来，赵王[③]与楼缓计之，曰："与秦城，句。何如？句。不与，句。何如？"句。双写"何如"，欲详计之。楼缓辞让曰："此非臣之所能知也。"王曰："虽然，试言公之私。"通篇：一段写楼缓，一段写虞卿，又段段夹王语。最好看。楼缓曰："王亦闻夫公甫文伯[④]母乎？公甫文伯官于鲁，病死。妇人为之自杀于房中者二八。其母闻之，不肯哭也。相室[⑤]曰：'焉有子死而不哭者乎？'其母曰：'孔子，贤人也，逐于鲁，是人不随。今死，而妇人为死者十六人。若是者，其于长者薄，而于妇人厚。'故从母言之，为贤母也；从妇言之，必不免为妒妇也。故其言一也，言者异，则人心变矣。今臣新从秦来，而言勿与，则非计也；言与之，则恐王以臣之为秦也。故不敢对。好。引古自饰。长。使臣得为王计之，不如予之。"好，正只四字。王曰："诺。"段段夹王语。

虞卿[⑥]闻之，入见王。王以楼缓言告之。虞卿曰："此饰说也。"王曰："何谓也？"段段夹王语。虞卿曰："秦之攻赵也，倦而归乎？王以其力尚能进，爱王而不攻乎？"明甚，快甚，妙妙，读之欲失笑。王曰："秦之攻我也，不遗余力矣，必以倦而归也。"段段夹王语。虞卿曰："秦以其力攻其所不能取，倦而归。王又以其力之所不能攻而资之，是助秦自攻也。明甚，快甚，妙妙！来年秦复攻王，王无以救矣。”明甚，快甚，妙妙！

王以虞卿之言告楼缓，楼缓曰：“虞卿能尽知秦力之所至乎？好。诚不知秦力之所至，此弹丸之地犹不予也，好。令秦来年复攻，王得无割其内而媾乎？”好。王曰：“诚听子割矣，子能必来年秦之不复攻我乎？”段段夹王语，王又好。楼缓对曰：“此非臣之所敢任也。此句败矣。昔者三晋之交与秦，相善也。好。今秦释韩、魏而独攻王，王之所以事秦必不如韩、魏也。好。今臣为足下解负亲之攻⑦，启关通币，齐交韩、魏。好。至来年而王独不取于秦，王之所以事秦者，必在韩、魏之后也。好。此非臣之所敢任也。”好。

王以楼缓之言告虞卿，虞卿曰：“楼缓言不媾，来年秦复攻王，得无更割其内而媾？一。今媾，楼缓又不能必秦之不复攻也。一。虽割何益？来年复攻，又割其力之所不能取而媾也，此自尽之术也。明甚，快甚，妙妙！不如无割。秦虽善攻，不能取六城；明甚，快甚，妙妙！赵虽不能守，亦不至失六城。明甚，快甚，妙妙！秦倦而归，兵必罢，我以六城收天下以攻罢秦，是我失之于天下，而取偿于秦也，吾国尚利。明甚，快甚，妙妙！孰与坐而割地，自弱以强秦？明甚，快甚，妙妙！今楼缓曰‘秦善韩、魏而攻赵者，必王之事秦不如韩、魏也’，是使王岁以六城事秦也，即坐而地尽矣。明甚，快甚。来年秦复求割地，王将予之乎？不与，则是弃前资而挑秦祸也；明甚，快甚，妙妙！与之，则无地而给之。明甚，快甚，妙妙！语曰：‘强者善攻，而弱者不能自守’。今坐而听秦，秦兵不敝而多得地，是强秦而弱赵也。以益愈强之秦，而割愈弱之赵，其计固不止矣。明甚，快甚，妙妙！且秦，虎狼之国也；无礼义之心，其求无已，而王之地有尽。以有尽之地，给无已之求，其势必无赵矣；故曰：此饰说也，王必勿与。”明甚，快甚，妙妙！王曰：“诺”。段段夹王语。

楼缓闻之，入见于王；王又以虞卿之言告之。楼缓曰：“不然。虞卿得其一，未知其二也。楼缓甚不弱。夫秦、赵构难，而天下皆说。

何也？曰：‘我将因强而乘弱。’今赵兵困于秦，天下之贺战胜者则必在于秦矣。故不若亟割地求和，以疑天下、慰秦心。奇，好好。不然，天下将因秦之怒，乘赵之弊而瓜分之。赵且亡，何秦之图[8]？好好。王以此断之，勿复计也。”四字更好。

虞卿闻之，又入见王，曰：“危矣！赵危。楼子之为秦也。夫赵兵困于秦，又割地为和，是愈疑天下，而何慰秦心哉？明甚，快甚，妙妙！不亦大示天下弱乎？明甚，快甚。妙妙！且臣曰勿予者，非固勿予而已也。妙妙！秦索六城于王，王以五城赂齐。妙妙！齐，秦之深仇也，得王五城，并力而西击秦也；齐之听王，不待辞之毕也。是王失于齐而取偿于秦。明甚，快甚，妙妙！一举结三国之亲，而与秦易道也。”妙妙！赵王曰：“善。”到底段段夹王语。因发虞卿东见齐王，与之谋秦。虞卿未反，秦之使者已在赵矣。楼缓闻之逃去。

〔注释〕

①长平：战国时赵地。在今山西省高平市北。秦昭王四十七年（前260年），秦赵在此大战，秦将白起大破赵军，坑杀赵降卒四十余万人。

②楼缓：本为赵人，后入秦为卿，充当秦之说客。

③赵王：即赵孝成王。

④公甫文伯：春秋时鲁国大夫。公甫穆伯之子，其母为敬姜。

⑤相室：抚育孩子的师傅。

⑥虞卿：赵国卿，因游说赵孝成王，被任为上卿，故号虞卿。

⑦负亲之攻：指由于赵违背秦之约而引起秦国的攻伐。

⑧何秦之图：“何图秦”之倒装句，意谓还打秦国的什么主意。

〔解读〕

秦昭王四十七年（前260年），为争夺韩之上党，秦、赵在长平发生一起大战，赵大败，秦也力疲。由于秦相范雎忌白起功大，危及自己日后的地位，便设计说服秦王撤军。但撤军时却向赵提出，要赵国交出六城作为讲和条件。围绕交不交出六城，秦之说客楼缓与赵国大臣虞卿对赵孝成王展开一场角逐。第一次，楼缓以忠臣义士出现在赵王面前，举鲁国大臣公甫文伯死而其母不哭一事为例，认为赵应该割让给秦六城，而虞卿则一针见血戳穿其阴谋，说秦攻赵为不遗余力，其撤兵是“倦而归”，如把秦攻占的六城送给秦，等于是帮助了秦灭自己，如明年秦再来攻，赵将无救了。第二次，楼缓抓住赵王惧秦心理进行恐吓，说明年秦国来攻，赵王要拿内地去讲和，而且秦只攻打赵，是因为赵不如韩、魏那样事奉秦国。虞卿驳斥说，即使赵国今天割了六城，谁又能保证秦明年不再进攻呢？既然如此，割六城还有何意义！以有尽之地事秦无穷之索，赵国必亡。第三次，楼缓从中挑衅，说现在赵国被打败，天下必祝贺战胜者，不如割地给秦，与秦结好，否则其他国家必因势而瓜分赵国。虞卿痛斥楼缓为秦说客，劝赵王立即以五城赂齐，联结齐、韩、魏与秦对抗。三个回合，赵王终于接受了虞卿的战略，对秦采取强硬路线，与齐结盟，楼缓赶紧逃走，秦国立刻派使者来求和，唯恐赵国倒向齐。虞卿以其高超的谋略，赢得了赵国外交胜利。司马迁赞扬他“料事揣情，为赵画策，何其工也!”本文内容环环紧扣，词锋犀利，雄辩有力。

或为齐献书赵王

笔势横斜迅速，如夏月风雨；不知其若为来，若为去。

臣一见，而能令王坐而天下致名实①；一名，二实。而臣窃怪王之不试见臣，句。而穷臣也。句。言困于不得见也。○能。群臣必多以臣为不能者，故王重见臣也。用“不能”翻。已下，看他凭空神骏，何处生起。以臣为不能者非他，欲用王之兵成其私者也；一。非然，则交有所偏者也；二。非然，则智不足者也；三。非然，则欲以天下之重恐王，而取行于王者也。四。臣以齐循②事王，王能亡燕，“能”。能亡韩、魏，“能”。能攻秦，“能”。能孤秦。“能”。笔势蓬勃。臣以齐致尊名于王，天下孰敢不致尊名于王；“臣以齐”。臣以齐致地于王，天下孰敢不致地于王；“臣以齐”。臣以齐为王求名于燕及韩、魏，孰敢辞之？“臣以齐”。臣之能也，其前可见已。用“能”结，不必致效之后，于事前已可见。齐先重王，故天下尽重王；再起，只一句，看他凡作三四反复。王无齐，天下必尽轻王也。一反复。秦之强，以无齐，故重王；二反复。燕、韩、魏自以无齐，故重王；三反复。今王无齐，独安能无重天下？四反复。故劝王无齐者，非智不足则不忠者也；将谓重写前文，却又大半改换，奇妙。非然，则欲用王之兵成其私者也；非然，则欲轻王以天下之重，取行于王者也；非然，则位尊而能卑者也。愿王之熟虑无齐之利害也。

〔**注释**〕

①名实：即名声和实利。有的版本作“名宝”，应以“名实”为是。

②循：顺着。

〔解读〕

这是某说客向赵惠文王呈献的一篇游说辞。说客一开口即讲自己能令赵王坐拥名利双收，而怪赵王何故而不召见他。然后猜想说是赵王的大臣中必有人认为他是一个无能之辈，接着又凭空推论，谁说他是无能之辈，或借大王军队而营私，或在交往中有所偏向，或其智力有缺，或其吓唬大王而顺己。中间讲了一段他有让齐国顺从赵王的本领，如齐国顺从赵国，天下谁敢不顺从，没有齐的帮助，一切将无从谈起。最后又讲，如有劝大王不跟齐结盟之人，或智不足，或奸臣不忠，或营私，或别有用心。此文突兀起笔，骤然刹住，凭空而起，如一阵暴风骤雨。尤其是前后两段反复，使其文气势非凡。

李克论相

异样作态之文，段段作态。

魏文侯[①]谓李克[②]曰：“先生尝教寡人曰：‘家贫则思良妻，国乱则思良相。’今所置，非成则璜，二子何如？”择相也。作此娓娓之起，分外姿媚。李克对曰：“臣闻之：卑不谋尊，疏不谋戚。臣在阙门[③]之外，不敢当命。”言尊而戚无如相，真至言也。文侯曰：“先生临事勿让。”四字又妙。李克曰：“君不察故也。先下此语，妙妙！居视其所亲；富视其所与；达视其所举；穷视其所不为；贫视其所不取；五者足以定之矣。何待克哉！”妙于明明说，却不说出。文侯曰：“先生就舍，寡人之相定矣。”妙于也不说出。

李克趋而出，过翟璜[④]之家，翟璜曰：“今者闻君召先生而卜相，果谁为之？”李克曰：“魏成子[⑤]为相矣。”文侯前，妙于不说出，妙于此又说出。翟璜忿然作色曰：“以耳目之所睹记，臣何负于魏成子？先喝一句，次数五句，后又喝一句。西河之守，臣之所进也；君内以邺[⑥]忧，臣进西门豹[⑦]；君谋欲伐中山，臣进乐羊[⑧]；中山已拔，无使守之，臣进先生；君之子无傅，臣进屈侯鲋[⑨]；臣何以负于魏成子！”此句必两说者，写愤甚也。李克曰：“且子之言克于子之君者，岂将比周以求大官哉？先折此句，妙绝，妙绝！君问而置相，非成则璜，二子何如？克对曰：‘君不察故也。居视其所亲；富视其所与；达视其所举；穷视其所不为；贫视其所不取；五者足以定之矣，何待克哉！’重述一遍，不换一字，妙妙！是以知魏成子之为相也。此自明我未尝荐，妙妙！且子安得与魏成子比乎？再重折。魏成子以食禄千钟，什九在外，什一在内，是以东得卜子夏[10]、田子方[11]、段干木[12]，此三人者，君皆师之；辣句。子之所进五人者，君皆臣之，辣句。子恶得与魏成子比也?”此句亦两说者，写重折也。翟璜逡巡再拜曰：“璜，鄙人也，失对。二字妙。愿卒为弟子!”

〔**注释**〕

①魏文侯：魏国国君，魏桓子之孙，名斯，在位间主张改革。

②李克：即李悝，魏文侯任为相，主持变法。

③阙门：宫门。此处引申为非朝廷大臣。

④翟璜：魏国大臣。

⑤魏成子：魏国大臣。

⑥邺：魏国邑名，在今河北临漳县以西。

⑦西门豹：西门氏，名豹。魏文侯任其为邺令，引漳水灌田。

⑧乐羊：魏国大将，安乐氏之后，曾率兵攻灭中山国。

⑨侯鲋：魏国大臣。

⑩卜子夏：即卜商。春秋末晋国温（今河南温县西南）人。孔子学生，曾仕于鲁，后入魏为魏文侯师。

⑪田子方：一名无择，学于子贡，受魏成子推荐，为魏文侯师。

⑫段干木：魏国人。姓段干，名木。原为晋之市侩，后求学于子夏，因魏成子推荐而受到魏文侯礼敬。

〔**解读**〕

此篇文章实际上讲的是怎样识别和选拔人才的问题。魏文侯向李克请教关于国相的任命问题，李克以己地位卑、关系疏远之故不肯发表意见，在魏文侯恳求下，他道出了用人的五项原则：在家时要看他所亲爱的人，发财致富的时候要看他所给予的人，当官时要看他举荐的人，处境窘迫时要看他不做什么事，贫困时要看他不要什么。魏文侯闻之即道：“先生回舍去吧，用谁为相的事我已决定了。”然后，他又对因没有当成国相而愤然不平的翟璜重复了观察人的五个标准，拿魏成子所作所为对比这五条标准。翟璜闻言，惭愧至极，即刻认错，愿拜其为师。其实，李克所陈述的辨别人才观，今天仍有一定的现实意义。

吴起不恃河山

此篇，专看其添字法、减字法。

魏武侯①与诸大夫浮于西河②，称曰："河山之险，不亦信固哉！""不亦固哉！"是初惊语；加"信"字，是久传语。王钟侍坐曰："此晋国之所以强也；若善修之，则霸王之业具矣。"

吴起③对曰："吾君之言，危国之道也；喝断武侯。而子又附之，是重危也。"喝断王钟。武侯忿然曰："子之言有说乎？"吴起对曰："河山之险，信不足保也；再喝武侯。是霸王之业不从此也。再喝王钟。昔者三苗④之居，左有彭蠡⑤之波，右有洞庭之水；双句。文山在其南，而衡山在其北⑥；下一"而"字，成双句。恃此险也，为政不善，而禹放逐之。一段。夏桀之国，左天门之阴，而右天谿⑦之阳；左右下，省二"有"字，增一"而"字，成只句。卢、睪在其北，伊、洛⑧出其南；去"而"字，成双句。有此险也，然为政不善，而汤伐之。一段。殷纣之国，左孟门而右漳、釜⑨；双句，比上短。前带河，后被山；双句，比上短。有此险也，然为政不善，而武王伐之。一段。且君亲从臣而胜降城，"亲从臣"，字法。城非不高，人民非不众也；然而可得并者，政恶故也。从是观之，地形险阻，奚足以霸王矣！"上三段引古，此一段证今，"矣"字押。

武侯曰："善。吾乃今日闻圣人之言也。西河之政，专委之子矣。"一结。最摇曳。

〔注释〕

①魏武侯：魏国国君，文侯子，名击。

②西河：古称西北地区南北流向的黄河为西河。

③吴起：战国时军事家。卫国左氏（今山东定陶西）人。初为鲁将，后入魏为西河守。魏武侯时遭忌而入楚，为令尹，为楚悼王主持变法。楚悼王死，他被杀害。

④三苗：古书上也称有苗或苗民，居住在河南南部至湖南洞庭湖、东至江西鄱阳湖一带。

⑤彭蠡：即今鄱阳湖。

⑥文山在其南，而衡山在其北：据《韩诗外传》："当舜之时，有苗不服，其不服者，衡山在南，岐山在北，右洞庭之陂，左彭泽之水"。文山应是岐山，南北二字错倒。岐山在今陕西岐山县东北，衡山在今湖北衡山县西北。

⑦天谿：即当时的黄河、济河。

⑧伊、洛：即伊水、洛水。

⑨左孟门而右漳、釜：孟门，古隘名，在今河南辉县西。漳、釜，即漳水、滏水。

〔解读〕

在这篇文章里，吴起就险要的地理环境与国之盛衰关系进行了精辟论述。他认为仅依山河之险并不能保护国家、成就霸业，并举古时候三苗、夏桀、殷纣亡为例，这些亡国者无不据山河之险，但由于施政不善而被人征服。魏武侯纳谏如流，称之为"圣人之言"。本文不仅表现了吴起的敢于直谏和不阿谀逢迎的耿直，而且也寓含着吴起以后失败的隐患，他后来之所以在魏国待不下去而出逃，与他这种秉直的性格有极大关系。

魏益公叔赏田

辞田而反益田，非必真有其事，乃文人加倍渲染法耳。古人作文，每每如此。

魏公叔痤[①]为魏将，而与韩、赵战浍北[②]，擒乐祚[③]。魏王说，郊迎，以赏田百万禄之。据功行赏，极平常事，忽然生出妙文来。公叔痤反走[④]再拜辞曰：九字句。“夫使士卒不崩，直而不倚，桡挠而不避者，此吴起余教也。臣不能为也。此段，加“直而”二句；“吴起”上，多一“此”字，“余教”上，省一“之”字，下又添“臣不”一句，是一样文法。前脉地形之险阻，决利害之备，使三军之士不迷惑者，巴宁、爨襄之力也。此段，“前脉”二句在“使”字前，“巴宁”上，省一“此”字；“力”上，多一“之”字，与“臣不”一句，是一样文法。县赏罚于前，使民昭然信之于后者，王之明法也。此段，“使”字居中，以“于前”“于后”字，如对不对，是一样文法。见敌之可也，鼓之不敢怠者，臣也。此段，无“使”字，却两用“也”字押脚；“臣也”二字，比上最省，是一样文法。王特为臣之右手不倦，赏臣可也；“右手不倦”，奇妙，奇妙！若以臣之有功，臣何力之有乎？”赏之曰“功”，自称曰“力”。王曰：“善。”于是索吴起[⑤]之后，赐之田二十万；巴宁、爨襄[⑥]田各十万。王曰：“公叔岂非长者哉！一句提。既为寡人胜强敌矣，战浍北，擒乐祚。又不遗贤者之后，不忘吴起。不掩能士之迹，不夺巴、爨。公叔何可无益乎？”一句缴，下便就此句作结。故又与田四十万，加之百万之上，使百四十万。故作拙句，妙妙！

故老子曰：“圣人无积，尽以为人，己愈有；既以与人，己愈多。”公叔当之矣。

〔注释〕

①公叔痤：魏国大臣。

②浍北：即浍水北。

③乐祚：赵国大将。

④反走：转身。

⑤吴起：卫国左氏（今山东定陶西）人，善用兵，魏文侯时为西河守，后逃入楚。

⑥巴宁、爨襄：魏国大将。

〔解读〕

按功行赏，本平常事，但公叔痤身为有功之臣却拒绝受赏，并讲出一番道理，说士卒队伍临阵勇猛，是仰仗吴起之遗教；而事先观察地形险阻，加强防御设施则是巴宁、爨襄之功；立赏罚标准使军民确信不疑，则是君主的贤明法典。而他自己只不过是乘敌人疏忽而击鼓猛攻，没什么功可值得奖赏的。魏惠王听后认为有道理，寻找吴起后裔而加封，并赏巴宁、爨襄良田，赞扬公叔痤品质高洁，反而又加封他良田四十万。辞田而反益田，而且名利双收，正符合了文尾引用的老子的一段名言。

公叔非悖

古人非吃自己饭，管别人事，故费此等笔墨也；实为佳时、妙地、闲身、宽心、忽然相遭，油乎自动；因而借世间杂事，抒满胸天机。如此篇，固只为末上悖者“以不悖者为悖”一句动情也。

魏公叔痤[①]病，惠王[②]往问之，曰：“公叔病，即有不讳，将奈社稷何?”临终致问，此亦常事；何意下文弄笔成妙。公叔痤对曰：“痤有御庶子公孙鞅[③]，愿王以国事听之也；为弗能听，勿使出境。”“听”是一句，“弗听”是两句，然一句反觉长，两句反觉短，其妙可想。王弗应，出而谓左右，写。曰：“岂不悲哉?“哉”字押。以公痤之贤而谓寡人必以国事听鞅。十五字句。不亦悖[④]乎?”“乎”字押。写王忽视公叔语，头上加一“岂不悲哉”句，尾后加一“不亦悖乎”句，如闻其甫脱于口也。公叔痤死，一。公孙鞅闻之，二。已葬，三。西之秦，四。孝公[⑤]受而用之。五。叙事精紧，要反复细看。秦果日以强，魏日以削。此非公叔之悖也，惠王之悖也。悖者之患，固以不悖者为悖。弄笔成妙，只为有此一弄于胸中，故特叙前文，后来“一国皆狂语，”便从此处脱去。

〔注释〕

①公叔痤：韩之公族，在魏国为官，魏武侯时做相。

②惠王：即魏惠王，名䓨（yīng），前369—前319年在位。

③御庶子公孙鞅：御庶子即家臣，公孙鞅即商鞅，卫国人，姓公孙、名鞅，入秦辅佐秦孝公变法，因功封于商，号商君，又称商鞅。

④悖：惑乱、谬误。此处谓糊涂。

⑤孝公：秦国国君，名渠梁，前 361—前 338 年在位。在位间重用商鞅改革变法，使秦一跃为富强之国。

〔解读〕

本文记叙了公叔痤之明见达识和深谋远虑，与魏惠王的昏昧愚暗而自作聪明互相映衬，对照鲜明。公叔痤作为魏国老臣，忠君爱国，在其病重时嘱惠王重用商鞅，如不用则禁其出境，以免为魏后患。而刚愎自用的惠王则认为公叔痤糊涂，既不用商鞅，又不禁其行动，任其出境，为秦孝公重用，从而埋下魏国衰弱和灭亡的祸根。本文善于运用对比手法，巧妙地揭示了人物的性格特征。

鲁共公择言

整炼之文，却是疏越之文；严重之文，却是点染之文。

梁王魏婴①觞诸侯于范台。酒酣，请鲁君举觞。鲁君兴，避席择言曰："昔者"昔者"，领下四事。帝女令仪狄②作酒，句。而美。进之禹，禹饮，句。而甘之，遂疏仪狄，绝旨酒，曰：'后世必有以酒亡其国者。'一。齐桓公夜半不嗛③，易牙④乃煎熬燔炙，和调五味而进之；桓公食之，句。而饱，至旦不觉也，句。曰：'后世必有以味亡其国者。'二。晋文公得南之威⑤，三日不听朝，遂推南之威而远之，曰：'后世必有以色亡其国者。'三。楚王⑥登强台而望崩山⑦，左江而右湖，以临彷徨，其乐忘死，遂盟强台而弗登，曰：'后世必有以高台、陂池亡其国者。'四。今"今"，领下四句。主君之尊，仪狄之酒也；主君之味，易牙之调也；左白台而右闾须⑧，南威之美也；前夹林而后兰台⑨，强台之乐也。疏疏举起四事，不意历历皆应，章法甚整而绝奇。有一于此，足以亡其国。今主君兼此四者，可无戒与！"再翻一句。梁王称"善"相属。

〔**注释**〕

①梁王魏婴：即梁惠王，前 369—前 319 年在位。因魏都在惠王时由安邑迁到大梁，所以魏又称梁。

②帝女令仪狄：帝女，传说是尧舜之女儿，或说是夏禹的女儿。仪狄，传说夏禹时酒的发明者。

③齐桓公夜半不嗛：齐桓公，姜姓，名小白，前 685—前 643 年在位，春秋五

霸之一。嗛，满足，此文作饱讲。

④易牙：名雍巫，齐桓公厨师。

⑤晋文公得南之威：晋文公，名重耳，前637—前628年在位，春秋五霸之一。南之威，美女名。

⑥楚王：即楚庄王，名旅（或作吕），前613—前591年在位，春秋五霸之一。

⑦崩山：荆山，在今湖北武当山东南。

⑧左白台而右闾须：白台、闾须，均为古代美女名。

⑨前夹林而后兰台：夹林、兰台，为楚宫苑名。

〔解读〕

本文记叙的是梁惠王在一次宴请诸侯时，鲁国国君共公在酒酣时所讲的一席“醉话”。鲁共公借古讽今，实际上是劝谕梁惠王，举禹因饮酒甜美而疏远仪狄，齐桓公因吃美味不觉天亮而忧虑后世有人贪吃而祸国，晋文公因贪美人色忘早朝而绝美色，楚庄王因登台沉醉于美景而发誓不再登台。美酒、佳肴、美色、美景，古人认为四项有一便足以断送其国家，而今天君主四者兼备，难道不足以警惕吗？鲁共公的“醉话”可谓良言，使梁惠王悚然而悟，连声称好。本文写得生动，连举四例，有极强感染力和说服力。

徐子谏太子自将

申生传，如彼无数反覆，却又别出如此一段妙论。笔墨之事，出奇无穷，有何底止？

魏太子[①]自将，过宋外黄[②]。外黄徐子曰："臣有百战百胜之术，太子能听臣乎？"题目奇。太子曰："愿闻之！"客曰："固愿效之。先加此句又好。人进苦言，必先有此句矣。今太子自将攻齐，大胜并莒[③]，则富不过有魏，而贵不益为王；至计，至言。若战不胜，则万世无魏，至计，至言。此臣之百战百胜之术也。"缴明一句又妙。题目奇，文章果奇。太子曰："诺，请必从公之言而还。"下半篇又奇。客曰："太子虽欲还，不得矣。下半篇题目又奇。彼利太子之战攻而欲满其意者众，太子虽欲还，恐不得矣。"只添得一"恐"字，句态便变。

太子上车请还，其御[④]曰："将出而还，与北[⑤]同，不如遂行。"遂行，与齐人战而死。题目又奇，文字果又奇。卒不得魏。

〔注释〕

①魏太子：魏惠王之子，名申。

②外黄：宋国地名，在今河南杞县东北。

③莒：齐国邑名，今山东莒县。

④御：即驾驭马车者。

⑤北：同"奔"，败奔之意。

〔解读〕

贵为太子而亲自率军临战，的确犯了"千金之子，不坐于堂"的古训。正如宋国徐子所言，魏太子其位已极，即便获胜，也富不过有魏，贵不过为魏王，本已为囊中之物，但如战败则富贵全无。可惜，魏太子已率兵出发，欲还不能，不得不勉强出战，结果战死。徐子之言可谓有先见之明。虽然徐子之言无积极意义，但作为处世智谋，徐子之言颇有可取之处。

惠公说文王弛葬期

此篇写事最详悉，最密致，最委婉顿折，不必更论。至于读之觉其娉婷婀娜，另饶别样意态者，则以多用“矣”“也”字押脚也。

魏惠王①死，葬有日矣。先写此句顿定。○一。天大雨雪，至于牛目，坏城郭。且为栈道而葬。

群臣多谏太子②者，曰：“雪甚如此而丧行，民必甚病之；先民。官费又恐不给，次费。请弛期更日。”“弛期”即“更日”。弛期者，弛今日；更日者，更他日；乃迭写也。此事定不得不迭写，故下文番番迭写。太子曰：“为人子，而以民劳与官费用之故，而不行先王之丧，二十字句，袅袅然。不义也；子勿复言。”不作拒谏声口，太子方居忧，如画。群臣皆不敢言，而以告犀首③。

犀首曰：“吾未有以言之也，是其唯惠乎！请告惠公！”惠公④曰：“诺。”何不迳告惠公？又多犀首一曲。此非写犀首推重惠公，乃写惠公真非犀首所及，谓之先赞法也。驾而见太子曰：“葬有日矣。”开口只四字，妙绝。二。太子曰：“然”。接口只一字，妙绝。惠公曰：“昔王季历⑤葬于楚山⑥之尾，“尾”字法。栾水⑦啮其墓，“啮”字法。见棺之前和。“前和”，字法。文王曰：‘嘻，先王必欲一见群臣百姓也，夫故使栾水见之。’奇文。于是出而为之张朝，奇。百姓皆见之。奇。三日，句。而后更葬，此文王之义也。妙妙。不知有此事，无此事；凭空撰出，使人心欢。今葬有日矣，三。而雪甚，句。及牛目，句。难以行，句。太子为及日之故，得毋嫌于欲亟葬乎？愿太子更日。妙妙。此句是实理。先王必欲少留而扶社稷，安黔首[8]也；故使雪甚。妙妙。此句是虚猜。因弛期而更为日，此文王之义也。妙妙。此句是扶进。若此而弗为，意者其羞法文王乎?”妙妙。此句是防退。太子曰：“甚善。”“善”上，添一“甚”字，妙甚。

敬弛期，弛今日。更择日，更他日。惠子非徒行其说也。又令太子未葬其先王，而又因说文王之义。说文王之义以示天下，岂小功也哉！句法黏蝉而下，妙妙。结向题外去，妙妙！○一“不义”引出两句“文王之义”为章法。顾掌丸补批。

〔注释〕

①魏惠王：名罂。

②太子：即后来即位的魏襄王。

③犀首：即公子孙衍。

④惠公：即惠施。

⑤王季历：周古公亶父子，周文王之父。

⑥楚山：即今西安南终南山。

⑦栾水：地表渗下的积水。

⑧黔首：黔，通“黎”，黑色。战国，秦称百姓曰黔首。

〔解读〕

魏襄王为了如期葬父，不顾大雪阻道，准备搭栈道出殡，群臣认为如此大雪出殡，不仅臣民困苦不堪，而且费用也不够，不如缓期出殡。但魏襄王则拒不听谏，认为这是置他于不孝之地。事情似乎陷入僵局。但惠施却巧妙地引用周文王葬父的故事，说明缓期葬父有先王之例可循，并解释说，天降大雪使殡葬不能如期进行，这是其父想多待些日子，以便扶持国家、安定百姓，使天降大雪。这样既效法了文王，又遂了其父愿和天意，缓期发殡，又何不可！惠施不愧为高手，随便杜撰了一个历史故事，便使事情迎刃而解。这也说明，人们在考虑疑难问题、解决问题时，应当有非常规思维，出奇制胜。

唐雎说信陵君

少年眼见此等文，始能驾出如杠大笔。

信陵君杀晋鄙[①]，救邯郸，破秦人，存赵国，“我有德”案。赵王[②]自郊迎。“人德我”案。唐雎[③]谓信陵君曰：“臣闻之曰：‘事有不可知者，有不可不知者；有不可忘者，有不可不忘者。’”斗下四句，无头无尾，大奇大奇！信陵君曰：“保谓也？”对曰：“人之憎我也，不可不知也；不作波折，竟逐句注。吾憎人也，不可得而知[④]也；不作波折，竟逐句注。此二句，是宾。人之有德于我也，不可忘也；不作波折，竟逐句注。吾有德于人也，不可不忘也。不作波折，竟逐句注。此二句，是主。今君杀晋鄙，救邯郸，破秦人，存赵国，此大德也。上虚注，此又实注，终竟不作波折，大奇。今赵王自郊迎，卒然[⑤]见赵王，愿君之忘之也！”上虚注，此又实注。信陵君曰：“无忌谨受教。”

〔注释〕

①信陵君杀晋鄙：信陵君即魏无忌，魏安釐王之弟，号信陵君。公元前 257 年，秦攻赵，他设法窃得兵符，击杀魏将晋鄙，夺其兵权，救赵败秦。

②赵王：即赵孝成王，名丹，前 265 年—前 245 年在位。

③唐雎：一名唐且，魏人。

④不可得而知：意谓不可让人知道。

⑤卒然：卒，通“猝”，突然。

〔解读〕

信陵君窃符救赵，有存国之功，因而博得赵王的感恩戴德。当其率军入城时，赵王亲自到城外去迎接他。在这种情况下，唐雎及时劝谏他勿居功骄横，是极可取的。本文主要记叙了唐雎的近乎哲理的谏言，也是千古不变的为人处世名言："人家憎恶我，不能不知道；我憎恶人家，却不能让人得知。人家对我有恩德，不能忘记；我对人家有恩德，就不能不忘记了。"如此智者之言，而信陵君又从谏如流，谦卑地接受，更显其胜人一筹。本文虽短，但语言灵活多变，错落有致，如开篇"杀晋鄙，救邯郸，破秦人，存赵国"四句，其语言锤炼之功夫已达极圆熟境地。

孟尝君索救燕赵

疏奇之文；通篇以连用字为笔法。

秦将伐魏。魏王[①]闻之，夜见孟尝君[②]，告之曰："秦且攻魏，子为寡人谋，奈何？"只添"夜见"二字，便写尽急。孟尝君曰："有诸侯之救，则国可存也。"王曰："寡人愿子之行也。"重为之约车百乘。

孟尝君之赵，谓赵王[③]曰："文愿借兵以救魏。"径直好。赵王曰："寡人不能。"径直好。孟尝君曰："夫敢借兵者，以忠王也。"立一句。王曰："可得闻乎？"孟尝君曰："夫赵之兵，非能强于魏之兵；魏之兵，非能弱于赵也。看他连用三"之兵"字，第四句，却省一"之兵"字。然而赵之地不岁危，而民不岁死，而魏之地岁危而民岁死者，何也？以其西为赵蔽也。今赵不救魏，魏歃盟于秦，是赵与强秦为界也，地亦且岁危，民亦且岁死矣。看他连用三"岁危""岁死"成文，最是扶疏历落。此文之所以忠于大王也"。应前立之一句。赵王许诺，为起兵十万，车三百乘。

又北见燕王[④]曰："先日公子尝约两王交矣。着此闲句，又不径直，好好。今秦且攻魏，愿大王之救之。"燕王曰："吾岁不熟二年矣，今又行数千里而以助魏，且奈何？"亦着闲句，不作径直，好好。田文曰："夫行数千里而救人者，此国之利也。今魏王出国门而望见军，虽欲行数千里而助人，可得乎？"便借"行数千里"连用之，成妙文。燕王尚未许也。田文曰："臣效便计于王，王不用臣之忠计，文请行矣！恐天下之将有大变也！"王曰："大变可得闻乎？"前后两"可得闻乎"，成章法。曰："秦攻魏，未能克之也，而台已燔，游已夺矣！而燕不救魏，二十一字句，写出他日恨。魏王折节割地，以国之半与秦，秦必去矣。扶疏历落之甚。秦已去魏，魏王悉韩、魏之兵，又西借秦兵，以因赵之众，以四国攻燕，王且何利？扶疏历落之甚。利行数千里而助人乎？利出燕南门而望见军乎？连用三“利”字成文。○又一“行数千里”，又一“出门望见军”，总是扶疏历落之甚。则道里近而输又易矣，王何利？”又一“利”字。看他极急中作戏语，好好！燕王曰：“子行矣，寡人听子。”乃为之起兵八万，车三百乘，以从文。

〔注释〕

①魏王：即魏昭王。

②孟尝君：即信陵君，战国四大公子之一。

③赵王：即赵惠文王。

④燕王：即燕昭王。

〔解读〕

孟尝君以三寸不烂之舌，搬来救兵十八万，不战而屈秦，保魏之功可谓大矣。孟尝君其高人一筹之处在于，他不是从正面乞求赵、燕出兵，而是从侧面阐述援魏之重要性，摆出援与不援之利害，危言耸听，由燕、赵自己选择。他对赵王说：“凡是来向大王借兵的，都是大王之忠臣。”赵王感到不可解，便极欲闻其究竟，孟尝君便讲了一番保魏等于保赵的道理，赵王茅塞顿开，立即答应发兵。而当燕王以连年受灾、无力发兵千里之外为借口拒绝时，孟尝君则说：“如大王不用臣的忠诚献策，那臣就告辞了，不过从此天下将发生骤变。”燕王不理解将发生什么骤变，欲听内情，孟尝君便讲了一番令燕王吃惊的道理，使燕王感到如不救魏，燕将面临比魏更危险的形势，立即答应出兵。其结果是，局势立刻发生了逆向变化，本来魏为被救对象，经孟尝君的解释，似乎赵、燕比魏面临的形势还糟，争先恐后出兵救魏，救魏成了救己。秦国本为侵略者，此时闻赵、燕出兵，反而主动割地与魏讲和。

卷之五

《战国策》

郭隗说燕昭王

一片奇气，浮出纸上，不可以寻行数墨之法相之。

燕昭王[①]收破燕后即位，卑身厚币以招贤者，欲将以报仇。故往见郭隗[②]先生，曰：此叙事，最疏奇。“齐因孤国之乱而袭破燕。先叙仇。孤极知燕小力少，不足以报。次致谦。然得贤士与共国，以雪先王之耻[③]，孤之愿也。次伸愿。敢问以国报仇者奈何？”次请教。看他词令曲折。郭隗先生对曰：“帝者与师处，王者与友处，霸者与臣处，亡国与役处。斗说四样“与处”，笔态拉杂之甚。诎指[④]而事之，北面而受学，则百己[⑤]者至；先趋而后息，先问而后默，则什己者至；人趋己趋，则若己者至；冯几据杖，眄视指使，则厮役之人至，若恣睢奋击，呴籍叱咄[⑥]，则徒隶之人至矣。又斗说五样“人至”，笔态拉杂之甚。此古服道致士[⑦]之法也。斗与一结。王诚博选国中之贤者，而朝其门下，天下闻王朝其贤臣，天下之士必趋于燕矣。”昭王曰：“寡人将谁朝而可？”问得遒逸，只是七字一句，纯是奇气。郭隗先生曰：“臣闻古之君人，有以千金求千里马者，三年不能得。看他“三年”字。涓人言于君曰：‘请求之’。君遣之，三月得千里马，马已死，买其首五百金，反以报君。看他“三月”字。君大怒曰：‘所求者生马，安事死马而捐五百金？’涓人[⑧]对曰：‘死马且买之五百金，况生马乎？天下必以王为能市马，马今至矣。’于是不能期年，千里之马至者三。看他“期年马至者三”字。今王诚欲致士，先从隗始。隗且见事，况贤于隗者乎？岂远千里哉！”妙妙。又疏奇，又遒逸，千古美谈，其本文乃如此。

于是昭王为隗筑宫而师之。此叙事最疏奇。乐毅[⑨]自魏往，邹衍[⑩]自齐往，剧辛[⑪]自赵往，士争凑燕。又连写三“自往”，总是拉杂之甚笔也。燕王吊死问生，与百姓同其甘苦。二十八年，燕国殷富，士卒乐佚轻战。叙事最疏奇。于是遂以乐毅为上将军，与秦、楚、三晋[⑫]，合谋以伐齐。叙事最疏奇。齐兵败，闵王[⑬]出走于外。燕兵独追北入至临淄[⑭]，尽取齐宝，烧其宫室宗庙。叙事最疏奇。“燕兵独追”，“独”字神彩。齐城之不下者，唯独莒、即墨[⑮]。反写不下二城，叙事最疏奇也。

〔注释〕

①燕昭王：名职，燕王哙之子，前311—前279年在位。

②郭隗：燕国名士。

③先王之耻：指燕王哙时齐趁燕国内乱突袭，攻破燕都。

④诎指：犹言屈旨，即躬身屈尊。

⑤百己：百倍于己。

⑥呴籍叱咄：呴，通“跔”，跳动。籍，通“藉”，践踏。叱咄，大声呵斥。

⑦服道致士：服侍有道之人，招致有才之士。

⑧涓人：君王身旁侍从。

⑨乐毅：战国名将，中山国灵寿（今河北平山县东北）人，因伐齐功封昌国君，后出奔赵。

⑩邹衍：一作“驺衍”，齐人，阴阳家代表人物。

⑪剧辛：战国时燕将，赵国人，佐昭王伐齐，后伐赵被俘而死。

⑫三晋：指赵、韩、魏。

⑬闵王：即齐闵王，或作齐湣王、齐愍王，齐宣王之子，名地（或曰“遂”），前300—前284年在位。

⑭临淄：齐国都城，在今山东淄博临淄。

⑮莒、即墨：莒，即今山东省莒县，即墨在今山东平度市东南。

〔解读〕

怎样识才、致才、用才，是中国历史上为政治国之重要话题。本文通过燕昭王复仇求贤之事，尤其通过郭隗之口，精辟阐述了所谓“服道致士”之道。通过君主如何对待人才之态度，并举某君王求千里马为例，说明只有在位者端正对待人才之态度，爱才、重才和善于用才，才能得到真正佐政理国之英才。燕昭王承位于国破之际，终能复仇雪耻，连破齐国七十余城，攻灭齐都，焚其宫室宗庙，关键是接受了郭隗之建议，罗致了天下一批杰出的文臣武将。至于本文的五百金买死千里马故事，早已脍炙人口，“先从隗始”也已成为典故。

苏代约燕昭王书

此文看他三“正告”，三“欲攻”，三“困于”，五“谪曰”，五“之战”。笔态犹如群龙戏于空中，一一鳞爪中间，皆有大风、大雨、大雷、大电应时而集。初学一气千遍读之，可以平增无数才气。

秦召燕王，燕王欲往，苏代约之，王乃不行。

楚得枳[①]而国亡，齐得宋而国亡。突然起。齐楚不得以有枳、宋而事秦者，何也？则以有功者，秦之深仇也。只此一句是正意。盖是时，燕新克齐，秦方忌之故也。已下俱写秦。秦取天下非行义也，暴也。一句。头。秦之行暴正告天下，告楚曰：“蜀地之甲，轻舟浮于汶[②]，乘夏水而下江，五日而至郢[③]；汉中之甲，轻舟出于巴，乘夏水而下汉，四日而至五渚。寡人积甲宛东下随，智者不及谋，勇者不及怒；寡人如射隼矣。王乃待天下之攻函谷[④]，不亦远乎？”看他一样文法。楚王为是之故，十七年事秦。

秦正告韩曰：“我起乎少曲[⑤]，一日而断太行；我起乎宜阳而触平阳，二日而莫不尽繇；我离两周而触郑[⑥]，五日而国举。”看他又一样文法。韩氏以为然，故事秦。

秦正告魏曰：“我举安邑，塞女戟[⑦]、韩氏、太原[⑧]、卷，下轵道，道南阳、封[⑨]、冀[⑩]，兼包两周；乘夏水浮轻舟，强弩在前，铦戟在后。决荥口，魏无大梁；决白马之口，魏无济阳；决宿胥之口[⑪]，魏无虚、顿丘。陆攻则击河内，水攻则灭大梁。”看他又一样文法。三段，凡作三样文法，段段精彩。魏氏以为然，故事秦。已上，三“正告”。

秦欲攻安邑，恐齐救之，则以宋委于齐，曰：“宋王[12]无道，为木人以象寡人，射其面。寡人地绝兵远，不能攻也；王苟能破宋有之，寡人如自得之。”看他一样文法。已得安邑、塞女戟，因以破宋为齐罪。秦欲攻韩，恐天下救之，则以齐委于天下，曰：“齐王[13]四与寡人约，四欺寡人，必率天下以攻寡人者三。有齐无秦，有秦无齐；必伐之，必亡之。”看他又一样文法。已得宜阳、少曲、致蔺、石，因以破齐为天下罪。

秦欲攻魏重楚，则以南阳委于楚，曰：“寡人因与韩且绝矣，残均陵[14]，塞黾隘[15]；苟利于楚，寡人如自有之。”看他又一样文法。三段，又作三样文法，段段精彩。魏弃与国而合于秦，因以塞黾隘为楚罪。已上，三“欲攻”。兵困于林中，重燕、赵，以胶东[16]委于燕，以济西委于赵；已得讲于魏，质公子延，因犀首属行而攻赵。看他比上省。兵伤于谯石，遇败于马陵，而重魏；则以叶、蔡委于魏；已得讲于赵，则劫魏。又省。魏不为割。困则使太后、穰侯[17]为和，赢则兼欺舅与母。更省。已上，二“困于”。谪燕者曰：“以胶东”；谪赵者曰：“以济西”；谪魏者曰：“以叶、蔡”；谪楚者曰：“以黾隘”；谪齐者曰：“以宋”；此必令其言如循环，用兵如刺蜚。母不能制，舅不能约。已上，五“谪曰”。看他又将上文复写一遍，倍加精彩。龙贾之战、岸门之战、封陵之战、高商之战、赵庄之战，秦之所杀三晋之民数百万。今其生者，皆死秦之孤也。已上五“之战”。看他再将上文复写一遍，倍加精彩。西河之外，上洛之地；三川，晋国之祸；三晋之半，秦祸如此其大也。一句结秦。而燕、赵之秦者，皆以争事秦，说其主，此臣之所大患也。只此一句是正意。直与上文“有功者秦之深仇也”，接连作一句读。

〔**注释**〕

①枳：战国时巴国地名，在今四川涪陵。

②汶：指汶山。

③郢：楚国都城。

④函谷：即函谷关。

⑤少曲：古地名，在今河南孟州市。

⑥郑：韩国首都，在今河南新郑。

⑦女戟：地名，在太行山以西。

⑧太原：应为太行。

⑨封：即封陵，在今山西永济市蒲州。

⑩冀：即冀亭，在今山西河津以东。

⑪宿胥之口：今河南遮害亭以东。

⑫宋王：即宋王偃。

⑬齐王：即齐闵王。

⑭均陵：今湖北均县。

⑮黾隘：即鄳塞，今河南信阳南。

⑯胶东：今山东胶河以东。

⑰太后、穰侯：太后即秦昭王母宣太后，穰侯即魏冉，宣太后异父弟，任秦相。

〔解读〕

苏代是苏秦的弟弟，在苏秦死后，苏代为燕昭王重用。当秦昭王召燕昭王前往秦国，燕昭王准备前往时，苏代劝共勿往。此文便是苏代劝燕昭王的一席话。

在劝说中，苏代洞察天下大势和秦国的吞并天下野心，认为秦国虎狼之心，弃仁义而行暴政，对山东六国或攻伐，或恫吓，或欺骗，分别对待，最终各个击破。秦警告楚王说，秦所属的蜀地、汉中精兵顺水而下，数日可达楚国首都，楚王惧怕而被迫屈服。对韩国则说，秦距韩国咫尺之远，一两天内可进入韩国，五天即可灭韩。韩国害怕，便也屈眼。对魏国说，秦国水陆并进，切断其联系，决开其河口，大梁必取无疑。魏国害怕，也臣事秦国。秦国攻打安邑，又怕齐国救援，便离间齐宋，加宋国之罪，请齐国出兵攻宋。秦欲攻韩，又怕山东诸国出兵，便离间齐与诸国关系，使其互相残杀……诸如此类，秦愈战愈强，山东六国陷于内讧，愈益削弱。苏代非常准确、清楚地看到，秦灭六国、统一天下的野心不可遏制，唯一的自救办法是山东诸国要团结起来，对秦不要抱任何幻想，不要臣事秦国，共同抗秦。燕昭王接受了苏代的建议，决定不往秦国，联合抗秦，重新恢复苏秦时的连横格局。

乐毅报燕王书

善读此文者，必能知其为诸葛《出师》之蓝本也。其起首，结尾，比《出师》更自胜无数倍。

昌国君乐毅①为燕昭王②合五国之兵而攻齐，下七十余城，尽郡县之以属燕。叙事次第。三城未下，而燕昭王死。叙事次第。惠王③即位，用齐人反间，疑乐毅，而使骑劫④代之将。叙事次第。乐毅奔赵，赵封以为望诸君。叙事次第。齐田单欺诈骑劫，卒败燕军，复收七十余城以复齐。燕王悔，叙事次第。惧赵用乐毅，乘燕之蔽以伐燕。

燕王乃使人让乐毅，且谢之，叙事次第。曰："先王举国而委将军，将军为燕破齐，报先王之仇，天下莫不振动。寡人岂敢一日而忘将军之功哉！辞令好。会先王弃群臣，寡人新即位，左右误寡人。辞令好。寡人之使骑劫代将军者，为将军久暴露于外，故召将军且休计事。辞令好。将军过听，以与寡人有郄⑤，遂捐燕而归赵。辞令好。将军自以为计则可矣，而亦何以报先王之所以遇将军之意乎？"只此一段，辞令先自妙绝。

望诸君乃使人献书报燕王，曰："臣不佞⑥，不能奉承王命，以顺左右之心，恐抵斧质之罪⑦，以伤先王之明，而害足下之义，故遁逃走赵。叙得甚婉、甚峭、甚详、甚省。今王使使者数之以罪，臣恐侍御者之不察先王之所以畜幸臣之理，又不白臣之所以事先王之心，故敢以书对。叙得甚婉、甚峭、甚详、甚省。臣闻：圣贤之君不以禄私其亲，功多者授之；不以官随其爱，能当之者处之。故察能而授官者，成功之君也；论行而结交者，立名之士也。成功立名，通篇注意。臣窃观先王之举也，见其有高世主之心。遥识先王，一。已下，一路看他陈叙。故假节于魏，而以身得察于燕。自魏来燕，二。先王过举，擢之乎宾客之中，立之乎群臣之上，不谋于父兄，而使臣为亚卿[8]。特蒙超擢，三。臣自以为奉令承教，可以幸无罪矣，故受命而不辞。量力受命，四。先王命之曰：‘我有积怨，深怒于齐，不量轻弱而欲以齐为事’。深谈肝鬲，五。臣对曰：‘夫齐，霸国之余教也，而骤胜之遗事也。闲[9]于兵甲，习于战攻。王若欲伐之，必与天下而图之。与天下而图之，莫若结于赵矣。且又淮北、宋地，楚、魏之所欲也。赵若许，而约四国攻之，齐可大破也。’定谋结赵，六。先王以为然。言听计从，七。具符节，南使臣于赵。顾反命，起兵击齐。受命使赵，八。以天之道、先王之灵、河北之地，随先王而举之济上。济上之军，受命击齐，大败齐人。轻卒锐兵，长驱至国，齐王[10]遁而走莒[11]，仅以身免。大破齐国，九。珠玉财宝，车甲珍器，尽收入燕。大吕陈于元英，故鼎反乎历室[12]，齐器设于宁台。蓟丘[13]之植，植于汶篁[14]。尽有齐器，十。自五伯[15]以来，功未有及先王者也。结归大功，十一。先王以为慊于志，故裂地而封之，使得比小国诸侯。受封昌国，十二。臣窃不自知，自以为奉令承教，可幸无罪，故受命而不辞。量功受命，十三。有意无意，如应非应，妙。已上，一路陈叙，感慨淋漓。

“臣闻：贤明之君，功立而不废，故著于《春秋》[16]；蚤知之士[17]，名成而不毁，故称于后世。又提功立名成。若先王之报怨雪耻，夷万乘之强国，收八百岁之蓄积。先王功立。及至弃群臣之日，余令未衰，执政任事之臣，修法令，慎庶孽，施及于萌隶，皆可以教后世。先王名成。已上，自述己与先王功立名成。臣闻善作者不必善成，善始者不必善终。谓是调笑可，谓是恸哭可，谓是愤辞可，谓是至理可。妙妙，妙妙！昔伍子胥[18]说听于阖闾，而吴王远迹至郢[19]。善作善始。夫差弗是也，赐之鸱夷而浮之江[20]。不必善成善终。吴王不悟先论之可以立功，故沉子胥而弗悔。燕王有之也。子胥不早见主之不同量，是以至于入江而不化。自言几不免也。夫免身立功以明先王之迹，臣之上计也；

功。离毁辱之诽谤，堕先王之名，臣之所大恐也；名。临不测之罪，以幸为利，义之所不敢出也。反明之。已上，自述所以奔赵。臣闻古之君子，交绝不出恶声；忠臣去国，不洁其名。臣虽不佞，数奉教于君子矣，恐侍御者之亲左右之说，而不察疏远之行也，故敢以书报，惟君之留意焉。”收得甚婉、甚峭、甚详、甚省。

〔注释〕

①昌国君乐毅：昌国君，乐毅的封号，因破齐有功，燕昭王将昌国封给他，故号昌国君。乐毅为战国名将，燕昭王时任亚卿。燕惠王时遭猜疑，他去奔赵国，封于观津（今河北武邑东南），号望诸君。

②燕昭王：名职，燕王哙庶子。因齐攻破燕，燕王哙及太子被杀，他继承王位。在位间，广招贤士，重用乐毅等，终击破齐，洗雪国耻。

③惠王：即燕惠王，燕昭王子，与乐毅有隙，前278—前271年在位。

④骑劫：燕国大将。后被齐军杀死。

⑤有郄：有隔阂。郄，通“隙”。

⑥不佞：犹言“不才”，为古代常用谦辞。

⑦抵斧质之罪：遭杀身之祸。抵，触犯。质，通“锧”，为承刀斧之砧板，均为杀人刑具。

⑧亚卿：官名，地位仅次于执政大臣正卿。

⑨闲：同“娴”，熟练。

⑩齐王：指齐湣王。

⑪莒：在今山东莒县一带。

⑫故鼎反乎历室：鼎指以前被齐国夺去的燕国之鼎，历室指燕国故殿名。

⑬蓟丘：燕国国都，今北京市。

⑭汶篁：指齐国汶水上的竹子。

⑮五伯：指春秋五霸秦穆公、齐桓公、晋文公、楚庄王、吴王阖闾。

⑯《春秋》：孔子作的一部编年体鲁国史书。

⑰蚤知之士：蚤，古“早”字，有先见之明的人。

⑱伍子胥：即伍员，也叫申胥，春秋末吴国大臣。

⑲郢：楚国国都（今湖北江陵西北），指当年吴王阖闾军队直抵郢城下。

⑳赐之鸱夷而浮之江：将伍子胥的尸体装入皮口袋丢入长江。鸱夷，皮革的

口袋。

〔解读〕

这是一篇脍炙人口、感人肺腑的书信体散文。乐毅为燕国大将，被燕昭王委之以重任，联合赵、楚、韩、魏、燕五国之兵攻齐，连攻下齐七十余城，只剩三城未攻下，雪了以前燕败之耻。遗憾的是，此时燕昭王病死，燕惠王即位。由于齐采用反间计，燕惠王不识忠奸，以骑劫代乐毅为将，甚至罗织罪名，欲加害于他，使其被迫出逃赵国。而多疑的燕惠王又担心赵国用乐毅来进攻燕，便写信劝乐毅不要攻燕，并责备乐毅忘先王之恩，扔下燕国而投赵。为此，乐毅派人给燕惠王送去了这封信。

乐毅在信中陈述了自己出奔赵国原因，委婉地揭露燕惠王不能知人善任、猜疑迫害忠臣的行为。并针对燕惠王所谓不能奉先王之教的责难，乐毅以最长的篇幅阐明“先王之所以畜幸臣之理”“臣之所以事先王之心”，以燕昭王与自己的相处为例，分析论述“知人善任”的原则及其成效。并以伍子胥的遭遇说明吴王阖闾、夫差父子二人的差异，以此来影射燕昭王、惠王父子，并通过伍子胥的悲惨结局来抒发内心的极度悲愤与不平。本文剖明了一个忠臣义士的真实心迹，写得曲折尽情、极有分寸，在历史上感动了不少人士。

燕王谢乐毅书

层层折折，反反复复，只是一意说上说下，更不别换意。后贤千遍读之，能长异样姿态。

寡人不佞[①]，不能奉顺君意，故君捐国而去，叙往事。则寡人之不肖明矣！妙妙，今人不肯写，亦写不出。敢端其愿，而君不肯听。叙今事。故使使者陈愚意，君试论之。妙妙，今人不肯写，亦写不出。只此二语，今人便写不出。

语曰："仁不轻绝，智不轻怨。"君之于先王[②]也，世之所明知也。牵先王，妙妙。寡君望[③]有非，则君掩蔽之，妙。不虞君之明罪之也；妙。望有过，则君教诲之，妙。不虞君之明弃之也。妙妙，已上一层。且寡人之罪，国人莫不知，天下莫不闻。妙。君微出明怨以弃寡人，寡人必有罪矣。妙。虽然，恐君之未尽厚也。妙妙。已上又一层。谚曰："厚者不毁人以自益也；仁者不危人以要名也。"故掩人之邪者，厚人之行也；救人之过者，仁者之道也。世有掩寡人之邪，救寡人之过，非君孰望之？妙。今君厚受位于先王以成尊，妙，又牵先王。轻弃寡人以快心。妙。则掩邪救过，难得于君矣。妙妙，已上又一层。且世有薄而故厚施，行有失而故惠用。今使寡人任不肖之罪，妙。而君有失厚之累，妙。于为君择之也，无所取之。妙妙，已上又一层。国之有封疆[④]，家之有垣墙，所以合好掩恶也。妙。室不能相和，出语邻家，未为通计[⑤]也。妙。怨恶未见而弃之，未为尽厚也。妙妙，已上，又一层。寡人虽不肖乎，未如殷纣之乱也。妙。君虽不得意乎，未如商容、箕子[⑥]之累也。妙。然则不内盖寡人而明怨于外，恐其适足以伤于高而薄于行也。妙妙，已上又一层。非然也，苟以明君之义，成君之高，虽任恶名不难受也。妙。本欲以为明寡人之薄，妙。而君不得厚；妙。扬寡人之辱，妙。而君不得荣，妙。此一举而两失也。妙妙。已上又一层。义者不亏人以自益，妙。况伤人以自损乎？妙。君无以寡人不肖，妙。累往事之美。妙妙，已上又一层。昔者柳下惠⑦吏于鲁，三黜而不去。或谓之曰："可以去。"柳下惠曰："苟与人之异，恶往而不黜乎？犹且黜乎，宁于故国尔。"柳下惠不以三黜自累，故前业不忘；不以去为心，故远近无议。妙妙，已上又一层。

今寡人之罪，国人未知，而议寡人者遍天下。上曰"国人莫不知""天下莫不闻"；此又曰"国人未知"。语曰："论不修心，议不累物；仁不轻绝，智不简功。"简弃大功者，辍也；轻绝厚利者，怨也。辍而弃之，怨而累之，宜在远者，妙。不望之乎君也。妙妙。已上又一层。今以寡人无罪，君岂怨之乎？愿君捐怨，追惟先王，复以教寡人。又牵先王，妙妙。已上又一层。意君曰：妙。"余且慝心以成而过，妙。不顾先王以明而恶。"妙。又牵先王。使寡人进不得修功，妙。退不得改过，妙。君之所揣也，唯君图之！妙妙，已上又一层。如此无数层，却只是一意。此寡人之愚也，敬以书谒之。

〔注释〕

①不佞：犹不才，没有才能，自谦之称。

②先王：指燕昭王，名职，燕王哙庶子，燕惠王父。

③望：名望，名声。

④封疆：疆界。

⑤通计：即适合一般情况的道理与法则。

⑥商容、箕子：商容，相传为商代贤良之贵族，被纣王废黜。箕子，殷纣王之叔父，官太师，封于箕，曾劝谏纣王，纣王不仅不听，反将其囚禁。

⑦柳下惠：即展禽，春秋鲁国大夫，因食邑柳下，谥惠，故名。以善于讲究贵族礼节著称。

〔解读〕

当乐毅出走赵国不归，燕军被齐军大败，大将骑劫被杀，连失七十余城，燕惠王处境极为被动，既悔信馋言而误国，又担心乐毅被赵人重用而报复，遂写了这封书信，派使者送给乐毅。

燕惠王在这封信中，虽象征性地说自己无才有过，但其实际上是将乐毅出走一事全归罪乐毅，一指责其暴君之过，二责其不识大体，损人而不利己，非仁者智者所为，并引鲁国大夫柳下惠三次被贬而不弃国，反反复复说明乐毅出走之举为下策，而彰惠王之过更为不道。我们知道，乐毅出走之因完全是由于燕惠王中齐人反间计所致，但燕惠王无理强占三分，以极巧妙的言辞，指责乐毅出走之非是，将自己的罪责推卸得一干二净。通篇引经据典，讲理摆事例，满腹委屈之状，读后使人不觉为燕惠王辩护。此信每一字一辞俱经细斟累酌，妙不可言，虽自首至尾一个意思，但不觉反复赘述。所以，金圣叹连批数十“妙”字以赞之。

申子请仕从兄

申不害乃是如此，不足又道。看昭侯只是一句话，却说三遍。第一遍，斗然谢绝；第二遍，故作两难；第三遍，细与注破。凡说三遍，而后此一句始畅也。

申子[①]请仕其从兄官，昭侯[②]不许也。申子有怨色。昭侯曰："非所谓学于子者也。妙妙。妙于斗然便谢。○此句，妙于略。听子之谒[③]，而废子之道乎？又亡其[④]行子之术，而废子之谒乎？此两"乎"字，即下"奚"字也。子尝教寡人循功劳，视次第。今有所求，此我将奚听乎？"妙妙。此句妙于详。申子乃避舍请罪曰："君真其人也！"羞，羞！

〔注释〕

①申子：即申不害，战国时法家，郑国人，曾任韩昭侯相十五年。

②昭侯：韩国国君，韩懿侯子，前 362—前 333 年在位。

③谒：请求。

④亡其：抑或，还是。

〔解读〕

本文写申不害为堂兄求官遭拒的故事。申不害平日教人按功授职，而自己却任人唯亲，韩昭侯便"以子之矛，攻子之盾"，揭露其言行不一，终于使其认识了错误。本文言简意赅，使我们从中得到有益启示。

申子始合昭侯

此最底下丑态，不意申不害乃是此一等人物，写得秀绝不可言。

魏之围邯郸[①]也。申不害[②]始合于韩王[③]，然未知王之所欲也，恐言而未必中于王也。写申子丑态，乃用如此秀笔。王问申子曰："吾谁与而可？"与魏耶？与赵耶？对曰："此安危之要，国家大事也。臣请深惟[④]而苦思之。"写申子丑态，用如此秀笔。乃微谓赵卓、韩晁[⑤]曰："子皆国之辨士也，夫为人臣者，言可必用，可，岂可也。尽忠而已矣。"二人各进议于王以事。或进"与魏"，或进"与赵"。句法未炼，不如去"以事"二字。申子微视王之所说以行于王，写申子丑态，用如此秀。王大说之。

〔注释〕

①邯郸：赵国国都，前 386 年赵敬侯自晋阳徙都于此。故址在今河北省邯郸市。
②申不害：战国时思想家，郑国人，法家主要代表人物之一。曾为韩昭侯相。
③韩王：即韩昭王。
④惟：思考。
⑤赵卓、韩晁：韩国大臣。

〔解读〕

申不害学源于黄老，尤重于谈"术"，即君王治国驭臣术。不过，此篇是申不害对君王所施的小小骗术。当他摸不准君王二者选一之"一"时，便避而不答，唆使他人去探君王是否，然后再将君王所喜欢的陈述上去，博得其欢心。

申不害为相十五年，颇受韩昭王青睐，由此可见其为臣之术。正如金圣叹所批“写申子丑态，用如此秀笔”。但在战国以巧舌善辩、崇尚策略为风气的时代，申不害这点“丑态”并不足为奇。

美人金

自来短文，无更短于此者；短句，短段。或一字二字为一句；或一句、二句为一段；而描邈人世苦事，乃至四面转侧不得，真奇笔也。

秦，句。大国也；句。韩，句。小国也。句。第一段。韩，句。甚疏秦，句。而见亲秦。句。“大”是苦事。第二段。韩计之，句。非金，句。无以也。句。苦苦，第三段。故句。卖美人。苦苦，第四段。美人之贾[①]贵，诸侯不能买。苦苦，第五段。故句。秦买之句。三千金。第六段。韩句。因以其金事秦。苦苦，第七段。秦反得其金与韩之美人。第八段。韩之美人因言于秦曰：“韩甚疏秦。”妙妙奇奇，天地间固甚多此事矣。第九段。

从是观之，韩之美人与金，其疏秦乃始益明。务要写到透骨，大苦。第十段。故客有说[②]韩者，已下，乃反复鼓擿之也。曰：“不如止淫用[③]，以是为金而事秦，是金必行，而韩之疏秦不明。美人，知内行者也，故善为计者，不见内行。”

〔注释〕

①贾：同“价”。

②说：劝，游说。

③淫用：奢侈淫逸。

〔解读〕

这篇小短文讲述了韩秦外交关系中一个奇异小插曲。韩国惧怕秦国，便想法巴结秦国。为得到赂秦的黄金，于是韩国就出售本国的美女，但因价格昂贵，别的诸侯国买不起，秦国便出三千金买走了美女。实际上，等于秦国既得到了黄金，又得到了美人。可意想不到的是，这美人怨恨韩国出卖她，便对秦说："韩国很厌恶秦。"因此，韩不仅失去了黄金、美人，而且还暴露了对秦的真实态度，并没有换来秦的信任。所以，有人劝韩干脆多积蓄黄金以事秦。

慎子全东地五百里

学他复写处，使人不厌重沓。

楚襄王[①]为太子之时，质于齐。怀王薨，太子辞于齐王而归。齐王[②]隘之："予我东地五百里乃归子，子不予我，不得归。"一"东地五百里"。太子曰："臣有傅，请退而问傅。"傅慎子[③]曰："献之，地所以为身也。爱地不送死父，不义。臣故曰献之便。"太子入致命齐王曰："敬献地五百里。"齐王归楚太子。

太子归，即位为王。齐使车五十乘来取东地于楚。楚王告慎子曰："齐使来求东地，为之奈何？"慎子曰："王明日朝群臣，皆令献其计。"通篇文字成竹，具在此句中。

上柱国[④]子良入见，王曰："寡人之得求反，主坟墓、归社稷也，以东地五百里许齐；齐令使来求地，为之奈何？"一段，详。二"东地五百里"，一"为之奈何"。子良曰："王不可不与也。王身出玉声，许强万乘之齐而不与，则不信；后不可以约结诸侯，请与而复攻之。与之信，攻之武，臣故曰'与之'。"自是好议论。

子良出，昭常入见。王曰："齐使来求东地五百里，为之奈何？"一段，略。三"东地五百里"，二"为之奈何"。昭常曰："不可与也。万乘者，以地大为万乘。今去东地五百里，四"东地五百里"。是去战国之半也；有万乘之号，而无千乘之用也，不可。臣故曰：勿与，常请守之。"又是好议论。

昭常出，景鲤入见。写三"入见"，皆用整整之笔。王曰："齐使来求东地五百里，为之奈何？"一段，略。五"东地五百里"，三"为之奈何"。景鲤曰："不可与也。虽然，楚不能独守。王身出玉声，许万乘之强齐也，而不与，前"强万乘之齐"；此"万乘之强齐"，略变。负不义于天下。楚亦不能独守，臣请西索救于秦。"又是好议，可谓愈出愈奇矣，却不料下文更奇。

景鲤出，慎子入。王以三大夫计告慎子。曰："子良见寡人曰：一"见寡人曰"。'不可不与也，与而复攻之'；隐括前长文成短文。常见寡人曰：二"见寡人曰"。'不可与也，常请守之'；长文成短文。鲤见寡人曰：三"见寡人曰"。'不可与也。虽然，楚不能独守也，臣请索救于秦。'长文成短文。看他特地重写三段，不肯省。寡人谁用于三子之计？"慎子对曰："王皆用之"。此是皆献其计之初志也。王怫然作色曰："何谓也？"实是奇。慎子曰："臣请效其说，而王且见其诚然也。先顿一笔，好。王发上柱国子良车五十乘而北，献地五百里于齐。齐索地，"发车五十乘"，楚献地，发车亦"五十乘"，俱是重沓之笔。发子良之明日，一"之明日"。遣昭常为大司马，令往守东地。遣昭常之明日，二"之明日"。遣景鲤车五十乘，又"车五十乘"。西索救于秦。"句。王曰："善。"了"怫然之色"。

乃遣子良北献地于齐；遣子良之明日，又一"之明日"。立昭常为大司马，使守东地；又遣景鲤西索救于秦。看他整整然接连写二遍。子良至齐，齐使人以甲受东地。昭常应齐使曰："我典主⑤东地，且与死生，悉五尺至六十，三十余万弊甲钝兵，愿承下尘。"妙。"悉五尺至六十，三十余万弊甲钝兵"，妙句妙字。齐王谓子良曰："大夫来献地，令常守之，何如？"子良曰："臣身受命敝邑之主。是常矫也，王攻之。"妙。齐王大兴兵攻东地，伐昭常，未涉疆，三字好。秦以五十万临齐右壤曰："夫隘楚太子弗出，不仁；又欲夺之东地五百里，不义。其缩甲则可，不然，则愿待战！"妙。六"东地五百里"。齐王恐焉，乃请子良南道楚、西使秦解齐患。反请子良，妙妙。三字句。士卒不用，东地复全。凡有十三"东地"字。

〔**注释**〕

①楚襄王：即顷襄王，名横，楚怀王之子。

②齐王：指齐闵王。

③慎子：楚太子师傅。

④上柱国：楚国官名。

⑤典主：管理守卫。

〔解读〕

这篇文章讲述了慎子以智保全楚国五百里国土的故事。本文以慎子三计为线索，可分三段。第一段是楚怀王死，在齐为人质的楚顷襄王要回国奔丧即位，而齐国却趁机要挟，提出要楚东部五百里土地。失去半壁河山，其事非同小可。但慎子却毫不犹豫地答应献地，令人感到突兀。楚顷襄王回国即位，为齐国来如约索地而发愁，而慎子却不出主意，只是让楚王召集大臣讨论，其平淡让人纳闷。而进见的三个大臣，子良认为应如约给土地，不然则失信用，至于土地以后可以再发兵讨回；昭常则认为这等于楚损失了一半土地，使楚失去了万乘大国地位，不如不给，并愿率兵镇守；景鲤认为即使不给，楚国也难守住，而且还担上失信之恶名，不如先给之，再到秦国去求援。这三大臣意见各有所是，使楚王无所适从。正在此时，慎子入见，楚王将三位大臣意见告诉慎子，不知采纳哪一种为是。而慎子则答："全部采纳。"这又是令人意想不到的。楚王大怒，以为慎子戏弄他，但当慎子解释后，认为可行，便派子良去齐献地，派昭常率兵去镇守，派景鲤入秦求援。结果可想而知，秦国出兵，齐国被迫退回。楚王既保住了信用，又保住了土地。

此文写得也很有特色，重复之处，则不嫌烦琐，如楚王向三大臣问计，三问完全一样：但问之"雷同"与答之完全迥异相比，使文章更加活泼。

中射士论伪药

此即东方先生一生蓝本也。因悟后人奇笔，定是前人先有；且前人所先有，定又高于后人之所有。即如此中射士主句前，必先作一宾，此固东方之所不复到也。

有献不死之药于荆王①者，谒者②操以入。中射之士问曰："可食乎?"曰："可。"因夺而食之。王怒，使人杀中射之士③。无中生有，幻此奇文。中射之士使人说王曰："臣问谒者，谒者曰：'可食。'臣故食之。是臣无罪而罪在谒者也。先作一宾。妙。且客献不死之药，臣食之，而王杀之，是死药也。王杀无罪之臣，而明人之欺王……"此段方是主句。妙妙！看他作不了语。王乃不杀。

〔注释〕

①荆王：即楚王，未可确指。

②谒者：古者宫廷掌管传达之官。

③中射之士：即中射士，官名，宫廷警卫人员。

〔解读〕

本文实际上是一个寓言故事。文中赞扬了中射士的智辩，客观上揭露了楚王的昏庸。本来中射士敢擅吃献给国王的不死药，为不赦之罪，而中射士则以其智辩将罪推到谒者身上，进而认为如王杀他，不仅证明这不死药是假药，而且也说明大王被人捉弄。一智一愚，对比鲜明。

庄辛[1]谓楚王

只起手一、二行，极言未迟、未晚，是正文。已下一路层层递接而来，俱写迟者、晚者。事有如此，妙在闲说蜻蛉起，后来却劈面直取君王，使人读之骇然。

臣闻鄙语曰："见兔而顾犬，未为晚也；亡羊而补牢，未为迟也。"臣闻昔汤、武[2]以百里昌，桀、纣以天下亡。今楚国虽小，绝长续短，犹以数千里，岂特百里哉！襄王既不受庄辛之言，后五月，果为秦所破。因发驺征庄辛与计事。庄辛谓"未迟""未晚"，语尽此。下去皆言迟、晚也。王独不见夫蜻蛉[3]乎？客。六足四翼，飞翔乎天地之间，俛啄蚊虻而食之，仰承甘露而饮之，自以为无患，与人无争也。不知夫五尺童子，方将调饴胶丝[4]，加己乎四仞[5]之上，而下为蝼蚁食也。迟矣，晚矣，不可及矣。夫蜻蛉其小者也，过接，层注而下。黄雀客。因是以[6]。俯噣白粒，仰栖茂树，鼓翅奋翼，自以为无患，与人无争也，不知夫公子王孙，左挟弹，右摄丸，将加己乎十仞之上，以其类为招[7]。昼游乎茂树，夕调乎酸咸，倏忽之间，坠于公子之手。迟矣，晚矣，不可及矣。夫黄雀其小者也，层注而下。黄鹄客[8]。因是以。游乎江湖，淹乎大沼，俯噣鳝鲤，仰啮蔆蘅[9]，奋其六翮而陵清风，飘摇乎高翔，自以为无患，与人无争也。不知夫射者，方将修其碆卢[10]，治其矰缴[11]，将加己乎百仞之上。被础磻[12]，引微缴，折清风而抎[13]矣。故昼游乎江湖，夕调乎鼎鼐[14]。迟矣，晚矣，不可及矣。

夫黄鹄其小者也，层注而下。蔡灵侯[15]之事，客。渐渐逼来。因是以。南游乎高陂，北陵乎巫山；饮茹溪[16]之流，食湘波之鱼；左抱幼妾，右拥嬖女；与之驰骋乎高蔡[17]之中，而不以国家为事。不知夫子发[18]方受命乎宣王，系己以朱丝而见之也。迟矣，晚矣，不可及矣。蔡灵侯之事其小者也；层注而下；至此，已到。君王之事，主。一路宽宽逼来，至此，不图当面直取。读之，至今骇然。因是以。左州侯、右夏侯，辇从鄢陵君与寿陵君；[19]饭封禄之粟，而载方府之金[20]；与之驰骋乎云梦[21]之中，而不以天下国家为事；而不知夫穰侯[22]方受命乎秦王，填黾塞[23]之内，而投己乎黾塞之外。至此，则迟矣，晚矣，不可及矣。今正未迟也，未晚也。妙在说到此，竟住笔，更不再措一句。

〔注释〕

①庄辛：楚国大臣。楚庄王之后，以“庄”为姓氏。

②汤、武：指商汤王、周武王，为殷、周二朝开国君主。

③蜻蛉：即蜻蜓。

④调饴胶丝：饴，指糖浆。胶丝，在竿头上粘上糖浆及蛛丝。

⑤四仞：仞，周尺七尺或八尺为一仞。

⑥黄雀因是以：此句在历史上解释、句读有分歧。王引之《经传释词》引作“黄雀因是已”，并说“已字绝句。因是，犹是也；已，语终词也。言黄雀之身以为无患，亦犹之蜻蜓也”。

⑦以其类为招：以其同类招引入彀而射杀之。

⑧黄鹄：一种大鸟，有认为是天鹅。

⑨陵蘅：即菱叶与一种浮在水面的草。

⑩碆卢：碆，石制箭头。卢，黑色的弓。

⑪矰缴：矰，古代用作射鸟的一种箭，拴有绳。缴，系在箭上的生丝绳。

⑫被磻礛：被，遭受。磻礛，锐利。

⑬折清风而抎：折，逆。抎，即陨，坠落。

⑭鼎鼐：古代烹调的器具。鼐，一种大鼎。

⑮蔡灵侯：春秋时蔡国国君。鲁昭公十一年（前 531 年），被楚灵王诱杀于申。

⑯茹溪：水名，在巫山之北。

⑰高蔡：即上蔡，即今河南上蔡县。

⑱子发：楚国将领。据《左传》昭公十一年载，是楚大夫公子弃疾受楚灵王之命围蔡杀蔡灵侯，而非子发受命宣王。

⑲左州侯、右夏侯，辇从鄢陵君与寿陵君：州侯、夏侯、鄢陵君、寿陵君为顷襄王四个宠臣，此句意谓襄王整日有州侯、夏侯陪着，出入坐车又有鄢陵君、寿陵君跟随。

⑳方府之金：指四方纳贡到国库的金钱。

㉑云梦：云梦泽，跨今湖北、湖南二省。

㉒穰侯：即秦相魏冉，秦昭王母宣太后之弟，因封于穰（今河南邓县东），故号穰侯。

㉓黾塞：古关塞名，又叫“冥塞”，即今河南信阳市西南的平靖关。

〔解读〕

楚襄王在位间不修政事，淫逸奢靡，大臣庄辛以敏锐的洞察力与预见性，告诉襄王之危险性。但襄王拒不接受，骂庄辛是老糊涂，说他恶意诅咒楚国。庄辛只好暂时出走赵国，等襄王碰壁后再作振兴。果然不出所料，庄辛在赵居住不到五个月，楚襄王连丢鄢、郢、巫、上蔡、陈等大片国土，自己则逃至城阳。他这才意识到庄辛的先见之明，便派人去请庄辛，承认自己失误，希望庄辛出奇策异智挽救楚亡。此文就是庄辛给楚襄王的一篇谏辞。庄辛首先以“见兔顾犬、亡羊补牢”为比喻，鼓励襄王不要泄气，补救还来得及，然后以蜻蜓、黄雀、黄鹄、蔡灵侯为例，说明“居安思危”之重要性。他凭借细致入微的观察，广泛的生活经验和神来之笔，穷形尽相地描绘了蜻蜓等几种小生物的习性，它们自以为平安无事，飞来飞去，悠然自得，岂知丧生之祸就在眼前！而蔡灵侯荒淫无道，沉溺酒色、游玩，岂知杀身之祸已至！然后批评襄王尽情荒淫享乐，不理国政，岂知秦国大军压境，危如累卵。

本文采用层层递进法，设喻由小见大，由物及人，由彼及此，由历史说到现实，说服力强，使楚襄王震动极大。本文语言优美，句子长短不一，错落有致，音调铿锵，节奏感强。而且灵活多变，韵味无穷，读之使人不厌，清人陆陇其誉为“最善为词令”之作，姚鼐在其《古文辞类纂》中将本文直接编入“辞赋类”。

墨子罢楚云梯

前幅奇峭，后幅奇快。

公输般[①]为楚设机，将以攻宋。墨子[②]闻之，百舍重茧，往见公输般。四字添色。百里一宿，经历百宿，约千里也；足底肿起，如茧，止非一层也。谓之曰："吾自宋闻子，吾欲借子杀王。"峭甚，斗甚。公输般曰："吾义，句。固不杀王。"亦峭甚。墨子曰："闻公为云梯，将以攻宋，宋何罪之有？句句峭。义不杀王，句。而攻国，句。是不杀少而杀众。奇峭之至。敢问攻宋何义也？"便借他"义"字，奇峭之至。公输般服焉，请见之王。

墨子见楚王，曰："今有人于此，又斗，又峭。舍其文轩，邻有敝舆而欲窃之；舍其锦绣，邻有短褐而欲窃之；舍其粱肉，邻有糟糠而欲窃之。此为何若人也？"般为云梯攻宋，如此文字，翟亦为云梯救宋也。王曰："必为有窃疾矣。"墨子曰："荆之地方五千里。宋方五百里。此犹文轩[③]之与敝舆也；荆有云梦[④]，犀兕麋鹿盈之，江汉鱼鳖鼋鼍为天下饶。宋所无雉兔鲋鱼者也。此犹粱肉之与糟糠也；荆有长松、文梓、楩楠、豫樟。宋无长木。此犹锦绣之与短褐也。臣以王吏之攻宋，为与此同类也。"便如瀑水倒悬直下，文之奇快，一至于此。王曰："善哉！请无攻宋。"四字亦峭。

〔注释〕

①公输般：即鲁班，春秋末鲁国著名工匠。公输氏，名般，后人称鲁班。被尊为建筑工匠的"祖师爷"。

②墨子：名翟。春秋战国时代的思想家，墨家创始人。原为宋国人，后长期居鲁讲学。

③文轩：漂亮的车子。

④荆有云泽：荆为楚国代称。云梦即云梦泽。

〔解读〕

墨子止楚攻宋，是历史上一个著名故事。公输般为楚设计制造先进兵器以攻宋，墨子得知后，日行百里，步行十天十夜赶到楚国，质问公输般为何攻宋，并劝楚惠王停攻。墨子不愧为学问大家，先加公输般杀宋王之罪，使公输般心中心愧；次则以一个有好车、好衣、好米好肉的富有的人，却去偷穷邻居的破车、粗衣、糟糠为例，来比喻楚王：你既然幅员广大，江湖之中无所不有，犀牛、野牛、麋鹿、鱼、鳖、鼋、鼍无所不有，山上长松、文梓、楩、楠、豫章之木用之不尽，而为何却要去攻伐一个国土狭小、资源贫乏，连野鸡、兔子、鲫鱼都没有的宋国，这和有盗窃癖的人有何区别！一番道理痛快淋漓，层层推引，步步进逼，使楚王词穷理屈。

司马喜立阴后

节节奇，节节妙，节节腴。诚若惊其奇，服其妙，必须细察其腴。盖学得其腴时，便不难有其奇，而自然到其妙也。

阴姬与江姬争为后。事端。司马喜谓阴姬公[①]曰："事成则有土子民[②]，不成则恐无身。欲成之，何不见臣乎？"凭空生出文字来。阴姬公稽首曰："诚如君言，事何可豫道[③]者？"此句妙，并不求计。司马喜即奏书中山君曰："臣欲弱赵强中山"。奇文突兀，细思之，与阴姬何与乎？后贤掩卷试揣摹之。中山王说而见之，曰："愿闻弱赵强中山之说。"司马喜曰："臣愿之赵，观其地形险阻，人民贫富，君臣贤不肖，商敌[④]为资，未可豫陈也。"奇文，又笔甚腴浓。中山王遣之。

见赵王[⑤]曰："臣闻赵，天下善为音，奇文。佳丽人之所出也。奇文。今者臣来至境，入都邑，观人民、谣俗，容貌颜色，殊无佳丽好美者。奇文。以臣所行多矣，周流无所不至，未尝见人如中山阴姬者也。奇文。不知者特以为神，人言不能及也。奇文。笔甚腴浓。其容貌颜色，固已过绝人矣。若其眉目准頞权衡、犀角偃月[⑥]，彼乃帝王之后，非诸侯之姬也。"奇文。腴之甚，浓之甚。赵王意移，入二字妙。大说，曰："君愿请之，何如？"司马喜曰："臣窃见其佳，口不能无道尔。精绝。细思如此文，真是何等心胸写得出来。即欲请之，是非臣所敢议。愿王无泄也。"精绝。司马喜辞去。

归报中山王曰："赵王非贤王也，不好道德而好声色，不好仁义而好勇力。陪一"而好勇力"，如有意，如无意。妙妙。臣闻其乃欲请所谓阴姬者。"添"所谓"二字，如全不认阴公者。妙妙。中山王作色不说。司马喜曰："赵，强国也，其请之必矣！奇文，奇得险绝。王如不与，即社稷危矣。险绝。与之，即为诸侯笑。"险绝。中山王曰："为将奈何？"司马喜曰："王立为后。以绝赵王之意。何曾费半点力？妙哉，妙哉！世无请后者，自注，妙妙。虽欲得请之，邻国不与[⑦]也。"再自注，妙妙。中山王遂立以为后，赵王亦无请言也。又多写此一句，真令通篇顿时化作镜花水月；若无此一句，便是实实有此一篇文字也。

〔注释〕

①司马喜谓阴姬公：司马喜，中山国之臣，三次为相，曾出使赵国。阴姬公，即中山王宠姬阴简之父。

②有土子民：有封地和统治民众权力。

③事何可豫道：报答之事怎么可以先说。

④商敌：商，比较。即比较敌我力量。

⑤赵王：即赵武灵王，前 325 年—前 298 年在位。在位时实行"胡服骑射"改革，并修筑长城，是一位很有作为君主。

⑥准頞权衡、犀角偃月：准，鼻。頞（è），鼻梁。权，两颊。衡，眉宇。犀角，头形。偃月，额头。极力形容其貌美。

⑦不与：不同意。

〔解读〕

有勇有谋，司马喜可谓当之无愧。本文记叙了司马喜如何巧施计谋使阴姬被中山王立为王后，而不露任何蛛丝马迹，天衣无缝。司马喜为见到中山王，冒称已找到弱赵强中山的方法，使正发愁无计救国的中山王立刻召见，然后请求作为使者到赵国去实地考察，以比较二国优劣。而到了赵国，他则利用赵武灵王贪色之心理，极赞中山国阴姬之美貌，使赵王心旌摇曳有欲得之意。然后他又回到中山国，向中山王汇报说，赵王无德追求淫声美色，想要阴姬。听说要自己的宠姬，中山王很不高兴，司马喜趁机恐吓他说，赵是强国，如果拒绝不给，则对中山不利，如给，则遭天下耻笑。从而使中山王不知所措，听从司马喜之计，先下手为强，立阴姬为后，以绝赵王之想。而实际上，赵王并没有一定要阴姬。司马喜就这样在两个国王间演出一场好戏，不仅要弄够了两个国王，而且达到了最初目的。

《楚　辞》

屈原卜居

忽然端策而请，忽然释策而谢，正如空中云舒云卷。文人从无生有，自来如此矣。痴人便谓屈平真正曾往问卜。

屈平既放，三年不得复见。竭智尽忠，而蔽障于谗；心烦虑乱，不知所从，乃往见太卜[①]郑詹尹。“竭智尽忠”，竭智以尽忠也；“心烦”二句，所谓“竭智”也，“乃往见太卜”，亦“竭智”后始出此也。曰：“余有所疑，愿因先生决之。”詹尹乃端策拂龟[②]，四字画。曰：“君将何以教之？”写肯卜，妙。屈原曰：“吾宁悃悃款款[③]朴以忠乎？将送往劳来斯无穷乎？宁诛锄草茆以力耕乎？将游大人[④]以成名乎？宁正言不讳以危身乎？将从俗富贵以偷生乎？宁超然高举以保真乎？将呢訾慄斯、喔咿嚅唲[⑤]以事妇人乎？宁廉洁正真以自清乎？将突梯滑稽[⑥]、如脂如韦以洁楹[⑦]乎？宁昂昂若千里之驹乎？将氾氾[⑧]若水中之凫，与波上下，偷以全吾躯乎？多一句，参差入妙。宁与骐骥抗轭[⑨]乎？将随驽马之迹乎？宁与黄鹄[⑩]比翼乎？将与鸡鹜争食乎？已上，须细察，并无一句重沓。此时孰吉？孰凶？何去？何从？祝文毕。下是诉詹尹，别为一篇。世溷浊而不清，蝉翼为重，千钧[⑪]为轻；黄钟毁弃，瓦釜雷鸣；[⑫]谗人高张，贤士无名；吁嗟默默兮，谁知吾之廉贞？”写得又似要卜，又似不要卜，心烦意乱，不知所从，如画。

詹尹乃释策而谢曰：写不肯卜，又妙。“夫尺有所短，寸有所长；物有所不足，智有所不明；数有所不逮，神有所不通。用君之心，行君之意六“有所”字，本接末句，横插此二句八字，文特奇峭之甚。龟策诚不能知此事。”妙妙！

〔注释〕

①太卜：古代管占卜之官。

②端策拂龟：摆好蓍草，拂拭龟壳。端，正。策，耆草，古代一种占卦用的草。龟，龟壳，占卜时以灼龟壳观兆象。

③悃悃款款：诚实的样子。

④游大人：遍谒贵幸。大人，指权贵。

⑤哫訾慄斯、喔咿嚅唲：媚言承色，阿谀奉承，而强作笑语。哫訾，用言辞求媚样子。慄斯，谨敬。

⑥突梯滑稽：即圆转诡诈，左右逢源。

⑦如脂如韦以洁楹：形容如油脂那样滑溜，如韦皮那样柔软，而顺世随俗。韦，熟治的柔软的兽皮。洁楹，谄媚奉承，揣度权贵之所好。

⑧氾氾：泛泛漂浮的样子。

⑨骐骥抗轭：与良马并驾，负重飞奔。骐骥，古代两种良马名。轭，车辕前横木，驾车时搁在马颈上。

⑩黄鹄：善飞的大鸟。有认为指天鹅。

⑪千钧：古代三十斤为一钧，此处指很重。

⑫黄钟毁弃，瓦釜雷鸣：高级的乐器黄钟遭到毁弃，而低劣的瓦釜反而作惊人之雷鸣。黄钟，本阳声的六律之首，此处指钟之律中黄钟者，器极大而声极洪，喻贤者。瓦釜，当时的瓦缶，原始、低级的乐器，喻小人庸人。

〔解读〕

屈原（约前340—前278年），名平，字原，战国时代杰出的诗人。出身楚国贵族，曾任楚怀王左徒、三闾大夫等官，他洞察时艰，主张“举贤授能”，联齐抗秦，以挽救在与强秦斗争中楚国的衰微局面。由于楚怀王庸懦无能，以及一批奸佞之臣的嫉恨，他被流放。在楚都郢沦陷后，他愤而投汨罗江自杀。主要作品有《离骚》《九歌》《天问》《九章》等。

在本篇《卜居》一文中，写屈原自己借去太卜那儿占卜决疑，询问自己应当怎样面对现实，应持什么样的处世态度，表达了自己疾恶如仇、追求真善美的理想和高尚品节。而实际上，屈原并没有去求神算卦。宋代朱熹《楚辞集注》中评说："屈原哀悯当世之人，习安邪佞，违背正直，故阳为不知二者之是非否可，而将假蓍龟以决之，遂为此词，发其取舍之端，以警世俗。"金圣叹在批注中也说"痴人便谓屈平真正曾往问卜"。此文善用比喻、排比，尤其连用八个反问来塑造"竭智尽忠"的诗人形象，以表达内心的斗争和追求。本文内容集中，主题突出，开头与结尾完全是散文写法，中间一段骈偶和散行句交错，在辞赋的散文化上有突破性进展。

宋玉对楚王问

此文，腴之甚，人亦知；炼之意，人亦知；却是不知其意思之傲睨，神态之闲畅。凡古人文字，最重随事变笔。如此文，固必当以傲睨闲畅出之也。

楚襄王[①]问宋玉曰："先生其有遗行[②]与？先标。何士民众庶不誉之甚也？"后补。○"羽岂其苗裔邪？何兴之暴也？"一样法。宋玉对曰："唯，一应。然，再应。有之。三应，接连下三应，便摹神。愿大王宽其罪，使得毕其辞。入二语，便委婉。客有歌于郢[③]中者，其始曰《下里》《巴人》[④]，国中属[⑤]而和者数千人；数千人。其为《阳阿》《薤露》[⑥]，国中属而和者数百人；数百人。其为《阳春》《白雪》[⑦]，国中属而和者不过数十人；数十人。上加"不过"字。引商刻羽，杂以流徵[⑧]，国中属而和者不过数人而已。"数人"上加"不过"字，下又加"而已"字。是一字句，总上四段也。其曲弥高，其和弥寡。故鸟有凤而鱼有鲲[⑨]。上是譬，此又譬。上先开后总，此先总后开，法变。凤凰上击九千里，绝云霓，负苍天，足乱浮云，翱翔乎杳冥[⑩]之上。写凤凰，下如许语，腴也。夫蕃篱之鹦[⑪]，岂能与之料天地之高哉！写鹦，只下"蕃蓠"二字。鲲鱼朝发昆仑[⑫]之墟，暴鬐于碣石[⑬]，暮宿于孟诸[⑭]，写鲲鱼，下如许语，腴甚。夫尺泽之鲵[⑮]岂能与之量江海之大哉！写鲲，只下"尺泽"二字。故非独鸟有凤而鱼有鲲也，上用一"故"字过，此再用一"故"字过。士亦有之。夫圣人瑰意奇行[⑯]，超然独处，八字，腴之至，炼之至。世俗之民，又安知臣之所为哉！"与上一样落句。

〔注释〕

①楚襄王：即楚顷襄王，战国末楚国国君，前298—前263年在位。

②遗行：遗，失也，此指品行有缺陷。

③郢：楚国国都，故址在今湖北江陵西北。

④《下里》《巴人》：战国时流行于楚的通俗歌曲名。

⑤属：连接。

⑥《阳阿》《薤露》：楚国较高雅的歌曲名。《薤露》后演变为贵族送殡时的挽歌。

⑦《阳春》《白雪》：楚国最高雅之歌曲名。

⑧引商刻羽，杂以流徵：宫、商、角、徵、羽为古代音乐五声。此处形容音乐造诣深厚，演唱技巧高超。

⑨鲲：古代传说中的大鱼。

⑩杳冥：高远天空。

⑪鷃：即“鹌”，也称“老扈”，趋民收麦的一种鸟。

⑫昆仑：即昆仑山。

⑬暴鬐于碣石：暴，露也。鬐，鱼背之须。碣石，即碣石山，秦始皇曾登此山，在东海之滨。

⑭孟诸：古代大泽名，大概位于今河南商丘东北。

⑮鲵：一种小鱼名。

⑯瑰意奇行：瑰、奇，卓越、美好之意。即卓越的思想与不平凡的行为。

〔解读〕

本篇在历史上被认为是宋玉的作品。宋玉，战国时楚辞赋家，为屈原弟子。曾与唐勒、景差同为楚顷襄王之臣，以好辞赋见称于世。其著述大多已佚亡，其流传的作品除《九辩》外，《风赋》《高唐赋》《登徒子好色赋》《宋玉答楚王问》等疑非宋玉所作。

此文采用夸张、比喻手法，极巧妙地回答了楚王非常突兀提出的问题，既委婉含蓄，单笔短掉，又句句傲睨不驯，从容闲畅，章法奇妙。先以《阳春》《白雪》曲高和寡，又以凤凰鲲鱼非鷃雀小鲵可比为喻，最后切入正题，结论曰：“所以，不仅鸟类中有凤凰，鱼类中有鲲鱼，而且士之中也有杰出人才。圣人的那些宏伟志趣和奇异操行，超然独处于世，一般的人又怎能知道其所作所为呢?”最后一句，无异是对楚顷襄王提出的愚蠢问题的无情讽刺。

战国文

驺忌鼓琴

文亦有一弹再鼓之态。

驺忌子①以鼓琴见威王，威王②说而舍之右室。须臾，王鼓琴。驺忌子推户入，曰："善哉！鼓琴。"王勃然不说，去琴按剑曰："夫子见容未察，何以知其善也？"驺忌子曰："夫大絃浊以春温者，君也；妙，一样句法。小弦廉折以清者，相也。妙，又一样句法。攫之深，醳之愉者，政令也；妙，又一样句法，醳音释，愉音舒。钧谐以鸣，大小相益，回邪而不相害者，四时也。妙，又一样句法。吾是以知其善也。"王曰："善语音。"文已毕，不谓下又生。驺忌子曰："何独语音？夫治国家而弭③人民，皆在其中。"王又勃然不说，曰："若夫语五音④之纪，信未有如夫子者也。若夫治国家而弭人民，又何为乎丝桐之间？"驺忌子曰："夫大絃浊以春温者，君也；小絃廉折以清者，相也。攫之深而醳之愉者，政令也；钧谐以鸣，大小相益，回邪而不相害者，四时也。重理前文，不省一字，妙妙。夫复而不乱者，所以治昌也；连而径，所以存亡也。此二句，不知是前文所留，不知是后文所补。妙妙！故曰：'琴音调而天下治，夫治国家而弭人民，无若乎五音者。"妙文，妙旨。王曰："善。"

〔注释〕

①驺忌子：即邹忌。战国初人，齐威王时为相，封于下邳（今江苏邳州市西），

称成侯。

②威王：即齐威王，田氏，名因齐，齐桓公子，重用人才，励精图治，为战国时代一有作为君主。

③弭：安抚。

④五音：亦称“五声”，指五音阶中的宫、商、角、徵、羽五个音阶。

〔解读〕

驺忌鼓琴见齐威王，是战国时一个很著名的故事。驺忌以弹琴为喻，认为治理国家之道也如弹琴，根据音阶高低缓急，道出君相配合、治国理民、四时相宜之理，由琴音可辨别出国家之盛衰存亡。

威王臣宝

更不剪截，信笔所书，自成奇绝。

威王与魏王①会田于郊。魏王问曰："王亦有宝乎？"威王曰："无有"。只二字便不凡。梁王曰："若寡人，小国也，尚有径寸之珠照车前后各十二乘者句。十枚。奈何以万乘②之国而无宝乎？"威王曰："寡人之所以为宝与王异。一句，头。吾臣有檀子者，整齐。使守南城，则楚人不敢为寇，东取泗上，十二诸侯皆来朝。错落。吾臣有盼子者，整齐。使守高唐，则赵人不敢东渔于河。错落。吾臣有黔夫者，整齐使守徐州，则燕人祭北门，赵人祭西门，徙而从者七千余家。错落。吾臣有种首者，整齐。使备盗贼，则道不拾遗。错落。此四臣者将以照千里，岂特十二乘哉！"一句，结。写威王通体不凡。梁惠王惭，不怿③而去。

〔注释〕

①威王与魏王：威王，即齐威王。魏王，即魏惠王，也称梁惠王，名䓨，魏武侯子，曾迁都于大梁（今河南开封），自称为王。

②万乘：乘，一车四马。万乘，按周制，王畿方千里，能出兵车万乘。形容大国。

③不怿：不高兴。

〔解读〕

梁惠王本来是想向齐威王炫耀一下拥有直径寸许的珍珠，以羞辱与魏争霸的齐王，岂料齐威王劈头一句“我所视作国宝的与你不同”，遂举出朝廷四大守边、执法重臣：檀子、盼子、黔夫、种首，此四人之“照光”千里之远，保卫着国家安全，相比之下，照十二乘车的大珍珠又有何可视为国宝。充分说明，国家最宝贵的不是金银财宝，而是人才，只有重用人才，国家才能繁荣昌盛。齐魏后来一兴一衰，其关键就是一个招揽天下贤才，一个则忽视人才。齐威王之“国宝论”，可为千古治国者诫。

李　斯[1]

谏逐客书

自首至尾，落落只写大意。初并无意为文。看他起便一直径起，住便一直径住，转便径转，接便径接。后来文人无数笔法，对此一毫俱用不着；然正是后来无数笔法之祖也。

臣闻吏议逐客，窃以为过矣。劈手叙事，劈口断之。昔者穆公求士，西取由余[2]于戎，东得百里奚[3]于宛，迎蹇叔[4]于宋，求邳豹、公孙友[5]于晋。此五子者，不产于秦，而穆公用之，并国二十，遂霸西戎。缪公。一。孝公用商鞅之法，移风易俗。民以殷盛，国以富强，百姓乐用，诸侯亲服，获楚魏之师，举地千里，至今治强。孝公。二。惠王用张仪[6]之计，拔三川之地[7]，西并巴蜀，北收上郡[8]，南取汉中，包九夷[9]，制鄢、郢，东举成皋之险，割膏腴之壤，遂散六国之从，使之西面事秦，功施到今；惠王。三。昭王[10]得范雎[11]，废穰侯，逐华阳[12]，强公室，杜私门，蚕食诸侯，使秦成帝业。昭王。四。劈手下断后，接此四段，略不裁剪，落落只写大意。此四君者，皆以客之功。由此观之，客何负于秦哉！莽莽大笔，落落大意，忽然结，忽然转，全不以文为意。向使四君却客而不内，疏士而小用，是使国无富利之实，而秦无强大之名也。所谓忽然结，忽然转，不以文为意也。

今陛下致昆山之玉，有隋和之宝[13]，垂明月之珠，服太阿[14]之剑，乘纤离[15]之马，建翠凤[16]之旗，树灵鼍[17]之鼓。此数宝者，秦不生一焉，而陛下说之，何也？莽莽大笔，忽说别事。看他下去，如连如断，凡提两"必秦而后可"，却又不整，又不散，总是先秦笔墨如此。必秦国之所生然后可，则是夜光之璧不饰朝廷，犀象之器不为玩好，而赵国之女不充后宫，骏马、駃騠[18]不实外厩，江南金锡不为用，西蜀丹青不为采。所以饰后宫、充下陈、娱心意、悦耳目者，必出于秦然后后可，则是宛珠之簪、傅玑之珥、阿缟之衣、锦绣之饰，不进于前。而随俗雅化，佳冶窈窕，赵女不立于侧也。如此文字，不知其为顺、为倒、为连、为断、为正、为喻、为整、为散，总是先秦笔墨如此。夫击瓮叩缶，弹筝搏髀，而歌呼呜呜，快耳目者，真秦之声也；郑、卫桑间[19]，韶、虞、象、武[20]者，异国之乐也。今弃击瓮而就郑、卫，退弹筝而取韶、虞，若是者何也？快意当前，适观而已矣。总是落落自写大意，何暇分色、分声？今取人则不然。忽然转。不问可否，不论曲直，非秦者去，为客者逐，然则是所重者在乎色乐、珠玉，而所轻者在乎人民也。此非所以跨海内、制诸侯之术也。忽然结。

臣闻地广者粟多，国大者人众，兵强则士勇。是以泰山不让土壤，故能成其大；河海不择细流，故能就其深；王者不却众庶，故能明其德。是以地无四方，人无异国，四时充美，鬼神降福，此五帝三王之所以无敌也。落落大意。今乃弃黔首以资敌国，却宾客以业诸侯，使天下之士退而不敢西向，裹足不入秦，此所谓'藉寇兵而赍盗粮'者也。忽然又结，下忽然又转。夫物不产于秦，可宝者多；结喻。士不产于秦，愿忠者众。结客。今逐客以资敌国，损民以益仇，内自虚而外树怨于诸侯，求国之无危，不可得也。忽然结，便住。

〔**注释**〕

①李斯：秦代著名政治家。楚国上蔡（今河南上蔡西南）人，初为郡小吏，后从荀卿学。入秦为客卿，又为廷尉，为秦始皇重用，对秦统一和秦专制制度建立起重要作用。后为赵高所忌，被杀。

②由余：春秋时秦大夫。原为晋国人，后逃亡西戎（现我国西北地区），秦穆公赏其才，以计使其归秦。

③百里奚：春秋时秦大夫。百里氏，一说百氏，字里，名奚。原为虞大夫，为

晋俘去，作为陪嫁之臣入秦，后又出走入楚。秦穆公闻其贤，以五张牡羊皮赎回，任为大夫，史称五羖大夫，为秦穆公称霸立功。

④蹇叔：百里奚朋友，由百里奚推荐，由宋国迎入秦，任为上大夫。

⑤邳豹、公叔友：此二人都从晋入秦，任大夫之职。

⑥张仪：战国时魏国贵族后代。秦惠文君时任秦相。执政时采用连横策略，游说各国服从秦国，瓦解齐楚联盟。

⑦三川之地：今河南洛阳一带，因境内有黄河、伊河、洛河，故称三川。

⑧上郡：今陕西北部，当时属魏国土地。

⑨九夷：指东南方少数民族，“九”为虚数，表示多的意思。

⑩昭王：即秦昭襄王嬴则，秦武王异母弟。

⑪范雎：一作范且，或误作范睢。字叔，战国魏人。游说秦昭王，任秦相，主张远交近攻，歼灭敌国主力。曾忌大将白起，迫其自杀。

⑫华阳：即华阳君，芈八子的同父弟芈冉的称号。

⑬隋和之宝：即隋侯珠和和氏璧，为春秋时二宝。

⑭太阿：宝剑名，也称“泰阿”，相传为春秋时欧冶子、干将所铸。

⑮纤离：骏马名。

⑯翠凤：一种珍奇之鸟。

⑰灵鼍：俗称“猪婆龙”，其皮可蒙鼓。

⑱驮騠：北方名马。

⑲郑、卫桑间：指郑卫地方民歌。

⑳韶、虞、象、武：古代的乐舞名。

〔解读〕

秦王嬴政十年（前237年），因发生了韩国水工郑国间谍事件，秦宗室贵族对来秦的外国人持怀疑态度，建议驱逐出境。秦王下“逐客令”，李斯也在被逐之列。当时以外国人身份为秦客卿的李斯，认为此举错误，向秦王谏奏了这篇文章，为秦王采纳。

此文论据确凿，议论纵横，逻辑性很强，有极强的说服力。作者首先从历史上举例说明秦国统治者富有纳贤之传统和对外来人才的重视，举了由余、百里奚、蹇叔、邳豹、公孙友五位贤士，均不生于秦国，但却被秦穆公聘请重用，帮助穆公为天下霸主。孝公、惠王、昭王也用非秦国人的商鞅、张仪、范雎，对外扩张，对内改革，为秦国强盛建立功勋，事实说明这四位国君都是凭客卿的功劳才使秦国有今天这样的规模。接着，剖析了秦王逐客的内在原因，作者尖锐指出，如果秦国拒绝外来的东西，可为什么对非产于秦国的珠宝、骏马、美女、音乐而爱不释手？显然是这些东西可以赏心悦目。而对外来人才，却不辨是非曲直、不问有用无用，一概驱逐，说明秦王重视的是珍奇女色，而轻视的是人才。这绝不是统一天下、治服诸侯的做法，而是削弱本国、广树敌人的愚蠢策略，会导致秦国的危机。在此，李斯指出："是以泰山不让土壤，故能成其大；河海不择细流，故能就其深；王者不却众庶，故能明其德。"可谓真理。

韩　非

初见秦王[①]

笔下峭刻，是其天性；又要看其开阖之大，描摹之细，是古今最雄奇文字。

臣闻不知而言，不智；陪。知而不言，不忠。主。为人臣不忠当死，言而不当亦当死。虽然，臣愿悉言所闻，惟大王裁其罪。出手峭刻，便是韩非。

臣闻天下阴燕、阳魏、[②]连荆、固齐、收韩，而成从[③]，将西面以与秦强为难，臣窃笑之。一段。先言从之难成，作翻。世有“三亡”，而天下[④]得之，其此之谓乎？

臣闻之曰：“以乱攻治者亡，以邪攻正者亡，以逆攻顺者亡。”证从之难成。今天下之府库不盈，囷仓[⑤]空虚，悉其士民，张军数十百万，其顿首戴羽[⑥]，为将军断死于前，不至千人，皆以言死。画出可笑。白刃在前，斧锧[⑦]在后，而却走不能死也。画出可笑。非其士民不能死也，上不能故也。言赏则不与，言罚则不行。赏罚不信，故士民不死也。已上，反复极论从之必难成如此；下则反复极论谋臣不忠，从且不难成。今秦出号令而行赏罚，有功无功相事也。出其父母怀衽之中，生未尝见寇。耳闻战，顿足徒裼[⑧]；犯白刃，蹈炉炭，断死于前者，皆是也。极画秦人。夫断死与断生也不同，而民为之者，是贵奋死也。夫一人奋死，可以对十，十可以对百，百可以对千，千可以对万，万可以克天下矣。一“今秦”，言号令胜六国。今秦地折长补短，方数千里，名师数十百万。二“今秦”，言地形胜六国。秦之号令赏罚、地形利害，天下莫若也。以此与天下[9]，天下不足兼而有也。忽然总上，曲折而下，翻出谋臣不忠。是故秦战未尝不克，攻未尝不取，所当未尝不破，开地数千里，此其大功也。然而兵甲顿[10]，士民病，蓄积索，田畴荒，囷仓虚，四邻诸侯不服，霸王之名不成，此无异故，其谋臣皆不尽其忠也。一篇主意，在力排谋臣不忠，而欲自进其说。

臣敢言之，提。○已下，反复皆从不难成。往者齐南破荆，东破宋，西服秦，北破燕，中使韩、魏，土地广而兵强，战克，攻取，诏令天下。齐之清济、浊河，足以为限；长城、巨防，足以为塞。看他先自说齐事，不便说秦事。齐，五战之国也[11]，一战不克而不齐[12]。由此观之，夫战者，万乘之存亡也。从齐，看看卸到秦。且闻之曰：“削迹无遗根，无与祸邻，祸乃不存。”再找一句，以明利害。已下细细说秦为谋臣所误，不止一端。秦与荆人战，大破荆，袭郢，取洞庭、五湖、江南，荆王君臣亡走，东服于陈[13]。当此时也，随荆以兵，则荆可举；荆可举，则民足贪也，地足利也；东以弱齐燕，中以凌三晋，然则是一举而霸王之名可成也，四邻诸侯可朝也。说得如可唾手。而谋臣不为，引军而退，复与荆人为和；令荆人得收亡国，聚散民，立社稷主，置宗庙令，率天下西面以与秦为难，此固以失霸王之道一矣。谋臣不忠，因而误事，此是一端。天下又比周[14]而军华下，大王以诏破之，兵至梁郭下，围梁数旬，则梁可拔；拔梁，则魏可举；举魏，则荆赵之意绝；荆赵之意绝，则赵危；赵危而荆狐疑。东从弱齐、燕，中以凌三晋，然则是一举而霸王之名可成也，四邻诸侯可朝也。又如可唾手。而谋臣不为，引军而退，复与魏氏为和，令魏氏反收亡国，聚散民，立社稷主，置宗庙令[15]，此固以失霸王之道二矣。谋臣不忠，因而误秦，此又一端。

前者穰侯[16]之治秦也，用一国之兵，而欲以成两国之功[17]。是故，兵终身暴露于外；士民疲病于内；霸王之名不成；此固以失霸王之道三矣。谋臣不忠，误秦，又一端。赵氏，中央之国也，杂民所居，其民轻而难用也。号令不治，赏罚不信，地形不便，下不能尽其民力，彼固亡国之形也。看他是何等笔势。而不忧民萌，悉其士民，军于长平之下，以争韩上党。大王以诏破之，拔武安。当是时也，赵氏上下不相亲也，贵贱不相信也，然则邯郸不守，拔邯郸、筦[18]山东、河间，引军而去，西攻修武，踰华、绛、上党。代四十六县，上党七十县，不用一领甲，不苦一士民，此皆秦有也。代、上党不战而毕为秦矣。东阳、河外，不战而毕反为齐矣。中山呼沱以北，不战而毕为燕矣。然则是赵举，赵举则韩亡；韩亡则荆、魏不能独立；荆、魏不能独立，则是一举而坏韩，蠹魏，拔荆；东以弱齐，强燕，决白马[19]之口以沃魏氏；是一举而三晋亡，从者败也。大王垂拱以须之[20]，天下遍随而服矣。霸王之名可成。是何笔势，蓬蓬勃勃不啻如口出。○又如何唾手。而谋臣不为，引军而退，复与赵氏为和。夫以大王之明，秦兵之强，弃霸王之业，地曾不可得，乃取欺于亡国，是谋臣之拙也。谋臣不忠，误秦又一端。此一端下，又迭迭复复说者，秦战最雄是长平之胜，最悔是不曾乘胜取赵，致后有王陵、王龁之败，故从其心病痛切言之。且夫赵当亡而不亡，秦当霸而不霸，天下固以量秦之谋臣，一矣。又作一段。乃复悉士卒以攻邯郸，不能拔也。弃甲负弩，战竦而却，天下固以量秦力二矣。又作一段。军乃引退，并于李下。大王又并军而致与战，不能克之也，又不能反，交罢而去，天下固量秦力，三矣。又作一段。内者量吾谋臣，外者极吾兵力。由是观之，臣以为天下之从，几不难矣。紧紧收转"从不难"。内者，吾甲兵顿，士民病，蓄积索，田畴荒，囷仓虚；内者。外者，天下皆比意[21]甚固，外者。愿大王有以虑之也。紧紧再收。

且臣闻之曰："战战栗栗，日慎一日；苟慎其道，天下可有。"何以知其然也？又宽宽引古起。昔者纣为天子，将率天下甲兵百万，左饮于淇溪，右饮于洹溪，淇水竭而洹水不流，以与周武王为难。武王将素甲[22]三千，战一夜而破纣之国，禽其身，据其地，而有其民，天下莫伤。极意写。知伯[23]率三国之众，以攻赵襄子于晋阳，决水而灌之，三月城且拔矣。襄子钻龟筮占兆，以视利害，何国可降？乃使其臣张孟谈，于是乃潜行而出，反知伯之约，得两国之众，以攻知伯，禽其身，以成襄子之功。极意写。今秦地，折长补短，方数千里，名师数十百万，秦国之号令赏罚，地形利害，天下莫如也。以此与天下，天下可兼有也。应前总。

臣昧死，愿望见大王，言所以以破天下之从：举赵、亡韩，臣荆、魏，亲齐、燕，以成霸王之名，朝四邻诸侯之道。已上，非尽谋臣，此欲独进其说。大王诚听其说，一举而天下之从不破，赵不举，韩不亡，荆、魏不臣，齐、燕不亲，霸王之名不成，四邻诸侯不朝，大王斩臣以殉国，以为王谋不忠者也。反复明己与秦谋臣不同。

〔**注释**〕

①秦王：即嬴政，战国时秦国君、秦王朝的建立者。统一全国后称始皇帝。

②阴燕、阳魏：阴指北，阳指南。即北面有燕国，南面有魏国。

③从：即“纵”。战国时，齐、楚、燕、韩、赵、魏六国为联合抗击秦国而结成同盟，因六国地连南北成纵向，故称之为合纵。

④天下：此处指齐、楚等六国。下同。

⑤囷（qūn）仓：即圆形的谷仓。

⑥戴羽：头盔上插有羽毛的将领。

⑦锧（zhì）：古代一种斩人的刑具。

⑧徒裼（xī）：即敞开或脱去上衣，露出身体的一部分。

⑨与：攻取。此句意即凭借上述优势去攻取六国。

⑩顿：通“钝”。

⑪五战之国：曾五次打败敌国的国家。

⑫一战不克而不齐：这里指公元前318年，五国联军攻占齐国都城，齐湣王被杀。

⑬东服于陈：指公元前278年，秦将白起攻陷楚国都城，楚被迫向东迁至陈（今河南淮阳）。服，保有。

⑭比周：互相勾结。

⑮置宗庙令：其他版本为“置宗庙，令”。“令”一字，据学者考定，其后面脱

“（令）率天下西面以与秦为难”十个字。

⑯穰侯：魏冉，战国时秦大臣，原为楚人，秦昭王母宣太后异父弟。后任秦国相，封于穰，号穰侯。

⑰两国之功：两国指秦国和穰侯私人封地。

⑱筦：通“管”，这里是包举的意思。

⑲白马：古代黄河渡口，在今河南滑县东北。

⑳须：等待。

㉑比意：联合抗秦的意图。

㉒素甲：周武王伐纣时，其父周文王丧期未满，将士都服孝穿白色，故称素甲。

㉓知伯：春秋末年晋国大臣。

〔解读〕

此文为《韩非子》中的一篇。战国时韩非所著。

韩非（约公元前280—前233年），出身韩国贵族。早年游学楚国，与李斯同师于荀子。回到韩国后，韩非曾上书劝谏韩王革新政治，以法治国，但不见用。悲愤之余，韩非著《孤愤》《五蠹》《说难》等十余万言，比较集中地反映了他的思想。这些主张仍未得到韩王的重视，却受到秦王政的赞赏。秦王政读到其中《五蠹》等篇时，感叹道：“嗟乎！寡人得见此人与之游，死不恨矣！”

韩非到秦不久，便写了本文。文中主要阐述了秦应该凭借本国的优势，不失时机地用战争统一天下的思想。

文章指出，齐、楚等六国虽然联合起来共同抗秦，貌似强大，但世上导致灭亡的三种情况，这几个国家都存在。而秦国有号令赏罚、土地面积和数十万精锐军队的优势，攻无不克，战无不取，这是多么伟大的功业。但现在军械钝坏，士兵与民众疲困，田地荒芜，仓库空虚，诸侯不臣服，秦国霸王地位不能成立，这都是由于秦国的谋臣不尽忠心的缘故。

文中列举过去秦国与楚国、魏国、赵国等作战，本来可以将其灭亡，进而统一天下，而秦国一再丧失成就霸业的机会，使敌国得到喘息恢复，又复与秦国为敌，徒使秦国耗费兵力、物力，反使自己谋臣的策略被敌人估量透了，军队实力消耗尽了。本文最后指出，现在秦国的优势，其他几国都没法相比。进而讲述了灭亡六国的途径。这篇文章对秦王政影响是很大的，它的观点和策略也被后来的历史所证明。

说　难[1]

尽事尽情之文，然而公子竟死于此。故学者只宜宝其文，不宜宝其术也。

凡说之难，提。非吾知[2]之有以说之难也，十字句。又非吾辨之难能明吾意之难也，十三字句。又非吾敢横佚[3]，能尽之难也。十一字句。忽然接三句非难，如奇峰嶙峋而起，矶硉而落，最是奇情、奇笔。

凡说之难，在知所说[4]之心可以吾说当之[5]。又提。所说出于为名高者也，而说之以厚利，则见下节而遇卑贱，必弃远矣。一难。所说出于厚利者也，而说之以名高，则见无心而远事情[6]，必不收矣。一难。所说实为厚利，而显为名高者也，而说之以名高，则阳收其身，而实疏之。三难。若说之以厚利，则阴用其言，而显弃其身。四难。前二分，后二并，笔态疏奇之甚。此之不可不知也。先一结过，下再起。

夫事以密成，语以泄败，未必其身泄也；而语及其所匿之事，如是者身危。一难。贵人[7]有过端，而说者明言善议，以推其恶者，则身危。二难。周泽未渥也[8]，而语极知，说行而有功，则德亡；说不行而有败，则见疑，如是者身危。三难。夫贵人得计而欲自以为功，说者与知焉，则身危。四难。彼显有所出事，乃自以为它故，说者与知焉，则身危。五难。强之以其所必不为，止之以其所不能已者，身危。六难。作一段过，下再起。故曰：与之论大人[9]，则以为间己；一难。与之论细人[10]，则以为鬻权；二难。论其所爱，则以为借资；三难。论其所憎，则以为尝己[11]；四难。经省其辞，则不知而屈之[12]；五难。泛滥博文，则多而久之[13]；六难。顺事陈意，则曰怯懦而不尽；七难。虑事广肆，则曰草野而倨侮[14]；八难。此说之难，不可不知也。又一结过，再下起。

凡说之务[15]，又提。在知饰所说之所敬，而灭其所丑；一。彼自知其计，则无以其失穷之；二。自勇其断，则无以其敌怒之；三。自多其力，则无以其难概之；四。规异事与同计，誉异人与同行者，则以饰之，无伤也；五。有与同失者，则明饰其无失也；六。大忠无所拂辞[16]，七。辞言无所击排[17]；八。乃后申其辩知焉，此所以亲近不疑。再一结过。下再起。

知尽之难也，再提。得旷日弥久；而周泽既渥，精深之文。深计而不疑，交争而不罪，精深之文。乃明计利害以致其功，直指是非以饰其身，精深之文。以此相持，四字，更精，更深。此说之成也。结完。伊尹为庖[18]，百里奚为虏[19]，皆所由干其上也。引证。故此二子者皆圣人也，犹不能无役身[20]而涉世，如此其污[21]也，十四字句。则非能仕之所耻也[22]。痛语，读之泪落。结上引证。宋有富人，天雨墙坏。其子曰："不筑且有盗"。其邻人之父，亦云。二字，省法。暮而果大亡其财，其家甚知其子[23]而疑邻人之父。又引证。昔者郑武公[24]欲伐胡[25]，乃以其子妻之，因问群臣曰："吾欲用兵，谁可伐者？"关其思曰："胡可伐"。乃戮关其思，曰："胡，兄弟之国也。子言伐之，何也？"胡君闻之，以郑为亲己，而不备郑。郑人袭胡，取之。又引证。此二说者，其知皆当矣。然而厚[26]者为戮，薄[27]者见疑，非知之难也，处知则难矣。总结二证。昔者弥子瑕[28]见爱于卫君。卫国之法，窃驾君车者罪至刖[29]，既而弥子之母病，人闻，往夜告之，弥子矫驾君车而出。君闻之而贤之，曰："孝哉！为母之故而犯刖罪。"与君游果园，弥子食桃而甘，不尽而奉君。君曰："爱我哉！忘其口而念我。"及弥子色衰而爱弛，得罪于君。君曰："是尝矫驾君车，又尝食我以其余桃。"又引证。故弥子之行，未变于初也；前见贤而后获罪者，爱憎之至变也。又结上证。

故有爱于主，则知当而加亲；见憎于主，则罪当而加疏；故谏说之士，不可不察爱憎之主，而后说之矣。此连上“爱憎”转笔，极写臣主相遭之难；下再以龙喉逆鳞喻之。最峭拔，最婉折之笔也。夫龙之为虫也㉚，可扰狎而骑也。然其喉下有逆鳞径尺，人有婴之㉛，则必杀人；人主亦有逆鳞，说之者能无婴人主之逆鳞，则几矣㉜。

〔注释〕

①说难：进言的困难。说，音 shuì。

②知：即智的意思。

③横佚：纵横驰骋。

④所说：指进言的对象。

⑤当之：与被说之人的心思相称。

⑥远事情：不切实际。

⑦贵人：这里指君主。

⑧周泽未渥：周泽，恩宠。未渥，不深厚。

⑨大人：这里指大臣。

⑩细人：这里指君主身边的侍臣。

⑪尝己：尝，试探。即君主认为言者试探自己。

⑫经省其辞，则不知而屈之：经，即“径”。此句意思是，君主好文华，而言者过于简单直接，则被认为无知而受到屈辱。

⑬泛滥博文，则多而久之：意思是君主志在简要，而言者浮辞泛滥，则被认为迂诞失当，令人疲倦。

⑭倨侮：傲慢。

⑮务：紧要之处。

⑯拂辞：拂，违背其辞。意思是谏劝君主，君主如不从谏，可待机再谏。

⑰击排：《韩子》作“击摩”。意思是大忠进谏，不排挤他人。

⑱伊尹为庖：商初大臣。名伊，尹是官名。原为有莘氏女的陪嫁小臣，负鼎俎，以滋味说商汤致王道，被汤任以国政，助汤灭夏。

⑲百里奚：亦作百里傒，春秋时秦大臣。原为虞国大夫，虞亡被晋俘去，作为陪嫁之臣送秦。后出走到楚，又被秦穆公以五张羊皮赎回，用为大夫，辅助穆公建立霸业。

⑳役身：身为仆役。指从事低贱的工作。

㉑污：卑下，指当庖、虏是卑下。

㉒仕：通“士”。

㉓知：通“智”，知其子，即称其子聪明。

㉔郑武公：春秋时郑国君，公元前 770—前 744 年在位。

㉕胡：春秋时国名。在今河南郾城西南。

㉖厚：重。

㉗薄：轻。

㉘弥子瑕：春秋时卫灵公宠幸的近臣。

㉙刖：古代时一种砍脚的刑罚。

㉚龙之为虫：《正义》曰：龙，虫类也。故言“龙之为虫”。

㉛婴：即“撄”，扯动。

㉜几：差不多。

〔解读〕

韩非喜刑名法术之学，又就师于荀子。在韩国任职期间，见韩国日渐削弱，屡次上书韩王，劝其修明法制，求人任贤，革新政治，富国强兵，但都不被采纳。韩非愤而著书十余万字，《说难》是其中一篇。

本文指出了臣下向君主进言的种种困难，强调进言者要揣摩到君主的心理，迎合其心意，选择适当时机而进言。文章认为，进言的困难，不在进言者的智慧、辩说和表达的困难，而在于了解进言对象的心思，用自己的言辞去将就，要知道对方内心里追求的是什么，不要被人家表面的现象所迷惑。指出，事情因为严守秘密而成功，言论因为泄露而失败。进言还要注意不要涉及他人，以及讲究进言的方式，等等。文章强调，进言最关键的是，要善于粉饰听话者所最得意的，遮盖他认为羞耻的事情。不要直接或间接批评听话者的缺点。与听话者行为相同的人，则要赞誉他；与听话者有同样缺点的人，则要粉饰他；与听话者有同样失败遭遇的人，则掩饰说没什么损失。只有花费很长时间，与君主交厚了，受到其信任，才能适当进言。

文章列举郑武公伐胡、宋人失窃的故事，说明不适时或不分场合、身份而进言，重者被杀，轻者见疑。应当为言者所诫。又列举弥子瑕与卫灵公之事，指出规劝、进言君主，不能不先弄清楚其爱憎，然后再说话。文章最后说，君主与龙一样，也有逆鳞，进言者只有不触动它才行。

本文是在韩非屡次进言不纳的情况下而写的。反映了作者的悲愤心理和奴隶社会、封建社会宣扬君权神授，及君主独裁专制、凶残暴虐的黑暗面。也表现了作者为达到目的，曲意奉上的心态和做法。从现在来看，固然有许多应当摈除的地方，但在文学价值和人际交往的语言艺术方面，还有积极的方面。这篇文章对后世影响很大，特别是龙有逆鳞径尺来形容君主的说法，流传甚广。司马迁在《史记》为韩非立传时，将此篇全文俱收，并深为叹息说："然韩非知说之难，为《说难》书甚具，终死于秦，不能自脱。"

《史　记》选

赵养卒[①]说归赵王[②]

文字无有不从笔墨生者。此文字，却是生龙活虎，殆非笔墨所能效力，直令人亲见倏忽从舍中去，倏忽已与王御而归也。

赵王与张耳[③]、陈馀[④]，北略地燕界。赵王间出[⑤]，为燕军所得。燕将囚之，欲与分赵地半，乃归王。使者往，燕辄杀之以求地，张耳、陈馀患之。事乃如此，先叙过，下忽出奇。

有厮养卒谢其舍中[⑥]曰："吾为公说燕，与赵王载归。""吾为公"妙。吾之为吾，更不自计，奈何许人？加"与王载归"句，更妙。舍中皆笑曰："使者往十余辈[⑦]辄死，若[⑧]何以能得王！"只与"舍中"一笑，并不曾通张、陈。乃走燕壁[⑨]。叙得疏奇。燕将见之，叙得疏奇。问燕将曰："知臣何欲？"一问，如高手棋，斗下一子，了无可揣摸。燕将曰："若欲得赵王耳。"曰："君知张耳、陈馀何如人也？再问，如高手棋，又斗下一子。燕将曰："贤人也。"曰："知其志何欲？"又一问，如高手棋，又斗下一子。凡下三子，略不连接，而已尽得大势，已下如破竹也。曰："欲得其王耳。"赵养卒乃笑曰："君未知此两人所欲也。劈手夺一句。夫武臣、张耳、陈馀，杖马箠[⑩]，三字句，腴甚。下赵数十城，此亦各欲南面而王，岂欲为卿相终已邪？妙妙，快快，其说云何？我急欲闻。夫臣与主，岂可同日而道哉！又陪讲一句，使意绝畅。顾其势初定，未敢参[⑪]分而王，妙妙，是是。且以少长[⑫]，先立武臣为王，以持赵心[⑬]。妙妙，是是。今赵地已服，此两人亦欲分赵而王，时未可耳。妙妙，是是。今君乃囚赵王，六字句。此两人名为求赵王，八字句。实欲燕杀之，此两人分赵自立，十二字句。夫以一赵尚易[14]燕，况以两贤王左提右挈[15]，而责杀王之罪，二十二字句。灭燕易矣。”四字句。燕将以为然，乃归赵王。养卒为御[16]而归。六字写绝。固曰：“与王载归也。”

〔注释〕

①赵养卒：即赵军中的厮养卒。厮养卒，一说为炊事兵。韦昭说：“析薪为厮，炊烹为养。”

②赵王：即武臣，秦末农民起义军将领。陈县（今河南淮阳）人。攻占邯郸后，自立为赵王。

③张耳：大梁（今河南开封人）。战国末为魏国外黄（今河南民权县西北）令。秦末从武臣北定赵地，任丞相。

④陈馀：大梁人。秦末与张耳从武臣攻占赵地。

⑤间出：私自外出。

⑥谢其舍中：谢，诉说，告诉。舍中，指同宿舍中的人。

⑦辈：批。

⑧若：代词，你，你们。

⑨壁：军营的墙壁，引申为军营。

⑩杖马箠：杖，执持。马箠（chúi），马鞭。

⑪参：通“三”。

⑫少长：年纪大小。

⑬持赵心：持，稳住。赵心，赵地的人心。

⑭易：轻视。

⑮左提右挈：互相扶持。

⑯为御：为其驾车。

〔解读〕

秦朝末年，社会矛盾激化，爆发了陈胜、吴广领导的农民起义。武臣奉陈胜之命，率张耳、陈馀北略赵地，并自立为赵王。赵王因私下外出，被燕军所执。燕以平分赵地为条件归还赵王。张耳等先后派使者十余批与燕交涉，都被燕人所杀。张耳、陈馀为此很忧虑。而赵军中一个负责杂役的无名小卒，不顾别人讥笑，只身到燕游说，寥寥数语，竟载赵王而归。文章先是交代背景及十余批使者有去无回，张耳、陈馀无计可施的严重局势，使读者亦感忧虑，然而却乾坤倒转，出现与势态截然相反的结局，其言之妙与文章之洗练，同样令人赞叹不已。

张耳、陈馀说陈涉

又峻洁，又逸宕，先秦笔墨如此。

张耳、陈馀上谒陈涉[①]。涉及左右，生平数闻张耳、陈馀贤，未尝见，见即大喜。陈中豪杰父老乃说陈涉曰：“将军身被坚执锐[②]，率士卒以诛暴秦，复立楚社稷[③]、存亡继绝[④]，二十三字句，颂。功德宜为王。论理。且夫监临[⑤]天下诸将，不为王不可。论势。愿将军立为楚王也！”八字句，结。陈涉问此两人，两人对曰：“夫秦为无道，破人国家，灭人社稷，绝人后世，罢[⑥]百姓之力，尽百姓之财。看他住笔法。将军瞋目张胆[⑦]，出万死不顾一生之计，为天下除残也。看他住笔法。今始至陈而王之，示天下私。看他住笔法。愿将军毋王[⑧]，急引兵而西，遣人立六国后，自为树党，为秦益敌也。看他住笔法。敌多则力分，与众则兵强。如此，野无交兵，县无守城，诛暴秦，据咸阳，以令诸侯。诸侯亡而得立，以德服之；如此，则帝业成矣。今独王陈，恐天下解[⑨]也”。看他住笔法。

〔**注释**〕

①陈涉：即陈胜，秦末农民起义领袖。阳城（今河南登封东南）人，出身雇农。秦二世元年（前209年）发动戍卒起义，很快发展到数万人，建立张楚政权，被推为王，后战败，被部下所杀。

②被坚执锐：被（pī），通“披”。身披坚甲，手执锐利武器。

③社稷：帝王、诸侯所祭祀的土地和谷神，常用以代称国家。

④存亡继绝：使灭亡的国家得以复生，断绝的后代得以延续。

⑤监临：统领监督。

⑥罢：罢（pí），通“疲”，疲困，使动用法。

⑦瞋目张胆：瞋（chēn），怒目圆睁，英勇无畏。

⑧王：王（wàng），称王，动词。

⑨解：瓦解、解体。

〔解读〕

秦末，陈胜等发动中国历史上第一次农民起义，所到之地，人民纷起响应，起义军很快发展到数十万人。张耳、陈馀等拜见陈胜。陈地的豪杰父老劝陈胜立为楚王。陈胜为此询问张耳、陈馀。二人劝陈胜应胸怀大志，从长远考虑，暂不称王，而引兵西向攻秦。同时，立齐赵等六国后代为侯，分散秦军兵力，增加自身力量，诛灭秦二世残暴统治，占据咸阳，以令诸侯，而成就帝业。二人建议没有被采纳，陈胜自立为王，号张楚。此后，各地纷纷为王，不听陈胜调遣，力量渐为分散。

张耳、陈馀说诸县豪杰

一段，极写秦毒之深；一段，极写陈王倡义之响应；然后一段，鼓励诸县豪杰。其笔一低一昂，使读者至今尚欲推案大呼而起。

秦为乱政虐刑以残贼天下，数十年矣。北有长城之役①，南有五岭之戍②；外内骚动，百姓罢敝③；头会箕敛④，以供军费；财匮力尽，民不聊生；重之以苛法峻刑，使天下父子不相安。已上，数秦。陈王奋臂为天下倡，始王楚之地，方二千里，莫不响应。家自为怒，人自为斗，各报其怨而攻其仇。县杀其令丞⑤，郡杀其守尉⑥。今已张大楚⑦，王陈，使吴广、周文⑧，将卒百万西击秦。已上，叙陈王。于此时而不成封侯之业者，非人豪也。诸君试相与计之！夫天下同心而苦秦久矣。因⑨天下之力而攻无道之君，报父兄之怨，而成割地有土⑩之业，此士之一时⑪也。承上二段，紧接“于此时”，又紧收“此士之一时”，笔态顿挫激昂，早有前歌后舞之乐。

〔注释〕

①长城之役：秦始皇三十三年（前214年），秦将蒙恬为防匈奴入侵，率30万人北筑长城，连绵一万余里。

②五岭之戍：秦始皇曾派50万人在五岭设防。五岭为越城、萌渚、骑田、大庚、都庞（或作揭阳），在今湖南、江西、广西、广东四省区边境。

③罢敝：罢（pí），通“疲”。罢敝，即贫困穷乏。

④头会箕敛：头会（kuài），按人头份向官府上缴谷物。箕敛，用簸箕收税。

⑤令丞：令，县令。丞，县丞，县级主要助理官员。

⑥守尉：守，郡守，掌管郡政。尉，郡尉，辅佐郡守，并掌管全郡军事。

⑦张大楚：楚，陈胜所立国号。张大楚，意为张大楚国。

⑧吴广、周文：同为秦末起义军将领。

⑨因：以，用。

⑩割地有土：割据土地，封王封侯。

⑪时：时机，机会。

〔解读〕

秦朝末年，统治者施行种种暴政，加强了封建压迫和剥削。在短短的时间里，秦王朝北伐匈奴，南征南越，修建阿房宫、骊山墓，调集30万人修筑长城，50万人戍守五岭，农业生产受到极大破坏。官府又横征暴敛，使民众苦不堪言。同时，统治者还推行严刑峻法，阶级矛盾空前激化，迫使人民揭竿起义。陈胜、吴广领导的农民起义，受到各地的响应，人们杀死秦朝官吏，以迎接起义军。这是本文前部和中部主要交代的历史背景。文章最后是鼓动诸县豪杰响应陈胜，不失时机，借天下之力而攻暴秦，以成封侯之业。文章简洁，背景和层次都十分清楚。

蒯通说范阳令及武信君

真似师子落地，接连纯是踔跳。奇妙绝世之文！

范阳人蒯通[①]说范阳令曰："窃闻公之将死，故吊[②]。大奇，大奇。虽然，贺公得通而生。"又大奇，又大奇。落笔如师子落地，接连两踔跳。范阳令曰："何以吊之？"对曰："秦法重。三字句。足下为范阳令十年矣。杀人之父，孤[③]人之子，断人之足，黥[④]人之首，不可胜数。二十九字句。然而慈父孝子，莫敢剚刃[⑤]公之腹中者，畏秦法耳。十九字句。今天下大乱，秦法不施，九字句。然则慈父孝子，且[⑥]剚刃公之腹中，以成其名，十七字句。此臣之所以吊公也。结过吊。今诸侯畔[⑦]秦矣，一句。武信君兵且至。二句。而君坚守范阳，三句。少年皆争杀君，下武信君。四句。君急遣臣见武信君，五句。可转祸为福在今矣。"再结贺。看他入"在今"二字。

范阳令乃使蒯通见武信君，曰："足下必将战胜然后略地，攻得然后下城，臣窃以为过矣。又大奇，又大奇。落笔总如师子落地，纯是踔跳。诚听臣之计，可不攻而降城，不战而略地，传檄[⑧]而千里定，可乎？""可乎"，二字句，妙妙。视大事只如戏。武信君曰："何谓也？"蒯通曰："今范阳令宜整顿其士卒以守战者也，反如此说，奇奇。怯而畏死，贪而重富贵，故欲先天下降。反如此说，奇奇。畏君，二字句。以为秦所置吏，诛杀如前十城也。自注"畏君"二字也。然今，范阳少年，亦方[⑨]杀其令，自以城拒君。反如此说，奇奇。笔笔大奇，匪夷所思。君何不赍[⑩]臣侯印，拜范阳令？范阳令则以城下君，少年亦不敢杀其令。说得疏快不可言。令范阳令乘朱轮华毂[⑪]，使驱驰燕、赵郊。燕、赵郊[⑫]

见之，皆曰：‘此范阳令，先下者也。’即喜矣。燕、赵城可毋战而降也。大奇大奇，真是大计，却又只如儿戏。此臣之所谓‘传檄而千里定’者也。”“此臣之所谓”，答上“何谓”句，非自束上文也。

〔注释〕

①蒯通：即蒯彻，秦末汉初辩士。范阳（今河北定兴北固城镇）人。陈胜起义后，派武信君（即武臣）取赵地，蒯通劝范阳令徐公归降。后又说韩信背叛刘邦自立。

②吊：慰问遭遇不幸的人。

③孤：使人家的孩子成为孤儿。

④黥：古代一种刑罚，即用刀刺人面额后用墨涂染。

⑤剚刃：剚（zì），剚刃，用刀刺入。

⑥且：将要，快要。

⑦畔：通“叛”。

⑧檄：古代写在木板上的公文，用以征召、晓喻或声讨。

⑨方：将要，正准备。

⑩赍：赍（jī），以物送人，让人带着。

⑪朱轮华毂：指装饰富丽堂皇的车辆。

⑫燕、赵郊：燕、赵为战国时两国之名，已被秦灭。这里指的是燕、赵旧地。郊：原野。

〔解读〕

秦末陈胜、吴广起义后，派部将武信君攻取赵地，先后攻克十余城，得兵马数万人。其余城池固守，难以攻下。武信君又引军东北击范阳。范阳人蒯通说范阳令，采取先“吊”后“贺”的方式，陈述利害，申明范阳令所处的险恶形势，使文章从一开始就高潮迭起，牵动读者之心。随后一转，又指出解脱之法，使人在困顿之中，豁然开朗。在蒯通劝说下，武信君赐范阳令侯印，兵不血刃取下范阳，又送其华丽马车，使之驰骋于燕赵之郊，以致各地争相归降，不战而胜，取下城池三十余座。“传檄而千里定”一语，为后世简称为“传檄而定”，所用甚广。

卷之六　西汉文

贾　谊

过　秦　论

《过秦论》者，论秦之过也；秦过只是末句“仁义不施”一语便断尽。此通篇文字，只看得中间“然而”二字一转。未转以前，重叠只是论秦如此之强；既转以后，重叠只是论陈涉如此之微。通篇只得二句文字：一句只是以秦如此之强，一句只是以陈涉如此之微。至于前半有说六国时，此只是反衬秦；后半有说秦时，此只是反衬陈涉，最是疏奇之笔。

秦孝公①据崤函②之固，拥雍州③之地，君臣固守，以窥周室④，有席卷天下、包举宇内、囊括四海之意，并吞八荒⑤之心。意思只要论始皇之过，此是追叙其积强之所由始，非历论秦世世有过也。○天下、宇宙、四海、八荒，只是一样字，所以必叠叠写之者，乃为席卷、包举、囊括、并吞，却是四样字，盖极写秦先虎狼之心，非一辞而足也。当是时也，商君⑥佐之。内立法度，务耕织，修守战之具；外连衡⑦而斗诸侯。于是秦人拱手而取西河之外⑧。秦之始强如此。

孝公既没，惠文、武、昭⑨蒙故业，因遗策，南取汉中，西举巴蜀，东割膏腴之地，收要害之郡。秦之强又如此。诸侯恐惧，会盟而谋弱秦，不爱珍器、重宝、肥饶之地，以致天下之士，合纵缔交，相与为一。忽用闲笔写诸侯，作反衬。当此之时，齐有孟尝，赵有平原，楚有春申，魏有信陵。此四君[⑩]者，皆明智而忠信，宽厚而爱人，尊贤而重士，不是赞四君，是说如此四君，曾无所加于秦。约纵离横，兼齐、楚、韩、魏、燕、赵、宋、卫、中山之众。于是六国之士，有宁越、徐尚、苏秦、杜赫[⑪]之属为之谋，齐明、周最、陈轸、昭滑、楼缓、翟景、苏厉、乐毅[⑫]之徒通其意，吴起、孙膑、带佗、倪良、王廖、田忌、廉颇、赵奢[⑬]之伦制其兵。此段只是详写"以致天下之士"一句。尝以十倍之地，百万之众，叩关而攻秦。此正接前"合纵缔交相与为一"句成文，只因中间详写天下之士一段夹断耳。○不是夸诸侯，是说诸侯如此，曾无所加于秦。秦人开关而延敌[⑭]，上写诸侯何等忙，此写秦人何等闲。九国之师逡巡而不敢进。秦无亡矢遗镞之费，而天下诸侯已困矣。于是纵散约解，争割地而赂秦。秦有余力而制其弊，追亡逐北，伏尸百万，流血漂橹。因利乘便，宰割天下，分裂河山。强国请服，弱国入朝。不是笑诸侯，只是说秦之强如此。施及孝文王、庄襄王，享国之日浅，国家无事。不好空过，故笔带之。

及至始皇，奋六世之余烈，振长策[⑮]而御宇内，吞二周[⑯]而亡诸侯，履至尊而制六合[⑰]，执敲扑以鞭笞天下，威震四海。其强至于如此。南取百越[⑱]之地，以为桂林、象郡，百越之君，俛首系颈[⑲]，委命下吏。其强至于如此。乃使蒙恬[⑳]北筑长城而守藩篱，却匈奴七百余里；胡人不敢南下而牧马，士不敢弯弓而报怨。其强至于如此。于是废先王之道，燔百家之言，以愚黔首[㉑]；隳名城，杀豪俊，收天下之兵聚之咸阳，销锋镝，铸以为金人十二，以弱天下之民。先写以愚，以弱。然后践华[㉒]为城，因河为津；据亿丈之城，临不测之溪以为固。良将劲弩，守要害之处；信臣精卒，陈利兵而谁何？谁何，言人无可奈何也。○次写"以为固""而谁何"。天下已定，始皇之心，自以为关中之固，金城千里，子孙帝王万世之业也。次写"自以为"。只此一段共一百十六字，真秦之过也。看来秦过，亦只是一味大愚，更无别说。始皇既没，余威震于殊俗[㉓]。下文"然而陈涉"四字，笔势且作大转。此是再带一句。

然而，陈涉，瓮牖绳枢[㉔]之子，氓隶[㉕]之人，而迁徙[㉖]之徒也。

材能不及中庸，非有仲尼、墨翟[27]之贤，陶朱、猗顿[28]之富，极写陈涉既非其人，又无其资。蹑足行伍之间，俛起阡陌[29]之中，率罢散之卒，将数百之众，不成军旅。转而攻秦。斩木为兵，揭竿为旗。不成器仗。天下云集而响应，赢粮而景从；山东豪杰遂并起，而亡秦族矣。前写诸侯如彼难，此写陈涉如此易，真是可发一笑。

且夫天下非小弱也，雍州之地，崤函之固自若也；陈涉之位，不尊于齐、楚、燕、赵、韩、魏、宋、卫、中山之君也；锄、耰[30]、棘矜[31]，不铦于钩戟、长铩也；谪戍之众，非抗于九国之师也；深谋远虑，行军用兵之道，非及曩时之士也。然而成败异变，功业相反。

试使山东之国，与陈涉度长絜大，比权量力，则不可同年而语矣。再将今日之秦，与前日之秦，今日之陈涉，与前日之陈涉，比对一番，文字最是精神。然秦以区区之地，致万乘[32]之权，招八州而同朝列，百有余年矣。收前半。然后以六合为家，崤函为宫。一夫作难而七庙[33]隳，身死人手，为天下笑者，收后半。何也？仁义不施，而攻守之势异也。只用一句便论尽。○上一百十六字一段，是一论之案；此“仁义不施”四字，是一论之断。其余前写秦之强，后写陈涉之微，悉是论之波澜。

〔注释〕

①秦孝公：姓嬴，名渠梁，前361—前338年在位。锐意改革，任用商鞅变法，使秦成为强国。

②崤函：崤指崤山，函指函谷关，为当时秦东部边界。

③雍州：《禹贡》中九州之一，约占今陕西、甘肃、青海省部分地区。此处仅指秦当时统治区。

④周室：指微弱的东周王朝。

⑤八荒：古代称四方边远之地曰“四荒”，四方之外再加以四隅方，称为“八荒”。荒即远的意思。

⑥商君：即改革家商鞅。秦孝公以其变法强秦之功封他于商地（今陕西商县），号曰商君。

⑦连衡：也作连横。东西为横，南北为纵。当时各国间的联合，西方秦与东方的齐、楚等国个别联合以打击其他国家，叫连横；东方国家北自燕、南至楚联台抗

秦叫合纵。

⑧西河之外：魏国在黄河以西土地。

⑨惠文、武、昭：惠文即惠王，武即武王，昭即昭襄王。此句文字各书不同，《汉书》中为“惠文武昭襄”。

⑩此四君：指齐国孟尝君田文、赵国平原君赵胜、楚国春申君黄歇、魏国信陵君魏无忌，此四人为当时四大公子，属王室要员，皆以招致宾客著称。

⑪宁越、徐尚、苏秦、杜赫：此四人均为战国末期好游说、善辩论者，分别为赵、宋、东周、周人。

⑫齐明、周最、陈轸、昭滑、楼缓、翟景、苏厉、乐毅：此八人均为战国末年卿大夫或大臣大将。

⑬吴起、孙膑、带佗、倪良、王廖、田忌、廉颇、赵奢：此八人为战国时各国著名军事家。

⑭延敌：迎击敌人。

⑮长策：长鞭。

⑯二周：东周禾期周赧王时，东西周分治，西周建都于旧东都王城（洛阳西），东周则建于巩（今河南巩义市），史称二周。

⑰六合：天地四方称六合。

⑱百越：也称百粤。古越种族繁多，散居今浙、闽、粤、桂等地，故称百越。

⑲俛首系颈：俛，同“俯”。古代对方表示降服时，则以组带系脖子。

⑳蒙恬：秦大将，秦始皇派他率军30万北逐匈奴，修筑长城，后因支持公子扶苏被秦始皇赐死。一说为赵高假始皇令害死。

㉑黔首：黔，黑色，秦国时对老百姓之专称。

㉒践华：华即华山，据守华山以为帝都东城。

㉓殊俗：殊，异也。指边远地区风俗不同的部族。

㉔瓮牖绳枢：牖，窗，用破瓮砌为窗户。枢，门窗开关的枢轴，意为用绳子系着门板，形容穷透。

㉕氓隶：氓，种田者。隶，贱者之称。

㉖迁徙：迁，谪罚。迁徙之徒为谪罚到边地作戍守的士卒。

㉗仲尼、墨翟：仲尼，孔子字。墨翟，即墨子。二人以学问和仁贤著称于后世。

㉘陶朱、猗顿：陶朱，即越国大臣范蠡，弃官经商于陶（今山东曹县）。为天下巨富，号陶朱公。猗顿，鲁国人，以经营盐业富称于当时。

㉙阡陌：田间小道。

㉚耰：打土块木棒。

㉛棘矜：矜者杖也，棘木做的杖。

㉜万乘：按周代礼制，天子辖地千里，有兵车万乘。后称天子为万乘。

㉝七庙：按周制，只有天子可以在宗庙奉祀七代祖先。

〔解读〕

贾谊（前200—前168年），洛阳人，西汉初年著名的政治家与文学家。官至太中大夫，主张革新朝政，遭权贵所忌，贬出为长沙王太傅，后又为梁怀王太傅。因怀王骑马摔死，他感到自己身为太傅负有不卸之责，再加上长期不得其志，难施其治国之才能，抑郁寡欢，年仅33岁而死。其著作经后人整理成《新书》十卷，但其中不少篇章真假难分，或为后人托其名而写。

《过秦论》为贾谊最为雄健的政论文之一，见之于《史记》《汉书》《新书》《文选》等书，因时代久远和相互转抄，各版本文字有所不同。本篇为其上篇，详尽论述了秦朝短命原因及经过，说自秦孝公用商鞅变法，内倚君臣之和，外恃山关之险，发展农耕，重视战备，以富强为目的，以扩张为国策。历惠王、武王，先是南进西举，继而向东侵略，其攻势令东方诸国胆战心惊，以孟尝君、平原君、春申君、信陵君诸名士为首，以楚、赵、齐、魏、燕诸大国为中坚力量，结成军事联盟，共同抵抗秦国，涌现出了如苏秦、乐毅、吴起、孙膑、田忌、廉颇等名臣名将。但由于各国各怀其心，加上秦国的离间，不久即溃败瓦解，纷纷向秦请和。至秦王嬴政，继承先祖六世统一大业，吞并东西二周，灭亡各诸侯国，登上了皇帝宝座，并且南降百越，北筑长城。同时，废先王仁义治国之道，焚毁诗书以愚民，拆毁城堡，销毁兵器，恃山河之险，倚良将之勇，守卫着江山，自以为天下已定，固若金汤，子子孙孙可以称帝称王，万世不败。可是，陈涉这个贫困的雇农，才不如一般人，贤不比孔子、墨子，富不如陶朱、猗顿，却振臂一呼，揭竿而起，秦王朝顿时土崩瓦解。在此，贾谊提出了一个问题，在秦王朝统一过程中，其战胜的敌人之力量比陈胜要强大得多，可为何却败在一支农民武装手中？作者遂即回答道：是因为不施仁义，没认识到打江山与守天下的形势发生变化呀！

在《过秦论》三篇中，上篇最为重要，着重分析了秦王朝得天下和灭亡之因，分析了秦王朝所犯的错误，所以题目《过秦》。贾谊时，距秦亡时尚不远，汉朝皇帝对秦亡之惨记忆犹新，非常担心重蹈亡秦之覆辙，注意总结前朝教训。

贾谊正是在此情形下写成此篇长文，总结出了一个很重要的教训：人心向背关系国家兴亡。此文不仅在当时有巨大的政治意义，而且对后世影响也极大，是历代治国者所必读的文章。

本文开中国散文中“史论”体裁之先河，虽为政论性文章，但写得波澜起伏，逐层推进，运用了丰富的辞藻，以及排比、夸张、比喻等多种修辞手段，使文章酣畅流利，有极强感染力。但应注意的是，因作者偏重以豪迈气势为文，文中有不少与史实有出入的地方。

治　安　策

幼闻人说，韩昌黎如海，苏东坡如潮，便寻二公文章反复再读，深信海之与潮，果有如此也。既而忽见《贾生列传》，读其治安全策，乃始咋舌怪叹。夫此则真谓之海矣：千奇万怪，千态万状，无般不有，无般不起；则真谓之潮矣：来不知其如何忽来，去不知其如何忽去。总之韩、苏二公文章，纵极汪洋排荡时，还有墙壁可依，路径可觅；至于此文，更无墙壁可依，路径可觅。少年初见古文，便先教读一万遍，定能分外生出天授神笔。

臣窃惟事势①，可为痛哭者一，可为流涕②者二，可为长太息③者六，若其他背理而伤道者，难遍以疏举④。先自出其目。进言者皆曰："天下已安、已治矣。"斗翻时论，不作婉曲之笔。臣独以为未也。曰安且治者，非愚妙骂。则谀，妙骂。皆非实事知治乱之体⑤者也。妙骂。不作婉曲之笔。夫抱火厝⑥之积薪之下，而寝其上，火未及然⑦，因谓之安：方今之势，何以异此？入喻，最醒最健。本末舛逆⑧，首尾衡决⑨，国制抢攘⑩，叠下此三句，即后无数可痛哭、流涕、长太息事。非甚有纪，胡为可治？陛下何不一令臣得熟数之于前，固陈治安之策，试详择焉。此已上，为序。

夫射猎之娱，与安危之机孰急？恭俭如文帝，乃不免射猎。然此非谏猎，乃是请得射猎之少间，以自毕其说也。使为治，劳智虑，苦身体，乏钟鼓之乐，勿为可也⑪。笔势轩翥而起。乐与今同，四字妙，一何轩翥。而加之诸侯轨道⑫；一。兵革不动⑬；二。民保首领⑭；三。匈奴宾服；四。

四荒向风[15]；五。百姓素朴；六。狱讼衰息；七。大数[16]既得，则天下顺治；八。海内之气，清和咸理[17]；九。生为明帝，没为明神；十。名誉之美，垂于无穷；十一。礼，祖有功而宗有德，使顾成之庙，称为太宗，上配太祖，与汉亡极[18]。十二。此十二句，皆承"乐与今同"而加之，成一句。建久安之势，成长治之业，以承祖庙，以奉六亲，至孝也；重将十二句结束作三段，此一段。以幸天下，以育群生，至仁也；此二段。立纲陈纪，轻重同得，后可以为万世法程，虽有愚幼不肖之嗣，犹得蒙业而安，至明也。此三段。以陛下之明达，此句，许陛下。因使少知治体者得佐下风致，此非难也。此句自许。其具可素陈[19]于前，愿幸无忽。序已毕。下特恐忽之，故再高自许。臣谨稽之天地，验之往古，按之当今之务，日夜念此至熟也。虽使禹、舜复生，为陛下计，亡以易此。

已上，只如先自作序；已下，第一段，痛哭论诸侯王僭拟。

夫树国[20]固必相疑之势。固必相疑，言建国太大，其势自然不得不疑。下数被其殃[21]，上数爽其忧[22]；甚非所以安上而全下也。劲笔斗提。今或亲弟谋为东帝[23]，谓淮南王，一样句法。亲兄之子西乡而击[24]；谓济北王，一样句法。今吴又见告[25]矣。谓吴王，一样句法。作三样句法，便写得诸王反形杂杂。天子春秋鼎盛[26]，一。行义未过，二。德泽有加焉，三。犹尚如是；随笔曲折，写得可畏。况莫大[27]诸侯，权力且十此者乎[28]？随笔曲折，写得可畏。然而天下少安[29]，何也？大国之王，幼弱未壮，汉之所置傅相，方握其事。如此曲折，如此可畏，使人乐其曲折，又凛其可畏。数年之后，诸侯之王，大抵皆冠，血气方刚；凿然。汉之傅相，称病而赐罢。凿然。彼自丞尉以上，遍置私人。凿然。如此，有异淮南、济北之为耶？凿然。此时而欲为治安，虽尧舜不治！每于煞笔处，最峭劲，后人更无有。黄帝曰："日中必熭，操刀必割[30]。"今令此道顺，而全安甚易。劲笔自许，只欲及今速图。不肯早为，已乃堕骨肉之属而抗刭[31]之，岂有异秦之季世[32]乎！笔带痛哭之声。○煞住，下掀翻而起。夫以天子之位，乘今之时，因天之助，尚惮以危为安，以乱为治。掀翻有起。

下不能数段，如千丈瀑布，飞流溅沫而下。假设陛下居齐桓之处，将不合诸侯而匡天下乎？臣又知陛下有所必不能矣！一“不能”。如此抗论，文帝优纳固奇，然实亦更无抵辨。假设天下如曩时[33]：淮阴侯王楚，黥布王淮南，彭越王梁，韩信王韩，张敖王赵，贯高为相，卢绾王燕，陈豨在代[34]；令此六七公者皆无恙，当是时而陛下即天子位，十字，冷句。能自安乎？臣有以知陛下之不能也！二“不能”。天下淆乱，高皇帝与诸公并起；忽论高帝，亦无过文。非有仄室之势以豫席[35]之也。一“也”押句。诸公幸者乃为中涓[36]，其次廑[37]得舍人。材之不逮，至远也！二“也”押句。高皇帝以明圣威武即天子位，割膏腴之地以王诸公；多者百余城，少者乃三四十县，德至渥[38]也。三“也”押句。然其后数十年之间，反者九起。引高帝毕。陛下之与诸公，非亲角材[39]而臣之也，又非身封王之也，自高帝不能以是一岁为安。故臣知陛下之不能也！三“不能”。

然尚有可诿者曰“疏”。臣请试言其亲者：此又忽作过文。假令悼惠王王齐，元王王楚，中子王赵，幽王王淮阳，共王王梁，灵王王燕，厉王王淮南；六七贵人皆亡恙，当是时陛下即位，能为治乎？有意无意，谓与前同亦得，谓不与前同亦得。臣又知陛下之不能也！四“不能”；煞住。下掀翻再起。若此诸王，虽名为臣，实皆有布衣昆弟之心；句。说诸王心事，可畏也。虑亡不帝制而天子自为者。句。说诸王所为，可畏也。擅爵人[40]，细细写，一。赦死罪。二。甚者或戴黄屋[41]，三。汉法令非行也。虽行不轨如厉王者，令之不肯听，召之安可致乎？四。幸而来至，法安可得加？五。动一亲戚，天下圜视而起。陛下之臣，虽有悍如冯敬[42]者，适启其口，匕首已陷其胸矣。五句，细写天子自为句，此又细写第五句。陛下虽贤，谁与领此？故疏者必危，亲者必乱；已然之效也。再煞住。下掀翻再起。

其异姓负强而动者，汉已幸胜之矣；随笔曲折。又不易其所以然，同姓袭是迹而动[43]，既有征矣。随笔曲折。其势尽又复然，殃祸之变，未知所移；随笔曲折。明帝处之，尚不能以安，后世将如之何？随笔曲折。屠牛坦[44]一朝解十二牛，而芒刃不顿者，所排击剥割，皆众理解也。喻天子用仁厚。至于髋髀之所，非斤则斧。喻天子用法制。百忙中忽然入喻。夫仁义安厚，人主之芒刃[45]也；权势法制，人主之斤斧也。今诸侯王皆众髋髀也。释斤斧之用，而欲婴[46]以芒刃，臣以为不缺则折。一手议，一手喻，笔笔峭劲。何不用之淮南、济北？势不可也。当面抢白，言胡不终用仁厚也。已上又煞住。下掀翻又起。

臣窃迹前事，大抵强者先反：淮阴王楚，最强，则最先反；细数反国，一。韩信倚胡，则又反；二。贯高因赵资，则又反；三。陈豨兵精，则又反；四。彭越用梁，则又反；五。黥布用淮南，则又反；六。卢绾最弱，最后反。七。笔态拉拉杂杂。长沙乃在二万五千户耳。功少而最完，势疏而最忠；非独性异人也，亦形势然也。细数反国，忽带写一不反者，反复，乃益明。曩令樊、郦、绛、灌据数十城而王，今虽已残亡可也。承上七国，反复甚明。令信、越之伦，列为彻侯而居，虽至今存可也。此承长沙，反复甚明。然则天下之大计可知也。劲笔一总。

欲诸王之皆忠附，则莫若令如长沙王；欲臣子之勿菹醢[47]，则莫若令如樊、郦等；再煞住。下掀翻再起。欲天下之治安，莫若众建诸侯而少其力。劲笔斗起。力少，则易使以义；国小，则亡邪心。令海内之势，如身之使臂，臂之使指，莫不制从。诸侯之君，不敢有异心。辐辏并进[48]，而归命天子；虽在细民，且知其安。故天下咸知陛下之明。天下咸知明，一。

割地定制，令齐、赵、楚各为若干国，使悼惠王、幽王、元王之子孙，毕以次各受祖之分地，地尽而止。及燕、梁、它国皆然。其分地众而子孙少者，建以为国，空而置之；须其子孙生者，举使君之。诸侯之地，其削颇入汉者，为徙其侯国，及封其子孙也，所以数偿之。一寸之地，一人之众，天子亡所利焉，诚以定治而已。故天下咸知陛下之廉。天下咸知廉，二。

地制一定，宗室子孙，莫虑不王。下无倍畔[49]之心，上无诛伐之志。故天下咸知陛下之仁。天下咸知仁，三。

法立而不犯，令行而不逆。贯高、利几之谋不生，柴奇、开章之计不萌[50]；二人，与淮南反者。细民向善，大臣致顺。故天下咸知陛下之义。天下咸知义，四。卧赤子[51]天下之上而安，植遗腹，朝委裘[52]，而天下不乱。当时大治，后世诵圣。后世诵圣，五。一动而五业[53]附，陛下谁惮而久不为此？又煞住。天下之势，方病大瘇[54]；一胫之大几如要，一指之大几如股。平居不可屈信，一二指搐，身虑亡聊[55]。失今不治，必为锢疾。后虽有扁鹊，不能为已。又喻，作余波。病非徒瘇也，又苦蹠盭[56]。元王之子，帝之从弟也；今之王者，从弟之子也。惠王，亲兄子也；今之王者，兄子之子也。亲者或亡分地以安天下；疏者或制大权以逼天子。臣故曰：非徒病瘇也，又苦蹠盭。又喻，再作余波。可痛哭者，此病是也。后世五等诸侯论，及封建诸论，俱从此翻出。然皆有其议论，无其笔墨；信乎无墙壁可依，无路径可觅。

已上痛哭一毕，已下流涕论边事。为自许，流涕一；为文帝惜，流涕二。文阙。已下，一长太息，论民间服用奢僭。

今民卖僮[57]者，为之绣衣丝履，遍诸缘[58]，内之闲中。又是劲笔斗起。是古天子后服，所以庙而不宴者也。而庶人得以衣婢妾。一举。白縠之衣，薄纨之里[59]，緁[60]以偏诸，美者黼绣[61]，是古天子之服。今富人大贾，嘉会召客者以被[62]墙。再举。古者以奉一帝一后而节适。今庶人屋壁得为帝服，倡优下贱得为后饰。三举。只是一句，凡三番举。然而天下不屈者殆未有也。笔一落。且帝之身，自衣皂绨[63]，而富民墙屋被文绣；天子之后以缘其领，庶人孽妾缘其履。笔既落，却又再举，只是心甚不然，故也。此臣所为舛也。笔又落。夫百人作之，不能衣一人。欲天下亡寒，胡可得也？疏奇笔。一人耕之，十人聚而食之，欲天下亡饥，不可得也。疏奇笔。饥寒切于民之肌肝，欲其亡为奸邪，不可得也！疏奇之甚，不必多笔。国已屈矣！盗贼直须时耳。妙。然而献计者曰："毋动真有此一辈人，此一辈语。为大耳。"此特大言耳。夫俗至大不敬也，至亡等也，至冒上也。进计者犹曰："毋为!"可为长太息者，此也。

已上，一长太息毕。已下，二长太息，论俗吏不知大体，汉又经制不定。○此当是两长太息，一不结，一结耳。

商君遗礼义，弃仁恩，并心于进取。又是劲笔斗起。行之二岁，秦俗日败。下，细写败俗。故秦人家富子壮则出分，极可怪笑，今通然。家贫子壮则出赘。借父耰耝[64]，虑有德色；极可怪笑。毋取箕箒，立而谇语[65]；极可怪笑，今又通然。抱哺其子，与公併倨[66]；极可怪笑。妇姑不相悦，则反唇而相稽。极可怪笑，今又通然。其慈子慈，不教也。嗜利，不同禽兽者亡几耳。然并心而赴时，犹日蹶六国，兼天下。劲笔作曲折，最曲折，却最劲。功成求得矣，终不知反[67]廉愧之节、仁义之厚。句。信并兼之法，遂进取之业，天下大败。句。下五句，注此“大败”二字。众掩寡，智欺愚，勇威怯，壮陵[68]衰，其乱至矣。天下大败也。是以大贤取之，威震海内，德从天下。煞上秦俗之败。已下转笔，言不意汉终仍之。

曩之为秦者，今转而为汉矣。然其遗风余俗，犹尚未改。转笔只是劲。今世以侈靡相竞，而上亡制度，弃礼谊，捐廉耻日甚，可谓月异而岁不同矣。月异岁不同，只是写日甚。逐利不耳，虑非顾行也。只计利与否耳，其念虑不顾行之善恶也，写极。下皆细细写极。今其甚者杀父兄矣；一。盗者剟寝户之帘；二。搴两庙之器；三。白昼大都之中，剽吏而夺之金[69]；四。矫伪者出几十万石粟；五。几，将及也。赋六百余万钱，乘传而行郡国。六。此其亡行义之尤至者也。一句煞。而大臣特以簿书不报期会之间，以为大故[70]。以细故为大故，千古同笑！至于俗流失，世坏败，因恬而不知怪，虑不动于耳目，以为是适然耳。千古同笑。夫移风易俗，使天下回心而向道，类非俗吏之所能为也。竟骂大臣是俗吏。俗吏之所务，在于刀笔筐箧[71]，而不知大体。确！确！何足骂，何足杀！陛下又不自忧，窃为陛下惜之。独责文帝，妙！便隐隐是自许，想此已是一太息。

已上，一长太息，不结。○此一长太息，是论俗吏不知大体，陛下又不自忧。已下，是论立国以定经制为至急。

夫立君臣，等上下，使父子有礼，六亲有纪。此非天之所为，人之所设也。看他偏到难说处，偏有其疏奇之笔。夫人之所设，不为不立。不植则僵，不修则坏。“夫立君臣”起，至此，劲笔又斗提。筦子[72]曰：“礼义廉耻，是为四维[73]；四维不张，国乃灭亡。”使筦子愚人也则可。随手曲折。筦子而少知治体，则是岂可不为寒心哉！笔态一何劲捷！秦灭四维而不张，故君臣乖乱，六亲殃戮，奸人并起，万人离叛。凡十三岁而社稷为墟。又承秦说下。今四维犹未备也，故奸人几幸，而众心疑惑。太息在一“犹”字。岂如今定经制[74]，令君君臣臣，上下有差；父子六亲，各得其宜；奸人亡所几幸，而群臣众信，上不疑惑。此业一定，世世常安而后有所持循矣。及今早定，其利如此。若夫经制不定，是犹度江河，亡维楫，中流而遇风波，船必覆矣！喻不及今早定。可为长太息者此也。

已上，二长太息，论经制宜定。已下，论教太子。

夏为天子，十有余世而殷受之；殷为天子，二十余世而周受之；周为天子，三十余世而秦受之；秦为天子，二世而亡。又是劲笔斗提！人性不甚相远也。何三代之君有道之长，而秦无道之暴也？其故可知也。如建瓴直注而下，又如迴风坠羽飘舞而下。此篇，又是一样笔态。

古之王者，太子乃生，乃，始也。固举以礼，使士负之。有司齐肃端冕，见之南郊，见于天也。过阙则下，过庙则趋[75]，孝子之道也。故自为赤子而教固已行矣。疏朗中，又带翔舞之态。又是一样笔。昔者成王幼在襁抱之中，召公为太保，周公为太傅，太公为太师[76]。保，保其身体；傅，傅之德义；师，道之教训。此三公之职也。笔笔疏朗。于是为置三少，皆上大夫也，曰少保、少傅、少师，是与太子宴者也。笔笔疏朗，如随手自注然。故乃孩提有识，三少、三公因明孝、仁、礼、义以道习之，逐去邪人，不使见恶行。于是皆选天下之端士、孝悌、博闻、有道术者，以卫翼之。使与太子居处出入。故太子乃生而见正事，闻正言，行正道：左右前后皆正人也。夫习与正人居之，不能毋正，犹生长于齐不能不齐言也；习与不正人居之，不能毋不正，犹生长于楚之地不能不楚言也。一何疏朗之至！意所欲说，笔随自到。后贤多读如此文，岂复有关膈之病耶？故择其所嗜，必先受业，乃得尝之；择其所乐，必先有习，乃之。孔子曰："少成若天性，习惯如自然。"此一段，太子少时。

及太子少长知妃色[77]，则入于学。学者，所学之官[78]也。随手自注。《学礼》曰："帝入东学，上亲[79]而贵仁，则亲疏有序，而恩相及矣；帝入南学，上齿[80]而贵信，则长幼有差，而民不诬[81]矣；帝入西学，上贤而贵德，则圣智在位，而功不遗矣；帝入北学，上贵而尊爵，则贵贱有等，而下不逾矣；帝入太学，承师问道，退席而考于太傅，太傅罚其不则，而匡其不及，则德智长而治道得矣。"此五学者，皆成于上，则百姓黎民化辑[82]于下矣。只是疏朗。此一段，太子少长时。

及太子既冠成人，免于保、傅之严，则有记过之史，彻膳之宰[83]，进善之旌[84]，诽谤之木，敢谏之鼓。瞽史诵诗[85]，工诵箴谏[86]，大夫进谋，士传民语。习与智长，故切而不愧；化与心成，故中道若性[87]。只是疏朗。此一段，太子既冠成人。三代之礼，春朝朝日，秋暮夕月，所以明有敬也；春秋入学，坐国老执酱而馈之[88]，所以明有孝也；行以鸾和[89]，步中《采齐》，趣中《肆夏》[90]，所以明有度也。其余禽兽，见其生，不食其死；闻其声，不食其肉。故远庖厨，所以长恩，且明有仁也。夫三代之所以长久者，以其辅翼太子有此具也。煞住三代，下转出秦。

及秦而不然。其俗固非贵辞让也，所上者告讦[91]也，固非贵礼义也，所上者刑罚也。使赵高傅胡亥而教之狱，所习者，非斩劓[92]人，则夷人之三族也。故胡亥今日即位，而明日射人；笔笔疏朗。忠谏者谓之诽谤，深计者谓之妖言。其视杀人，若艾草菅然。岂惟胡亥之性恶哉？其所以道之者，非其理故也，煞住秦。○特原胡亥，实是至理。鄙言曰："不习为吏，视已成事。"又曰："前车覆，后车诫。"夫三代之所以长久者，其已事可知矣，然而不能从者，是不法圣智也。

笔笔疏朗，使人慨然。秦世之所以亟绝[93]者，其辙迹可见也。然而不避，是后车又将覆也。使人慨然。夫存亡之变，治乱之机，其要在是矣。天下之命，悬于太子；太子之善，在于早谕教与选左右。其笔力如有万钧。夫心未滥而先谕教，则化易成也；只是说来绝疏朗。开于道术智谊之指，则教之力也。绝疏朗。若其服习积贯，则左右而已。绝疏朗。夫胡粤人，生而同声，嗜欲不异，及其长而成俗，累数译而不能相通，行有虽死而不相为者，则教习然也[94]。又喻。臣故曰：选左右，早谕教最急。夫教得而左右正，则太子正矣；太子正而天下定矣！笔笔有万钧力。书曰："一人有庆，兆民赖之。"此时务也。

已上，三长太息毕。已下，论当审定取舍。

凡人之智，能见已然，不能见将然。又是劲笔斗提！夫礼者禁于将然之前，而法者禁于已然之后。是故法之所用易见，而礼之所为至难知也。此篇又作最晓畅、最斩截之笔。若夫庆贺以劝善，刑罚以惩恶，先王执此之政，坚似金石；行此之令，信如四时。据此之功，无私如天地耳，岂顾不用哉！随手作如许大折。然而曰"礼云""礼云"者，绝恶于未萌，而起教于微眇，使民日迁善远罪而不自知也。大折大落，笔力斩然。孔子曰："听讼，吾犹人也；必也使无讼乎。"为人主计者，莫如先审取舍。取舍之极定于内，而安危之萌应于外矣。一路行文，如已完，如又未完，滚滚随手而出。安者非一日而安也，危者非一日而危也，皆以积渐；然不可不察也。上言"取舍定而安危应"，今先承"安危"，下又承"取舍"，总皆随手滚滚而出之文。人主之所积在其取舍：以礼义治之者积礼义，以刑罚治之者积刑罚；刑罚积而民怨背，礼义积而民和亲。斩斩截截，最为晓畅。故世主欲民之善同，而所以使民善者或异：或道之以德教，或驱之以法令。道之以德教者，德教洽而民气乐；驱之以法令者，法令极而民风哀。哀乐之感，祸福之应也。斩斩截截，最为晓畅。秦王之欲尊宗庙而安子孙，与汤武同。然而汤武广大其德行，六七百岁而不失；秦王治天下十余岁则大败。此亡它故矣。汤武之定取舍审，而秦王之定取舍不审矣！只是不审，妙妙。夫天下，大器也[95]。今人之置器，置诸安处则安，置诸危处则危。天下之情，与器亡以异，在天子之所置之。汤武置天下于仁义礼乐而德泽洽，禽兽草木广裕，德被蛮貊、四夷[96]，累子孙数十世，此天下所共闻也。“共闻”妙。秦王置天下于法令刑罚，德泽亡一有，而怨毒盈于世。下憎恶之如仇雠，祸几及身，子孙诛绝，此天下之所共见也。“共见”妙。最晓畅，最斩截。是非其明效大验耶？已结过。下更切嘱，作余波。人之言曰：“听言之道，必以其事观之，则言者莫敢妄言。”今或言礼谊之不如法令，教化之不如刑罚，人主胡不引殷、周、秦事以观之也！

已上，四长太息毕。已下论优礼大臣。

人主之尊譬如堂，群臣如陛[97]，众庶如地。故陛九级上，廉远地，则堂高；陛亡级，廉[98]近地，则堂卑。高者难攀，卑者易陵[99]，理势然也。又是劲笔斗提。故古者圣王，制为等列：内有公卿、大夫、士，外有公、侯、伯、子、男，然后有官师、小吏，延及庶人。等级分明，而天子加焉。故其尊不可及也。此篇，又多作重叠周折之笔，却如逐段逐段并不可少。里谚[100]曰：“欲投鼠而忌器。”此善谕也。鼠近于器，尚惮不投，恐伤其器。况于贵臣之近主乎？随手入喻。廉耻节礼以治君子，故有赐死而无戮辱。是以黥劓之罪，不及大夫，以其离主上不远也。逐段如了，如不了。礼，不敢齿君之路马，蹴其刍者有罚[101]；见君之几杖则起，遭君之乘车则下[102]；入正门则趋。君之宠臣，虽或有过，刑戮之罪，不加其身者，尊君之故也。此所以为主上豫[103]远不敬也，所以礼貌大臣而厉其节也。逐段如了不了，皆作重叠周折之文。○连用“所以”字作态。

今自王侯、三公之贵，皆天子之所改容而礼之也。古天子之所谓伯父、伯舅也，而今与众庶同黥、劓、髡、刖、笞、㑋、弃市之法，然则堂不亡陛乎？被戮辱者不泰迫乎？廉耻不行大臣，无乃握重权大官而有徒隶亡耻之心乎？连用“乎”字作态，笔笔如了不了。夫望夷之事[104]，二世见当以重法者，投鼠而不忌器之习也。随手忽入秦二世。

臣闻之：履虽鲜，不加于枕；冠虽敝，不以苴履[105]。夫尝已在贵宠之位，天子改容而体貌之矣，吏民尝俯伏以敬畏之矣。今而有过，帝令废之可也，退之可也，赐之死可也，灭之可也。若夫束缚之，系緤[106]之，输之司寇，编之徒官；司寇小吏，詈骂而榜笞之，殆非所以令众庶见也。笔笔如了不了。连用“矣”字，连用“可也”字，连用“之”字作态。夫卑贱者习知尊贵者之一旦，吾亦乃可以加此也：非所以习天下也，非尊尊、贵贵之化也。夫天子之所尝敬，众庶之所尝宠，死即死耳，贱人安能得如此而顿辱之哉？如了不了。连用“非”字作态。豫让事中行之君，智伯伐而灭之，移事智伯[107]。及赵灭智伯，豫让衅面吞炭，必报襄子，五起而不中[108]。人问豫子，豫子曰：“中行，众人畜我，我故众人事之；智伯，国士遇我，我故国士报之。”故此一豫让也，反君事雠，行若狗彘。已而抗节致忠，行出乎列士，人主使然也。随手忽入豫让。故主上遇其大臣如遇犬马，彼将以犬马自为也；如遇官徒，彼将官徒自为也。

顽顿亡耻，奊诟[109]音歇后。亡节；廉耻不立，且不自好，苟若而可。故见利则逝，见便则夺。主上有败，则因而挻[110]之矣；主上有患，则吾苟免而已，立而观之耳；有便我身者，则欺卖而利之耳。人主将何便于此？为人臣，岂宜有此？然描写尽情，最是耸听。群下至众，而主上至少也；所托财器职业者，粹于群下也。俱亡耻，俱苟妄[111]，则主上最病。重重叠叠，周周折折，只是“刑不至大夫”一句，却说出如许多情事。

故古者，礼不及庶人，刑不至大夫，所以厉宠臣之节也。古者大臣有坐不廉而废者，不谓不廉，曰簠簋[112]不饰；坐污秽淫乱、男女亡别者，不曰污秽，曰帷薄不修；坐罢软不胜任者，不谓罢软，曰下官不职。故贵大臣定有其罪矣，犹未斥然正以呼之也，尚迁就而为之讳也。周周折折，写得最尽。故其在大谴、大呵之域者，闻谴呵，则白冠牦缨[113]，盘水加剑[114]，造请室而请罪[115]耳，上不执缚系引而行也；其有中罪者，闻命而自弛，上不使人颈戾而加[116]也；其有大罪者，闻命则北面再拜，跪而自裁，上不使捽抑[117]而刑之也。曰："子大夫自有过耳，吾遇子有礼矣。"周周折折，写得最尽。遇之有礼，故群臣自喜；婴以廉耻，故人矜节行。上设廉耻礼义以遇其臣，而臣不以节行报其上者，则非人类也。故化成俗定，则为人臣者，主耳忘身，国耳忘家，公耳忘私。利不苟就，害不苟去，唯义所在，上之化也。故父兄之臣，诚死宗庙；法度之臣，诚死社稷；辅翼之臣，诚死君上；守国扞[118]敌之臣，诚死城郭封疆。故曰："圣人有金城[119]者"，此物此志也。彼且为我死，故吾得与之俱生；彼且为敌亡，故吾得与之俱存；夫将为我危，故我得与之皆安。顾行而忘利，守节而仗义，故可以托不御之权[120]，可以寄六尺之孤[121]。此厉廉耻、行礼义之所致也，主上何丧焉？前曰"主上最病"，此曰"主上何丧焉"，使自决择也。此之不为，而顾彼之久行，故曰：可为长太息者，此也。

已上，五"长太息"毕。不知当时何故却少一段？

〔注释〕

①窃惟事势：窃，私下。惟，思考，思虑。事势，国家的政治形势。

②流涕：流泪。

③太息：叹息。

④疏举：逐条列举。

⑤治乱之体：体，体要，关键。治乱之体，国家治乱的根本。

⑥抱火厝：抱火，取火。厝（cuò），放置。

⑦然：通"燃"。

⑧本末舛逆：舛（chuǎn）逆，违背，颠倒。意为本末倒置。

⑨首尾衡决：衡决，衡，通"横"；决即决裂。意为上下割裂。

⑩国制抢攘：国制，国家制度。抢攘，纷乱，意为国家制度混乱。

⑪勿为可也：是不适宜的。以上五句意为：以为去治理国家，就要伤脑筋，苦身体，缺少娱乐，这是不对的。

⑫轨道：指遵守法纪。

⑬兵革不动：兵革，兵器和盔甲。兵革不动，指没有战事。

⑭民保首领：首领，头与颈，引申为生命。民保首领，指老百姓得以安定。

⑮四荒乡风：四荒，指边远地区。乡风，归顺的意思，乡，通“向”。

⑯大数：大计，指治国的大计。

⑰清和咸理：指社会清平和谐。

⑱亡极：没有极限，没有止境。

⑲素陈：素，原本。即原原本本地陈述。

⑳树国：建立诸侯国。此句意为，建立诸侯国，其势强大，则必与天子成相疑之势。

㉑下数被其殃：下，指诸侯国。数，屡次。被，遭受。意为诸侯国屡次遭受灾祸。

㉒上数爽其忧：上，指皇帝。爽，伤。意为皇帝屡次为此忧虑。

㉓亲弟谋为东帝：亲弟，指汉文帝之弟刘长。汉文帝时被封为淮南王，公元前174年谋反，自称东帝（因其封地在长安东面），事败被谪四川，途中不食而死。

㉔亲兄之子西乡而去：亲兄之子指汉文帝哥哥齐悼惠王之子济北王刘兴居。乡，通“向”。西乡而去，指刘兴居于公元前177年谋反，向西进攻，兵败自杀。

㉕吴又见告：指吴王刘濞（bì），因违反汉中央法令而被人告发。

㉖春秋鼎盛：年龄正当壮盛。

㉗莫大：最大。

㉘且十此者乎：十此，十倍于此，形容权力之大。此，指淮南、济北等诸侯国。

㉙少安：稍稍安定。

㉚日中必熭，操刀必割：熭（wèi），曝晒。这两句意为，太阳正中时必须及时拿出东西来晒。手中持刀，就应赶快切割东西。

㉛已乃堕骨肉之属而抗刭：随后就要。堕，毁坏。抗刭，杀头。

㉜季世：末世。

㉝曩时：从前，指汉高祖时。

㉞以上列举八人都曾反叛朝廷。

㉟仄室之势以豫席：仄，通“侧”，仄室即侧室，古时非正妻所生之子统称侧室。豫，通“预”。席，依靠，凭借。

㊱中涓：官名。随从皇帝左右的侍从官。

㊲廑：通“仅”。

㊳渥：深厚。

㊴角材：较量才能高低。

㊵擅爵人：未经朝廷允许，擅自封人爵位。

㊶黄屋：皇帝专用的黄绸做的车盖。

㊷冯敬：汉文帝时任典客、御史大夫，曾上奏弹劾淮南王谋反，被刺客杀死。

㊸袭是迹而动：袭，沿袭。迹，踪迹。意为沿袭异姓王的道路而进行反叛。

㊹屠牛坦：坦，人名。春秋时善宰牛的人。

㊺芒刃：锋利的刀。

㊻婴：施加。

㊼菹醢（zǔ hǎi）：古代一种酷刑，把人剁成肉酱。

㊽辐辏并进：辐辏（fú còu），车辐即车轮条。辐辏并进意为诸侯像车辐集中于车轴一样归顺皇帝。

㊾倍畔：即背叛。

㊿以上四人皆因谋反被杀。

51赤子：初生婴儿，这里指幼君。

52植遗腹，朝委裘：植，立。这两句意为扶立遗腹子，新君未立，而把已故皇帝衣服放在皇位上朝拜。

53五业：指上面所讲的明、廉、仁、义、圣。

54方病大瘇：正患脚肿病。瘇（zhǒng），脚肿。

55亡聊：无所依赖。聊：依赖，依靠。

56跖盭：跖（zhī），古“跖”字，脚掌。盭（lì），古“戾”字，扭曲。

57僮：僮仆，奴仆。

58缘：古时衣服的边饰。

59白縠之衣，薄纨之里：白縠，白色有绉纹的纱。薄纨之里，薄绢做的衣服里层。

60緁（qìe）：缝衣边。

61黼（fǔ）绣：古时礼服绣的半黑半白的花纹。

62被：通“披”。这里指装饰。

63皂绨：皂，黑色。绨，粗糙的纺织品。

64櫌耜（yōu sì）：古代农具。

65谇（suì）语：责骂。

66併倨：伸开脚坐着，指没有礼貌。

67反：通“返”。

68陵：通“凌”。

69“剟寝户之帘”四句：剟（duō），割取。寝户，皇帝宗庙的后门。搴

(qiān)，拔取。两庙，指汉高祖和汉惠帝。剽（piāo），抢夺。

(70)此句意为，大臣只是把不上报公文和期会的中断当作大事。特，只。簿书，公文。

(71)刀笔筐箧：刀笔，指公文。筐箧（qìe），指敛收钱财的箱子。

(72)筦子：筦，同“管”。管子，春秋时齐国相。后人根据其言论遗作及对其思想的发挥而编就《管子》一书。

(73)维：绳索。

(74)经制：指封建等级制度的准则。

(75)过阙则下，过庙则趋：阙，宫殿、皇宫前面两边的楼台。下，下车马步行。庙，宗庙。趋，俯身小步快走，意为表示恭敬。

(76)“昔者成王幼在襁抱之中”四句：成王，周成王，周文王之子，周朝第二位君主，姓姬名诵。召公，周武王弟，名奭（shì）。周公，周武王弟，名旦。太公，即姜太公吕尚。

(77)知妃色：知道女色，指到了青年时期。

(78)官：官舍，朝廷里的学馆。

(79)上亲：上，通“尚”，崇尚。上亲，尊敬亲属。

(80)上齿：齿，年岁，这里指老人。上齿即尊敬老人。

(81)诬：欺瞒。

(82)化辑：受感化而和睦相处。

(83)彻膳之宰：用减膳食的办法进行规劝的官员。

(84)进善之旌：为招引人们进善言而竖的旗帜。

(85)瞽史诵诗：瞽（gǔ）史，古代乐官名。诵诗，用诗来规劝。

(86)工诵箴谏：工，乐工。箴（zhēn）谏，规劝进谏的文章。

(87)此四句意为：智慧与学习一起增长，所以做事就能切合原则，教化与思想一起形成，所以行为合乎道理就像出自本性。

(88)坐国老执酱而馈之：国老，告老的卿大夫。此句意为：请国老上座，太子捧肉酱亲自赠送给他。

(89)行以鸾和：鸾和，挂在车马上的两种铃。行车时的快慢适合铃的节奏。

(90)步中《采齐》，趣中《肆夏》：《采齐》《肆夏》为古乐曲名。趣，同“趋”，快步走。这两句意为：慢行和快走要合乎两曲的节拍。

(91)告讦（jié）：揭发别人的隐私。

(92)劓（yì）：古代割人鼻的刑罚。

⑨③亟绝：迅速灭亡。

⑨④这七句意为：粤人和胡人，初生时二者声音相同，嗜好欲望没有差别，等他们长大养成习惯，语言经多次翻译也不相通，习惯到死也不能改变，这是教育和习惯造成的。

⑨⑤夫天下，大器也：天下，指国家。大器，重要的器具、工具。

⑨⑥蛮貊（mò）、四夷：古代统治者对少数民族的蔑称。

⑨⑦陛：台阶。

⑨⑧廉：殿堂地基的边侧。

⑨⑨陵：通“凌”，这里是越过的意思。

⑩⓪里谚：民间谚语。

⑩①这两句意为：礼规定不能议论路马的年龄，踢踩路马的草料要受罚。路马，拉皇车的马。蹴（cù），踢，踩。刍，草料。

⑩②这两句意为：看见皇帝用的案桌和拐杖要起立，遇到皇帝的车乘要赶快从车马上下来。

⑩③豫：通“预”。

⑩④望夷之事：望夷，秦朝宫殿名。这里指赵高在望夷宫逼死秦二世一事。

⑩⑤苴履：苴（jū），草垫，用以垫鞋。

⑩⑥系緤：緤（xiè），牵犯人的绳子。系緤，捆绑后牵着。

⑩⑦此三句意为：豫让事奉中行氏，在智伯灭中行氏后，转而事奉智伯。豫让，春秋时晋国人。中行、智伯，均为晋国卿大夫。

⑩⑧此四句意为：等到赵襄子灭掉智伯，豫让就毁坏面容，吞炭使声音嘶哑，一定要行刺赵襄子，但多次未成。

⑩⑨奊（xǐ）诟：无志气。

⑪⓪挻（shān）：篡夺。

⑪①苟妄：胡作非为。

⑪②簠簋（fǔ guǐ）：古时放祭品的器物。簠簋不饰，古时指责贪官的婉词。

⑪③白冠牦缨：古代出表用的帽子。牦缨，用牦牛尾做的帽带。此句意为：听到谴责，就穿上丧服。

⑪④盘水加剑：古代一种请罪的方式。

⑪⑤造请室而请罪：造，到。请室，请罪的房间。即到请罪的房间去请罪。

⑪⑥颈戾而加：刀架到脖子上。

⑪⑦捽（zuó）抑：揪住头发往下按。

⑱扞：通“捍”。

⑲金城：坚固的城墙。

⑳不御之权：不加约束的大权。

㉑六尺之孤：未成年而父已死的皇帝。

〔解读〕

贾谊文章辞赋最为人称道，特别是在政论方面更为突出。其中《治安策》（又名《陈政事疏》），发扬战国以来策士们善辩的传统，精于分析政治形势，说理透彻，文采焕发，对后世影响很大，是其代表作之一。

《治安策》反映了当时的历史状况。其时正值“文景之治”的开始，经过汉初30余年“无为而治”，休养生息，出现了多年未有的繁荣景象。而有远见的贾谊却透过这一太平景象，看出了深刻的社会危机。除了来自北方匈奴的侵扰和日益激化的阶级矛盾，当时最尖锐的还数地方诸侯王与中央政权的矛盾。汉初地方诸侯王的领地甚广。起初中央政权尚能对其加以控制，但随着他们经济、政治实力的增强，逐渐成为独立王国，他们的野心也一再膨胀，以“天子自为”，因而不断发生叛乱，对汉中央政权构成严重威胁。在这种情况下，众多官吏只是歌颂汉文帝“天下顺治”的功德，而贾谊却指出可为“痛哭”“流涕”和“长太息”的危机，向文帝进献“治安”之策，建议文帝备患于无形，防患于未然。

文章认为，建立诸侯国势必形成与中央对抗的局势，不能保证国家的长治久安。他比喻说，诸侯的强大如同一个人得了“大瘇”病，小腿肿得像腰，而一个脚趾就肿得像腿那么大。如不抓紧治理，必然恶化为“痼疾”，即使有扁鹊那样的名医也无济于事。文中列举济北王、淮南王的反叛和吴王刘濞被人告发的事例，指出“疏者必危，亲者必乱”，不论同姓王或异姓王都是中央的威胁，必须像解牛一样，遇到大骨头时，要用砍刀斧头解决。

文章从强者先反、弱者后反、力小者不反的历史经验出发，认为解决问题的根本办法是“割地定制”“众建诸侯而少其力”，以分散和削弱诸侯王的势力。

文章的另一重要部分，是在总结秦朝迅速灭亡教训的基础上。主张改革汉初沿袭秦朝的一些制度，提出变化因时，“立经陈纪”，建立严格的封建等级制度，确立君主独尊的地位。同时要改变秦时的遗风余俗，兴教化，讲礼义，并使礼法结合起来，充分发挥其维护封建统治的作用。对太子要及早进行礼的教育，认为“天子正而天下定矣”。主张治国要施行仁政，才能减少狱讼，甚至达到“狱讼衰息”的程度。此外还提出“黥劓之罪不上大夫”、法律不应平等的思想，而用廉耻礼义来约束群臣。这些主张在西汉王朝和后来的封建王朝制定政策时，都产生过很大的影响。

司马相如

上书谏猎

一段，出色写兽之骇发；一段，出色写人之不意，并不作一儒生蒙腐之语、后始反复切劝之。

臣闻：物有同类而殊能者，故力称乌获[①]，捷言庆忌[②]，勇期贲育[③]。臣之愚暗，窃以为人诚有之，兽亦宜然。不作款曲，奋迅直入，陈说于英主之前。此为耸听。今陛下好陵阻险，射猛兽，人事。卒然遇轶材[④]之兽，骇不存[⑤]之地，犯属车[⑥]之清尘。舆不及还辕，人不暇施巧。虽有乌获、逢蒙[⑦]之技，力不得用，枯木朽株，尽为难矣。是胡越[⑧]起于毂下，而羌夷接轸[⑨]也。岂不殆哉？一笔所写。如有数层，最是精神。○一段，写兽之骇发。虽万全无患，然本非天子之所宜近也。转落而下。且夫清道而后行，中路而后驰，犹时有衔橛之变[⑩]。而况涉乎蓬蒿，驰乎丘坟，前有利兽之乐，而内无存变之意。其为祸也不亦难矣！一段，写人之不意。夫轻万乘之重，不以为安，而乐出于万有一危之涂以为娱，臣窃为陛下不取也。盖明者远见于未萌，而智者避危于无形。祸固多藏于隐微，而发于人之所忽者也。故鄙谚曰："家累千金，坐不垂堂[⑪]。"此言虽小，可以喻大。臣愿陛下之留意！反复明切，到底无一蒙腐语。

〔注释〕

①乌获：秦武王时大力士，能举重千钧。

②庆忌：吴王僚之子，能足追奔兽，手接飞鸟，一跑数百里，马追不及。

③勇期贲育：勇敢以贲育为标准。贲育，即孟贲和夏育，二人为古之勇士，水行不避蛟龙，陆行不避虎豹。

④轶材：或作逸材，指非常凶猛之野兽。

⑤不存：不留意。

⑥属车：古代皇帝出巡随侍的八十一乘车子，叫属车。

⑦逢蒙：古代有名的善射者，曾学射于羿。

⑧胡越：古代对北方、南方少数民族的泛称。

⑨羌夷接轸：古代对西方、东方少数民族泛称羌夷。轸，车后横木。接轸，即向车驾后面袭来。

⑩衔橛之变：指勒具损坏，马脱缰而奔，致使车翻人颠。衔，铁制马具，放于马口以勒马。橛，车钩心，固定车厢底部与车轴的木橛。

⑪家累千金，坐不垂堂：富豪者不靠近堂边檐下坐，因怕檐瓦坠落伤人，所以不坐房檐下，为古人一种忌讳。

〔解读〕

司马相如（前179—前117），字长卿，蜀郡成都人。西汉著名辞赋家。汉武帝时，以辞赋召为郎官，升孝文园令。所著有《子虚赋》《上林赋》等，善于描写诸侯天子田猎盛况、宫苑豪华，颂扬帝王权势。其辞赋辞藻华丽，渲染铺张，具有相当欣赏性。

本文是汉武帝元朔初年司马相如向汉武帝上的一篇奏章。当时他以一个闲散的郎官，随从汉武帝到盩厔（今陕西周至县）长杨宫射猎。武帝喜欢亲自张弓射杀熊和野猪，在马上驰逐野兽。司马相如认为这样做不安全，便上了此奏章。这篇文章立意是要效忠于皇帝的，但就当时射猎活动而导致的劳民伤财来看，劝谏射猎是有一定积极意义的。文中关于“祸固多藏于隐微，而发于人所忽”的议论，是有道理的。而且作者利用优美的辞赋形式，将抽象的说理同生动的叙事结合起来，收到了“于悚然可畏之中，复委婉易听”之效果，艺术风格上具备“朴而能华”的辞赋家写作特点。

难蜀父老

其文汪洋浩荡，不能知其涯涘所在。但觉触手所动，触笔所点，无非朱碧陆离，千态万状，洵文章之极观也。○纯是切讽天子，更于言外寻之。

汉兴七十有八载，先数其载。德茂存乎六世[①]。再数其世。○此非言汉兴既久，应以全力开边，盖是言外隐然讽言，祖宗曾未尝有事于此。细玩自知。威武纷纭，湛恩汪涉[②]，此二句，写上。○威德如此，却不开边。群生沾濡，洋溢乎方外。此二句，写下。○不须开边，已自宾服。于是乃命使西征，随流而攘，风之所被，罔不披靡。看他写今日开边，一曰“随流”，一曰“风被”，皆是先世威德。因朝冉、一。从駹、二。定筰、三。存卭、四。略斯榆、五。举苞蒲[③]，六。结轶还辕[④]，东向将报。

至于蜀都，此文，却写开边已半。讽谏最妙。耆老大夫荐绅先生[⑤]之徒，二十有七人，俨然造焉。辞毕，进曰：“盖闻天子之于夷狄也，其义羁縻勿绝而已。言如络马头，纼牛鼻，使不得搪抵百姓即已。非欲臣属之也。今罢三郡[⑥]之士，通夜郎之涂，三年如兹，而功不竟，士卒劳倦，万民不赡。已前。今又接之以西夷，百姓力屈，恐不能卒业。已后。此亦使者之累也，窃为左右患之。不敢斥言天子，故只坐使者。辞最委婉。且夫卭、筰、西僰之与中国并也，历年兹多，不可记已。仁者不以德来，强者不以力并，意者殆不可乎？犹言如可，则早已开边，不待今日。辞最委婉。今割齐民以附夷狄，弊所恃以事无用。此句，即沓写上句：“所恃”，即齐民；“无用”，即夷狄。特为一沓写，便痛快耳。鄙人固陋，不识所谓。”轻轻只是“不识所谓”四字，却说得开边全无，道理。

使者曰："乌！谓此乎？"乌"一字句，惊怪之声，"谓此乎"三字句，犹言大夫俨来，乃为此耶？必若所云，则是蜀不变服，而巴不化俗也。余常恶闻若说。先劈。此非逢君之说，文字固须尔耳。然斯事体大，固非观者之所觏也。犹言本不足与语，然亦须一语。余之行急，其详不可得闻已。请为大夫粗陈其略。本不足与语，然亦须一语，又不能详语。百忙中，作此许多曲折。盖世必有非常之人，然后有非常之事；有非常之事，然后有非常之功。非常者，固常人之所异也。故曰：'非常之原[⑦]，黎民惧焉。及臻厥成，天下晏如[⑧]'也。先宽说。昔者洪水沸出，泛滥衍溢，民人升降移徙，崎岖而不安。夏后氏[⑨]戚之，乃堙洪、一。塞源、一。决江、一。疏河、一。洒沈、一。澹灾，一。东归之于海，一。而天下永宁。一。当斯之勤，岂惟民哉！心烦于虑，而身亲其劳，躬腠胼胝无胈，肤不生毛。故休烈[⑩]显乎无穷，声称浃乎于兹。又引证。且夫贤君之践位也，岂特委琐喔啮[⑪]，拘文牵俗，循诵习传，当世取说云尔哉！必将崇论宏议，创业垂统，为万世规。故驰骛乎兼容并包，而勤思乎参天贰地[⑫]。再宽说。且《诗》不云乎？'普天之下，莫非王土；率土之滨，莫非王臣。'是以六合[⑬]之内，八方[⑭]之外，浸浔衍溢[⑮]，怀生之物有不浸润于泽者，贤君耻之。再引证。已下方入今上事。

"今封疆之内，冠带之伦，咸获嘉祉，靡有阙遗矣。一顿。而夷狄殊俗之国，辽绝异党之域，舟车不通，人迹罕至；政教未加，流风犹微。内之则犯义侵礼于边境，外之则邪形横作，放杀其上，君臣易位，尊卑失序；父兄不辜，幼孤为奴，系絫号泣，内向而怨，曰：'盖闻中国有至仁焉，德洋恩普，物靡不得其所。今独曷为遗己？'举踵思慕，若枯旱之望雨。看他无中生有：只是《尚书》"傒我后"三字，化成如此段文字。盭夫[⑯]为之垂涕。戾夫，言忍人也。况乎上圣，又乌能已？曲折顿挫，极尽文态。故北出师以讨强胡，南驰使以诮劲越。四面风德，二方之君[⑰]，鳞集仰流，愿得受号者以亿计。已上，数已开之边。故乃关沫若[⑱]，徼牂牁[⑲]，镂灵山[⑳]，梁孙原[㉑]。此数今开之边。创道德之涂，垂仁义之统，将博恩广施，远抚长驾，细读“将”字。使疏逖不闭曶爽闇昧[22]得耀乎光明；细读“使”字。以偃甲兵如此，而息讨伐于彼。细读“以”字，“而”字。遐迩一体，中外禔福，不亦康乎？曲折顿挫，极尽文态。夫拯民于沉溺，奉至尊之休德，反衰世之陵夷，继周氏之绝业，天子之急务也。百姓虽劳，又乌可以已哉！一结，下再起。

“且夫王者，固未有不始于忧勤，而终于佚乐者也。下再结。然则受命之符[23]，合在于此，方将增泰山之封[24]，加梁父[25]之事；鸣和鸾[26]，扬乐颂；上咸五，下登三[27]。所谓非常之事，非常之功也。观者未睹指，听者未闻音，犹鷦鹏[28]已翔乎寥廓，而罗者犹视乎薮泽。悲夫！”结毕。

于是诸大夫茫然丧其所怀来，失厥所以进，喟然并称曰：“允哉汉德！此鄙人之所以愿闻也。百姓虽劳，请以身先之。”敞罔靡徙[29]，迁延而辞避。前与“俨然”，此与“茫然”“喟然”，分明如画。

〔注释〕

①六世：指高祖、惠帝、高后、文帝、景帝、武帝。

②湛恩汪涉：湛，通“沉”长久，汪涉，深广的样子。

③朝冉、从駹、定筰、存邛、略斯榆、举苞蒲：此句意为汉德美盛，王风所向披靡，西南冉夷入朝进贡，駹夷则服从中央，筰都被平定，斯榆被攻取，苞蒲也被占领。

④结轨还辕：轨，为车辙。辕，为驾车木条。即回途的车马络绎不绝于途。

⑤耆老大夫荐绅先生：耆老，古称六十岁为耆。荐绅，即“搢绅”“缙绅”，代称高级官吏。大夫、先生，则是对有官衔和德高望重者称呼。

⑥三郡：指巴、蜀、广汉三郡。

⑦原：创始。

⑧晏如：清平安乐的样子。

⑨夏后氏：指夏禹。禹为夏后氏部落首领，故称禹为夏后氏。

⑩休烈：休，美。烈，功业。

⑪岂特委琐喔咁：岂特，难道只是。委琐，拘于小节，细碎局促。喔咁，器量

狭小。

⑫参天贰地：据颜师古释，曰天子“比德于地，是贰地也；地与己并天，是为参天”。意为与天地并列，如此厚，如此高。

⑬六合：天地四方。

⑭八方：东南西北四方加上四维（东南、东北、西南、西北）。

⑮浸浔衍溢：浸浔，渐渍、逐渐之意。衍溢，意为有余。

⑯盭夫：盭，古“戾”字。凶狠暴烈之人。

⑰二方之君：指西、南夷之君长。

⑱关沫若：以沫水、若水为关。

⑲徼牂牁：徼，边界。牂牁，指牂牁江。

⑳镂灵山：镂，疏通。灵山，也作零山，可能在今四川峨边县一带。

㉑梁孙原：在孙水源头架桥。

㉒曶爽闇昧：曶爽，天未明之时。闇昧，昏暗状。

㉓符：符命，古代认为皇帝“受命于天”，有一种祥瑞出现。

㉔增泰山之封：即到泰山进行封禅祭天。

㉕梁父：山名，在泰山下。

㉖和鸾：古代车上的铃铛，在轼的称“和”，在衡的称“鸾”。

㉗上咸五，下登三：咸，皆、和。登，超过。五指黄帝、颛顼、帝喾、帝尧、帝舜五帝，三指夏禹、商汤、周文三王。

㉘鹪鹏：传说中五方神鸟之一。

㉙敞罔靡徙：敞罔，通“惘怅”，失意样子。靡徙，移足。

〔解读〕

这是司马相如切讽天子的一篇名赋。

此赋写作背景是这样的：建元年间，司马相如曾奉命出使西南，了解到蜀地民众对唐蒙开通西南夷的反对意见——征发数万人，修了两年路，士卒多有死亡，耗费钱财以亿计，可谓劳民伤财。他欲劝谏皇上，撤其无用之事，但又想到他以前有建议开通西南夷之奏，不敢背弃，便以作赋方式，借与蜀郡父老对话形式，自己质问对方，用以讽谏天子。

在文中，以蜀郡长老、高官二十七人为一方，是质问者；以使者即司马相如为一方，是答方，也即辩驳者。问方首先问询天子大规模开边、疲劳三郡士卒、以榨取百姓财物供奉无用之夷狄之事是否正确，答方则从非常之人、非常之事大道理谈起，说大禹治天下洪水可谓非常之事、非常之功，帝王的事业就是要不拘传统、不拘习俗，六合之内，八方之外，都要兼顾得到，安抚和征伐远方各国，达到“普天之下，莫非王土；率土之滨，莫非王臣”。问者听后则茫然若失。

金圣叹评此文写的“曲折顿挫，极尽文态”，可以说，每一句每一字都包含着言外之意。乍读起来，似乎答方是站在天子一边批驳问方的质疑，但仔细琢磨每一句话，则看出其绵里藏针。只因其作文技法高超，言辞委婉，似扬实抑，明颂暗贬。

谕巴蜀檄

妙在自出大意，使蜀民与使者两分其罪，最得宣慰远人之体。

告巴、蜀太守：不告唐蒙，却告太守，便有分罪蜀民意。蛮夷自擅，不讨之日久矣，时侵犯边境，劳士大夫。须细算其如此起笔，最是得势。除此，更无别笔可起。陛下即位，第二笔，方写陛下即位。存抚天下，安辑中国[①]，八字，先补写陛下文德。然后兴师出兵，北征匈奴。单于怖骇，交臂[②]受事，屈膝请和。康居、西域[③]，重译请朝[④]，稽颡来享[⑤]。移师东指，闽越相诛[⑥]，右吊番禺，太子入朝[⑦]。然后写陛下武威。○先定余夷。下，独接西南夷。南夷之君，西僰[⑧]之长，常效贡职，不敢惰怠。延颈举踵，喁喁[⑨]然皆向风慕义，欲为臣妾。道理辽远，山川阻深，不能自致。说他本好，只为远难自致，便已安慰之。夫不顺者已诛，余夷。而为善者未赏。西南夷。故遣中郎将[⑩]往宾之，念其远难自致也。发巴蜀之士各五百人，以事币帛，卫使者不然，靡有兵革之事，战斗之患。只是"奉币帛，卫不然"，说得绝干净。今闻其乃发军兴制，惊惧子弟，忧患父老；责唐蒙。郡又擅为转粟运输，责太守。皆非陛下之意也。先结过陛下无此意，下独反复切责巴蜀人。当行者，或亡逃自贼杀，亦非人臣之节也。分责两边，最好。然使者与太守，上只略责；巴蜀人，下却反复切责。

夫边郡之士，闻烽举燧燔[⑪]，皆摄弓而驰，荷兵而走。流汗相属，惟恐居后。触白刃，冒流矢，议不反顾，计不旋踵，人怀怒心，如报私雠。写别处边郡忠勇之状，以反形巴蜀。彼岂乐死恶生，非编列之民[⑫]，而与巴蜀异主哉？计深虑远，急国家之难，而乐尽人臣之道也。故有剖符[13]之封，析圭[14]而爵；位为通侯[15]，处列东第[16]。终则遗显号于后世，传土地于子孙。行事甚忠敬，居位甚安逸，名声施于后世，功烈著而不灭。是以贤人君子，肝脑涂中原，膏液润野草而不辞也。一段，反复切论，为臣民者，决宜忠勇。今奉币役至南夷，即自贼杀，或亡逃抵诛。身死无名，谥为至愚，耻及父母，为天下笑。人之度量相越[17]，岂不远哉？看他问罪之辞，只作闲闲评断卸过，总是安慰之，便更不生意外事。后世为朝廷宣示反侧，宜精学此。然此又轻。非独行者之罪也。父母之教不先，子弟之率不谨，寡廉鲜耻，而俗不长厚也。其被刑戮，不亦宜乎？又并责其父老，立言又高一步。陛下患使者、有司之若彼，收唐蒙与太子。悼不肖愚民之如此，收巴蜀人。看他将“彼”字放“使者、有司”下，“此”字放“不肖、愚民”下，身分先占得好。古人文字，一笔不苟如此。故遣信使，晓谕百姓以发卒之事，因数之以不忠死亡之罪，让三老、孝弟[18]以不教诲之过。至此，竟独罪巴蜀之子弟并父老；至于使者，竟递过不更提起，妙妙！方今田时，重烦百姓，八字，妙甚，高甚！意言不然者，定宜发兵严诛之也。已亲见近县，恐远所溪谷山泽之民不遍闻。故有此檄。檄到，亟下县道[19]，使咸谕陛下之意，无忽。轻轻而毕。

〔注释〕

①中国：古代“中国”二字含义纯粹是地理含义，与“中原”“中土”含义同，指黄河中下游地区。

②交臂：交手、拱手，臣服驯顺状。

③康居、西域：康居，古西域国名，位置大概在今巴尔喀什湖一带。西域，汉以后玉门关以西地域总称，当时这一区域有数十个小国。

④重译请朝：重译，即几次翻译，说明远道各国，语言不同，需辗转翻译。请朝，请求朝献归附。

⑤来享：进贡。

⑥闽越相诛：闽越，又称东越，秦汉时分布在今福建北部、浙江南部部分地区，其首领在汉时封为闽越王。汉武帝建元六年（前 135 年），汉朝派兵击败图谋反叛的闽越王郢。闽越王郢被其弟杀死。

⑦右吊番禺，太子入朝：右吊，吊为慰抚之意。番禺，古地名，在今广州市，为南越王都。太子，指南越王赵胡之子婴齐，于建元六年（前135年）入侍长安。

⑧西僰：僰夷在南夷以西，故称西僰。

⑨喁喁：众人向慕之状。

⑩中郎将：汉代皇帝之侍卫官。此处指唐蒙。

⑪烽举燧燔：烽，夜间焚柴草报警曰烽。燧，白天焚柴薪生烟曰燧。

⑫编列之民：编进户籍之民。

⑬剖符：古帝王分封臣下，将符节剖分为二，各执其半，作为信物。

⑭析圭：圭者，一种长条玉器，从中分开，白者藏于天子，青者为诸侯所握，为守邑之信符。

⑮通侯：秦二十等爵最高一级。汉沿用，原名彻侯，因讳汉武帝名彻，改为通侯。

⑯东第：甲第，因列甲于城之东，故曰东第。

⑰相越：相去甚远。

⑱三老、孝弟：三老，古代地方掌教化之官。孝弟，汉代乡官名，掌宣明教化，职责等同于三老。

⑲道：西汉时居有蛮夷之县曰道。

〔解读〕

这是司马相如写的一篇檄文。

汉武帝建元六年（前135年），为开发远在西南的南越，开通去夜郎之路，武帝委任番阳县令唐蒙为中郎将，发兵一千余人，郡中又抽出数万人转运辎重，并以军法处死违抗命令的人，引起了巴、蜀二郡民众的惶恐。武帝得知此事后，便委任当时为郎官的司马相如前去责难唐蒙，并趁此告诉巴蜀民众，说唐蒙此做法并非皇上本意。

檄文一开篇即声明，征讨蛮夷是天经地义的事，皇帝即位初即兴师征伐，惩恶奖善，天下太平。皇帝派唐蒙到西南地区，只征发二郡士兵各五百人，并没有要发动什么战争。而今闻说唐蒙大肆征发民力，骚扰地方，郡中又擅自为其转运粮食，这完全不是皇上之意。在此，将皇帝责任推卸得一干二净，将所有罪都加之于唐蒙之上。然后，则斥责巴、蜀二郡民众不识大体，以别处民众忠诚英勇来反衬巴、蜀民众，反复劝说为民为臣者应当忠勇，而自杀、逃窜，或遭诛，都是至愚之人。批评二郡三老子弟平日教导不严，从而导致风俗不厚，民不懂礼法。

这篇文章层次很清楚，一为替皇帝摆脱责任，二则罪责唐蒙和地方长官擅自发号施令，三则批评地方民众不懂礼法，无忠勇之志。其归根到底是弘扬皇帝之爱民惜民之心，使民众遍知皇上仁爱。所以，此文既是歌颂之辞，也是问罪、安抚之辞，立言高超，手法巧妙，读之思之，回味无穷。

卷之七　西汉文

司　马　迁

五帝本纪赞

此为史赞之首，最古劲，最简质，而意义最多，顿挫最大。读之，生出通身笔力。

学者多称五帝[①]，尚矣。此一句，提。然《尚书》[②]独载尧以来，《尚书》又少。而百家言黄帝[③]，其文不雅驯，荐绅先生[④]难言之。百家又不雅。孔子所传宰予问《五帝德》及《帝系姓》[⑤]，儒者或不传。《大戴》《家语》又可疑。○已上三段，首一句毕，下重起。余尝西至空峒[⑥]，北过涿鹿[⑦]，东渐于海，南浮江淮矣。此四句，又提。至，长老皆各往往称黄帝、尧、舜之处，风教固殊焉，总之不离古文者近是。此以自身经历为断，言长老所称，只采其不背古文。予观《春秋》《国语》[⑧]，其发明《五帝德》《帝系姓》章矣，顾第弗深考；其所表见皆不虚。所嫌诸书，但不深考；以今亲历验之，乃皆诚有。《书》阙有间矣，其轶[⑨]乃时时见于他说。自尧已前，《尚书》虽缺，他说仍传。已上三段，乃从亲历中来。非好学深思，心知其意，固难为浅见、寡闻道也。结得气力。余并论次，择其言尤雅者，故著为本纪书首。

〔注释〕

①五帝：即黄帝、颛顼、帝喾、尧、舜五个传说中的远古帝王，其真实性和五

帝具体所指一直有争论。

②《尚书》：记载商周时期帝王言论与文告的一部历史文献汇编。

③黄帝：姬姓，号轩辕氏、有熊氏，五帝之一。传说曾击败炎帝、击杀蚩尤，成为部落联盟首领。

④荐绅先生：荐绅也作搢绅、缙绅，先生即长者。此处指有地位的人。

⑤《五帝德》及《帝系姓》：为《大戴礼记》与《孔子家语》中的篇章。

⑥空峒：也作“崆峒”，山名，在今甘肃平凉西。

⑦涿鹿：山名，位于今河北涿鹿东南，传说黄帝、尧、舜都曾在此建都。

⑧《春秋》《国语》：前者为孔子编的春秋时鲁国的编年体史书，后者为记载西周末至春秋的周、鲁、齐、晋、郑、楚、吴、越八国国别史。

⑨轶：散失。

〔解读〕

《五帝本纪》为《史记》人物传记第一篇，记述了黄帝、颛顼、帝喾、尧、舜五个传说帝位的事迹。本文是在传后对写《五帝本纪》的说明，向读者交代了对材料的取舍和甄别，并说明作者亲自考察实地，民间传闻与古文记载相近，所以将有关五帝材料综合编排，选摘可信的写成此本纪。这篇言简意赅的小短文，充分说明了作者严谨审慎的态度，是研究《史记》和古代史的重要材料。

始皇本纪赞

此便借贾生《过秦》三篇为断，而自己出手，只檃栝得“而羞与之侔”五字，寄与千载一笑！

秦之先伯翳[①]，尝有勋于唐、虞之际，受土赐姓。秦初。及殷、夏之间微散。秦中。至周之衰，秦兴邑于西垂。自缪公[②]以来，稍蚕食诸侯，竟成始皇。秦后。始皇自以为功过五帝，地广三王而羞与之侔。更不置断，只代写其自家意思，以为一笑。善哉乎，贾生[③]推言之也！曰：下接《过秦论》成文。

〔注释〕

①伯翳：即伯益，亦称大费。东夷族领袖，古代各嬴姓族之祖先，相传善于畜牧和狩猎，被舜任为虞，掌管草木鸟兽及供奉。后被禹重用，与启争位被杀。

②缪公：即秦穆公。

③贾生：即贾谊，西汉初政论家、散文家。

〔解读〕

秦国发迹于西部偏远之地，远距中原文化发达地区，一向被内地诸国所蔑视，视同夷狄。但却最终吞并诸侯各国，称霸于天下，建立了历史上第一个非“封建”的专制帝国。但秦国几百年所争来的胜利果实却在短短二十几年内丧失殆尽，导致秦王朝的彻底崩溃。司马迁叙述、分析了秦帝国形成的过程与原因，批判和讽刺了被胜利冲昏头脑的秦始皇，结论说“始皇自以为功过五帝，地广三王，而羞与之侔”，“自以为”三字画龙点睛，道出了秦王朝灭亡的深层原因。秦始皇的悲剧就在于他太“自以为”，低估了人民的力量和六国残余势力，骄横不可一世，为所欲为，从而自取灭亡。

项羽本纪赞

此断项羽全不师古，其亡固宜；只是起手暴兴，却是何故？凡作一扬、三抑。注意正在豪杰“不可胜数”句，言除却重瞳，更不可解。

吾闻之周生[①]曰：“舜目盖重瞳子[②]。”又闻项羽亦重瞳子。羽岂其苗裔耶？何兴之暴也！《项羽本纪》通篇何等声势！至作赞，却陡然只说其目重瞳。犹言除非重瞳上，若论才略，乃一无足取。夫秦失其政，陈涉首难[③]，豪杰蜂起，相与并争，不可胜数。然羽非有尺寸，乘势起于垄亩之中[④]。三年，遂将五诸侯[⑤]灭秦，分裂天下而封王侯。政由羽出，号为霸王。位虽不终，近古以来，未尝有也。一段，承写其兴之暴。扬。及羽背关怀楚[⑥]，放逐义帝[⑦]而自立，怨王侯叛己，难矣。抑。自矜功伐，奋其私智而不师古；谓霸王之业，欲以力征经营天下，五年，卒亡其国。身死东城[⑧]，尚不觉寤，而不自责，过矣！再抑。乃引“天亡我，非用兵之罪也”，岂不谬哉！凡作一扬三抑。

〔注释〕

①周生：汉代一个姓周之儒生。有认为是周代一贤者。

②重瞳子：两个眸子。

③陈涉首难：指陈胜（字涉）大泽乡首先揭竿而起反秦。

④垄亩之中：垄亩，田野。此指起自民间。

⑤五诸侯：指齐、赵、韩、魏、燕五国。

⑥背关怀楚：放弃关中而东归楚国。

⑦义帝：指项羽随叔父项梁起兵时，立楚怀王的孙子熊心为王。后为项羽杀。

⑧东城：今安徽定远县东南。

〔解读〕

项羽是个悲剧性的历史英雄。司马迁在《项羽本纪》中充分肯定了项羽起兵反秦、推翻秦王朝的功劳，分析了项羽失败的原因，并批判了项羽的宿命论。司马迁在此文中非常正确地驳斥了项羽临死时“天亡我，非用兵之罪也”之悲叹，指出其败乃是咎由自取。不过，司马迁认为项羽之败是由于弃关中、杀义帝、骄傲自满而不师古等原因，也不完全正确。

高祖本纪赞

推崇汉家，其学甚醇，谓史公不知道，岂其然哉？

夏之政忠[①]。忠之敝，小人以野[②]，故殷人承之以敬。殷所以得统。敬之敝，小人以鬼[③]，故周人承之以文[④]。周所以得统。文之敝，小人以僿[⑤]，故救僿莫若以忠。三王之道[⑥]若循环，终而复始。言此本自然之理。○已上，通篇论古今帝王统绪有定。周、秦之间，可谓文敝矣。周之必有或继之者，宣圣所以不讳也。秦政不改，反酷刑法，岂不谬乎？秦不得承统也。故汉兴，承敝易变，使人不倦，二句，八字，明是“忠”字，却不说出，好，好！得天统[⑦]矣。推崇昭代之意，只四字便尽，岂后来纷纷符谶之云乎？

〔注释〕

①忠：厚道。

②野：粗野少礼节。

③鬼：多威仪，像服事鬼神一般。

④文：尊卑之差。

⑤僿：不诚恳。

⑥三王之道：三王，指夏禹、商汤、周文王。其治国以礼，被尊崇为至治之道。

⑦天统：天之统绪，帝位。

〔解读〕

在此文中，司马迁分析了夏商周三代政治特点，指出秦亡原因是承周、秦之弊而不知改，反而施以酷刑峻法，从而导致灭亡。而汉则承秦亡之后而变更秦之弊政，无为而治，与民休息，恢复三王之道。在此，司马迁推崇三王之道和赞赏汉代政治，但说三王之道循环往复、周而复始，显然没跳出历史循环论的局限。

吕后本纪赞

此是三段文字，却是倒装笔法。若顺写之，应云："孝惠高后之时，刑罚希，民滋殖。彼不出房户而致此晏然者，以黎民新离战苦，甚欲休息也。"言外，便见已前数十年，生灵涂炭。

孝惠皇帝、高后①之时，提。黎民得离战国之苦，君臣俱欲休息乎无为。一段。故惠帝垂拱②，高后女主称政，不出房户，天下晏然。一段。刑罚罕用，罪人是希，民务稼穑，衣食滋殖。

〔注释〕

①孝惠皇帝、高后：即汉惠帝刘盈、刘邦皇后吕雉。

②垂拱：垂衣拱手。形容太平无事，可无为而治。

〔解读〕

此段实际上是赞扬了吕后实际控制政权时的政治。作为一个女人，吕后未免残酷，如杀韩信、杀赵夫人、迫害刘姓诸王，但作为一个政治家，她执行了刘邦时既定的"与民休息"的无为而治，维持社会稳定，鼓励发展生产，为"文景之治"的到来奠定了基础。

孝文本纪赞

此赞，叹孝文深仁厚泽，惜孝文未兴礼乐。须知难在深仁，不难在礼乐。此惜礼乐未成，正是深仁已成也。故快接末句，再极叹之。

孔子言："必世①然后仁。""善人之治国，百年亦可以胜残去杀。"诚哉是言！先引。汉兴，至孝文②，四十有余载，德至盛也！赞孝文，最蕴藉，俗笔尚欲多写。廪廪乡改正服封禅矣，谦让未成于今。此是深叹孝文，非又致惜也，细思之！呜乎，岂不仁哉！

〔注释〕

①世：古称三十年为一世。

②孝文：即汉文帝刘恒，汉高祖刘邦子。

〔解读〕

司马迁引用孔子两句话盛赞文帝行仁政，符合孔子所推崇的政治目标，但惜其礼乐未成。不过，最后一句又叹"岂不仁哉"：盛世而不炫耀，才是真正的仁呀！

孝景本纪赞

前先写孝文，后续写主父偃，吾于智囊，能无浩叹！

汉兴，孝文施大德，天下怀安。至孝景，不复忧异姓，异姓不复忧，乃自施大德来，则七国之事，不言可知。真正妙笔！而晁错刻削诸侯①。“而”字，微文。用“而”字法。遂使七国俱起，合从而西向。孝景事无大于此，故只举一事。以诸侯太盛，而错为之不以渐也。断尽晁错。下“太盛”字，可见错原不差。及主父偃②言之而诸侯以弱，卒以安，安危之机，岂不以谋哉！谋，即“渐”也。后世举大事者，“渐”之一字，可不讲哉？

〔注释〕

①晁错刻削诸侯：即指晁错建议削弱诸侯封地、权力和加强中央集权事。

②主父偃：汉武帝时为中大夫，主父为复姓。此处指主父偃建议汉武帝实行“推恩令”，逐渐削弱诸侯权力。

〔解读〕

实际上，太史公在此对景帝时采取的削弱诸侯策略提出批评，认为吴楚七国之叛是由于景帝听信晁错之言而引起的。另外，又赞扬了主父偃之计策高超。所以，司马迁指出，国家安危之关键在于智谋之高低。

吴泰伯世家赞

此赞，惜吴世家越在蛮夷，却前以泰伯，后以季札，因而列之于中国。

孔子言："泰伯[①]可谓至德矣：三以天下让，民无得而称焉。"此非引文，乃疑孔子所称，谁泰伯也？下便接云。读《春秋》古文，乃知中国之虞与荆蛮、勾吴兄弟也。《春秋》古文，《春秋》又有本，乃是古篆文也。其文，虞与吴，乃一字也。延陵季子[②]之仁心慕义无穷，见微而知清浊。呜乎，又何其闳览博物君子也！闳览博物君子，言闳览则博物，博物则君子。此非独叹公子观乐，并叹公子慕义无穷。盖人诚闳览博物。未有不慕义无穷者也。

〔注释〕

①泰伯：相传为吴国开国之祖，周太王之子。

②延陵季子：即季札，又称公子札，吴王诸樊之弟，多次辞让君位。因封于延陵（今江苏常州），称延陵季子。

〔解读〕

司马迁在赞中慨叹身处蛮夷之乡的吴世家，却在德让礼仪上称著于世，前有开国之祖泰伯辞君位不受而采药东南不归，后则有公子季札三辞君位，并谙通乐理，震动中原诸国，对其表示出无限的崇慕之情。

齐太公世家赞

赞齐，便作临碣石、观沧海之态。史公笔下，无所不有如此。

吾适齐，三字，起得慨慷。自泰山属之琅玡[1]，北被于海，膏壤三千里。其民阔达多匿知，其天性也。先略其地，慨慷之甚。以太公[2]之圣建国本，桓公[3]之盛修善政。次诵其君，慨慷之甚。以为诸侯会盟称伯，不亦宜乎？先结二公。洋洋哉，固大国之风也！次结三千里。

〔注释〕

①琅玡：秦时有琅玡郡，在今山东省青岛市琅琊台西北。

②太公：指齐国始封君主姜太公吕尚。

③桓公：即春秋五霸之一齐桓公，名小白。

〔解读〕

司马迁首先点出他“吾适齐”，有亲临其境感受后，才称赞姜太公以圣建国本，齐桓公则盛修圣政，使齐成为一时之霸主，以至几百年后仍有泱泱大国之风。

鲁周公世家赞

只用两“何其”字，参差成文。

余闻孔子称曰：“甚矣，鲁道之衰也！洙泗[①]之间，龂龂[②]也。”先是鲁之民涉渡，幼者扶其老者。至后俗薄，幼者诮让，老者不安，因共争于渡所。观庆父及叔牙[③]、闵公[④]之际何其乱也！一“何其”。隐、桓[⑤]之事，襄仲杀嫡立庶[⑥]，三家北面为臣；亲攻昭公[⑦]，昭公以奔。至其揖让之礼则从，略纵。而行事何其戾也！二“何其”。

〔注释〕

①洙泗：即鲁国境内的洙、泗二水。

②龂龂：争辩的样子。

③庆父及叔牙：庆父为鲁庄公之长弟，后把持朝政，滥杀国君，被迫自杀。叔牙，为鲁庄公之次弟，被毒死。

④闵公：名开，鲁庄公子，为庆父立，后又被庆父杀。

⑤隐、桓：即鲁隐公、鲁桓公。隐公名息，鲁惠公之庶长子；桓公为惠公子，名见。

⑥杀嫡立庶：即指襄仲杀鲁文公长妃生的儿子恶和视，而立次妃生的儿子为国君。

⑦昭公：即鲁昭公，名裯。

〔解读〕

鲁国原是周公封地，被视为最继承周王朝之文化精华和与之最亲近的诸侯之一。但是，在司马迁的《鲁周公世家》中所看到则是一部相斫书，昏庸、残暴、荒淫，是非颠倒，不仁不义，哪有一点儒家所鼓吹的礼仪之邦的影子。所以，太史公首引孔子之慨叹，尾以“何其戾也”，道不尽其对鲁世家历史的痛恨与厌恶。

燕召公世家赞

只赞召公。用笔只是一顿一起。

召公奭[①]可谓仁矣！《甘棠》[②]且思之，况其人乎？只赞召公。○又别作轻妙之笔。燕，北迫蛮貉，内措齐晋；崎岖强国之间，最为弱小，几灭者数矣。一顿。然社稷血食者八九百岁，于姬姓独后亡，一起。岂非召公之烈耶？只赞召公。

〔注释〕

①召公奭：也作邵公、康公，姬姓，分封于燕，周成王时，与周公分陕而治。

②《甘棠》：《诗经·召南》之一篇。据说是召公巡视南方，立于甘棠树下，后人为赞美和怀念其惠政，便作此诗。

〔解读〕

本文赞扬了燕国之祖召公奭。正因为有召公的遗泽，最为弱小而处外族和大国之间的燕国，得以存在了八九百年之久，并且在姬姓封国中最后一个被灭亡。所以，司马迁称赞这是召公的伟烈所致。

曹世家赞

只书二事，而曹已尽，为之痛悼！

余寻曹共公[①]之不用僖负羁[②]，乃乘轩者三百人，十八字句。知唯之不建。言曹之应亡也。“寻”，寻思也。一士不用，而美女乘轩者三百，则知其不建德也。“寻”字，“知”字，呼应。乃振铎[③]梦，岂不欲引曹之祀者哉？如公孙疆[④]不修厥政，叔铎之忽诸。“岂不欲”句，写尽祖宗冥冥之中，无数眼泪。“如”，其如也；“忽诸”，言欻然就尽也。一云“曹之祀”，再云“叔铎之祀”，无限感伤。

〔注释〕

①曹共公：名襄，曹昭公子，后为晋文公俘虏。

②僖负羁：曹国大夫。

③振铎：曹国始封君，周武王之弟。

④公孙疆：曹国人，原为平民，曾献白鹰于曹君伯阳而得宠。

〔解读〕

此文写曹共公不用忠臣之言，奢侈浮华，用公孙疆为政，而终致曹灭亡。又提及有人梦开国君振铎之言，祖宗何其殷切，而子孙何其不肖。

陈杞世家赞

写舜禹，却似轩轾。

舜之德，可谓至矣。舜、禹也，忽然独赞舜，又奇。禅位于夏，而后世血食者历三代。作两截写，愈见。及楚灭陈，而田常[①]德政于齐。卒为建国，百世不绝。苗裔兹兹，有土者不乏焉。说舜处津津。至禹于周，则杞微甚不足数也。说禹处，却似不满。楚惠王灭杞[②]，其后越王勾践兴。亦作两截写，只是不满。

〔注释〕

①田常：即陈成子，齐国大臣，陈厘子之子，在位间推行德政，为取代齐国政权奠定基础。

②杞：周武王时封东楼公于杞地，为夏禹之后裔，后为楚灭。

〔解读〕

陈、杞两国为周朝分封的小国，至春秋时先后灭亡。此两国虽国小势衰，但一为舜之后裔，一为禹之后裔，而且陈、杞两国其后裔如专政于齐的田氏和崛起东南的勾践，都曾为天下霸主。可以说，此两国虽小，但根深源长，流芳无穷，虽亡而不绝。

卫康叔世家赞

卫世家赞，却只举伋、寿争死一事，写出无限惋痛。及至末句，忽然又唠骂“或……独何哉”。“或”者，岂非指出公耶？

余读《世家》言，至于宣公之太子，以妇见诛。四字，一何蕴藉。弟寿争死[①]，句。以相让。此与晋太子申生[②]不敢明骊姬之过同，俱恶伤父之志。连出一事，愈益惋痛。然卒死亡，何其悲也！深痛之，不复能多其辞。或父子相杀，兄弟相灭，亦独何哉！忽然掉笔别去，有指无指，自然妙绝！

〔注释〕

①弟寿争死：指卫宣公听信谗言欲杀太子伋，而其弟寿知后，则代替其兄去死。

②晋太子申生：即晋献公之子，其母为齐桓公女。晋献公征伐骊戎，得一美女名骊姬，生一子名奚齐。为立奚齐为太子，骊姬置毒药于食中，太子申生知道后不敢告诉献公，自杀而死。

〔解读〕

司马迁在此赞中主要重申了卫宣公太子与弟寿二人争死之事，并与晋公子申生为不彰父过而自杀相提并论，表现出无比悲伤，并寓意深刻地指出：“父子相杀，兄弟相灭，亦独何哉！”似有不尽之意。

宋微子世家赞

闲闲直写四段。

孔子称："微子去之，箕子为之奴，比干谏而死：殷有三仁[①]焉。"一段。春秋讥宋之乱，自宣公废太子而立弟，国以不宁者十世。二段。襄公[②]之时，修行仁义，欲为盟主。其大夫正考父美之。故追道契、汤、高宗，殷所以兴，作《商颂》。三段。襄公既败于泓，而君子或以为多伤中国阙礼义，褒之也，宋襄之有礼让也。四段。第四段有态。

〔注释〕

①殷有三仁：即微子、箕子、比干。微子为殷纣庶兄，因殷纣王残暴拒谏，他出走降周，封于宋。箕子为殷纣诸父，因谏殷纣王，被囚禁。比干，纣王叔父，因屡谏殷纣，被杀。

②襄公：即宋襄公，名兹父，一度与楚争霸。泓水之战时惨败。

〔解读〕

宋襄公是宋国史上主要人物，在位间施行德政，并欲与楚争霸，做天下盟主。但因行"仁义"至极端，泓水之战被楚打败。但司马迁在此还是高度赞扬了宋襄公，称他"有礼让也"。

晋世家赞

此只是借晋深深致慨。

晋文公[1]，古所谓明君也。一曲。亡居外十九年，至困约。再曲。及即位而行赏，尚忘介之推[2]，三曲。况骄主乎？晋赞，却意不在晋，又是一样笔法。灵公既弑，其后成、景致严。至厉大刻，大夫惧诛祸作。悼公以后日衰，六卿专权。故君道之御其臣下，固不易哉！历叙灵公、成公、景公、厉公、悼公，却只是意不在晋。

〔注释〕

①晋文公：名重耳。曾流亡在外十九年，在位期间晋国强盛至极点，为天下霸主。

②介之推：曾随重耳流亡在外。晋文公即位后行赏，他被遗忘，便与母隐于山中而死。

〔解读〕

司马迁在肯定晋文公是“明君”的同时，特地提到他行赏忘介之推之事，以讽刺他一旦为君便有“骄”意，后历叙晋灵公、成公等，叹惜君主御臣下之道，为君不易。实际上是借“赞晋”而论其他。

楚世家赞

只致叹灵、平二王，而为戒乃复不浅。笔态最是淋漓尽致。

楚灵王[①]方会诸侯于申，一。诛齐庆封，二。作章华台，三。求周九鼎之时，四。悉举楚灵之事。志小天下。总上四句，笔势一起。及饿死于申亥之家，为天下笑。笔势一跌。操行之不得，悲夫！致叹。势之于人也，可不慎与？再致，叹。弃疾[②]以乱立，言应知戒。嬖淫秦女。乃又为此。甚乎哉，三字，妙。几再亡国！四字，又妙。此三字一句，四字一句，不知是单叹楚平，不知是兼叹楚灵。

〔注释〕

①楚灵王：名围，楚共王子，后饿死。

②弃疾：即楚平王。即位后改名熊居，即位前曾连弑两王。

〔解读〕

楚灵王在位时，为天下之盟主，对内大兴土木，对外大肆征伐，会各国诸侯，诛齐庆封，建章华台，并陈兵周边境质问九鼎，大有取周天子代之之势，但最终却活活饿死。而楚平王弃疾也是横极一时，后差一点亡国。为何一个人会由巅峰坠落至谷底呢？司马迁认为是其本身操行所致，同时又指出，人们要时刻谨慎，不要得意时忘形，从而身败名裂为天下笑。

越王勾践世家赞

极赞勾践，是史公专心喜此一辈人物。

禹之功大矣：渐[1]九川，定九州。至于今，诸夏艾安。《世家》，不应又颂禹，先起此笔，为“遗烈”句地耳。及苗裔勾践，苦身焦思，终灭强吴。北观兵中国[2]，以尊周室，号称霸王。勾践可不谓贤哉！盖有禹之遗烈焉。可谓与之至，何与乎勾践？与其“能隐忍以就功名”，为史公一生之心。范蠡[3]三迁，皆有荣名，名垂后世。《勾践世家》，不应又称范蠡。横入此笔，为“臣主若此”句地。古人文字，固必分别观也。臣主若此，欲毋献得乎？

〔注释〕

①渐：疏导。

②中国：指中原诸国。

③范蠡：勾践谋臣，助勾践灭吴后弃官经商，号称陶朱公。

〔解读〕

司马迁在此赞中，溯到夏禹，渐及越王勾践，又及范蠡三迁，对越王勾践极尽赞美，而以“臣主若此，欲毋献得乎?”结尾，则道出勾践丰功伟绩之由来——上承大禹之功，下有能臣辅佐。

郑世家赞

前有里克，何意后有甫瑕？此所谓“变所从来”也。史公深于世故如此。

语有之：“以权利合者，权利尽而交疏。”甫瑕[①]是也。炯戒可畏！甫瑕虽以劫杀郑子，以，以此四字也。内厉公[②]，以此四字，内厉公也。厉公终背而杀之。此与晋之里克何异！厉公如里克矣，甫瑕何得如荀息？守节如荀息，身死而不得存奚齐：变所从来，亦多故矣！有如不尽之叹。

〔注释〕

①甫瑕：郑国大夫。杀郑昭公弟亹子公子婴子，迎立郑厉公。后又为郑厉公所杀。

②内厉公：指迎接回厉公。厉公名突，郑庄公子。

〔解读〕

甫瑕是郑国大夫，为使流亡在外的郑厉公回国即位，他不惜杀了当时执政的郑子婴等人。但当厉公即位后，厉公则以他“有贰心”将其斩杀，他临死说：“重德不报，诚然哉！”司马迁通篇叹甫瑕之死，指出甫瑕与厉公关系是一种由权利联结的关系，当然，权利尽也就无必要再维持什么关系，甫瑕必死无疑。可叹甫瑕利令智昏，临死才知究竟，但为时已晚。

赵世家赞

史公深恶迁之信谗杀李牧，故特地暴扬其母之丑，以当痛棒苦治也。又恐后人不信，故又特地牵引冯王孙作证。

吾闻冯王孙曰：“赵王迁，其母倡也。嬖于悼襄王①。悼襄王废嫡子嘉而立迁。迁如贤，如此事岂不相蓋？甚矣古人用笔严切！而为人子孙者，不可不知自振拔也。迁素无行，信谗。故诛其良将李牧②，用郭开。”岂不谬哉？书“信谗”足矣，又加书“素无行”三字；书“诛李牧”足矣，又加书一“故”字、“其良将”三字，又再加书“用郭开”三字，皆恶之至也！秦既虏迁，赵之亡大夫，共立嘉为王。王代六岁，秦进兵破嘉。遂灭赵，以为郡。李牧已诛，夫又何望？

〔注释〕

①悼襄王：即赵悼襄王，名子偃。

②李牧：战国末年赵国大将。以击秦功封武安君，后因赵王迁中反间计将其杀死。

〔解读〕

在《赵世家》正文中，司马迁已详述了悼襄王废嫡立庶与赵王迁品德恶劣事，而在赞中又重申对赵王迁的蔑视和痛恨，尤其是特地指出赵王迁其母出身娼妓，下贱至极。由娼妓养出的孩子当国王，国家岂有不亡之理。同时，深惜良将李牧被杀。

魏世家赞

此明明高推汉受天命，非过许虎狼之秦也。细读“其业未成”句。

吾适故大梁[①]之墟，墟中人曰：“秦之破梁，引河沟而灌大梁。三月，城坏，王请降。遂灭魏。”先写亲眼熟睹其事如此。说者皆曰：“魏以不用信陵君[②]，故国削弱，至于亡。”次引一腐生言。余以为不然。快劈！天方令秦平海内，其业未戒。隐言秦为汉前驱。魏虽得阿衡[③]之佐，曷益乎？至论，定论，快论，腐生不许开口！

〔注释〕

①大梁：魏惠王时迁都于此，今河南开封为其故地。

②信陵君：即魏无忌，战国四大公子之一，魏安釐王之弟。

③阿衡：一作“保衡”，为商伊尹之名。

〔解读〕

历史要前进，国家要统一。这是历史的潮流，非以人的意志为转移。司马迁批评了腐儒的所谓“魏不用信陵君而灭亡”的说法，认为这是天下趋一统的大势所趋，非取决于个人的力量。

韩世家赞

此赞，又高推阴德，想见史公心地醇厚。夫阴德，岂可忽乎哉？

韩厥[1]之感晋景公，绍赵孤之子武，以成程婴、公孙杵臼[2]之义：此天下之阴德也。阴德，不是阴行善。史公心中笔底甚明。韩氏之功，于晋未睹其大者也。曲折慷慨。然与赵、魏终为诸侯十余世，宜乎哉！说阴德，口中津津然。

〔注释〕

①韩厥：即韩献子，韩武子之后，为韩始封君。在屠岸贾杀赵盾全家，搜捕赵氏孤儿赵武时，他知之而不告发，保护赵武逃命。

②程婴、公孙杵臼：晋国大臣。为掩护赵氏孤儿出逃，二人定计，程婴掩护出逃被杀，公孙杵臼救出赵氏孤儿并抚养成人，后回国报了灭家之仇。

〔解读〕

司马迁在此赞扬了韩献子掩护赵氏孤儿出逃之功，说其正因韩国有其祖上阴德，才得以作为诸侯之一，与赵、魏三家分晋，传位十余世。

田敬仲世家赞

史公又深信卜筮，看他笔下极力推奖出来。人憎《左传》之失也诬，殆是少见多怪耳。

盖孔子晚而喜《易》。借重孔子。○下文接笔便只写《易》。借重孔子止此一句，最是疏奇之笔。《易》之为术，幽明远矣。非通人达才，孰能注意焉。看他极赞《易》，从来是大聪明人，具大信心。小儒两眼如豆，彼何所知！故周太史之卦田敬仲完①，占至十世之后。一卜。及完奔齐，懿仲卜之亦云。又卜。田乞及常②，所以比犯二君，专齐国之政。验。非必事势之渐然也，盖若遵厌兆祥云。曲折写出信《易》。

〔注释〕

①田敬仲完：即陈厉公佗之子陈完。

②田乞及常：即父田乞与子田常，二人为齐相，专齐国之政。

〔解读〕

司马迁首先以孔子晚年喜欢《易》论起，谈到田敬仲完两次占卜，均占其传至十世之后。后在齐国果然专政十余世。所以，司马迁认为其事有必然之因。司马迁将田氏专政十余世归于神助是错误的，但从谈《易》入手，辩证分析田氏家族的传世，有其一定价值。

孔子世家赞

赞孔子，又别异样淋漓之笔。一若想之不尽，说之不尽也者，所谓观海难言也。

《诗》有之："高山仰止，景行行止[①]。虽不能至，然心乡[②]往之。"先引诗，笔态便淋漓无限。余读孔氏书，想见其为人。读书，一。适鲁[③]，观仲尼庙堂、车服、礼器；观庙堂、车服、礼器，二。诸生以时习礼其家。观习礼诸生，三。余低回留之，不能去云。总上又吐下，笔态淋漓无限。天下君王，至于贤人众矣。当时则荣，没则已焉。笔态淋漓无限。孔子布衣传十余世。学者宗之。自天子王侯，中国言《六艺》者，折中[④]于夫子。笔态淋漓无限。可谓至圣矣！

〔注释〕

①高山仰止，景行行止：此两句诗见于《诗经·小雅·本》，意谓仰望着高山，可以向上攀登；遵照着大路前进，可以走向远方。

②乡：同"向"。

③鲁：即鲁国。

④折中：犹言判断。

〔解读〕

司马迁在《孔子世家》后写的这几句话非常深沉和饱含感情，高度赞扬孔子出自布衣而为天下万世宗师，说明作者对孔子及其学问怀着多么深切的向往之情。

楚元王世家赞

说贤人难，用贤人更难。发人无数感慨，亦平人无数感慨。

国之将兴，必有祯祥：君子用而小人退。国之将亡，贤人隐，乱臣贵。先引。使楚王戊①毋刑申公，遵其言，申公，名培，楚王胥靡之。赵任防与先生，岂有篡杀之谋，为天下僇哉？慨然。贤人乎，贤人乎！非质有其内，恶能用之哉？不说有贤不用，反说用贤本难，便是一样感慨。甚矣！“安危在出令，存亡在所任。”诚哉是言也！又似又一层感慨也。

〔注释〕

①楚王戊：即西汉封国楚国国王刘戊，刘邦弟刘交之曾孙。景帝时与吴王濞合谋反叛，兵变被杀。

〔解读〕

国之衰亡，常有小人从中作梗。但楚王戊之亡，却并非小人作怪，则是不用君子之言，刚愎自用，一意孤行，起兵造反，最终国灭人亡。司马迁在此深感用贤人之难，如果楚王戊能听用其相张尚和太傅赵夷吾之言，岂有日后之祸。所以，司马迁特别提醒，国君不仅不能用小人，而且还要特别学会用君子。

荆燕世家赞

“事发相重”四字，想见史公于功名之会，乃最精能。

荆王，王也。由汉初定，天下未集。故刘贾①虽属疏，然以策为王，填江淮之间。“填”即镇字。已上，荆王。刘泽②之王，权激吕氏。然刘泽，卒南面称孤者三世。事发相重，岂不为伟乎？已上，燕王。

〔注释〕

①刘贾：据《汉书》载，他是刘邦从父兄，因战功封为荆王。

②刘泽：为刘邦从祖昆弟，属于刘姓远支。他通过游说之士田生和吕后所宠的张子卿，使自己从营陵侯升为琅玡王。后又因拥立文帝徙为燕王。

〔解读〕

刘贾与刘泽均为刘氏远族，但均得王位。前者以策略平定江淮，由军功而得王位，后者则凭智谋由一小小营陵侯升为燕王。所以，司马迁称其“事发相重，岂不为伟乎？”

齐悼惠王世家赞

一赞，写尽高帝大才大略，前顾后盼。

诸侯大国，无过齐悼惠王①。提。以海内初定，子弟少觑破高帝大才大略。激秦之无尺土封，故大封同姓，以填万民之心。觑破高帝大才大略。及后分裂，固其理也。觑破大才大略。

〔注释〕

①齐悼惠王：即刘邦长庶男、惠帝兄刘肥。

〔解读〕

刘邦击败项羽后，有感于秦无尺土之封而速亡之教训，大封同姓王，其中刘肥的封国面积最大。但后来渐分裂为菑川、济北、胶东、胶西等小王国。司马迁在此实际上委婉批评了刘邦的矫枉过正，因分封太滥，从而导致了后来的汉统治危机。

萧相国世家赞

“谨守管籥”四句，是相国一生真才实学，史公已不多叹。史公自叹其秦末何等时，却只是“录录无奇节”。

萧相国何①，于秦时为刀笔吏，录录②未有奇节。抑。及汉兴，依日月之末光。何谨守管籥③，因民之疾，奉法顺流，与之更始。此四句十六字，便是“录录未有奇节”人也。有奇节人，正不能耳。淮阴、黥布④等，皆以诛灭，此皆奇节人也，可胜叹息！而何之勋烂焉。位冠群臣，声施后世，与闳夭、散宜生⑤等争烈矣。扬。

〔注释〕

①萧相国何：汉初大臣萧何。沛县（今属江苏）人。曾为县吏，辅佐刘邦起义，对刘邦建立汉王朝起了重大作用，后封酂侯，制定律令制度。

②录录：同“碌碌”，平庸无奇。

③管籥：钥匙，籥，通“钥”。此处意为萧何掌握国家大权。

④淮阴、黥布：淮阴即淮阴侯韩信，黥布即淮南王英布。

⑤闳夭、散宜生：闳夭，闳氏，名夭，辅佐周文王大臣。散宜生，散氏，名宜生，辅佐周文王大臣，并助武王灭商。

〔解读〕

在此文中，司马迁对萧何一生功过作了评价，非常恰当地指出他“录录未有奇节”，只不过善于应时顺势，成为一代名相，功名流传万世。尤其提到萧何协助刘邦诛灭韩信、英布等异姓王，实则寓含对萧何的贬意，正因为杀了这些可与刘邦争天下的“奇人”，才使萧何“位冠群臣”。

曹相国世家赞

此赞，一半写战功，一半写相业，俱不甚许曹参。

曹相国参[1]，攻城野战之功，所以能多若此者，以与淮阴侯[2]俱。忽然为淮阴侯洒泪，大奇。须知此是史公故作之笔。及信已灭，此四字，却于曹相国赞中寄慨无穷。而列侯成功，惟独参擅其名。十一字句。○参清净固胜，只是回想淮阴，泪落多少。○已上，写战功。已下，写相业。参为汉相国，清净极言合道。此六字，非便是写参相业，乃写参生平性之所近。然百姓离秦之酷后，参与休息无为，"休息无为"，莫便是清净合道耶？上句下一"然"字，下句下一"故"字，史公笔墨斟酌，固自有其分寸矣。故天下俱称其美矣。

〔**注释**〕

①曹相国参：即汉初大臣曹参，字敬伯，沛县人，随刘邦起兵立战功，封为平阳侯。后继萧何为丞相，好黄老之术。

②淮阴侯：即韩信，曾封为淮阴侯。

〔**解读**〕

在西汉初年，文略武功、将相兼任的唯一人即是曹参。司马迁大赞曹参行清静无为之政，体谅天下百姓之艰。但对曹参助刘邦翦灭战功卓著的韩信辈则有微言，一句"独擅其名"，使曹参功过参半，令人感慨不已。

留侯世家赞

留侯脚色奇。此赞，亦写得恍惚甚奇。前叙老父予书，不信又信；反叙状如妇女，信又不信。总是照此一人脚色。

学者多言无鬼神，然言有物。疑信先不定。至如留侯所见老父予书[①]，亦可怪矣。不信也。高祖离困者数矣，而留侯常有功力焉，岂可谓非天乎？又信也。○已上，写鬼物疑信，毕。上曰：“夫运筹策帷幄之中，决胜千里外，吾不如子房！”余以为其人计魁梧奇伟。又一疑。至见其图，状貌如妇人好女。又一疑。盖孔子曰：“以貌取人，失之子羽[②]。”留侯亦云。总是不能定留侯人物，意在笔外。

〔**注释**〕

①老父予书：据传说，张良曾在野外遇一老者，授他奇书。

②子羽：即孔子弟子澹台灭明，貌丑而品端。

〔**解读**〕

司马迁对张良得神人指点一事持怀疑态度，但又认为张良数出奇计为刘邦解困，似乎又有天助。后半段则写，他本以为如此谋略大家应是魁梧伟岸，而至见其图像，则状如妇女，引孔子赞徒弟句煞住。一句“留侯亦云”，似乎又有别的意思。

陈丞相世家赞

陈平少时本好黄老，此一句，断得最定。却是史公何处看将出来，岂便以割肉俎上为验耶？史公眼色，比他人煞是奇绝。莫谓《史记》容易作也！

陈丞相平[①]，少时本好黄帝、老子之术。一句先断定。方其割肉俎上之时，其意固已远矣。极许平。倾侧扰攘楚、魏之间，卒归高帝。极许平。常出奇计，救纷纠之难，振国家之患。极许平。及吕后时，事多故矣，然平竟自脱。极许平。定宗庙，以荣名终，称贤相。极许平。○节节极许平，却总在"割肉已远"句中早自看透，史公眼力如许！岂不善始善终哉？非知谋，孰能当此者乎？赞叹不尽。

〔注释〕

①陈丞相平：陈平，好黄老之术，初从项羽，后附刘邦，善使计。汉王朝建立，封曲逆侯。吕后死，与周勃定计灭吕产、吕禄等，迎立文帝，任丞相。

〔解读〕

司马迁极赞许陈平有先见之明，既保身家，又保国家，善始善终，可谓谙熟做人处事之机谋。

绛侯周勃世家赞

周勃，先抑后扬；亚夫，先扬后抑。

绛侯周勃[①]，始为布衣时，鄙朴人也，才能不过凡庸。大才胡能小试？言之慨然。及从高祖定天下，在将相位。诸吕欲作乱，勃匡国家难，复之乎正。虽伊尹[②]、周公，何以加哉！作此顿挫大笔，为鄙朴布衣时一叹也。亚夫[③]之用兵，持威重，执坚刃，穰苴[④]曷有加焉！亦作顿挫大笔。足己而不学，守节不逊，为足己，便不学；为不学，便守节，便不逊，写尽武人本色。终以穷困。悲夫！又是一叹。

〔注释〕

①绛侯周勃：汉初大臣，刘邦同乡，以军功封绛侯。吕后时，为太尉，与陈平设计，灭诸吕，复兴刘氏政权。

②伊尹：商初大臣。曾助汤灭夏，后辅政，放逐太甲。

③亚夫：西汉名将，周勃子，初封条侯，治军严整。景帝时以平定七国叛乱功迁丞相，后下狱绝食死。

④穰苴：即司马穰苴，春秋时齐国大将。

〔解读〕

周勃一家于汉室可谓有功，周勃助刘邦打天下、安汉室，而其子又率兵平七国之乱，拯汉于衰乱，但最终都以小节而遭诛灭，可谓悲矣。司马迁在赞周家武功之时，批评其不注重学习，而不谙礼节。

梁孝王世家赞

轻轻着笔，却为女主及爱子痛鉴。

梁孝王[①]虽以亲爱之故，王膏腴之地，亲爱是一，腴地是二。然会汉家隆盛，百姓殷富。汉隆是三，民富是四。故能植其财货，广宫室，车服拟于天子。“故能”，承上四句。然人只谓承一承三、四也。然亦僭[②]也。轻轻只用四字讽。

〔注释〕

①梁孝王：汉文帝子，与景帝同为窦太后生。

②僭：超越本分，即非礼。

〔解读〕

梁孝王因深得窦太后宠爱，极为放肆，所占封地均为膏腴之地，赏赐不可胜计，出入均比拟于天子，府库珠玉宝器多于国库。因窦太后之偏爱，景帝也无可奈何。在此赞中，司马迁批评了“以亲爱之故”而勿视国家礼法的行为，并警世人引以为鉴。

五宗世家赞

此赞，只写五宗，不及前世诸侯。

高祖时诸侯皆赋，国所出有，皆入于王也。得自除内史①以下。汉独为置丞相，黄金印。增三字，便见腴。诸侯自除御史、廷尉、正博士，拟于天子。上，诸侯自除止内史，是汉制；此，诸侯自除至有御史、廷尉等，乃僭拟也。○已上，高祖时诸侯。自吴、楚反后，五宗②王世，汉为置二千石，去“丞相”曰“相”，银印。二字增入，毕竟腴。诸侯独得食租税，夺之权。已上，吴楚反后诸侯。其后，诸侯贫者，或乘牛车也。结得诸侯悲甚，却反见峭。已上，其后。

〔注释〕

①内史：西汉时官名，在诸侯王国掌民政。

②五宗：此处指汉景帝除皇后外五个妃姬即栗姬、程姬、贾夫人、唐姬、王夫人生的十三个儿子。

〔解读〕

在此，司马迁比较了汉高祖与景帝时诸侯王国的变化与差异，在刘邦时，诸王权限甚大，除了丞相外，自任其余官员，享有高度自治。而自吴楚七国反叛后，诸王国一蹶不振，权收归中央，只有食租税权，甚至有的穷到乘牛车地步，慨前世之盛，叹后来之衰。

三王[1]世家赞

三王世家，更无事可书，只载其受封三策文，往后多有明验，以见孝武意指过人。

古人有言曰："爱之欲其富，亲之欲其贵。"故王者壃土建国，封立子弟，所以褒亲亲，序骨肉，尊先祖，贵支体，于同姓于天下也。是以形势强而王室安。自古至今，所由来久矣，故弗论著也。置却多少。燕齐之事，无足采者。史公笔下已明。褚先生求其《世家》，终不能得语，不亦赘乎？然封立三王，天子恭让，群臣守义，文辞烂然，甚可观也。是以附之《世家》。言策三王文，后俱验。比皆天子群臣圣智过人。

〔注释〕

①三王：即汉武帝时封的齐王闳、燕王旦、广陵王胥。

〔解读〕

据载，《史记》的《三王世家》缺正文，仅存太史公一段赞语，后人只好将当时廷臣奏议和封时册文补之。不过，根据此段赞语可知，三王本身并无什么事值得大书特书。司马迁称赞封土建国，褒亲亲，贵同姓，是巩固王朝统治的一种策略。

司马穰苴列传赞

何至三代不能竟其义，如其文？立言贵切近事情，遂为史公道破。

余读《司马兵法》[①]，闳廓深远，虽三代征伐，未能竟其义，如其文也，亦少褒矣。先论其兵法，若有言过其实之疑。若夫穰苴，区区为小国行师，何暇及《司马兵法》之揖让乎？次方论穰苴。看“区区”字，“何暇”字，笑在言外。○穰苴本好，只嫌其所挟持者太高，盖迂远不切事情，自古多其人矣。世既多《司马兵法》，以故不论，了《兵法》。著穰苴之列传焉。了穰苴。

〔注释〕

①《司马兵法》：即《司马穰苴兵法》。司马穰苴为春秋时齐国大夫，田氏，名穰苴，官司马，精通兵法。

〔解读〕

司马迁在此赞中只是就《司马兵法》发些议论，认为此兵法“闳廓深远”，其难懂连三代也难究其宗旨。同时又说，司马穰苴不过是个小小齐国的将领，又何用得着如此高深的东西。言外之意，批评了立论不切实际的文章和内容。

孙子吴起列传赞

说尽千古著书人。

世俗所称师旅，皆道《孙武子》十三篇、吴起《兵法》，先出二人著书。世多有，故弗论。论其行事所施设者。次出一人行事。语曰："能行之者未必能言，能言之者未必能行。"引语。孙子筹策庞涓①明矣，扬。然不能早救患于被刑。抑。吴起②说武侯以形势不如德，扬。然行之于楚，以刻暴少恩亡其躯；抑。悲夫！

〔注释〕

①孙子筹策庞涓：孙子即孙膑，与庞涓为同学，庞涓妒其才，诱他到魏，处以膑刑。孙子后来为齐威王军师，设计打败了庞涓。

②吴起：战国时兵家。曾辅佐魏文侯变法，后又入楚为令尹，辅楚悼王变法。楚悼王死，他被杀。

〔解读〕

司马迁在此赞了孙子、吴起二人善于著述，其论为历代治兵行师者视为至宝，但此二人"能言之者未必能行"，甚至连自身性命都无策保全。孙子虽设奇计败庞涓，但却未料到庞涓将其致残；吴起虽有《兵法》，谏魏武侯以德治国，而他在楚为政时却"刻暴少恩"，并由此致祸。所以，司马迁叹曰"悲夫"。

伍子胥列传赞

无头无尾，凡作十数叹，逐叹、逐叹，俱宜沉思。

怨毒之于人甚矣哉！王者尚不能行之于臣下，况同列乎？一叹怨毒于人最甚。向令伍子胥[①]从奢俱死，何异蝼蚁？弃小义，雪大耻，名垂于后世，悲夫！再叹弃小义之可悲。方子胥窘于江上[②]，道乞食，志岂尝须臾忘郢[③]邪？再叹乞食人有心事。故隐忍就功名，非烈丈夫孰能至此哉？再叹隐忍是烈丈夫。白公[④]如不自立为君者，其功谋亦不可胜道者哉！再叹不隐忍人无用。

〔注释〕

①伍子胥：名员，字子胥，楚大夫伍奢子。其父被杀，他出逃至吴，为吴王阖闾重用，攻入楚都报仇。吴王夫差时，被赐自杀。

②窘于江上：即指伍子胥从郑国逃出，在长江上险些被追捕者追上，幸遇一渔父相助渡江。

③郢：指楚都郢，此指报仇雪恨。

④白公：即白公胜，他扣押楚惠王，欲立楚昭王兄子启为王，子启不答应，他便杀子启，自立为王。

〔解读〕

司马迁赞伍子胥隐忍而终报杀父兄之仇，认为其弃小义而雪大耻，垂名于后，为刚毅之大丈夫。实际上，司马迁借赞伍子胥逃生而报仇，不轻易随父而死，以表达自己受宫刑大辱而不死之原因，为的是承父志而完成《史记》，与伍子胥岂不殊途而同归！

仲尼弟子列传赞

此是史公恐后世学者以讹传讹，愈益失真，故就古文抄撮为篇，以彰信也。

学者多称七十子[①]之徒，誉者或过其实，毁者或损其真。均之未睹厥容貌，则论言。二十一史均然矣。胡足深考！《弟子籍》出孔氏古文[②]，近是。不取学者所称也。余以弟子名姓文字，悉取《论语》《弟子问》并次为篇，是。疑者阙焉。是。

〔注释〕

①七十子：即指孔子三千学生中比较著名的七十个弟子。

②孔氏古文：也称孔壁古文，指汉初在孔子住过的屋墙中发现的古文经书。

〔解读〕

《仲尼弟子列传》中记叙了孔子数十个大弟子的生平，但大多仅记其姓名字号。司马迁指出当时学者对孔子七十子之徒论述的失真，辨别了资料的真伪，宁缺毋滥，充分显示了他的严谨和实事求是的治学精神。

商君列传赞

史公恨商君，并恨其书如此。而谓史公书，过喜游侠、货殖，岂理也哉？

商君，其天资刻薄人也。四字断尽。迹其欲干孝公[①]以帝王术，挟持浮说，非其质矣。且所因由嬖臣[②]。“迹其”字，“欲干”字，“帝王术”字，“挟持”字，“浮说”字，“非其质”字，史公眼光，谁能瞒之？○“且所因由嬖臣”又带此六字句，史公眼光如许。及得用，刑公子虔[③]，欺魏将卬[④]，不师赵良[⑤]之言，亦足发明商君之少恩矣。“亦足发明”，妙。犹言胸中有帝王二字人，乃如此耶。余尝读商君《开塞》《耕战》书，与其人行事相类。不惟恨其人，又恨其书。卒受恶名于秦，有以也夫！看史公恨甚语。

〔注释〕

①孝公：名渠梁，秦国国君，任用商鞅变法。

②所因由嬖臣：指商鞅由孝公宠臣景监引荐给秦孝公。

③刑公子虔：指秦孝公太子犯法，黥其师傅公子虔。

④欺魏将卬：即以欺骗手段俘虏魏将公子卬。

⑤赵良：秦国人，曾劝说商君急流勇退为身后计。

〔解读〕

司马迁在《商君列传》中，虽比较如实地叙述了商鞅的改革强国之功绩，但其要旨是持否定态度，在“赞”中非常明显表现出了他对商鞅人格、行事、著述的蔑视与痛恨，认为商鞅的悲剧下场是罪有应得。应该说，太史公的评价是不客观的，是有其历史局限性的。

张仪列传赞

只说明世所以痛骂苏秦之故，而痛骂张仪，已极畅大快，用笔最为奇诡。○骂张仪，并骂三晋之人。史公之恶权变强秦之士至矣！

三晋[①]多权变之士，夫言纵横[②]强秦者，大抵皆三晋之人也。恶张仪之甚，于是遂尽恶三晋之人。笔大如杠，后更无有。夫张仪[③]之行事，甚于苏秦[④]。本如此。然世恶苏秦者，然甚苏秦者。以其先死，而仪振暴其短，以扶其说，成其衡道。十八字句。史公笔尖，真有照妖镜。要之，此两人真倾危之士哉！痛骂张仪，然亦不恕苏秦。

〔注释〕

①三晋：战国时的韩、魏、赵三国，由春秋时的晋国分出，史称三晋。

②纵横：即“合纵连横”简称。

③张仪：曾为秦相，采用连横战略，游说各国从秦。

④苏秦：字季子。曾游说诸侯联合反秦，后因反间活动暴露，被齐车裂而死。

〔解读〕

在此，司马迁对张仪、苏秦表现出强烈的憎恨，他们的擅长权变、列国游说、惯使欺诈，遭到人们的憎恨。所以，司马迁称“此两人真倾危之士”。

樗里子、甘茂列传赞

断三人毕，忽然发叹。叹秦时尤趋谋诈，只一“尤”字，便是骂尽天下尽趋谋诈也。

樗里子[①]以骨肉重固其理，平心之笔。而秦人称其智，故颇采焉。秦人称樗里为智囊，晁错已在第二。甘茂[②]，起下蔡闾阎，显名诸侯，重强齐、楚。重于强齐强楚也。甘罗年少[③]，然出一奇计，声称后世。平平叙过三人，下总断。虽非笃行之君子，抑。然亦战国之策士也。扬。方秦之强时，天下尤趋谋诈哉！笔有余叹，其叹不尽。

〔注释〕

①樗里子：即秦惠王弟，名疾，樗里子为其号，因其滑稽多智，秦人称其为“智囊”。

②甘茂：战国时楚下蔡（今安徽凤台）人，为秦右丞相。

③甘罗年少：甘罗为甘茂之孙，12岁即为吕不韦家臣，后出使赵，被秦任为上卿。

〔解读〕

樗里子、甘茂、甘罗在战国时均以智谋闻名于世，善出奇计。司马迁在称其聪智之时，认为其非“笃行之君子”，然后叹秦强之时，天下崇尚谋诈也是大势所趋。

穰侯列传赞

注意只为末句，并不为穰侯作赞。

穰侯[①]，昭王亲舅也。亲舅是一。○短句。而秦所以东益地，弱诸侯，常称帝于天下，天下皆西向稽首者，二十四字句。穰侯之功也。大功是一。○长句。及其贵极富溢，看“极”字、“溢”字。一夫开说[②]，身折势夺，而以忧死。亲舅大功，而尚不可贵极富溢。况于羁旅之臣乎？为戒不浅。

〔注释〕

①穰侯：即魏冉，秦昭王母宣太后弟，为秦相国，因封穰，称穰侯。

②一夫开说：指范雎讥讽魏冉，秦昭王夺其相国印。

〔解读〕

穰侯身为昭王亲舅，兼相国之任，为秦富强扩张立下汗马功劳，但正当其“贵极富溢”，昭王听信范雎之言，免其相国之任，使其离开京师归自己封地，不久忧虑而死。官场险恶甚于战场。司马迁此赞之实质在于，指出作为一个政治家不仅要善于得到权力，而且更要学会驾驭权力，尤其在权力顶峰时应如何处理，否则即使像穰侯这样的身份、地位、勋绩，失败也在所难免。

白起、王翦列传赞

要明史公判二人，长处只是寸。

鄙语云："尺有所短，寸有所长。"要记短是尺，长是寸，不得倒转。白起[①]料敌合变，出奇无穷，声震天下。长。然不能救患于应侯[②]。短。王翦[③]为秦将，夷六国。当是时，翦为秦将，始皇师之。长。然不能辅秦建德，固其根本。偷合取容，以至圽身及孙王离为项羽所虏，不亦宜乎？短。彼各有所短也。总结。

〔注释〕

①白起：一称公孙起，秦国名将，封武安君。后为相国范雎忌杀。

②应侯：即相国范雎。原为魏国人，后入秦，被秦昭王任为相国，封于应。

③王翦：秦国大将。以战功封武成侯。其子王贲也为秦名将。

〔解读〕

白起、王翦均为秦国名将，名震天下，为秦统一天下立下不世之功。但司马迁却引俗语"尺有所短，寸有所长"，指出白起料敌如神，百战百胜，但却不免为范雎所害；而王翦为秦始皇所师，但除了战功外并无大的贡献，而且偷合取容。

孟尝君列传赞

只据眼见，只据耳闻，更不自出口骂，妙笔！

吾尝过薛[①]，其俗闾里率多暴桀子弟，与邹鲁[②]殊。“多暴桀子弟”，已写尽，又加“与邹鲁殊”四字形击之。问其故，曰：“孟尝君[③]招致天下任侠奸人入薛中，盖六万余家矣！”招致奸人六万余，其罪为何如乎？世之传孟尝君好客，自喜，名不虚矣。妙妙，更不骂，却已骂绝。

〔注释〕

①薛：孟尝君之封地，在今山东滕州市南。

②邹鲁：即春秋时的邹国、鲁国，前者为孟子出生地，后者为孔子出生地。

③孟尝君：即田文，号孟尝君，齐湣公时为相国，门下有食客千人，为战国四大公子之一。

〔解读〕

司马迁以其亲自所见所闻，对孟尝君所谓“好客”作了辛辣讥讽，认为孟尝君滥招宾客，使天下奸邪之人云集薛地，导致后世薛地风俗败坏。

平原君、虞卿列传赞

扬处，实是喜他二人；抑处，实是惜他二人。末愁著书，另宕一句，乃写自家意思。

平原君[①]，翩翩只二字，写平原如画。浊世之佳公子也。扬。然未睹大体。连忙便抑。鄙语曰："利令智昏。"引。平原君贪冯亭邪说，使赵陷长平兵四十余万众，邯郸几亡。陷兵四十余万，却只说其不睹大体，史公见处，真是过人。虞卿料事如揣情，为赵画策，何其工也！扬。及不忍魏齐，卒困于大梁。庸夫且知其不可，况贤人乎？亦连忙便抑。然虞卿[②]非穷愁，亦不能著书，以自见于后世云。另出一笔，为自家吐气耳。

〔注释〕

①平原君：即赵胜，赵惠文王弟，喜招宾客，为当时天下四大公子之一。

②虞卿：战国时游说之士，以游说赵孝成王为赵相。

〔解读〕

平原君和虞卿，一为赵国贵族，一为游说之士，而平原君不识大体，利令智昏，信小人之言，使赵国四十万兵卒被坑，险使赵灭亡。虞卿游说赵王，料事如神，为赵出谋划策，但最终却穷困潦倒于魏。不过，司马迁在最后又补了一句，虞卿如不穷困潦倒，也不可能著《虞氏春秋》传世。其语实则是叙其自况。

信陵君列传赞

独津津。

吾过大梁[①]之墟，求问其所谓“夷门[②]”。夷门者，城之东门也。爱公子，因爱侯生；爱侯生，因爱到夷门，已妙。今并不写公子与侯生，而单写夷门，更妙不可言。天下诸公子，亦有喜士者矣。捎着三公子。然信陵君[③]之接岩穴隐者，不耻下交，有以也。独津津。名冠诸侯，不虚耳。独津津。高祖每过之，而令民奉祀，不绝也。独津津。

〔注释〕

①大梁：战国末年魏国都城，在今开封。

②夷门：大梁城有十二个城门，东门叫夷门。

③信陵君：即战国四大公子之一魏无忌。魏安釐王弟。

〔解读〕

司马迁独赞信陵君不耻下交，招揽民间隐士，名冠诸侯，成为魏国国力的重要象征。并特地写汉刘邦也尊崇信陵君，令人们祭祀他。

春申君列传赞

史公于春申，亦是喜而惜之。独孟尝一赞是不喜。

吾适楚，观春申君①故城，宫室盛矣哉！可见史公著书，不独是笔法到，直是处处足迹到，事事眼力到。初春申君之说秦昭王，及出身遣太子归，何其智之明也！亦先扬。后制于李园②，旄③矣。语曰："当断不断，反受其乱。"春申君失朱英④之谓邪？抑。

〔注释〕

①春申君：战国时四大公子之一。名歇，姓黄，楚国贵族，曾出使秦，任楚令尹，门下食客三千，后在内讧中被人刺杀。

②李园：原赵国人，他知楚考烈王无子，便将其妹献给春申君，待其妹怀孕后又送给楚王。其妹生子后，被封为王后，其子（实际为春申君之子）立为太子，他也受宠当权。他担心春申君走漏关于太子的消息，便收买刺客刺死了春申君。

③旄：通"耄"，糊涂。

④朱英：赵国观津（今河北武邑县东南）人，春申君门客，曾劝说春申君杀掉李园。

〔解读〕

司马迁一赞春申君如何聪明多智，说服秦昭王与楚结盟和用计使在秦为人质的楚太子逃脱；又惜其何其糊涂，当断不断，反被原来的门客刺死，痛惜其不用朱英之言。

廉颇、蔺相如列传赞

"势不过诛"四字，千载无人道破，遂坏无数人品。

知死必勇。四字奇妙，千古贤豪秘诀。非死者难也，处死者难。注上四字又奇妙，千古贤豪分寸都出也。方蔺相如[①]引璧睨柱，及叱秦王左右，势不过诛。轻轻只用四字，写尽相如心事。然士或怯懦而不敢发。然，然。相如一奋其气，威信敌国；退而让颇[②]，名重太山。此四句，连读益妙。其处智勇，可谓兼之矣。应勇处是勇，不应勇处便是智。

〔注释〕

①蔺相如：战国时赵国大臣。曾携璧入秦，当庭力争，以死相胁，迫使秦王让步。

②颇：指战国时赵国名将廉颇。

〔解读〕

司马迁在此高度赞扬了蔺相如对待生死之勇气和处理人际关系之智慧，该争之时寸步不让，宁死不屈。如持璧入秦，当庭怒斥秦王，欲与璧共碎于柱，其凛然正气令秦王震惊；而在不该争时却谦而退让，使廉颇愧悟，成刎颈之交，演出一场千古绝唱《将相和》。一个人的人格素养能至此境地，方可称为完人。

田单列传赞

此是史公自己谈兵，然与田单亦极矣。

兵以正合[①]，正。以奇胜。奇。善之者，出奇无穷，奇正还相生，如环之无端。奇正，正奇，无穷。夫始如处女，适人开户；后如脱兔，适不及距，其田单之谓邪？深与之。

〔注释〕

①兵以正合：据《史记》集解，魏武帝曰：先出合战为正，后出为奇也。正者，当敌奇兵击不备。

〔解读〕

司马迁实际上在此大谈了一段用兵之道，兵不厌诈，善出奇计者胜。其始软弱如小姑娘，使敌人麻痹不为备，及袭击敌人后，卷甲撤兵如兔之敏捷，使敌人反应不及。而田单正是深谙此道，才反败为胜，成一代名将。

鲁仲连、邹阳列传赞

多鲁连，悲邹阳，是史公本色。然又必先抑之。可见其是非不诡于圣人。

鲁连[①]其指意虽不合大义，先抑。然余多其在布衣之位。荡然肆志，不诎于诸侯，谈说于当世，折卿相之权。史公本喜如此人。邹阳[②]辞虽不逊，先抑。然其比物连类，有足悲者，亦可谓抗直不挠矣。史公本怜如此人。吾是以附之列传焉。可见史公笔墨，极自矜贵。

〔注释〕

①鲁连：即鲁仲连，战国时齐人。以善谋策出名。曾游说各国，后逃入海遁世。

②邹阳：西汉人，善为文，其文有战国游士纵横善辩之风。

〔解读〕

鲁仲连与邹阳生不同时，一为战国时人，一为汉代人，但二人均属善辩之士，以布衣之位而游说王侯，抗直不屈。所以，司马迁将此不同时代二人合为一传。

刺客列传赞

或成、或不成，笔意盖注“或不成”也。五人中，独惜荆轲甚至。

世言荆轲，其称太子丹之命，“天雨粟，马生角”①也，太过。于此可见《史记》不诬。又言荆轲伤秦王，皆非也。吾正恨轲何故必欲生劫秦皇，乃古人亦已先惜之耶，史公却不欲附会。始公孙季功、董生与夏无且游②，具知其事，为余道之如是。传中入夏无且，不意乃为传信。自曹沫至荆轲五人③，此其义，或成，或不成。然其立意，较然不欺其志。只重“立意不欺”，不重成不成，妙妙！名垂后世，岂妄也哉！

〔**注释**〕

①“天雨粟，马生角”：意即根本不可能的事。

②公孙季功、董生与夏无且游：此三人在历史上生平不详，可能是司马迁的熟人。

③曹沫至荆轲五人：指《史记·刺客列传》中的五人：曹沫为鲁国大将，曾以匕首逼齐桓公归所侵领土。专诸为吴国勇士，刺杀吴王僚。豫让为晋国勇士，自杀而死。聂政为魏国人，入韩刺杀韩相侠累。荆轲为卫人，后入燕受燕太子丹命入秦刺秦王，事败被杀。

〔**解读**〕

司马迁专为刺客列传，表现了司马迁的爱憎和崇尚侠义精神。司马迁实际上也道出了为这五个刺客立传的原因，是“立意较然，不欺其志”，不管其成败，其不违诺言、不惜生命的精神值得赞扬。同时，还表现了司马迁的严谨治史精神，不迷信荒诞不经，不受既定说法约束，实事求是。

范雎、蔡泽列传赞

“说”，又有“力”；说“力”，又论多少。何况学力不论多少乎？后贤读此，宜发深省！

韩子称“长袖善舞，多钱善贾”，信哉是言也！引。范雎、蔡泽[①]，此四字，只是虚提二人，下并不接。世所谓一切辨士。然游说诸侯，至白首无所遇者，非计策之拙，所为说力少也。袖短钱少也，此是论其常。此“然”字，与下“及”字，俱不照常用。“然”，乃从一切辨士转，不从二人转；“及”，亦从一切辩士及，不从无遇及。及二人羁旅入秦，继踵取卿相，垂功于天下者，固强弱之势异也。只此句，是正赞二人。然士亦有偶合，贤者多如此二子，不得尽意，岂可胜道哉！此又是论其变，不胜太息。然二子不困厄，恶能激乎？因太息他人，重又太息二子。笔法出入、离合尽态。

〔注释〕

①范雎、蔡泽：范雎，或作范且，战国时魏国人，字叔。后入秦为相，封为侯。蔡泽，战国时燕人，被秦昭王任为相国，封纲成君。

〔解读〕

范雎、蔡泽二人均起家于游说善辩，入秦被重用为相，建立了不朽功勋。司马迁认为此二人之所以以一策士能被重用，是“强弱之势”不同，但最根本的是此二人曾陷于困厄，由困境中拼搏而出，即艰难的困境反而促使二人成功成名。而其他才能相并的策士之所以至死而不遇，除了“强弱之势”之异外，还缺少这样促使人或沉沦或奋发的客观环境。

乐毅列传赞

赞乐毅，而详述臣公授受。言乐毅忠孝之家，而又有学术：固宜省视其后世也。

始齐之蒯通及主父偃[①]，读乐毅之报燕王书，未尝不废书而泣也。只写蒯通、主父偃泣其报书，更不再写乐毅，而已写尽乐毅。乐臣公学黄帝、老子，其本师号曰“河上丈人”，不知其所出。本师者，师所从出之本也。本师以上，则更不知其所出也。河上丈人教安期生，安期生[②]教毛翕公，毛翕公教乐瑕公，乐瑕公教乐臣公，然则河上丈人，乃乐臣公四世师，是故称曰“本师”。“本师”字出史公手，却是如此用也。乐臣公教盖公，盖公教于齐高密、胶西，为曹相国[③]师。此直写到乐家门生曹相国，又以乐臣公为本师也。

〔注释〕

①蒯通及主父偃：蒯通，本燕人，后游于齐，为秦末年之辩士。主父偃，西汉临淄人，学长短纵横术，汉武帝时为齐相，后被杀。

②安期生：秦末琅琊人，海边贩药，人称千岁公。

③曹相国：即曹参，继萧何任为丞相。

〔解读〕

在《乐毅传》中，司马迁全文抄录了乐毅之《报燕王书》。在此，司马迁又提此书之感人之深和对后人之影响，并叙述了乐毅后人师传，一直叙到曹参，以寓善有善报、积善余庆之意。

屈原、贾生列传赞

先是倾倒其文章，次是痛悼其遭遇，次是叹诧其执拗，末是拜服其邈旷。凡作四折文字，折折都是幽宕、萧瑟、挺动、扶疏。所谓化他二人生平，作我一片眼泪，更不分何句是赞屈，何句是赞贾！

余读《离骚》《天问》《招魂》《哀郢》，悲其志。一折。○想见史公用心读书。适长沙，观屈原所自沉渊，未尝不垂涕，想见其为人。一折。○想见史公异样高情。及见贾生[①]吊之，又怪屈原，以彼其材游诸侯，何国不容，而自若是？一折。○想见史公透骨怜才。读《鵩鸟赋》[②]，同死生，轻去就，又爽然自失矣！一折。○此则不知史公乃直说到何处矣！想已立地大悟也。

〔注释〕

①贾生：指贾谊。

②《鵩鸟赋》：贾谊写的一篇赋，以鵩鸟自喻。

〔解读〕

屈原和贾谊二人，一为战国，一为汉代，生活年代差百余年，但司马迁却将此二人合为一传。二人都是不得志者，一自沉江底，一忧郁而卒，况且，贾谊也曾以屈原之不幸遭遇自况。司马迁在此文中，痛屈原之不幸，又怪屈原身处诸侯时代，何不像众多士人一样而去他国。

李斯列传赞

李斯学出荀卿，荀卿出子夏，其知《六艺》[①]之归，非虚也。乃既为三公，一意持爵禄，为阿顺，听高邪说，驯致亡秦。传中纯写赵高事，妙妙！言高之所为，皆李斯听之也。末言，不然且与周、召列，岂非为子夏门墙致痛耶？

李斯以闾阎，历诸侯，入事秦。因以瑕衅，以辅始皇，卒成帝业。斯为三公，可谓尊用矣。特下“以闾阎”字，“历诸侯”字，“入事秦”字，皆写其少时游学艰苦，为此“三公尊用”一句，致惜致恨也。斯知《六艺》[①]之归，不务明政以补主上之缺；真是可惜，真是可恨！持爵禄之重，阿顺苟合，严威酷刑，听高邪说，废适立庶。诸侯已叛，斯乃欲谏诤，不亦末乎？可见是知《六艺》能补缺人。人皆以斯极忠而被五刑[②]死。察其本，乃与俗议之异。此句，即胪写赵高事尽入其传中，为史公透顶眼力也。不然，斯之功，且与周、召[③]列矣。不是浪笔过许，盖其学所从来，实有如此：胡可胜惜、胜恨！

〔注释〕

①六艺：即“六经”，孔子曾说：“六艺于治一也。《礼》以节人，《乐》以发和，《书》以道事，《诗》以达意，《易》以神化，《春秋》以道义。”

②五刑：五种刑罚，即墨、劓、刵、宫、杀。

③周、召：即周公、召公，辅佐成王。

〔解读〕

在此赞中，司马迁对李斯半是惋惜、半是批判，李斯辅秦始皇成帝业，位至三公，可谓尊矣。但是，他尽管深明“六艺”宗旨，却难以克服自身人格的缺陷，阿谀奉承，听信赵高邪说，做出一系列不道不义之事。直到秦王朝灭亡已成定局，才想起去劝谏秦二世，无奈为时已晚。不仅未能挽救秦王朝的终结，自己亦遭灭族之诛。实在令人可悲可惜。

蒙恬列传赞

史公之痛恨轻百姓力如此，又是得之目击，故尤切齿。

吾适北边，自直道[①]归。史公足迹，无处不到如此。行观蒙恬[②]所为秦筑长城亭障，壍山堙谷，通直道：固轻百姓力矣。直据亲眼所见断之。夫秦之初灭诸侯。句。○逐句看其笔势矫矫然。天下之心未定，痍伤者未瘳。句。而恬为名将，句。不以此时强谏，振百姓之急，养老存孤，务修众庶之和，而阿意兴功。句。此其兄弟遇诛，不亦宜乎？何乃罪地脉哉！笔有余恨。

〔注释〕

①直道：秦始皇时由蒙恬主持开凿的一条路，北起九原（今内蒙古包头市西北），南至云阳甘泉宫（今陕西淳化西北），因其路直，故名。

②蒙恬：秦国名将。秦统一后率重兵驻守北部边疆抗御匈奴，修筑长城。后李斯与赵高合谋，伪造遗诏，被迫自杀。

〔解读〕

蒙恬修长城、抗匈奴、被逼杀，是功是过、是冤是屈，司马迁在正传中已叙述得很清楚，对其死抱着深深的同情。但在赞中，司马迁深有感触地指出，蒙恬只是一味阿谀逢迎秦始皇，不仅不劝谏，反而为虎作伥，滥用民力，其最后与弟双双被诛，也是罪有应得。

张耳、陈馀列传赞

写张耳、陈馀，直写至其宾客，乃至其厮役尚皆是俊杰卿相。然则张耳、陈馀为何如人哉？而一旦以利，遂至大隙。甚矣，利之不可轻交！此是史公放声哭世文。

张耳、陈馀[①]，世传所称贤者。其宾客厮役，莫非天下俊杰；所居国无不取卿相者。此非欲抑先扬，乃是说明二人实是豪俊，然一至利，便俱不复免。可见利上真大难。然张耳、陈馀，始居约时，相然信以死，岂顾问[②]哉？此方是顿挫。乃据国争雄，卒相灭亡。何向者相慕用之诚，后相倍之戾也？岂非以利哉？可大笑，可大哭，写得最曲折尽意。名誉虽高，宾客虽盛，所由殆与太伯、延陵季子[③]异矣。何遽污太伯、季子！然二人世盛称其贤者，不请得太伯、季子，亦不伏。

〔注释〕

①张耳、陈馀：张耳，汉初诸侯王。大梁人，秦末与陈馀同从武臣北定赵地。武臣为赵王，他为丞相，项羽封他为常山王，后投靠刘邦，封为赵王。陈馀，秦末大梁人，秦末与张耳一同立旧贵族赵歇为王，后与张耳绝交，进攻张耳。被韩信杀。

②顾问：顾虑。

③太伯、延陵季子：太伯，周太王长子，吴国始祖。延陵季子，即吴公子季札，吴王寿梦少子，封于延陵。二人均以让国著称。

〔解读〕

张耳、陈馀二人一起拥立赵王，同舟共济，为生死之交，而后二人则闹分裂，水火不相容。司马迁思及二人由合到分，感叹利之腐蚀人的灵魂，一句

“岂非以利哉”，道尽千古纷争，人情冷暖。后又举出吴太伯、延陵季子，世界上像这样两位见利而让、躲之唯恐不及的人实在太少了。

魏豹、彭越列传赞

"智略绝人，独患无身"，哀哉！如此痛声，便是史公自己生平不曾告人之至深里也，故特地加倍曲折秾至。

魏豹、彭越[1]虽故贱，然已席卷千里，南面称孤。喋血乘胜，日有闻矣。此亦非欲抑先扬，乃是说魏、彭二人其先时体面如此，决是不能更忍囚辱。怀叛逆之意，及败，不死，而虏囚，身被刑戮，何哉？中材已上，且羞其行，况王者乎？此方是顿挫。彼无异故，智略绝人，独患无身耳。得摄尺寸之柄，其云蒸龙变，欲有所会其度，以故幽囚而不辞云。"彼无异故"，"以故……不辞"。两"故"字，真乃深深体贴出来。

〔注释〕

①魏豹、彭越：魏豹，战国时魏贵族，秦末参加反秦战争，自立为王，后为韩信所败。彭越，字仲，秦末聚兵起义，助刘邦攻项羽有功，封梁王，后被告发谋反而遭祸。

〔解读〕

司马迁批评魏豹、彭越二人虽有智有胆，但却无行无品。出身微贱，乘机而成王业，本已侥幸，但却怀叛逆之心。叛逆失败被虏，宁做囚徒被杀，而苟惜一命不知自决。因此，难称得一盖世英雄和堂堂男儿。

黥布列传赞

看史公痛信因果：因深果熟，随处便发。故特缀爱姬四语。

英布[①]者，其先，岂春秋所见楚灭英、六[②]，皋陶[③]之后哉！身被刑法，何其拔兴之暴也。史公于凡暴兴者，必欲曲推其故，正是切戒人不得动心暴兴。项氏之所坑杀人以千万数，而布当为首虐。功冠诸侯，用此得王，亦不免于身为世大谬。史公最信因果语。祸之兴，自爱姬殖[④]，妒冒生患，竟以灭国。千载炯戒！

〔注释〕

①英布：原姓英，六县（今安徽六安北）人，因幼时相面者说他命中当犯罪受刑，遂改姓黥以厌当之。后坐法黥面，秦末率骊山刑徒起义，楚汉战争中归汉刘邦，封淮南王。后起兵造反，败逃江南被杀。

②英、六：春秋时楚周围小国名。

③皋陶：一作咎繇，传说为东夷族首领，舜任命他为掌刑法之官，春秋时英、六国为其后裔。

④自爱姬殖：即指英布有一爱姬，因有病数次去一医家看病，与住医家对门的中大夫贲赫私通。英布知后大怒，欲捕贲赫。贲赫乃跑到长安诬陷英布谋反。殖，同“滋”。

〔解读〕

司马迁认为黥布被灭是其一生为恶所致。但在后一段则痛惜黥布之败，因一爱姬而惹祸，实在有点冤枉。虽然司马迁相信因果报应，但认为如果黥布善于“人为”，是可以免于灭亡的。在此，告诫人们勿以小事而滋祸端。

淮阴侯列传赞

史公极贵学道。如此判淮阴不学道，我欲泪下！

吾如淮阴，未作《史记》时，无处不留意如此。《史记》岂是漫作！淮阴人为余言：韩信虽为布衣时，其志与众异。其母死，贫无以葬，然乃行营高敞地，令其旁可置万家。余视其母冢。良然。赞淮阴，却如补纪淮阴一事。殊不知乃是写傲岸不能谦让，自是淮阴天性。故特加“学道”二字，言学道则可变化气质，而惜淮阴侯不能。假令韩信学道谦让，不伐己功，不矜其能，则庶几①哉。于汉家勋可以比周、召、太公②之徒，后世血食③矣。实是异样人物，只痛惜其不学道。不学道，便不肯谦让，便要伐功矜能，便于祸害不旋踵。不务出此，而天下已集，乃谋叛逆。夷灭宗族，不亦宜乎？“不亦宜乎”，只是判其“不学道”。

〔注释〕

①庶几：差不多。

②周、召、太公：周公旦、召公奭、太公吕尚。三人均为辅佐周武王灭殷的功臣。

③血食：享受祭祀。古代祭祀要宰杀牲畜，故称“血食”。

〔解读〕

司马迁在此将韩信被杀归之于韩信本人，批评他没有学习道家的谦让精神，自伐其功，矜恃其能，图谋反叛，结果被灭族，是罪有应得。其实，司马迁这样评价韩信并不公平。韩信被杀主要原因是刘邦根除异己、消灭功臣的既定策略，欲加之罪，何患无辞！

韩王信、卢绾列传赞

功名不难，处功名则难。三人之不能熟计，岂独三人之谓哉？

韩信、卢绾①，非素积德累善之世。与他细算。徼一时权变，以诈力成功。与他细算。遭汉初定，故得列地南面称孤。与他细算。内见疑强大，外倚蛮貊以为援，是以日疏自危。与他细算。事穷智困，卒赴匈奴。与他细算。岂不哀哉！只用四字一句，断尽二人。陈豨②，梁人，其少时数称慕魏公子③。与他细算。及将军守边，招致宾客而下士，名声过实。与他细算。周昌④疑之，疵瑕颇起。与他细算。惧祸及身，邪人进说，遂陷无道。与他细算。于戏！悲夫！亦只用四字一句，断尽陈豨。夫计之生熟，句。成败于人也深矣。总断三人。○计熟则成，生则败。痛此三人皆曾不熟计也。

〔注释〕

①韩信、卢绾：韩信，原为韩襄王庶出孙。汉楚之争时刘邦立他为韩王，后因被刘邦怀疑与匈奴通，便投靠匈奴，多次助匈奴攻汉，兵败被杀。卢绾，丰邑人，刘邦同乡，随刘邦起兵，以功封为燕王。后因坐与匈奴勾结罪，刘邦派樊哙讨伐他，他携家逃入匈奴。

②陈豨：汉宛朐（山东曹县西北）人，平城战役后，刘邦封他为列侯，后自立为代王反叛，被樊哙战败杀死。

③魏公子：即信陵君魏无忌。

④周昌：西汉大臣，沛县人。从刘邦起兵反秦，以功封汾阴侯，为御史大夫和赵王相。

〔解读〕

韩信、卢绾、陈豨三人，本来就无积德累善之功底，仅凭一时幸运和机遇而成为王侯，但在临大事大难时，窘迫无计，在小人的煽动下，或叛国出逃，或起兵造反，最终导致灭亡。司马迁深惜三人得来功名之易而失去也易。

田儋列传赞

一赞，大半骂蒯通，乃言外不无亦恨淮阴。

甚矣，蒯通[①]之谋！乱齐，骄淮阴，其卒亡此两人。两人，田横、韩信也。并是异样人物，却并亡于蒯通一人。故此，奋笔只恨蒯通。蒯通者，善为长短说，论战国之权变，为八十一首。书名《隽永》。通善齐人安期生[②]。安期生尝干项羽，项羽不能用其策。已而项羽欲封此两人。两人终不肯受，亡去。恨蒯通。因为通小小论著，却又牵出一极无谓之安期生——生即海露意于此。田横[③]之高节，宾客慕义而从横死，岂非至贤？余因而列焉。始赞田横。无不善画者，莫能图，何哉？至欲图其像，写出十二分景仰。

〔注释〕

①蒯通：即蒯彻。秦末著名善游说者，曾劝韩信叛刘邦。惠帝时为曹参宾客。

②安期生：秦末齐人，后流浪于东海边贩药。

③田横：田儋叔伯兄弟，齐国贵族后裔，秦末乘乱起兵重建齐，自立齐王，后败逃入海岛。汉建立后，刘邦曾数次派人招他，辞不就，与五百壮士自杀。

〔解读〕

司马迁开篇即大骂蒯通，正由于他的来回“长短说”，导致了韩信、田横之败。司马迁既恨蒯通之“权变”，又恨韩信之骗取齐地，从而赞扬田横之高节，并表示了无限仰慕之情。

樊、郦、滕、灌列传赞

此是三段文字。然三段文字，亦只是中间一段文字也。前是闻此一段文字，后是言此一段文字也。何故如此写？亦只是心中津津然。

吾适丰、沛①，问其遗老，观故萧、曹、樊哙、滕公②之家，及其素，异哉所闻。闻。○闻下一段话也。○连萧、曹。方其鼓刀屠狗、卖缯之时，岂自知附骥之尾，垂名汉庭，德流子孙哉？无限思量。余与他广通，为言高祖功臣之兴时，若此云。言。○言上一段话也。○反复叙述，只为心中津津然。

〔注释〕

①丰、沛：丰，汉邑名，在今江苏省丰县。沛，即沛县，在江苏省徐州市西北。

②萧、曹、樊哙、滕公：萧，萧何；曹，曹参；滕公，即夏侯婴。其四人均为刘邦同乡和最初跟随者。

〔解读〕

萧何、曹参、樊哙、滕公四人均为刘邦同乡，跟随刘邦起兵，后俱封侯，由布衣一跃成为至贵。司马迁亲到他们的原籍考察，听到不少关于他们的家世、生平，很有感慨地说，当他们在做屠夫、小贩时，哪里会料到日后他们会依附他人而垂名天下、流传百代呢！

傅、靳、蒯成列传赞

汉功臣传中，又有如此笔墨。从来成败显没何限，正是史公惋恨处。

阳陵侯傅宽①、信武侯靳歙②皆高爵。从高祖起山东，攻项籍，诛杀名将，破军降城以十数，未尝困辱。此亦天授也。叙起山东至成功未尝困辱，而曰“亦天授”，便是不相许。蒯成侯周绁③，操心坚正，身不见疑。此八字是许。上欲有所之，未尝不垂涕，此有伤心者。伤心一句，是许是不许，看下用“然”字转笔，想为未大许耳。然可谓笃厚君子矣。

〔注释〕

①傅宽：西汉初大将。初从刘邦击项羽屡立大功，封为阳陵侯，曾为齐、代相国。

②靳歙：西汉初大将。初以中涓身份随刘邦起兵，以战功封为信武侯。

③周绁：西汉初大将。以舍人身份随刘邦起兵，封为蒯成侯。

〔解读〕

傅宽、靳歙、周绁三人均以较低身份跟随刘邦打天下，均以战功封为列侯，可谓一帆风顺。司马迁一方面认为这是天授，另一方面认为也是人为，是他们心志坚定、笃厚诚实所致。

刘敬、叔孙通列传赞

赞刘敬，是赞大汉；赞叔孙，是赞自家。

语曰：“千金之裘，非一狐之腋也；台榭之榱，非一木之枝也；三代之际，非一士之智也。”信哉！如此起，为汉作赞，非为二人作赞也。夫高祖起微细，定海内，谋计用兵，可谓尽之矣。然而刘敬[1]脱挽辂一说，建万世之安，智岂可专耶？为汉著语，不为娄生也。○刘敬，本姓娄。叔孙通[2]希世度务，制礼进退，与时变化，卒为汉家儒宗。“大直若诎，道固委蛇”，盖谓是乎？此文为自己哭。

〔注释〕

①刘敬：本姓娄，也称娄敬。高祖五年（前202年），以戍卒见刘邦，建议入都关中有功，后又建议与匈奴和亲。

②叔孙通：汉初人。秦末，原为项羽部属，后归刘邦，任博士，制定礼仪。号稷嗣君。

〔解读〕

本文引用俗语，赞刘敬、叔孙通二人为汉王朝之建立和长治久安所立不世之功。尤其是赞叔孙通制礼仪，为汉儒学之宗，以影射太史公本人为史家。

季布、栾布列传赞

二布合传，不可得其故。及读至赞，如知是史公快写胸臆。只是“贤者必自重其死”，又“有时不自重其死”，二意也。

以项羽之气，加此五字，止为欲写“成壮士”一句也。可悟措笔之法矣。而季布[①]以勇显于楚。身屡典军搴旗者数矣，可谓壮士。如此写成季布壮士，却止欲写其不死也。可悟措笔之法矣。然被刑戮，为人奴而不死，何其下也？故作骂笔，下更屈曲与之申白。彼必自负其材，故受辱而不羞；欲有所用其未足也，故终为汉名将。贤者诚重其死。其言重重沓沓，不啻若自口出。夫婢妾贱人，感慨而自杀者，非能勇也，其计画无复之耳。又反言之，乃愈益明。○想史公作此赞时，最快意。栾布哭彭越[②]，趣汤如归者，彼诚知所处，不自重其死。又写一不重其死人，大奇！虽往古烈士，何以加哉！史公凡于人隐忍不死时，必留连不置口，却从不曾说到死又实不足重一意。故知此赞，是其得意煞时。

〔注释〕

①季布：汉初楚人。楚汉相争时为项羽大将，刘邦即位后，他任河东守，重信用。

②栾布哭彭越：栾布为西汉梁（今河南商丘）人，与彭越友善，彭越为梁大夫时，他为梁大夫。当彭越被杀，他冒死哭祭彭越。后为都尉，文帝时为燕相，景帝时以平吴楚叛乱有功封鄃侯。

〔解读〕

司马迁在此阐述了怎样对待生死的问题。季布为项羽一员勇将，堪称壮士，但当项羽败后，他宁愿做一囚奴，也不肯死去，终成为汉代名将。而栾布则不畏死，当刘邦下诏杀无赦敢祭哭彭越的人时，栾布毫不畏惧，冒死而哭祭。可见，有志节的人知道何时该珍惜生命，何时不该珍惜生命，知道怎样安排自己，不重生，也不轻死。

袁盎、晁错列传赞

须知此纯是恨袁盎，痛晁错，盖为袁盎立如此一传。至赞，却只以“傅会变易”四字尽之，总为极痛晁错也。

袁盎[①]虽不好学，亦善傅会。二字尽情。仁心为质，引义慷慨。此八字二句，即是傅会。言其仁义皆傅会也，遂令全传尽情。遭孝文初立，资适逢世，时以变易。“资”，傅会之资也；“变易”，傅会之法也。史公毒眼、毒手如此，谁其能逃之者？及吴楚一说，说虽行哉，然复不遂，好声矜贤，竟以名败。傅会终有技穷时，此可信天道。若好学，必无此也。晁错[②]为家令时，数言事不用。后擅权，多所变更。痛惜语。诸侯发难，不急匡救；欲报私雠，反以亡躯。痛惜语。语曰：“变古乱常，不死则亡。”岂错等谓邪？到底只是痛惜语。

〔注释〕

①袁盎：即爰盎，字丝，楚人，西汉大臣。本为游侠，善钻营，曾因受吴王贿而谎报实情，为御史大夫晁错告发，七国叛乱起，谮言晁错致死。

②晁错：西汉政论家。景帝时，任为御史大夫，建议削弱诸侯、重本抑末、纳粟受爵，吴楚七国反，他被仇人袁盎趁机诬陷被杀。

〔解读〕

袁盎与晁错二人为死冤家，晁错曾告发袁盎，而袁盎最后谮杀晁错，自己也不得好死。从人生命运讲，二人都是悲剧，但二人人格均有重大缺陷，所以司马迁非常尖刻地评论了此二人，认为他们罪有应得，并以“岂错等谓邪?”结句警告世人或后人。

张释之、冯唐列传赞

此二传，本不合。所以为一传者，独为文帝视臣如友，握手相商，略无间隔也。故引知人之语，又叹王道不偏党。

张季[①]之言长者，“言”，即论也。守法不阿意。不听帝拜啬夫为上林令。冯公[②]之论将率，有味哉，有味哉！论将帅诚无逾冯者，故嗟叹之，又重言之。语曰：“不知其人，视其友。”言岂复君臣，直是好友，看他竟写作友。二君之所称诵，可著廊庙[③]。《书》[④]曰：“不偏不党，王道荡荡；不党不偏，王道便便。”张季、冯公近之矣。虽曰张、冯近之，然“荡荡便便”语，岂张、冯所当耶？盖叹汉文也。

〔注释〕

①张季：即张释之，西汉司法官，文帝时任廷尉，持法严正。

②冯公：即冯唐，文帝时为郎中署长、车骑都尉，景帝时任楚相。

③廊庙：朝廷。

④《书》：指《尚书》。此一段话出自《尚书·洪范》，意为不偏心不阿私，圣王之道就辽阔广大，就平坦畅达。

〔解读〕

实际上，司马迁借赞张释之、冯唐二人不偏不私，谨守成法礼节，而歌颂文帝视臣如友，有其君才有其臣，君臣协力，才能达到古圣人所倡的“王道”。

万石、张叔列传赞

读此赞，想见史公厚道。史公乃心重厚道人，于此大可见。从来人只说史公喜欢豪侠。

仲尼有言："君子欲讷于言而敏于行。"其万石、建陵、张叔[①]之谓邪？是以其教不肃而成，不严而治。已是满足赞过。塞侯[②]微巧，当时有此言。而周文处谄[③]。当时有此言。君子讥之，为其近于佞也。总上言。然斯可谓笃行君子矣。仍与赞正。

〔注释〕

①万石、建陵、张叔：万石即石奋，因他和四个儿子均担任俸禄两千石的官，故称万石君。建陵，即卫绾，景帝时为河间王太傅、中尉、太子太傅、御史大夫，至达丞相，忠厚诚实，封建陵侯。张叔，名欧，武帝时为御史大夫。

②塞侯：即直不疑，文景时为太中大夫、御史大夫，以平吴楚叛乱时有功封为塞侯。

③周文处谄：周文，名仁，景帝时为即中令，以缜密持重不泄事著称。谄，通"谄"。

〔解读〕

此传所写的几个人均以厚道敦朴著称。司马迁引用孔子的话称他们为君子。他们以其身持正为样板，教化不峻急而成功，不苛严而清明安定。

扁鹊、仓公列传赞

何意读神医传赞，果得度世良方。

“女无美恶，居宫见妒；士无贤不肖，入朝见疑。”故扁鹊[①]以其伎见殃。神医传，却作如此赞！可见此世界，不可一朝居。仓公[②]乃匿迹自隐而当刑，缇萦通尺牍，父得以后宁。意思不重缇萦，意思全重一“乃”字。细察之。故老子曰：“美好者，不祥之器。”岂谓扁鹊等邪？可叹，可畏！若仓公者，可谓近之矣。言仓公如不匿迹自忍，虽百缇萦安得生？细思之。

〔注释〕

①扁鹊：战国时医学家。姓秦，名越人。医名甚著，各科均长，后因诊治秦武王病，被秦太医令李醯妒忌杀害。

②仓公：汉初医学家，姓淳于，名意，开临淄人，曾任齐太仓令，故称仓公。曾从公乘阳庆习黄帝、扁鹊医书。后获罪当死，其女缇萦上书文帝，愿以身替，因而被赦免。

〔解读〕

扁鹊与仓公为历史上两个名医，二人均以超绝之医术见重于当时，但均因盛名而获罪，一个被杀，一个因其女上书而获赦。司马迁在此感叹万端，两次引古人名言来证明美好的东西反得其咎，告诫人们要善于匿迹自隐。

田叔列传赞

田叔本不足立传，只为救孟舒一节略与史公救李陵同，故特地借来自吐垒块。其漏泄在“仁与余善”四字也。“故并论之”之为言：不然，亦不必定论也。

孔子称曰：“居是国也，必闻其政。”田叔[①]之谓乎？不问即胡敢言；问而非所宿闻，亦胡可浪言？既蒙问及，宿又稔闻，即又胡敢不言。而何意史公则竟以此触罪乎？今文帝忽问长者，而田叔却稔闻孟舒，因而云中免守，复见召用，事固各有幸、不幸也。义不忘贤，明主之美以救过。加一“义”字，言虽获罪，亦必言也。明，明之也；美，救过之美也。言主上不知孟舒为长者诚过，然一闻叔言，即令复守云中，此救过之美也。仁与余善，故并论之。笔丝墨线，直牵动李陵与史公善。○仁，田叔名。

〔注释〕

①田叔：赵国人，为齐国田氏后裔。曾担任汉中郡守、鲁相，其子田仁被灭族处死。

〔解读〕

司马迁为田叔立传，金圣叹批点已经写明，无非有两个原因，一是司马迁感其救孟舒之忠之仁，二是其子与司马迁友善，所以特为其立传，赞其推荐贤人，以补救过错方法来衬托君主的美政。

吴王濞列传赞

由父封吴，自子发难，虽似天意，然自古有格论，断不可不遵。

吴王之王，由父省也，濞父仲从代王减封郃阳侯，故濞仓卒改封于吴也。能薄赋敛使其众，聚亡命。以擅山海利。铸钱煮盐也。逆乱之萌自其子兴，争技发难，卒亡其本。吴太子入侍，与太子饮博争道。太子引博局提杀之，遂开衅也。亲越谋宗，竟以夷陨。连接东越，谋宗国，竟自灭也。○已上再论吴王。晁错为国远虑，祸反近身；袁盎权说，初宠后辱。已上再论晁错。○袁盎只是带得。故古者诸侯，地不过百里，山海不以封："毋亲夷狄以疏其属"，盖谓吴邪？悼吴王。"毋为权首，反受其咎"，岂盎错邪？悼晁错。

〔解读〕

吴王濞为吴楚七国反叛之首。他为何反叛？司马迁在此以其"父省"和其"子兴"短短二句道出其谋反的深层原因和直接原因，前者为其反叛奠定了雄厚的物质基础，后者则因其子被太子所杀而欲复仇。同时论及了涉及吴楚七国叛乱的两个主要人物——晁错与袁盎。"毋亲夷狄以疏其属""毋为权首，反受其咎"，其教训不可谓不深刻。

魏其、武安列传赞

传虽三人，皆以宾客相倾然。

魏其、武安①，皆以外戚重。灌夫②用一时决策，而名显。魏其之举，以吴、楚。武安之贵，在日月之际。三人说二人，只是怜惜之。武安负贵而好权，杯酒责望，陷彼两贤。独痛责武安。呜呼哀哉！迁怒及人，命亦不延；众庶不载，竟被恶言。史公深信因果如此。加“呜乎哀哉”句，身毛俱竖。呜呼哀哉！祸所从来矣。再加“呜呼哀哉”句，言如此事，人世多有，亦不止是武安侯。

〔注释〕

①魏其、武安：即魏其侯窦婴、武安侯田蚡。窦婴，字王孙，观津（今河北武邑）人，窦太后侄。曾任大将军、丞相，后为田蚡陷害而杀。田蚡，长陵（今陕西咸阳东北）人，汉景帝后弟。武帝时为丞相，骄横至极。

②灌夫：字仲儒，西汉颍阴（今河南许昌）人，曾任太仆、燕相，喜任侠，横行颍川，后因得罪田蚡而遭族诛。

〔解读〕

窦婴、田蚡二人均为外戚，唯灌夫以军功累迁。窦婴、灌夫均死于田蚡之手，所以，司马迁大叹二人之冤，连用“呜呼哀哉”，对田蚡恃宠骄横、连陷贤良表示极大愤慨。

韩长孺列传赞

天子欲相长孺，而竟不得，岂非天命耶？此是一传结穴处也。赞却又言长孺，又荐壶遂，天子又欲相之而不得。于是一意只痛惜壶遂，岂不奇甚！

余与壶遂①，定律历，观韩长孺②之义。言己与遂同事时，亲见韩之荐遂，真高义也。壶遂之深中隐厚，世之言梁多长者，不虚哉！壶遂官至詹事③，天子方倚以为汉相，会遂卒。不然，壶遂之内廉行修，斯鞠躬君子也。通首只赞壶遂，岂非奇文！

〔注释〕

①壶遂：西汉梁国（今河南商丘）人，谙律历，与御史大夫韩安国为同乡，被推荐为詹事，与司马迁同定律历。

②韩长孺：即韩安国，字长孺，西汉梁国成安（今河南临汝）人，武帝时为御史大夫。

③詹事：秦始置之官，掌皇后、太子家事。

〔解读〕

本传是汉御史大夫韩长孺专传，但在赞中却大谈韩的同乡和被推荐者壶遂，似乎文不对题。实际上，壶遂与韩之命运有极大相同：同为梁国人，同于即将被任为丞相时而卒，同样德行深厚，所以，司马迁借悲壶遂而衬托出传主。

李将军列传赞

更不说到才略意气，及数奇不封等事，一意只反覆其死之日，士大夫与百姓知与不知皆哭，妙妙！盖更说其才略意气与数奇不封，便止是一人，说亦有限也。

传曰："其身正，不令而行；其身不正，虽令不从。"其李将军①之谓也。喻意也，不以文害辞。余睹李将军，悛悛②如鄙人，口不能道辞。及死之日，天下知与不知皆为尽哀。彼其忠实，句。心诚信于士大夫也。言之慨然。谚曰："桃李不言，下自成蹊。"此言虽小，可以喻大也。言之慨然！

〔**注释**〕

①李将军：即西汉名将李广。

②悛悛：亦作"恂恂"，谦恭谨慎貌。

〔**解读**〕

"冯唐易老，李广难封"，李广是个悲剧性的历史人物，虽战功累累，但终生不得封侯，后因出兵迷路受责而一气自刎而死。司马迁在赞中高度赞扬了其人品，并以"桃李不言，下自成蹊"为喻，说明这位传奇将军所受人民爱戴的程度。

跟着金圣叹读『才子古文』

下册

《跟着金圣叹读〈才子古文〉》编写组 编

中共中央党校出版社

图书在版编目（CIP）数据

跟着金圣叹读《才子古文》. 下册 /《跟着金圣叹读〈才子古文〉》编写组编. --北京：中共中央党校出版社，2021.9

ISBN 978-7-5035-7147-3

Ⅰ.①跟… Ⅱ.①跟… Ⅲ.①古代文论-中国-文集 Ⅳ.①I206.2-53

中国版本图书馆 CIP 数据核字（2021）第 111018 号

跟着金圣叹读《才子古文》

责任编辑 冯 研 齐慧超
责任印制 陈梦楠
责任校对 王明明
出版发行 中共中央党校出版社
地　　址 北京市海淀区长春桥路 6 号
电　　话 （010）68922815（总编室）　（010）68922233（发行部）
传　　真 （010）68922814
经　　销 全国新华书店
印　　刷 北京盛通印刷股份有限公司
开　　本 710 毫米×1000 毫米 1/16
字　　数 718 千字
印　　张 27.5
版　　次 2021 年 9 月第 1 版　2021 年 9 月第 1 次印刷
定　　价 165.00 元（全二册）

微 信 ID：中共中央党校出版社　**邮　箱**：zydxcbs2018@163.com

目　录

下　册

卷之八　西汉文

卷之九（一）　东汉文

卷之九（二） 后汉文

卷之九（三） 晋 文

卷之十 唐 文

卷之十一　唐　文

卷之十二　唐　文

卷之十三　宋　文

卷之十四　宋　文

卷之十五 宋 文

卷末补遗

卷末补遗　西汉文

卷末补遗　唐　文

卷末补遗　宋　文

卷之八　西汉文

司　马　迁

太史公自序

此篇于《史记》为序，于太史公，便是自己列传也。故其大旨，只须前两行已尽。后与壶遂两番往复毕。却正是其列传体也。

太史公[①]曰："先人[②]有言：'自周公卒，五百岁而有孔子。推尊孔子，却从周公起者，孔子空言，周公实事。空言本即实事也。孔子卒后，至于今五百岁，有能绍明世，正《易传》[③]，继《春秋》[④]，本《诗》[⑤]、《书》[⑥]、《礼》[⑦]、《乐》[⑧]之际，意在斯乎！意在斯乎！小子何敢让焉！"妙妙，只得一句话，矢口吐出，便是一篇文字已毕。下乃与壶大夫反复耳。

上大夫壶遂曰："昔孔子何为而作《春秋》哉？"太史公曰："余闻董生[⑨]曰：又必本之董生，犹孔子之必连左氏为辞。'周道衰废，孔子为鲁司寇[⑩]，诸侯害之，大夫壅之。孔子知言之不用，道之不行也，是非二百四十二年之中，以为天下仪表。贬天子、退诸侯、讨大夫，以达王事而已矣。'一句，断尽《春秋》。已下，极叹《春秋》一书之大。子曰：'我欲载之空言[⑪]，不如见之行事之深切著明也。'夫《春秋》，上明三王之道，下辨人事之纪；别嫌疑，明是非，定犹豫，善善恶恶，贤贤贱不肖，存亡国，继绝世，补敝起废，王道之大者也。极叹

《春秋》一书之大。《易》著天地、阴阳、四时、五行，故长于变；陪说《易》。《礼》经纪人伦，故长于行；陪说《礼》。《书》记先王之事，故长于政；陪说《书》。《诗》记山川溪谷、禽兽草木、牝牡雌雄，故长于风；陪说《诗》。《乐》乐所以立，故长于和；陪说《乐》。《春秋》辨是非，故长于治人。正说到《春秋》。是故《礼》以节人，《乐》以发和，《书》以道事，《诗》以达意，《易》以道化，《春秋》以道义。再将众经与《春秋》结束一通。拨乱世，反之正，莫近于《春秋》。《春秋》文成数万，其指数千，万物之散聚皆在《春秋》。檃栝《春秋》全部文字。《春秋》之中，弑君三十六，亡国五十二，诸侯奔走不得保其社稷者，不可胜数。察其所以，皆失其本已。故《易》曰：'失之毫厘，差以千里。'故曰：'臣弑君，子弑父，非一旦一夕之故也，其渐久矣。'檃栝《春秋》全部事迹。故有国者不可以不知《春秋》，前有谗而弗见，后有贼而不知。极叹《春秋》。为人君者不可以不知《春秋》，守经事而不知其宜，遭变事而不知其权。极叹《春秋》。为人君父而不通于《春秋》之义者，必蒙首恶之名；为人臣子而不通于《春秋》之义者，必陷篡弑之诛，死罪之名。添四字，句法更健。其实皆以为善，妙。为之不知其义，被之空言而不敢辞。妙。犹言实本为善，而不知其义则陷于咎也。夫不通礼义之旨，至于君不君，臣不臣，父不父，子不子。君不君则犯，臣不臣则诛，父不父则无道，子不子则不孝。此四行者，天下之大过也。以天下之大过予之，则受而弗敢辞。故《春秋》者，礼义之大宗也。妙妙，极叹《春秋》至此，方是宣尼心事。夫礼禁未然之前，法施已然之后。法之所为用者易见，而礼之所为禁者难知。"读此，方悟周公制礼，乃《春秋》粉本，妙哉！妙哉！

壶遂曰："孔子之时，上无明君，下不得任用，故作《春秋》，垂空文以断礼义，当一王之法。今夫子上遇明天子，下得守职，万事既具，咸各序其宜，夫子所论，欲以何明？"再反复。必须反复，不然，后来终是被人点检。

太史公曰："唯唯，否否，不然。叠用"唯唯""否否""不然"，妙！

“唯唯”，姑应之也；“否否”，略折之也；“不然”，重特伸明之也。余闻之先人曰：‘伏羲[12]至纯厚，作《易》八卦；尧舜之盛，《尚书》载之，《礼》《乐》作焉；汤、武之隆，《诗》人歌之。《春秋》采善贬恶，推三代[13]之德，褒周室，非独刺讥而已也。’此言《春秋》与众经一体，俱为至纯厚，至隆盛之《书》，先非刺讥之文。汉兴以来，至明天子，获符瑞[14]，建封禅[15]，改正朔[16]，易服色[17]，受命于穆清[18]，泽流罔极。海外殊俗，重译[19]款塞，请来献见者，不可胜道。臣下百官，力诵圣德犹不能宣尽其意。言不可不载。且士贤能而不用，有国者之耻；此句宾。主上明圣而德不布闻，有司之过也。此句主。且余尝掌其官，废明圣盛德不载，一。灭功臣、世家、贤大夫之业不述，二。堕先人所言，三。罪莫大焉。余所谓述故事，整齐其世传，非所谓作也，而君比之于《春秋》，谬矣！”自言《史记》纯厚。

于是论次其文。七年而太史公遭李陵之祸[20]，可见太史公未遭祸前，已作《史记》，特未卒业。幽于缧绁[21]，忽叙事。乃喟然而叹曰：“是余之罪也夫！是余之罪也夫！身毁不用矣！”至此只三四行，叙得却最曲折。退而深惟曰：“夫《诗》《书》隐约者，欲遂其志之思也。昔西伯拘羑里[22]，演《周易》；孔子厄陈蔡[23]，作《春秋》；屈原放逐[24]，著《离骚》；左丘失明[25]，厥有《国语》；孙子膑脚[26]，而论兵法；不韦迁蜀[27]，世传《吕览》；韩非囚秦[28]，《说难》《孤愤》；《诗》三百篇，大抵贤圣发愤之所为作也。此人皆意有所郁结，不得通其道也。故述往事，思来者。”于是卒述陶唐[29]以来，至于麟止[30]，自黄帝始。何等笔力！

〔注释〕

①太史公：司马迁自称。但在《史记》有些地方指其父司马谈。太史，官名，秦汉均设太史令，记载史事，编写史书。

②先人：前辈或祖辈，此处指其父司马谈。

③《易传》：亦称《易经》《周易》，简称《易》，相传系周时人作，内容包括《经》《传》两部分，主要是六十四卦和三百八十四爻，通过八卦形式（象征天、地、

雷、风、水、火、山、泽八种自然现象)，推测自然与社会变化，内容极为深奥博大。

④《春秋》：春秋时鲁国编年体史书。相传由孔子依鲁国史官所编《春秋》整理修订而成，起于鲁隐公元年（前722年)，终于鲁哀公十四年（前481年)，文字简短，语含褒贬。

⑤《诗》：即《诗经》三百篇。

⑥《书》：即《尚书》，“尚”即上，上代以来的书。为中国上古历史文件和部分著述古代事迹著作的汇编，相传由孔子选编而成，为儒家重要经典之一。

⑦《礼》：即《仪礼》，亦称《礼经》或《士礼》。为春秋、战国时代一部礼制的汇编。

⑧《乐》：即《乐经》，在《庄子·天运篇》中云：“丘治《诗》《书》《礼》《乐》《易》《春秋》六经。”可能在秦始皇焚书时被毁失传。

⑨董生：即西汉大儒董仲舒。

⑩司寇：古代掌管刑狱之官。孔子曾做过一段时间鲁司寇。

⑪空言：指文章，与具体功业相对而言。

⑫伏羲：即太昊，古三皇之一。

⑬三代：指夏、商、周三朝，为儒家所推崇的历史时期。

⑭符瑞：一种吉祥征兆，也叫“符应”“瑞应”，以人事附会自然现象。

⑮建封禅：古代帝王祭祀天地的一种典礼。“封”即指登泰山筑坛祭天，“禅”即在山南梁父山上辟基祭地。秦始皇、汉武帝等均至泰山举行封禅礼，实为炫耀文治武功。

⑯改正朔：改历法。正，岁首。朔，初一。

⑰易服色：改变衣饰器物之色。如秦尚黑色，汉武帝时尚黄色，以正月为岁首。

⑱穆清：指上天。

⑲重译：辗转翻译，意指汉廷威望传播之远，求见的地区和国家使节需几次转译才能懂其语言。

⑳遭李陵之祸：指天汉二年（前99年)，李陵败降匈奴，武帝震怒，司马迁为李陵辩护，遭到腐刑之罚。

㉑缧绁：捆绑用的绳索。此指囚禁。

㉒西伯拘羑里：西伯即周文王姬昌，因殷纣王疑其叛，囚禁于羑里（今河南汤阴县内)，传说其在囚禁时推演出《周易》。

㉓孔子厄陈蔡：陈、蔡为春秋时小国，孔子周游列国时曾在此遭到围攻、断食

之厄运。

㉔屈原放逐：楚怀王相信奸人谗言，放逐忠君爱国的屈原，屈原作《离骚》。

㉕左丘失明：左丘即左丘明，鲁国史官，相传他作《国语》。

㉖孙子膑脚：孙子即战国时军事家孙膑，因遭同学庞涓嫉妒，因而被挖去膝盖，后打败了庞涓率领的魏军。有《孙子兵法》十三篇传世。

㉗不韦迁蜀：不韦即吕不韦，曾为秦国丞相，后为秦王嬴政免职流放蜀地，途中自杀。《吕氏春秋》为其组织编纂。

㉘韩非囚秦：韩非为韩国公子，后入秦，为李斯陷害被杀，有《说难》《孤愤》等名篇。

㉙陶唐：陶唐氏，即尧，因先封于陶，后又封唐，史称陶唐氏或唐尧。

㉚麟止：麟，古代认为的一种吉祥动物，史载汉武帝元符元年（前122年），汉武帝至雍获麟。实际上，是仿孔子著《春秋》至鲁哀公十四年获麟止。

〔解读〕

本文是研究司马迁本人和《史记》的重要材料。在这篇文章中，通过与上大夫壶遂对话，司马迁阐述了作《史记》之起因、宗旨、目的。

司马迁引其父司马谈之言，首先揭示了他作《史记》的历史使命，将《史记》与周公作礼乐、孔子定六经相提并论，认为自己是周公、孔子事业的传人。其次，借回答壶遂提出的“孔子何为而作《春秋》”之问，阐述了六经之宗旨，以一句概括点出了《春秋》《易》《礼》《乐》《书》《诗》的核心内容与实质，尤其是论述了孔子做《春秋》之起因、宗旨，并高度赞扬了《春秋》的“别嫌疑”“明是非”“拨乱世”之作用，实质上是将其著《史记》与孔子著《春秋》相提。最后一段则讲了自己在著《史记》之过程中惨遭不幸，忍辱负重，不以一己之辱、之生死为重，以周文王、孔子、屈原、左丘明、孙膑、吕不韦、韩非等遭难而著述为榜样，发愤写作，实现父辈和他本人的愿望。

酷吏传序

短幅，却作三段文字：第一段，引孔、老本论，以“信哉是言”结；第二段，痛亡秦密网，以“非虚言也”结；第三段，颂汉兴尚宽，以“由是观之”结。笔态奇特之甚。

孔子曰：“道[①]之以政，齐之以刑，民免[②]而无耻；道之以德，齐之以礼，有耻且格[③]。”引孔本论。老氏称：“上德不德，是以有德；下德不失德，是以无德。法令滋章[④]，盗贼多有。”引老本论。太史公[⑤]曰：信哉，是言也。法令者，治之具，而非制治清浊之源也。总赞孔、老本论，慨然有味其言。昔天下之网尝密矣，“昔天下”，秦天下也。自此至“非虚言也”，乃是一气转落成句，并无正反曲折。然奸伪萌起；其极也，上下相遁，至于不振。验“网密”之祸如此。当是之时，“当是之时”，秦时也。吏治若救火扬沸，秦吏治也。非武健严酷，恶能胜其任而愉快乎！下“胜任”字，已可恨，又下“愉快”字，写尽秦吏治之惨酷。言道德者，溺其职矣。言当秦时，孔老之言，岂复信哉！故曰：“听讼吾犹人也，必也使无讼乎?”下士闻道大笑之，非虚言也。杂引圣人语合作一句，妙！犹言若说无讼，便大笑之也。盖当秦时真有如此。

汉兴，破觚而为圜[⑥]，斲雕而为朴[⑦]。此言“道之以德，上德不德”。网漏于吞舟之鱼，而吏治烝烝[⑧]不至于奸，黎民又安。妙妙。言宁漏大奸，此汉之宽，然终驯至于无奸。由是观之，在彼不在此也。妙妙。言有尽而味无穷，孔老本论，胡可忽耶。

〔注释〕

①道：同“导”，引导之义。

②免：免于犯罪。

③有耻且格：格，至也。此处为归顺之义，意为民有廉耻之心则可服从统治。

④滋章：指法令繁杂严明。

⑤太史公：司马迁自称。

⑥破觚而为圜：觚，有棱角之酒具。圜，同“圆”，此句意为法简要宽厚。

⑦斲雕而为朴：削去物品上雕刻的纹饰以恢复其原形。此句意为返璞归真。

⑧烝烝：上升、兴盛貌。

〔解读〕

这是《史记》中司马迁为《酷吏列传》所作的序文。司马迁首引孔子、老子之论点，以说明治国理民在德不在法、在仁不在刑，并揭露秦王朝尚法任刑，残酷统治，吏以严酷为能，从而导致天下大乱。所以，他认为，法网严密则适得其反。并比较西汉初年，废除秦时严刑苛法，返璞归真，无为而治，法网之宽可以漏脱吞舟之鱼，但社会稳定，百姓安业，达到大治。实际上，司马迁此段文字隐含着对当时汉德之衰、统治腐败残酷的批评，其意极为深厚。

报任安[1]书

学其疏畅，再学其郁勃；学其迂回，再学其直注；学其阔略，再学其细琐；学其径遂，再学其重复。一篇文字，凡作十来番学之，恐未能尽也。

太史公牛马走[2]司马迁再拜言看他自称，必本其父，便是作《史记》之本。少卿足下：任安字。

曩者[3]辱赐书，教以慎于接物[4]，推贤进士为务。二句任安来书。意气勤勤恳恳，若望仆不相师，而用流俗人之言。“望”，怨也，二句，任安书中意。仆非敢如此也。一句辩过，下更详辩。仆虽罢驽[5]，“虽”，一曲。亦尝侧闻长者之遗风矣。“亦尝”，一曲。顾自以为身残处秽，动而见尤[6]，欲益反损。“顾自以为”，一曲。是以独抑郁而谁与语？“是以”，一曲。谚曰：“谁为为之？孰令听之？”[7]盖钟子期[8]死，伯牙终身不复鼓琴。“谚曰”，一曲。何则？士为知己者用，女为说己者容。“何则”，一曲。若仆大质[9]已亏缺矣，虽材怀隋和[10]，行若由夷[11]，终不可以为荣，适足以见笑而自点[12]耳。“若仆”，一曲，看他先作如许多曲。书辞宜答，会东从上来，又迫贱事，相见日浅，卒卒无须臾之闲，得竭志意。说前所以不答之故。今少卿抱不测之罪，涉旬月，迫季冬，安为戾太子事，更旬日后便当就刑。“季冬”，言刑日也。仆又薄从上雍[13]，恐卒然不可讳[14]，是仆终已不得舒愤懑以晓左右，则长逝者魂魄私恨无穷。说今所以答之故。请略陈固陋。今答。阙然[15]久不报，前不答。幸勿过[16]。已上，先作如许多曲，妙。看他一片心事更无处明，而欲明向将死之友。此等处，可以想见古人交情。

仆闻之：修身者，智之符也；爱施者，仁之端也；取予者，义之表也；耻辱者，勇之决也；立名者，行之极也。士有此五者，然后可以托于世而列于君子之林矣。先特标五者，言有此，始得列于士林，以反己之无复有此，是为大辱极愤，发笔最是有势。故祸莫憯于欲利，悲莫痛于伤心，行莫丑于辱先，诟莫大于宫刑⑰。急承此四语，与上五者正极反。刑余之人⑱，无所比数，非一世也，所从来远矣。独缕缕切恨宫刑。昔卫灵公与雍渠同载，孔子适陈⑲；商鞅因景监见，赵良寒心⑳；同子骖乘，袁丝变色㉑；自古而耻之。缕缕切恨宫刑。夫中材之人，事有关于宦竖，莫不伤气，而况于慷慨之士乎？缕缕切恨宫刑。如今朝廷虽乏人，奈何令刀锯之余㉒荐天下之豪俊哉！缕缕切恨宫刑。〇此非辞来书推贤进士一语，正借书语，以发其心中切恨宫刑耳。

仆赖先人绪业，得待罪辇毂下㉓二十余年矣。所以自惟㉔，上之不能纳忠效信，有奇策材力之誉，自结明主；"上之"。次之又不能拾遗补阙㉕，招贤进能，显岩穴之士㉖；"次之"。外之不能备行伍，攻城野战，有斩将搴旗之功；"外之"。下之不能积日累劳，取尊官厚禄，以为宗族交游光宠。"下之"。四者无一遂，苟合取容，无所短长之效，可见于此矣。乡者㉗，仆亦尝厕下大夫之列，陪奉外廷末议㉘，不以此时引纲维、尽思虑，此一段，是自咎未被宫刑前。今已亏形㉙为扫除之隶，在阘茸㉚之中，乃欲仰首伸眉、论列是非，不亦轻朝廷羞当世之士耶？此一段，仍是切恨宫刑，因切恨故言之缕缕，非反复辞推贤进士也。嗟乎，如仆尚何言哉！尚何言哉！加此一笔，切恨之至。

且事本末未易明也。重发笔起。仆少负不羁之行，长无乡曲之誉。主上幸以先人之故，使得奏薄伎，出入周卫㉛之中。仆以为戴盆何以望天，故绝宾客之知，忘室家之业，日夜思竭其不肖之才力，务一心营职，以求亲媚于主上。自明初意如何。而事乃有大谬不然者。落。

夫仆与李陵㉜，俱居门下，素非能相善也。趣舍异路，未尝衔杯酒、接殷勤之余欢。先明与陵无旧好。然仆观其为人自是奇士，事亲孝，与士信，临财廉，取与义，分别有让，恭俭下人，常思奋不顾身以殉国家之急。其素所蓄积也，仆以为有国士之风。次明于陵有独赏。夫人臣出万死不顾一生之计，赴公家之难，斯已奇矣。一振。今举事一不当，而全躯保妻子之臣，随而媒蘖其短[33]，仆诚私心痛之。一落。此先略叙，下更详叙。且李陵又振。提步卒不满五千，详。深践戎马之地，足历王庭[34]，垂饵虎口，横挑强胡[35]，仰亿万之师，与单于连战十有余日，所杀过当，虏救死扶伤不给。举。旃裘[36]之君长成震怖，乃悉征其左右贤王，举引弓之人，一国共攻而围之。详。斗战千里，矢尽道穷，救兵不至，士卒死伤如积。详。然陵一呼劳，军士无不起，躬自流涕，沬血饮泣；更张空拳，冒白刃，北向争死敌者。详。陵未没时，使有来报，汉公卿、王侯皆奉觞上寿。详。故意写出公卿、王侯丑态。后数日，陵败书闻，主上为之食不甘味，听朝不怡，大臣忧惧，不知所出。详。故意写出。已上详叙李陵。仆窃不自料其卑贱，见主上惨怆怛悼，诚欲效其款款之愚。以为李陵素与士大夫绝甘分少，能得人之死力，虽古之名将，不能过也；身虽陷败，彼观其意，且欲得其当而报于汉；事已无可奈何，其所摧败，功亦足以暴于天下矣。详。仆怀欲陈之而未有路，适会召问，即以此指，推言陵之功，欲以广主上之意，塞睚眦之辞。详。未能尽明，明主不深晓，以为仆沮贰师[37]，而为李陵游说，遂下于理[38]。详。拳拳之忠，终不能自列，因为诬上，卒从吏议。详。家贫，货赂不足以自赎，交游莫救视，左右亲近不为一言。详，悉是故意写出。身非木石，独与法吏为伍，深幽囹圄之中，谁可告诉者！详。已上详叙自己。此真少卿所亲见，仆行事岂不然乎？又落。李陵既生降，颓其家声，而仆又佴之蚕室[39]，重为天下观笑。悲夫！悲夫！事未易一二为俗人言也。双写陵与己，一样不能与俗人说，结尽上许多详叙之文。

仆之先非有剖符丹书[40]之功，文史星历，近乎卜祝[41]之间，固主上所戏弄，倡优所畜，流俗之所轻也。此非自谦，乃再发笔起，明所以不自引决有故。假令仆伏法受诛，若九牛亡一毛，与蝼蚁何以异？而世俗又不能与死节者次比，特以为智穷罪极不能自免，卒就死耳。何也？素所自树立使然也。假令引决，则人不过云云。人固有一死，死或重于泰山，或轻于鸿毛，用之所趣异也。结过不肯引决，下重叙被辱，说终不引决。太上不辱先，其次不辱身，其次不辱理色[42]，其次不辱辞令，其次诎体受辱，其次易服受辱，其次关木索、被箠楚受辱，其次剔毛发、婴金铁受辱，其次毁肌肤、断肢体受辱，最下，腐刑极矣。层次而下，说已被辱为极。《传》曰："刑不上大夫。"此言士节不可不勉厉也。曲一笔，言此是太师之言，乃非今日之谓。猛虎在深山，百兽震恐，本是常理。及在槛阱之中，摇尾而求食，积威约之渐也。无奈至此。故士有画地为牢，势不可入；削木为吏，议不可对，定计于鲜[43]也。本是常理。今交手足，受木索，暴肌肤，受榜箠，幽于圜墙之中。当此之时，见狱吏则头抢地，视徒隶则心惕息。何者？积威约之势也。无奈至此。及以至是，言不辱者，所谓强颜耳，曷足贵乎？结上。言引决亦无及。且西伯[44]，伯也，拘于羑里；李斯[45]，相也，具于五刑；淮阴[46]，王也，受械于陈；彭越、张敖[47]，南面称孤，系狱抵罪；绛侯[48]诛诸吕，权倾五伯，囚于请室；魏其[49]，大将也，衣赭衣，关三木[50]；季布[51]为朱家钳奴；灌夫[52]受辱于居室。此人皆身至王侯将相，声闻邻国，及罪至罔加，不能引决自裁，在尘埃之中[53]。古今一体，安在其不辱也？历引被辱古人自证。

由此言之，勇怯，势也；强弱，形也。审矣，何足怪乎！夫人不能早自裁绳墨之外，以稍陵迟，至于鞭箠之间，乃欲引节，斯不亦远乎！古人所以重施刑于大夫者，殆为此也。何贵引决。○已上，言不必引决，其文止此；下再发笔起，说不引决，乃更有所欲为。夫人情，莫不贪生恶死，念父母，顾妻子，至激于义理者不然，乃有所不得已也。此特表引决人能如此。今仆不幸早失父母，无兄弟之亲，独身孤立，少卿视仆于妻子何如哉？且勇者不必死节，怯夫慕义，何处不勉焉？仆虽怯懦欲苟活，亦颇识去就之分矣，何至沉溺缧绁[54]之辱哉！且夫臧获[55]婢妾，犹能引决，况仆之不得已乎！此特表己亦非不能引决者。所以隐忍苟活，幽于粪土之中而不辞者，恨私心有所不尽，鄙陋没世而文采不表于后世也。说出作《史记》一段意思。

古者富贵而名磨灭，不可胜纪，唯倜傥非常之人[56]称焉。先虚提一笔。盖文王拘而演《周易》[57]；仲尼厄而作《春秋》[58]；屈原放逐，乃赋《离骚》；左丘失明，厥有《国语》[59]；孙子[60]膑脚，《兵法》修列；不韦[61]迁蜀，世传《吕览》；韩非[62]囚秦，《说难》《孤愤》；《诗》[63]三百篇，大抵圣贤发愤之所为作也。此人皆意有所郁结，不得通其道，故述往事，思来者。广引被辱著书之人。乃如左丘无目，孙子断足，终不可用，退而论书策，以舒其愤，思垂空文以自见。又独举左氏、孙子者，上是广引，此是特因其废疾与己同，因遂言著书宜与之一例也。仆窃不逊，近自托于无能之辞，网罗天下放失旧闻，略考其行事，总其终始，稽其成败兴坏之纪，上计轩辕[64]，下至于兹，为十表、本纪十二、书八章、世家三十、列传七十，凡百三十篇。亦欲以究天地之际，通古今之变，成一家之言。草创未就，会遭此祸，惜其不成，是以就极刑而无愠色。说出不肯引决，本心如此。仆诚已著此书，藏之名山，传之其人，通邑大都，则仆偿前辱之责，虽万被戮，岂有悔哉！快意语，言之自豪。然此可为智者道，难为俗人言也。再加一句，总是骂尽俗人。

且负下未易居[65]，下流多谤议。再发笔起。仆以口语，会遭此祸，重为乡党所戮笑，以污辱先人，亦何面目复上父母之丘墓乎？虽累百世，垢弥甚耳！是以肠一日而九回，居则忽忽若有所亡，出则不知其所往。每念斯耻，汗未尝不发背沾衣也。言如此，便应逃遁远去。身直为闺阁之臣，宁得自引深藏岩穴耶？故且从容浮沉，与时俯仰，以通其狂惑。言不得逃遁远去者，只因久系闺阁之臣，故不能自主耳，岂真得位行道于斯？今少卿乃教以推贤进士，无乃与仆私心刺谬乎？答任安毕。今虽欲自雕琢，曼辞以自饰，句。无益。句。于俗不信，适足取辱耳。自注"无益"。要之，死日然后是非乃定。仍是自豪语。书不能悉意，略陈固陋。胸中郁勃多，故如此反复明畅，尚自谓略陈不悉。谨再拜。

〔注释〕

①任安：字少卿，汉武帝时人，司马迁的好朋友。

②太史公牛马走：太史公为官职名，也称太史令，负责编纂国家史书官员。牛马走，自谦词，指像牛马那样供人驱使的人。

③曩者：从前。

④慎于接物：慎，谨慎。接物，待人对事。

⑤罢驽：罢，同“疲”，驽指疲弱之马。

⑥见尤：尤，怨恨、归咎，被指责。

⑦谁为为之？孰令听之：我为谁去做事？又能让谁听从我的意见。

⑧钟子期：春秋时楚国人，善欣赏楚国大臣伯牙之琴，与伯牙为知己之交。钟子期死，伯牙认为世上再无知音，遂破琴断弦，终生不再弹琴。

⑨大质：身体。

⑩隋和：指战国二宝隋侯珠与和氏璧。

⑪由夷：许由与伯夷，传说中古代品德高尚之人。

⑫自点：点，污也，自取污辱。

⑬薄从上雍：薄，迫近。从上，跟随皇帝（汉武帝）。上雍，今陕西省凤翔县南，此处有祭五神之神坛。

⑭卒然不可讳：突然间会受到死刑。

⑮阙然：空缺较久，指回信隔了很久。

⑯幸勿过：希望不要见责。

⑰宫刑：也称腐刑。古代五刑之一，对男性则实行阉割，对女性则实行禁闭（或说破坏其性器官）。

⑱刑余之人：受过重刑而残生的人。

⑲孔子适陈：卫国君主卫灵公有一次同宦官雍渠同坐一辆车，孔子看到后感到耻辱，便离开卫国到陈国。适，去也。

⑳赵良寒心：赵良为秦孝公时贤士，他得知商鞅是靠着宦官景贤得以引荐秦孝公时，感到恐惧，曾劝商鞅引退。

㉑袁丝变色：袁丝即袁盎，汉文帝时大臣，以直言敢谏出名。他看到汉文帝与宦官同子（原名赵谈，司马迁讳其父司马谈，称其为同子）同坐一起，便拦车劝谏，迫使文帝令同子下车。

㉒刀锯之余：受过刑的人。此处为司马迁自指。

㉓待罪辇毂下：待罪，做官的谦词。辇，本为皇帝车子，毂为车轮中心插轴地方，此处指京师。

㉔自惟：自思。

㉕拾遗补阙：为皇帝拾取遗漏、弥补缺欠，意指讽谏。唐代有拾遗、补阙之官。

㉖岩穴之士：指隐士。

㉗乡者：从前。乡，同“向”。

㉘外廷末议：外廷为皇帝与大臣讨论国事的地方，与内官相对应。指司马迁与士大夫们一起在朝堂议论国事。

㉙亏形：身体残缺，指已受宫刑。

㉚阘茸：地位卑贱者。

㉛周卫：指宫廷。周指环绕，卫指宿卫。因皇帝周围有众多护卫与侍从环绕。

㉜李陵：字少卿，汉名将李广孙子。善骑射，汉武帝时为骑都尉，曾率兵攻匈奴，为匈奴包围，矢尽援绝而降匈奴。

㉝媒糵其短：或作“媒孽”“媒蘖”，酿酒的酵母，此处意为扩大、膨胀。指人们把李陵的过错夸张扩大。

㉞王庭：匈奴君主所居地。

㉟横挑强胡：指向匈奴挑战（诱战）。

㊱旃裘：或作“氈裘”，指匈奴人穿的毛皮衣服，此处代指匈奴。

㊲沮贰师：沮，败坏。贰师，即贰师将军李广利，汉武帝宠妃李夫人之兄。征和三年（前90年），汉武帝派他出征匈奴，李陵等率兵深入匈奴腹地被围，他却按兵不动。

㊳遂下于理：理，法官之称。指交付法官。

㊴佴之蚕室：佴，即古“耻”字。蚕室，因受过宫刑人怕风，住在严密、温暖如养蚕屋子一样。此处蚕室代指受宫刑。

㊵剖符丹书：符即君臣各持一半信符，上有誓词，为君赏有功之臣之信物。丹书，在铁券上用朱砂写上誓词，内容大致是皇帝保证有功大臣之子孙永继爵位，免遭刑罚之诛。

㊶卜祝：占卜之事与祭祀官吏。

㊷理色：道理与脸面。

㊸鲜：自杀。

㊹西伯：即周文王姬昌，为商伯爵，曾被殷纣王囚于牖里（又作羑里）。

㊺李斯：秦丞相。秦始皇死后，为赵高所忌，被腰斩，并施以五刑：割鼻、斩左右趾、打死、斩首、剁成肉酱。

㊻淮阴：指淮阴侯韩信。汉高祖刘邦平定天下后，怀疑韩信谋反，用陈平计，假装要南游云梦，让诸侯来相会。南巡至陈时，将韩信抓起，戴上刑具。

㊼彭越、张敖：彭越，字仲，助刘邦平定项羽、封梁王，后被刘邦夷三族。张敖，功臣张耳子，刘邦之女婿，因谋反罪被捕入狱。

㊽绛侯：周勃从刘邦起义有功，封绛侯。因有人诬其谋反，被囚于请罪之室。

㊾魏其：指魏其侯，即汉景帝时大将军窦婴。汉武帝时因其营救灌夫，下狱判死刑。

㊿衣赭衣，关三木：赭者，红也，指囚犯穿的专门衣服。三木指颈、手、足三处被木枷刑具夹住。

51季布：项羽将领。刘邦败项羽后，以重金捉拿他，他便剃去头发，戴上铁钳，卖身朱家为奴。

52灌夫：汉景帝时为郎中将，汉武帝时官至太仆，曾因得罪丞相田蚡，被四居室（拘押贵族罪犯之官署）。

53尘埃之中：监狱里。

54沉溺缧绁：遭到捆缚。沉溺，陷也。缧绁，又大又长的绳子。

55臧获：战争中俘虏过来做战俘之人。

56倜傥非常之人：才气豪迈、不寻常之人。

57演《周易》：推演八卦而变成六十四卦。传说周文王被囚于羑里时，将古之八卦演成六十四卦，称《周易》。

58仲尼厄而作《春秋》：据说孔子周游列国，遭到围攻与绝粮之困，回到鲁国后，便编纂《春秋》一书。

59《国语》：西周末至春秋时周、鲁、齐、晋、郑、楚、吴、越八国国别史，据说作者是左丘明，但史学界一直无定论，甚至对左丘明此人也表示怀疑。

60孙子：即战国时军事家孙膑，孙武之后人。因遭其同学庞涓嫉妒，遭砍掉膝盖之刑。曾著有《孙子兵法》。

61不韦：即吕不韦，为秦国丞相时，使其门下客著《吕览》（也称《吕氏春秋》）。秦王政十年（前237年），因罪免职，迁徙四川。

62韩非：法家代表人物，战国时韩国人。曾向韩王建议变法，未被采纳，遂退而著述。后被李斯骗到秦杀害。

63《诗》：指我国最早的一部诗歌集《诗经》。

⑭轩辕：即黄帝，中华民族祖先。但究竟有无其人，什么身份，何名何号，史上从无定论。

⑮负下未易居：负，背负。下，低下，因获罪带来的坏名声。此句为背着罪名的人不易处世。

〔解读〕

《报任安书》是司马迁写给朋友任安的一封长信。时在司马迁任中书令时，大约在汉武帝太始四年（前 93 年）十一月，当时司马迁 53 岁。

任安是司马迁的老朋友，他曾写信给司马迁，希望司马迁利用身居要职，与皇帝接近的机会，为国家推荐贤才。但司马迁一直没有回信，他无法向朋友解释自己的处境和感受。但当司马迁得知任安因罪而即将被处死的消息时，出于对朋友的深切同情和对自己不幸遭遇的极端悲愤，写下了此封长信。

在信中，他首先叙述了自己无意中蒙受的奇耻大辱。他和李陵本来无甚交情，只是对李陵待人接物、忠孝仁悌合于礼的正人君子节操表示钦佩，认为这是个难得之人才。所以，当李陵身陷敌人重围而不得不投降、朝廷闻讯震怒时，司马迁便向汉武帝陈述了他对此事的看法，认为从李陵一贯人品看，他被俘也是想找机会立功报效汉朝，即便他投降了，他勇于杀敌的业绩也足以昭示天下。本来司马迁这样讲是想稍解汉武帝焦虑之心情，堵塞对李陵怨恨之言辞，没想到皇帝不明白其良苦用心，以为是为李陵开脱罪责，诋毁贰师将军李广利，便给他定了个诬蔑皇上的罪名，判处宫刑。司马迁既无能力以巨额财富赎罪，也没有朋友们营救，对一个正直的人来说，宫刑是和死刑一样重的刑罚，司马迁面临着是死还是苟活的选择。他看到自己不过是主上豢养的像乐师、优伶那样的小人物，死了也如同死一个蚂蚁一样，世俗绝不会把他的死同为坚持气节而死的人相提并论。可是，舍生就义，是连奴仆婢妾都能够做出的，为什么他不死而苟活呢？司马迁道出了原因，因为他痛惜“究天地之际，通古今之变，成一家之言”的《史记》还没完成，如果他完成了此书，使其藏之名山，传之万代，也就还了他蒙奇冤、受极刑之债，即使被杀一万次，也没什么后悔。

“人固有一死，或重于泰山，或轻于鸿毛。”司马迁在这封信里非常深刻地阐述了他的生死观，表述了一个圣贤、一个成就大功业的人的生命意义，避辱趋荣、舍生就义固然是君子之选择，但无价值之轻生并非上策，非仁人君子所应取。周文王、李斯、张敖、绛侯周勃、魏其侯、季布、灌夫等人，或为王侯，或为将相，在其陷入囚牢狱吏之手时，不是也没有自杀，而是坚强地活下去了吗？在此，司马迁写出了震撼千古的一段名言："古者富贵而名磨灭，不可胜纪，唯倜傥非常之人称焉……"

本文是历史上遗留下来的了解司马迁内心深处和为人的少有的第一手材料，也是我国古代书信体散文中的杰作。在此信中，司马迁的激愤、悲痛溢于言表，他无辜而遭灭顶之灾，从一个有地位、有声誉的正人君子忽然被抛入社会最底层，进入了连优伶、奴婢、娼妓也不如的卑贱者行列，遭受着朋友熟人的讥笑，忍受着来自社会的蔑视、污辱，没有地位、没有人格、没有朋友，只能像猪狗那样苟延性命。一个人突然到此境地，尤其对古代饱受儒家思想教育的知识分子来说，这是何等的灾难和悲痛，活着或死去已没有任何意义。但司马迁活下来了，为了完成《史记》，他忍受着比死亡还可怕的压力，以一个宦官身份写出了惊天地、泣鬼神的千古绝唱之作。在此信中，司马迁第一次将他压抑良久的内心感受和苟且偷生的原因向一个即将被处死的朋友作了倾诉。我们无法知道，任安收到这封信时是怎样一种心情，他大概再也不会责备他的老朋友为什么不向国家"推贤进士"。

《报任安书》在写作技巧上，寓愤懑之情于议论之中，结构严谨，前后照应，层次分明，言辞委婉深沉，文势起伏跌宕而呼应绵密，沉郁顿挫。前人评价此文"慷慨啸歌，大有燕赵烈士之风；忧愁忧思，则又直与《离骚》对垒"。

李　陵

答苏武书

相其笔墨之际，真是盖世英杰之士，身被至痛，噼之甚深，一旦更不能自含忍，于是开喉放声，平吐一场。看其段段精神，笔笔飞舞，除少卿自己，实乃更无余人可以代笔。昔人或疑其伪作，此大非也。

子卿[①]足下：

勤宣令德，策名[②]清时，荣问休畅，幸甚，幸甚！先劳子卿，毕。远托异国，昔人所悲；望风怀想，能不依依！昔者不遗，远辱还答，慰诲勤勤，有逾骨肉，陵虽不敏，能不慨然！次谢遗书，毕。

自从初降，以至今日，身之穷困，独坐愁苦；终日无睹，但见异类[③]。韦鞲毳幕[④]，以御风雨；羶肉酪浆，以充饥渴。举目言笑，谁与为欢？胡地玄冰，边土惨裂，但闻悲风萧条之声。凉秋九月，塞外草衰，夜不能寐，侧耳远听：胡笳互动，牧马悲鸣；吟啸成群，边声四起；晨坐听之，不觉泪下。嗟乎，子卿！陵独何心，能不悲哉！次写自初降至今日，景况之惨。

与子别后，益复无聊。上念老母，临年被戮；妻子无辜，并为鲸鲵。身负国恩，为世所悲。子归受荣，我留受辱，命也何如！身出礼义之乡，而入无知之俗；违弃君亲之恩，长为蛮夷之域。伤已！令先君之嗣，更成戎狄之族，又自悲矣！次写无数冤毒在心。功大罪小，不蒙明察，孤负陵心区区之意。每一念至，忽然忘生。陵不难刺心以自明，刎颈以见志，顾国家于我已矣。杀身无益，适足增羞，故每攘臂忍辱，辄复苟活。次明不自引决之故。左右之人，见陵如此，以为不入耳之欢，来相劝勉。异方之乐，只令人悲，增忉怛⑤耳！次写忽忽之状，非人所得解劝。

嗟乎，子卿！人之相知，贵相知心。前书仓卒，未尽所怀，故复略而言之。自此以下，重叙战败降胡之事，段段精神。昔先帝授陵步卒五千，出征绝域，少卒。五将失道，陵独遇战。失援。而裹万里之粮，帅徒步之师，出天汉之外，入强胡之域，以五千之众，对十万之军，策疲乏之兵，当新羁之马。写得何等精神！然犹斩将搴旗，追奔逐北，灭迹扫尘，斩其枭帅。三军之士，视死如归。陵也不才，希当大任，意谓此时，功难堪矣。特作此飞舞之笔。匈奴既败，举国兴师，更练精兵，强踰十万，单于⑥临阵，亲自合围。客主之形，既不相如；步马之势，又甚悬绝。疲兵再战，一以当千；然犹扶乘创痛，决命争首。写得何等精神！死伤积野，余不满百，而皆扶病，不任干戈。段段特作此飞舞之笔。然陵振臂一呼，创病皆起，举刃指虏，胡马奔走；兵尽矢穷，人无寸铁，犹复徒首奋呼，争为先登。当此时也，天地为陵震怒，战士为陵饮血！单于谓陵不可复得，便欲引还。写得何等精神，而贼臣⑦教之，遂便复战，故陵不免耳。叙败。皆是飞舞之笔。

昔高皇帝以三十万众困于平城⑧，当此之时，猛将如云，谋臣如雨，然犹七日不食，仅乃得免。况当陵者，岂易为力哉？引高帝，正是自写，精神之极。而执事者云云，苟怨陵以不死。然陵不死，罪也。随手曲折。子卿视陵，岂偷生之士而惜死之人哉？最精神之笔。宁有背君亲、捐妻子而反为利者乎？最精神之笔。然陵不死，有所为也。故欲如前书之言，报恩于国主耳。诚以虚死不如立节，灭名不如报德也。写得何等精神！昔范蠡不殉会稽之耻⑨，曹沫⑩不死三败之辱，卒复勾践之仇，报鲁君之羞。区区之心，窃慕此耳。何图志未立而怨已成，计未从而骨肉受刑。此陵所以仰天椎心而泣血也。写得何等精神！

足下又云："汉与功臣不薄"，子为汉臣，安得不云尔乎！随手曲折。昔萧樊囚絷[11]，萧何、樊哙。韩彭菹醢[12]，韩信、彭越。晁错受戮[13]，周魏见辜[14]。周勃、魏其。其余佐命立功之士，贾谊亚夫[15]之徒，皆信命世之才，抱将相之具，而受小人之谗，并受祸败之辱，卒使怀才受谤，能不得展。彼二子之遐举[16]，谁不为之痛心哉！笔笔作飞舞之势。陵先将军[17]，功略盖天地，义勇冠三军，徒失贵臣之意，刭身绝域之表。此功臣义士所以负戟而长叹者也！何谓不薄哉？上泛举诸臣，此又忽入李广，笔笔作飞舞之势。且足下昔以单车之使，适万乘之虏，遭时不遇，至于伏剑不顾；流离辛苦，几死漠北之野[18]；丁年奉使，皓首而归；老母终堂，生妻去帷。此天下所希闻，古今所未有也。随手曲折。蛮貊[19]之人，尚犹嘉子之节，况为天下之主乎？随手曲折。陵谓足下当享茅土之荐[20]，受千乘之赏。随手曲折。闻子之归，赐不过二百万，位不过典属国[21]，无尺土之封加子之勤。而妨功害能之臣，尽为万户侯；亲戚贪佞之类，悉为廊庙宰。又另添二语。子尚如此，陵复何望哉！此又忽入子卿自己，笔笔作飞舞之势。且汉厚诛陵以不死，薄赏子以守节，欲使远听之臣望风驰命，此实难矣。所以每顾而不悔者也。何等精神！陵虽孤恩，汉亦负德。八字何等精神！昔人有言："虽忠不烈，视死如归。"陵诚能安，而主岂复能眷眷乎？男儿生以不成名，死则葬蛮夷中，谁复能屈身稽颡[22]，还向北阙[23]，使刀笔之吏弄其文墨耶？何等精神！笔笔飞舞而起。愿足下勿复望陵。

嗟乎，子卿！夫复何言！相去万里，人绝路殊；生为别世之人，死为异域之鬼，长与足下生死辞矣！何等精神！幸谢故人，勉事圣君。故人，谓在朝诸臣，如任立政、霍光、上官桀等。足下胤子[24]无恙，勿以为念，武在匈奴，娶胡妇，生子，名通国。努力自爱。时因北风，复惠德音。望后书也。李陵顿首。

〔注释〕

①子卿：苏武字，西汉杜陵（今陕西西安东南）人。汉武帝天汉元年（前 100

年）出使匈奴，被匈奴扣押，拒匈奴威胁利诱而不降，牧羊北海（今俄罗斯贝加尔湖），历尽艰难险阻，九死一生。昭帝元年（前81年），才获释回朝。苏武牧羊是中国历史上流传甚广的一个爱国故事。

②策名：策，简册，竹子编成的。古代官吏之姓名都写在官府的简册上，称为策名，此处意谓作官。

③异类：古代对中原地区或汉族以外少数民族的称呼，含有蔑视义。此处则指匈奴。

④韦鞲毳幕：韦鞲，用来束衣服的皮套。毳幕，毡帐。

⑤忉怛：忧伤。

⑥单于：匈奴最高统治者之称呼。

⑦贼臣：此处指叛将管敢。他为李陵部下之一名军官，后投降匈奴，告匈奴单于关于汉军之虚实，唆使匈奴集中精兵围攻李陵。

⑧困于平城：指刘邦七年（前207年），刘邦亲率兵30万征伐叛投匈奴的韩王信，至平城（今山西大同市东北）被匈奴包围，七日方解围，双方谈和。

⑨范蠡不殉会稽之耻：范蠡，春秋末年越国大夫，字少伯。吴王夫差起兵攻越，越王勾践退守会稽（今浙江绍兴东南）山，用范蠡计入吴为质，十年后又灭了吴国。

⑩曹沫：即曹刿，一作曹翙。春秋时鲁国武士。据传，鲁庄公与齐桓公会盟，他以匕首劫持齐桓公，迫使齐国退出所占鲁地。

⑪萧樊囚絷：萧，萧何，汉功臣，官至相国。樊，即樊哙，刘邦大将，官至左丞相。萧何因建议开放上林苑空地让百姓耕种，惹怒刘邦，一度逮捕入狱。樊哙则因在刘邦病重时被人告发与吕后结党，刘邦令陈平斩樊哙于军中，陈平惧怕吕后，只是先把樊哙逮送长安，后为吕后释放。囚絷，捆绑囚禁。

⑫韩彭菹醢：韩彭指韩信与彭越，二人均以功封为诸侯王，雄踞一方，后刘邦均以“谋反罪”将其逮杀。菹醢，将人剁成肉酱。

⑬晁错受戮：晁错，西汉初年政论家。汉景帝时为御史大夫，建议逐步削夺诸侯王势力，巩固中央集权，后吴王刘濞以“清君侧”、诛晁错为名起兵反叛，他遭袁盎等所谮，被杀。

⑭周魏见辜：周，周勃，汉初功臣，文帝时为右丞相，被人诬告谋反入狱。魏，魏其侯窦婴，西汉大臣，以平七国之乱封魏其侯。武帝时初任丞相，不久免官，因遭丞相田蚡诬陷被杀。

⑮贾谊亚夫：贾谊，西汉初政治家和文学家，因受排挤，被贬出先后为梁王、长沙王太傅，后忧郁而死。亚夫，即周亚夫，西汉名将，善治军，以平定七国叛乱

功迁为丞相。后受其子牵连，被捕入狱，绝食而死。

⑯遐举：远行。此处指死亡。

⑰陵先将军：即李陵祖父李广，为汉初名将，抵抗匈奴，号称“飞将军”，武帝元狩四年（前119年），随大将军卫青攻伐匈奴，以迷失道路被责，愤而自杀。

⑱漠北之野：漠北，大漠北方。此处指匈奴之境。

⑲蛮貊：少数民族之泛称。此处指匈奴。

⑳茅土之荐：分茅裂土，为古代分封诸侯之典仪，即将诸侯所在方位的泥土用茅草包好，授给被封者，作为分得土地标志。

㉑典属国：管理少数民族事务之官。

㉒稽颡：一种见面礼，屈膝下拜，以额触地。

㉓北阙：皇宫北面之门楼，为臣子等候朝见或吏民上书之地。此处指朝廷。

㉔胤子：儿子，此指苏武娶匈奴女所生的儿子。

〔解读〕

李陵，字少卿，西汉陇西成纪（今甘肃静宁西南）人，汉初名将李广孙。汉武帝时为骑都尉。天汉二年（前99年），自请率步兵五千出击匈奴，遭匈奴骑兵八万包围，奋力拼杀，直至矢尽粮绝，士兵剩数十人，受伤被俘。单于封他为右校王，并将女儿嫁给他。李陵败降匈奴，为汉武帝时一件大事，涉及不少人，如司马迁因替李陵说了几句公道话，被处以极刑。当李陵败降匈奴之时，出使匈奴的苏武也正在匈奴被扣，二人虽然一为降敌叛国失节者，一为宁死不屈保持国格人格的有节者，但不幸的遭遇使二人有共同的感触和密切的交往。

汉武帝始元六年（前81年），在匈奴十九年之久的苏武回到了长安。回到长安后，苏武怀着对老朋友的关切写了一封信，信中劝李陵回朝。李陵感慨万千，写下了这封千古驰名的回信。在这封信中，李陵叙述了自己自降敌以来的苦闷和孤寂，叙述了自己出征和降敌的经过，特别是叙述了自己为何降敌和为何忍辱苟活，同时对汉朝廷对待他和家人之残酷表示了愤懑，并对其祖父李广的命运也流露出悲悯，愤怒地斥责了汉武帝偏听一面之词，滥杀无辜，赏罚不均，使其感到心寒意冷，断绝了回朝的念头。可以认为，这封信既是李陵的心灵自白，也是对自己不幸遭遇和蒙辱的辩护。正如金圣叹所批，其文“段段精神，笔笔飞舞”，委婉生动，其悲愤壮烈，令人肃然，不禁为英雄之遭遇而涟涟。也正因为如此，这封信在历史上几千年被视为名篇。

枚　乘

上谏吴王[①]书

此文，并不提起吴王何事，只是心急瞀乱，连琐自说。亦不见其头，亦不见其尾，亦不见其转道递接，却自是浑然元气之笔。

臣闻："得全者全昌，失全者全亡。"“得全”，全得也；“失全”，全失也。此段凭空起笔。舜[②]无立锥之地以有天下，禹[③]无十户之聚以王诸侯，汤武[④]之地不过百里。上不绝三光[⑤]之明，下不伤百姓之心者，有王术也。此段，突然引古，看他汤武句不配舜禹句，却自成浑然一片。故父子之道，天性也。忠臣不避重诛以直谏，则事无遗策，功流万世。臣愿披腹心而效愚忠，惟大王少加意，念恻怛之心于臣乘言。此段，入己切谏。看他斜插“父子”“天性”句，意言君臣理同，却不甚明白，然诵之，又自成浑然。

夫以一缕之任，系千钧之重，上悬无极之高，下垂不测之渊，虽甚愚之人，犹知哀其将绝也。马方骇，鼓而惊之；系方绝，又重镇之。系绝于天，不可复结；坠入深渊，难以复出。其出不出，间不容发。此段以系绝为喻，中忽插“马惊”二句，却不照顾。能听忠臣之言，百举必脱[⑥]；必若所欲为，危于垒卵，难于上天；变所欲为，易于反掌，安于泰山。今欲极天命之寿，敝无穷之乐，救万乘之势，不出反掌之易，以居泰山之安；而欲乘垒卵之危，走上天之难，此愚臣之所以为大王惑也。此段，忽又欲作排调。

人性有畏其景而恶其迹者，却背而走，迹愈多，景愈疾；不如就阴而止，景灭迹绝。欲人勿闻，莫若勿言；欲人勿知，莫若勿为。此段，忽然入喻，忽接正意。欲汤之沧⑦，一人炊之，百人扬之，无益也；不如绝薪止火而已。不绝之于彼，而救之于此，譬犹抱薪而救火也。此段，忽又入喻，忽又接正意，句脚又带一喻，却非复上喻，只是字面同。养由基⑧，楚之善射者也，去杨叶百步，百发百中。杨叶之大，加百中焉，可谓善射矣；然其所止，乃百步之内耳。比于臣乘，未知操弓持矢也。福生有基，祸生有胎；纳其基，绝其胎，祸何自来哉！此段，又喻己之早知，非由基之比。泰山之霤⑨穿石，单极之统断干⑩；水非石之钻，索非木之锯，渐靡使之然也。此段，又喻辨之不早，积成大祸。夫铢铢而称之，至石必差；寸寸而度之，至丈必过；石称丈量，径而寡失。此段，又喻己早知，乃是据理直断。夫十围之木，始生而蘖，足可搔而绝，手可擢而拔，据其未生，先其未形也。此段，又喻诚能早辨，防之甚易。磨砻砥砺，不见其损，有时而尽；种树畜养，不见其益，有时而大；积德累行，不知其善，有时而用；弃义背理，不知其恶，有时而亡。此段，再双喻修省与放恣，至后存亡各异。臣愿大王熟计而身行之，此百世不易之道也。一句结。

〔注释〕

①吴王：即吴王刘濞，汉高祖刘邦之兄刘仲之子。高祖十二年（前 195 年）封为吴王，汉景帝前三年（前 154 年），纠集七国诸侯反叛中央，兵败被杀。

②舜：传说中父系氏族社会后期部落联盟领袖。姚姓，一作妫姓，号有虞氏，名重华，史称虞舜。

③禹：亦称大禹、夏禹、戎禹。传说中古代联盟部落领袖，姒姓，名文命，鲧之子。曾疏通江河，治理洪水，三过家门不入，又传说他划分九州，铸九鼎。

④汤武：即商汤王、周武王，二人分别为殷、周开国奠基者，以施仁义、行仁政著称。

⑤三光：日、月、星辰称三光。

⑥百举必脱：做的一切事都必免于祸患。

⑦欲汤之沧：汤，热水。沧（chuàng），冷却。

⑧养由基：春秋时楚国大夫，以善射著称。

⑨霤（liù）：本指顺屋檐滴下来的水，此处指顺山势流下来的水。

⑩单极之统断干：单一的井梁上汲水的绳子可以锲断井梁。极，本指屋梁，此处指井架上的梁。统（gěng），同“绠”，汲水用的绳子。干，指井梁。

〔解读〕

枚乘（？—前140年），字叔，淮阴（今属江苏）人。西汉辞赋家。初为吴王刘濞郎中，当时刘濞欲反，他上书劝谏，不听，遂离去为梁孝王客。吴楚七国反，他再上书刘濞罢兵，又不听。武帝即位后，以安车蒲轮征入京，死在途中。有赋九篇，今存《七发》等三篇。

此文是枚乘在吴王刘濞策划起兵时写的第一封信。因当时刘濞造反阴谋还没完全暴露出来，不好直指其造反阴谋。所以，全文多用隐语，只在开头和结尾之处略见劝告之意，中间全用比喻，危言耸听，反复说明，意在促对方翻然悔悟，悬崖勒马。首先，作者指出刘濞所作所为非常危险；其次，说要想没有祸害，唯一是不要做后患无穷的事；最后，指出凡事从开始就小心谨慎，自然就无危险了。虽然此信用意是劝刘濞不要铤而走险，但其文中巧妙的比喻，提醒人们做事要防微杜渐，至今仍有启发意义，如“欲人勿闻，莫若勿言；欲人勿知，莫若勿为”为千古名句，至理名言。

主　父　偃

谏伐匈奴书

不作曲折，一往疏畅。中间又细细指画如画，此岂东京以来所有？

臣闻：明主不恶切谏以博观，忠臣不敢避重诛以直谏。大笔对插，凌空而起，诵之，早自使人慨然！是故事无遗策而功流万世。一承。今臣不敢隐忠避死以效愚计，愿陛下幸赦而少察之。又一承。看他下笔，如此起，如此落，何亢爽也！

《司马法》[①]曰："国虽大，好战必亡；天下虽平，忘战必危。"谏武帝好战，却连到"忘战"句；古人笔力雄大，不为拘拘如此。天下既平，天子大凯[②]，春蒐秋狝[③]。诸侯春振旅，秋治兵，所以不忘战也。言只是"不忘"而已，非轻用之也。且夫怒者，逆德也；妙。兵者，凶器也；妙。争者，末节也。妙。平平三句，一句妙似一句。古之人君，一怒必伏尸流血，故圣王重行之。重，难也。夫务战胜穷武事者，未有不悔者也。只提出一"悔"字，汉武末年，遂早为此一句提破。看他笔笔空行，转又转得快，煞又煞得快。昔秦皇帝任战胜之威，蚕食天下，并吞战国，海内为一，功齐三代。务胜不休，欲攻匈奴，更不切论，只引秦事。李斯谏曰："不可。夫匈奴，无城郭之居，委积之守[④]，迁徙鸟举，难得而制也。论绝。轻兵深入，粮食必绝；踵粮以行，重不及事。论绝。得其地不足以为利，得其民不可调而守也。论绝。胜必弃之，非民父母，靡敝中国，快心匈奴，非完计也。"论绝。秦皇帝不听，遂使蒙恬将兵而攻胡。辟地千里，以河为境。地固泽卤，不生五谷。写出好笑。然后发天下丁男，以守北河[⑤]；暴兵露师，十有余年，死者不可胜数，终不能逾河而北。写出好笑。是岂人众之不足、兵革之不备哉？其势不可也。带叙带论，最好笔势。又使天下蜚刍挽粟[⑥]，起于黄、腄、瑯邪[⑦]负海之郡，转输北河，率三十钟而致一石[⑧]。写出好笑。男子疾耕不足于粮饷，女子纺绩不足于帷幕。百姓靡敝，孤寡老弱不能相养，道路死者相望。写出好笑。岂惟好笑，真是可恨，可痛！盖天下始畔秦也。只用一句煞住，最好笔势。

及至高皇帝定天下，略地于边，闻匈奴聚于代谷[⑨]之外而欲击之。再引汉事。御史成[⑩]进谏曰："不可。夫匈奴，兽聚而鸟散，从之如搏影。三喻各自入妙，不图一句中入三喻，妙妙！今以陛下盛德攻匈奴，臣窃危之。"高帝不听，遂至代谷，果有平城之围[⑪]。高帝悔之，乃使刘敬[⑫]往结和亲之约，然后天下忘干戈之事。秦皇不悔，高帝悔之，煞住上文，下再总论。故兵法曰："兴师十万，日费千金。"夫秦常积众暴兵数十万人，虽有覆军杀将、系虏单于[⑬]之功，适足以结怨深仇，不足以偿天下之费。此段总论伐匈奴之费。夫上虚府库，下敝百姓，甘心于外国，非完事也。

夫匈奴难得而制，非一世也；行盗侵殴所以为业也，天性固然。上自虞、夏、殷、周[⑭]，固不程督[⑮]，禽兽畜之，不比为人。此段总论匈奴之不足伐。参差拉杂，却最条畅，真好笔势！夫上不观虞、夏、殷、周之统，而下修近世之失，此臣之所以大忧，百姓之所疾苦也。结一篇已毕，下别出余论。且夫兵久则变生，此句料外。事苦则虑易，此句料中。乃使边境之民，靡敝愁苦而有离心，承"虑易"句。将吏相疑而外市[⑯]。承"变生"句。故尉佗、章邯[⑰]得以成其私也。夫秦政之所以不行者，权分于二子，此得失之效也。又独承"变生"句，极言以动之。故《周书》曰："安危在出令，存亡在所用。"愿陛下详察之，少加意而熟虑焉！

〔注释〕

①《司马法》：即《司马穰苴兵法》，古代兵书。战国时齐威王命大夫整理古司马兵法，同时将春秋齐大夫田穰苴（官司马）的兵法附于其中，故称。

②大凯：古代班师整军所奏之乐。

③春蒐秋狝：蒐，古代春天出猎之称。狝，秋天打猎之称。

④委积之守：委积，聚积，指仓库储藏之物。守，保管。

⑤北河：古代黄河在今内蒙古磴口县分为南北二流，北河指北边的一支。

⑥蜚刍挽粟：蜚，通“飞”，刍为牲畜吃的草料。輓为牵拉，意为急速地运输粮草。

⑦黄、腄、琊邪：均在今山东省境内。

⑧三十钟而致一石：钟，六斛（石）四斗为一钟。石，十斗为一石（斛），约合今 34 公升。

⑨代谷：指西汉代郡的山谷地带。代郡在今山西省东北、河北西北。

⑩御史成：御史为官名，汉有侍御史、符玺御史、治书御史。成为人名。

⑪平城之围：汉高祖七年（前 200 年）十月，刘邦御驾亲征，至平城（今山西大同市西北）被匈奴包围七昼夜。

⑫刘敬：即娄敬，初以戍卒面见高祖，建议入都关中有功，赐姓刘，后封关内侯。

⑬单于：匈奴最高统治者之称。

⑭虞、夏、殷、周：指有虞氏部落（舜为其首领）、夏王朝、商王朝、周王朝。

⑮程督：程，征收赋税。督，责罚。

⑯外市：勾结外国人。

⑰尉佗、章邯：尉佗，即赵佗，秦时任南海郡龙川县令，后任郡尉，汉高帝时为南越王。章邯，秦将领，后降项羽，受封为雍王。

〔解读〕

主父偃，西汉临淄（今属山东淄博市）人，汉武帝时为中大夫，曾主张削弱诸侯势力，推行“推恩令”。后为齐相，因逼迫齐王自杀遭族诛。

本文是汉武帝元光年间，主父偃上奏给皇帝的一封奏章。当时，作为游说之士的主父偃很不得志，无处容身。元光元年（前 134 年）遂入关中谒见将军卫青，欲通过卫青面谒皇帝，但武帝不召见他。因在京城四处碰壁，囊中空空如也，官僚门客拒不与他交往，无奈中，主父偃便直接向武帝奏书一封，讲了九件事，其中一件事就是本文的谏阻攻打匈奴。

在此奏中，主父偃力阻对匈奴发动进攻。首先他以史为鉴，讲秦始皇倾天下之财力进攻匈奴，虽迫使匈奴远遁千里，但据守极为困难，弄得国穷民疲，导致天下反叛。高祖刘邦不听劝谏，贸然进攻匈奴，结果白登山被围七日，后悔莫及。其次认为得不偿失，说匈奴习性好游动寇掠，得其人难以控制，得其地不生五谷，没有必要大动干戈。除外，还从军事、政治角度阐述黩武的恶果。

此文逻辑严谨，道理充分，有史有论，条理清晰，说服力很强，读后使人惕然而惊。怪不得汉武帝见其奏书后，当即下令召见，相见恨晚，一年之中四次升其官职。可谓一文而得高官厚禄。

杨 恽

报孙会宗[①]书

愤口放言，不必又道；道其萧森历落，真为太史公妙甥！

恽材朽行秽，文质无所底。幸赖先人余业，得备宿卫[②]。遭遇时变，以获爵位；终非其任，卒与祸会[③]。足下哀其愚矇，赐书教督以所不及，殷勤甚厚。此段，先谢。然窃恨足下，不深推其终始，而猥随俗之毁誉也。此段，次恨。言鄙陋之愚心，若逆指而文过；好。默而息乎，恐违孔氏“各言尔志”[④]之义。好。俱作轻轻之笔。故敢略陈其愚，惟君子察焉。此段，入答报意。

恽家方隆盛时，乘朱轮[⑤]者十人，位在列卿，爵为通侯[⑥]，总领从官[⑦]，与闻政事。此句下，本接“怀禄贪势”云云成文。看他用笔奇怪，却忽然插入三句自责，意言会宗若欲相责，则宜于此时。曾不能以此时有所建明，以宣德化，又不能与群僚同心并力，陪辅朝廷之遗忘，已负窃位、素餐之责久矣。此三语，是横笔插入，要知下文，乃接“与闻政事”句。怀禄贪势，不能自退，遂遭变故，横被口语，身幽北阙[⑧]，妻子满狱。此段，自叙毕。当此之时，自以夷灭不足以塞责，岂意得全首领，复奉先人之丘墓乎？非幸语，政复恨语。伏惟圣主之恩不可胜量，君子游道，乐以忘忧，小人全躯，说以忘罪。看他急顶“圣主之恩”句，却亦不甚感激。窃自思念：过已大矣，行已亏矣，长为农夫以没世矣。是故身率妻子，戮力耕桑，灌园治产，以给公上[⑨]。“窃自念”至此为一句。不意当复用此为讥议也。“不意”为一句，此段，致恨也。

夫人情所不能止者，圣人弗禁。故君父至尊亲，送其终也，有时而既。借喻不伦，然愤口时有此等语。臣之得罪已三年矣。田家作苦，四字顿。岁时伏腊[10]，烹羊炰羔，斗酒自劳。十二字起。○下更承此十二字放言之。家本秦也，能为秦声；妇赵女也，雅善鼓瑟，奴婢歌者数人。酒后耳热，仰天鸣缶而呼呜呜，其诗曰："田彼南山，芜秽不治，种一顷豆，落而为萁。人生行乐耳，须富贵何时？"是日也，拂衣而喜，奋袖低昂，顿足起舞，诚淫荒无度，不知其不可也。愤口放言，意色甚恶，然自是妙文。

恽幸有余禄，再起，五字顿。方籴贱贩贵，逐什一之利。此贾竖之事，污辱之处，恽亲行之。二十三字起。下流之人，众毁所归，不寒而栗！虽雅知恽者，犹随风而靡，尚何称誉之有？愤口放言，意色甚恶；犹言"知我者犹毁我，我亦要谁称誉也"。董生[11]不云乎："明明求仁义，常恐不能化民者，卿大夫之意也；明明求财利，常恐困乏者，庶人之事也。"故道不同不相为谋。今子尚安得以卿大夫之制而责仆哉！尽是愤口放言。自"夫人情"至此一段，皆放言胸臆也。

夫西河魏土，文侯所兴[12]，有段干木、田子方[13]之遗风，凛然皆有节概，知去就之分。赞孙旧土。顷者，足下离旧土、临安定[14]，安定山谷之间，昆夷[15]旧壤，子弟贪鄙，岂习俗之移人哉？于今乃睹子之志矣！讥孙新迁，纯是愤口放言。方当盛汉之隆，愿勉旃[16]，毋多谈！一发愤绝。此末一段，切讥会宗。

〔注释〕

①孙会宗：汉西河郡（今内蒙古伊克昭盟东胜一带）人，曾官安定太守，杨恽的朋友。

②宿卫：直宿宫廷，充任皇帝的警卫。

③卒与祸会：指与戴长乐不和而失去侯爵事。

④孔氏"各言尔志"：此为孔子的一个故事。《论语·公冶长》载，有一次颜渊和季路站孔子身旁，孔子说："为什么不谈谈你们各自的志趣呢？"

⑤乘朱轮：即乘红色车毂的车子。汉制，二千石以上官员可乘坐此种车，为一

特殊身份标志。

⑥通侯：或称列侯、彻侯，为二十级爵中最高级。汉制，汉代皇族刘姓子孙封侯称“诸侯”，异姓功臣封侯称“彻侯”，后因讳汉武帝刘彻名，改彻为通。

⑦总领从官：杨恽曾做过光禄勋，此官负责管理所有侍从官，故称“总领从官”。

⑧身幽北阙：北阙，宫殿北面的门楼。汉制，大臣上章奏事和被皇帝征召都到北阙，臣下犯罪也拘禁此处。

⑨给公上：供给国家赋税。公上，指公家。

⑩伏腊：伏，夏天的伏日，夏至以后的第三个庚日叫初伏，此日要举行祭祀。腊，冬天的腊日，一般以阴历十二月初八日为腊日。

⑪董生：指汉代大儒董仲舒。

⑫西河魏土，文侯所兴：西河，战国时魏国领土，为魏文侯所兴起的地方，相当于今陕西东部黄河西岸地区。而汉代的西河郡，与战国时的西河为不同的两个地方，是孙会宗出生的地方。魏文侯，名斯，原为晋国贵族，后三家分晋，为魏国贤明之君。

⑬段干木、田子方：魏文侯时贤人，魏文侯尊他们为老师。

⑭安定：汉郡名，故址在今甘肃省固原市。当时孙会宗在此任太守。

⑮昆夷：殷周时西北一个部族，即西戎。

⑯旃（zhān）：语气词，之焉的合音。

〔解读〕

杨恽（？—前54年），字子幼，西汉华阴（今陕西华阴市）人。汉昭帝时丞相杨敞之子，司马迁之外孙。素有才干，桀骜不驯，在汉宣帝时为左曹，有一定声望。地节四年（前66年），因告发霍光子孙谋反有功，封平通侯，迁中郎将。后因得罪汉宣帝宠信的亲近太仆戴长乐，免官贬为庶人。他退职回家，自种自卖。后发生日蚀，他以前做官时得罪的仇人则借机控告他“骄奢不悔过，日食之咎，此人所致”，被捕，判以“大逆无道”罪被腰斩，妻儿流放。

此封信写于他失爵家居时。当时他在家自治产业，起室宅，以财自娱。他的朋友孙会宗便写信告诫他，说大臣被废回家，只能闭门思过，不应当治产业、通宾客，以免招祸。而正为罢官愤懑不平的杨恽便写了这封言辞激烈的回信。可以看出，此信是带着情绪写的，先述其为何要回信，再追叙其被罢官之由，再描绘其自由自在、自得其乐的家居平民生活，最后则讽刺孙会宗用世俗人的眼光来看待他。其慷慨不平之气溢于字里行间，表现了自己蔑视封建礼法、蔑视权贵的大无畏精神，表达了自己的真情实感，与其外祖父司马迁《报任安书》风格类似。杨恽为人慷慨任侠，廉洁无私，性情孤傲，因口语为人陷害而罢官，而最后又为这封信而腰斩，其命运之悲惨令人慨叹。

贾捐之

罢击珠厓对

其落笔甚宽，而局最紧；其措语甚恭，而气最劲。汉人之文，所以非他可及。

臣幸得遭明盛之朝，蒙危言之策，无忌讳之患，敢昧死竭卷卷。先谢。

臣闻尧、舜，圣之盛也，禹入圣域而不优。故孔子称尧曰“大哉”，《韶》[①]曰“尽善”，禹曰“无间”。以三圣[②]之德，地方不过数千里，西被流沙[③]，东渐于海，朔南暨[④]，声教讫于四海。欲与声教则治之，不欲与者，不强治也。故君臣歌德，含气之物，各得其宜。先引三大圣。武丁、成王[⑤]，殷、周之大仁也。然地，东不过江、黄，西不过氐、羌，南不过蛮荆，北不过朔方。是以颂声并作，视听之类，咸乐其生，越裳氏重九译而献[⑥]。此非兵革之所能致。次引二仁王。及其衰也，南征不还[⑦]，齐桓救其难[⑧]，孔子定其文[⑨]。“南征”差。以至乎秦，兴兵远攻，贪外虚内，务欲广地，不虑其害；然地南不过闽、越，北不过太原，而天下溃畔，祸卒在于二世之末。长城之歌[⑩]至今未绝。“兴兵远攻”差。

赖圣汉初兴，为百姓请命，平定天下。述圣汉。至孝文皇帝闵中国未定，偃武行文，则断狱数百，民赋四十，丁男三年而一事。时有献千里马者，诏曰：“鸾旗在前，属车在后，吉行日五十里，师行三十里。朕乘千里之马，独先安之?”于是还马与道里费，而下诏曰："朕不受献也，其令四方毋求来献！"当此之时，逸游之乐绝，奇丽之赂塞，郑、卫之倡微矣。夫后宫盛色，则贤者隐处；佞人用事，则诤臣杜口；而文帝不行，故谥为孝文，庙称太宗。述孝文。"后宫"四句，于上下无属，汉人文多有此。

至孝武皇帝元狩六年，太仓之粟，红腐而不可食；都内之钱，贯朽而不可校。恃其强富。乃探平城之事，录冒顿[11]以来数为边害，籍兵厉马，因富民以攘服之。看他下一"乃"字。西连诸国，至于安息[12]；东过碣石[13]，以玄菟、乐浪[14]为郡；北却匈奴万里，更起营塞；制南海以为八郡。则天下断狱万数，民赋数百，造盐铁、酒榷之利以佐用度，犹不能足。看他下一"则"字。当此之时，寇贼并起，军旅数发。父战死于前，子斗伤于后，女子乘亭鄣[15]，孤儿号于道，老母寡妇，饮泣巷哭，遥设虚祭，想魂乎万里之外。淮南王盗写虎符[16]，阴聘名士。关东公孙勇等，诈为使者。是皆廓地泰大，征伐不休之故也。《吊古战场文》本于此。看他下是"皆"字、"之故"字，笔有切玉如泥之状。今天下独有关东，关东大者独有齐、楚。民众久困，连年流离，离其城郭，相枕席于道路。人情莫亲父母，莫乐夫妇；至嫁妻卖子，法不能禁，义不能止；此社稷之忧也。忽然写关东可忧，笔有切玉如泥之状。

今陛下不忍悁悁之忿，欲驱士众，挤之大海之中，快心幽冥之地，非所以救助饥馑，保全元元[17]也。"今天下""今陛下"，笔笔有切玉如泥之状。《诗》云："蠢尔蛮荆，大邦为仇。"言圣人起则后服，中国衰则先畔，动为国家难，自古而患之久矣。何况乃复其南方万里之蛮乎？故缩笔写蛮荆，再伸笔写南方万里，便大明快！骆越[18]之人，父子同川而浴，相习以鼻饮，与禽兽无异，本不足郡县置也。颛颛[19]独居一海之中，雾露气湿，多毒草、虫蛇、水土之害。人未见虏，战士自死。又非独珠厓有珠、犀、瑇瑁也，弃之不足惜，不击不损威，其民譬犹鱼鳖，何足贪也！"不足""何足"，笔笔切玉如泥之状。臣窃以往者羌军言之，暴师曾未一年，兵出不踰千里，费四十余万万。大司农[20]

钱尽，乃以少府[21]禁钱续之。夫一隅为不善，费尚如此，况于劳师远攻，亡士毋功乎？故缩笔写一隅，再伸笔写劳师远攻，便大明快！求之往古则不合，收前幅。施之当今又不便，收后幅。臣愚以为非冠带之国[22]、《禹贡》[23]所及、《春秋》所治，皆可且无以为。愿遂弃珠厓，专用恤关东为忧！总收。势完力足。

〔注释〕

①《韶》：传说为虞舜时音乐名。《礼记·乐记》释“韶”为“继”，郑玄注：“韶之言绍也。言舜能继绍尧之德。”

②三圣：尧、舜、禹为三圣。

③流沙：古代一般指我国西北沙漠戈壁地区，意谓极远之西部，无确指。

④朔南暨：朔，北方。暨，至、迄之意。

⑤武丁、成王：即殷高宗武丁和周成王诵。

⑥越裳氏重九译而献：越裳为一古国名。九译，指其极遥远偏僻，因语言不通，需辗转九次翻译。

⑦南征不还：指周昭王南征楚王，淹死于汉水。

⑧齐桓救其难：指鲁僖公五年（前655年），齐桓公拥立周襄王一事。

⑨孔子定其文：指孔子修《春秋》，夷狄之国虽大自称王者均贬为子，以明尊尊卑卑。

⑩长城之歌：指秦末百姓反映秦暴政、征发天下男丁修长城之苦之歌。

⑪冒顿：匈奴单于，姓挛鞮，杀父头曼自立，秦末、西汉初时为匈奴之首领。

⑫安息：即西亚古帕提亚王国，在伊朗高原东部。

⑬碣石：山名，在东部海滨，具体位置在历史上有分歧。

⑭玄菟、乐浪：西汉时郡名。玄菟郡在今辽宁东至朝鲜咸镜南道、北道一带，汉武帝元封三年（前108年）置。乐浪郡，在今朝鲜平壤市南，元封三年置。

⑮亭鄣：古代在边疆防守的堡垒。

⑯淮南王盗写虎符：指淮南王安为谋反，自作皇帝印玺和发兵虎符。

⑰元元：百姓。

⑱骆越：古代南方少数民族，为越人一支。

⑲颛颛：区区也。

⑳大司农：主管租税钱谷盐铁和国家财政收入部门，为九卿之一。

㉑少府：为皇帝私府，掌山海池泽收入和皇宫内部制造，九卿之一。

㉒冠带之国：指有礼义教化的文明之国。

㉓《禹贡》：《尚书》中一篇，专讲地理和九州物产。

〔解读〕

贾捐之，字君房，为汉初著名政论家贾谊之孙。元帝初年，他因上书召待诏金马门。宣帝时因上书奏请停止出兵珠厓郡（治所在今海南省琼山东南，辖境相当于今海南东北），被皇帝采纳，数次被皇上召见，但因多次直言批评权臣中书令石显，终不被重用，并因此被冤杀。

珠厓郡最早立于汉武帝元封元年（前105年），但因远距中央政府，连年反叛不定，宣帝神爵年间，珠厓三县又一次反叛，朝廷准备发兵平叛，贾捐之认为出兵弊大于利，皇帝便派侍中驸马都尉乐昌侯王商前去咨询，贾捐之便陈述了自己的意见。本文便是贾捐之回答王商所问的一席话。

贾捐之首先从历史上引尧、舜、禹、殷、周虽称为圣，但地方不过千里，凭威信而不依武力统治，以至感化了许多极偏远的小国前来朝贡。而秦始皇兴兵远攻，贪外虚内，务欲广其统治地盘，结果二世而亡；次之引西汉初文景之时与民休息，不喜珍奇稀有之物，天下安定，史称“文景之治”，至武帝时穷兵黩武，劳民伤财，征伐不休，百姓流离失所，天下骚然；再次是直接指斥皇帝置百姓饥馑于不顾，驱民入海，非为保民治国之道。所以，他认为宣帝出兵珠厓没有道理，不仅与历史不合，而且与国家所面临的处境也不合，更何况珠厓一地不值得重视。

本文说服力很强，摆事实，讲道理，考鉴古史，远引近比，款款道来，于恭谨舒缓之语中寓含凛然不可反驳之气，难怪汉宣帝听后，不顾众大臣之反对停止发兵，并数次召见贾捐之。贾捐之提出的以信以威而不以武以强统治边远地区是正确的，但他提出的因其民习俗不同中原，环境恶劣，得其民无用就应弃之不顾的观点，是极端错误的。所以说，其文章法无疵可剔，但其内容则应一分为二看待，要考虑到古人的历史局限性。

路温舒

上尚德缓刑书

前幅，用反复感动之笔，极说废兴之际，以故应天意；后幅，用层层快便之笔，极说狱吏之毒，宜加意民命。

臣闻齐有无知之祸[①]，而桓公以兴；晋有骊姬之难[②]，而文公用霸。近世赵王不终，诸吕作乱[③]，而孝文为太宗。由是观之，祸乱之作，将以开圣人也。主意要宣帝缓刑。缓刑，即尚德也。看他却不直说，却反复极写废兴之际，以深动之。桓、文扶微兴坏，尊文、武之业，泽加百姓，功润诸侯，虽不及三王[④]，承写桓、文。天下归仁焉。尚德如此。文帝永思至德，以承天心，存仁义，省刑罚，通关梁，一远近，敬贤如大宾，爱民如赤子，内恕情之所安，而施之于海内，是以囹圄空虚，天下太平。承写文帝尚德如此。夫继变化之后，必有异旧之恩，此圣贤所以昭天命也。总上必须尚德，方合天意，然笔势却只是极写废兴之际以深动之。往者，昭帝[⑤]即世而无嗣，大臣忧戚，焦心合谋，皆以昌邑[⑥]尊亲，援而立之。然天不授命，淫乱其心，遂以自亡。写昌邑不尚德。深察祸变之故，乃皇天之所以开至圣也。故大将军受命武帝[⑦]，股肱汉国，披肝胆，决大计，黜亡义，立有德，辅天而行，然后宗庙以安，天下咸宁。写一废一兴，天命可畏。

臣闻《春秋》[⑧]正即位，大一统而慎始也。再提笔写废兴之际。陛下初登至尊，与天合符，宜改前世之失，正始受命之统，涤烦文，除民疾，存亡继绝，以应天意。至此，始入正写。已上只写尚德，已下方写缓刑。

臣闻秦有十失，其一尚存，治狱之吏是也。先总出“其一”，下细列“十失”。秦之时，羞文学，一失。好武勇，二失。贱仁义之士，三失。贵治狱之吏，四失。正言者谓之诽谤，五失。遏过者谓之妖言。六失。故盛服先生[9]，不用于世；七失。忠良切言，皆郁于胸；八失。誉谀之声，日满于耳；九失。虚美熏心，实祸蔽塞，十失。此乃秦之所以亡天下也。结过秦。方今天下，赖陛下恩厚，亡金革之危、饥寒之患，父子、夫妻戮力安家。略纵。然太平未洽者，狱乱之也。急擒。

夫狱者，紧接。天下之大命也。一层。○一层一层不作反复，只要深切痛快。死者不可复生，断者不可复属。《书》[10]曰：“与其杀不辜，宁失不经。”二层。今治狱吏则不然。上下相殴，以刻为明，深者获公名，平者多后患。三层。“深者”“平者”二语，最痛快。故治狱之吏，皆欲人死，非憎人也，自安之道在人之死。痛快！是以死人之血，流离于市；被刑之徒，比肩而立；大辟[11]之数，岁以万计。此仁圣之所以伤也。四层。太平之未洽，凡以此也。五层。接上最紧峭，最痛快。夫人情，安则乐生，痛则思死，箠楚之下，何求而不得？故囚人不胜痛，则饰辞以视之。深切之至。吏治者利其然，则指道以明之，深切。上奏畏却，则锻练而周内[12]之，深切。盖奏当之成，虽咎繇[13]听之，犹以为死有余辜。痛快绝！何则成练者众，文致[14]之罪明也。六层。深切之至。是以狱吏专为深刻，残贼而无极，偷[15]为一切，不顾国患，此世之大贼也。七层。故俗语曰：“画地为狱，议不入；刻木为吏，期不对。”此皆疾吏之风，悲痛之辞也。八层，痛快绝！故天下之患莫深于狱；败法、乱正、离亲、塞道，莫深乎治狱之吏。九层。此所谓一尚存者也。结上十层，笔最紧峭也。

臣闻：乌鸢之卵不毁，而后凤凰集；诽谤之罪不诛，而后良言进。故古人有言：“山薮藏疾，川泽纳污，瑾瑜匿恶，国君含诟。”以上，连“臣闻”成句。惟陛下除诽谤以招切言，开天下之口，广箴谏之路，扫亡秦之失，尊文、武之德，省法制，宽刑罚，以废治狱。

以上，连“陛下”成一句。**则太平之风可兴于世，永履和乐，与天亡极，天下幸甚！**以上，连“则太平”云云成句，用三长句结。

〔注释〕

①无知之祸：无知，即春秋时齐国的公孙无知，他杀死齐襄公篡夺政权，不久即为国人所杀。齐桓公为襄公弟，名小白，在襄公被杀后，从莒（今山东莒县）回国即位，任用管仲改革，成为春秋五霸之一。

②骊姬之难：骊姬为春秋时晋献公宠妃，她为使自己的孩子继承公位，谗言晋献公的三个公子，逼死太子申生，逼走重耳和夷吾。后重耳在秦国的帮助下回国夺取了君位，使晋国崛起，成为春秋五霸之一。

③赵王不终，诸吕作乱：赵王，即戚夫人生的赵王如意。刘邦意欲废刘盈而立如意，因吕后与诸大臣反对作罢。刘邦死后，吕后毒死了赵王。在吕后专政时期，其侄子吕台、吕产、吕禄等入朝执政，封为列侯。吕后死，诸吕图谋发动政变，为周勃、陈平等平息，迎立刘恒为皇帝，即孝文帝。

④三王：史称夏禹、商汤和周文三开国帝王为三王。

⑤昭帝：即汉武帝子刘弗陵。

⑥昌邑：即昌邑王刘贺，汉武帝孙。昭帝死后无嗣，由刘贺即位，因荒淫无道，被辅政大臣霍光等废黜。

⑦大将军受命武帝：大将军，指霍光，字子孟，霍去病异母弟。汉武帝死时，他受遗诏与金日磾、上官桀等辅佐昭帝，任大司马大将军。昭帝死，迎立昌邑王刘贺为帝，不久又将其废，迎立宣帝，前后执政达二十年。

⑧《春秋》：孔子编订的鲁国编年体史书。

⑨盛服先生：盛服，为一历史典故，《左传·宣公二年》载，晋灵公不君，对大臣赵盾忌恨于心，便派刺客去刺杀赵盾。刺客凌晨到赵盾家，见赵盾“盛服将朝”，坐着等天亮上朝，刺客良心发现，便不忍下手。此处指尽忠君主的正直大臣。

⑩《书》：即《尚书》，春秋以前有关政治文件及历史资料汇编，为儒家所崇奉的经典之一。

⑪大辟：古代对死刑的通称。

⑫锻练而周内：练，通“炼”，原意为冶炼金属，此指诬陷。内，通“纳”，使陷入之意，罗织罪名。

⑬咎繇：一作“皋陶”，偃姓，传说为东夷族首领，曾被舜任命为掌刑法之官，

定律例，造监狱。

⑭文致：玩弄法律条文，置人于罪。

⑮愉：通“偷”，苟且。

〔解读〕

路温舒，字长君，巨鹿（今属河北）人，狱吏出身，深谙《春秋》经义，昭帝时曾任属奏曹掾、守廷尉史，至太守等职。公元前74年，汉宣帝即位，身为临淮太守的路温舒便借此机会奏上此疏，就汉朝一直存在的酷吏制度和法律方面的陋习提出了批评和建议，希望放宽刑罚，减少冤案，公正执法，维护社会安定。

本文分前后两部分，前部分从历史上讲兴废之际，万物鼎新，大乱意味着大治，即他所称的“祸乱之作，将以开圣人”，举齐桓公、晋文公霸业之成、汉文帝“盛世”之致，皆鉴于先前之祸乱，以史为鉴，上承天意，下顺民心，崇尚仁义，恩德加于百姓，并以昌邑王无道而被废，衬托宣帝是天命所归，理应有所作为。后半部分则先数说秦朝关于司法官吏之失，轻儒术而尚武勇，导致天下灭亡，而当今之世虽然也称圣主在上，天下太平，但仍有不完美处，那就是刑狱乱加于百姓，以苛刻为明察，以杀人为公正，狱吏们为保全自己，不惜玩弄法文，刑讯逼供，罗织罪名，败坏法纪，残害无辜。并特别希望废除诽谤罪，广开言路，消除亡秦过失，尊崇周文、周武美德，放宽刑罚，使社会兴盛，人民安乐。

在宣帝即位之初，路温舒能直言相谏，冒着诽谤罪之危险斗胆向皇帝奏上此疏，并能代表百姓的利益，反对封建专制下残酷无道之刑法，是极难能可贵的，但也是不现实的。本文由古及今，善于借鉴历史，针砭时弊，有一定的说服力。

卷之九（一） 东汉文

班 彪

王命论

大起，大落，大转，大折，最轩昂之文。

昔在帝尧之禅，曰："咨尔舜！天之历数在尔躬。"舜亦以命禹。暨于稷、契[1]，咸佐唐、虞[2]，光济四海，奕世载德，至于汤、武而有天下，先历稽古帝王。虽其遭遇异时，禅代不同，顿挫。至于应天顺人，其揆一焉。先煞住上引帝王，皆有天命。

是故刘氏承尧之祚，氏族之世，著于《春秋》；唐据火德[3]而汉绍之，始起沛泽，则神母夜号以彰赤帝之符[4]。随转入汉。由是言之，帝王之祚[5]，必有圣明显懿之德，丰功厚利积累之业，然后精诚通于神明，流泽加于生民，故能为鬼神所福飨，天下所归往；未见运世无本，功德不纪，而得崛起在此位者也。总断尧、舜、禹、汤、文、武以至汉兴。下即单承汉。

世俗见高祖兴于布衣，不达其故，以为适遭暴乱得奋其剑。游说之士，至比天下于逐鹿，幸捷而得之。世之乱民，每有此言。不知神器有命，不可以智力求。紧断。悲夫！此世之所以多乱臣贼子者也。再断。若然者，岂徒闇于天道哉！又不睹之于人事矣。再断转下。

夫饿馑流隶，饥寒道路，思有短褐之袭，担石之蓄，所愿不过一金，终于转死沟壑。何则？贫苦亦有命也！精切之论，所谓“睹之于人事”也。况乎天子之贵，四海之富，神明之祚，可得而妄处哉！精切之论，笔势又极轩举。故虽遭罹厄会，窃其权柄，勇如信、布[⑥]，强如梁、籍[⑦]，成为王莽[⑧]，然卒润镬伏锧[⑨]，烹醢[⑩]分裂。引事证。又况幺麽[⑪]不及数子，而欲闇[⑫]干天位者乎？笔势极轩举。是固，驽蹇之乘，不骋千里之途；燕雀之畴，不奋六翮之用；楶棁之材，不荷栋梁之任；斗筲之子[⑬]，不秉帝王之重。《易》曰：“鼎折足，覆公𫗧，不胜其任也。”忽作数语，收过上文，总是轩举之笔。当秦之末，豪杰共推陈婴[⑭]而王之。婴母止之曰：“自我为子家妇，而世贫贱，卒富贵，不祥；不如以兵属人。事成，少受其利；不成，祸有所归。”婴从其言，而陈氏以宁。一妇人。王陵[⑮]之母，亦见项氏之必亡，而刘氏之将兴也。是时陵为汉将，而母获于楚，有汉使来，陵母见之，谓曰：“愿告吾子：汉王长者，必得天下，子谨事之，无有二心。”遂对汉使伏剑而死，以固勉陵。其后果定于汉，陵为宰相，封侯。又一妇人。夫以匹妇之明，犹能推事理之致，探祸福之机，全宗祀于无穷，垂策书于春秋，而况大丈夫之事乎？忽借二妇人作证，笔笔轩举。是故“穷达有命，吉凶由人”。婴母知废，陵母知兴；审此二者，帝王之分决矣。又收过上文。

盖在高祖，其兴也有五：忽极写高祖，笔笔轩举。一曰帝尧之苗裔；二曰体貌多奇异；三曰神武有应征；四曰宽明而仁恕；五曰知人善任使。加之以信诚好谋，达于听受，见善如不及，用人如由己，从谏如顺流，趋时如响赴。当食吐哺，纳子房[⑯]之策；拔足挥洗，揖郦生[⑰]之说。悟戍卒[⑱]之言，断怀土之情；高四皓[⑲]之名，割肌肤之爱。举韩信于行阵，收陈平于亡命。英雄陈力，群策必举，此高祖之大略，所以成帝业也。此段极写高祖所谓“必有明圣显懿之德，丰功积累之业”也。若乃灵瑞符应，又可略闻矣：初，刘媪妊高祖，而梦与神遇，震电晦冥，有龙蛇之怪；及长而多灵，有异于众。是以王武感物而折契；吕公[⑳]睹形而进女；秦王东游以厌其气[㉑]；吕后望云而知所处。始受命，则白蛇分；西入关，则五星聚。故淮阴、留侯谓之“天授，非人力也”。此段再极写高祖，所谓“故能为鬼神所福享，天下所归往”也。

历古今之得失，验行事之成败，稽帝王之世运，考五者之所谓。大力总上。取舍不厌斯位，符瑞[22]不同斯度，而苟昧权利，越次妄据，外不量力，内不知命，则必丧保家之主，失天年之寿，遇托足之凶，伏斧钺之诛。大力总上。英雄诚知觉悟，畏若祸戒，超然远览，渊然深识，收婴、陵之明分，绝信、布之觊觎，距逐鹿之瞽说，审神器之有授，毋贪不可几，为二母之所笑，大力总上。如此总，何等笔力！则福祚留于子孙，天禄其永终矣。

〔**注释**〕

①稷、契：稷，古代管农事的官，因周之祖宗弃管农事，后人祭之为稷。契，商的始祖，子姓，母为简狄。

②唐、虞：唐，即陶唐氏，原为一部落，尧为其领袖。虞，即有虞氏，舜为其领袖。

③火德：按五行学说推论，汉承尧运，陶唐氏为火德，汉也应为火德，尚赤。

④赤帝之符：据《汉书·高帝纪》载，刘邦有一次在路上拔剑斩一条蛇，逢一老年妇人哭诉，说：“我子被人杀。我子者，白帝子也，化为蛇当道，今者赤帝子斩之。”

⑤祚：皇位或国统。

⑥信、布：即韩信、英布。

⑦梁、籍：即项梁、项羽。

⑧王莽：新王朝建立者。字巨君，汉元帝皇后侄。

⑨润镬伏锧：镬，指无足的鼎。锧，古代施腰斩刑时用的垫座。

⑩醢：原指肉、鱼等制成的酱。此指古代一种将人剁成肉酱的酷刑。

⑪幺麽：微小。此指微不足道的人。

⑫闇：通“奄”，忽然。

⑬斗筲之子：斗、筲为容量很小的一种容器。此处指气量很小的人。

⑭陈婴：秦末为东阳（今安徽天长西）令史，聚众起义，从项梁伐秦，任上柱

国，后归汉，以功封堂邑侯。

⑮王陵：西汉初沛县人。秦末率众起义，后归刘邦。汉朝建立，封安国侯，任右丞相。

⑯子房：指张良。

⑰郦生：即郦食其，曾向刘邦献策。

⑱戍卒：指娄敬，以戍卒身份见刘邦，建议入关中。

⑲四皓：即“商山四皓”，秦末汉初颇有名气的四位隐士，为东园公、绮里季、夏黄公、甪里先生。

⑳吕公：吕后之父。

㉑厌其气：厌即“压”，抑制。此句指秦始皇东游以压制新产生的帝王征兆，也即龙气。

㉒符瑞：也即“符应”，将一些自然现象与人事相符合。一种迷信。

〔解读〕

班彪，东汉史学家。字叔皮，扶风安陵（今陕西咸阳东北）人。初随隗嚣，后从窦融，劝窦融支持汉光武帝。东汉初任徐令，后免官，专力从事史学，以《史记》所记史实，止于汉武帝太初年间，乃收集史料，作《后传》六十余篇。后其子班固、其女班昭继续完成《汉书》。

其文实质上有宣扬天命论的倾向，是为汉家王朝的长治久安寻找理论根据和历史凭证。

在文章中，作者认为，自尧舜禅让至刘邦建立汉王朝，虽其遭遇不同，但“应天顺人”之理则同，刘邦之所以以布衣匹夫而得天下，是神命有归，并列举刘邦有五大为皇帝之征兆：帝尧之后裔；体貌不同凡人；神武有应征；宽明仁恕；知人善任使，并大谈“灵瑞符应”，说刘邦之母梦与神交而孕，吕公目睹刘邦之异象，秦始皇东游镇压帝气，吕后望天上云即知刘邦所在，等等。并列举陈婴、王陵之母知天命而谙祸福之机，而韩信、英布、项羽等则命中注定失败，两相比较，无非是劝诫人们要安分守己，勿觊觎王位，不自量力。

虽然，文中宣扬了封建社会的“皇权天授”“天命有归”落后反动思想，但有两点应该注意，一是肯定为帝为王要以“德”为基础，要顺时机、应民心；二是针对东汉初年各地分裂、争夺皇位的局势，以“天命论”，尤其歌颂、神化刘邦，而隐讽其他与刘秀争夺皇位的割据势力，针砭时政，寄意深远。

本文布局严密，结构严谨，大起大落，大转大折，段落层次之安排，颇见匠心，夹叙夹议，尤其多引用历史事实，使文章显得浑厚雄劲，耐人寻味。

班　固

汉楚异姓诸侯王表

为欲写汉兴之易，因先写前兴之难。一篇笔势，只是一伏一起。

昔《诗》《书》[①]述虞、夏之际，舜、禹受禅[②]，一考舜、禹。积德累功，洽于百姓，摄位行政。考之于天，经数十年，然后在位。舜、禹艰难。殷、周之王，二考殷周。乃由契、稷[③]修行仁义，历十余世，至于汤、武，然后放杀。殷、周艰难。秦起襄公[④]，三考秦。章文、缪、献，起于襄，章于文、缪、献。孝、昭、严稍蚕食六国[⑤]，百有余载，至始皇，乃并天下。秦艰难。以德若彼，用力如此，其艰难也。一句，总上三段，作伏笔。秦既称帝，此非论秦，乃原汉之所以独易。患周之败，以为起于处士横议，一。诸侯力争，二。四夷交侵，三。以弱见夺。总上三。于是削去五等[⑥]，堕城销刃，箝语烧书，内锄雄俊，外攘胡粤，用一威权，为万世安。一笑。然十余年间，猛敌横发乎不虞，转笔悍甚。谪戍强于五伯[⑦]，削去五等所不虞。闾阎[⑧]偪于戎狄，外攘胡、粤所不虞。响应瘠于谤议，箝语烧书所不虞。奋臂威于甲兵，堕城销刃所不虞。四语，忽作精炼之文。向秦之禁，适是以资豪杰而速自毙也。结笔悍甚。

是以汉亡尺土之阶，由一剑之任，五载而成帝业。《书》《传》所记，未尝有焉。

〔注释〕

①《诗》《书》：指《诗经》《尚书》，在古文中这两部书一般简称《诗》《书》。

②舜、禹受禅：即舜将帝位禅让给大禹。禅让，据称是古代一种传贤制度。

③契、稷：契，传说为商之祖宗，子姓，帝喾之子，母为简狄。稷，即指周之始祖弃，因曾为管农事官，祀之以为稷。稷之原意为谷物。

④襄公：秦国建立者，嬴姓，秦庄公子。当西周灭亡时，以护送周平王东迁功，封为诸侯。

⑤六国：指战国时东方的魏、韩、齐、楚、燕、赵。

⑥五等：即周制公、侯、伯、子、男五等爵位。

⑦五伯：即春秋五霸，指齐桓公、楚庄王、秦穆公、越王勾践、吴王夫差五大巨头。

⑧闾阎：闾、阎均指里巷之门，此指平民百姓。

〔解读〕

这是班固在《汉书·汉楚异姓诸侯王表》前面写的一段序言。

班固，东汉史学家、文学家，字孟坚，扶风安陵（今陕西咸阳东北）人，曾任兰台令史、典校秘书等，奉诏续修其父班彪所著书，二十年修成《汉书》，开创了“包举一代”的断代史体例。善作赋。永元元年（89 年），从大将军窦宪攻匈奴，为中护军，后受牵连下狱而死。

在本文中，班固先引考舜、禹积德累功而得帝位，殷、周自祖宗修行仁义历十余世才得王天下，秦自襄公初封，前后经一百余年才得以统一天下，用德用力，备尝艰难。正因此，秦始皇鉴于周王朝衰败教训，削去五等爵位，焚书坑儒，禁止言论自由，销毁兵器，拆去城墙，内则打击豪杰侠士，外则征伐少数民族，以为万世之计。岂料不到十年，秦始皇原意用来巩固统治的国策全转成导致其灭亡的动因。因此，出身平民的刘邦凭剑三尺，数年而得天下，为历史上之少有。班固在此认为，汉刘邦得天下既非祖宗恩德，也非什么天帝天子，无非是时势造英雄，是历史发展的结果。言外之意，认为汉兴是大家共同奋斗之结晶，尤其是异姓王，为推翻强秦、战败项羽立了不朽之功。

朱 浮

与彭宠书

自来文字，此为晓畅第一，其所争，乃在落笔法与提笔法耳。

盖闻智者顺时而谋，愚者逆理而动。“顺”“逆”字对起，只用二语，何其亢爽？常窃悲京城太叔[①]，以不知足而无贤辅，卒自弃于郑也。“顺”“逆”字对起，下乃作此一接，妙。朝廷厚恩，娇妇失计，言尽于此。伯通[②]以名字典郡，有佐命之功，临民亲职，爱惜仓库；平提宠。而浮秉征伐之任，欲权时救急；平提自。二者皆为国耳。一句平断过，妙。即疑浮相谮，何不诣阙自陈，而为族灭之计乎？看他反复，最是亢爽之笔。朝廷之于伯通，恩亦厚矣。委以大郡，任以威武，事有柱石之寄，情同子孙之亲。推出朝廷。匹夫、媵母[③]尚能致命一飧，曲。岂有身带三绶，职典大邦而不顾恩义，生心外畔者乎？最是亢爽之笔。伯通与吏民语，何以为颜？行步拜起，何以为容？坐卧念之，何以为心？引镜窥影，何以舒眉？举措建功，何以为人？惜乎！弃休令之嘉名，造枭鸱之逆谋，捐[④]传叶之庆祚，招破败之重灾，高论尧舜之道，不忍桀纣之性，生为世笑，死为愚鬼，不亦哀乎？五“何以”字，六“之”字，二“为”字，建瓴倒注而下，最是亢爽之笔。

伯通与耿侠[⑤]游俱起佐命，同被国恩。上与己平提，此又与耿侠游平提。侠游谦让，屡有降挹[⑥]之言，而伯通自伐，以为功高天下。往时辽东有豕，生子白头，异而献之；行至河东，见群豕皆白，怀惭而还；若以子之功论于朝廷，则为辽东豕也。最是亢爽之笔。今乃愚望自比六国，六国之时，其势各盛，廓土数千里，胜兵将百万，故能据国相持，多历年所。今天下几里？列郡几城？只问二语。妙妙！奈何以区区渔阳⑦，而结怨天子？此犹河滨之人，捧土以塞孟津⑧，多见其不知量也。最是亢爽之笔。方今天下适定，海内愿安，士无贤不肖，皆乐立名于世；而伯通独中风狂走，自捐盛时，内听娇妇之失计，外信谗邪之谀言，长为群后恶法，永为功臣鉴戒，岂不误哉！最是亢爽之笔。定海内者无私仇，勿以前事自误。妙妙，真正奸雄之言！愿留意顾老母、少弟，凡举事，无为亲厚者所痛，而为见仇者所快。临了尚作如此余劲，后来柳子厚引伸为《李睦州书》，便成滔滔大篇。今在此，只是二句耳。

〔注释〕

①京城太叔：即春秋郑武公子共叔段，郑庄公弟，因封于京，号称京城太叔，也作京城大叔。

②伯通：彭宠字。

③媵母：陪嫁的侍女。

④捐：弃，抛弃。

⑤耿侠：即耿况，东汉初人，初随光武起兵，为上谷太守。

⑥降挹：谦逊自卑之意。挹，通“抑”，抑制。

⑦渔阳：即渔阳郡，其治所在今北京密云西南。

⑧孟津：为黄河古津渡名，在今河南孟津东、孟州东南。

〔解读〕

这是朱浮致彭宠的一封信。

朱浮，字叔元，东汉初年沛国（今安徽濉溪西北）人，初从刘秀起兵为大司马主簿，后为大将军幽州牧守，封舞阳侯，曾数次上奏，为刘秀所重视。他居功自傲，为同事所恨，汉明帝永平年间被人举报，明帝大怒，令其自杀。

汉光武初年，为幽州牧的朱浮与为渔阳太守的彭宠二人矛盾极深，互相攻击，而朱浮则密奏彭宠遣人迎妻弃母，及受贿赂、杀友人、聚兵谷等罪。彭宠闻之大怒，遂发兵进攻朱浮。朱浮便修书斥责其反叛行为。

朱浮在信中先以大义晓之，直斥其行为愚蠢，这等于自绝于朝廷，自暴自弃，自蹈灭族之罪，“生为世笑，死为愚鬼”，使彭宠在道义上良心受到谴责。然后责斥彭宠骄傲自大，不知天下之大，并举辽东有人献白头猪一事为例，说明其举是螳臂当车、以卵撞石，使彭宠从实力对比中自感力弱。朱浮此信连用设问，步步紧逼，不容其喘息定思，使对方自感理亏心虚。虽然彭宠并没有因此信释兵而降，但的确在心理上大折其锐气。

卷之九（二）后汉文

诸葛亮

前出师表

此文，自来读者皆叹其矢死伐魏，以为精忠；殊不知此便是了没交涉也。看先生自云："临表涕泣"，夫伐魏即伐魏耳，何用涕泣为哉？正惟此日国事，实当危急存亡之际；而此日嗣主，方在醉生梦死之中。"知子莫如父"，惟"不才"之目，固已验矣。岂"知臣莫如君"，而自取之语，乃遂敢真蹈也？于是而身提重师，万万不可不去；心牵钝物，又万万不能少宽；因而切切开导，勤勤叮咛，一回如严父，一回如慈妪。盖先生此日此表之涕泣，固自有甚难甚难于嗣主者，而非为汉、贼之不两立也。后日杜工部有诗云："干排雷雨犹力争，根断泉源岂天意？"

正是此一副眼泪矣。哀哉！哀哉！

臣亮[①]言：先帝[②]创业未半，而中道崩殂[③]。落笔更不着半句闲言语，只用八字恸哭先帝，早使读者精诚发越。今天下三分，益州[④]疲敝，此诚危急存亡之秋也。笔态一伏。然侍卫之臣不懈于内，忠志之士忘身于外者，盖追先帝之殊遇，欲报之于陛下也。笔态一起。一面读其妙文，一面记其口口"先帝"。诚宜开张圣听，以光先帝遗德，恢弘志士之气，宜。不宜妄自菲薄，引喻失义，以塞忠谏之路也。不宜。"宜""不宜"二语，发起一篇。“妄自菲薄”，是子弟大病；“引喻失义”，又是子弟大病，此特说尽。宫中、府中[5]俱为一体，陟罚臧否[6]，不宜异同。若有作奸犯科，及为忠善者，宜付有司论其刑赏，以昭陛下平明之治，不宜偏私，使内外异法也。宫中暱，府中疏，出师进表，全为此一段，可知。

侍中、侍郎郭攸之、费祎、董允等[7]，此皆良实，志虑忠纯，是以先帝简拔以遗陛下。重之以先帝，句句不脱先帝。愚以为宫中之事，事无大小，悉以咨之，然后施行，必能裨补阙漏，有所广益。切嘱宫中。将军向宠[8]，性行淑均，晓畅军事，试用于昔日，先帝称之曰能，重之以先帝。是以众议举宠为督。看此处，入“众议”二字，嫌疑不小。愚以为营中之事，事无大小，悉以咨之，必能使行阵和穆[9]，优劣得所也。切嘱府中。亲贤臣，远小人，此先汉所以兴隆也；亲小人，远贤臣，此后汉所以倾颓也。先帝在时，每与臣论此事，未尝不叹息痛恨于桓、灵[10]也。明明龟鉴之言，亦必重以先帝，哀哉！侍中、尚书、陈震。长史、参军[11]，蒋琬。此悉贞亮死节之臣也，愿陛下亲之、信之，则汉室之隆，可计日而待也。此二臣先生所进，恐出师后未必用，故又另嘱。

臣本布衣[12]，躬耕南阳，苟全性命于乱世，不求闻达于诸侯。自叙最悲苦。先帝不以臣卑鄙，猥自枉屈，三顾臣于草庐之中，咨臣以当世之事，由事感激，遂许先帝以驱驰。自叙最悲苦。后值倾覆，受任于败军之际，奉命于危难之间，尔来二十有一年矣。先帝知臣谨慎，故临崩寄臣以大事也。自叙最悲苦。受命以来，夙夜忧虑，恐托付不效，以伤先帝之明。故五月渡泸[13]，深入不毛。自叙悲苦。今南方已定，兵甲已足，当奖帅三军，北定中原。庶竭驽钝[14]，攘除奸凶，兴复汉室，还于旧都[15]。此臣之所以报先帝而忠陛下之职分也。

至于斟酌损益、进尽忠言，则攸之、祎、允之任也。自叙最悲苦。○此非以师保推三臣，盖自既解任，去而出师，则必使之自代耳。愿陛下托臣以讨贼兴复之效，不效则治臣之罪，以告先帝之灵。若无兴德之言，则责攸之、祎、允之咎，以彰其慢。说自出师，必连三臣裨补者，以表所忧，不在外贼，而在内蛊也，哀哉！陛下亦宜自谋，以咨诹[16]善道，察纳雅言，深追先帝遗诏，要其纳言，亦必重之以先帝。臣不胜受恩感激。今当远离，临表涕泣，不知所云。

〔注释〕

①臣亮：即诸葛亮自称。诸葛亮，字孔明，琅琊阳都（今山东沂水县南）人。三国时杰出的政治家和军事家。年轻时隐居于南阳隆中，号称“卧龙”，刘备三顾茅庐而出山辅佐刘备，建立了蜀国。刘备称帝后，拜为丞相。刘备死，受遗诏辅佐刘禅。前后六次北伐，卒于军中。谥忠武，有《诸葛丞相集》。

②先帝：指刘备。

③崩殂：古代称帝王之死曰崩，也称殂。

④益州：蜀国所在地，相当于今四川、重庆大部分及云南、贵州一部分地区。

⑤宫中、府中：宫中，指内廷，即宫廷内部。府中，指丞相府。

⑥陟罚臧否：陟，升迁，赏；臧，善；否，恶。即官吏升降考察。

⑦侍中、侍郎郭攸之、费祎、董允等：侍中、侍郎均为皇帝身边的侍臣。郭攸之，南阳人，字演长。费祎，江夏人，字文伟。董允，南郡人，字休昭，三人都为当时有德才之人，为诸葛亮所识拔。

⑧向宠：襄阳人，初为牙门将。刘备伐吴惨败，独向宠的部队未受损失，刘禅时，封为都亭侯，掌管宿卫兵。

⑨行阵和穆：军队内部团结一致。行阵，军队。穆，通“睦”。

⑩桓、灵：后汉时桓帝刘志和灵帝刘宏，史上被认为是昏君庸主，宠信宦官，朝政腐败，造成汉末大乱。

⑪侍中、尚书、长史、参军：侍中，为皇帝身边近臣，此处指郭攸之等。尚书，协助皇帝处理朝政官员，此处指陈震。长史，丞相之辅佐，此处指张裔。参军，汉末至南北朝丞相及诸王开府者，皆置参军，为重要幕僚，此处指蒋琬。

⑫布衣：平民。因古代老百姓一般穿用麻布做的衣服，与达官贵族穿的丝料衣服有别，故以布衣代称平民。

⑬渡泸：泸指今金沙江。诸葛亮于蜀后主建兴元年（223年）率军渡金沙江南征，平定南部少数民族之乱。

⑭驽钝：比喻才能低劣，为谦词。驽，下等之马。钝，不锋利。

⑮旧都：指两汉首都长安、洛阳。因蜀汉自称为两汉合法继承者，故攻取此二地为恢复旧都。

⑯咨诹：询问。

〔解读〕

蜀汉后主建兴五年（227年），诸葛亮率诸军北驻汉中，开始准备进攻曹魏。临离蜀出发之际，怀着对皇帝、对国家命运深深的忧患，向后主刘禅奏上此表以告诫。本文最初见于《三国志·蜀志·诸葛亮传》，并无篇名，篇名为后人所加，因与建兴六年所上的另一奏章相对应，故称《前出师表》。表是古代臣下对君主有所陈请的一种文书。

在本文中，诸葛亮反复劝勉刘禅继承刘备遗志，亲近贤人，远离小人，在关系到蜀汉存亡之关键时刻，陛下应广泛听取群臣意见，要一视同仁宫廷近臣与相府官吏。同时，诸葛亮还具体地指出，宫廷的事无论大小要征求侍中郭攸之等人意见，军中事要征求将军向宠意见，这些人都是贤正贞直之臣，应该予以信任。在此表文中，诸葛亮特别阐述了自己的忠心一片，说自己本是一介布衣，只想乱世中保全性命，因感动刘备三顾草庐之邀请，才出来辅佐刘备打天下，后又受其临终托孤，以完成刘备所未能完成的事业，日夜忧虑，唯恐不能完成托付的事。

此文语言恳切周详，没有任何套话，充分表现了诸葛亮的务实和对刘氏父子的忠心耿耿，是被历代文人所推崇的一篇著名奏疏，并有“不读诸葛亮《出师表》，不知什么叫忠；不读李密《陈情表》，不知什么叫孝”的说法。

卷之九(三) 晋文

羊祜

平吴疏

既慷慨，又条直。目无全吴，胸有寸心。其斯为羊叔子之妙笔乎！

先帝[①]顺天应时，西平巴蜀，南和吴会，海内得以休息，兆庶[②]有乐安之心。略带先帝起。而吴复背信，使边事更兴。言衅起于吴。夫期运虽天所授，而功业必由人而成，不一大举扫灭，则众役无时得安，亦所以隆先帝之勋，成无为之化[③]也。故尧有丹朱[④]之伐，舜有三苗[⑤]之征，咸以宁静宇宙，戢兵和众者也。神观焕发，音辞激昂，读之使人壮旺。蜀平之时，天下皆谓吴当并亡。自此来十三年，是谓一周。平定之期，复在今日矣。议者常言：吴、楚有道后服，无礼先强。此乃诸侯之时耳。当今一统，不得与古同论。夫适道之伦，皆为应权。是故，谋之虽多而决之欲独。一段。决言今日必当平吴，更不应与众人迁延计议。

凡以险阻得存者，谓所敌者同，力足自固。已下，论险阻。苟其轻重不齐，强弱异势，则智士不能谋，而险阻不可保也。此言有险阻尚不保，下言吴本无险阻可保。蜀之为国，非不险也。高山寻云霓，深谷肆无景；束马悬车，然后得济。皆言一夫荷戟，千人莫当。借论昔日蜀之险阻如此，作比喻。及进兵之日，曾无藩篱之限。斩将搴旗，伏尸数万；乘胜席卷，径至成都；汉中诸城，皆鸟栖而不敢出。蜀之险阻何在？非皆无战心，诚力不足相抗，至刘禅[⑥]降服，诸营堡者索然俱散。可见强弱既异，非险阻可保。

今江淮之难，不过剑阁；山川之险，不过岷汉；孙皓[⑦]之暴，侈于刘禅；吴人之困，甚于巴蜀。今吴乃如彼。而大晋兵众，多于前世；资储器械，盛于往时。今晋又如此。今不于此平吴，看其笔力。而更阻兵相守，征夫苦役，日寻干戈。经历盛衰，不可长久，宜当时定，以一四海。再言决不应与众人迁延计议，结上险阻语。今若引梁益之兵，水陆俱下，写大晋之强。一。荆楚之众，进临江陵，二。平南豫州，直指夏口，三。徐、扬、青、兖，并向秣陵[⑧]，四。鼓旆以疑之，多方以误之。加二句，更腴畅。以一隅之吴，当天下之众，势分形散，所备皆急。写孱吴之弱，只八字便极尽。巴汉奇兵，出其空虚。又写晋。一处倾坏，则上下震荡。又写吴。此所谓夹写法也。吴，缘江为国，无有内外。东西数千里，以藩篱自持。所敌者大，无有宁息。提笔，再写吴地形。孙皓恣情任意，与下多忌，名臣重将，不复自信。是以孙秀之徒，皆畏逼而至，将疑于朝，士困于野，无有保世之计，一定之心。再写吴君臣。平常之日，犹怀去就；兵临之际，必有应者。终不能齐力致死，已可知也。写来如睹手掌文。其俗急速，不能持久。提笔，再写吴习俗。弓弩、戟楯，不如中国[⑨]。再写吴兵杖。唯有水战，是其所便，一入其境，则长江非复所固。还保城池，则去长入短。再写吴长江。总是更不欲与众人迁延计议。而官军悬进[⑩]，人有致节之志。吴人战于其内，有凭城之心。如此，军不逾时，克可必矣。如睹手掌文也。

〔注释〕

①先帝：即司马昭，原为魏大臣，字子上，河内温县（今河南温县）人。司马昭平蜀后，被封为晋王。其子武帝司马炎代魏后，追尊为文帝。

②兆庶：民众。

③无为之化：不治之治，道家提出的治理国家的最高境界。

④丹朱：传说中尧的长子。原名朱（一作绑），居丹水，故名丹朱。被选为丹水部落首领，性傲慢荒淫。

⑤三苗：尧舜禹时代的部落。尧、舜、禹部落联盟都曾与三苗发生过激烈的战争。

⑥刘禅：即蜀后主，刘备子，字公嗣，小字阿斗。低智商，后期宠信宦官，蜀亡后，降魏，封为安乐公。

⑦孙皓：三国时吴国皇帝，字元宗，一名彭祖、字皓宗，孙权孙。在位间专横残暴，被晋灭，封为归命侯。

⑧秣陵：今江苏南京。历史上曾有建康、建邺、石头城、金陵等名。

⑨中国：指中原、中土。

⑩悬进：急待进发。

〔解读〕

羊祜，西晋名臣。字叔子。泰山南城（今山东费县西南）人。东汉名士蔡邕外孙，司马师妻弟。魏末任相国从事中郎，与荀勖等参与司马昭的机密。武帝司马炎代魏后，加散骑常侍、卫将军、迁尚书左仆射。泰始五年（269年）出镇襄阳，都督荆州诸军事。在荆襄十年间，屯田积粮，绥怀远近，威名远播，为灭吴做了物质和舆论上的准备。曾多次奏请武帝出兵灭吴，经因贾充、荀勖等意见不一，未能实现。临终举荐杜预代己。咸宁四年（278年）去世。

本文是羊祜上给晋武帝司马炎的一封奏章。司马炎代魏后，多次与羊祜筹划灭吴。羊祜出镇荆襄，与吴各保分界，垦田屯粮，怀抚士庶，为灭吴做准备。鉴于吴主孙皓荒淫失政、人心离散，羊祜屡次奏请武帝出兵伐吴。《平吴疏》是羊祜伐吴方略的代表作。该奏章中，客观地分析了吴、晋双方的政治形势、军事力量对比，驳斥了因吴有长江之险而不能取胜的议论，提出了进兵方略。整个奏章，层层深入，势如破竹，说理透彻，气势雄壮。但终因朝议不和而未能被采纳。羊祜于此耿耿于怀。羊祜去世后第一年晋大举伐吴，翌年春攻下吴都秣陵。群臣向武帝祝贺，武帝流涕曰："此羊太傅之功也。"

王 濬

自理表

其妙，乃在不作起笔，只将从前事情逐一逐一直述。早令专擅自由之谤，不辨而明；已下又得放开笔，只顾快说其胸膈也。若起处略涉笔先作周遮，便有无数干碍不得径行处矣。此表段段皆作湍悍之笔。读之，如夜半惊闻钱塘潮至，最为非常之观。

臣前被庚戌诏书曰："军人乘胜，猛气益壮，便当顺流长骛，直造秣陵。[①]"臣被诏之日，即便东下。直述一段。妙。又前被诏书云："太尉贾充[②]总统诸方，自镇东大将军伷[③]及浑[④]、濬、彬[⑤]等，皆受充节度。"无令臣别受浑节度之文。又直述一段。妙。臣自达巴丘，所向风靡，知孙皓穷踧[⑥]，势无所至。十四日至中渚，去秣陵二百里。宿设部分，为攻取节度。又直述一段。妙。前至三山，见浑在北岸，遣书与臣，可暂来过，共有所议，亦不语臣当受节度之意。又直述一段。妙。臣水军风发，乘势造贼城，加宿设部分，行有次第，无缘得于长流之中，回船过浑，令首尾断绝。又直述一段。妙。须臾之间，皓遣使归命。臣即报浑书，并写皓笺，具以示浑。使速来，当于石头相待。军以日中至秣陵，暮乃被浑所下当受节度之符。欲令臣明十六日，悉将所领，还围石头[⑦]，备皓越逸。又索蜀兵及镇南诸军人名定见。臣以为皓已来首都亭，无缘共合空围，又兵人定见，不可仓卒，皆非当今之急，不可承用。又直述一段，妙。如此直述数段，并不用连贯，而已连贯作一片。

中诏谓臣忽弃明制，专擅自由。一一理毕，方入自理，奇笔，妙笔！伏读严诏，惊怖悚栗，不知躯命当所投厝。岂惟老臣独怀战灼，三军上下，咸尽丧气。写得精神。臣受国恩，任重事大，常恐托付不效，孤负圣朝。故投身死地，转战万里，被蒙宽恕之恩，得从临履之宜。是以凭赖威灵，幸而能济。是皆陛下神策庙算，臣承指授，效鹰犬之用耳。有何勋劳，而恃功肆意？宁敢昧利而违圣诏？理得激昂尽意。臣以十五日至秣陵，而诏书以十二日起洛阳，其间悬阁，不相赴接，则臣之罪责，宜蒙察恕。理得激昂尽意。假令孙皓犹有螳螂举斧之势，而臣轻车单入，有所亏丧，罪之可也。臣所统八万余人，乘胜席卷；皓以众叛亲离，无复羽翼。匹夫独立，不能庇其妻子；雀鼠贪生，苟乞一活耳。理得又激昂尽意。而江北诸军，不知其虚实，不早缚取，自为小误，臣至便得，更见怨恚。并云："守贼百日，而令他人得之！"言语噂沓[⑧]，不可听闻。江北诸军，有不足复说之意，今亦聊试说之，而其丑态如此。案《春秋》之义，大夫出疆，独有专辄。臣虽愚蠢，以为事君之道，唯当竭节尽忠，奋不顾身，量力受任，临事制宜，苟利社稷，死生以之。若其顾护嫌疑，以避咎责，此是人臣不忠之利，实非明主社稷之福也。妙妙。此又自言不得已故自理，实本不欲理，不应理，不足理也。笔势矫悍如许。

臣不自料，忘其鄙劣，披布丹心，输写肝脑，欲竭股肱之力，加之以忠贞，庶必扫除凶逆，清一宇宙，愿令圣世与唐、虞比隆。又重白从前赤心。陛下粗察臣之愚款，而识其欲自效之诚；是以授臣以方牧之任，委臣以征讨之事。虽燕王之信乐毅[⑨]，汉祖之任萧何[⑩]，无以加焉。受恩深重，死且不报；又重白从前恩眷。而以顽疏，举措失宜。陛下弘恩，财加切让，惶怖怔营，无地自厝。略结。愿陛下明臣赤心而已。只是不愿理，其笔矫悍如许。○只一句，矫矫而止，妙绝，妙绝！

〔注释〕

①秣稜：最早为一县名，后曾改名建业，晋时复改为秣棱，即今南京市。

②贾充：西晋重臣。平阳襄陵（今山西襄汾东北）人。曾指使杀魏帝曹髦，参与司马氏代魏密谋。晋初历任司空、侍中、尚书令、太尉等职。曾主持修订晋律。长女贾南风为太子司马衷妃，次女为齐王司马攸妃。

③伷：即司马伷，字子将。司马懿与伏夫人所生。受封琅琊王。出任镇东大将军。平吴，率众数万出涂中，功勋茂著。

④浑：即王浑（223—297年），字玄冲，太原晋阳（今山西太原西南人）。晋伐吴，率军出横江（今安徽和县东南），官至征东大将军、司徒、侍中。

⑤彬：即唐彬，字儒宗。西晋初，监巴东诸军事。晋伐吴，与王濬率师出巴蜀，为众军前驱，应机制胜，功勋显著。

⑥孙皓穷蹙：孙皓，三国吴皇帝，字元宗，一字彭祖，孙权孙，在位残暴，后降晋。穷蹙，即困厄无措。

⑦石头：即石头城，又名石首城，在今南京清凉山，为军事重镇。

⑧噂沓：聚语貌，议论纷纷。

⑨乐毅：战国时燕目名将。因破齐功封于昌国（今山东淄博东南），号昌国君。燕惠王即位，改用骑劫为将，他出奔赵国，受封于观津（今河北武邑东南），号望诸君。

⑩萧何：西汉名相。沛县（今江苏沛县）人。被称为“汉初三杰”之一。汉朝建立，封酂侯。协助刘邦、吕后消灭韩信、陈豨、英布等异姓王。参照《秦律》，制定《汉律》九章。

〔解读〕

王濬，西晋名将。字士治，弘农湖（今河南灵宝西）人。西晋初，任巴郡太守、益州刺史。晋武帝将伐吴，朝中多异议，他与杜预、张华等力主伐吴。任益州刺史期间，大造舟舰，训练水师，为伐吴做准备。咸宁五年十一月，率师从巴蜀进军，浮江而下，兵不血刃，攻无坚城，太康元年即转年三月进至秣陵，吴主孙皓请降，获灭吴首功。

此文，是王濬对伐吴中所谓不受节制一事上奏给晋武帝的辩解书。文中，先叙述了两次诏书中没有受王浑节制一事，次叙述了水军行进过程中，王浑要其到江北岸议事，也没有提出要受其节制一事，只是已达秣陵，王才使人送来归其节制的军令。表中逐次驳斥不受节制的说法。最后说明自己所以奋不顾身、勇往直前、临事制宜、不避咎责，完全是出于赤诚之心。

庾　亮

让中书监表

并是信笔写来，而曲折淋漓，尽情尽事。良由吐于肝膈至诚，固非敷华刿藻之所得而比并也。笔笔直，却笔笔婉；笔笔婉，却笔笔直。凡欲作疏记，胡可无如此好手？

臣亮言：臣凡庸固陋，少无检操。一。○一路，看其段段剀直，又段段曲折。昔以中州多故，旧邦丧乱，随侍先臣，远庇有道，爰[①]客逃难，求食而已。二。不悟邀时之福，遭遇嘉运。先帝[②]龙兴，垂异常之顾；眷同国士，又中之以婚姻[③]；遂阶亲宠，累忝非服。弱冠濯缨，沐浴玄风，频繁省闼[④]，出总六军[⑤]。十余年间，位超先达。无劳被遇，无与臣比。三。小人禄薄，福过灾生。止足之分，臣所宜守。四。此是一曲。而偷荣昧进，日尔一日，谤讟言既集，上尘圣朝。五。始欲自闻，而先帝登遐[⑥]。区区微诚，竟未上达。六。又一曲。陛下践祚，圣政维新，宰辅贤明，庶寮咸允。康哉之歌，实在至公。而国恩不已，复以臣领中书[⑦]，则示天下以私矣！七。○已下，则皆反复极论此一"私"字也。

何者？臣于陛下，后之兄也。姻娅之嫌，实与骨肉中表不同；虽太上至公，圣德无私，一曲。然世之丧道，有自来矣。悠悠六合[⑧]，皆私其姻者也。人皆有私，则谓天下无公矣。妙语，妙笔！是以前、后二汉，咸以抑后党安，进婚族危。向使西京七族，东京六姓，皆非姻党，各以平进，纵不悉全，决不尽败；今之尽败，更由姻昵。

笔笔曲。臣历观庶姓在世，无党于朝，无援于时，植根之本，轻也，薄也。苟无大瑕，犹或见容。看他忽开二比。至于外戚，凭论天地，势连四时，根援扶疏，重矣，大矣。而才居权宠，四海侧目；事有不允，罪不容诛。身既招殃，国为之弊。二比，最为真切。看他不结，益更真切。其故何耶？直由婚媾之私，群情之所不能免，故率其所嫌，而嫌之于国。是以陈附则信，姻进则疑。疑积于百姓之心，则祸成重闼之内矣。此皆往代成鉴，可为寒心者也。结过。

夫万物之所不通，圣贤因而不夺。提笔重起。冒亲以求一才之用，未若防嫌以明公道。今以臣之才，兼如此之嫌，而使内处心膂，外总兵权，以此求治，未之闻也。以此招祸，可立待也。此等双笔，却是晋文。虽陛下二相，明其愚欸；朝士百僚，颇识其情。又曲。天下之人，何可门到户说，使皆坦然耶？最真切。夫富贵宠荣，臣所不能忘也；刑罚贫贱，臣所不能甘也。今恭命则愈，违命则苦。臣虽不达，何事背时违上，自贻患责耶？又曲。段段句句真切。实仰览殷鉴，量己知弊，身不足惜，为国取悔。是以悾悾[⑨]，屡陈丹欸[⑩]，而微诚浅薄，未垂察谅。忧惶屏营，不知所措！真可谓淋漓尽致之文。以臣今地，不可以进明矣。且违命已久，臣之罪又积矣。归骸私门，以待刑书[⑪]。愿陛下垂天地之鉴，察臣之愚诚，则虽死之日，犹生之年也。

〔注释〕

①爰：为。

②先帝：指晋元帝司马睿。

③婚姻：指其妹妹为晋明帝皇后，与皇室有婚姻关系。

④省闼：省，王宫禁地之称，闼为门内。此指宫中。

⑤六军：按《周礼·夏官·司马》：12500人为一军，周天子有六军。诸侯大国三军，小国一军。此处泛指朝廷军队。

⑥登遐：也作“登假”，按孔颖达解释，“登，上也。假，已也。”言天子上天已矣，若仙去然电。

⑦中书：指中书监，三国魏时始置，其职与中书令相同，位次略高，同掌机要。

⑧六台：指天、地、东、南、西、北之方。此泛指天下。

⑨悾悾：诚恳貌。

⑩丹欵：即赤诚、恳切。欵，通“款”。

⑪刑书：原意指刑法，即国家之常法。此意为惩罚。

〔解读〕

庾亮，东晋颍川鄢陵（今河南鄢陵西北）人，字元规。其妹为明帝皇后。历仕元帝、明帝、成帝三朝。太宁三年（325年）以外戚与王导等辅立年幼成帝，任中书令，执掌朝政。苏峻、祖约作乱，出奔浔阳（今江西九江），与温峤推刺史陶侃为盟主，击灭峻、约。后因北伐失败，忧愤而死。

晋明帝即位初年，任命庾亮为中书监，庾亮自感不妥，便向明帝上书要求辞去此职。在这封奏书里，庾亮认为自己凡庸固陋，本无什么德行节操，原随其父入仕，不过是求口饭吃而已。只是因为先帝的垂顾和与皇家结亲才得以飞黄腾达，本欲上书辞退，无奈先帝驾崩，拖延至今。庾亮这一段话写得非常直率、谦逊和感人。下一段则引史鉴，认为这样做不符合治国之道，示天下以私，于国于家均不利，等于使置其身家性命于危险之中。晋明帝览此奏后，深感其言之谆谆、情之切切，便采纳其意见，接受其辞呈。

这封信充分表达了庾亮的自知之明和忠君爱国。他洞察时局，知道自己所处境地，如接受此职实质上是置自己于死地；他熟悉历史，对历史上后党擅权亡国灭家的教训记忆犹新。庾亮一生虽势倾天下，荣贵至极，但因其善于洞察时局和严于律己，不依势胡作非为，掌进退之机，所以其一生官运平稳，其子孙均做至高官。这充分说明，一个官僚应该怎样做官和把握进退之机，关系到国与家的兴衰成败。

杜 预

遗 令

临终诀语，读之，乃复一似经解，一似游记。我更不能测其心光、眼光在于何处矣。从来只叹其薄葬为达，岂足以知先生者哉！○东坡《超然台》，某意其出于刁凿齿，不意刁又出于此也，然总是出于“蹇叔哭师”。

古不合葬，明于终始之理，同于无有也。第一义。中古圣人改而合之，盖以别合无在，更缘生以示教也。又是第一义。自此以来，大人君子，或合或否。未能知生，安能知死？故各以己意所欲也。又是第一义。看其略涉笔，便是三义；而三俱是第一义，妙绝，妙绝。

吾往为台郎，尝以公事使过密县之邢山，山上有冢。问耕夫，云是郑大夫祭仲[①]，或云子产[②]之冢也。是何心眼？是何笔墨？遂率从者祭而观焉。其造冢居山之顶，四望周达，连山体南北之正而邪东北，向新郑城，意不忘本也。随写随注，我意既尔，古人定不复远。妙妙！其隧道[③]，唯塞其后，而空其前不填之，示藏无珍宝，不取于重深也。随写随注。山多美石不用，必集洧水[④]自然之石，以为冢藏，贵不劳功巧，而此石不入世用也。随写随注。君子尚其有情，结“不忘本”一段。小人无利可动，结次二段。历千载无毁，俭之致也。随手结过。吾去春入朝，因郭氏丧亡。细述感所由生。缘陪陵旧义，自表营洛阳城东首阳[⑤]之南，为将来兆域[⑥]。细述未能免俗。而所得地，中有小山，上无旧冢。八字好。其高显虽未足比邢山，然东奉二陵，西瞻宫阙，南观伊、洛[⑦]，北望夷、齐[⑧]。旷然远览，情之所安也。故遂表树开道，为一定之制。卜兆，乃写到如此兴会。不知死后有知无知，正复超然著胜。至时，皆用洛水圆石，开隧道南向，仪制取法于郑大夫[⑨]，欲以俭自完耳。但得地，未营造，故有“至时”二字。“至时”者，至我死之时也。棺器小殓之事，皆当称此。兼嘱棺殓，妙妙！

〔注释〕

①郑大夫祭仲：即春秋时郑国大夫祭仲，字足。

②子产：春秋时郑国执政，即公孙侨或孙成子，名侨，字子产。

③隧道：此处指通生贮放棺椁墓室的地道。

④洧水：即今河南双洎河。自长葛市以下，至西华入颍水。

⑤首阳：即首阳山，在山西省永济市南，传为伯夷、叔齐采薇隐居处。

⑥兆域：墓域，坟墓的界址。

⑦伊、洛：即河南的伊水、洛水。

⑧夷、齐：即伯夷、叔齐，为商末孤竹君之子，二人反对周武王伐殷，逃至首阳山，不食周粟而饿死。

⑨郑大夫：即指上文所称的郑国大夫祭仲、子产二人。

〔解读〕

这是杜预在世时所预先留给子孙的一纸遗嘱。

杜预，西晋将领，字元凯，京兆杜陵（今陕西西安东南）人，曾任镇南大将军，以灭吴功，封当阳县侯，多谋略，号称“杜武库”，博学有才，参加制定《晋律》，撰有《春秋左氏经传集解》《春秋释例》等。

这篇遗嘱与一般遗嘱大不相同，一不表儿女情长，二不述财产分配继承，既无家事，也无国事，唯一的事是关于自己死后葬地、葬式。而其所要求的葬地葬式又与众不同，其叙述所葬地如描写一处风景，其葬式则要求塞后空前，以洧水之石随葬，仿郑国大夫祭仲之墓，以节俭崇尚自然为本。难能可贵的是，作为一个封建贵族能如此豁达地看待生死丧葬，娓娓叙来，似经解，又似游记。而其子孙也非常理解其用心，完全按照他这篇遗令的要求埋葬了他。此篇遗令可为千古之表。

王 羲 之

兰亭诗序

此文，一意反复生死之事甚疾。现前好景可念，更不许顺口说有妙理、妙语，真古今第一情种也。

永和九年，岁在癸丑[①]，暮春之初，会于会稽山阴之兰亭[②]，叙事。修禊[③]事也。自注。群贤毕至，少长咸集。通篇眼光，在此八字。此地有崇山峻岭，茂林修竹；又有清流激湍，映带左右。写妙地。引以为流觞曲水，列坐其间，虽无丝竹管弦之盛，一觞一咏[④]，亦足以畅叙幽情。承妙地写乐。是日也，天朗气清，惠风和畅。写妙天。仰观宇宙之大，俯察品类之盛。所以游目骋怀，足以极视听之娱，信可乐也。承妙天写乐。○写妙地，以“此地”二字领；写妙天，以“是日”二字领，最明整。

夫人之相与，俯仰一世，始发胸前之感。或取诸怀抱，晤言一室之内；一种人。或因寄所托，放浪形骸之外[⑤]。一种人。虽取舍万殊，静躁不同。不必分别。当其欣于遇，暂得于己，快然自足，曾不知老之将至。贤愚小大，一样得意。及其所之既倦，情随事迁，感慨系之矣。至此又一样兴尽。此只就一时一事论。向之所欣，俛仰之间，已为陈迹，犹不能不以之兴怀。再牒上，方转下。况修短随化，终期于尽[⑥]。古人云：“死生亦大矣，岂不痛哉！”此所谓胸前之感，方是一篇正文也。

每览昔人兴感之由，若合一契，古人亦只畏生死。未尝不临文嗟悼，不能喻之于怀。无数古人，既合一契；吾独何人，又能超然？固知“一死生”佛说也。为虚诞，妙。“齐彭殇[⑦]”道说也。为妄作。妙。撇去二种闲话。后之视今，亦犹今之视昔，悲夫！言瞥眼吾已杳无踪影，犹如今日之古人杳无踪影也。此只将今日古人身后，譬即日吾身后，非言后人视我也。故列叙时人，录其所述，此是通篇眼光，与前八字正应。虽世殊事异，所以兴怀，其致一也。后之览者，亦将有感于斯文。“览”即前“每览”之“览”字。“文”即前“临文”之“文”字。言后人独不畏生死哉！然则览我斯文，亦当同我斯感。因此一结，遂令直至今日。我亦欲哭！

〔注释〕

①永和九年，岁在癸丑：永和，东晋穆帝年号。永和九年，按天干地支纪年是癸丑年。

②会稽山阴之兰亭：会（guì）稽，郡名，在今江苏东南部及浙江东部一带，东晋时郡治在山阴（今浙江绍兴）。兰亭，在今绍兴西南二十七里的兰渚山麓。

③修禊：古代一种风俗，在阴历三月三日到水边洗濯，说可以消除不祥。禊，一种祭礼。

④一觞一咏：指饮酒与赋诗。

⑤放浪形骸之外：不受任何约束，自在放纵地游乐。

⑥况修短随化，终期于尽：意谓何况是人寿的长短，完全听凭造化的安排，终归要走到尽头。

⑦齐彭殇：彭祖之长寿与夭折的人无差别。彭祖，相传为古代长寿者。

〔解读〕

《兰亭诗序》，或称《兰亭集序》，是比较能代表王羲之散文风格的一篇名作。

王羲之（321—379年），字逸少，会稽人，东晋著名书法家。出身士族，曾任江州刺史、会稽内史、右军将军等职，世称“王右军”。书法造诣极高。论者认为其笔势“飘若浮云，矫若惊蛇”，被尊为“书圣”。晋穆帝永和九年（353年）晚春，在兰亭举行了由王羲之、谢安、孙绰等四十一位名士参加的诗酒集会。与会者饮酒赋诗，各抒情怀。然后将这些诗编辑成集，由王羲之为这些诗集写序言。《兰亭诗序》即是兰亭会诗集之序言。

这是一篇关于宴游的名作。作者以饱含感情的笔触、朴素清新的语言，记录了兰亭集会的盛况，并且抒发了对于生死的感慨。此文以“夫人之相与，俯仰一世”为界，在思想内容上可截然划分为两部分，前一部分是讲贤德之人相聚，在崇山峻岭、茂林修竹、清湍急流之美景中，饮酒赋诗，足以尽享耳目之欢娱，而后一部分则忽然悲哀起来，发出了对人生短暂的悲叹，谈起了生存的妄诞。正因为此，在内容上，历史上不少学者对此篇文章是否由王羲之所作提出了怀疑。但可以理解的是，这种忽喜忽悲的心情是符合魏晋士大夫思想状态的，当时由于统治黑暗、社会动乱不止，老庄虚无主义盛行，所以，这篇文章所表达的人生观反映了当时一般士大夫的人生观。不过，作者在此文中没有宣扬消极无为或醉生梦死。此篇文章写得非常美，感情色彩浓，充满了诗情画意，后一部分的感慨议论，思绪深沉，表达得显而不露，深而不晦。还因为此文由王羲之亲笔行书书写，成为后世极为推崇的著名法帖。

潘　岳

闲居赋序

并不多费笔墨，而随手皆起层折。名士风流，固无虚日矣。

岳读《汲黯传》[①]至司马安四至九卿[②]，而良史书之，题以巧宦之目，未曾不慨然废书而叹也。曰：“嗟乎！巧诚有之，拙亦宜然。”孙月峰曰：“正欲说拙，却乃从巧转来。”顾常以为士之生也，非至圣无轨微妙玄通者，推过一辈。则必立功立事，效当年之用。是以资忠履信以进德，修辞立诚以居业。又推过一辈。只欲推过此一辈，却先推过上一辈。只是笔尖善为层折。

仆少窃乡曲之誉，忝[③]司空太尉之命，所奉之主，即太宰鲁武公其人也。举秀才为郎，逮事世祖武皇帝，为河阳、怀令，尚书郎，廷尉评。今天子谅闇[④]之际，领太傅主簿。府主诛，除名为民。俄而复官，除长安令，迁博士，未召拜，亲疾，辄去官免。历叙宦迹。自弱冠涉于知命[⑤]之年，八徙官而一进阶，再免，一除名，一不拜职，迁者三而已矣。虽通塞有遇，抑亦拙之效也。带总带结，俱是笔尖善为层折。昔通人和长舆之论余也，固曰：“拙于用多。”称“多”者吾岂敢，言“拙”则信而有征。长舆一评，殆非泛引，正复深感斯言，方始发笔耳，然位置一何闲帖也？

方今俊乂在官，百工惟时，拙者可以绝意乎宠荣之事矣。看他措言有体。太夫人在堂，有羸老之疾，尚何能违膝下色养，而屑屑从斗筲[⑥]之役？看他措言有体。于是览止足之分，庶浮云之志，筑室种树，逍遥自得。池沼足以渔钓，舂税足以代耕。灌园鬻蔬，供朝夕之膳；牧羊酤酪，俟伏腊[⑦]之费。“孝乎惟孝，友于兄弟”，此亦拙者之为政也。“于是”下浏然信笔，却又作此一挽，真是最善为层折也。乃作《闲居赋》，以歌事遂情焉。

〔注释〕

①《汲黯传》：指司马迁《史记·汲郑列传》。

②司马安四至九卿：司马安为汲黯表姊的儿子，年轻时跟着汲黯做太子洗马，善于为官，曾四次达九卿之位。

③忝：辱，有愧于，常作谦词。

④谅闇：同“谅阴”，原意为守丧处，此指皇帝守丧。

⑤弱冠涉于知命：弱冠为二十岁，因古代男子二十岁行冠礼。知命为五十岁，孔子曰五十而知天命。

⑥斗筲：筲为一种容器，仅盛一斗二升，斗筲均为极小容器。此处形容俸禄微薄。

⑦伏腊：夏季和年终两种祭祀名称。

〔解读〕

潘岳，字安仁，荥阳中牟（今属河南省）人。年少时即以才思敏捷著称，号为奇童。曾任河阳令、著作郎、给事黄门侍郎等职，趋于权贵势利，与石崇等谄事权臣贾谧。后为赵王伦、中书令孙秀所夷三族。他长于诗赋，辞藻华丽，尤善写哀诔之文，与陆机齐名。

本文是潘岳为《闲居赋》写的序文。西晋晚期，朝政极其混乱，权贵之间争权夺利日趋残酷。潘岳虽善于钻营，谄事权贵，但官场甚不得意，在中央、地方作了几任低官，迁来迁去，不见高升。惆怅彷徨之际，遂作了《闲居赋》以叙志，表示自己自此要物我两忘、寄情大自然，过一种田园牧歌式的休闲生活。

本文中，潘岳首述为士之职，就是修德养性，立功立事。然后叙述其自举秀才为郎起，至今三十余年，为郎为令，换了八个地方做官，才升了一级，或被免职除名，或因事而不拜职，可谓仕途穷塞不达。既然如此，便只好绝意仕进，归家侍养老母，筑室种树，赏山玩水，过一种平民生活。作为一个士人，潘岳的这种进不得则退的思想反映了一种无奈和颓废，与陶渊明那种出于内心厌烦官场黑暗而向往大自然有本质不同。本文层次清晰，写得很随意，无矫作之嫌。

嵇 康

琴 赋 序

赋特是琴，序乃不止是琴。不止是琴，而又特赋琴，此始为深于琴理者也。细看其涉笔浅深，悉具狂简之态。

余少好音声，长而翫[①]之。以为物有盛衰，而此无变；滋味有厌，而此不倦；可以导养神气，宣和情志，处穷独而不闷者，莫近于音声也。先作浅浅说。此说音声。是故，复之而不足，则吟咏以肆志；吟咏之不足，则寄言以广意。亦先作浅浅说。此说文字。然八音[②]之器，歌舞之象，历世才士，并为之赋颂。看他转笔。其体制风流，莫不相袭。称其材干，则以危苦为上；赋其声音，则以悲哀为生；美其感化，则以垂涕为贵。丽则丽矣，然未尽其理也。始作深深说。○此说文字。推其所由，似元不解音声；览其旨趣，亦未达礼乐之情也。始作深深说。○此说音声。众器之中，琴德[③]最优，赋是琴，序不止是琴，妙解无人知。故缀叙所怀，以为之赋。

〔注释〕

①翫：摆弄、把玩。

②八音：中国古代对乐器统称，指金、石、土、革、丝、木、匏、竹八类。

③琴德：指琴最能表达人的情志。

〔解读〕

嵇康，三国时魏国文学家、名士。字叔夜，谯郡铚（今安徽宿州西南）人。

“竹林七贤”之一。博学多通，好老庄导气养性之术，善鼓琴、工书画。虽为魏室姻戚，但不愿投靠司马氏。官至中散大夫。为钟会谗陷，遂被杀。据传曾作琴曲《广陵散》，现失传。宋沈括《梦溪笔谈》记载：“广陵散者，言王陵、毋丘俭辈，皆在广陵败散。言魏散亡，自广陵始也。”

这是嵇康为《琴赋》所写的一段序言。这篇文章首先说明了音声的一般作用，接着对一些为音声而作的赋颂加以评价。指出一些赋颂虽然很华丽，但仍未能使音声达到其效果，根本的原因是不懂得音声作用在于表达情志，不能做到形式与内容相统一。同时提出，在众器之中，琴最能表达情志，可谓琴德最优。

陶 潜

归去来辞

凡看古人长文，莫以其汪洋一篇便阁过。古人长文。皆积短文所成耳。即如此辞本不长，然皆是四句一段。试只逐段读之，便知其逐段各自入妙。古人自来无长文能妙者。长文之妙，正妙于中间逐段、逐段纯作短文耳。

归去来兮[①]，田园将芜，胡不归！既自以心为形役[②]，奚惆怅而独悲？一解。归计初决，看他“胡”字、“奚”字一片自怨自艾。固知古来高人，亦无纵心之事。悟已往之不谏，知来者之可追[③]。实迷途其未远，觉今是而昨非。二解。归心一畅。舟摇摇以轻飏，风飘飘而吹衣。问征夫以前路，恨晨光之熹微[④]。三解。离彼。乃瞻衡宇[⑤]，载欣载奔[⑥]，僮仆欢迎，稚子候门。四解。到此。三迳就荒[⑦]，松菊犹存。携幼入室，有酒盈樽。五解。所需裕如。有松、有菊、有幼、有室、有酒、有樽、如此大足矣。引壶觞以自酌，眄[⑧]庭柯以怡颜。倚南窗以寄傲[⑨]，审容膝[⑩]之易安。六解。受用宽然。园日涉以成趣，门虽设而常关。策扶老[⑪]以流憩，时矫首而遐观。七解。莫往莫来。云无心以出岫[⑫]，鸟倦飞而知还，景翳翳[⑬]以将入，抚孤松而盘桓[⑭]。八解。随时不违。

归去来兮，请息交以绝游，世与我而相违[⑮]，复驾言[⑯]兮焉求。九解。与世永绝，重提归去来者，既已归来，又不绝交游，即不如不归之愈也。悦亲戚之情话，乐琴书以消忧。农人告余以春及，将有事于西畴[⑰]。十解。静侣自携。或命巾车[⑱]，或棹孤舟。既窈窕[⑲]以寻壑，亦崎岖而经丘。十一解。纵心自在。木欣欣以向荣，泉涓涓而始流。善万物之得时，感吾生之行休[20]。十二解。指物呈悟。

已矣乎！寓形宇内[21]复几时，曷不委心任去留？胡为遑遑句。欲何之？句。十三解。委命受正。○若七字为句，乃不成句。富贵非吾愿，帝乡[22]不可期。此二句，本与末二句成解。看他恣意插入四句，后来杜工部每每学之。怀良辰以孤往，或植杖而耘耔。登东皋以舒啸，临清流而赋诗。聊乘化以归尽[23]，乐夫天命复奚疑！十四、十五解。既不为官，亦不为仙，得日过日，快然自足也。

〔注释〕

①归去来兮：归去之意。来、兮均为叹词，以表示兴奋喜悦之状。

②以心为形役：形，躯体，此处指口腹。心不愿仕，而仅为了生活去做官，认为是精神为躯体所役使。

③悟已往之不谏，知来者之可追：此语出自《论语·微子》："往者不可谏，来者犹可追。"谏，劝止、挽回。追，补救。

④熹微：熹，稀也。指早晨曙光朦胧。

⑤衡宇：宇指横木为门之房屋，喻所居简陋。

⑥载欣载奔：则喜则奔，或又乐又跑。

⑦三迳就荒：三迳出自汉朝蒋诩的典故。《文选》李注《三辅决录》载："蒋诩字元帅，舍中竹下开三迳，唯求仲、羊仲从之，皆挫廉逃名不出。"作者在此指要像蒋诩那样归隐后，在院中开出三条小路，只与一、二知己往来。

⑧眄：随意观赏。眄，斜视。

⑨寄傲：寄托高傲怀抱。

⑩容膝：形容房屋之矮小。

⑪策扶老：策，持。扶老，即拐杖。

⑫岫：山峦。

⑬景翳翳：景，日光。翳翳，昏暗状。

⑭盘桓：流连忘返。

⑮相违：互相背弃，言与社会意志不合。

⑯驾言：代指出游。驾，驾车。言，语气词。

⑰西畴：西，指方向。畴，指田亩。

⑱巾车：有帷的车。

⑲窈窕：深邃状。

⑳行休：即将休息。有释为即将结束，似不确。

㉑寓形宇内：托身于人世间。

㉒帝乡：神仙境界。

㉓聊乘化以归尽：聊，暂且。乘化，跟随造化。归尽，至死。

〔解读〕

陶渊明（365—427年），东晋时著名诗人。一名潜，字元亮，浔阳柴桑（今江西九江）人。一生仕途坎坷，因出身低微，虽几次出仕，但均为小官，不得施展其治国平天下之雄怀大略，而且他生性疾恶如仇、豁达豪放，与腐朽龌龊的官场格格不入，41岁时辞去了仅做了80天的彭泽（今江西彭泽）县令，归隐于家。其诗文辞赋以描写大自然景色、农村生活情趣见长，艺术风格淡雅自然，优美含蓄，如“采菊东篱下，悠然见南山”，并且寓以对现实社会的批判，但也时常流露出对现实逃避的情调，最典型的莫如《桃花源记》，充分反映了作者渴望遁于世的思想。

本文作于东晋义熙元年（405年）。此年，陶渊明辞去仅做了两个多月的彭泽县令，毅然决定从此摆脱仕宦生涯，回家过隐居生活。此文实际上是他与封建官场、与上层社会的告别辞，也是他立意过一种久所渴望的新生活的宣言书。在此篇辞前，作者还写了一篇短序，叙述自己辞官归隐的原因。

在此文中，作者怀着如释重负的欣喜心情，生动地描述了他辞官归家的感想与情景，开篇即写“回去吧，田园快要荒芜了，为何还不归家？”然后即描写自己搭上一叶小舟，在微明的徐徐轻风中行进，望见自家的门口，家僮、幼儿奔来迎接，踏上庭园小径，观赏自然美景。自此谢绝了与世俗交往，享天伦之乐，书琴相伴，或去田野耕耘，或划扁舟探幽寻曲。在最后一节，作者提出一个对自己也是对所有人的命题：“既然寄身于天地间的时间为时不多，为什么不按照自己的意愿决定去留？为什么还心神不定地去追求？”末尾则自我解嘲，“姑且顺应自然的变化，了结此生吧！乐天知命还有什么疑惑。”在此文里，作者由远及近、由表及里，记叙了途中、归家、悠闲和对人生的思考，表现了自己不肯随波逐流的情操和追求田园生活的志趣。虽流露出一种逃避现实的消极情绪，但对现实政治的批判，不为五斗米折腰的高尚品节，在当时仍有一定积极意义。

本文是陶渊明辞赋中的名篇，也是比较有代表性的。作者善于通过景物环境的烘托，创造出一种怡然自得的意境，做到情景交融。语言如行云流水，自然畅达，句法则基本仿照楚辞，多用偶句。全文换韵五次，韵调和谐。宋代文学家欧阳修给以高评："晋无文章，惟陶渊明《归去来兮辞》而已。"尤其是文中"悟已往之不谏，知来者之可追。实迷途其未远，觉今是而昨非"，可谓名言，任何时代都有其积极的哲理。

刘 伶

酒 德 颂

从来只说伯伦沉醉，又岂知其得意乃在醒时耶？看其“天地一朝”等，乃是未饮以前；“静听不闻”，乃是既醒以后，则信乎众人皆醉，伯伦独醒耳！

有大人先生①，先标酒人。以天地为一朝②，万期为须臾，日月为扃牖③，八荒为庭衢④。行无辙迹，居无室庐，幕天席地，纵意所如。次陈酒意。止则操卮执觚⑤，动则挈榼⑥提壶，惟酒是务，焉知其余！方写饮酒。○已上自写酒德已毕，下掀翻。

有贵介⑦公子，缙绅处士，闻吾风声，议其所以，乃奋袂攘襟，怒目切齿，陈说礼法，是非蜂起⑧。公等何足污先生笔端？写之，亦以掀翻出下二段妙理也。先生于是方捧罂承槽⑨，啣杯漱醪，奋髯箕踞⑩，枕曲藉糟，无思无虑，其乐陶陶。一段。先说付之不见、不闻。兀然而醉，恍尔而醒，静听不闻雷霆之声，熟视不睹泰山之形。不觉寒暑之切肌，利欲之感情。俯视万物，扰扰焉若江海之载浮萍；二豪⑪侍侧焉，如蜾蠃之与螟蛉⑫。一段。又说虽便见之、闻之，亦复奚有？妙绝、妙绝！遂觉“山鬼伎俩有尽”语，所逊不啻千里也。○须知此段，有五“尚”字，一“何况”字，乃是最空灵之笔，不是一味大言。

〔注释〕

①大人先生：大人或先生，是古代对有德业者的一种尊称。在此，刘伶用来

自称。

②一朝：平旦至食时为朝。此处指把天地开辟以来看做一朝。

③扃牖：门窗。

④八荒为庭衢：八荒，四方和四隅叫做八方，八方之外极远地方叫八荒。庭，门前。衢，四通八达道路。此句意为八荒之远地方近如门前的道路。

⑤操卮执觚：卮（zhī），古代一种圆形盛酒器。觚（gū），古代一种长身、细腰、阔底、大口的饮酒器。

⑥挈榼：榼（kē），古代一种盛酒器，即手提酒具。

⑦贵介：介，大。贵介即为尊贵。

⑧蜂起：即蠭起。此处为唠叨不绝，议论纷纷之意。

⑨捧罂承槽：罂（yīng），瓮。槽，贮酒之具。

⑩奋髯箕踞：髯，两颊上的胡子。奋髯，摆动着胡子，表示悠然自得，毫不在意。箕踞：坐时臀部着地，两足前伸，为对人不敬、不守礼法之姿势。

⑪二豪：指前所言的公子和处士。

⑫蜾蠃之与螟蛉：蜾蠃，为蜂的一种，用泥在墙或树上作窝。螟蛉，蛾的幼虫。蜾蠃捕捉螟蛉，存放于窝内，留作它的幼虫食物，然后产卵，封闭窝口。古代误认为蜾蠃养螟蛉为己子，螟蛉即变为蜾蠃。这里以二虫比二豪，表示藐视。

〔解读〕

刘伶（221—300年），字伯伦，西晋沛国（治所在今安徽宿县西北）人。曾官建威参军，后与阮籍、嵇康同隐，为竹林七贤之一。他和阮籍、嵇康一样反对当时的统治者司马氏，因而也反对统治者用以欺骗麻痹人民的名教礼法。

《酒德颂》是刘伶借歌颂酒而表现他蔑视礼法和现存秩序、敌视作为统治者御用文人的反抗精神。表面上饮酒作乐，醉而猖狂，似乎是消极处世，而实质上则是作者对现存黑暗统治的一种无情批判和消极的抗争，其本意并非真正歌颂酒。

在这篇颂里，作者刻画了一个自称“大人先生”的有圣德之人，傲视宇宙万物和人间，周游世界，行而不需车马，居而不住房屋，以天地为帐篷，不论是走还是停，都提酒壶、执酒杯，唯酒是务。而当有两个尊贵的官僚向他陈述礼法时，他却捧起酒瓮，喝着浊酒，摆动着胡子，箕踞而卧在酒糟之上，乐而陶陶，兀然而醉。在似醉非醉之中，超然物外，摆脱人间利害之争，视万物如江水所载的浮萍一样，不值一顾，而那两个给他讲礼说法的贵人则好像两个小虫。

卷之十 唐 文

韩 愈

韩愈（768—824 年），字退之，原籍河南河阳（今河南孟州）人，因曾任吏部侍郎，常被称韩吏部；因死后谥号“文”，又称韩文公；因自称为昌黎人，又称韩昌黎。他生于衰世，历唐代宗、德宗、顺宗、宪宗、穆宗五朝，出身小官吏家庭。自幼发愤苦读，十九岁始应举求官，多次败奔，几至“穷不自存”地步。二十九岁始入仕途，先后任国子监四门博士、监察御史、河南县令、职方员外郎、刑部侍郎、国子祭酒、兵部侍郎等职，因上疏直谏，几次被贬。

韩愈是唐代杰出的文学家，同时又是思想家，他的诗文在中国文学史上占有很重要的地位。尤其是他的散文（即“古文”），苏轼在《潮州韩文公庙碑》中赞美曰“文起八代之衰，道济天下之溺”，对以后一千多年的散文创作产生过历久不衰的巨大影响。他终生倡导古文运动，以自己雄健的才力，以自己关于古文运动的理论和杰出的创作实践，扫除六朝以来靡丽的文风，开辟了中国散文史上的一个极其辉煌的时代，将古文运动推动至高峰。

韩愈古文理论的出发点是文道统一，要求用新颖丰富的文学语言创作准确流畅的文章，针对六朝以下骈体文错采浮媚的形式主义弊端，要求写文章“唯陈言之务去”“辞必己出”“不袭蹈前人一言一句”，并特别强调对古代散文传统的继承与革新。韩愈本人的杰出的散文创作，是他所倡导的古文运动中最辉煌的实绩，他文章传世的达 380 多篇，包括杂著、书启赠序、哀辞祭文、碑志、表状等各种体裁，内容丰富，形式多样。其文特点之一是感情充沛，气势旺盛，摆脱骈文之束缚，以散句单行为主的语言形式写作，造句顺应感情与语气之需要，长短句错综交替，同时吸收辞赋和骈文的排偶，句式结构灵活多变，如柳宗元所言“猖狂恣睢，肆意有所作”。特点之二是富于形象性，叙事记人，巧于刻画；抒情说理，善于比喻。尤其是比喻，不仅量多，而且鲜明贴切，手法多样，有时文章通篇就是一个比喻。其特点之三是语言简练、准确、鲜明、生动，内容绝少无病呻吟、陈词滥调。作为散文艺术家，他将散文提高到了真正的文学境界，有力地打击了风靡三百年的以骈体文为代表的绮丽柔弱的南北朝文风。刘禹锡在献给韩愈的祭文中称誉他“手持文柄，高视寰海……三十余年，声名寒天”。李汉在《昌黎先生文集序》中说：“先生于文，摧陷廓清之功，比于武事，可谓雄伟不平常者矣。”他倡导的古文运动，又直接启示了以欧阳修、苏轼等人为代表的北宋文学革新运动，开创了中国文学史上以唐宋八大家为代表的古文传统。

除散文外，韩愈的诗歌也是独具风格，成就辉煌，今存的四百多首诗中有不少是对现实的批判、对国事之忧虑、对民生之同情，推崇李白、杜甫。其诗最大特点是“奇崛险怪”，突出表现在他的大量的描写自然景物和某些赠答作品中，并注重表现形式的追求和开拓，“以文为诗”，形成了韩诗散文化的特点。清人叶燮在《原诗》中说：“韩愈为唐诗之一大变，其力大，其思雄，崛起特为鼻祖，宋之苏（舜钦）、梅（尧臣）、欧（阳修）、王（安石）、黄（庭坚），皆愈为之发其端，可谓极盛。”

在本书中，金圣叹选录了韩愈各类文章三十篇，既有论文，也有书信、序文。这些作品大多说理深刻，论述严谨，纵横开阖，气势磅礴，且大多触及时弊，针对性强，不落俗套，或思想性，或艺术性，均有一定的借鉴和欣赏价值。尤其是一些哲理性的名言，更应切记熟读。

上宰相书

此文，前后六段。逐段各自读之。读第一段了，再读第二段，便见只是轻轻短笔也。

正月二十七日，前乡贡进士[①]韩愈。谨伏光范门下再拜献书相公阁下：

《诗》之序曰："菁菁者莪，乐育材也。君子能长育人材，则天下喜乐之矣。"并不自著一句一字，忽引《诗》序起，大奇！其《诗》曰[②]："菁菁者莪，在彼中阿。既见君子，乐且有仪。"说者曰："'菁菁'者，茂也；'莪'，微草也；'阿'，大陵也；言君子之长育人材，若大陵之长育微草，能使之菁菁然茂盛也；'既见君子，乐且有仪'云者，天下美之之辞也。"引《诗》一章并注，大奇。其三章曰："既见君子，锡我百朋。"说者曰："'百朋'，多之之辞也；言君子既长育人材，又当爵命之，赐之厚禄，以宠贵之云尔。又引《诗》之三章并注，大奇。其卒章曰："泛泛杨舟，载沉载浮。既见君子，我心则休。"说者曰："'载'，载也；'沉浮'者，物也；言君子之于人材，无所不取，若舟之于物，浮沉皆载之云尔。'既见君子，我心则休'云者，言若此则天下之心美之也。君子之于人也，既长育之，又当爵命宠贵之，而于其才无所遗焉。"又引《诗》之卒章并注，大奇。○不出一句一字，突然引《诗》，已奇；又引者缅缅然一序、三《诗》、又并注，岂不大奇？孟子曰："君子有三乐，王天下不与存焉。其一曰：'乐得天下之英才而教育之'。"引《诗》不已，又引《孟子》，大奇。此皆圣人贤士之所极言至论，古今之所宜法者也。大笔一总。○引如许旧文，只用一总便尽住。然则孰能长育天下之人才，将非吾君与吾相乎？从引《诗》入正文。孰能教育天下之英材，将非吾君与吾相乎？从引《孟子》入。幸今天下无事，一暇。大小之官各守其职。二暇。钱谷甲兵之问不至于庙堂[③]。三暇。论道经邦之暇，舍此宜无大者焉。妙妙。已上，第一段毕。

今有人，斗接自己，细细具述，为第三段。生二十八年矣，一。名不著于农、工、商贾之版[④]，二。其业，则读书著文，歌颂尧、舜之道，鸡鸣而起，孜孜焉亦不为利。三。其所读，皆圣人之书。杨、墨、释、老[⑤]之学，无所入于其心。四。其所著，皆约六经之旨而成文，抑邪与正，辨时俗之所感；居穷守约，亦时有感激、怨怼、奇怪之辞，以求知于天下；亦不悖于教化，妖淫、谀佞、诪张[⑥]之说，无所出于其中。五。四举于礼部[⑦]，乃一得；三选于吏部，卒无成。六。九品之位其可望，一亩之宫其可怀。遑遑乎四海无所归，恤恤乎饥不得食，寒不得衣，七。滨于死而益固，八。得其所者争笑之。忽将弃其旧而新是图，求老农、老圃而为师。九。悼本志之变化，中夜涕泗交颐。虽不足当诗人。孟子之谓，抑长育之使成材，其亦可矣；教育之使成才，其亦可矣。妙妙，第二段毕。

抑又闻，一"抑又闻"，为第三段。古之君子相其君也，一夫不获其所，若己推而内之沟中。断章取义引。今有人，生七年而学圣人之道，以修其身，积二十年，不得已一朝而毁之，是亦不获其所矣。妙妙，读之心悲！伏念今有仁人在上位，若不往告之而遂行，是果于自弃，而不以古之君子之道待吾相也，其可乎？宁往告焉，若不得志，则命也，其亦行矣。妙妙！第三段毕。《洪范》[⑧]曰："凡厥庶民，有猷[⑨]、有为、有守，汝则念之。不协于极，不罹于咎，皇则受之，而康而色。曰'予攸好德，汝则锡之福'。"是皆与善之辞也。抑又闻，二"抑又闻"，为第四段。古之人有自进者，而君子不逆之矣。曰"予攸好德，汝则锡之福"之谓也。第四段毕。

抑又闻，三"抑又闻"，为第五段。上之设官制禄，必求其人而受之者，非苟慕其才，而富贵其身也，曲折。盖将用其能理不能，用其明理不明者耳。妙。下之修己立诚，必求其位而居之者，非苟没于利而荣于名也，曲折。盖将推己之所余，以济其不足者耳。妙。然则上之于求人，下之于求位，交相求，妙。而一其致焉耳。妙。苟以是而为心，则上之道不必难其下，妙。下之道不必难其上。妙。可举而举焉，不必让其自举也；妙。可进而进焉，不必廉于自进也。妙。第五段毕。

抑又闻，四"抑又闻"，为第六段。上之化下得其道，则劝赏不必遍加乎天下而天下从焉。提。因人之所欲为而遂推之之谓也。再提。今天下不由吏部而仕进者几希矣。曲折一。主上感伤山林之士有逸遗者，屡诏内外之臣，旁求于四海，而其至者盖阙焉。曲折二。岂其无人乎哉？曲折三。亦见国家不以非常之道礼之而不来耳。曲折四。彼之处隐就闲者亦人耳。其耳、目、口、鼻之所欲，其心之所乐，其体之所安，岂有异于人乎哉？曲折五。今所以恶衣食，穷体肤，麋鹿之与处，猿狖之与居，固自以其身不能与时从顺俯仰，故甘心自绝而不悔焉。曲折六。而方闻国家之仕进者，必举于州县，然后升于礼部、吏部[10]，试之以绣绘雕琢之文，考之以声势之逆顺、章句之短长。中其程式者，然后得从下士之列。虽有化俗之方，安边之策，不由是而稍进，万不有一得焉。彼惟恐入山之不深，入林之不密，其影响昧昧，惟恐闻于人也。曲折七。今若闻有以书进宰相而求仕者，而宰相不辱焉。而荐之天子，而爵命之，而布其书于四方，曲折八。枯槁沉溺、魁闳博通之士，必且洋洋焉动其心，峨峨焉缨其冠，于于焉而来矣。曲折始竟。此所谓劝赏不必遍加乎天下，而天下从焉者也。因人之所欲为而遂推之之谓者也。第六段毕。

伏惟览《诗》《书》《孟子》之所指，念育才锡福之所以，考古之君子相其君之道，而忘自进自举之罪，思设官制禄之故，以诱至山林逸遗之士，庶天下之行道者知所归焉。小子不敢自幸，一气总收已上六段，气力最大。其尝所著文，辄采其可者若干首，录在异卷，冀辱赐观焉！干渎尊严，伏地待罪。愈再拜。

〔注释〕

①乡贡进士：唐制，由各州县荐举出来参加科举考试而考中进士的人，称为乡贡进士。

②《诗》曰：以下引的“菁菁者莪，在彼中阿。既见君子，乐且有仪”等句，见之于《诗经·小雅·彤弓之什》。

③庙堂：太庙之明堂，为古代帝王祭祀、议事之地。

④版：名册或户籍。

⑤杨、墨、释、老：指杨朱、墨子、佛家释迦牟尼、老庄，在唐代此四家被视为意识形态领域之异端。

⑥诪张：欺诬。

⑦四举于礼部：礼部为唐六部之一，掌礼仪、祭享、贡举之职。韩愈曾四次参加礼部考试才考中进士。

⑧《洪范》：为《尚书》之一篇。旧传为商末箕子向周武王陈述的“天地之大法”。

⑨猷：通“谟”，谋划之意。

⑩吏部：唐六部之一，主管官员的选拔、任命、考察、升迁黜贬等。

〔解读〕

这是韩愈于唐德宗贞元十一年（795年）正月写给当时宰相的一封信，一封毛遂式自荐信。

韩愈一生文高天下，但仕途极为坎坷。似乎命运专与他作对，他愈是渴望升官发财，就愈是在官场上连遭不顺。贞元年间，韩愈好不易中了进士，有了做官的资格，却一直未如他所希望的那样被拔擢重用，京城闲待，又急又困，不得已，乃提笔斗胆向宰相直接上书。

一般说，求官信是极为难写的，自恃太高不行，而太低三下四哀求也不行。但韩愈不愧为文章神手，他这封求官书写得别具一格。首先引用《诗经》和《孟子》语，言君子之美德就是培养人才，谁能发现人才、养育人才而用之，就是吾君与吾相，将用材提到一个很高的层次。然后一段则转入正题，叙述他本人一生读书作文，学的全是儒学正宗，写的也全是符合六经旨意之文，但不幸的是，四次参加礼部考试才中进士，三次被吏部所选而终无一官半职，以致精神恍惚，衣食无靠，处境极为狼狈。本欲弃旧图新而走，但又想到今有仁人在位，如不告而走，则等于自暴自弃，也不符合“占之君子之道”，所以，宁愿不得志，也要向在位的“仁人”告诉一声。似乎，文章至此已无甚可写，但韩愈笔锋一转，又讲起国家使用人材除吏道一途外，还有好多有经国纬世之才的人埋没于乡间山林。这些人之所以闲置，是因为国家招贤之不得法，国家应以“非常之道”礼之，他们才肯出来做官。但对这些人又不可能一一告之，唯一可行的办法就是示范作用，即如果他们听说，今日有人上书求宰相而得到宰相的任用，那么，他们必然为之动心，自出山林，来到朝廷。

韩愈此信可谓用心良苦，对宰相先以古仁人圣人之道劝勉。之，对自己则不耻自表自怜，甚至替宰相出主意，以自己自荐而被重用诱那些山林隐逸之士出山。其目的之一就是希望宰相能受理他的请求，荐之于皇帝。文中有引文、有设问、有比喻、有叙述，文章跌宕曲折，其意含蓄而不隐晦，情恳而又不卑，尤其是善于以古喻今，以小比大，将自己的一己之念同治国平天下、国家用人之道联结在一起，从而使此封信显得独具匠心、不落俗套。

后十九日复上宰相书

气最条达，笔最曲折。他人条达者最难曲折，曲折者不复条达矣。

二月十六日，前乡贡进士韩愈谨再拜言相公阁下：

向上书及所著文后，待命凡十有九日，不得命，恐惧不敢逃遁，不知所为。乃复敢自纳于不测之诛，以求毕其说，而请命于左右[①]。述前起。愈闻之，蹈水火者之求免于人也，不惟其父、兄、子弟之慈爱，然后呼而望之也，将有介[②]于其侧者。虽有所憎怨，苟不至于欲其死者，则将大其声疾呼，而望其仁之也。又曲折，又条达，最要熟读。彼介于其侧者，闻其声而见其事，不惟[③]其父、兄、子弟之慈爱，然后往而全之也。虽有所憎怨，苟不至于欲其死者，则将狂奔尽气，濡手足、焦毛发、救之而不辞也。又曲折，又条达。看他复写上文，不换一字。若是者何哉？其势诚急，而其情诚可悲也。总。“势急”是总前一段，“情悲”是总次一段。

愈之强学力行有年矣。一“矣”字，九字句。愚不惟道之险夷，行且不息，以蹈于穷饿之水火，其既危且亟[④]矣。二“矣”字，二十五字句。大其声而疾呼矣，三“矣”字，七字句。阁下其亦闻而见之矣。四“矣”字，九字句。四句四“矣”字生姿。其将往而全之欤？抑将安而不救欤？有来言于阁下者，曰：“有观溺于水而爇[⑤]于火者，有可将之道，而终莫之救也。”阁下且以为仁人乎哉？不然，若愈者，亦君子之所宜动心者也。两“将欤”字，一“乎哉”字，赶出此句，凡二行半，作一气读，最条达，又曲折。

或谓愈："子言则然矣，宰相则知子矣，如时不可何?"愈窃谓之不知言者，另出又复。诚其材能不足当吾贤相之举耳。折。若所谓"时"者，固在上位者之为耳，非天之所为也。又条达，又曲折，读之快意。前五、六年时，宰相荐闻。尚有自布衣[⑥]蒙抽擢者，与今岂异时哉？一段。"哉"字押。且今节度[⑦]、观察使[⑧]，及防御[⑨]、营田诸小使[⑩]等，尚得自举判官[⑪]，无间于已仕、未仕者。况在宰相，吾君所尊敬者，而曰不可乎？一段。"乎"字押，"哉""乎"字生姿。古之进人者，或取于盗[⑫]，或举于管库[⑬]。今布衣虽贱，犹足以方于此。到底曲折，无一直笔。情隘辞蹙[⑭]，不知所裁，亦惟少垂怜焉！

〔**注释**〕

①请命于左右：请命，等候、求得回信。左右，古代书信中为示对对方尊重。不直称呼对方，而称其左右执事。

②介：挨近。

③惟：考虑。

④亟：急迫。

⑤爇：焚烧。

⑥布衣：平民百姓之代称，与有官衔者对应。

⑦节度：即节度使，是北周、隋唐在重要地区设置的一种有军政财大权的官职。

⑧观察使：唐代中央派出的掌管地方官吏政绩及负责民事的长官。

⑨防御：即防御使，唐初置于西北各重镇之官，后设于各军事要冲，专掌军事。

⑩营田诸小使：营田，即营田使，唐代时设于边疆专管屯田的官吏。营田使属于职位较低的官吏。

⑪自举判官：唐时特许担任临时职务的大臣皆得自选中级官员奏请充任判官，以资佐理。中期以后，节度、观察等使均有判官。

⑫取于盗：据《礼记·杂记》，管仲曾于盗贼中选拔二人为官。

⑬举于管库：据《礼记·檀弓》，晋国赵文子在管仓库的人中选拔数十名德才兼备者。

⑭情隘辞蹙：隘，窘迫。蹙，急促。意谓情形窘迫，言辞急促不达。

〔解读〕

这是韩愈于唐德宗贞元十一年（795年）写给当时宰相的一封求职信。韩愈当时郁郁不得志，满腹经纶无处施展，要求仕进的心情甚为迫切。与第一封信仅相隔十九日，便又迫不及待地发出第二封信。在此信中，韩愈将自己的处境喻为处于水深火热中的落难者，迫切要求宰相能像对待一个要烧死淹毙的人那样搭一把手。在此信中，韩愈讲了宰相应该拔擢他的两层意思：一是救难乃是每人所应有的恻隐之心，这是仁人君子应该做的；二是宰相是有能力做到推荐人才的，韩愈也是值得推荐的，既然古代执政者能从盗贼、仓库管理员中选拔出人才，为何当今宰相不能推荐一个进士呢！

韩愈此信写得很委婉，也很恳切，但与一般人的求职求官信相比，虽情辞恳切，急于仕进之意溢于字里行间，但绝无低三下四、死皮赖脸哀求之意，仍然是以比喻、设问、反驳等手法，引经据典，以求感动宰相。从中也可看到古代知识分子跻身仕途之辛酸，韩愈初入仕官生涯之艰难。

后廿九日复上宰相书

意所欲言而不便得言者，忽然托笔周公，便乃无所不言。故通篇虽有两大幅，而只是周公一大幅也。后写“复上宰相之万万不获已”，又是古今绝纱！

三月十六日，前乡贡进士韩愈，谨再拜言相公阁下：

愈闻周公之为辅相[①]，其急于见贤也，方一食三吐其哺，方一沐三捉其发。述周公为相，下转笔。当是时，天下之贤才皆已举用，一“皆已”，九字句。奸邪、谗佞、欺负之徒皆已除去，二“皆已”，十二字句。四海皆已无虞。三“皆已”，六字句。九夷、八蛮之在荒服[②]之外者，皆已宾贡。四“皆已”，十六字句。天灾、时变、昆虫、草木之妖，皆已销息。五“皆已”，十四字句。天下之所谓礼乐、刑政、教化之具皆已修理。六“皆已”，十七字句。风俗皆已敦厚。七“皆已”，六字句。动植之物，风雨霜露之所沾被者，皆已得宜。八“皆已”，十七字句。休征嘉瑞[③]，麟凤龟龙[④]之属，皆已备至。九“皆已”，十四字句。下，再转笔。而周公以圣人之才，凭叔父之亲，其所辅理承化之功，又尽章章如是。下再转笔。其所求进见之士，岂复有贤于周公哉？一“岂复有哉”。不惟不贤于周公而已，岂复有贤于时百执事者哉？岂复有所计议，能补于周公之化者哉？二“岂复有哉”，三“岂复有哉”。○下再转笔。然而周公求之如此其急，惟恐耳目有所不闻见，思虑有所不及，以负成王托周公之意，不得于天下之心。下再转笔。如周公之心，设使其时辅理承化之功，未尽章章如是，而非圣人之才，而无叔父之亲，则将不暇食与沐矣。岂特吐哺、捉发为勤而止哉！下再转笔。维其如是，故于今颂成王之德，而称周公之功不衰。凡费无数转笔，说周公毕。

今阁下为辅相亦近耳，述阁下为相。下转笔。天下之贤才岂尽举用？一“岂尽”，九字句。奸邪、谗佞、欺负之徒，岂尽除去？二“岂尽”，十二字句。四海岂尽无虞？三“岂尽”，六字句。九夷、八蛮之在荒服之外者，岂尽宾贡？四“岂尽”，十五字句。天灾、时变、昆虫、草木之妖，岂尽销息？五“岂尽”，十四字句。天下之所谓礼乐、刑政、教化之具，岂尽修理？六“岂尽”，十七字句。风俗岂尽敦厚？七“岂尽”，六字句。动植之物，风雨、霜露之所沾被者，岂尽得宜？八“岂尽”，十七字句。休征嘉瑞，麟凤龟龙之属，岂尽备至？九“岂尽”，四字句。其所求见进之士，虽不足以希望盛德，至比于百执事，岂尽出其下哉？其所称说，岂尽无所补哉？十“岂尽”，十一“岂尽”；二十七字句，十字句。上九“岂尽”，皆与前句字整对，独添此两“岂尽”句与前异也。○此两“岂尽”，本非分外添出，即上三“岂复有哉”变文耳。今虽不能如周公之吐哺、捉发，亦宜引而进之，察其所以而去就之，不宜默默而已也。此又不十分用转笔。○说阁下毕，下始入自复上书意。愈之待命，四十余日矣，书再上而志不得通，足三及门而阍人[5]辞焉。惟其昏愚不知逃遁[6]，故复有周公之说焉。阁下其察之！毕。下另作余文，自解复上书之无可奈何。

古之士，三月不仕则相吊。故出疆必载质。然所以重于自进者，以其于周不可，则去之鲁；于鲁不可，则去之齐；于齐不可，则去之宋、之郑、之秦、之楚也。犹言“故不必复上书”也。今天下一君，四海一国，舍乎此则夷狄[7]矣，妙妙！去父母之邦矣。妙妙！安得不复上！故士之行道者，不得于朝，则山林而已矣。山林者，士之所善自养而不忧天下者之所能安也。妙妙！如有忧天下之心，则不能矣。妙妙！又安得不复上。故愈每自进而不知愧焉；书亟上，足数及门而不知止焉。宁独如此而已，惴惴焉惟不得出大贤之门下是惧，又另一句。亦惟少垂察焉！渎冒威尊，惶恐无已。愈再拜。

〔**注释**〕

①周公之为辅相：周公即周公旦，周武王弟，成王年幼，辅佐成王执政。据说

他勤于政事，访贤心切，一顿饭中为接待来访者而三次吐出口中食物。洗一次头而三次握住已解开的头发。

②荒服：古代统治者以京师为天下中心，按其距京师远近分为五等：甸服、侯服、绥服、要服、荒服，荒服指极远地区。

③休征嘉瑞：休、嘉均为美善之意，意谓美好吉祥的征兆。

④麟凤龟龙：此四种动物在古代被视为吉祥物，象征着太平盛世。

⑤阍人：守门者。

⑥逃遁：此处为擅自离开之意。

⑦夷狄：古代对东、南方少数民族称夷，对西、北方少数民族称狄。

〔解读〕

这是韩愈继二月十六日之后又一次给宰相写信，在上一封信中韩愈基本上是恳求宰相发恻隐之心提携他一把。但在此封信中，因为已经等了一个多月，前两信毫无回音，既惆怅失望，又愤慨不满，所以言辞激烈，大有直斥之意。

在此信中韩愈大谈周公，当周公之时，天下太平，既无天灾，又无人祸，万物各得其所，而周公仍然求贤若渴，不暇寝食，生怕自己耳不聪、眼不明，或有考虑不周地方，以辜负成王委托，失去民意。然后，韩愈笔锋一转，直指宰相本人，难道当今之世比周公之时还尽善尽美？既然天下事情颇多，作为辅佐之臣，即使不能做到像周公那样“吐哺握发”，但也应接见引荐人才。最后，韩愈发牢骚式地诉说自己忍无可忍的冷遇，重申自己忧天下而急于施展才能的愿望。本书采取古今对比，有一鼓作气的排比，又有不可反驳的质问，尽管后一段略显浮躁，但仍据理而言，寓含讽意，令人深思。

答李翊[1]书

中间自说为文之甘苦浅深，其妙更不必论。只如前起之曲折之妙，后收之荡漾之妙，皆笔墨之罕事也。

六月二十六日，愈白李生足下：生之书辞甚高，而其问何下而恭也？能如是，谁不欲告生以其道？曲折。道德之归也有日矣，况其外之文乎？曲折。已上赞李。抑愈所谓望孔子之门墙而不入其宫[2]者，焉足以知是且非耶？曲折。虽然，不可不为生言之。曲折。已上自谦。

生所谓立言[3]者是也，生所谓者与所期者，甚似而几矣。曲折。抑不知生之志，蕲[4]胜于人而取于人耶？将蕲至于古之立言者耶？详问之。蕲胜于人而取于人，则固胜于人而可取于人矣。将蕲至于古之立言者，则无望其速成，无诱于势利，养其根而俟其实，加其膏而希其光。根之茂者其实遂；膏之沃者其光晔。仁义之人，其言蔼如也。重。

抑又有难者，愈之所为，不自知其至犹未也。曲折。虽然，学之二十余年矣。曲折。始者非三代两汉[5]之书不敢观，非圣人之志不敢存。处若忘，行若遗，俨乎其若思，茫乎其若迷。当其取于心而注于手也，惟陈言之务去，戛戛乎其难哉！其观于人，不知其非笑之为非笑也。第一层。如是者亦有年，看他钩连而下。犹不改，然后识古书之正伪，与虽正而不至焉者，昭昭然白黑分矣，而务去之，乃徐有得也。当其取于心而注于手也，汩汩然来矣。其观于人也，笑之则以为喜，誉之则以为忧，以其犹有人之说者存也。第二层。如是者亦有年，看他又钩连而下。然后其浩乎沛然矣。吾又惧其杂也，迎而距之[6]，平心而察之，其皆醇也，然后肆焉[7]。第三层。虽然，不可以不养也。行之乎仁义之途，游之乎《诗》《书》[8]之源，无迷其途，无绝其源，终乎吾身而已矣。第四层毕。下乃快然自足之言也。气，水也；言，浮物也。水大，而物之浮者大小毕游。气之与言，犹是也。气盛，则言之短长与声之高下者皆宜。然后快然自足也。下又转。虽如是，其敢自谓几于成乎？下又转。虽几于成，其用于人也奚取焉？下又转。虽然，待用于人者，其肖于器耶？用与舍属诸人[9]。句。君子则不然，处心有道，行己有方；用则施诸人，舍则传诸其徒，垂诸文而为后世法。如是者，其亦足乐乎？其无足乐乎？论文至此，不羡灵运生天矣。

而有志乎古者希矣。曲折。志乎古必遗乎今，妙妙！吾诚乐而悲之。妙妙！亟称[10]其人，所以劝之，非敢褒其可褒，贬其可贬也。妙妙！问于愈者多矣，曲折。念生之言不志乎利，聊相为言之。妙妙！愈白。

〔注释〕

①李翊：贞元十八年（802 年）进士，唐德宗时人，有志于学习古文，向韩愈请教。其余不详。

②望孔子之门墙而不入其宫：此语出自《论语·子张》篇，是子贡的话，意思是说自己只是望着孔子门墙而没登堂入室，比喻孔子之道很深，自己只知一点皮毛。

③立言：著书立说，流传后世。

④蕲：同“祈”，求。

⑤三代两汉：三代指夏、商、周，两汉指东、西汉。

⑥迎而距之：一方面接受它，一方面又拒止它。距，同“拒”。

⑦肆焉：放纵。此处指放手去写。

⑧《诗》《书》：指《诗经》与《尚书》。

⑨用与舍属诸人：取舍决定于人。用，任用。舍，不用。属，决定。

⑩亟称：一再称赞。

〔解读〕

这是韩愈写给李翊的一封信。在此信中，韩愈主要阐述的问题是：第一，学古文要以立行为本，因文章是一个人思想道德修养的外部表现，所以学古文要从加强主观道德修养入手，“养其根而俟其实”，其途径就是行仁义而读《诗经》《尚书》。韩愈反复强调文人主观道德修养的重要性，把思想道德修养（气）与文章（言）的关系视作水与浮物关系，只有水大了，东西不论大小都可漂起，道德修养好了，写起文章来自然会纵横无碍，挥洒自如。第二，写作要有创新，把自己心里想的写出来，务必去掉立意驳杂和立意虽正而未能臻于完美的弊病，在善于学习古人作品时，不要蹈袭别人的熟套，使自己的文章无论对己对人都有取用之处。第三，学古文要有坚定决心，不以时人的毁誉为转移，不为世俗的富贵利禄而诱惑。

在这篇文章中，韩愈作为一个大学问家，面对一个古文初学者，并没有居高临下、板起面孔说教，而是从自己创作实践说起，向求教者详细谈了他对做人与“立言”关系的看法，循循善诱，慰勉有加。所以金圣叹在此文中批了不少“曲折”和“妙妙”，清人姚鼐也评价说：“此书自道所得，字字从精心撰出，故自绝论。”

代张籍与李浙东书

逐层曲折尽意，又最轻举。

籍[①]闻议论者皆云：方今居古方伯连帅[②]之职，坐一方得专制于其境内者，惟阁下心事荦荦[③]，与俗辈不同。籍固以藏之胸中矣。一层。此一层，先说李公心事荦荦，超出俗辈。

近者阁下从事李协律[④]翱到京师。籍于李君，友也，不见六七年，闻其至，驰往省之。问无恙外，不暇出一言。且先贺其得贤主人。李君曰："子岂尽知之乎？吾将尽言之。"数日，籍益闻所不闻，私独喜，常以为自今已后，不复有如古人者，于今忽有之。二层。此一层，忽借故人李协律作波澜。退自悲，不幸两目不见物，无用于天下，胸中虽有知识，家无钱财，寸步不能自致。今去李中丞[⑤]五千里，何由致其身于其人之侧，开口一吐出胸中之奇乎？因饮泣不能语。三层，此一层，又借目盲作波澜。既数日，复自奋曰："无所能人，乃宜以盲废；有所能人，虽盲，当废于俗辈，不当废于行古人之道者。"浙水东七州，户不下数十万，不盲者何限？李中丞取人，固当问其贤不贤，不当计其盲与不盲也。

当今盲于心者皆是，若籍，自谓独盲于目尔，其心则能别是非，若赐之坐而问之，其口固能言也。幸未死，实欲一吐出心中平生所知见，阁下能信而致之于门耶？四层，此一层又借目盲，与天下人比对作波澜。籍又善于古诗，使其心不以忧衣食乱。阁下无事时，一致之座侧，使跪进其所有，阁下凭几而听之，未必不如听吹竹、弹丝、敲金、击石也。夫盲者业专，于艺必精，故乐工皆盲，籍倘可与此辈比并乎？五层。此一层，自叙能诗。已上皆叙李公，此始自叙也。使籍诚不以蓄妻子、忧饥寒乱心，有钱财以济医药，其盲未甚，庶几其复见天地日月，因得不废，则自今至死之年，皆阁下之赐。阁下济之以已绝之年，赐之以既盲之视，其恩轻重大小，籍宜如何报也。六层。此一层感谢。

〔注释〕

①籍：即张籍，唐代诗人，字文昌，苏州人。历任太常寺太祝、水部员外郎、国子司业等职，世称张水郎或张司业。曾从韩愈习古文。其诗受白居易推荐，与王建齐名，世称“张王”。有《张司业集》。

②方伯连帅：古代诸侯中的领袖之称，谓为一方之长。

③荦荦：分明貌。

④李协律：即李翱，贞元十四年（798年）进士，授校书郎，后转迁国子博士。据马其昶《韩昌黎文集校注》，文中说“阁下从事”应是李逊，此人后以政绩迁浙东观察使。

⑤李中丞：即李巽，当时兼任御史中丞，故称李中丞。

〔解读〕

这是韩愈代其友张籍写给当时在浙东做观察使李逊的一封求职信。

张籍为唐著名诗人，贞元进士，曾任过几任闲官，仕途坎坷，穷困潦倒，后因眼疾几至于盲，又称其“穷瞎张太祝”。张籍与韩愈、李翱为好朋友，韩愈诗文中有不少是赠张籍的。因张籍当时过于穷艰，而又加上目盲，处境极为艰难，韩愈便代笔给在浙江的李逊修书一封。

向上自荐求助，最难开口。信中先借他人之口赞誉李逊，如古之贤人君子，然后悲自己不能到其身边为其所用，在此，作者可怜兮兮地描述了自己的处境和渴望施展其才的想法，并委婉地道出自己所能所用。此信写得很委婉、很悲怆，也很迫切，一层一层，由赞李逊入手，直到似乎已被李逊召用而感激不尽。虽读之令人酸鼻，为文人潦倒背运如此而悲，但文中处处洋溢着一种不屈服命运的抗争和自信。

与于襄阳书

前半幅，只是闲闲说成一段议论，或整或散，或对或不对，任笔自为起尽。至“侧闻阁下”后方是两段正文。一段先扬后抑，一段先抑后扬。因前幅既有议论，于是轻轻着笔便休也。

七月三日，将仕郎、守国子四门博士[①]韩愈，谨奉书尚书[②]阁下：

士之能享大名、显当世者，莫不有先达之士，负天下之望者为之前焉。言下之人必如此。一扇。士之能垂休光照后世者，亦莫不有后进之士，负天下之望者为之后焉。言上之人必如此。一扇。莫为之前，虽美而不彰；翻前扇。莫为之后，虽盛而不传。翻后扇。是二人者，未始不相须[③]也。笔笔曲折。凡作无数曲折。然而千百载乃一相遇焉。曲折。岂上之人无可援，下之人无可推[④]欤？曲折。何其相须之殷而相遇之疏也？曲折。其故在下之人负其能，不肯谄其上；上之人负其位，不肯顾其下。曲折。故高材多戚戚之穷，盛位无赫赫之光。曲折。是二人者之所为，皆过也。一句断定，下更作一曲折，其论始毕。未尝干之，不可谓上无其人；未尝求之，不可谓下无其人。自起至此，只是一句话，却作如许多曲折。愈之诵此言久矣，未尝敢以闻于人。妙。将上文半篇文字，只作闲话遁过。

侧闻阁下方入阁下，是第一段。抱不世之材，特立而独行，道方而事实，卷舒不随乎时[⑤]，文武惟其所用，岂愈所谓其人哉？先扬。抑未闻后进之士，有遇知于左右，获礼于门下者，后抑。岂求之而未得耶？将志存乎立功，而事专乎报主，虽遇其人，未暇礼耶？何其宜闻而久不闻也？问得委婉，疑得讽刺，只是从《史记》项羽赞脱出。

愈虽不才，方入自己，是第二段，先抑。其自处不肯后于恒人。后扬。阁下将求之而未得欤？二。古人有言："请自隗始[⑥]。"愈今者惟朝夕刍米、仆赁之资是急，不过费阁下一朝之享而足也。应"求之未得"，好。如曰"吾志存乎立功，而事专乎报主，虽遇其人，未暇礼焉"，则非愈之所敢知也。应"吾志未暇"。世之龌龊者，既不足以语之；宾。磊落奇伟之人，又不能听焉；主。则信乎命之穷也。此一行，收得甚悲壮，最与通篇称。谨献旧所为文一十八首，如赐览观，亦足以知其志之所存。

〔注释〕

①将仕郎、守国子四门博士：将仕郎，属于文散官。国子，即国子监，属最高教育机构。四门，即四门学，属国子监统属的部门，设博士官若干。

②尚书：官名。始于战国，或称掌书，尚即执掌之意。汉时属于秘书性质，东汉始权益重，至魏晋则事益繁，隋唐有尚书六部，尚书省执行政令，职权益重。此处指于頔做过工部尚书。

③须：等待。

④推：引荐。

⑤卷舒不随乎时：卷舒，弯曲和伸直。时，指世俗。此句意谓进退不随乎世俗潮流，有独立之人格。

⑥请自隗始：此是战国时的一个典故。郭隗为燕国一名士，燕昭王为拯救战败的燕国，去向郭隗请教。郭隗说："王必欲致士，先从隗始，况贤于隗者，岂远千里哉。"此句意谓先以己为榜样，以招引远方贤士。

〔解读〕

在韩愈的书信中，有相当一些是请求引荐的信。作为一个初入仕的清贫知识分子，为了立功建业而达到"辉煌"，就必须在饱读诸子百家之余，学会阿谀奉承、投机钻营，善于推销自己。韩愈是一个对仕宦比较迫切的人，也是一个很善于向别人引荐自己的人。按理，求别人提携总免不了自卑自贱，而在韩愈笔下，却成为另外一种情景。此信就是一个典型。

于襄阳，名頔，字允元，河南人。因做过襄州大都督，故称于襄阳。当时，于頔在山南东道节度使任上，身为国子监博士的韩愈向他写这封信，毛遂自荐。此信高明之处在于，韩愈将在上的荐者与在下的被荐者摆在一个互相依赖的平等地位上——读书人事业有成，需要有地位、有声望的先辈引荐；而建造大功业者能流传芳名于后，也需要后起之秀继承其功业。只是因为在下的自恃才高不肯俯就，在上的自恃位尊而不肯下顾，才导致二者失之交臂，在下的无人引荐而悲伤，在上的不能留显赫之名于后世而遗憾。然后韩愈将话题归结到于頔和他自己身上，提出反问，道出自己真实用意。本前部分先以理服人，后部分则转入正题，委婉含蓄，读之令人动情，不愧为一篇绝妙的求荐文。

上张仆射书

前幅条畅，后幅酣恣。

九月一日，愈再拜。通名。受牒[①]之明日，在使院[②]中，有小吏持院中故事节目[③]十余事来示愈。吏示故事十余。其中不可者，有自九月至明年二月之终，皆晨入夜归，非有疾病事故，辄不许出。其中此一事不可。当时以初受命不敢言。“不敢言”，先作小曲。古人有言曰：“人各有能、有不能。”若此者，非愈之所能也。抑而行之，必发狂疾。上无以承事于公，忘其将所以报德者；下无以自立，丧失其所以为心。夫如是，则安得而不言？不得不言。下去，皆畅言之也。

凡执事[④]之择于愈者，非为其能晨入夜归也，必将有以取之。苟有以取之，虽不晨入而夜归，其所取者犹在也。笔势反复，却又甚径直。下之事上，不一[⑤]其事；上之使下，不一其事。量力而任之，度才而处之；其所不能，不强使焉。是故为下者不获罪于上，为上者不得怨于下矣。笔势反复，却又甚径直。孟子有云：“今之诸侯无大相过[⑥]者，以其皆好臣其所教，而不好臣其所受教[⑦]。”今之时，与孟子之时又加远矣。皆好其闻命而奔走者，不好其直己而行道者。闻命而奔走者，好利者也；直己而行道者，好义者也。未有好利而爱其君，未有好义而忘其君者。笔势反复，却又甚径直。今之王公大人，惟执事可以闻此言。惟愈于执事也，可以此言进。且作结束，下去再说。

愈蒙幸于执事，其所从旧矣。若宽假之，使不失其性。加待之，使足以为名，寅而入，尽辰而退；申而入，终酉而退，率所为常，亦不废事。申己意。天下之人，闻执事之于愈如是也，必皆曰：“执事之好士也如此，执事之待士以礼如此，执事之使人不枉其性，而能有容[⑧]如此，执事之欲成人之名如此，执事之厚于故旧如此。”五“执事如此”，笔酣墨淡，目中无人。又将曰：“韩愈之识其所依归也如此，韩愈之不谄屈于富贵之人如此，韩愈之贤能使其主待之以礼如此。”三“韩愈如此”，笔酣墨恣。则死于执事之门，无悔也。一落。此一，是正落。若使随行而入，逐队而趋，言不敢尽其诚，道有所屈于己，天下之人，闻执事之于愈如此，皆曰：“执事之用韩愈，哀其穷，收之而已耳。韩愈之事执事，不以道，利之而已耳。”一“执事”云云而已耳，一“韩愈”云云而已耳，笔酣墨恣。苟如是，虽旦受千金之赐，一岁九迁其官，感恩则有之矣，将以称于天下，曰知己、知己，则未也。又一落，此一，是反落。伏惟哀其所不足，矜[⑨]其愚，不录其罪，察其辞而垂仁采纳焉。收，又连四“其”字，总是笔酣墨恣。愈恐惧再拜。

〔注释〕

①受牒：接受任命。牒，公文，此处指任命书。唐德宗贞元十五年（799 年）秋，韩愈被徐州刺史、武宁军节度使张建封任命为节度推官。贞元十二年（796 年），唐朝廷曾加封张建封检校右仆射，因此韩愈称张为张仆射。

②使院：节度使办公处所。

③故事节目：成规，指使院的旧制度。节目：条例。

④执事：对张建封的尊称。原指帝王、大臣左右的侍从。称对方为执事，意即不敢直接面谈，只得托执事者转述，以示尊敬。

⑤不一：不统一，不划一。

⑥无大相过：没有大的差别。

⑦好臣其所受教：喜好任用听话的人为臣。不好臣其所受教：不喜欢任用能使自己获得教益的人为臣。这段言论出自《孟子・公孙丑下》。

⑧有容：有度量。

⑨矜：哀怜。

〔解读〕

治国行政重在选人用人，“人各有能、有不能”，压制人才发挥其优长与创造力，而强人所难，等于毁弃人才，即所谓“抑而行之，必发狂疾”，“丧失其所以为心”。正确的做法是：“量力而任之，度才而处之；其所不能，不强使焉。”韩愈此论，实属公理，亦足以让古今当政者警醒，以为鉴戒。而如何让顶头上司张建封明白此理，又不至于“得罪”呢？韩愈在这封书信中采用了“欲擒故纵”的策略，先是指斥那些闻命而奔走的好利者，以示自身是直己而行道的好义者；然后以奉承的口吻赞扬张建封是善听意见的上司，“惟执事可以闻此言”；最后以正反对比的具体建议，说明要如何“待士以礼”“不枉其性”“称于天下”的道理。逻辑严密，丝丝入扣，说理透辟，令张建封不得不“察其辞而垂仁采纳焉”。其气势和文辞足称佳品。

与陈给事书

此等文字，何曾是有意必作如此章法？只是起于一行，偶然写得见与不见。后遂因风带火，不自觉笔笔入妙也。作文固以心空为第一矣。

愈再拜：愈之获见于阁下有年矣，始者亦尝辱一言之誉。先叙相见。贫贱也，衣食于奔走，不得朝夕继见。叙不相见，只平平而起。其后阁下位益尊，伺候于门墙者日益进。夫位益尊，则贱者日隔。伺候于门墙者日益进，则爱博而情不专。忽开突兀二扇，每扇中有二小扇，一扇搁下。愈也，道不加修，而文日益有名。夫道不加修，则贤者不与；文日益有名，则同进者忌[①]。一扇愈。始之以日隔之疏，一。加之以不专之望；二。以不与者之心，三。听忌者之说，四。由是阁下之庭，无愈之迹矣。总上两大扇中小四扇，缴过起一行所谓平平者。

去年春，亦尝一进谒于左右矣。温乎其容，若加其新也；属[②]乎其言，若闵其穷也。退而喜也，以告于人。重起二扇。一扇，“退而喜”轻，下不承。其后如东京[③]取妻子，又不得朝夕继见。及其还也，亦尝一进谒于左右矣。邈乎其容[④]，若不察其愚也；悄乎其言[⑤]，若不接其情也。退而惧也，不敢复进。一扇。“退而惧”，重，下独承。今则释然悟，翻然悔曰：其邈也，乃所以怒其来之不继也；其悄也，乃所以示其意也。忽将后扇翻出陈给事意思来，真是奇绝！不敏[⑥]之诛，无所逃避；不敢遂进，辄自疏其所以。只此四语特庄甚，上俱以文为如戏也。并献近所为《复志赋》[⑦]已下十首为一卷，卷有标轴。《送孟郊序》[⑧]一首，生纸[⑨]写，不加装饰，皆有揩字注字处。急于自解而谢，不能俟更写。阁下取其意而略其礼，可也。愈恐惧再拜。

〔注释〕

①忌：嫉妒。

②属：通“嘱”，托付，请托。

③如东京：去洛阳，洛阳称东京，以与长安相对应。

④邈乎其容：邈，远也。此处指疏远、冷淡。

⑤悄乎其言：说话或交谈少。悄，静也。

⑥不敏：自称谦词，意为愚者，反应迟钝。

⑦《复志赋》：指贞元十三年（797年）韩愈因病辞观察推官，郁郁不得志，写此赋以明志。

⑧《送孟郊序》：即《送孟东野序》，写于贞元十九年（803年）。实际上也是韩愈借送朋友出仕之际而为己鸣不平。

⑨生纸：据《邵氏闻见录》载，唐人有生纸、有熟纸，其妍妙辉光不一。生纸非有丧葬故不用。韩愈用生纸写《送孟东野序》，并呈给陈京，以示其迫急。

〔解读〕

这是韩愈于德宗贞元十九年写给当时给事中陈京的一封信。陈京，字庆复，大历元年（766年）中进士，贞元十九年因关于禘祫（一种祭礼）之议论，被皇帝赏识，由考功员外升给事中。韩愈写此信之目的是请求援引，当时韩愈只是一个四门博士，论职级仅七品而已，所以急于求迁，四处请托。此文妙在韩愈左右逢源、自嘲自解上，他和陈京原有往来，后来疏远。本来疏远就疏远罢了，可硬说之所以疏远是因为陈京对自己不常来的缘故。而既然怪罪不常来，常来不就完了吗？可又“不敢遂进”，先寄自己的作品来探探路。送的作品又恰是表明自己不得志和有怨言的《复志赋》和《送孟东野序》，拐弯抹角，用心良苦，无非求陈京谅解，一伸引援之手。

答李秀才书

来书中意与答意，只后一行便了。看他前幅，凭空请一李元宾作叙述寒暄，可见文字曾无定态，意之所拟，笔即随之。

愈白：故友李观[①]元宾，十年之前示愈别吴中[②]故人诗六章，其首章，则吾子也。盛有所称引[③]。一。写粗知。元宾行峻洁清，其中狭隘不能包容，于寻常人不肯苟有论说，因究其所以，于是知吾子非庸众人。二。写细知。时吾子在吴中，其后愈出在外，无因缘相见。三。写未见。元宾既殁[④]，其文益可贵重。思元宾而不见，见元宾之所与者[⑤]，则如元宾焉。四。写急见。今者辱惠书及文章，叙来书。观其姓名，元宾之声容，恍若相接；粗观。读其文辞，见元宾之知人、交道之不污，细观。已下，方答来书中意也。甚矣！子之心有似于吾元宾也！子之言以愈所为，不违孔子，不以琢雕为工，将相从于此。来书中章。愈敢自爱其道，而以辞让为事乎？然愈之所志于古者，不惟其辞之好，好其道焉尔。答。读吾子之辞，而得其所用心，将复有深于是者，与吾子乐之，况其外之文乎！婉曲接引，言不尽意，妙妙！愈顿首。

〔注释〕

①李观：字元宾。唐德宗贞元年间进士，官太子校书郎。他是韩愈倡导的唐代古文运动的骨干人物。

②吴中：今苏州。

③称引：称赞。

④殁：死亡。

⑤所与者：所交往的人。

〔解读〕

朋友之交，重在相互知心，韩愈怀念故友，一往情深，亦因此而生发。文质彬彬，于人于文章，乃是至论。韩愈自称“所志于古者，不惟其辞之好，好其道焉尔”，点明了倡导古文运动的真正用心：文以载道。自然，李秀才深于此理，他的文章内容充实，外在的表现形式之完美，当属意料之中了。

应科目[1]时与人书

亦无头，亦无尾，竟斗然写一怪物，一气直注而下，而其文愈曲。细分之，中间却果有无数曲折，而其势愈直。此真奇笔怪墨也。

月、日，愈再拜：天池[2]之滨，大江之渍[3]，曰有怪物焉。盖非常鳞凡介[4]之品汇匹俦也。突然写一怪物。第一段。其得水，变化风雨，上下于天不难也。得水。第二段。其不及水，盖寻常尺寸之间耳，无高山大陵、旷途绝险为之关隔也。不及水。第三段。然其穷困不能自致乎水，为猵[5]獭之笑者盖十八九矣。不能自致乎水。第四段。如有力者哀其穷而运转之，盖一举手、一投足之劳也。有力者。第五段。当是物也，负其异于众也，且曰：烂死于沙泥，吾宁乐之；若俛首帖耳摇尾而乞怜者，非我之志也。不肯乞怜。第六段。是以有力者遇之熟视之若无睹也。其死其生，固不可知也。有力者不知。第七段。今又有有力者当其前矣，聊试仰首一鸣号焉，庸讵[6]知有力者不哀其穷，而忘一举手、一投足之劳，而转之清波乎？又一"有力者"。第八段。奇奇怪怪，湾湾曲曲，历历落落，紧紧簇簇。其哀之，命也；其不哀之，命也；知其在命，而且鸣号之者，亦命也。又加此一段自作数落，更妙。愈今者实有类于是。只用一句，结归自己。是以忘其疏愚之罪，而有是说焉。阁下其[7]亦怜察之。

〔**注释**〕

①科目：指科举考试的科目。唐代科举制度，设生徒、乡贡、制举三科取士。

考试名目有十二种。此处作为科举考试之代称。

②天池：指南海。《庄子·逍遥游》："南溟者，天池也。"此处应指寓言故事中的海洋，而非实指。

③渍（fén）：沿河的高地，水边。

④常鳞凡介：鳞指鱼龙之类，介指龟鳖之类。此处为水中动物统称，意谓非平常有鳞甲介壳一类东西。

⑤獱：穴居岸边的野兽，体形小，实际上是一种小水獭。

⑥庸讵：庸、讵均为反诘副词，意谓难道、岂。

⑦其：庶几，表示希望。

〔解读〕

这是韩愈于唐德宗贞元九年（793年）应博学宏词科考试时写给人的一封信。其信的主旨无非是希望得到援引，以谋取一官半职。其写信的目的并无什么特别之处，一方面反映出他当时困厄的处境、进取的渴望，另一方面也说明他身上充满着封建文士那种汲汲于功名利禄的庸俗。但这封信构思和写法颇为别致，文章刚起笔便突兀而来，无端引起比喻，全文写了这种水边小动物"得水"与"不得水"之差别，只是在最后一句"愈今者实有类于是"，点明写此信之用意，收到非常好的效果。

争　臣　论

反复辨驳之文，最贵是腴者，理足故也；不腴，则是徒逞口说也。此文不必多看其反复辨驳处，须多看其腴处。

或问谏议大夫阳城[1]于愈：可以为有道之士乎哉？学广而闻多，不求闻于人也。行古人之道，居于晋之鄙[2]。晋之鄙人，薰其德而善良者几千人。大臣闻而荐之，天子以为谏议大夫，人皆以为华[3]，阳子不色喜。居于位五年矣，视其德如在草野。彼岂以富贵移易其心哉！此数端，实是阳城好处，必要先提出了。不然，后来必是费笔周旋，非真或有是言也。

愈应之曰：是《易》所谓"恒其德贞，而夫子凶者也"[4]，恶得为有道之士乎哉！接口一句断住。在《易·蛊》之"上九"云："不事王侯，高尚其事。"《蹇》之"六二"则曰："王臣蹇蹇，匪躬之故。"[5]夫亦以所居之时不一，而所蹈之德不同也。若《蛊》之"上九"，居无用之地，而致匪躬之节；以《蹇》之"六二"，在王臣之位，而高不事之心，则冒进[6]之患生，无用而匪躬者。旷官[7]之刺兴，王臣而不事者。志不可则，而尤之不终无也。《蛊》上九曰："志可则也。"《蹇》六二曰："终无尤也。"上接口一句，用经断住，便再引经反复。今阳子实一匹夫，入事。在位不为不久矣；闻天下之得失，不为不熟矣；天子待之，不为不加矣；一折。而未尝一言及于政。视政之得失，若越人视秦人之肥瘠，忽焉不加喜戚于其心。一折。问其官，则曰"谏议也"；问其禄，则曰"下大夫之秩[8]也"；问其政，则曰"我不知也"。一折。有道之士固如是乎哉？第一断。

且吾闻之：更端再起。有官守者不得其职则去，有言责者不得其言则去。引。今阳子以为得其言乎哉？省一句。得其言而不言，与不得其言而不去，无一可者也。一折。阳子将为禄仕乎？此即前所省之一句也。古之人有云："仕不为贫，而有时乎为贫"，谓禄仕者也。宜乎辞尊而居卑，辞富而居贫，若抱关、击柝者可也。盖孔子尝为委吏[9]矣，尝为乘田[10]矣，亦不敢旷其职。必曰"会计[11]当而已矣"，必曰"牛羊遂而已矣"。引。看他添减《孟子》文字，成自己文字。若阳子之秩禄，不为卑且贫，章章明矣，而如此其可乎哉？一折。第二段。

或曰：否，非若此也。夫阳子恶讪上者，恶为人臣昭其君之过而以为名者，故虽谏且议，使人不得而知焉。《书》曰：[12]"尔有嘉谟嘉猷，则入告尔后于内，尔乃顺之于外。"曰："斯谟斯猷，惟我后之德。"亦引《书》。夫阳子之用心亦若此者。更端再起。

愈曰：若阳子之用心如此，兹所谓惑者矣。接口一句断住。入则谏其君，出则不使人知者，大臣宰相之事，非阳子之所宜行也。大声如霹雳，使读者耳聋数日。夫阳子本以布衣隐于蓬蒿之下，一折。主上嘉其行谊，擢在此位，官以谏为名。一折。诚宜有以奉其职，使四方后代，知朝廷有直言骨鲠之臣，天子有不僭赏、从谏如流之美。一折。庶岩穴之士[13]，闻而慕之，束带结发，愿进于阙下而伸其辞说。致吾君于尧舜，熙鸿号[14]于无穷也。一折。若《书》所谓，则大臣宰相之事，非阳子所宜行也。且阳子之心，将使君人者恶闻其过乎？是启之也。

或曰：阳子不求闻而人闻之，不求用而君用之，不得已而仕。守其道而不变，何子过之深也？更端再起。

愈曰：自古圣人贤士，皆非有心求于闻用也。接口一句断住。闵其时之不平，人之不达。得其道，不敢独善其身，而必以兼济天下也。孜孜矻矻[15]，死而后已。故禹过家门不入，孔席不暇暖，而墨突不得黔[16]。彼二圣一贤者，岂不知自安逸之为乐哉？诚畏天命而悲人穷也。一折。夫天授人以贤圣才能，岂使自有余而已？诚欲以补其不足者也。耳目之于身也，耳司闻，而目司见；听其是非，视其险易，然后得安焉。圣贤，时人之耳目；时人，圣贤之身也。一折。且阳子之不贤，则将役于贤以奉其上矣。若果贤，则固畏天命而闵人穷也，恶得以自暇逸乎哉？一折。第三断。

或曰：吾闻君子不欲加诸人，而恶讦以为直者，亦引经。若吾子之论，直则直矣，无乃伤于德而费于辞乎？好尽言以昭人过，国武子[17]之所以见杀于齐也。又引。吾子其亦闻乎？更端再起。

愈曰：君子居其位，则思死其官；未得位，则思修其辞以明其道。我将以明道也，非以为直而加人也。接口断住。且国武子不能得善人，而好尽言于乱国，是以见杀。一折。《传》曰："惟善人能受尽言"，谓其闻而能改之也。一折。子告我曰："阳子可以为有道之士也"。今虽不能及已，阳子将不得为善人乎哉！第四断。

〔注释〕

①谏议大夫阳城：谏议大夫为官名，唐时隶属门下省，执掌侍从规谏。阳城，人名，字亢宗，定州北平（今河北定县）人。曾隐居中条山（今山西西南部），有贤德名声，唐德宗时召为谏议大夫，因触犯权贵，先后改任国子司业、道州刺史。

②晋之鄙：晋指春秋时晋国，辖区相当于今山西省大部及河南、河北、陕西部分地区。鄙，边境偏僻地区。

③华：荣耀。

④"恒其德贞，而夫子凶者也"：此为《易经》上的话，出自《周易·恒》"六五"，原话是"恒其德贞，妇人吉，夫子凶"。意思是说，长久地保持一种道德情操，不能通达时变，这是妇人的美德，而对于男子则是不可取的。

⑤"王臣蹇蹇，匪躬之故"：臣子能不避艰难辅助国君，是他能不顾自身的缘故。蹇蹇，艰难的样子。匪，同"非"。

⑥冒进：指贪求升官发财。

⑦旷官：放弃职守。

⑧下大夫之秩：唐制，谏议大夫的品级为正五品，月俸二百石，相当于古代"下大夫"。秩，俸禄。

⑨委吏：古代掌管粮仓的小官。

⑩乘田：古代掌管畜牧的小官。

⑪会计：管理钱物及出纳事务。

⑫《书》曰：指《尚书》，儒家经典之一。下面一段话出自《尚书·周书·君陈》，其大致意思是：你有好的计谋，就去告诉君主，在外边则附和着说："这些计谋都属于我们君主之美德。"谟、猷，均为计略、谋划之意。

⑬岩穴之士：泛指隐居不仕的人。

⑭熙鸿号：熙，明显，传扬。鸿号，伟大之名声。

⑮孜孜矻矻：勤奋努力不懈之状。

⑯孔席不暇暖，而墨突不得黔：此句话出自班固《答宾戏》，意谓孔子回家席还没坐暖就又走了，墨子回来则连烟囱还没烧黑就离开了。突，烟囱。黔，黑色。

⑰国武子：名佐，谥号武子，春秋时齐国国卿。他因揭发斥责庆尅与齐灵公母孟子私通事，被齐灵公所杀。

〔解读〕

韩愈此文是为批评谏议大夫阳城居其位而不谋其政而写的。当时，素有贤名的隐君子阳城被唐德宗召为谏议大夫。这是一个专门向皇帝提出批评意见的职务，官品虽不算高，但其地位极为重要。而阳城任官已五年，还像过去那样无所作为，从无一句关于朝政得失的话，对国家政治漠然而视。韩愈对这种在其位不谋其事、尸位素餐的做官态度提出尖锐批评，指出，身为谏官而不进言朝政得失，不能履行进谏的责任，这是一种没有道德的行为，是严重的失职。在此，韩愈提出了身为臣子的道德标准，在其位就要谋其政，如不能履行自己的职责或仅为俸禄计，那就要辞职不干或去干一个守门打更的差使。作为被皇帝重用的臣子，要有所作为，要让朝野上下、子孙后代都知道朝廷有仗义执言、耿直不阿的大臣，天子有奖赏贤才、从谏如流的美誉，起到一种号召作用，像大禹、孔子、墨子那样，兼济天下，拯民众于水火，而不能仅图自己的安逸。

本文开篇即提出谏议大夫阳城的道德问题，自问自答，层层设问，步步深入，提出自己的论据，驳斥对方的辩解，气势十分凌厉逼人。尤其需要借鉴的是本文提出的为官道德问题，虽然作者是从封建士大夫立场来看待这个问题的，但其在其位谋其政、以自己聪明才智兼济天下的思想，反对尸位素餐、漠视国家政治、独善其身的所谓"超然"，至今仍有一定的启发性。

进　学　解

其雄奇高浑，似较《客难》《宾戏》为过之。逐句、逐段细细读。

国子先生[①]晨入太学[②]，招诸生立馆下，诲之曰：斗起奇文。“业精于勤，荒于嬉；行成于思，毁于随[③]。方今圣贤相逢，治具毕张[④]，拔去凶邪，登崇俊良[⑤]。占小善者率以录，名一艺者无不庸。爬罗剔抉，刮垢磨光。盖有幸而获选，孰云多而不扬？诸生业患不能精，无患有司之不明；行患不能成，无患有司之不公。”

言未既，妙，斗转奇文。有笑于列者曰：“先生欺予哉！弟子事先生，于兹有年矣。头。先生口不绝吟于六艺[⑥]之文，手不停披于百家之编。记事者必提其要，纂言者必钩其玄。贪多务得，细大不捐。焚膏油以继晷，恒兀兀[⑦]以穷年。先生之业，可谓勤矣。一段。段段雄奇俊伟。抵排异端，攘斥佛老，补苴罅漏，张皇幽眇。寻坠绪之茫茫，独旁搜而远绍，障百川而东之，回狂澜于既倒。先生之于儒，可谓有劳矣。二段。沉浸浓郁，含英咀华，作为文章，其书满家。上窥姚姒[⑧]，浑浑无涯；周《诰》殷《盘》[⑨]，佶屈聱牙。《春秋》谨严[⑩]，《左氏》浮夸[⑪]，《易》奇而法[⑫]，《诗》正而葩[⑬]。下逮《庄》《骚》[⑭]，太史所录[⑮]，子云相如[⑯]，同工异曲。先生之于文，可谓宏其中而肆其外[⑰]矣。三段。少始知学，勇于敢为。长通于方[⑱]，左右具宜。先生之于为人，可谓成矣。四段。然而，公不见信于人，私不见助于友，跋前踬后[⑲]，动则得咎。暂为御史，遂窜南夷[⑳]；三年博士，冗不见治。命与仇谋，取败几时。冬暖而儿号寒，年丰而妻啼饥。头童齿豁[21]，竟死何裨！不知虑此，而反教人为?”尾。

先生曰：“吁，子来前！又斗转。夫大木为宗[22]，细木为桷[23]，欂栌侏儒[24]，椳闑扂楔[25]，各得其宜。施以成室者，匠氏之工也。一喻。玉札丹砂，赤箭青芝[26]，牛溲马勃，败鼓之皮[27]，俱收并蓄，待用无遗者，医师之良也。二喻。登明选公，杂进巧拙[28]，纡余为妍[29]，卓荦为杰，较短，量长，惟器是适[30]者，宰相之方也。三结。昔者孟轲好辩，孔道以明，辙环天下，卒老于行。一引。荀卿守正，大论是弘，逃谗于楚，废死兰陵[31]。二引。是二儒者，吐辞为经，举足为法，绝类离伦，优入圣域[32]，其遇于世何如也？三结。下转正文。今先生学虽勤而不由其统，言虽多而不要其中。文虽奇而不济于用，行虽修而不显于众。再转。犹且月费俸钱，岁靡廪粟，子不知耕，妇不知织；乘马从徒，安坐而食；踵常途之促促，窥陈编以盗窃[33]。再转。然圣主不加诛，宰臣不见斥，兹非其幸欤！再转。动而得谤，名亦随之；投闲置散，乃分之宜。已上进学正文毕。下二行，解也。若夫商财贿之有亡，计班资之崇庳[34]，忘己量之所称，指前人之瑕疵，是所谓诘匠氏之不以杙为楹[35]，而訾医师以昌阳引年[36]，欲进其豨苓[37]也。”

〔注释〕

①国子先生：唐代对国子博士的尊称。元初七年（812 年）春，韩愈降为国子博士。此为作者自称。

②太学：指当时国子监，为京城最高学府。

③随：因循，随波逐流。

④治具毕张：治国的法令都得以实施。

⑤登崇俊良：提拔重用才能杰出、品行良好的人。

⑥六艺：即六经，即《诗》《书》《礼》《乐》《易》《春秋》。

⑦兀兀：劳苦貌。

⑧上窥姚姒：规，取法。姚，虞舜之姓。姒，夏禹之姓。此处指《尚书》出《虞书》《夏书》。

⑨周《诰》殷《盘》：周《诰》，指《尚书·周书》中的《大诰》《康诰》《酒诰》

《召诰》《洛诰》诸篇。殷《盘》，指《尚书·商书》中《盘庚》篇。这些都是文辞艰涩难读的文章。

⑩《春秋》谨严：孔子所编著的史书，自鲁隐公元年（前722年）到鲁哀公十四年（前481年）共242年间史事，记事言简意赅，寓褒贬于一字之中。

⑪《左氏》浮夸：即《左传》，相传为左丘明所作。叙事详细，文辞铺张。

⑫《易》奇而法：《易》指《易经》，变易多奇而有法则。

⑬《诗》正而葩：《诗》即《诗经》，其思想纯正，文采华美。

⑭《庄》《骚》：即《庄子》和屈原《离骚》。

⑮太史所录：太史，史官。此处指司马迁、班固等所著的《史记》《汉书》等。

⑯子云相如：指扬雄和司马相如，文章各有特点，又同样美妙。

⑰宏其中而肆其外：内容博大精深，文辞波澜壮阔，文笔恣肆奔放。

⑱长通于方：长，成年。方，学术。即长大后通达礼义。

⑲跋前踬后：跋，踏。踬，跌倒。意谓进退两难，到处碰壁。

⑳遂窜南夷：窜，贬谪。韩愈于贞元十九年（803年）由监察御中贬为阳山（今广东阳山县东）令。因阳山地处南方荒僻地区，故称南夷。

㉑头童齿豁：人老秃发，如山无树木，故曰童。豁，开裂，破缺，指牙齿脱落。

㉒宊（máng）：栋梁。

㉓桷（jué）：屋椽。

㉔欂栌侏儒：欂栌，短柱。侏儒，短椽。

㉕椳闑扂楔：椳，门枢。闑，门中央所立的短木。扂，门闩。楔，门框两侧长木。

㉖玉札丹砂，赤箭青芝：玉札，药名，即地榆。丹砂，即朱砂。赤箭，药名，即天麻。青芝，药名，又名龙芝。此四种药为贵重药材。

㉗牛溲马勃，败鼓之皮：牛溲，牛尿，一说为车前草。马勃，药名，可治疮。败鼓之皮为年久败坏的鼓皮，可入药。此几种为贱而易得之药。

㉘登明选公，杂进巧拙：选拔人才既明察又公正，聪敏与笨拙的俱能得到合理录用。

㉙纡余为妍：纡余，宁静的样子。妍，美好。

㉚惟器是适：意谓各种器材都能获得合理的使用。此处指量才使用。

㉛逃谗于楚，废死兰陵：荀卿为赵国人，在齐国做祭酒。齐国有人说他坏话，他离开齐到楚，楚春申君任命他为兰陵令。春申君死后，他被罢官，老死在兰陵。兰陵，在今山东省枣庄市东南。

㉜圣域：圣人的境界。

㉝踵常途之促促，窥陈编以盗窃：踵，跟着走。常途，指世俗众人所走的人生道路。促促，一作“役役”，忙忙碌碌的样子。陈编，古人的著作，意谓疲劳不休地随俗行事而无特殊表现，在书籍中窃取前人陈言而无新异见解。

㉞若夫商财贿之有亡，计班资之崇庳：若夫，至于。商，谋算。财贿，财货、俸禄。亡，通“无”。班资，指品秩。庳，同“卑”，低下。

㉟以杙为楹：杙，小木桩。楹，柱子。

㊱訾医师以昌阳引年：訾，指责，诋毁。昌阳，即菖蒲，为药材，古人认为久服可长寿。引年，延年。

㊲豨苓：猪苓，一名猳猪屎，利尿道。

〔解读〕

本文作于元和八年（813 年）。韩愈一生虽学术造诣颇深，本着儒家“学以致用”传统，渴望政治上有所作为，但仕途一直不顺。元和七年，由职方员外郎贬为国子博士。据《旧唐书·韩愈传》：“（愈）复为国子博士，愈自以才高，累被摈黜，作《进学解》以自喻。执政览其文，……以其有史才，改比部郎中，史馆修撰。”这篇文章是他贬为国子博士后的作品。

在此文中，韩愈形式上仿汉东方朔《答客难》、扬雄《解嘲》手法，以国子博士与诸生对话，抒发自己才高望重，而长期不受重用、屡遭贬黜的牢骚和不平。文中借诸生之口表白自己的学识和品格，为自己处境鸣不平。同时，又以自己对诸生之反驳，以示自己对处境的泰然镇定。当然是反话正说，皮里春秋，暗寓对当时执政者不以德才取人、用人不公不明的讽刺。此文中关于学行修养的经验之谈，历史上一直作为警言，如“业精于勤而荒于嬉，行成于思而毁于随”，为千古名句。

本文属于辞赋一类，运用押韵、对偶，文章语言整齐流畅，音调和谐上口，艺术感染力很强。在“国子博士”与“诸生”一对一答中，将其对己遭遇的不满和无奈，发泄得淋漓尽致，正如唐散文家孙樵所评，此文“拔地倚天，句句欲活，读之如手捕长蛇，不施鞚勒骑生马，急不得暇，莫可捉搦”。

获麟解

一篇，只是一正、一反；再一正，再一反。每段又自作曲折。

麟[①]之为灵，昭昭也。咏于《诗》[②]，书于《春秋》[③]，杂出于传记、百家之书，虽妇人小子，皆知其为祥也。祥。然麟之为物，不畜[④]于家，不恒有于天下，其为形也不类[⑤]，非若马、牛、犬、豕、豺狼、麋鹿然。然则虽有麟，不可知其为麟也。角者，吾知其为牛；鬣者，吾知其为马；犬、豕、豺狼、麋鹿，吾知其为犬、豕、豺狼、麋鹿。惟麟也不可知。不可知则其谓之不祥也，亦宜[⑥]。不祥。此是第一正反。○此不祥，是天下不知麟也，非麟之咎也。虽然，麟之出，必有圣人[⑦]在乎位。麟为圣人出也，圣人者，必知麟，麟之果不为不祥也。祥。又曰：麟之所以为麟者，以德不以形。若麟之出不待圣人，则其谓之不祥也亦宜。不祥。此是第二正反。此不祥，真麟之罪也，非天下之咎也。呜呼！先生于出处之际，为戒深矣。

〔注释〕

①麟：传说中的一种象征灵异、祥瑞的动物，形状为鹿身、牛尾、马蹄、一角。

②咏于《诗》：《诗经》曾歌颂它。

③书于《春秋》：据《春秋》载，鲁哀公十四年（前481年）曾猎获过它。

④畜：豢养。

⑤不类：什么也不像。

⑥亦宜：也很自然。

⑦圣人：贤明君主。

〔解读〕

据载，鲁哀公十四年（前 481 年），鲁国猎人狩获一只麒麟，孔子认为这只麟出现于乱世，为不祥之兆，叹："吾道穷矣！"遂辍笔不再著《春秋》。韩愈就获麟事发表议论，一正一反，再一正一反，最后结论，分五层意思，委婉地借麟这种瑞兽不为世俗认识，来隐喻自己不被社会所理解。至于此文写作时间，有认为据唐史载，元和七年（812 年）麟见于东川，韩愈应该在此年作此文；有认为应写于贞元十八年（802 年）前后，并非因获麟事，而是作者自况。曾国藩读此文批注曰："麟，自况也。圣人知麟，犹云唯汤知尹也。出不以时，犹云处昏君乱相之间也。"虽然韩愈以己比乱世之麟不足取，但其文"翔蹑虚实，反复变化，尽文家擒纵之妙"，则值得观赏。

原 毁

《原毁》，乃始于责己者。其责己则怠，怠则忌，忌则毁。故原之必于此焉始，并非宽套之论也。此文，段段成扇，又宽转，又紧峭，又平易，又古劲，最是学不得到之笔，而不知者乃谓易学。

古之君子，其责己也重以周[1]，其待人也轻以约[2]。劈空先写古之君子一大扇，作宾。重以周，故不怠；轻以约，故人乐为善。段段成扇。闻古之人有舜[3]者，其为人也，仁义人也。求其所以为舜者，责于己曰："彼人也，予人也，彼能是，而我乃不能是！"早夜以思，去其不如舜者，就其如舜者。闻古之人有周公者，其为人也，多才与艺人也。求其所以为周公[4]者，责于己曰："彼，人也。予，人也。彼能是，而我乃不能是！"早夜以思，去其不如周公者，就其如周公者。一扇中，又或二扇。舜，大圣人也，后世无及焉；周公，大圣人也，后世无及焉。段段成扇。是人也，乃曰："不如舜，不如周公，吾之病[5]也。"是不亦责于身者重以周乎？已上，一小扇。其于人也，曰："彼人也，能有是，是足为良人矣。能若是，是足为艺人[6]矣。"取其一不责其二，即其新不究其旧，恐恐然，惟惧其人之不得为善之利。一善易修也，一艺易能也。其于人也，乃曰："能有是，是亦足矣。"曰："能善是，是亦足矣。"不亦待于人者轻以约乎？已上一小扇。

今之君子则不然，其责人也详，其待己也廉[7]。再写今之君子，一大扇，作主。详，故人难于为善；廉，故自取也少。段段成扇。己未有善，曰："我善是，是亦足矣。"己未有能，曰："我能是，是亦足矣。”外以欺于人，内以欺于心，未少有得而止矣，不亦待其身者已廉乎？一扇中，又成二扇。已上一小扇。其于人也，曰：“彼虽能是，其人不足称也；彼虽善是，其用不足称也。”举其一，不计其十，究其旧不图其新，恐恐然惟惧其人之有闻也。是不亦责于人者已详乎？已上一小扇。夫是之谓不以众人待其身，而以圣人望于人，吾未见其尊己也。独承后一扇。

虽然，急转。为是者有本有原，怠与忌之谓也。怠者不能修，而忌者畏人修。方到本题，此为毁之根也。吾尝试之矣。又将笔端飏开。尝试语于众曰：“某良士，某良士。”其应者，必其人之与也。不然，则其所疏远不与同其利也。不然，则其畏也。不若是，强者必怒于言，懦者必怒于色也。又一扇，作宾。○文法从《战国策》或为齐献书赵王偷来。又尝语于众曰：“某非良士，某非良士。”其不应者，必其人之与也。不然，则其所疏远不与同其利者也。不然，则其畏也。不若是，强者必说于言，懦者必说于色。一扇，作主。是故，事修而谤兴，德高而毁来。呜呼！士之处此世而望名誉之光，道德之行，难已！收住。

将有作于上者⑧，得吾说而存之，其国家可几而理欤！再收，使通篇有加倍力。

〔注释〕

①重以周：严格而详尽。

②轻以约：宽容而简单。

③舜：传说中我国原始社会末期部落联盟领袖。其下文“责于己曰”几句话出自《孟子·离娄下》和《孟子·滕文公上》，这里是说以舜要求自己。

④周公：即辅佐成王的周公旦，以仁贤著称后世。

⑤病：缺陷。

⑥艺人：有才能的人。

⑦廉：少，意即要求不高。

⑧将有作于上者：居上位而将有所作为的人。作，一作“仕”。

〔解读〕

本文从“古之君子”的“责己”和“待人”两方面，从“古”与“今”两个角度作为对比，谴责了当时社会上对别人求全责备、对自己要求很低的“今之君子”，自己本来无甚优点，却自我安慰：“我擅长这个，这就足够了。”自己本来没什么本事，却自欺欺人说：“我能够这样，这也就足够了。”而对别人则相反，常说：“他即使能够这样，这个人也是不值得称道的；他即使擅长这个，这点本领的用处也不大。”抓住别人一点而不考虑其他方面，追究别人过去而不顾及现在，唯恐别人有了声望。这种人不以一般人的标准要求自己，却以圣人的标准要求别人。为什么古人能像舜、周公那样严于己而宽于人，而今天的人正好相反呢？作者指出，其根源就是懈怠与妒忌，懈怠的人自己不求进取，而妒忌的人害怕别人进步。

全文采用对比写法，以“古之君子”对比“今之君子”，以古之君子“责己”与“待人”对比，以今之君子的“责人”与“待己”对比，在语言形式上也形成前后句、上下段之间互相关联、互相映照的对比关系。此文既是对当时不良社会风气的谴责，也是对自己仕途坎坷、怀才不遇的遭遇鸣不平。此文所批判的不良社会风气和毁谤者出于私利毁谤他人的心理，至今仍有一定市场，所以，此文仍不失其现实意义。

讳辨

前幅，看其层叠扶疏而起；后幅，看其连环钩股而下；只是以文为戏，以文为乐。

愈与李贺[①]书，劝贺举进士。既自欲作辨，便从自承认起。贺举进士有名，与贺争名者毁之，争名。曰："贺父名晋肃，贺不举进士为是，劝之举者为非。"听者不察也，和而唱之，同然一辞。不察，轻轻只下四字，便早定此案。下辨，固余文也。和者转更唱之也。皇甫湜[②]曰："若不明白，子与贺且得罪。"作辨之由。看"子与贺"句，"子"字在"贺"字上，又贺不作辨，公作辨之由。愈曰："然。"先用一"然"字接住，下方起。

《律》曰："二名不偏讳[③]。"释之者[④]曰："谓若言'征'不称'在'，言'在'不称'征'释毕。是也。"言释者是也。《律》曰："不讳嫌名[⑤]。"释之者曰："谓若'禹'与'雨'，'丘'与'蓲'之类释毕。是也。"言释者是也。今贺父名"晋肃"，贺举进士，上引《律》文，此入叙事。为犯二名律乎？为犯嫌名律乎？贺父名进肃，《律》尚不偏讳；今贺父自名晋肃，《律》岂讳嫌名乎？只此是正辨毕，已下，俱以文为戏，以文为乐。父名晋，子不得举进士；若父名仁，子不得为人乎？其辞甚戏，其旨甚辣。

夫讳始于何时？提笔更端起。作法制以教天下者，非周公、孔子欤？周公作诗不讳[⑥]，孔子不偏讳二名[⑦]，《春秋》不讥不讳嫌名，康王钊之孙[⑧]实为昭王，曾参之父名皙，曾子不讳"昔"[⑨]。此引周公、孔子，最似拉杂不整，不知其周公只是一句，孔子却是四句。盖《春秋》为孔子之书，曾子为孔子之徒也。"康王钊"句，又只在"《春秋》"句中，所谓文章虚实繁省之法也。周之时有骐期[10]，汉之时有杜度[11]，此其子宜如何讳？将讳其嫌，遂讳其姓乎？将不讳其嫌乎？又一样辨，妙变云兴！汉讳武帝[12]名“彻”为“通”，不闻又讳车辙之“辙”为某字也。讳吕后[13]名“雉”为“野鸡”，不闻又讳治天下之“治”为某字也。今上章及诏，不闻讳“浒”“势”“秉”“机”[14]也。又一样辨。惟宦官、宫妾、特指出一项人。乃不敢言“谕”[15]及“机”，以为触犯。还他不察唱和缘故。士君子立言行事，宜何所法守也？要不察者细察也。已上拉杂辊掷而下，至此，又毅然反复之。今考之于经，质之于律，稽之以国家之典，贺举进士为可耶？为不可耶？辞甚婉，旨甚辣。

凡事父母得如曾参，可以无讥矣。作人得如周公、孔子，亦可以止矣。忽作袅袅余文。今世之士，唱和人。不务行周公、孔子之行，而讳亲之名，则务胜于周公、孔子，亦见其惑也。以文为戏，以文为乐。夫周公、孔子、曾参，卒[16]不可胜。忽然忘曾参，忽然带曾参。胜周公、孔子、曾参；乃比于宦官、宫妾，以文为戏，以文为乐。则是宦官、宫妾之孝于其亲；贤于周公、孔子、曾参者耶？以文为戏，以文为乐。不图篇终，又作如此袅袅数转。

〔注释〕

①李贺：字长吉，唐诗人，做过奉礼郎，著有《昌谷集》，才高命短，仅 27 岁而卒。

②皇甫湜：唐文学家，曾跟韩愈习古文。

③二名不偏讳：偏，本作徧，普遍。此语出自《礼记·曲礼上》，意即遇到君主或尊长的名字为两个字，只避讳其中一个字。

④释之者：即为《礼记》作注释者，指汉代大经学家郑玄。

⑤不讳嫌名：出自《礼记》，意为与人姓名音相近的字不避讳。

⑥周公作诗不讳：相传《诗经》中《噫嘻》《雝》为周公作，前一首有“克昌厥后”，后一首有“骏发尔私”，周文王名“昌”，武王名“发”，可见周公并不避讳其父兄名字。

⑦孔子不偏讳二名：《论语·八佾》孔子有“夏礼，吾能言之，杞不足征也”之句，而《论语·卫灵公》孔子有“某在斯、某在斯”句，孔子母名“征在”，可见孔

子也不避讳。

⑧康王钊之孙：西周周康王名钊，其孙为周昭王，“钊”与“昭”同音，《春秋》对此却没提出异议。

⑨曾参之父名皙，曾子不讳“昔”：曾子即孔子弟子曾参，其父名皙，但《论语·泰伯》载有曾参“昔者吾子尝从事于斯矣”。“昔”与“皙”同音。

⑩骐期：春秋时楚国人。

⑪杜度：东汉章帝时齐国的相。

⑫武帝：西汉皇帝，名彻，当时为避其名讳，将“彻侯”改为“通侯”。

⑬吕后：汉高祖刘邦皇后，名雉，为避其讳，改“雉”为“野鸡”。

⑭不闻讳“浒”“势”“秉”“机”：此四字在唐代均犯讳，唐太祖名虎，唐太宗名世民，唐世祖名昞，唐玄宗名隆基。但在唐代奏章诏书中并没有避讳与这些名相近的字。

⑮“谕”：唐代宗名“豫”，“谕”与“豫”同音。

⑯卒：毕竟。

〔解读〕

这是一篇典型的说理文章。对尊长或君主之名予以避讳，大概自周代起已盛行。唐代是中国儒家文化发展的鼎盛期，而作为儒家文化一组成部分的“避讳”也极讲究。李贺有才，只因其父名晋肃，“晋”与进士之“进”同音，便影响其参加进士科考试。韩愈曾写信给李贺，劝其参加考试。但因李贺在河南府举进士的考试中很有名气，同其争名的人便攻击韩愈劝考是错误的。应皇甫湜之请，韩愈作下此文，对此予以驳斥。时在元和五年（810年）。

在本文中，韩愈从历史渊源谈起，引经据典，首先交代作《讳辩》缘由动机，然后引证《礼记》有关避讳之规定，证明李贺参加进士科考试不违礼法。并广泛引证历史事实，证明圣人及汉代“不讳嫌名”，揭露“嫌名律”避讳之可笑荒唐。本文写作方法上单刀直入，笔无藏锋，又犀利又泼辣，痛快淋漓，辩驳有力，批判性极强。曾国藩说“《讳辩》此种文，为世所好，然太快利，非公上乘文字”。可见其“快利”为史公认。

卷之十一　唐　文

韩　愈

送石处士[①]序

一篇，纯用传体写序，序之变也。

河阳军节度御史大夫乌公[②]，为节度之三月，求士于从事之贤者。有荐石先生者。公曰："先生何如？"因此一问，下遂一路尽成传体。曰："先生，居嵩邙、瀍谷[③]之间，句法一。居。冬一裘，句。夏一葛，句法二。衣。食，句。朝夕，句。饭一盂，蔬一盘。句法三。食。人与之钱，句。则辞；句。请与出游，句。未尝以事免。句法四。与人。劝之仕。句。不应。句。坐一室，句。左右图书。句。与之语道理，三字句。辩古今事当否，六字句。论人高下，事后当成败，九字句。若河决下流而东注，八字句。若驷马驾轻车、就熟路，而王良、造父[④]为之先后也。十九字句。若烛照数计而龟卜[⑤]也。"九字句。句法五。语默。大夫曰："先生有以自老，无求于人，其肯为某来耶？"再问。从事曰："大夫文武。忠孝，求士为国，不私于家；方今寇聚于恒[⑥]，师环其疆。农不耕收，财粟殚亡。吾所处地，归输之涂[⑦]。治法征谋，宜有所出。借从事口，备写大夫。先生仁且勇，若以义请而强委重焉，其何说之辞？"备写处士。于是撰书词，具马币，卜日以授使者，求先生之庐而请焉。竟入传体。

先生不告于妻子，不谋于朋友，画。冠带出见客，画。拜受书礼于门内。画。宵，则沐浴戒行李，载书册，问道所由，告行于常所来往。画。晨，则毕至，张上东门外。画。酒三行，且起。又画又叙，随手变出。有执爵[8]而言者曰："大夫真能以义取人，先生真能以道自任；决去就，为先生别！"第一祝，并赞二人。又酌而祝曰："凡去就出处何常？惟义之归，遂以为先生寿。"第二祝，独寿处士。又酌而祝曰："使大夫恒无变其初；无务富其家而饥其师；无甘受佞人[9]而外敬正士；无昧于谄言，惟先生是听。以能有成功，保天子之宠命。"第三祝，规大夫。又祝曰："使先生无图利于大夫，而私便其身图！"第四祝，规先生。先生起拜祝辞曰："敢不敬蚤[10]夜以求从祝规！"又加倍写一答祝，随手变出无穷。于是东都之人士，咸知大夫与先生果能相与以有成也。忽作一结，有气力。遂各为歌诗六韵。退，愈为之序云。

〔注释〕

①石处士：石洪，字濬川，唐代河阳（今河南洛阳）人。曾做过黄州录事参军，后又回洛阳居达十年之久，为韩愈朋友。

②乌公：即乌重胤，唐张掖（今属甘肃）人。曾任河阳军节度使。

③嵩邙、瀍谷之间：嵩，嵩山。邙，邙山，洛阳北。瀍（chán），水名，源于洛阳西北，入洛水。谷，水名，源自河南陕县东北，入洛水。

④王良、造父：王良，春秋时晋国人，善驾驭良马。造父，周代善御者，曾为周穆王西游驾车。

⑤烛照数计而龟卜：烛照，喻见事之明。数计，喻分析精确。龟卜，喻善于推断。

⑥恒：恒，恒州，治所在今河北正定县。

⑦归输之涂：往来运输要道。涂，通"途"，道路。

⑧爵：古代一种酒器。

⑨佞人：巧言献媚之人。

⑩蚤：通"早"。

〔解读〕

此文写于元和五年（810年）。当时韩愈任河阳县（今河南洛阳）令。河阳节度使乌重胤到洛阳后，招聘石处士为幕僚。这篇文章就是在欢送石处士前往乌重胤官府就职时写的一篇赠序。

文章按时间顺序先写了乌重胤求贤、次写石处士一反处士常态而应召和人们为其饯行送别的经过。赞扬了石处士隐居山间，冬一件皮衣，夏一领葛衫，每日早晚两餐，送钱拒不相接，游玩从不参与，劝做官则从不应允，唯读书论道，辩论古今事物和品评人物高下，谈起来如黄河决堤之奔腾，如四马拉车而走熟路，如烛光照物之明彻，如计数之精确，如占卜富有远见。在此，作者连用比喻，烘托出一个真正隐君子的高大形象。然后通过乌重胤与幕僚的对话，衬托出了乌重胤以义取士，为国家招揽贤才的高风亮节。在后一部分饯行场合，重点突出饯行宴会上的祝辞，尤其是朋友们对乌重胤和石处士的殷切期望，实际上也是韩愈对国家统一的期望，借别人的话表达自己的赞美和愿望。本文避免了一般序文止于歌功颂德的俗套，人物描写形象生动，要言不繁，主旨鲜明。

送温处士序

前凭空以冀北马空起，中凭空撰出无数人嗟怨，后又凭空结以自己嗟怨：俱是凭空文字。

伯乐[①]一过冀北之野，而马群遂空。凭空忽掉奇语。夫冀北马多天下，伯乐虽善知马，安能空其群耶？接手便难。解之者曰："吾所谓'空'，非无马也，无良马也。伯乐知马，遇其良，辄取之，群无留良焉；苟无良，虽谓'无马'，不为虚语矣！"接手便释。○已上，以喻为起，不独为送温起，并送石亦连及。

东都[②]，固士大夫之冀北也。妙文。恃才能，深藏而不市者，洛之北涯，曰石生[③]；连石。其南涯，曰温生。出温。大夫乌公[④]，以铁钺[⑤]镇河阳之三月，以石生为才，以礼为罗，罗而致之幕下。连石。未数月也，以温生为才，于是以石生为媒，以礼为罗，又罗而致之幕下。出温，中自见所以连石之故。东都虽信多才士，朝取一人焉拔其尤，暮取一人焉拔其尤。自居守河南尹，以及百司之执事，与吾辈二县[⑥]之大夫，政有所不通，事有所可疑，奚所咨而处焉？生姿。各句，各样句法。士大夫之去位而巷处者，谁与嬉游？生姿句法。小子后生，于何考德而问业焉？生姿。句法。缙绅之东西行，过是都者，无所礼于其庐。生姿。句法。若是而称曰："大夫乌公，一镇河阳，而东都处士之庐无人焉。"岂不可也？妙文。○文固已毕，却必下一段，始足。

夫南面而听天下，其所托重而恃力者，惟相与将耳！陪一相。相为天子得人于朝廷，陪。将为天子得文武士于幕下。正。求内外无治，不可得也。其文始足。愈縻[⑦]于兹，不能自引去，资二生以待老；

今皆为有力者夺之，其何能无介然于怀耶？本以致颂，反更生怨，绝妙文情。生既至，拜公于军门，其为吾以前所称，为天下贺。结前一长段。以后所称，为吾致私怨于尽取也。结后一短段。留守相公⑧，首为四韵诗，歌其事，愈因推其意而序之。

〔注释〕

①伯乐：传说古代善相马者。

②东都：今洛阳，与当时首都长安相对应，称东都。

③石生：即洛阳人石洪，字濬川。

④乌公：即乌重胤，字保君。

⑤铁钺：同“斧钺”，古代军法用以杀人的斧子。此处指执掌一方军政大权的节度使。

⑥二县：指洛阳、河南二县，韩愈当时为河南县令。

⑦縻：束缚。

⑧留守相公：指东都留守郑余庆，曾两度为相，故称相公。

〔解读〕

《送温处士赴河阳军序》是韩愈元和年间写的又一篇送朋友入仕的文章。温处士名造，字简舆，并州（今山西太原一带）人，当时隐居于河南洛阳一带，与韩愈、石洪为好朋友。当石洪为初任河阳节度使的乌重胤聘为幕僚后，通过石洪引荐，温处士也受乌重胤之聘。在此之际，欣慰之余，韩愈写了此篇序，以志鼓励和祝贺。作者以伯乐过冀北之野而马群空开篇，比喻乌节度使善于发现和使用人才，致使东都才尽，以致东都的地方长官遇到疑难而无人请教咨询，去职居家的士大夫无人交游，青年后辈无处考究德行和请教学业。虽然作者是以遗憾和责备的笔调写的，但其中透露出作者对乌公网罗处士、重用人才由衷的喜悦和赞扬。

送杨少尹序

送杨少尹，却劈空忽请出二疏；又偷笔写自己病不能送，便生出无数波澜。

昔疏广、受二子[①]，以年老一朝辞位而去。于时公卿设供张[②]，祖道[③]东门外，车数百两。道旁观者多叹息泣下，共言其贤。汉史[④]既传其事，而后世工画者，又图其迹，至今照人耳目，赫赫若前日事。叙二疏事毕。

国子司业[⑤]杨君巨源，方以能诗训后进；五字，补写杨君在官时事，必不可少。一旦以年满七十，亦白丞相去归其乡。叙杨君事已毕。已下发论。世常说古今人不相及，今杨与二疏，其意岂异也？随手先作一总。余忝[⑥]在公卿后，遇病不能出；借"病不能出"，生出"不知"二字。不知杨侯[⑦]去时，城门外送者几人？车几两？马几匹？三"几"字。道旁观者，亦有叹息知其为贤与否？而太史氏又能张大其事，为传继二疏踪迹否？不落莫否？三"否"字。见今世无工画者，而画与不画，固不论也。变。然吾闻杨侯之去，丞相有爱而惜之者，白以为其都少尹，不绝其禄。疏事外，添出一杨事。又为歌诗以劝之，京师之长于诗者，亦属而和之；疏事外，又添出一杨事。又不知当时二疏之去有是事否？前云，"不知杨侯去时"，此云，"又不知当时二疏之去"，其笔势如疾风，左踅右踅。古今人同不同，未可知也。随手再作一总。中世士大夫，以官为家，罢则无所于归。不是骂人，是反衬下文。杨侯始冠[⑧]，举[⑨]于其乡，歌《鹿鸣》[⑩]而来也。宾句。今之归，主句。指其树曰："某树，吾先人之所种也！某水某丘，吾童子时所钓游也！"画七十老人，却画作童子时，奇情妙笔。乡人莫不加敬，诫子孙，以杨侯不去其乡为法。又添出二疏未有事。古之所谓乡先生殁而可祭于社者，其在斯人欤？其在斯人欤？感叹不尽。

〔注释〕

①昔疏广、受二子：即西汉时疏广、疏受叔侄二人。疏广，字仲翁，东海兰陵（今山东苍山西南）人，精通《春秋》，远方的人都前来求学，宣帝时任太子太傅，其侄疏受也任少傅，后称病还乡。后世以此作为“功遂身退”的典故。

②供张：即“供帐”。供，陈设。帐，帷帐等具。

③祖道：古人出行前祭祀道神，后也以称饮宴送行。

④汉史：指班固《汉书·疏广传》。

⑤国子司业：即国子监（中央教育机构）副主管。

⑥忝：谦词，辱、有愧于。

⑦杨侯：指杨少尹。

⑧冠：古代男子二十岁举行成年加冠礼。

⑨举：科考取士之称。

⑩《鹿鸣》：《诗经·小雅》中的一篇，按唐朝乡举规矩，中举后，州县长官宴请中举者，宴会上歌《鹿鸣》之诗。

〔解读〕

杨少尹，名巨源，唐代蒲州（今山西永济市蒲州镇）人，官至国子监司业。当他年老告退时，当时也在朝廷任职的韩愈便写此篇序文送他。本文开篇即讲汉代“功遂身退”、不恋俸禄高位的疏广、疏受辞官归乡时盛况，然后才及正文，讲杨少尹自辞官职，而自己则生病未能为杨少尹送行。文中便想象杨少尹离开时境况，有多少人送行，车子有多少，旁观者是否也叹其贤德，史官会对此大加赞扬而立传，古今人相同而又有异，但功成身退、受人爱戴则是一致的。本文借古喻今，高度赞扬了杨少尹的品德，虽平铺直叙，波澜不惊，但寓含蓄于叙述，藏哲理于凡事。

送孟东野[1]序

拉杂散漫，不作起，不作落，不作主，不作宾。只用一“鸣”字跳跃到底，如龙之变化屈伸于天，更不能以逐鳞逐爪观之。

大凡物不得其平则鸣。突然发笔，似为一篇头，又不为一篇头。直是恣意荡漾，不顾世人。草木之无声，风挠之鸣；草木一。水之无声，风荡之鸣。水二。其跃也或激之，其趋也或梗之，其沸也或炙之。“水”段独加三句，恣心恣手之文哉！金石之无声，或击之鸣。金石三。人之于言也亦然。突然收到人，又不收到人，下又放开。有不得已者而后言。其歌也有思，其哭也有怀。凡出乎口而为声者，其皆有弗平者乎？人言四。乐也者，郁于中而泄于外者也。突然说乐。择其善鸣者而假之鸣。金石丝竹匏土革木八者[2]，物之善鸣者也。乐五。维天之于时也亦然，突然说天时。择其善鸣者而假之鸣。是故以鸟鸣春，以雷鸣夏，以虫鸣秋，以风鸣冬，四时之相推敚，其必有不得其平者乎？天、四时六。

其于人也亦然也。突然又收到人，始真收到人矣，下又放开。人声之精者为言，文辞之于言，又其精也。尤择其善鸣者而假之鸣。文辞，提。○已下，始说人。其在唐虞[3]，咎陶、禹[4]其善鸣者也，而假以鸣。咎陶、禹，一。夔[5]弗能以文辞鸣，又自假于《韶》[6]以鸣。夔，二。夏之时，五子以其歌鸣[7]。五子，三。伊尹鸣殷[8]，伊尹，四。周公鸣周[9]。周公，五。凡载于《诗》《书》六艺[10]，皆鸣之善者也。略结。周之衰，孔子之徒鸣之，其声大而远。传曰：“天将以夫子为木铎[11]。”其弗信矣乎？孔子之徒，六。其末也，庄周以其荒唐之辞鸣[12]。庄周，七。楚，大国也，其亡也，以屈原鸣[13]。屈原，八。臧孙辰、孟轲、荀卿[14]，以道鸣者也。臧孙辰、孟轲、荀卿，九。杨朱、墨翟、管夷吾[15]、晏婴、老聃、申不害[16]、韩非、慎到、田骈[17]、邹衍、尸佼、孙武[18]、张仪，苏秦[19]之属，皆以其术鸣。杨朱十四人，十。秦之兴，李斯[20]鸣之。李斯，十一。汉之时，司马迁、相如、扬雄[21]，最其善鸣者也。二司马、扬雄十二。其下魏晋氏，鸣者不及于古，然亦未尝绝也。就其善者，其声清以浮，其节数以急[22]，其辞淫[23]以哀，其志弛以肆[24]，其为言也乱杂而无章。将天丑其德而莫之顾[25]耶？何为乎不鸣其善鸣者也？魏晋，十三。

唐之有天下，唐，提。已下始说唐人。陈子昂、一。苏源明、二。元结[26]、三。李白、四。杜甫、五。李观[27]，六。皆以其所能鸣。其存而在下者孟郊东野，孟东野，一篇之主，七。○妙在纵横汗漫，宾主不辨。始以其诗鸣。其高出魏晋，不懈而及于古。其他，浸淫乎[28]汉氏矣。从吾游者，李翱、张籍[29]其尤也。李翱八，张籍九。又添二人于后，纵横汗漫极矣。三子者之鸣，信善矣。抑不知天将和其声，而使鸣国家之盛耶？抑将穷饿其身，思愁其心肠，而使自鸣其不幸耶？三子者之命，则悬乎天矣。其在上也，奚以喜？其在下也，奚以悲？只此一段正文。

东野之役于江南[30]也，有若不释然[31]者，故吾道其命于天者以解之。

〔注释〕

①孟东野：名郊，唐代著名诗人，与韩愈相交甚深。早年隐居嵩山，近五十岁时才中进士，一生不得志。

②金石丝竹匏土革木八者：古代作乐器的八种材料，一般用来指八种乐器。金指钟镈（bó），石指磬，丝指琴瑟，竹指箫管，匏指笙竽，土指埙（xùn），革指鼗（táo），木指柷敔（zhù yǔ）。

③唐虞：即唐尧、虞舜，此处指尧舜时代。

④咎陶、禹：咎陶，又作皋陶或咎繇。相传为舜时法官，掌管刑法，制定律条。禹，亦称大禹、夏禹，奉舜命治水，国号夏。

⑤夔（kúi）：传说中舜的乐官。

⑥《韶》：古乐曲名，传为虞舜所作。

⑦五子以其歌鸣：传说夏王太康荒淫无道，失去权位，他的五个弟弟怨太康失国，作《五子之歌》以表示心中怨恨。

⑧伊尹鸣殷：伊尹名挚，辅佐商汤及汤孙子太甲。太甲无道，伊尹将其放逐。曾作《汝鸠》《汝方》《咸有一德》《伊训》等文。

⑨周公鸣周：周公即周公旦，辅佐成王，作有《大诰》《洛诰》《多士》《无逸》《尹奭》等。

⑩六艺：即六经，指《易》《诗》《书》《礼》《乐》《春秋》。

⑪天将以夫子为木铎：此语出自《论语·八佾》。夫子，对孔子的尊称。木铎，以木为舌的铃。古代发布政令，摇铃召集百姓来听。这句话的意思是说孔子为天的代言人。

⑫庄周以其荒唐之辞鸣：庄周即庄子，战国时哲学家。在其《庄子·天下篇》中说自己的文章是“荒唐之言”。荒唐，广大无边、汪洋恣肆。

⑬屈原鸣：屈原为楚国伟大诗人与爱国者。著有《离骚》《九章》《九歌》等。

⑭臧孙辰、孟轲、荀卿：臧孙辰，即臧文仲，春秋时鲁国大夫，《左传》襄公二十四年载“臧文仲即殁，其言立”。孟轲，即受学于孔子之孙子思的孟子，有《孟子》一书。荀卿，名况，战国末年赵国人，先秦诸子集大成者。

⑮杨朱、墨翟、管夷吾：杨朱，字子居，战国初卫国人，主张“为我”，当时其学说为一大流派。墨翟，即墨子，春秋战国之际鲁国人，主张“兼爱”，墨家创始人。管夷吾，即管仲或管子，齐桓公宰相，其治国思想见于《管子》一书。

⑯晏婴、老聃、申不害：晏婴，字平仲，春秋时齐国大夫，有《晏子春秋》载其言行。老聃，即老子，楚国人，道家学派创始人，有《道德经》一书。申不害，战国时郑国人，法家代表人物，曾为韩昭侯之相。

⑰韩非、慎到、田骈：韩非，战国末韩国人，曾从学习荀卿，为法家思想集大成者，后被李斯所害，有《韩非子》一书。慎到，战国时赵国人，曾在齐国的稷下学宫讲学，主张法治。田骈，亦称陈骈，战国时齐国人，早年学黄老之术，有《田子》二十五篇，已佚。

⑱邹衍、尸佼、孙武：邹衍，又作驺衍，战国末齐国人，阴阳五行学派代表人物。尸佼，春秋时鲁国人，商鞅的门客，著有《尸子》一书。孙武，春秋时齐国人，军事家，曾为吴王阖闾将军，著有《孙子兵法》十三篇。

⑲张仪、苏秦：张仪，战国时魏国人，纵横家代表人物之一。曾为秦惠文王相，

游说六国，以“连横”破苏秦“合纵”。苏秦，战国时周人，纵横家代表人物之一。游说东方六国，主张合纵抗秦，挂六国相印。

⑳李斯：楚国上蔡（今河南上蔡县）人，入秦为官，曾任秦丞相，后为宦官赵高诿杀。著有《谏逐客书》《仓颉篇》等。

㉑相如、扬雄：相如，即司马相如，字长卿，西汉蜀郡成都人，著名辞赋家，历史上尤以与卓文君爱情故事著名。扬雄，字子云，蜀郡成都人，西汉辞赋家。

㉒其节数以急：节，节拍。数，频繁，指节拍短促。

㉓淫：过分，指文辞靡丽。

㉔弛以肆：松弛而放纵。

㉕将天丑其德而莫之顾：将，大概，或者。天丑其德，上天认为他们德行丑恶。莫之顾，不眷顾。

㉖陈子昂、苏源明、元结：陈子昂，字伯玉，唐初文学家，有《陈拾遗集》。苏源明，字弱夫，唐京兆武功（属今陕西）人，唐代文学家。元结，字次山，唐代河南（今河南洛阳）人，唐代文学家，有《元次山集》。

㉗李白、杜甫、李观：李白，字太白，号青莲居士，唐中叶伟大诗人，有《李太白集》。杜甫，字子美，自号少陵野老，唐中叶伟大诗人，有《杜工部集》。李观，字元宾，唐文学家，有《李元宾文编》。

㉘浸淫乎：逐渐渗透，此处为接近的意思。

㉙李翱、张籍其尤也：李翱，字习之，曾从韩愈学古文，为唐古文运动主要代表人物之一，有《李文公集》。张籍，字文昌，曾从韩愈学诗，擅长乐府，有《张司业集》。尤，优也，出类拔萃。

㉚役于江南：役，服役，此处指孟郊在溧阳为县尉。溧阳唐时属江南道，故曰江南。

㉛不释然：不开心，郁郁不乐。

〔解读〕

此文作于德宗贞元十八年（802年）。当时，韩愈的好朋友孟东野要到溧阳县做县尉，韩愈对他这位大半辈贫困潦倒、近五十岁才混个县尉之职的朋友抱着深深的同情，在其赴任之际，便写了这篇赠序来劝勉，以表达自己诚挚的友情和感慨。

此文开篇即点出主题——“物不得其平则鸣”，由自然界风吹草木而鸣到人吹拉弹敲乐器而鸣，都是其本身有什么不平才借助其他物来表示。进而，作者讲到了人，人与自然界一样，也要选择善于鸣的人来为其助鸣。作者在本文的中心段，历数自远古时代皋陶、大禹之鸣到三代夔、太康五弟借助音乐歌声来鸣，一直到周公、孔子、庄周、屈原等及诸子百家，下至司马迁、司马相如、扬雄等，都是借其文章，或为时代而鸣，或为自己遭遇而鸣。而魏晋以后，鸣的人水平不如从前。而至唐代，有陈子昂、苏源明、元结、李白、杜甫、李观来鸣，孟郊也以其诗歌来鸣，其善鸣超过魏晋水平。作者历数远古至唐代善鸣者之鸣，有“盛世”之鸣，有“衰世”“乱世”之鸣，以及善鸣者不同际遇及作品和思想的不同气质、风格、内容，其中暗寓当权者不能识用人才，使有才华者被埋没，心中郁结不平，不得不通过言辞来鸣不平的现实情况。

这篇文章，虽是作者劝慰闷闷不乐的朋友孟东野的，而实质上也是作者生平遭际和心中忧闷的写照，同时，作者也强调写文章要来自作家自身对现实生活的感发，只有紧扣时代现实，表现真情实感，才能写出好的作品。此文写得富于波澜，一“鸣”字贯穿始终，笼罩全篇，反复论证，充分阐发了“物不得其平则鸣”的观点。

送李愿归盘谷序

前只数语写盘谷，后只一歌咏盘谷。至于李之归此谷，只用李自己两段说话：自言欲为第一段人不得，故甘为第二段人。便见归盘谷者，乃是世上第一豪华无比人，非朽烂不堪人也。

太行之阳①有盘谷②。盘谷之间，泉甘而土肥；草木蘩茂，居民鲜少。下笔先写盘谷。或曰："谓其环两山之间，故曰盘。"忽讲"盘"字。一"或曰"。或曰："是谷也，宅幽而势阻，隐者之所盘旋。"二"或曰"。友人李愿③居之。只六字，题尽了。已下，全凭愿之言代行文。愿之言曰："人之称大丈夫者，我知之矣。先总提大丈夫，下分二段。利泽施于人，名声昭于时；坐于庙朝，进退百官，而佐天子出令。其在外，则树旗旄，罗弓矢④，武夫前呵，从者塞途。供给之人，各执其物，夹道而疾驰。喜有赏，怒有刑。才俊⑤满前，道古今而誉盛德，入耳而不烦。曲眉丰颊，清身而便体，秀外而惠中。飘轻裾，翳长袖。粉白黛绿⑥者，列屋而闲居⑦，妒宠而负恃⑧，争妍而取怜。大丈夫之遇知于天子，用力于当世者之所为也。吾非恶此而逃之，是有命焉，不可幸而致也。极写世上有此一辈大丈夫，结以"不可幸致"。穷居而闲处，升高而望远；坐茂树以终日，濯清泉以自洁。采于山，美可茹，钓于水，鲜可食。起居无时，惟适之安⑨。与其有誉于前，孰若无毁于其后？与其有乐于身，孰若无忧于其心？车服不维，刀锯不加，理乱不知，黜陟不闻。大丈夫不遇于时者之所为也，我则行之，极写世上又有此一辈大丈夫。结以"我则行之"。伺候于公卿之门，奔走于形势之途⑩；足将进而趑趄⑪，口将言而嗫嚅⑫。处污秽而不羞，触刑辟而诛戮，侥幸于万一，老死而后止者，其于为人贤不肖何如也？”不能为前一辈大丈夫，又不肯为后一辈大丈夫者也。

昌黎韩愈闻其言而壮之。与之酒，而为之歌曰：愿之言已毕。既是代行文毕，自只作歌，歌盘谷。“盘之中，维子之宫；盘之土，可以稼；盘之泉，可濯可沿；盘之阻，谁争子所？窈而深，廓其有容；缭而曲，如往而复。嗟盘之乐兮！乐且无央。虎豹远迹兮，蛟龙遁藏；鬼神守护兮，呵禁不祥。饮且食兮寿而康，无不足兮奚所望？膏吾车兮秣吾马⑬，从子于盘兮，终吾生以徜徉。”送李，却说到自亦欲往，何等兴会！

〔注释〕

①太行之阳：太行即太行山，在今山西高原与河北平原间。阳，山之南面。

②盘谷：山谷名，在今河南济源市。

③李愿：唐朝有两个李愿，一个是唐西平忠武王李晟的儿子李愿，一个就是韩愈此篇文章中说的李愿。后者为陇西人，是韩愈的朋友，因不满权贵而隐居，其他情况不详。

④树旗旄，罗弓矢：旄是以旄牛尾饰于旗竿上的一种旗，唐时，外官以节度使为重，节度使建双旌双节。罗，罗列。

⑤才俊：才能出众的人。

⑥粉白黛绿：黛，古代女子用来画眉的颜色，形容女子打扮得娇艳妩媚。

⑦列屋而闲居：列屋，众屋罗列，互相毗连。封建社会官僚们占有大量姬妾，供其玩弄。

⑧负恃：依恃。此处指姬妾们依仗自己容貌和技艺。

⑨惟适之安：只求舒适安逸。

⑩形势之途：通过权贵人家的路。形势，指权势。

⑪趑趄（zì jū）：踌躇不前的样子。

⑫嗫嚅（niè rú）：欲言又止的样子。

⑬膏吾车兮秣吾马：膏车，用油脂涂车轴，使之润滑。秣马，用粮秣把马喂饱。此处指远行前的准备工作。

〔解读〕

此文作于唐德宗贞元十七年（801 年），是一篇送人归隐的序。此文写作背景是，韩愈于贞元十六年被罢官后，在洛阳多次求官不得，心情抑郁，牢骚满腹。作者通过李愿之口，将入仕与退隐作了一番比较，对玩弄权势的显贵官僚和趋炎附势的庸碌小人进行辛辣讽刺，赞扬了李愿不慕荣利、洁身自好的品格。

本文主旨是孟子所说的大丈夫做人原则："古之人得志，泽加于民；不得志，修身见于世。穷则独善其身，达则兼善天下。"本文中形象地描写了官场内外三种人，一种是高官显职，掌管百官升降任免，在朝则树旗旄、罗列刀枪弓箭之仪仗，出则随从满路，武士喝道，随意赏罚，美女成群，争宠夺艳，幕僚则谈古论今赞扬他的大德。而另一种是没有权势而奔走于达官贵人之间的求官者，可怜兮兮，见了大官欲进又不敢进，想说又不敢说，处于污秽而不羞，触犯刑法而难免杀戮，企望万一侥幸而混得一官半职。第三种则是"不遇于时"的隐居者，居于山野，歇息于树下，沐浴于清泉，采山中野果野菜果腹，钓山中鱼虾下酒，随心所欲，唯安所趋，既无人称誉，也没有背后诽谤，无官职束缚，也不遭刑戮之惨，不知天下兴乱，不闻宦海沉浮。对三种人的刻画描写，行文上下相钩锁，文若连环，更加衬托出隐居者之乐。

此文由序和歌两部分构成，序以李愿口气写出，歌则以作者本人之口唱出，以此表达了作者对宦海生涯的厌倦和对山林自由自在生活的向往，其思想代表了一大批不得志的知识分子及官场失意者。文中兼用骈偶，整齐的偶句布于散行的文句之间，全文句式整散相同，整齐对称而错落有致。可以说，此文思想和写作风格均佳。苏轼评价说："余谓唐无文章，唯韩愈之《送李愿归盘谷序》而已。"

送何坚序

只是心头深爱坚，欲其归，不以不得愿为悁愤，而加意亲近贤师友；却并不作前辈板折腐语，只轻轻点笔，写与坚有如许恩谊，胡得无言？因而抬出道州、湖南两前辈，其文态便如墙角疏花，一枝二枝却正，三枝四枝却斜。到后亦是意足便休，正如不曾动笔也。

何于韩，同姓为近①。只是轻轻点笔。若细思之，真乃从何说起。坚以进士举，于吾为同业。轻轻点笔。其在太学②也，吾为博士③，坚为生。——生、博士为同道。轻轻点笔。其识坚也十年，为故人④。轻轻点笔。同姓而近也；同业也；同道也；故人也；于其不得愿而归，其可以无言耶？如此行文，纸上何曾有一点墨？

坚，道州⑤人。道之守阳公⑥，贤也。此即所谓不可以无之言也。道于湖南为属州，湖南杨公⑦又贤也。仍是轻轻之笔。坚为民，坚又贤也。轻轻。湖南得道为属，道得坚为民。坚归，唱⑧其州之父老子弟，服阳公之令；道亦唱其县与比州，服杨公之令。纸上何曾有一点笔墨！吾闻鸟有凤者，恒出于有道之国。当汉时，黄霸为颍川⑨，是鸟实集而鸣焉。若史可信，坚归，吾将贺其见凤而闻其鸣也已。送何坚，通篇却赞阳、杨二公者，欲其归从之游，而受其学也。故以见凤、闻凤鸣作结。有意无意，使其自悟。

〔注释〕

①何于韩，同姓为近：韩姓先祖与周朝国君同姓，而何姓的先祖是周成王之弟

姬虞的后裔，故而说何韩同姓。

②太学：指唐代的国子学。

③博士：韩愈曾担任国子博士之职。

④故人：老朋友。

⑤道州：治所在营道，今湖南道县。

⑥阳公：指阳城，曾任国子司业，后被贬为道州刺史。

⑦杨公：指杨凭，贞元年间任湖南观察使。

⑧唱：同“倡”，倡导的意思。

⑨黄霸为颍川：治今河南禹县。汉代黄霸做颍川太守时，为政宽和，颇得民心。据称引来凤凰、神雀聚集，天现祥瑞。

〔解读〕

送别一位仕途颇不得意的士子，一般的安慰语不足以达情表意，也极易落入俗套。韩愈与何坚相识十年，为“同遭”，于是，借赞美阳公、杨公两位贤官，引发出何坚可比列第三贤。想象失意而归的何坚，必定发扬古今贤人的精神，重铸人生的辉煌，历史上的祥瑞定可变成现实。激励有方，辞约而义丰，想必何坚能为之动容而自悟。

送董邵南[1]序

送董邵南往燕赵，却反托董邵南谕燕赵归朝廷。命意既自沉痛，用笔又极顿折。看他只是百数十余字，凡作几反几覆。

燕、赵[2]古称多感慨悲歌之士。横将燕、赵先断一句，下更不承，亦不转，最是奇笔。董生忽接写董生。举进士，连不得志于有司。怀抱利器[3]，郁郁适兹土。吾知其必有合[4]也。董生勉乎哉！“吾知其”，妙！○正写送一遍，却是作者心头宾意。夫以子之不遇时，苟慕义强仁[5]者，皆爱惜焉。极写董生。矧燕、赵之士，出乎其性者哉！极写燕、赵。此将上文再作一曲折，读之不胜激昂。然吾闻风俗与化移易；吾恶知其今不异于古所云耶？聊以吾子之行卜之也。董生勉乎哉！“吾恶知其”，妙！○反写送一遍，却是作者心头主意。吾因子有所感矣：忽转。○上，一正一反，俱送董生。此下，特谕燕、赵。为我吊望诸君之墓[6]，而观于其市，复有昔时屠狗者[7]乎？为我谢曰：“明天子在上，可以出而仕矣！”字字花，字字火，字字泪，字字血！

〔注释〕

①董邵南：寿州安丰（今安徽省寿县）人，与韩愈交往较深。

②燕、赵：指战国时的燕、赵，在今河北、山西一带。此地在战国时多出豪侠之士，如荆轲、高渐离。

③怀抱利器：利器，锐利精良之兵器。此处指有杰出才能。

④有合：遇到知音。

⑤慕义强仁：勉力行仁义。

⑥望诸君之墓：望诸君，即乐毅。战国时燕昭王大将，燕昭王死，燕惠王即位，

不被信任，只好奔往赵国，赵王封他于观津，号望诸君。其墓距邯郸西南近二十里。

⑦昔时屠狗者：指隐于市井的豪侠之士。

〔解读〕

此文大概作于贞元十八九年。韩愈与董邵南交往甚深，很同情他的不幸遭遇，据《昌黎先生集》卷二《嗟哉董生行》，董邵南长期隐居于安丰县，虽有学问，但“刺史不能荐，天子不闻名声，爵禄不及门，门外惟有吏，日来征租更索钱”。至元和年间时，董邵南到长安应举，但科场失利，便出游河北寻找出路。韩愈抱着深深同情与爱惜，作此文以赠。

当时，河北是藩镇割据的地方，藩镇为对抗朝廷，多招揽人才，增强实力，也确有不少科场官场失意者托身幕府。韩愈极担心朋友孤身去河北，而走入歧途，所以在文中极委婉地表达了自己矛盾的心情。先说燕、赵之地自古多慷慨悲歌之士，董邵南在那里会遇到知音，但又不无忧虑地讲，不知藩镇割据的燕赵之地如今是否还保留着古代遗风、是否还有古代那样的忠义之士，环境是会随时间变化而改变的。最后，韩愈无可奈何地说，既然你到河北，那就替我拜吊乐毅的墓，向河北忠义之士致意吧。实际上，韩愈本意是挽留董邵南，但词意隐晦不露，正如陈景雪所云：“送之所以留之，其辞绞而婉矣。”清人刘槐也评论说：此文“深微屈曲，读之，觉高情远韵，可望不可及”。

送浮屠文畅师序

昌黎一生辟浮屠，此又欲为浮屠作文字，最是不便措笔。看他一起得力，下便更不犯手。

人固有儒名而墨行[①]者，问其名则是，校其行则非，可以与之游乎？振笔爽然。○宾，一句。如有墨名而儒行者，问其名则非，校其行则是，可以与之游乎？振笔爽然。○主，一句。扬子云称："在门墙[②]则挥之，在夷狄则进之。"吾取以为法焉。昌黎作送浮屠文，得此两言，最占便宜。浮屠师文畅[③]，喜文章。其周游天下，凡有行，必请于缙绅先生[④]，以求咏歌其所志。先写文畅。贞元十九年春，将行东南，柳君宗元为之请。解其装，得所得叙诗[⑤]累百余篇。非而笃好，其何能致多如是耶？先写文畅求序。惜其无以圣人之道告之者，而徒举浮屠之说赠焉！责吾徒。夫文畅，浮屠也。如欲闻浮屠之说，当自就其师而问之，何故谒吾徒而来请也？原文畅。彼见吾君臣、父子之懿[⑥]，文物事为之盛，其心有慕焉。拘其法而未能入，故乐闻其说而请之。再原文畅。如吾徒者，宜当告之以二帝、三王之道，日月、星辰之行，天地之所以著，鬼神之所以幽，人物之所以蕃，江河之所以流而语之，不当又为浮屠之说而渎告之也。再责吾徒。责一通，原一通；再原一通，再责一通；将解装所得累百余篇尽推倒了，然后自出议论。

民之初生，固若禽兽，夷狄然。一。圣人者立，然后知宫居而粒食[⑦]，亲亲而尊尊，生者养而死者藏。二。是故道莫大乎仁义，教莫正乎礼乐、刑政。三。施之于天下，万物得其宜；措之于其躬，体安而气平。四。尧是以传之舜，舜是以传之禹，禹是以传之汤，汤是以传之文、武，文、武以是传之周公、孔子。五。书之于册，中国之人世守之。六。堂堂正正之言，孰得而更干犯之耶？今浮屠者，孰为而孰传之耶？问得辣，喝得倒。说圣人处详，浮屠处甚略，以为不足说也。夫鸟，俯而啄，仰而四顾。夫兽，深居而简出，惧物之为己害也，犹且不脱焉。又推感圣人之功。先喻。弱之肉，强之食。今吾与文畅，安居而暇食，优游以生死，与禽兽异者，宁可不知其所自耶？上说圣人之大者，此说其小者，欲未入门人易知耳。夫不知者，非其人之罪也；恕其前。知而不为者，惑也；励其今。悦乎故不能即乎新者，弱也；防其后。知而不以告人者，不仁也；收累百篇。告而不以实者，不信也。自收。○看他叠下五收句。余既重柳请，又嘉浮屠能喜文辞，于是乎言。

〔注释〕

①儒名而墨行：名义上是儒家信徒，实际行为却遵循墨家学说的规范。

②门墙：师门。

③浮屠师文畅：同“浮图”，佛教徒。文畅，与韩愈有交往的唐代僧人。

④缙绅先生：官宦士绅。

⑤叙诗：诗序。

⑥懿：美德。

⑦粒食：以谷物为食。指百姓平居生活。

〔解读〕

韩愈辟佛，曾写下《论佛骨表》，谏迎佛骨，为世所称道。好朋友柳宗元强请作序，以满足一位诗文僧人的心愿，韩愈的尴尬可以想见。毕竟是文章高手。韩愈既能说出作序的理由：“彼见吾君臣、父子之懿，文物事为之盛，其心有慕焉，拘其法而未能入，故乐闻其说而请之”；又能趁机向佛教界宣扬儒家正统观念，“宜当告之以二帝、三王之道”等。勉强为文，变成了积极的宣传，非大手笔不能为也。

送廖道士序

胸中爱廖，只是怪其为道士；又恐道士者不止一廖，要因廖而遍招之。看他却不直说，却忽然劈插一衡山最灵，又劈插一郴州最郁积。如是，必有非常奇人如廖者，只怕都为道人，真是可惜！○不意其一篇文字，抟来只成得一句。此是通身气力写得，不止争指力、腕力之与臂力也。

五岳于中州衡山最远。劈插而起。○一句。南方之山巍然高而大者以百数，独衡为宗。一句。最远而独为宗，其神必灵。忽将上二句，并作一句。○暂顿住。衡之南八九百里，地益高，山益峻，水清而益驶。其最高而横绝南北者岭。郴之为州，在岭之上。测其高下，得三之二焉。中州清淑之气[①]于是焉穷。又劈插而起，○一句。气之所穷，盛而不过，必蜿蜒扶舆[②]，磅礴而郁积。又将上一句，忽转换一句。○又顿住。衡山之神既灵；看其大气力。承前顿住之一句。而郴之为州[③]，又当中州清淑之气，蜿蜒扶舆磅礴而郁积。承后顿住之一句。看他转下。其水土之所生，神气之所感，白金、水银、丹砂、石英、钟乳；橘柚之包，竹箭之美，千寻之名材不能独当也。笔行至此，如江河之浩汗，如雷霆之急疾，而中间又自弄姿。意必有魁奇、忠信、材德之民生其间，自起至此，只抟成一句文字：真是奇骇绝人！而吾又未见也。其无乃迷惑溺没于老佛之学而不出耶？上文如此费气力写来，却又如此脱卸而去，真非寻常笔墨旧径也！廖师郴民，细。而学于衡山，细，气专而容寂[④]，多艺而善游，岂吾所谓魁奇而迷溺者邪？只此一句正文。“魁奇”一句。“迷溺”一句。廖师善知人，若不在其身，必在其所与游。访之而不吾告，何也？上文如此费气力，曲折写来，才得一句正文，却又如此脱卸去，真无一句笔墨旧径也。于其别，申以问之。费气力起，不费气力结。大奇，大奇。

〔注释〕

①清淑之气：清和美好之气。

②扶舆：扶摇之意。自下而上的样子。

③郴之为州：即郴州，隋时置州，治所在郴县（今湖南郴州）。

④气专而容寂：气专，养气专一。容寂，仪容安详。

〔解读〕

韩愈以儒家正统自持，排斥异端，于佛道迷惑溺没人才之行径最为痛恶。他认为郴州乃“中州清淑之气”凝聚之处，本应人才辈出，所谓“意必有魁奇忠信材德之民生其间”；然而“吾又未见也”。究其原因，只能是佛老的罪过，即所谓“其无乃迷惑溺没于老佛之学而不出邪？”此论又为韩愈的辟佛斥老之说添了新内容、新证据。一方面表扬廖道士“多艺而善游”，是个人才；另一方面又指斥“老佛之学”。韩愈可谓善作文，亦善做人也。

与汝州卢郎中论荐侯喜状

文作三段：一段，叙与侯喜素知；一段，叙侯喜来述；一段，叙答侯喜。皆是短短轻轻之笔。

进士侯喜[①]。

右其人，为文甚古[②]，写喜一。立志甚坚；行止取舍，有士君子之操。写喜二。家贫亲老，无援于朝。写喜三。在举场十余年，竟无知遇。写喜四。

愈常慕其才，而恨其屈；自写一。与之往还，岁月已多。自写二。尝欲荐之于主司[③]，言之于上位，自写三。名卑官贱，其路无由。观其所为文，未尝不掩卷长叹。自写四。去年愈从调选，本欲携持同行，自写五。适遇其人自有家事，迍邅[④]坎坷，又废一年。自写六。写喜四，自写六，最为缠绵剌促。及春末，自京还，怪其久绝消息。曲折。五月初至此，自言为阁下所知。辞气激扬，面有矜色，曰："侯喜死不恨矣！一曲。喜辞亲入关。羁旅道路，见王公数百，二曲。未尝有如卢公之知我也。三曲。比者[⑤]分将委弃泥涂，老死草野。四曲。今胸中之气，勃勃然复有仕进之路矣。"五曲。○叙喜言，甚曲折，妙绝。

愈感其言，贺之以酒，谓之曰："卢公[⑥]，天下之贤刺史也。一曲。未尝有所推引，盖难其人而重其事[⑦]。二曲。今子郁为选首[⑧]，三曲。其言死不恨，固宜也。四曲。古所谓知己者，正如此耳。五曲。身在贫贱，为天下所不知，独见遇于大贤，乃可贵耳。六曲。若自有名声，又托形势，此乃市道之事[⑨]，又何足贵乎？七曲。子之遇知于卢公，真所谓知己者也。"八曲。士之修身立节，而竟不遇知己，前古以来，不可胜数。九曲。或日接膝而不相知，或异世而相慕，以其遭逢之难，故曰："士为知己者死。"不其然乎？不其然乎？十曲。叙自言，甚曲折，妙绝。阁下既已知侯生，而愈复以侯生言于阁下者，非为侯生谋也；又跌。感知己之难遇，一结。大[10]阁下之德，二结。而怜侯生之心。三结。故因其行而献于左右[11]焉。再总结。谨状。

〔注释〕

①侯喜：字叔起，贞元年间进士。家贫力学，工诗文。韩愈曾将他推荐给汝州刺史卢虔。后侯喜官至国子主簿。侯喜去世，韩愈曾作《祭侯主簿文》以示悼念。

②右其人，为文甚古：古人作文直行书写，由右及左。为文甚古，意即擅长作古文。

③主司：主考官员。

④迍邅：同"屯邅"，指处境困难。

⑤比者：前些时。

⑥卢公：卢虔，时任汝州（今河南临汝县）刺史。因他曾任过刑部郎中，所以又称他为郎中。

⑦难其人而重其事：人才难找，慎重对待荐贤这件事。

⑧选首：指州中选送士子赴京参加进士科考试的牒状之首。

⑨市道之事：市场交易之事，喻指见利而忘义之行为。

⑩大：光大，张大。

⑪左右：对卢虔的尊称。

〔解读〕

韩愈重才，因侯喜家贫，又"无援于朝"，更加极力举荐，且喜形于色，为国荐贤之心昭然也。给卢郎中找麻烦，但其说辞几近阿谀奉承，令卢郎中不得不接受。要害在于"知己"二字。"身在贫贱，为天下所不知，独见遇于大贤，乃可贵耳。"转述侯喜的感恩戴德之语，以证其足为知己，"子之遇之于卢公，真所谓知己者也"。最后，韩愈竟说出"非为侯生谋也"这句话，申述自己之所以推荐侯喜，全无私心，只是"感知己之难遇，大阁下之德，而怜侯生之心"，似乎不是找麻烦，而是在帮卢郎中成就其结交千古难遇之知己。此类推荐人才的文章，真乃千古奇文也！

圬者[①]王承福传

逐段发出人生世间无数至理，却又无叫骂嬉笑之态。细细玩其句法。

圬之为技，贱且劳者也。抑。有业之，其色若自得者，所其言，约而尽[②]。扬。问之，王其姓，承福其名。世为京兆长安[③]农夫。天宝之乱[④]，发人为兵。持弓矢十三年，有官勋，弃之来归。丧其土田，手镘[⑤]衣食。余三十年，舍于市之主人[⑥]，而归其屋食之当焉。视时屋食之贵贱，而上下其圬之佣以偿之；有余，则以与道路之废疾饿者焉。第一段，写其自叙。○自叙，是第一等人品。

又曰："粟，稼而生者也；若布与帛，必蚕绩而后成者也。其他所以养生之具，皆待人力而后完者也。吾皆赖之。然人不可遍为，宜乎各致其能以相生也。已上，彼此各致其能。故君者，理我所以生者[⑦]也；而百官者，承君之化[⑧]者也。任有大小，惟其所能，若器皿焉。食焉而怠其事，必有天殃。故吾不敢一日舍镘以嬉。已上，小大不怠其事。夫镘易能，可力焉，又诚有功。取其直[⑨]，虽劳，无愧，吾心安焉。夫力，易强而有功也，心，难强而有智也。用力者使于人，用心者使人[⑩]，亦其宜也。吾特择其易为而无愧者取焉。已上，难易自择其宜。嘻！吾操镘以入贵富之家有年矣。有一至者焉，又往过之，则为墟矣；有再至、三至者焉，而往过之，则为墟矣。问之其邻，或曰：'噫！刑戮也。'或曰：'身既死，而其子孙不能有也！'或曰：'死而归之官也！'吾以是观之，非所谓'食焉怠其事，而得天殃者'耶？应。非强心以智而不足，不择其才之称否而冒之者耶？

应。非多行可愧，知其不可而强为之者耶？应。将贵富难守，薄功而厚飨[11]之者耶？不应。抑丰悴[12]有时，一去一来，而不可常者耶？不应。吾之心悯焉。是故，择其力之可能者行焉。已上，闻见久悟其理，○便将前文，如应不应，错落写成。乐富贵而悲贫贱，我岂异于人哉？”找此一笔又妙。第二段，写其议论。○议论，是第一等名理。

又曰：“功大者，其所以自奉也博，句。妻与子，皆养于我者也；句。吾能薄而功小，句。不有之可也。句。又吾句。所谓劳力者，句。若立吾家而力不足，句。则心又劳也。句。一身而二任焉，虽圣者不可能也。”第三段，写其守分。○守分，是第一等见识。

愈始闻而惑之，又从而思之，盖贤者也，盖所谓“独善其身”者也。曲折。然吾有讥焉，谓其自为也过多，其为人也过少。其学杨朱之道[13]者耶？杨之道，不肯拔我一毛而利天下；而夫人[14]以有家为劳心，不肯一动其心以畜其妻子，其肯劳其心以为人乎哉！曲折。虽然，其贤于世之患不得之而患失之者，以济其生之欲，贪邪而亡道，以丧其身者，其亦远矣！曲折。三十六字成句。又其言有可以警余[15]者，故余为之传而自鉴焉。以自结，妙妙。

〔注释〕

①圬者：俗称的泥水匠。圬，涂抹、粉刷墙壁。

②约而尽：简要而又把意思全部表达出来。

③京兆长安：京兆，即京兆府，治所在长安，即今陕西西安市。

④天宝之乱：即“安史之乱”。唐玄宗天宝十四年（755 年），安禄山叛乱，相继攻陷洛阳、长安，迫使唐玄宗逃往四川。安禄山死后，其部将史思明继续作乱，前后达九年。

⑤镘：泥瓦匠抹墙的工具。

⑥舍于市之主人：住在雇佣他的主人那儿。舍，居住。市，雇佣。

⑦故君者，理我所以生者：皇帝是治理人民，使人民进行生产得以生存下去的人。唐人以“理”代“治”，避唐高宗李治。

⑧承君之化：辅佐皇帝推行教化。

⑨直：同“值”，此处指工钱。

⑩用力者使于人，用心者使人：此句话与孟子的“劳心者治人，劳力者治于人”意思相同。使，统治。

⑪厚飨：过于享受。飨，享受。

⑫丰悴：昌盛与衰落。

⑬杨朱之道：杨朱为战国时人（一说杨朱就是庄周），反对墨家“兼爱”，主张“为我”“贵生重己”，拔一毛而利天下之不为。

⑭夫人：指那个人，即王承福。

⑮警余：使我有所警惕。

〔解读〕

此文作于唐德宗贞元十七年（801 年）前后。这是韩愈给一个自食其力的泥瓦匠写的一篇传记。作者简略叙述这个行伍出身的泥瓦匠，本可以做官混升斗之禄，却弃官回乡，拿起镘来做工谋生，三十年来住在雇佣他的主人家。作者本意并不是完完整整写这个泥瓦匠的个人传记，而是通过他的这种人生选择和态度，讽刺当时社会上那些无才无能、患得患失、无功而享乐的人，表达自己对这种不合理社会现象之不满，规劝人们要度才量力，勤于本业。从这个角度看，这篇文章有一定的进步意义，韩愈作为正统的封建卫道士，能将目光对准一个泥瓦匠，认为这个有自知之明、自食其力的劳动者“贤于世之患不得之而患失之者”，贤于“以济其生之欲，贪邪而亡道以丧其身者”，并认为“养生之具，皆待人力而后完”，“然人不可遍为，宜乎各致其能以相生”，这些观念都有其合理性、进步性。但他将统治者与被统治者之间的统治与被统治关系说成是人能力的天然差别，宣扬“劳心者治人，劳力者治于人”思想，则是一种偏见和反动。

本小传不同于一般的人物传记，作者只是将其人生态度与议论加以引用和深化，重点放在其言论上，而非其行事上，通过这个泥瓦匠的口来表达作者对人生对社会的看法。但在行文上，作者处于旁听者地位，最后对其人、其事、其议论作了评赞，并且突出本文主题。

新修滕王阁记

只是承命作记，看其凭空先撰出三段不得见滕王阁，便见今日作记，真大快活！

愈少时，则闻江南多临观之美[①]，而滕王阁[②]独为第一，有瑰伟绝特之称。先叙闻。及得三王所为序、赋、记[③]等，壮其文辞，益欲往，一观而读之以忘吾忧。次叙见其文辞。系官于朝，愿莫之遂。一不得见滕王阁。十四年，以言事斥守揭阳[④]。便道取疾，以至海上，又不得过南昌而观所谓滕王阁者。二不得见滕王阁。其冬，以天子进大号，加恩区内，移刺袁州[⑤]。袁于南昌为属邑[⑥]，私喜幸自语，以为当得躬诣大府[⑦]，受约束于下执事[⑧]。先自添色。及其无事且还，傥得一至其处，窃寄目，偿所愿焉。一何曲折多态！至州之七月，诏以中书舍人太原王公[⑨]为御史中丞、观察江南西道。洪、江、饶、虔、吉、信、抚、袁，悉属治所。八州之人，前所不便及所愿欲而不得者，公至之日，皆罢、行之。大者驿闻[⑩]，小者立变；春生秋杀，阳开阴闭。令修于庭户数日之间，而人自得于湖山千里之外。吾虽欲出意见，论利害，听命于幕下，而吾州乃无一事可假而行者，又安得舍己所事以勤馆人[⑪]？则滕王阁又无因而至焉矣！三不得见滕王阁。○粗览之，若只为自己行文章法，却不知其已将王公政绩元不悉书。文章虚实宾主之妙，乃不可以一笔定之矣。

其岁九月，人吏浃和，公与监军使燕[⑫]于此阁。文武宾士，皆与在席。酒半，合辞言曰："此屋不修，且坏。请修。前公为从事[⑬]此邦，适理新之。公所为文，实书在壁。曲折多态。今三十年，而公来为邦伯⑭；适及期月，公又来燕于此。公乌得无情哉？”公应曰：“诺！”辞令蕴藉之甚。于是栋楹、梁桷、板槛之腐黑挠折者，盖瓦、级砖之破缺者，赤白之漫漶不鲜者，治之则已，无侈前人，无废后观。叙修阁事，又详，又省，妙妙！工既讫功，公以众饮，而以书命愈曰：“子其为我记之！”愈既以未得造观⑮为叹，窃喜载名其上；词列三王之次，有荣耀焉！乃不辞而承公命。前三“不得见”，写来正独为此段愉快也。其江山之好，登望之乐，虽老矣，如获从公游，尚能为公赋之。再添一笔，余勇可贾。在他人更无此。

〔注释〕

①临观之美：值得登临观赏的美景。

②滕王阁：故址在今江西南昌赣江畔。唐高宗永徽年间，李渊子滕王李元婴为洪州都督时所建。

③三王所为序、赋、记：指王勃的《滕王阁序》、王绪的《滕王阁赋》、王弘中为从事时所作修阁记。

④斥守揭阳：指元和十四年正月韩愈因谏迎佛骨而由刑部侍郎贬为潮州刺史之事。唐之潮州，汉时为南海郡揭阳县地，故有“斥守揭阳”之说。

⑤袁州：治今江西宜春市。

⑥袁于南昌为属邑：唐代设江南西道，治所在洪州南昌（今江西南昌市）。袁州属江南西道管辖。

⑦大府：指江南西道采访使、观察使办公的厅房。

⑧下执事：指供采访使、观察使役使的下级吏仆。

⑨王公：名仲舒，字弘中，并州祁（今山西祁县）人。

⑩驿闻：指通过驿站呈递有关公文。

⑪馆人：负责管理馆舍、招待宾客的人员。

⑫燕：举行宴会。

⑬从事：州郡行政长官的僚属。

⑭邦伯：州牧。指洪州刺史之职。

⑮造观：前往观览。

〔解读〕

奉命作文，况且又是记述修缮名胜的功德文章，最终还得要落实到“歌功颂德”四字上。如何既写出场面文章，而又不落入阿谀奉承的俗套呢？韩愈只从个人切身感受入手写去，大抒“三不得见滕王阁”的懊憾心境，再记此次修缮滕王阁之起因及简要过程。两相映衬，凸现修缮善举的大得人心，证明承命作记亦是理所应当，于己亦有“偿所愿”之美，何乐而不为哉！韩愈善作文，亦善做人，又一证也。

祭田横墓文

以沉郁之气，发悲凉之音。逐二句抗声吟之，真有天崩海立之势。

贞元十一年九月，愈如东京[①]，道出田横[②]墓下。感横义高能得士，因取酒以祭，为文而吊之。其辞曰：

事有旷百世[③]而相感者，余不自知其何心；非今世之所稀[④]，孰为使余歔欷[⑤]而不可禁！余既博观乎天下，曷有庶几乎夫子之所为；死者不可复生，嗟余去此其从谁！当秦氏之败乱，得一士而可王；何五百人之扰扰，而不能脱夫子于剑铓；抑所宝之非贤，亦天命之有常。昔阙里[⑥]之多士，孔圣亦云其遑遑[⑦]；苟余行之不迷，虽颠沛其何伤！自古死者非一，夫子至今有耿光[⑧]！跽陈辞[⑨]而荐酒，魂仿佛[⑩]而来飨。

〔注释〕

①如东京：如，往。东京，即洛阳。

②田横：战国末齐王田儋之从弟，曾一度自立为齐王。刘邦统一全国后，田横及其部下五百人在海岛。刘邦恐其谋反，派人召之入长安。田横及徒二人走至尸乡（洛阳东30里），乃自杀。岛上五百人闻消息后也自杀。

③旷百世：旷，空旷，隔离。百世，三十年为一世。此百世喻时间长。

④稀：同“希”，言非今世所崇尚。

⑤歔欷：悲痛过度，咽喉气塞，在鼻中抽息。

⑥阙里：孔子生于鲁陬邑昌平乡阙里（今山东曲阜）。此处以阙里代称孔门三千弟子。

⑦遑遑：同“皇皇”，心绪不安定。

⑧耿光：耿为“炯”之假借字，犹言光明。

⑨跽陈辞：跪着读祭文。

⑩仿佛：形容看不大清楚，似有似无状。

〔**解读**〕

唐德宗贞元十一年（795 年），韩愈第三次应吏部试失败，气愤至极，连三次上书当朝宰相，但一无所得，不得不孑身东归。途中凭吊了田横墓，写下此祭文。此文借田横能得士来讽刺当时宰相，借古人与今人相比，对当时统治者加以无情的抨击，显然，是借古人之酒杯，浇自己之块垒。在此文中，韩愈表现了其不信天命信人事的观点，坚定地走自己选择的道路。

祭十二郎文

情辞痛恻，何必又说！须要看其通篇凡作无数文法：忽然烟波窅缈，忽然山径盘纡。论情事，只是一直说话，却偏有如许多文法者，由其平日戛戛乎难，汩汩乎来：实自有其素也。

年月日[①]，季父[②]愈，闻汝丧之七日，乃能衔哀致诚，使建中远具时羞之奠[③]，告汝十二郎[④]之灵。序。

呜呼！吾少孤，从自说起。及长，不省所怙[⑤]，惟兄嫂是依。兄嫂，即十二郎父母。公于郎，虽叔侄，犹兄弟。其情谊尽在此。中年，兄殁南方，吾与汝俱幼。始入十二郎。"俱幼"，只二字读之，早酸从中动。从嫂归葬河阳[⑥]。既又与汝就食江南，零丁孤苦，未尝一日相离也。叔侄，犹兄弟也。吾上有三兄，皆不幸早世。承先人后者，在孙惟汝，在子惟吾。只是直话，却甚精炼。两世一身，形单影只。嫂常抚汝酸。指吾酸。而言曰："韩氏两世，惟此而已！"画尽零丁孤苦。汝时尤小，当不复记忆；上说俱幼，此又略分。吾时虽能记忆，亦未知其言之悲也。虽略分，又不甚分，妙妙！吾年十九，始来京城。与郎别。其后四年，而归视汝。与郎会。又四年，吾往河阳省坟墓，与郎别。遇汝从嫂丧来葬。与郎会。又二年，吾佐董丞相于汴州[⑦]，与郎别。汝来省吾。与郎会。止一岁，请归取其孥[⑧]。与郎别。明年，丞相薨，吾去汴州，汝不果来。与郎不复会。是年，吾佐戎徐州[⑨]，与郎别。使取汝者始行，吾又罢去，汝又不果来。与郎不复会。吾念汝从于东，东亦客也，不可以久。图久远者，莫如西归。将成家而致汝。图与郎长会。呜呼！孰谓汝遽去吾而殁乎？与郎永别不会。吾与汝俱年少，以为虽暂相别，终当久与相处。

故舍汝而旅食京师，以求斗斛之禄。曲折写出。诚知其如此，虽万乘之公相，吾不以一日辍汝而就也！曲折出。

去年孟东野[10]往，吾书与汝曰："吾年未四十，而视茫茫，而发苍苍，而齿牙动摇。念诸父与诸兄，皆康强而早世；如今之衰者，其能久存乎？吾不可去，汝不肯来，恐旦暮死，而汝抱无涯之戚也！"反写作波澜，俱是至情、直话，却又妙文。孰谓少者殁而长者存，强者夭而病者全乎？跌。正。呜呼！其信然邪？其梦邪？其传之非其真邪？汉武李夫人歌，变作无限烟波。信也，吾兄之盛德，而夭其嗣乎？汝之纯明，而不克蒙其泽乎？少者、强者而夭殁，长者、衰者而存全乎？纯是烟波，笔无停姿。未可以为信也。梦也，传之非其真也；东野之书，耿兰之报[11]，何为而在吾侧也？纯是烟波，笔无停姿。呜呼！其信然矣，吾兄之盛德，而夭其嗣矣。汝之纯明，宜业其家者，不克蒙其泽矣！所谓天者诚难测，而神者诚难明矣。所谓理者不可推，而寿者不可知矣。纯是烟波，笔无停姿。凡作三四翻，下方转。虽然，吾自今年来，苍苍者或化而为白矣，动摇者或脱而落矣。毛血日益衰，志气日益微，几何不从汝而死也？又将前反写作正写，笔笔无停姿。死而有知，其几何离[12]妙。其无知，悲不几时，妙。而不悲者无穷期矣！妙妙。汝之子始十岁，吾之子始五岁，少而强者不可保，如此孩提者，又何冀其成立耶？呜呼哀哉！呜呼哀哉！忽然于郎前，写自家不保；忽然又于郎后，写二子不保，笔笔无停姿。

汝去年书云："比得软脚病[13]，往往而剧。"吾曰："是疾也，江南之人常常有之，未始以为忧也。"又作一样曲折。呜呼！其竟以此而殒其生乎？曲折。抑别有疾，而至斯乎？曲折。汝之书，六月十七日也。又作一样曲折。东野云："汝殁以六月二日。"耿兰之报，无月日。曲折。盖东野之使者，不知问家人以月日。如耿兰之报，不知当言月日。曲折。东野与吾书，乃问使者，使者妄称以应之耳！其然乎？其不然乎？曲折。

今吾使建中祭汝，吊汝之孤，与汝之乳母。彼有食，可守以待终丧，则待终丧而取以来；如不能守以终丧，则遂取以来。其余奴婢，并令守汝丧。吾力能改葬，终葬汝于先人之兆，然后惟其所愿。一段，叙家事。呜呼！自此以下，一往恸哭而尽。汝病，吾不知时；汝殁，吾不知日。生不能相养以共居，殁不能抚汝以尽哀。敛不凭其棺，窆[14]不临其穴，吾行负神明而使汝夭！不孝，不慈，而不得与汝相养以生，相守以死。一在天之涯，一在地之角。生而影不与吾形相依，死而魂不与吾梦相接。吾实为之，其又何尤？彼苍者天，曷其有极！更不能分句，何况分段、分字？直是一恸而尽！

自今已往，吾其无意于人世矣！当求数顷之田，于伊、颍之上[15]，以待余年。再叙自家。教吾子与汝子，幸其成长；长吾女与汝女，待其嫁，如此而已。再叙后人。呜呼！言有穷而情不可终，结。汝其知也邪？其不知也邪？再结。呜呼哀哉！尚飨。

〔注释〕

①年月日：一作“贞元十九年五月二十六日”。祭文开头照例都要写年月日。

②季父：古时称父亲最小弟弟为季父。

③时羞之奠：以时鲜的食品祭祀。

④十二郎：韩愈侄子，名老成。唐时口语称年轻男子为郎子，因老成在族中排行十二，故称十二郎。

⑤不省所怙：不知所依靠。怙，指父亲。韩愈三岁丧父。

⑥河阳：今河南孟州市，韩愈老家在此。

⑦佐董丞相于汴州：董丞相，指董晋，贞元十二年（796年），以检校尚书左仆射、同中书门下平章事任宣武军节度使及汴、宋、亳、颍等州观察使，韩愈为节度推官。

⑧孥：妻和子的统称。

⑨佐戎徐州：贞元十五年（799年），韩愈入徐泗濠节度使张建封幕下任节度推官。因节度使掌兵权，所以将任节度使推官说成是辅佐军事。

⑩孟东野：指孟郊，韩愈朋友。

⑪东野之书，耿兰之报：指老成死后，孟东野在溧阳有信告韩愈，时韩愈的家人耿兰也有报丧信来。

⑫其几何离：其离几何，意即别离的时间不会太长了。

⑬软脚病：脚气病。

⑭窆（biǎn）：葬时下棺入穴。

⑮伊、颍之上：伊、颍，二水名，在河南。此处指韩愈故乡。

〔解读〕

此文写于贞元十九年（803 年）五月。文题一作《祭兄子十二郎老成文》，是韩愈祭奠他侄子而写的一篇祭文。祭文有不同形式，根据所祭对象不同，有歌功颂德、华而不实的，属一种应酬性文章；有追溯平生，以叙写悲哀为主的，是抒情文的一种。韩愈此文属于后者。

韩愈在此文中叙述了他对侄子的无限深情与眷念，先从家境不幸和幼年相依为命写起，写到成年后暂聚久别，写到惊闻噩耗后的不敢相信和悲痛，终写到对死者后事的安排，絮絮写来，如话家长，情深语挚。于萦回之中见深挚，于呜咽之处见沉痛，语语从肺腑中流出，无一句一字客套虚语，恰如长歌当哭，令人动情，所以此文被誉为“祭文中千年绝调”。

祭文形式自汉魏以来多仿《诗经》中雅、颂的四言韵语，也有用骈文的。韩愈此篇祭文虽也沿用四言，但破骈为散，不拘旧习，语言流畅自然而不加雕饰，刻画曲折，气势飞动，尽脱前人窠臼。

殿中少监[1]马君墓志

殿中君生平事迹，略无可书，却无端忽牵连其祖、子、孙三世，写出一段情事婉约，悲叹淋漓，真无中生有之笔！

君讳继祖，司徒、赠太师北平庄武王之孙，少府监[2]、赠太子少傅讳畅之子。生四岁，以门功拜太子舍人，积三十四年，五转而至殿中少监。省却多少！年三十七以卒，有男八人，女二人。志殿中军已毕。已下，并是无中生有。始余初冠[3]，应进士，贡在京师[4]。穷不能自存，以故人稺弟[5]拜北平王于马前。王问而怜之，因得见于安邑里第。王轸其寒饥，赐食与衣，召二子使为之主。自应举入京，拜王马前，接见邸第，轸赐衣食，命子为主，一路，皆是渐渐拢到题来。其季遇我特厚，少府监赠太子少傅者也。姆抱幼子立侧，眉眼如画，发漆黑，肌肉玉雪可念，殿中君也。将他三世写一遍。当是时，见王于北亭，犹高山深林钜谷，龙虎变化不测，杰魁人也，退见少傅，翠竹碧梧，鸾鹄停峙[6]，能守其业者也。幼子娟好静秀，瑶环瑜珥[7]，兰茁其芽[8]，称其家儿也。将他三世又写一遍。

后四五年，吾成进士，去而东游，哭北平王于客舍。后十五六年，吾为尚书都官郎，分司东都，而分府少傅卒，哭之。又十余年至今，哭少监焉。将他三世再写一遍。看他第一遍用“始”字，第二遍用“当是时”字，第三遍用“后四年”“后十五年”、又“二十余年至今”字。呜呼！吾未耋老，自始至今未四十年，而哭其祖、子、孙三世，结马君。于人世何如也！结自家。人欲久不死，而观居此世者，何也？又于通篇文字之外另结。

〔注释〕

①殿中少监：官名，掌管皇帝服用及临朝时率领官属执伞扇侍立等事。

②少府监：官名，掌管百工技艺，供给皇帝使用事项。

③初冠：古时男子一般二十岁行冠礼，此后便称为成人。后来以将及二十岁称初冠。

④贡在京师：指州府将考试及格的士子送往京师去应试。

⑤故人稚弟：指马燧与韩愈从兄韩弇是朋友，韩愈自称故人稚弟。稚，幼少也。

⑥鸾鹄停峙：鸾，相传与凤同类之鸟。鹄，羽毛洁白之天鹅。此句是形容公子王孙“雍容华贵”的恭维话。

⑦瑶环瑜珥：瑶环，美玉制成的环。瑜，美玉。珥，耳饰。此句形容像美玉制成的贵重物品。

⑧兰茁其芽：兰，香草。茁，草初生。以蔺草初生比喻幼儿之可爱。

〔解读〕

本文是韩愈为马燧写的墓志。时间于长庆元、二年间（821、822年）。马燧靠其祖宗之恩荫做到侍从官，本没什么事功可记，但韩愈与其家三世交情。在此，韩愈将马氏一家三代不同类型人物的状貌、性格都略加勾勒，生动形象。应该说，马氏一家无甚文章可做，但韩愈为文技艺高超，能为无米之炊，另辟蹊径，不拘旧体例自出新意，写得很令人动情，为其一家三代早卒而悲伤。本文思想性方面无可取，唯“无中生有”之笔颇值借鉴。

卷之十二　唐　文

柳　宗　元

柳宗元（773—819 年），字子厚，祖籍河东（今山西永济市）人。出生于日趋衰落的世代仕宦之家，少有文名，二十一岁考取进士，历任集贤殿正字、蓝田县尉、监察御史里行、礼部员外郎、永州司马、柳州刺史等，因参与以王叔文为首进行的政治革新活动，革新失败后贬谪，直至死于贬所。

柳宗元生活在李唐王朝由盛转衰、宦官掌权、藩镇割据、社会各种矛盾日趋尖锐的历史时期，其一生坎坷多艰，上则亲历封建官僚政治的腐败，下则接触群众，对官场、对社会有很深的感受，对人民苦难抱有深深的同情，即使在他长期被贬期间，也不忘百姓痛苦，积极地关注着社会的改革变化。

柳宗元终生是抱着救时济世之志为人为文的，正如他在《上大理崔大卿应制举不敏启》中所道，他不为举科第、登朝廷，也非慕权贵、为将相，而是乐行其政、理天下，因此，他有敢言当世之过的勇气，不怕触犯天颜，不避权贵，不随波逐流，不为世俗左右。尤其在他被贬谪时，行则若带纆索，处则若关桎梏，穷困交加，谤语嗷嗷，但仍“宁辱不贵，自适其宜”“抱拙终身，以死谁惕”！其文章，忠于事实，像“愚溪”那样，善鉴万类，清莹透彻，漱涤万物，牢笼百态，如实映照出世态人情。同时，他敢于大胆质疑，提出自己独立见解，如对历史上传为美谈的周成王以桐叶为圭封弟是君出言必信的否定。

柳宗元以其进步的文学主张和创作实践，对唐代古文运动作出了杰出的贡献，其文章观点鲜明，思想深邃，爱憎分明，且体裁多样，精练畅达、清俊浑厚，一扫六朝三百余年来的骈靡之风，而代之以密切结合现实的平实淳朴之风。

柳宗元不仅在我国文学史上占有重要地位，而且在哲学史上也有重要贡献，其人品、其文章、其思想、其所为，都足以流传千古。正如其挚友刘禹锡在《河东先生集》序文中所说："天下文士争执所长，与时而奋，粲然如繁星丽天，而芒寒色正人望而敬者，五行而已。河东柳子厚，斯人望而敬者欤!"

上李夷简相公书

沉困既久，其言至悲，与昌黎应科目时书绝不同。盖彼段段、句句、字字负气傲岸，此段段、句句、字字迫蹙掩抑，则所处之地不同也。

日月，使持节[①]柳州诸军事、守柳州刺史柳宗元谨献书于相公[②]阁下。具官。宗元闻有行三涂[③]之艰，而坠十仞之下者，仰望于道，号以求出。过之者日十百人，皆去[④]而不顾。一层笔。就令哀而顾之者，不过攀木俯首，深颦太息，良久而去耳，其卒无可奈何。又一层笔。凡用两层笔。然其人犹望而不止也。一顿。俄而有若乌获[⑤]者，持长绠千寻，徐而过焉。其力，足为也；其器，足施也。号之而不顾，一层笔。顾而曰不能力。又一层笔。又用两层笔。则其人知必死于大壑矣。何也？是时不可遇，而幸遇焉，而又不逮乎己[⑥]，然后知命之穷，势之极。其卒呼愤自毙，不复望于上矣！又一顿。○下始入意。

宗元曩者齿少[⑦]、一。心锐、二。径行、三。高步，四。不知道之艰，五。以陷乎大阨。二十二字句，自诉甚明、甚详。穷踬殒坠，废为孤囚，日号而望者十四年[⑧]矣！号望。其不顾而去，与顾而深颦者，俱不乏焉。不顾而去者，顾而深颦者。然犹仰首伸吭，张目而视，曰："庶几乎其有异俗之心，非常之力，当路[⑨]而垂仁者耶?"犹望不止。○下始入李。今阁下以仁义正直，入居相位，宗元实窃拊心自庆，以为获其所望。故敢致其词，以声其哀。正求一通。若又舍而不顾，则知沉埋踣毙，无复振矣！伏惟动心焉！反求一通。宗元得罪之由，致谤之自，以阁下之明，其知之久矣。繁言蔓词，祇益为黩[⑩]。又自明，又不自明；

并不自明，却已自明，妙笔高笔！伏惟念坠者之至穷，锡[11]乌获之余力，舒千寻之绠，垂千仞之艰，致其不可遇之遇，以卒成其幸。庶号而望者得毕其诚，无使呼愤自毙，没[12]有余恨。则士之死于门下者，宜无先焉。看他拉拉杂杂，将“坠者”字，“乌获”字，“千寻之绠”字，“千仞之艰”字，“不可遇”字，“幸遇”字，“号”字，“呼愤自毙”字，如桃花红雨，一齐乱落，便成绝妙收煞。生之通塞，决在此举，无任战汗陨越之至。不宣。宗元惶恐再拜。

〔注释〕

①使持节：魏晋以后，掌地方军政的官员往往加使持节的称号，给以诛杀中级以下官吏之权。次一等的称持节，再次等称假节，其权力随之递减。至隋唐则仅为刺史例加的虚衔，如某州刺史必带使持节某州诸军事。

②相公：宰相，指李夷简。唐代宰相一般都封国公，故有“相公”之称。李夷简，字易之，唐朝宗室郑惠王李元懿的四世孙，宪宗元和十三年（818 年）召为御史大夫。进门下侍郎、同中书门下平章事（宰相）。此年，宪宗因平定藩镇，大赦天下，所以柳宗元从柳州贬所上书，陈诉冤情。

③三涂：指太行、轘辕、淆渑，在今河南、山西省境，皆险要之地。

④去：离开。

⑤乌获：战国时秦国人，据称他是一位能举重千钧的力士，颇受秦武王的重用。

⑥不逮乎已：比不上自己。

⑦齿少：年少。

⑧十四年：指“永贞革新”失败后，柳宗元被贬往邵州（今湖南邵阳）、后改至永州（今湖南零陵）、又再贬柳州（今广西柳州），至上书时已十四年。

⑨当路：当权者。

⑩黩：亵渎轻慢。

⑪锡：同“赐”。

⑫没：同“殁”，死亡。

〔解读〕

“永贞革新”乃唐史之重大事件。柳宗元卷进政治漩涡，年轻气盛，志存高远，思为国效忠，所谓“齿少、心锐、径行、高步，不知道之艰”者也，而终遭“陷乎大阨，穷踬殒坠，废为孤囚”的困厄。其冤甚深，其情可悯。但上书当朝宰相，求其拔荐平冤，又不能过于细诉冤情，牵扯太多的政坛内幕，乃至难达愿望。只有“曲线救国”一招。柳宗元先是荡开一笔，特写所谓“三涂之艰”“乌获冒险”的故事，一如小说笔法。实非闲笔，目的是引起下文。于是，接着便自比乌获，希望李夷简效仿秦武王，拔贤才于困厄而用之，而不要像那些“不顾而去，与顾而深颦者”，只是“张目而视”，不思援救。最后结一句“士之死于门下”的千古不易之名言，再申大冤。以古典故事作张本，避免单刀直入；层层扣题，说理透辟而不烦琐，不失为此类鸣冤求情文章之佳构。

上大理崔大卿应制举启

通篇斜风斜雨、枝干离披文字。乃细细分之，却是两扇对写到底：于极严整中故作恣意；于极恣意中故就严整。真乃翰墨之奇观也！

古之知己者，不待来求而后施德，举能而已；何等议论！其受德者，不待成身而后拜赐，感知而已。何等议论！突然奋笔，写此两句。已后，汪洋纡折，到底只是此两句。故不叩而响，不介[1]而合，则其举必至，而其感亦甚。斯道遁去，辽阔千祀[2]，何为乎今之世哉！忽入感慨，笔态郁勃淋漓。

若宗元者，斗入自。智不能经大务，断大事，非有恢杰之才；一。学不能探奥义，穷章句，为腐烂之儒。二。虽或寘力于文章，勤勤恳恳于岁时，然而未能极圣人之规矩，恢作者之闻见。劳费翰墨，徒尔拖逢掖[3]，曳大带，游于朋齿[4]，且有愧色。三。岂有能乎哉？阁下[5]何见待之厚也？斗出阁下。○此三四行作一头。已下，凡两扇文字，分应起两句。始者自谓抱无用之文，戴不肖之容，虽振身泥尘，仰晞云霄，何由而能哉！遂用收视内顾，頫首绝望，甘以没没也。看他叙始者，笔行宽宽然。今者果不自意，他日琐琐之著述，幸得流于衽席，接在视听。阁下乃谓可以蹈远大之途，及制作[6]之门；决然而不疑，介然而独得；是何收采之特达而顾念之勤备乎？看他叙“今者”，笔行宽宽然。且阁下知其为人何如哉？妙妙，提笔在手，如此挥洒，真是乐哉。其貌之美陋，质之细大，心之贤不肖，阁下固为知也；妙妙。而一遇文字，志在济拔，妙妙。写得阁下如许。斯盖古之知己者已，故曰：“古之知己者，不待来求而后施德者也。”然则亟来而求者，诚下科也。此一扇，先结“古之知己者”一句。看他完处，又倒找一句，自矜不可言。

宗元向以应博学宏辞之举，会阁下辱临考第，司其升降。当此之时，意谓运合事并，适丁厥时，其私心日以自负也。一顿。无何[7]，阁下以鲲鳞[8]之势，不容尺泽，悠尔而自放，廓然而高迈。一跌。其不我知者，遂排逐而委之。委之诚当也，使知己犹在，岂若是求多乎哉？妙妙，提笔在手，如此挥洒，真是乐哉！夫仕进之路，昔者窃闻于师矣。看他纵笔恣行。太上[9]有专达之能，乘时得君，不由乎表著之列，而取将相，行其政焉。一等。其次有文行之美，积能累荣，不由乎举甲乙[10]，历科第，登乎表著之列，显其名焉。二等。又其次，则曰：“吾未尝举甲乙也，未尝历科第也，彼朝廷之位，吾何修而可以登之乎？必求举是科也，然后得而登之。”三等。其下，不能知其利，又不能务其往，则曰“举天下而好之，吾何为独不然？”四等。由是观之，只是纵笔恣行。有爱锥刀者，以举是科为悦者也；四等也。有争寻常者，以登乎朝廷为悦者也；三等也。有慕权贵之位者，以将相为悦者也；二等也。有乐行其政者，以理天下为悦者也。一等也。然则举甲乙，历科第，固为末而已矣。妙妙，是何胸怀？是何气色？是何议论？是何笔墨？得之不加荣，丧之不加忧，苟成其名于远大者何补焉！真是。妙妙。然而至于感知之道，则细大一矣，成败亦一矣。更妙，更妙！看他已上发如许多笔墨，却又作如此跌下。故曰：“其受德者不待成身而后拜赐。”然则幸成其身者固末节也。此一扇，次结“其受德者”一句。看他完处，又倒找一句，自矜不可言也。盖不知来求之下者，不足以收特达之士；而不知成身之末者，不足以承贤达之遇，审矣！又将两扇完处所倒找之二句再申明，便成通篇结束。伏以阁下再出阁下。德足以议世，才足以辅圣，文足以当宗师之位，学足以冠儒术之首，诚为贤达之表也。顾视下辈，岂容易而收哉？又找此笔，愈自矜不可言。而宗元，再入自。朴野昧劣，进不知退，不可以言乎德；不能植志于义，而必以文字求达，不可以言乎才；秉翰执简，败北而归[11]，不可以言乎文；登场应对，刺缪经旨，不可以言乎学；固非特达之器也。忖省陋质，岂容易而承之哉！又找此笔，愈自矜不可言也。切冒大遇，秽累高鉴，喜惧交争，不克宁居。窃感荀罃[⑫]如实出己之德，敢希豫让[⑬]“国士遇我”之报。伏候门屏，敢俟招纳。奉启以代投刺[⑭]之礼，伏惟以知己之道，终柄荐焉！不宣。宗元谨启。

〔注释〕

①介：介绍。

②千祀：千年。

③逢掖：大衣袂。

④朋齿：朋友。

⑤阁下：指崔儆。崔儆曾任大理卿，故称崔大卿。贞元九年（793 年），柳宗元中进士第，同年父丧，按礼须守丧三年，不得参加吏部制科（博学宏词）考试。贞元十二年守丧毕赴试，初试失利。本文即作于此时。至贞元十四年（798 年），柳宗元才通过吏部制科考试，步入仕途。

⑥制作：著述，撰写。

⑦无何：没过多久。

⑧鲲鳞：即鲲鱼，指《庄子·逍遥游》中“鲲鹏变化”的典故，以颂扬崔儆升官。因此时崔儆已由吏部升至大理卿。

⑨太上：最上一等。

⑩举甲乙：指州县科举考试。

⑪败北而归：指贞元十二年（796 年）参加吏部制科考试失利一事。

⑫荀罃：春秋时晋国大夫，曾被楚国俘虏，后得救归。他是一位能施德爱民的贤臣。据《左传·成公三年》所载，荀罃在楚时，有位郑国商人图谋将他救出，未实施而楚国放归。后来，荀罃厚待这位郑国商人，认为对己有救助之恩，即所谓“如实出己之德”。郑国商人不愿领此有名无功之感恩，担心“厚诬君子”，于是去了齐国。

⑬豫让：春秋战国之交晋国人。本是智伯（荀罃）的家臣，智氏被赵襄子所灭后，他改名换姓，潜身厕所，次漆涂身，暗伏桥下，多次图谋行刺赵襄子，后事败被擒，曾说“智伯国士遇我，我故国士报之”，并求取赵襄子之衣斩之，而后自杀。

⑭投刺：投递名片以求谒见。

〔解读〕

求人荐拔，开门见山，单刀直入，为又一章法，可与《上李夷简相公书》比较欣赏。此文开篇即点明主题："举能"与"感知"的正确之道。随即感叹"斯道遁去，辽阔千祀，何为乎今之世哉!"自然引出下文感知者柳宗元与举能者崔儆的关联来。文中赞扬崔儆重文才内质而不究其相貌的佳举，比之为"古之知己者"；紧接着点了一句"古之知己者，不待来求而后施德者也"，不啻于将了崔儆一军。以下的话就好说了。四等"仕进之路"的精辟总括，实为愤激之辞，其意在说明科举之途的微妙而艰辛，申诉求取荐拔的急切心声。文末还忘不了用荀罃、豫让二典再申主题，重点落实在"知己之道"，热切希望"终柄荐焉!"有理有节，有章有法，有主脑，一以贯之，堪为佳作。

答廖有方论文书

吾细读其通篇笔态，并不是写自家不肯轻易为人作序，亦不是写今日独肯为廖秀才作序，乃是刻写当时无一人不要其作序，今则更无一人要其作序，以为痛愤。

三日，宗元白。得秀才[①]书，知欲仆为序。然吾为文非苟然易也，于秀才则吾不敢爱[②]。看他先说自己笔墨异样矜贵，不是并无人要者。吾在京都时，好以文宠[③]后辈，由吾文知名者不少焉。自叙向时，岂曰自家？盖当时实有如是人赖其笔札。自遭斥逐禁锢，益为轻薄小儿哗嚣，群朋增饰无状。当途人率谓仆垢污重厚，举将去而远之。自叙近来岂真有余污及人，直是齐声群吠，虽受吾宠者，乌知不亦在其中！今不自料而叙秀才。笔态是紧紧承上二段。一味自写痛愤，并非为秀才计。秀才无乃得向时之益而受后事之累，吾是以惧。洁然盛服而与负涂者[④]处，而又何赖焉！“吾惧”句，已结过，又沓此一句者，惟《左传》中时有此法。乃痛愤之至，并非为秀才计。然观秀才勤恳，意甚久远，不为顷刻私利，欲以就文雅，则吾曷敢让？当为秀才言之[⑤]。通篇只此一段是正答秀才语。○“则吾不敢爱”，是自说心头语。“则吾曷敢让”，是正答秀才语。然而无显出于今之世，视不为流俗所扇动者，乃以示之。既无以累秀才，亦不增仆之诟骂也。写不欲示人，又欲示人，纯是痛愤不能自平！计无宜于此，若果能是，则吾之荒言[⑥]出矣。文已毕，再加此三句，断断续续写愤痛不能自平，妙妙！宗元白。

〔注释〕

①秀才：指廖有方。柳宗元此时被贬永州（今湖南零陵县），接到廖有方求作序

言的书信，便写此信回复他。元和十一年（816 年），廖有方中进士策，并改名为廖游卿。

②吾不敢爱：意即我不敢吝啬。

③宠：宠爱，此处引申为激励。

④负涂者：指身处逆境之人。涂，泥途。

⑤当为秀才言之：指答应为廖有方作序。后来，柳宗元所写《送诗人廖有方序》一文，极力褒赞廖有方的诗作与人品。

⑥荒言：荒唐语。此处是谦词。

〔解读〕

此短信的妙处，不在回复廖有方所请写序之语，而在身处逆境而得知音抚慰的叹词间。昔日在京时，喜好提携后学，许多人正因此而知名于世；一旦“遭斥逐禁锢”，贬谪远荒，朋友落井下石，连那些受过提携的“轻薄小儿”也“去而远之”，犹恐避之不及。此时竟有一秀才不顾“受后事之累”，求作诗序，柳宗元的忧愤与感激之情，可以想见。在信中表达此意，廖有方的品格也就显拔出来了。寥寥数语，涵蕴深情，论文实为论人。

与韩愈论史官书

句句雷霆，字字风霜。柳州人物高出昌黎上一等，于此可见。

正月二十一日，某顿首十八丈退之侍者前[①]：获书言史事，云“具与刘秀才[②]书”，及今乃见书稿。私心甚不喜，与退之往年言史事甚大谬。

若书中言，退之不宜一日在馆下，蓦头下剳，使韩色变。安有探宰相意，以为苟以史荣一韩退之耶？先总括韩书。若果尔，退之岂宜虚受宰相荣己，而冒居[③]馆下，近密地，食奉养，役使掌固[④]，利纸笔为私书，取以供子弟费？古之志于道者不宜若是！先总判韩非。且退之以为纪录者有刑祸，避不肯就，次条举韩书。尤非也。史以名为褒贬，犹且恐惧不敢为；设使退之为御史中丞大夫[⑤]，其褒贬成败人愈益显，其宜恐惧尤大也。则又将扬扬入台府[⑥]，美食安坐，行呼唱于朝廷而已耶？在御史犹尔，设使退之为宰相，生杀出入升黜天下士，其敌益众。则又将扬扬入政事堂[⑦]，美食安坐，行呼唱于内庭、外衢而已耶？何以异不为史而荣其号、利其禄者也？次细责韩非。

又言“不有人祸，则有天刑”。若以罪夫前古之为史者，条举韩书。然亦甚惑。凡居其位，思直其道。道苟直，虽死不可回也。如回之，莫若亟去其位。孔子之困[⑧]于鲁、卫、陈、宋、蔡、齐、楚者，其时暗，诸侯不能以也；其不遇而死，不以作《春秋》故也。当其时，虽不作《春秋》，孔子犹不遇而死也。若周公、史佚[⑨]，虽纪言书事，犹遇且显也。又不得以《春秋》为孔子累。范晔悖乱[⑩]，虽不为史，其族亦赤。司马迁[11]触天子喜怒，班固[12]不检下，崔浩[13]沽其直以斗暴虏，皆非中道。左丘明[14]以疾盲，出于不幸。子夏[15]不为史亦盲，不可以是为戒。其余皆不出此。是退之宜守中道，不忘其直，无以他事自恐。退之之恐，唯在不直，不得中道，刑祸非所恐也。细责韩非。

凡言二百年文武事，多有诚如此者。今退之曰："我一人也，何能明？"条举韩书。则同职者，又所云若是，后来续今者又所云若是，人人皆曰"我一人"，则卒谁能纪传之耶？如退之但以所闻知，孜孜不敢怠，同职者、后来继今者，亦各以所闻知，孜孜不敢怠。则庶几不坠，使卒有明也。不然，徒信人口语，每每异辞，日以滋久，则所云"磊磊轩天地[16]者"，决必沉没。且乱杂无可考，非有志者所忍恣也。果有志，岂当待人督责迫蹙，然后为官守耶？细责韩非。

又凡鬼神事，渺茫荒惑无可准，明者所不道。退之之智，而犹惧于此。条举韩书。今学如退之，辞如退之，好言论如退之，慷慨自为正直，行行焉如退之，犹所云如是，则唐之史述，其卒无可托乎？明天子、贤宰相得史才如此，而又不果，甚可痛哉！细责韩非。退之宜更思，可为速为。一收。果卒以恐惧不敢，则一日可引去，又何以云"行且谋"也？又一收。今当为而不为，又诿馆中他人及后生者，又补举。此大惑已。不勉己而欲勉人，难矣哉！又痛责。

〔注释〕

①某顿首十八丈退之侍者前：某，自称。顿首，叩头，古代书信中常用的客套话。十八丈，丈即对长者的尊称。韩愈比柳宗元大，是柳宗元父亲的朋友，又排行十八。退之，韩愈字。侍者，旧对泛指左右听候使唤的人。此处表示不敢给受信人写信，而请侍者转达。

②刘秀才：名轲，字希仁，当时任史官。

③冒居：挂名充数。

④掌固：即掌故，管理史料的人。

⑤御史中丞大夫：即御史中丞、御史大夫，此指掌管监察、执法的高级官员。

⑥台府：御史官的官署。

⑦政事堂：宰相处理政事的地方。

⑧孔子之困：指孔子周游于鲁、卫、陈、宋、蔡、齐、楚，但其说不被采用。

⑨周公、史佚：周公，姬姓，名旦，周武王弟，西周初年著名政治家。史佚，又名尹逸，西周初年史官。

⑩范晔悖乱：范晔，字蔚宗，南朝宋时史学家，著《后汉书》。宋文帝元嘉二十二年（445 年），因与孔熙先谋反案有牵连，被灭族。

⑪司马迁：字子长，西汉著名史学家、文学家，著《史记》。在为太史令时，因李陵投降匈奴一事牵连被处以宫刑。

⑫班固：字孟坚，东汉史学家，著《汉书》《白虎通义》，因大将军窦宪被杀受株连被捕，死于狱中。

⑬崔浩：字伯渊，北魏时史学家，著《国书》。因修国史暴露拓跋氏家族丑闻，全家被杀。

⑭左丘明：春秋时鲁人，相传著有《左传》《国语》。

⑮子夏：春秋时卫人，孔子的门徒，因丧子而哭瞎双目。

⑯轩天地：顶天立地。

〔解读〕

唐宪宗元和八年（813 年）夏，韩愈以比部郎中兼任史馆修撰后，给刘轲和柳宗元写信，一再表示不愿当史官，说什么“为史者，不有人祸，则有天刑”，并举历史上不少史学家不得善终和终生厄运为例，以证明史官之不可为。次年，当时在永州还处于贬谪的柳宗元给韩愈写了此信，就史官问题同他辩论。在此信中，柳宗元针锋相对，列举大量历史事实，逐条驳斥了韩愈“为史者，不有人祸，则有天刑”的说法，孔子之困厄并不因为他作《春秋》，周公、史佚记载了史实同样被重用而地位显赫，司马迁被处以宫刑只是触犯了天子的喜怒，班固被杀则因不约束部下，崔浩灭族是喜卖弄以与拓跋氏争高低，左丘明失明是因不幸，而子夏不是史官却也瞎了眼，不能将这些人的不幸遭遇作为鉴戒。并且，柳宗元毫不客气地指出，韩愈“避不肯就”史官的根本原因并不是因为刑祸之惧，而是不敢坚持正义，固守“中道”，凡是做史官的人，都应伸张正义、并死不回头，否则就请离开此职。柳宗元此信写得义正词严，有据有论，毫不留情地鞭挞了韩愈那种怯懦心理，充分反映了柳宗元的正直品格和不懈的战斗精神。

答韦中立[1]论师道书

此为恣意、恣笔之文。恣意、恣笔之文最忌直，今看其笔笔中间皆作一折。后贤若欲学其恣，必须学其折也。

二十一日，宗元白：辱书云，欲相师。仆道不笃，业甚浅近，环顾其中，未见可师者。虽尝好言论为文章，甚不自是也。自谦。看他中间作一折句。不意吾子自京师来蛮夷间[2]，乃幸见取。仆自卜固无取；假令有取，亦不敢为人师。为众人师且不敢，况敢为吾子师乎？再谦。上是自家谦，此是对韦谦。看他中间，又作两折句。

孟子称“人之患在好为人师”。由魏、晋氏以下，人益不事师。今之世，不闻有师。有，转哗笑之，以为狂人。摘“师”字，论世久不为此言。独韩愈奋不顾流俗，犯笑侮，收召后学，作《师说》，因抗颜而为师。世果群怪聚骂，指目牵引[3]，而憎与为言辞。愈是以得狂名，居长安，炊不暇孰[4]，又挈挈而东。如是者数矣。借韩愈，论为此言者，必遭讪骂。屈子[5]赋曰：“邑犬群吠，吠所怪也。”仆往闻庸蜀[6]之南，恒雨少日，日出则犬吠。予以为过言。前六七年，仆来南。二年冬，幸大雪，踰岭，被南越中数州。数州之犬，皆仓黄吠噬，狂走者累日，至无雪乃已。然后始信前所闻者。意欲作喻，乃恣写此至两三行。如此文字，直是目空世人！今韩愈已自以为蜀之日，而吾子又欲使吾为越之雪，不以病乎？非独见病，亦以病吾子。又作折句。然雪与日岂有过哉？顾吠者犬耳！度今天下不吠者几人？而谁敢衒怪于群目，以召闹取怒乎？骂得最畅！有冬烘先生，说此段是子厚薄处。不知行文至此，真如矢在弦上，不得不发，有何厚薄之云！

仆自谪过以来，益少志虑。居南中九年，增脚气病，渐不喜闹。岂可使呶呶者早暮咈吾耳，骚吾心？则固僵仆[⑦]烦愦，愈不可过矣！上是骂人，此又自引自骂，下是又找一句。平居望外遭齿舌不少，独欠为人师耳！又找一句也，妙妙。抑又闻之，古者重冠礼[⑧]，将以责成人之道，是圣人所尤用心也。数百年来，人不复行。近有孙昌胤者，独发愤行之。既成礼，明日造朝，至外廷，荐笏言于卿士曰："某子冠毕。"应之者咸怃然。京兆尹[⑨]郑叔则，怫然曳笏[⑩]却立曰："何预我耶！"廷中皆大笑。天下不以非郑尹而怪孙子，何哉？独为所不为也。今之命师者，大类此。忽又作喻，又恣写此至两三行，目空世人哉！

吾子行厚而辞深，凡所作，皆恢恢然有古人形貌。虽仆敢为师，亦何所增加也？始赞韦，亦作折句。假而以仆年先吾子，闻道著书之日不后，诚欲往来言所闻，则仆固愿悉陈中所得者。吾子苟自择之，取某事，去某事，则可矣。若定是非以教吾子，仆材不足，而又畏前所陈者，其为不敢也决矣！妙妙，此真师长之言。得如此人为师，真是快活。段段都作折句。吾子前所欲见吾文，既悉以陈之，非以耀明于子，聊欲以观子气色诚好恶何如也。今书来，言者皆大过。吾子诚非佞誉诬谀之徒，直见爱甚故然耳。只此是答其来书，已前只是论师，已下只是论文。○段段都作折句。

始吾幼且少，为文章，以辞为主。及长，乃知文者以明道，是同不苟为炳炳烺烺[⑪]、务采色、夸声音而以为能也。凡吾所陈，皆自谓近道，而不知道之果近乎、远乎？吾子好道而可吾文，或者其于道不远矣。从文中抽出道来。作如此言，居然师也特不受其名耳。○段段作折句。故吾每为文章，未尝敢以轻心掉之，惧其剽而不留也；未尝敢以怠心易之，惧其驰而不严也；未尝敢以昏气出之，惧其昧没而杂也；未尝敢以矜气作之，惧其偃蹇[⑫]而骄也。自此至尽，皆自论文心。四"未尝敢"。抑之欲其奥，扬之欲其明；疏之欲其通，廉之欲其节；激而发之欲其清，固而存之欲其重。六"欲其"。此吾所以羽翼夫道也。一结。本之《书》以求其质，本之《诗》以求其恒，本之《礼》以求其宜，本之《春秋》以求其断，本之《易》以求其动。五“本之以求其”。此吾所以取道之原也。一结。参之穀梁氏[13]以厉其气，参之《孟》《荀》[14]以畅其文，参之《庄》《老》[15]以肆其端，参之《国语》以博其趣，参之《离骚》以致其幽，参之太史公[16]以著其洁。六“参之”。此吾所以旁推交通而以之为文也。一结。凡若此者，果是耶？非耶？有取乎？抑其无取乎？又总作一结。上三结过于自信，此总结便更谦。吾子幸观焉、一。择焉，二。有余以告焉。三。

苟亟来以广是道，子不有得焉，则我得矣，又何以师云尔哉？妙妙。反作尔说，真师长之言也。得如此人为师，真快活！取其实而去其名，无招越蜀吠怪，而为外庭所笑则幸矣。又找应二喻，一何闲到！宗元复白。

〔注释〕

①韦中立：潭州（今湖南省长沙市）刺史韦彪的孙子，唐宪宗元和十四年（819年）进士。

②蛮夷间：指永州，当时柳宗元因改革失败被贬为永州司马。

③指目牵引：即指着看着、拉拉扯扯之意。此处指众人见到韩愈，便指手画脚，递眼色，并互相拉扯示意。

④炊不暇熟：指煮饭都来不及煮熟。

⑤屈子：即屈原。

⑥庸蜀：泛指四川。庸，商代国名，春秋时为楚灭。

⑦僵仆：指不灵活。

⑧冠礼：周代男子二十岁时举行冠礼。

⑨京兆尹：官名，汉代始置，其职守相当于一个郡守，所辖范围在京师或其附近。唐开元时改雍州为京兆府，以亲王领雍州牧，而改雍州长史为京兆尹。

⑩笏：即朝笏，古代大臣朝见皇帝时手中所执的狭长板子，用玉、象牙或竹片制成，以为指画及记事用，也叫“手板”。

⑪炳炳烺烺：形容光明显赫，即说漂亮话。

⑫偃蹇：形容骄傲。

⑬穀梁氏：即战国时鲁国的穀梁赤。此处指其所作的《春秋穀梁传》，为儒家经

典之一。

⑭《孟》《荀》：指孟轲著作《孟子》和荀况著作《荀子》。

⑮《庄》《老》：指庄周、李聃著作《庄子》《老子》。

⑯太史公：即太史公司马迁。此处指《史记》。

〔解读〕

此信写于唐宪宗元和八年（813 年）。从其题目来看，这是一篇“论师道”之作，即怎样从师为学。不过，人们历来所注重的是其中论述文学创作的方面，它是柳宗元论文中的一篇代表作，可与韩愈的《答李翊书》相媲美。本文先是对韦中立欲拜其为师一事表示谦虚，讲自己学业浅薄，不敢为人师，然后引用古训，纵观历史，尤其以韩愈“抗颜而为师”的遭遇为戒，说明为师必遭到世人的讪笑和非议。在文章最后一部分，作者论述了“文以明道”和由经而学文的问题，从回顾自身作文实践入手，提出“文以明道”的主张，说自己写文章是为了“羽翼夫道”，始终采取严谨的态度，从不敢掉以轻心、怠心、昏气、矜气，并谈到自己学文时如何溯源于五经及旁通于子史的问题，恰当而精要地概括了《诗经》《离骚》及各家散文的特色。在这封信里，正如金圣叹所批“骂得最畅”，将那些讥笑为人师的人比作南方吠日吠雪的狗，少见多怪。同时，作者表述了作为一个文学家、一个学者所应持的治学态度和所循的道路。本文写得恣肆汪洋、曲折多变，而且条理清晰，笔锋犀利。

送薛存义序

无多十数句，看其笔势，如蛇夭矫不就捕。

河东薛存义①将行，柳子载肉于俎②，崇酒于觞，追而送之江之浒，饮食之。

且告曰："凡吏于土者，若知其职乎？盖民之役，非以役民而已也。极奇，极正，极径，极曲。凡民之食于上者，出其十一佣乎吏，使司平于我也。古初设官之故，说出慨然。今或受其直怠其事者，天下皆然。岂惟怠之，又从而盗之。只是直说，不是痛骂。向使佣一夫于家，受若直，怠若事，义盗若货器，则必甚怒而黜罚之矣。斗然插喻，下又斗收转。以今天下多类此，而民莫敢肆其怒与黜罚，何哉？十九字句。势不同也。慨然。势不同句。而理同，笔势甚疾。如吾民何！笔势甚疾。有达于理者，得不恐而畏乎？"笔势甚疾。

存义假令③零陵二年矣，早作而夜思，勤力而劳心；讼者平，赋者均，老弱无怀诈暴憎，其为不虚取直也的矣。收前段。其知恐而畏也审矣。收后段。吾贱且辱，不得与考绩幽明④之说。只是直说，不是痛骂。于其往也，故赏以酒肉，而重之以辞。"赏"字妙，使一篇文字，便如孔子之一部《春秋》。

〔注释〕

①薛存义：唐时河东（今山西永济）人，曾在零陵（今属湖南省）代理县令，为柳宗元为同乡好友。

②俎：古代祭祀时盛肉的礼器。此处指盛肉器具。

③假令：代理县令。

④幽明：善恶，此处指政绩优劣。

〔解读〕

这是柳宗元在送别同乡好友薛存义时写的一篇赠序，实际上是一篇短小精悍的政论文。非常难能可贵的是，柳宗元在文中指出："所有在地方上做官的人，你知道他们的职责是什么吗？他们乃是百姓的仆役，而不只是役使百姓。种地的人拿出其劳动的十分之一缴纳赋税作为官吏的俸钱，目的是要官吏们公平地为他们办事。而现在的官吏们拿了百姓的钱，却不好好给百姓办事，而且还要贪污、敲诈百姓的财物。"并且柳宗元比喻说，如果家里雇一个仆人，他接受了报酬还不好好干活，而且还盗窃主人钱财，肯定会被赶走，而如今为官的接受俸钱又贪污，百姓却拿其没办法。在此文中，柳宗元揭露了当时吏治的腐朽黑暗，提出了"官为民役"观点。金圣叹极称赞此文，认为可抵孔子一部《春秋》。

送僧浩初序

通篇如与退之辨难，殊不知都是凭空起波。前“嗜浮图言”“与浮图游”二句，如棋之势子；中二大幅，如下棋；后入浩初，如棋劫也。

儒者韩退之[1]与余善，“儒者”二字冠篇端，便是意思。尝病余嗜浮图[2]言，“嗜浮图言”。一。訾余与浮图游。“与浮图游”一。三句，提一篇。近陇西李生础自东都来，退之又寓书罪余，且曰：“见《送元生序》[3]，不斥浮图。”一曲。浮图诚有不可斥者，往往与《易》《论语》合，诚乐之。其于性情奭然，不与孔子异道。二曲。退之好儒未能过扬子[4]，扬子之书，与庄、墨、申、韩[5]，皆有取焉。三曲。浮图者，反不及庄、墨、申、韩之怪僻、险贼耶？四曲。曰：“以其夷[6]也。”五曲。果不信道而斥焉以夷，则将友恶来、盗跖[7]而贱季札、由余[8]乎？非所谓去名求实者矣。六曲。吾之所取者，与《易》《论语》合，虽圣人复生，不可得而斥也。七曲。退之所罪者，其迹[9]也，曰“髡而缁[10]，无夫妇、父子，不为耕农、蚕桑而活乎人”。八曲。若是，虽吾亦不乐也。九曲。退之忿其外而遗其中，是知石而不知韫玉也。十曲。吾之所以嗜浮图之言，以此。已上，辨所以嗜浮图言。

与其人游者，非必能通其言也。带上，妙甚！且凡为其道者，不爱官，不争能，乐山水而嗜闲安者为多。吾病世之逐逐然，唯印组[11]为务，以相轧也，则舍是其焉从？吾之好与浮图游，以此。已上，辨所以与浮图游。方入浩初。

今浩初闲其性，安其情，应。读其书，通《易》《论语》，应。唯山水之乐，有文而文之。应。又父子咸为其道，应。以养而居，泊焉而无求。应。则其贤于为庄、墨、申、韩之言，应。而逐逐然唯印组为务，以相轧者，应。其亦远矣。应。李生础与浩初又善，今之往也，以吾言示之。应到李生，大奇。因北人寓退之，视何如也。应到退之，大奇。

〔注释〕

①韩退之：退之，韩愈字。

②浮图：指佛教或佛教徒。

③《送元生序》：指柳宗元《送元十八山人南游序》一文。

④扬子：即西汉末年文学家、哲学家扬雄。

⑤庄、墨、申、韩：即庄子、墨子、申不害、韩非。

⑥夷：泛指域外少数民族。此处指外来的东西。

⑦恶来、盗跖：恶来，殷纣王之子，膂力过人。盗跖，春秋时鲁人，奴隶起义首领。

⑧季札、由余：季札，春秋时吴王寿梦少子，交游广，懂音律，有贤名。由余，春秋时晋国人，曾流亡西戎，后降秦，为秦穆公筹划平定西戎谋略。

⑨迹：形迹、外表。

⑩髡而缁：削头发，穿僧衣。

⑪印组：官印及系印的绶带。

〔解读〕

韩愈一生批判佛图，并为此而罢官流放。当柳宗元在永州，写《读元十八山人南游序》，对佛教表现出好感时，遭到韩愈的批驳，并特意托陇西人李础带信到永州，对柳宗元“不斥佛图”提出责难。为此，柳宗元在这篇序中就佛教问题与韩愈展开辩论，替自己的观点辩护。他认为，佛可与儒相结合，二者旨趣是相一致的。对于僧侣剃发出家，不婚不育，不事生产，虽然柳宗元也不表示赞同，但认为这只不过是佛门的表面形式，“浮图之言”才是蕴藏在璞石中的美玉。他批评韩愈“知石而不知韫玉”，并为自己与僧侣交游作辩护。虽然柳宗元声称其喜欢佛徒，是因为他们不想做官，清静闲适，寄身山水，实际上表现的是他罢官后的苦闷心情。

梓 人 传

前幅，细写梓人；后幅，细合相道。段段、句句、字字精炼，无一懈字、懈句、懈段。

裴封叔[①]之第在光德里[②]。有梓人[③]款其门，愿佣隙宇[④]而处焉。所职寻引[⑤]、规矩、绳墨，家不居砻斫之器。问其能，曰："吾善度材，见栋宇之制，高深、圆方、短长之宜，吾指使，而群工役焉。舍我，众莫能就一宇。故食于官府，吾受禄三倍，作于私家，吾收其直大半焉。"细琐叙事起。他日，入其室，其床阙足而不能理，曰："将求他工。"生波。余甚笑之，谓其无能而贪禄嗜货者。其后京兆[⑥]将饰官署，余往过焉。委群材，会众工。写梓人一。或执斧斤，或执刀锯，皆环立向之。梓人左持引，右执杖，而中处焉。写梓人二。量栋宇之任，视木之能举，挥其杖曰："斧!"彼执斧者奔而右；顾而指曰："锯!"彼执锯者趋而左。写梓人三。俄而，斤者斫，刀者削，皆视其色、俟其言，莫敢自断者。写梓人四。其不胜任者，怒而退之，亦莫敢愠焉。写梓人五。画宫于堵[⑦]，盈尺而曲尽其制。计其毫厘而构大厦，无进退焉。写梓人六。既成，书于上栋曰："某年、某月、某日、某建。"则其姓字也，凡执用之工不在列。写梓人七。余环视大骇，然后知其术之工大矣。继而叹曰：转笔。彼将舍其手艺，专其心智，而能知体要者欤？一"者欤"。吾闻劳心者役人，劳力者役于人，彼其劳心者欤？二"者欤"。能者用，而智者谋，彼其智者欤？三"者欤"。是之为佐天子、相天下法矣，物莫近乎此也！因此一叹，下便开为大篇。

彼为天下者，本于人。其执役者，为徒隶，为乡师里胥[8]。其上为下士，又其上为中士、为上士、又其上为大夫、为卿、为公。离而为六职[9]，判而为百役。外薄四海，有方伯连帅[10]。郡有守，邑有宰，皆有佐政。其下有胥吏[11]，又其下有啬夫、版尹[12]，以就役焉。犹众工之各有执技以食力也。一“犹”。彼佐天子相天下者，举而加焉，条其纲纪，而盈缩焉，齐其法制而整顿焉，犹梓人以有规矩、绳墨以定制也。二“犹”。择天下之士，使称其职；居天下之人，使安其业。视都知野，视野知国，视国知天下。其远迩，细大，可手据其图而究焉。犹梓人画宫于堵而绩于成也。三“犹”。能者进而由之，使无所德；不能者退而休之，亦莫敢愠。不衒能，不矜名，不亲小劳，不侵众官，日与天下之英才讨论其大经。犹梓人之善运众工而不伐[13]艺也。四“犹”。夫然后相道得而万国理矣。相道既得，万国既理，天下举首而望曰：“吾相之功也。”后之人循迹而慕曰：“彼相之才也。”士或谈殷周之理者，曰伊、傅、周、召[14]，其百执事以勤劳，而不得纪焉。犹梓人自名其功，而执用者不列也。五“犹”。大哉相乎！四字总，有气力，恐尚总不住，故下又反覆之。通是道者，所谓相而已矣！“通是道者”，一正。其不知体要者反此。以恪勤为公，以簿书为尊，衒能矜名，亲小劳，侵众官。窃取六职、百役之事，以听于府庭，而遗其大者、远者焉。所谓不通是道者也。犹梓人而不知绳墨之曲直、规矩之方圆、寻引之短长，姑夺众工之斧斤、刀锯以佐其艺，又不能备其工，以至败绩，用而无所成也。不亦谬欤？“不通是道者”，一反。已上通篇已毕，下另发议。

或曰：“彼主为室者，傥或发其私智，牵制梓人之虑，夺其世守，而道谋是用，虽不能成功，岂其罪耶？亦在任之而已。”此论最要补出！余曰：“不然！夫绳墨诚陈，规矩诚设，高者不可抑而下也，狭者不可张而广也。由我则固，不由我则圮。彼将乐去固而就圮[15]也，则卷其术，默其智，悠尔而去，不屈吾道，是诚良梓人耳。其或嗜其货利，忍而不能舍也；丧其制量，屈而不能守也。栋挠屋坏，则曰‘非我罪也’，可乎哉？可乎哉？”妙妙，通篇是相体，此又相德也。余谓梓人之道类于相，故书而藏之。“藏之”，妙。梓人盖古之审曲面势者，今谓之“都料匠”云。余所谓遇者，杨氏，潜其名。细琐叙事结。

〔**注释**〕

①裴封叔：柳宗元的妹夫，名谨，闻喜（今属山西）人。

②光德里：唐时长安街道名，旧址在今西安市西南郊。

③梓人：即木工。《考工记·总序》载木工有七，其一为梓人。此处指建筑工人。

④佣隙宇：佣，被人雇佣，此处指以劳力抵房租。隙宇，空闲房子。

⑤寻引：古代长度单位，八尺为寻，十丈为引。

⑥京兆：官名，唐时以雍州为京兆府，其治所在今西安市，往往以亲王兼雍州牧，而雍州长史为京兆尹。

⑦画宫于堵：宫，此处指要建的房屋的设计图。堵，墙壁。

⑧乡师里胥：乡师，一乡之长。里胥，一里之长。均为古代最基层单位的不入品小官吏。

⑨离而为六职：区分为王公、士大夫、百工、商旅、农夫、妇功六种职别。

⑩方伯连帅：方伯，古代诸侯中的领袖，谓为一方之长。连帅，指古代可统辖众多国家的有势力诸侯。

⑪胥吏：官府中文书侍从小吏。

⑫啬夫、版尹：啬夫，佐助县令管理赋税、诉讼等日常事务之官。版尹，主管户籍之官。

⑬伐：自夸。

⑭伊、傅、周、召：伊，伊尹，曾佐商汤攻灭夏桀。傅，傅说，武丁时由奴隶群中选拔出的大臣。周，即周公旦，武王弟，成王叔，辅佐成王奠定周王朝八百年之基。召，召公奭，与周公一起辅佐成王，后封燕。

⑮圮：倒塌。

〔**解读**〕

本篇可分前后两幅，前幅记叙梓人之职能，作者不厌其烦地写他所目睹的梓人怎样在工地上指挥调度百工建筑房子，一个连自己的床腿坏了都不会修理的梓人，却是一个出色的房屋建筑设计师和指挥者，其技术之精深博大令作者大为惊讶。由此，作者联想到“劳心者役人，劳力者役于人”，再进一步联想到辅佐天子治理天下的宰相之职。在后一幅里，作者阐述了宰相治国之道，认为合格称职的宰相应像这个梓人一样，要善于治人，提纲挈领，一级辖一级，而真正操办具体事务的则是徒隶、乡师、里胥者，宰相应把主要职责放在选拔人才、制定战略、统一法度方面，正如梓人运用能工巧匠，设计房屋图纸，不埋头于日常小事，不侵犯各级官吏之权，不夸耀自己才能。在此，作者又批评了一种不知道事情关键的人，他们忙碌于小事，把处理文书等事务当作尊贵，包揽众多具体事务，整日陷于无关要紧之事，而却遗漏事关国家命运、影响深远的大事，不懂宰相之职，干了事却没政绩。

最后，作者道出为何要为一个盖房子的梓人立传，说当好宰相的道理与做一个好梓人的道理很相似，所以便写了此文，名为梓人立传，实则阐发了一通治国为政大道理。通过本文可以看出，作者是多么密切观察生活，注意下等人的工作，并由此阐发出如此深刻的大道理。本文观点鲜明，精练畅达，充分表现了他提倡的“文者以明道”“辅时及物”原则。

种树郭橐驼传

纯是上圣至理，而以寓言出之。颇疑昌黎未必有此。

郭橐驼[1]，不知始何名。才入手，便将橐驼二字一翻。病偻，隆然伏行，有类橐驼者，故乡人号曰“驼”。驼闻之曰：“甚善，名我固当。”因舍其名，亦自谓“橐驼”云。于一篇之首，先将闲文写作一笑。

其乡曰丰乐乡，在长安西。何为书其乡？只为欲写其在长安，长安人争迎也。驼业种树，凡长安豪家一色人。富人，一色人。为观游豪家。及卖果者，富人。皆争迎取养。“迎”“取”字连。上加“争”字，下“养”字，成句。视驼所种树，或迁徙，无不活；“视”，人视之也。“无不”字，双承“种”与“迁”。且硕茂蚤实以蕃。“活”外，又添写此五字。他植者，虽窥伺效慕，莫能如也。必得此一句反衬之。有问之，对曰：生发。“橐驼非能使木寿且孳也，作一曲折。以能顺木之天，以致其性焉尔。先作一句提。凡植木之性，承“其性”字。其本欲舒，其培欲平，其土欲故，其筑欲密。此四“欲”字，本性欲也。既然已，勿动勿虑，去不复顾。其莳[2]也若子，其置也若弃。妙妙，便与存心养性、事天立命何异？岂直下文官理而已？则其天者全，而其性得矣。结过。○此段，是畅讲“无不活”三字理。故吾不害其长而已，非有能硕而茂之也。不抑耗其实而已，非有能蚤而蕃之也。此段又反覆“硕”字，“茂”字，“早”字，蕃字理。他植者则不然，亦先作一句提。根拳而土易。一。其培之也，若不过焉则不及[3]焉；二。苟有能反是者，则又爱之太殷，忧之太勤。旦视而暮抚，已去而复顾；三。甚者爪其肤，以验其生枯；摇其本，以观其疏密；四。写尽。而木之性日以离矣。亦结过。虽曰爱之，其实害之；虽曰忧之，其实仇之。故不我若[④]也，吾又何能为哉？”亦作反覆。

问者曰：“以子之道，移之官理[⑤]，可乎？”驼曰：“我知种树而已，官理非吾业也。又生发。然吾居乡，上先辞谢过，此又轻轻讽说，最为得体。见长人者好烦其令，若甚怜焉而卒以祸。先略写，下更详写。旦暮吏来而呼曰：‘官命促尔耕，勖尔植，督尔获。蚤缫而绪，蚤织而缕，字而幼孩，遂而鸡豚。’句句，字字，岂非民之父母？鸣鼓而聚之，击木而召之。吾小人辍飧饔以劳吏者且不得暇，又何以蕃吾生而安吾性耶？故病且怠。言之慨然。此“帝力何有”之为上理也！若是，则与吾业者，其亦有类乎？”只是轻轻讽说，最为得体。问者喜曰：“不亦善夫！吾问养树，得养人术。”[⑥]学《庄子》文惠君感庖丁言。传其事，以为官戒也。冷峭。

〔**注释**〕

①橐驼：骆驼，即驼背。

②莳：移栽。

③若不过焉则不及：不是太多就是太少。

④不我若：不如我。

⑤官理：理者，治也。做官治民。

⑥养人术：治理人民的办法。

〔**解读**〕

这是一篇具有寓言色彩的传记。在此文中，作者讲了一个驼背者善于植树的故事，通过作者与植树者之间的问答，先道明植树之理，顺其自然之性，根要舒展，土要培平砸实，种上后不要再动它，“其莳也若子，其置也若弃”，意即栽时如爱护孩子，种完之后如同扔掉一样，实际上即不妨碍其天性。而如果栽时使树根曲折，培土不适量，过分关心其成长，或以指甲抠其皮验其死活，或摇其根观看砸土松实，这样则破坏了树木的天性，爱而即害。种树者一再申明，自己种树好，并无什么特殊本领，仅是顺其天性而已。

通过郭橐驼“顺木之天，以致其性”种树之道，作者来说明做官治民之道，就是要顺乎民情，喜欢颁布繁多命令，逐日督促百姓，名曰爱民，实则扰民。

在此，作者表现出了强烈的革除时弊的愿望。本文通过以种树为喻，寄寓了深刻的道理。文章语言精练，章法新颖，对比生动，充满着浓郁的生活气息和幽默的情趣。

潭州东池戴氏堂记

细察其中间，有无数脱卸，无数层析，无数渲染，无数照应。节节连络，处处合沓，真妙文也。

弘农公刺潭[①]三年。先叙弘农公刺潭。因东泉为池，环之九里。丘陵林麓距其涯，坻[②]岛洲渚交其中。其岸之突而出者，水萦之若玦[③]焉：池之胜，于是为最。次叙弘农公为池。公曰："是非离世乐道者不宜有此。"卒授宾客之选[④]者，谯国戴氏曰简[⑤]。次叙弘农公以池授戴。离世乐道，后开二段。为堂而居之；堂成而胜益奇。为池是弘农公，为堂是醮国氏，故必须重与极写。望之，若连舻縻舰[⑥]，与波上下。就之，颠倒万物，辽廓眇忽。望之，就之。树[⑦]之松柏杉槠，被之菱芡芙蕖；树之，被之。郁然而阴，灿然而阳。而阴，而阳。凡观望浮游之美，专于戴氏矣！且与一结。○专于戴氏者，更不属杨氏也。

戴氏尝以文行，累为连率[⑧]所宾礼。贡之泽宫[⑨]，而志不愿仕。与人交，取其退让。受诸侯之宠，不以自大。其离世欤！应上离世。好孔氏[⑩]书，旁及庄、文[⑪]，莫不总统[⑫]，以至虚[⑬]为极，得受益之道。其乐道欤？应上乐道。贤者之举也必以类，重作总提。当弘农公之选而专兹地之胜，岂易而得哉？再叹弘农公为池。地虽胜，得人焉而居之，则山若增而高，水若辟而广，堂不待饰而已奂矣！再叹戴氏为堂。戴氏以泉池为宅居，以云物为朋徒，摅幽发粹[⑭]，日与之娱，则行宜益高，文宜益峻[⑮]，道宜益懋[⑯]，交相赞者也。再叹乐道。既硕[⑰]其内，又扬于时，吾惧其离世之志不果矣！再叹离世。君子谓弘农公刺潭得其政，结归刺潭。为东池得其胜，结归为池。授之得其人，结归以池授戴。

岂非动而时中[18]者欤？于戴氏堂也，见公之德，不可以不记。

〔注释〕

①弘农公刺潭：弘农公即杨凭，字嗣仁，弘农（今河南省灵宝市）人。刺潭，即担任潭州（今湖南省长沙市）刺史。杨凭于唐德宗贞元十八年（公元802年）由太常少卿出任湖南观察使兼潭州刺史。

②坻：同“坻”，水中的小洲或高地。

③玦：环形而有缺口的佩玉。

④选：挑选。此处指德才超群。

⑤谯国戴氏曰简：谯国即谯郡，治所在今安徽亳县。戴氏曰简，即姓戴名简。

⑥连舻縻舰：指舰船相连捆缚在一起。

⑦树：种植。

⑧连率：即连帅，指州刺史。

⑨泽宫：古代习射选士之处。此处指朝廷举行科举考试的地方。

⑩孔氏：孔子。

⑪庄、文：庄，指《庄子》。文，指《文子》，道家典籍之一，旧说为老子弟子所著，九篇（见《汉书·艺文志》）。

⑫总统：总聚起来，加以统理。

⑬至虚：意即心中无任何外物牵累，达到一种极虚无的境界。

⑭摅幽发粹：抒发幽深的情致，阐发高尚的品德。

⑮峻：峻洁峭拔。

⑯懋：同“茂”，指茂盛、盛大之意。

⑰硕：硕大，此处指充实。

⑱动而时中：立身行事合乎中庸之道，品德修养高。《礼记·中庸》说：“君子之中庸也，君子而时中。”

〔解读〕

柳宗元作山水胜景记叙文字，重视“以人为本”，所谓“美不自美，因人而彰”（见柳宗元《邕州柳中丞作马退山茅亭记》）。因此，在他的笔下，佳山胜水无不充溢着一种人间情愫，显得那么亲切可人。此篇首写潭州东池之美景，转而借弘农公之口说“是非离世乐道者不宜有此”，一旦将其授予“宾客之选”的戴简，令其筑堂而居，结果“堂成而胜益奇”，“凡观望浮游之美，专于戴氏矣!”究其缘由，无非是戴简之贤才出众，有“离世乐道”之品格。所谓“地虽胜，得人焉而居之，则山若增而高，水若辟而广，堂不待饰而已奂矣”，为其“人本自然”的又一张本。当然，柳宗元还忘不了夸赞弘农公的功德，誉其“贤者之举必以类”，并且还假托“君子”身份指称“弘农公刺潭得其政，为东池得其胜，授之得其人”，有“动而时中”的风范。所谓君子者，柳宗元也；东池胜景之魂者，弘农公、戴简二人也。

永州韦使君新堂记

逐段写地、写人、写起工、写毕工，乃至写筵客起贺，皆一定自然之法度。奇亦特在起笔，斗地作二反一落，如槎枒怪树，不是常观也。

将为穹谷、嵁岩、渊池于郊邑之中，则必辇[①]山石，沟涧壑，凌绝险阻，疲极人力，乃可以有为也。斗地反起。然而求天作地生之状，咸无得焉。斗地反起。逸其人，因其地，全其天，昔之所难，今于是乎在。斗地连作二反，却成如此笔法，岂不大奇？

永州[②]实惟九疑之麓[③]。其始度土者，环山为城。此句追原城中所以有自然泉石之故。有石焉，翳于奥草；有泉焉，伏于土涂。蛇虺之所蟠，狸鼠之所游。茂树恶木，嘉葩毒卉，乱杂而争植，号为秽墟。必须写此，乃见开辟之功。

韦公之来，既逾月，理甚无事。此七字，通篇张本，后贤切切记之。凡古人立言，都必如此。望其地，且异之，始命芟其芜，行其涂。“望”字，“且异”字，“始命”字，写出理甚无事人闲心妙眼。积之丘如，蠲之浏如[④]。既焚既酾，奇势迭出。清浊辨质，美恶异位。此记始事。视其植，则清秀敷舒；视其蓄，则溶漾纡余[⑤]。怪石森然，周于四隅。或列或跪，或立或仆。窍穴逶邃，堆阜突怒。此记毕工。乃作栋宇，以为观游。凡其物类，无不合形辅势，效伎于堂庑之下。此记新堂。外之连山高原，林麓之崖，间厕隐显，迩延野绿，远混天碧，咸会于谯门[⑥]之内。此记堂外。已，乃延客入观，继以宴娱。或赞且贺，忽然生姿。曰：“见公之作，知公之志。提。公之因土而得胜，岂不欲因俗以成化？妙。公之择恶而取美，岂不欲除残而佑仁？妙。公之蠲浊而流清，岂不欲废贪而立廉？妙。公之居高以望远，岂不欲家抚而户晓？妙。夫然，则是堂也，岂独草木、土石、水泉之适欤？山原、林麓之观欤？将使继公之理者，视其细，知其大也！”束。

宗元请志诸石，措⑦诸屋漏，以为二千石楷法⑧。

〔注释〕

①辇：一种人力车。此处指车载。

②永州：唐时州名，治所在零陵（今永州市），辖境相当于今湖南永州、东安、祁阳和广西全州、灌阳等地。

③九疑之麓：九疑，即九嶷山，又名苍梧山，在湖南宁远南。

④蠲之浏如：蠲，清洁。浏如，水清澈的样子。

⑤溶漾纡余：水流动之曲折萦绕。

⑥谯门：古时建筑在城门上用以瞭望的楼。谯门即谯楼，周祈《名义考》曰：“门上为高楼以望曰谯。”

⑦措：放置。

⑧楷法：楷模与标准。

〔解读〕

本文记叙了永州刺史韦使君建造新堂起因、过程及意义。当时，柳宗元因参加革新失败被贬为永州司马。在本文中，柳宗元首先描述了九嶷山麓下的一块荒芜之地，有山石却被草丛遮蔽，有清泉却埋于污泥之下，毒蛇盘踞，狸鼠出没，嘉树恶木、鲜花毒草相间。而韦使君来以后，使人铲杂草、挖污泥、疏河沟，整治一新，树木挺拔舒展，湖水微波荡漾，怪石林立，石洞、石山幽深突兀，并建造厅堂，成为观赏游览之地。接着，作者写新堂建好后，宴请宾客前来观览，借他人之赞誉，道出韦使君建堂背后的另一种含义，即顺乎民情、铲凶除暴、惩恶扬善、废旧布新，同时，也表达了作者不屈不挠的改造社会的理想和愿望。当时，柳宗元处于贬谪之中，仍能保持如此斗志，毫不灰心气馁，实为可贵。

邕州柳中丞作马退山茅亭记

奇在起笔斗地先写茅亭，以后逐段写山，写人，写作亭，写作记，皆一定自然之法度也。

冬十月，作新亭于马退山之阳①。因高丘之阻以面势，无欂栌节棁之华②。不斫椽③，不剪茨④，不列墙⑤，以白云为藩篱，碧山为屏风，昭其俭也。直直起笔，先写茅亭。

是山，崒然起于莽苍之中，驰奔云矗，亘数十百里。尾蟠荒陬⑥，首注大溪。诸山来朝，势若星拱；苍翠诡状，绮绾绣错。盖天钟秀于是，不限于遐裔⑦也。转笔，方写马退山。然以壤接荒服⑧，俗参夷徼⑨，周王之马迹⑩不至，谢公之屐齿⑪不及。岩径萧条，登探者以为叹。再转笔，又写马退山自来无亭。

岁在辛卯⑫，我仲兄以方牧之命，试于是邦。夫其德及故信孚⑬，信孚故人和，人和故政多暇。由是尝徘徊此山，以寄胜概。重提笔写柳中丞。○天子命来作方牧，不曾命来游山也。故必补写政暇、人和、信孚、德及。乃塈乃涂，作我攸宇，于是不崇朝而木工告成。每风止雨收，烟霞澄鲜，辄角巾鹿裘⑭，率昆弟、友生冠者⑮五六人，步山椒⑯而登焉。于是手挥丝桐⑰，目送还云。西山爽气，在我襟袖，八极⑱万类，揽不盈掌。此畅写作亭后一段盛事也。

夫美不自美，因人而彰。兰亭也，不遭右军⑲，则清湍修竹⑳，芜没空山矣。是亭也，僻介闽岭，佳境罕到。不书所作㉑，使盛迹郁堙，是贻林涧之愧。故志之。此写所以作记也。

〔注释〕

①马退山之阳：马退山在邕州（今广西南宁）城北十五里处。阳，山的南面。

②欂栌节棁之华：欂，壁柱。栌，斗拱。节，屋柱上端支撑横梁的方木。棁，屋梁上的短柱。华，华美。

③斫椽：斫，砍伐。椽，檩上架屋瓦的木条。

④茨：指亭子上覆盖的茅草。

⑤列墙：砌墙。

⑥陬：角落。

⑦遐裔：僻远的边疆地域。

⑧荒服：古五服之一，据称离京城二千至二千五百里远。言马退山地处僻远。

⑨徼：边塞。

⑩周王之马迹：指周穆王驾八骏远游的神话传说，见《穆天子传》。

⑪谢公之屐齿：南朝谢灵运性好山水，发明登山专用的木履，号“谢公屐”。事见《南史·谢灵运传》。

⑫岁在辛卯：指宪宗元和六年（811年）。

⑬信孚：信誉卓著。《左传·庄公十年》有“小信未孚，神弗福也”的说法。

⑭角巾鹿裘：指隐士、贫士一类的人物。

⑮友生冠者：友生，友人。冠者，成年男子。

⑯山椒：山陵。

⑰丝桐：琴的别名。汉末王粲《七哀诗》有：“丝桐感人情，为我发悲音。”

⑱八极：天下。

⑲右军：东晋大书法家王羲之。他曾任右军将军，故世称王右军。

⑳清湍修竹：语出王羲之《兰亭集序》。

㉑所作：指所建新亭。

〔解读〕

言新亭之景，赞其“以白云为藩篱，碧山为屏风”的纯朴自然之美；描马退山之雄姿，渲染其“崒然起于莽苍之中”及“诸山来朝”之类的人间气象；写修建新亭之功德，点缀游人登山临亭享受“风止雨收，烟霞澄鲜”的雅致。其主脑却归结于人物之礼赞。“美不自美，因人而彰”，乃是山川风物之所以为美的点睛之笔。“夫其德及故信孚，信孚故人和，人和故政多暇。由是尝徘徊此山，以寄胜概”之语，既为柳中丞游山之举开脱误政之嫌，又能趁机褒扬其为官有德，政通人和。行文之妙构，有如神来之笔。说是如果“不书所作，使盛迹郁堙，是贻林涧之愧”，实则是记修亭之柳中丞，以彰显其名声。此类笔法，可为撰人文自然景观游记者所借鉴。

谤　誉

不过只是"乡人之善者好之"二句意，看他无端变出如许层折，如许转接，如许幽秀历落。

凡人之获谤誉于人者，亦各有道。虚喝。君子在下位则多谤，在上位则多誉；君子谤誉。小人在下位则多誉，在上位则多谤。小人谤誉。何也？虚征。君子宜于上，不宜于下；君子。小人宜于下，不宜于上。小人。得其宜则誉至，不得其宜则谤亦至，此其凡[1]也。先虚判其大凡必如此。然而君子遭乱世，不得已而在于上位，则道必咈[2]于君，而利必及于人。由是谤行于上，而不及于下，故可杀可辱，而人犹誉之。如许妙论，其妙刻骨。小人遭乱世，而后得居于上位，则道必合于君，而害必及于人。由是誉行于上，而不及于下。故可宠可富，而人犹谤之。妙论刻骨。君子之誉，非所谓誉也，其善显焉尔！妙论刻骨。小人之谤，非所谓谤也，其不善彰焉尔！妙论刻骨。

然则在下而多谤者，岂尽愚而狡也哉？此句，凭空大力搏拔。在上而多誉者，岂尽仁而智也哉？此句，承上二行搏拔。其谤且誉者[3]，岂尽明而善褒贬也哉？再总一句，搏拔。然而世之人闻而大惑，出一庸人之口，则群而邮之[4]。且置于远迩，莫不以为信也，岂惟不能褒贬而已？则又蔽于好恶，夺于利害，吾又何从而得之耶？转手而下。孔子曰："不如乡人之善者好之，其不善者恶之。"[5]引此为一篇文本。善人者之难见也，则其谤君子者为不少矣！其谤孔子者亦为不少矣！慨然。○如此转折，特为柳文风味。○看他，有意无意，带一孔子。传之记者[6]，叔孙武叔[7]，时之显贵者也。其不可记者，又不少矣。是以在下而必困也。记一贵人，不记何限？言之慨然。及乎遭时得君，而处乎人上，功利及于天下，天下之人皆欢而戴之。向之谤之者，今从而誉之矣。是以在上而必彰也。天下皆戴，谤者亦誉，言之慨然。○二段，言谤誉只如此。

或曰："然则闻谤誉于上者，反而求之，可乎？"曰："是恶可[⑧]，无亦征其所自而已矣。"便是"乡人善者""不善者"二句意。看他写得幽折秀妙。其所自，善人也，则信之；不善人也，则勿信之矣！苟吾不能分于善不善也，则已耳。增一句，柳文风味也。如其谤誉乎人者，吾必征其所自，未敢以其言之多，而举[⑨]且信之也。其有及乎我者，未敢以其言之多，而荣且惧也。苟不知我，而谓我盗跖[⑩]，吾又安取惧焉！苟不知我而谓我仲尼[⑪]，又安取荣焉！"及乎人""及乎我"，只是一样两句"及乎我"句，却又增此四句，柳文风味如此！知我者之善不善，非吾果能明之也？要必自善[⑫]而已矣！何等幽折秀妙！质而论之，却只是"乡人文善者"云云。

〔注释〕

①凡：大概。

②咈：违逆。

③谤且誉者：毁谤或是赞誉别人的人。

④群而邮之：人们辗转相传，添油加醋。

⑤"孔子曰"二句：语出《论语·子路》。

⑥传之记者：指《论语》上所记载。

⑦叔孙武叔：春秋时鲁国大夫，即叔孙州仇，谥曰武，故有叔孙武叔之称。《论语·子张》所记，叔孙武叔曾在朝中说子贡的好话，而毁谤孔子，引起子贡的反感与驳斥。

⑧是恶可：怎么可以这样呢？

⑨举：全部。

⑩盗跖：恶人的代称。盗跖本是春秋战国之交的一位起义首领。

⑪仲尼：即孔子，此处代指善人。

⑫自善：自我完善，指不断加强自身道德修养。

〔解读〕

全文详细解读“谤誉善恶”四字之关系，多有发人深省的警语。先是比较君子与小人所获毁谤赞誉之异同，尤其是说君子常常“谤行于上，而不及于下，故可杀可辱，而人犹誉之”，颇有作者自己的身世遭际之叹。接下所云“善人者之难见也，则其谤君子者为不少矣”之语，亦是现实愤懑之辞。作者鉴于历史教训，主张对善恶谤誉应有自己独立的清醒判别，即所谓“征其所自”，不可轻信，不可自得，最重要的是不可惧怕别人的无端诬陷：“苟不知我，而谓我盗跖，吾又安取惧焉?”最后落脚点在“要必自善”四字上，意即不断提高自己的道德修养水平，求取自我完善，就能“任凭风浪起，稳坐钓鱼船”。文章层次清晰，环环相扣，主旨明确，结构严整而富于变化，并无板滞之嫌，堪称说理佳作。

晋文公问守原议

不遗余力之文。全篇中多作倒注之笔，最难学。若学得，最是好看。

晋文公既受原于王[①]，难其守，问寺人勃鞮[②]，以畀赵衰[③]。先出其事。

余谓守原，政之大者也。一句提。所以承天子，树霸功，命诸侯，此倒注上“政之大”句。不宜谋及媟近，以奸王命。一句断。○此句还是宽处断，下始擒晋君切断。而晋君择人任，不公议于朝，而私议于宫；不博谋于卿相，而独谋于寺人。擒晋君，切断。虽或衰之贤足以守，国之政不为败。一曲。而贼贤失政之端，由是滋矣。断尽。况当其时不乏谋议之臣乎？狐偃[④]为谋臣，先轸[⑤]将中军。此又横生一断，笔态纵横尽变。○亦是倒注笔。晋君疏而不咨，外而不求，乃卒定于内竖，其可以为法乎？看他，下再横生一断，笔态纵横尽变。且晋君将袭齐桓之业，以翼天子，乃大志也。然而齐桓任管仲以兴，进竖刁[⑥]以败。引齐桓。则获原启疆，适其始政，所以观视诸侯也。笔笔倒注。而乃背其所以兴，迹其所以败。笔力劲甚。看他不甚作了语者，意已在下疾转。然而能霸诸侯者，以土则大，以力则强，以义则天子之册也。诚畏之矣，乌能得其心服哉？纯是横生出来。其后景监得以相卫鞅[⑦]，后来一内竖祸。弘、石得以杀望之[⑧]，后来又一内竖祸。误之者，晋文公也。断尽。呜呼！得贤臣以守大邑，则问非失问，举非失举也。略纵。○看他结时，犹用全力如此。然犹羞当时，陷后代如此，疾擒。况问与举又两失之者，其何以救之哉？意原为此一辈发，却直至篇终始见。

余故著晋君之罪，以附《春秋》许世子止[⑨]晋赵盾[⑩]之义。到底笔笔劲甚。

〔注释〕

①晋文公既受原于王：指的是鲁僖公二十五年（前 635 年），晋文公重耳朝见周襄王，被封予南阳地方的樊、温、原等地。

②寺人勃鞮：即君王宫中供役使的小臣勃鞮。后世也称宦官为寺人。

③赵衰：即赵成子，晋国大夫。曾随文公流亡，后辅助文公成霸业。当晋文公问应由谁守原时，勃鞮答“昔赵衰以壶餐从径，馁而弗食”。晋文公便决定由赵衰为原守。

④狐偃：春秋时晋国卿，字子犯，为晋文公舅父，任上军之佐。

⑤先轸：春秋时晋国执政，也称原轸，为晋中军元帅。

⑥竖刁：春秋时齐桓公近臣，官为寺人。管仲死后，他与易牙、开方专权。桓公死，他杀害群吏，导致齐国内乱。

⑦景监得以相卫鞅：景监为秦孝公宠臣，商鞅即通过他引见孝公。孝公采纳景监之言，任商鞅为左庶长、大良造，主持变法。

⑧弘、石得以杀望之：弘、石，西汉宦官弘恭、石显。望之，西汉大臣萧望之。宣帝时任左冯翊、大鸿胪、太子太傅等官，德高望重，后为弘恭等排挤，被迫自杀。

⑨许世子止：即春秋许国世子，名止，其父服他献的药后死去。

⑩赵盾：即赵宣子。赵衰之子，为晋国执政。晋灵公时出走，后又回国拥立晋成公即位。

〔解读〕

这是一篇名曰论史实则直斥时弊的历史杂文。中唐以后，宦官专权，政治黑暗，朝内大阉参与朝政，决策殿庭，传达诏命，代达王言，外则藩镇各自为政，政出多门，形势岌岌可危。柳宗元此文就是针对这种情况而写的。

本文议题取自《左传》，就晋文公物色守原人选而问及寺人勃鞮一事展开评论，认为像任命守原这样重大、严肃的国家大事，根本不应与寺人商议，而晋文公不问国之卿相大臣，而独问及身旁小臣，即便赵衰是合适人选，但晋文公这种做法开了晋国败亡的肇端。此外，柳宗元又举了齐桓公任管仲兴国而任竖刁以败亡等一系列史实，说明举贤用能的重要和谋及媟近的危怠。最后得出结论，如果论晋文公的过失，应按《春秋》给予许世子止和赵盾的罪名那样从严论处，因为他开了宦官干政的弊端。此文借古讽今，其体裁上多用倒注之笔，其内容则针砭时弊，艺术性与思想性俱佳，充分显示了作者与黑暗势力斗争到底的决心和勇气。

桐叶封弟辩

裁幅甚短，而为义弘深斟酌不尽。不惟文字顿挫入妙，惟处人伦之至道，亦全于此。

古之传者有言：成王[①]以桐叶与小弱弟[②]，戏曰："以封汝!"周公[③]入贺。王曰："戏也!"周公曰："天子不可戏!"乃封小弱弟于唐。引文。吾意不然。一句劈。王之弟当封耶？周公宜以时言于王，不待其戏而贺，以成之也。一驳。不当封耶？周公乃成其不中之戏，以地以人，与小弱者为之主，其得为圣乎？二驳。且周公以王之言，不可苟言而已，必从而成之耶？设有不幸，王以桐叶戏妇寺[④]，亦将举而从之乎？三驳。○三驳，三样文法。凡王者之德，在行之何若，设未得其当，虽十易之不为病。要于其当，不可使易也，而况以其戏乎？不惟至言，实是妙道。若戏而必行之，是周公教王遂过[⑤]也。吾意周公辅成王，宜以道从容优乐，要归之大中而已。必不逢其失而为之辞，至言妙道。又不当束缚之，驰骤之，使若牛马然，急则败矣。至言妙道，伊川不知。且家人父子，尚不能以此自克，况号为君臣者耶？至言妙道。是直小丈夫缺缺者之事，非周公所宜用，故不可信。一句结。或曰："封唐叔，史佚成之[⑥]。"余波。○亦无此事，《左传》自本明文。

〔注释〕

①成王：即周成王，姓姬名诵，武王子，即位时仅十三岁。

②小弱弟：指成王之弟叔虞。

③周公：姓姬名旦，武王弟，成王叔，西周初大政治家。

④妇寺：宫廷内的近臣。后指后宫妇女与宦官。

⑤遂过：顺遂，迁就。

⑥史佚成之：据《史记·晋世家》载，促成成王封弟的，不是周公，而是史佚。

〔解读〕

桐叶封弟是历史上流传较广的一个以宣扬周公为宗旨的故事。说的是年幼的成王有一天与其小弟叔虞玩耍，便拿一片桐叶充作圭送给其弟，说："用这个封你为诸侯。"周公知道后立即进来表示祝贺，成王说："我是在做游戏。"周公说："天子不可作戏言。"便封叔虞于唐地。

柳宗元在此文中借桐叶封弟一事，针对传统的"天子不可戏"的说法，大胆提出了天子的言行"未得其当，虽十易之不为病"的主张，指出，如果叔虞该封，周公应及时提出，不应等到成王说此戏言而祝贺；如不应该受封，周公把成王玩笑作圣旨，将土地和人民封给小弟，这能算是圣人吗？柳宗元在此非常不客气地指斥周公的"假圣人"，认为如果"桐叶封弟"是历史事实，说明是周公教唆幼小的成王犯罪，对几千年天子神圣不可侵犯的封建观念和周公圣人的神话提出了怀疑和挑战，充分显示了柳宗元为文的历史批判性和大无畏精神。其中，也暗示了作者对中唐时期宦官打着皇帝旗号专政的不满。

书箕子庙碑阴

一篇文字，真如天外三峰，卓然峭峙。末忽转笔，变作天风海涛，可谓大奇已！

凡大人[①]之道有三：一曰正蒙难[②]，二曰法授圣，三曰化及民。一行，先立论。殷有仁人曰箕子，实具兹道以立于世。故孔子述六经之旨[③]，尤殷勤焉。一行，出箕子。当纣之时，大道悖乱，天威之动不能戒，圣人之言无所用。总起。进死以并命[④]，诚仁矣，无益吾祀[⑤]，故不为。阁过比干。委身以存祀[⑥]，诚仁矣，与亡吾国，故不忍。阁过微子。具是二道，有行之者矣。看他方将正写箕子，又先入此一段，斡旋多少。是用保其明哲，与之俯仰，晦是谟范[⑦]，辱于囚奴，昏而无邪，隤而不息。写箕子入微。故在《易》曰："箕子之明夷[⑧]"，正蒙难也。应前"一曰"。及天命既改，生人以正[⑨]，乃出大法，用为圣师。周人得以序彝伦[⑩]而立大典。写箕子入微。故在《书》[⑪]曰："以箕子归，作《洪范》"，法授圣也。应前"二曰"。及封朝鲜，推道训俗，惟德无陋，惟人无远。用广殷祀，俾夷为华，写箕子入微。化及民也。应前"三曰"。率是大道，藂于厥躬，写箕子入微。天地变化，我得其正，写箕子入微。其大人欤？应前"大人"第一句也。於戏！当其周时未至，殷祀未殄，比干已死，微子已去。向使纣恶未稔而自毙，武庚[⑫]念乱以图存，国无其人，谁与共理？是固人事之或然者也。然则先生隐忍而为此，其有志于斯乎？上三段，正文已毕，忽然别起波浪，使人失声长恸。唐某年，作庙汲郡[⑬]，岁时致祀。嘉先生独列于《易象》，作是颂[⑭]云。颂不载。

〔注释〕

①大人：指道德高尚的人。

②正蒙难：蒙，冒犯。即坚持正道，不顾冒犯大难。

③六经之旨：六经指《诗》《书》《易》《礼》《乐》《春秋》六部书籍。旨，宗旨、大义。

④并命：并，通“屏”，舍弃之义。此处指冒死进谏的比干，被殷纣王掏心肝。

⑤祀：祭祀。此处指宗族。

⑥委身以存祀：指殷纣王庶兄微子，名启，劝纣不纳而逃。武王伐殷，他拿着商祭器请降，被封于宋，保存了商宗族。

⑦谟范：谋略与原则。

⑧明夷：卦名。《易经》有“明夷”篇，象征暗主在上，明臣在下，明臣不敢显露自己明智。

⑨生人以正：用正道抚养人民。生人即生民。

⑩彝伦：彝，常规。伦，人伦。此处指社会中人们遵守的道德准则。

⑪《书》：即《尚书》。《洪范》为其一篇，相传为禹时文献，箕子予以增订授与周武王。

⑫武庚：纣之子，殷亡后受周封，后因叛乱被杀。

⑬汲郡：治所今河南汲县西南。

⑭颂：古代用于歌颂咏叹的一种文体。

〔解读〕

箕子，殷纣王之叔父，名胥余，官太师。封于箕（今山西太谷东北），故称箕子。他曾劝谏殷纣王，纣王拒谏，他便佯装疯子，被囚为奴。周灭商后，他向周武王陈《洪范》大法，叙帝王治国理民之道。因此，他在历史上受到了称赞，唐代专为其立祠庙来祭祀他。此文，就是为箕子庙中的碑作的碑文。

在本文中，柳宗元开篇确立道德高尚者三条处世标准，而箕子则具备了此三条：当殷纣无道，国家面临灭顶之灾时，比干冒死进谏被杀，微子不得不出逃，而箕子则佯装疯癫，暂时隐蔽起自己的智慧，在囚奴中受辱，在患难中坚持正道。当周王朝确立，箕子便献出其宏伟大法，成为圣君老师，成为历史上“智”与“忠”的化身，也是历代仁人志士的楷模。实际上，作者在高度赞扬箕子的同时，也是对自己坚持真理、永不消极的斗争精神的一种表露。

祭十郎文

祭十二郎，摇曳；祭十郎，荒促。其摇曳也，盖为得之讣闻；其荒促也，乃为万里炎荒，躬亲抚殓。盖彼自有不得不摇曳之情，此又有更摇曳不得之情也。若其痛毒，直是一种。

维年月日，八哥以清酌之奠，祭于亡弟十郎[①]之灵。吾门雕丧，岁月已久，但见祸谪，未闻昌延，使尔有志，不得存立。第一段，先总哭吾门。其辞怨毒之极，乃不止为十郎。延陵已上，四房子姓，各有单绪。总写四房。恺恺[②]早夭，一房。汝又继终。一房。两房祭祀，今已无主。结过两房。吾又未有男子，一房。尔曹则虽有如无。一房。一门嗣续，不绝如线。补写两房。仁义正直，天竟不知；理极道乖，无所告诉。第二段，分哭四房。汝生有志气，好善嫉邪，勤学成癖，攻文致病。年才三十，不禄命尽。苍天苍天，岂有真宰？第三段，正哭十郎。如汝德业，尚早合出身。由吾被谤年深[③]，使汝负才自弃，志愿不就。罪非他人，死丧之中，益复为愧。第四段，带哭自己。总是怨毒，不止为十郎。汝墨法绝代，知音尚稀。及所著文，不令沉没，吾皆收录，以授知音。《文类》[④]之功，更亦广布，使传于世人，以慰汝灵。第五段，于正哭外，又零星补写其所书墨法，所遗文稿，及所选文类，见十郎的是出群好人。知在永州，私有孕妇，吾专优恤，以俟其期。男为小宗[⑤]，女亦当爱。延之长大，必使有归，抚育教视，使如己子。吾身未死，如汝存焉！第六段，收恤其私孕。炎荒万里，毒瘴充塞，汝已久病，来此伴吾。到未数日，自云小差[⑥]，雷塘灵泉，言笑如故。一寐不觉，便为古人。茫茫上天，岂知此痛！第七段，叙其扶病来伴。一段兄弟至恩。

郡城之隅，佛寺之北，饰以殡纼⑦，寄于高原。死生同归，誓不相弃。庶几有灵，知我哀恳！第八段，告以侨厝。

〔注释〕

①亡弟十郎：即柳宗元堂弟柳宗直，族中排行第十。

②慥慥：笃厚诚实貌。

③被谤年深：指柳宗元参与“永历革新”失败后，成为罪囚，遭世之讪辱诟骂。

④《文类》：指柳宗直从西汉文章选编出的四十卷《西汉文类》。

⑤小宗：按中国古代宗法制，嫡长子为大宗，庶子为小宗。

⑥小差：差通“瘥”，病愈。为南方之方言。

⑦纼：原意为穿在牛鼻子的备牵引绳。

〔解读〕

这是柳宗元写的一篇祭文。

柳宗元的堂弟柳宗直，在柳宗元贬谪永州时曾随其求学，元和十年（815年）七月又来到柳宗元的新贬地——柳州。他素来体弱多病，路上又害疟疾，加上随柳宗元到雷塘祈雨劳累，突发重病，一夜之间便去世了，仅三十三岁。柳宗元极其痛心，便写下此篇沉痛哀恸的祭文，也称《祭弟宗直文》。

在文中，柳宗元叙述了家门不幸和自己的遭遇，尤其叙述了柳宗直勤学成癖，善于书法，喜读汉文，好善嫉恶，永贞年间进士及第，可以称得上有志有才有节之青年。但这样一个有前途、风华正茂的青年，却志愿不就，亡殁异域，怎能不令人伤痛。更令柳宗元愧疚的是，柳宗直视柳宗元为亲兄长，长期不辞劳苦艰险，追随其左右，兄弟感情极为投契，而且正由于受柳宗元贬谪，他也没有做官，无禄以终。对死者家世、人品、遭遇以及与作者的感情，作了极其感人沉痛的描述。

杜　牧

阿房宫赋

穷奇极丽，至矣尽矣！却是一篇最清出文字。○文章至此，心枯血竭矣。逐字细读之！

六王毕[1]，四海一。蜀山兀，阿房出[2]。起笔四句，每句三字，共只四三一十二字耳，早写尽秦始混一已后。纵心肆志至于如此，真乃突兀大笔。覆压三百余里，隔离天日。一大总。骊山[3]北构而西折，直走咸阳。二川[4]溶溶，流入宫墙。承上一大总，再纵横四面写之。已上，总写其大；下乃细写。五步一楼，十步一阁；廊腰缦回，檐牙高啄；各抱地势，钩心斗角。盘盘焉，囷囷焉[5]，蜂房[6]水涡，矗不知其几千万落。写其多如此。看其“腰”字，“牙”字，“心”字，“角”字，及“缦回”字，“高啄”字，“蜂房”“水涡”字，皆是细细画。长桥卧波，未云句。何龙？句。言疑桥为龙，然龙必有云。今无云，知非龙。复道行空，不霁句。何虹？句。又言疑阁为虹，然虹必待霁。今不霁，知非虹。高低冥迷，不分高低。不知西东。不分西东。句法变化。歌台暖响[7]，春光融融；歌响则暖，立地如春也。舞殿冷袖，风雨凄凄。舞止则冷，立地如秋也。一日之内，一宫之间，而气候不齐。又承上极写。言非一日暖，一日冷，或一宫暖，一宫冷也。只就一日一宫，其顷刻变化如此。已上写宫殿。

嫔妃媵嫱，王子皇孙，辞楼辞六王之楼。下殿，下六王之殿。辇来于秦，朝歌夜弦，为秦宫人。已下写美人。明星荧荧，开妆镜也；疑其星。○言镜之多。绿云扰扰，梳晓鬟也；疑其云。○言鬟之多。渭流涨腻，弃脂水也；言脂之多。烟斜雾横，焚椒兰[8]也。言香之多。雷霆乍惊，宫车过也；辘辘远听，杳不知其所之也。言车之多。比上增一句，作参差。凡整齐文，最是喜参差。一肌句。一容，句。尽态句。极妍。句。缦立句。远视，句。而望幸焉，有不得见者三十六年。写美人之多如此！入神之笔也。已上，写美人；已下，写珍奇。

燕赵之收藏，韩魏之经营，齐楚之精英，横写六国珍奇。几世几年，取掠其人，倚叠如山，竖写六国珍奇。一旦不能有，输来其间。此非嗟叹六国，只是写秦之多耳。鼎句。铛句。玉句。石，句。金句。块句。珠句。砾，句。弃掷逦迤，句。言鼎如铛，玉如石，金如块，珠如砾，即用"庞凉冬杀金寒玦离"法也。"弃掷"，言其多，不能尽庋阁于几席也；"逦迤"，言弃掷不止一处也。秦人视之，亦不胜惜。又言不惟秦皇，惟秦民亦侈甚也。已上，写珍奇。

嗟乎！一人之心，千万人之心也。秦爱纷奢，人亦念其家。奈何取之尽锱铢，用之如泥沙？使负栋之柱，多于南亩之农夫；架梁之椽，多于机上之工女；钉头磷磷，多于在庾[9]之粟粒；瓦缝参差，多于周身之帛缕；直栏横槛，多于九土之城郭；管弦呕哑，多于市人之言语。总上极写。使天下之人，不敢言而敢怒。独夫之心，日益骄固。写秦止此。

戍卒叫，陈胜。函谷举[10]，汉高。楚人一炬[11]，项羽。可怜焦土！一篇何等巨丽，只以四字了之。

呜呼！灭六国者，六国也，非秦也。妙。族秦者，秦也，非天下也。妙。嗟夫！使六国各爱其人，则足以拒秦；妙。秦复爱六国之人，则递三世，可至万世而为君[12]，谁得而族灭也？妙。秦人不暇自哀，而后人哀之；妙。后人哀之而不鉴之，亦使后人而复哀后人也。妙。言尽而意无穷。

〔**注释**〕

①六王毕：意谓齐、楚、燕、韩、赵、魏六国相继灭亡。

②蜀山兀，阿房出：砍尽蜀山的木材，建起阿房宫。兀，高而上平，形容蜀地

山之光秃。

③骊山：山名，在今陕西省西安市临潼区东南。

④二川：渭水和樊川。

⑤盘盘焉，囷囷焉：屈曲回旋之貌。

⑥蜂房：形容天井之多。

⑦歌台暖响：谓繁弦急管，酣畅淋漓。暖，指歌声给予人的感觉。

⑧椒兰：宫中用的香料。

⑨庾：露天的谷仓。

⑩戍卒叫，函谷举：指陈涉反秦，揭竿而起，刘邦攻入函谷关。

⑪楚人一炬：指项羽入咸阳后放火焚烧。

⑫则递三世，可至万世而为君：秦始皇称帝登极后，下诏废除谥法，说“朕为始皇帝，后世以计数，二世三世至于万世，传之无穷”，但实际上仅传二世而亡，加上秦王子婴，勉强算三世。

〔解读〕

《阿房宫赋》是杜牧最著名的一篇文章。杜牧（803—852 年），字牧之，京兆万年（今陕西省西安市）人。宰相杜佑之孙。曾做过弘文馆校书郎、观察使、刺史等职，官终中书舍人。世称杜樊川。他工于诗、赋及古文，以诗成就最高，后人称“小杜”，以别于杜甫。有《樊川文集》二十卷。

此赋作于唐敬宗李湛宝历元年（825 年）。当时，敬宗荒淫失德，广征声色犬马，大兴土木建筑、离宫别殿，穷尽其奢。杜牧在此背景下，借秦建阿房宫而亡天下为主题，写下了此篇针对现实、用意深刻的文章。在此文中，杜牧以夸张手法，描绘了阿房宫的豪华，覆盖三百多里，遮天盖日，五步一楼，十步一阁，如空中游龙，似雨后彩虹，高高低低，幽冥迷离，辨不出东西南北。宫殿中住满了六国的妃嫔媵嫱，藏满了搜刮来的奇器珍宝，供奉皇帝娱乐，数不清的宫女们梳妆打扮，几十年如一日等着一睹皇帝之面。在这里，视鼎如铛，视玉如石，把金子当土块，拿珍珠作瓦片……但一旦陈涉揭竿而起，楚霸王一把大火，秦王朝土崩瓦解，阿房宫化为一片焦土。在本文最后一段，杜牧抒发了自己的感慨，灭亡六国的是六国本身，而灭亡秦国的，也是秦国本身，如果六国君主能爱抚自己的百姓，就足以抵挡秦国，而秦亦然，如果秦皇帝能爱抚六国百姓，也就可以传三世，以至万世。结尾处揭示警戒之义，一语破的：“秦人不暇自哀，而后人哀之；后人哀之而不鉴之，亦使后人而复哀后人也。”可惜，唐统治者没有领会杜牧此赋之深意，其结局被杜牧不幸而言中。

本赋在历史上视为名篇，其政治意义重大，有一定的历史进步性。其针对现实，提出历史教训，把统治者穷奢极欲的罪行和人民所遭受的残酷剥削与繁重徭役紧密联系起来，指出是由于统治者不顾民众、骄奢淫逸、失去民心，从而导致了国破人亡。本赋运用赋的传统手法，铺陈排比，以丰富想象、新颖比喻、瑰丽语言描绘出一幅超前绝后的历史画卷，有人有景，有实有虚，而且文辞抑扬顿挫，艺术感染力极强。本文是思想内容与艺术效果最佳结合的典范。

皮日休

孔子庙碑

不作头，不作尾，不作过接，并无开合擒纵等法，而凡文章所有一切法，无不备足。

天地，吾知其至广也，以其无所不覆载；日月，吾知其至明也，以其无所不照临；江海，吾知其至大也，以其无所不容纳。平起三大笔。料广以寸管，测景以尺圭[①]，航大以一苇。平翻三大笔。广不能逃其数，明不能私其质，大不能亡其险。平接三大笔。看他下文直过。

伟哉夫子！后天地而生，知天地之始；先天地而没，知天地之终。应第一笔。非日非月，光之所被者远；应第二笔。不江不海，浸之所汲者博。应第三笔。笔势并不用变，而其中已暗变。三代[②]礼乐，吾知其损益；百王宪章，吾知其消息。一样赞法。君臣以位，父子以亲，家国以肥，鬼神以享。一样赞法。道未可诠其有物，释未可证其无生，一以贯之，我先师夫子，圣人也。一样赞法。帝之圣者曰尧，王之圣者曰禹，师之圣者曰夫子。忽然又起一论。下又忽然以韵押。尧之德，有时而息；禹之功，有时而穷；夫子之道，久而弥芳，远而弥光。用之者昌，舍之则亡。昔否于周，今泰于唐。不然，何被衮而垂裳[③]，冕旒[④]而王者哉？

〔注释〕

①测景以尺圭：景，即影。圭，即圭表，为测量日影长度的仪器。

②三代：指夏、商、周三代。

③被衮而垂裳：衮，即衮衣，古代只有皇帝和上公才能穿的衣服。垂裳，即垂拱。此句意为孔子画像穿着衮衣，像皇帝那样垂拱而坐。

④冕旒：古代诸侯、帝王、大夫的礼冠。外黑内红，盖在顶上叫延；以五采缫绳穿玉，垂在延前的叫旒。冕旒常作为皇帝之代称。

〔解读〕

皮日休（834—883 年），字逸少，后改袭美，唐代文学家，襄阳人。早年住鹿门山，自号鹿门子、间气布衣等。咸通进士，曾任太常博士，后参加黄巢农民军，任翰林学士，其下落不明，或曰被杀，或曰流落江南。其诗文大多借古讽今，抒写愤慨，继承了白居易新乐府的传统，与陆龟蒙齐名。有《皮子文薮》传世。

此文是皮日休为孔子庙碑所撰写的一篇碑文。本文打破以往叙述孔夫子学问功德的惯例，起笔突兀，陡然以“天地”“日月”“江海”之磅礴气势，烘托出作为儒学鼻祖的孔夫子其思想之博大精深。其下则稍缓其势，叙孔夫子之学通天人之际、穷古今之变，为万世之师表，甚至将其加于尧禹之上。最后落脚点，则是赞孔夫子之学为封建统治服务，为治国理民的不朽宪章。

李　翱

答进士王载言书

一看其数说古人文章，如数说家中盐酱；二看其心中有所欲言，手中浩浩然更不留笔。特表出之，欲后贤恣心放笔为文也。

翱顿首。足下不以翱卑贱无所可，乃陈词屈虑，先我以书。且曰："余之艺及心，不能弁于时。将求知者，问谁则可？皆告曰：'李君乎？'"叙述王书。告足下者过也！断。足下因而信之，又过也！断。果若来陈，虽道备德具，且犹不足辱厚命；曲折。况如翱者，多病少学，其能以此堪足下所望博大而深闳者耶？曲折。虽然，意盛，不可以不答，故敢略陈其所闻。曲折。〇已下入正论。

盖行已莫如恭，自贵莫如厚，接众莫如弘，用心莫如直，进德莫如勇，受益莫如择友，好学莫如改过。此闻之于师者也。一"此也"。〇一路，以"此"字"也"字为章段。相人之术有三：迫之以利而审其邪正；设之以事而察其厚薄；问之以谋而观其智与不材：贤不肖分矣。此闻之于友者也。二此也。列天地，立君臣，亲父子，别夫妇，明长幼，浃朋友：六经[①]之旨也。也。浩乎若江河，高乎若邱山，赫乎若日火，包乎若天地；掇章称咏，津润怪丽：六经之词也。也。创意造言，皆不相师。故其读《春秋》也，如未尝有《诗》；其读《诗》也，如未尝有《易》；其读《易》也，如未尝有《书》；其读屈原、庄周也，如未尝有六经。故义深则意远，意远则理辩，理辩则气厚，气厚则词盛，词厚则文工。如山，有恒、华[2]焉；如渎，有济、淮、河、江焉。其同者，出源到海也，其曲直浅深，其色黄白，不必均也。也。如百品之杂焉。其同者，饱于肠，其味咸酸苦辛，不必均也。也。因而学知者也。也。此创意之大归也。三此也。

天下之语文章有六说焉。其尚异者，则曰“文章辞句奇险而已”。其好理者，则曰“文章叙意苟通而已”。其溺于时者，则曰“文章必当对”。其病于是者，则曰“文章不对”。其爱难者，则曰“文章宜深不当易”。其变易者，则曰“文章宜通不当难”。此皆情有所偏滞而不流，未识文章之所生也。此也。义不主于理，言不在于教劝，而词句怪丽者有之矣。剧秦美新，王褒[3]《僮约》是也。也。其理往往有是者，而辞章不能工有之矣。刘氏[4]《人物志》，王氏[5]《中说》，俗传《太公家教》[6]是也。也。古之人，能极于工而已，不知其辞之对与否，易与难也。《诗》[7]曰：“忧心悄悄，愠于群小。”此非对也。此也。又曰：“遘悯既多，受侮不少。”此非不对也。此也。《书》[8]曰：“朕疾谗说殄行，震惊朕师。”《诗》曰：“菀彼桑柔，其下侯旬。捋采其刘，瘼此下民。[9]”此非易也。此也。《书》曰：“允恭克让，光被四表，格于上下。”《诗》曰[10]：“十亩之间兮，桑者闲闲兮，与子旋兮。”此非难也。此也。学者不知其方，而称说云云如前所陈者，非吾之所敢闻也。也。六经之后，百家之言兴。老聃、列御寇、庄周、田穰苴、孙武、屈原、宋玉、孟轲、吴起、商鞅、墨翟、荀况、韩非、李斯、贾谊、枚乘、司马迁、相如、刘向、扬雄[11]，皆足以自成一家之文，学者之所归也。也。故义虽深，理虽当，辞不工者，不成为文，且不能传也。也。文、理、义三者兼并，乃能独立乎一时，而不泯灭于后代，能必传也。也。仲尼曰：“言之无文，行之不远。”子贡曰：“文犹质也，质犹文也。虎豹之鞟[12]，犹犬羊之鞟。”此之谓也。此也。陆机[13]曰：“怵他人之我先。”韩退之[14]曰：“唯陈言之务去。”假令述笑哂之状，曰“莞尔”，则《论语》言之矣；曰“哑哑”，则《易》言之矣；曰“灿然”，则穀梁子[15]言之矣；曰“攸尔”，则班固[16]言之矣；曰“辗然”[17]，则左思[18]言之矣。吾复言之，与前文何以异也？也。此造言之大归也。四“此也”。已上，论文；已下，论行。论文，是答其来书；论行，是责其来书中有不是。

吾所以不协于时而学古文者，悦古人之行，爱古人之道也。故学其言，不可以不行其行；行其行，不可以不重其道；重其道，不可以不知其礼。古之人，相接有等，此其义列于经传，皆可详别。如师之于门人，则名之；于朋友，则字而不名；称之于师，虽朋友亦名之。子曰：“吾与回言。”又曰：“参，吾道一以贯之。”又曰：“若由也不得其死然。”是师之名门人，验也。一验。夫子于郑，兄事子产[19]；于齐，兄事晏平仲[20]。《传》曰：“子谓子产，有君子之道四焉。”又曰：“晏平仲善与人交。”子夏曰：“言游过也。”子张曰：“子夏云何？”曾子曰：“堂堂乎张也。”是朋友字而不名，验也。二验。子贡曰：“赐也何敢望回？”又曰：“师与商也孰贤？”子游曰：“有澹台灭明[21]者，行不由径。”是称于师，虽朋友亦名验也。

孟子曰：“天下有达尊三，曰德、爵、年，恶得有一而慢其二。”足下之书曰韦君词、杨君潜。足下之德，与二君未知前后也。而足下齿幼而位卑，而皆名之。传曰：吾见其与先生并行，窃惧足下不思乃陷于此。抑之。韦践之与翱书，亟叙足下之善。故敢尽词以复足下之厚意，计不必以为犯。仍扬之。李翱顿首。

〔注释〕

①六经：指儒家的《诗》《书》《礼》《易》《春秋》《乐》六部经典。

②恒、华：指恒山、华山，形容文章如山之高伟瑰丽。

③王褒：西汉辞赋家，字子渊，宣帝时为谏议大夫。

④刘氏：指刘劭，字孔才，三国时魏哲学家。所著《人物志》探讨了统治者如何选拔人才的问题。

⑤王氏：指隋哲学家王通，字仲淹，私谥文中子，隐居河、汾间，授子弟千人，有《中说》。

⑥《太公家教》：中国古代蒙学课本。作者佚名，书中有“太公未遇，钓鱼渭

水”句，后人遂取之以为书名。

⑦《诗》：即《诗经》，下面的“忧心悄悄，愠于群小”，“遘悯既多，受侮不少”句，见于《诗·国风·邶风·柏舟》篇，意谓满腹愁苦，怨愤小人，所遭艰难屈辱为多。“悄悄”，愁苦状。

⑧《书》：指《尚书》。

⑨“菀彼桑柔，其下侯甸。捋采其刘，瘼此下民”：见《诗经·大雅·桑柔》，意为百姓忧苦如采尽枝叶的桑树一样。

⑩《诗》曰：此句见于《诗经·国风·魏风·十亩之间》，“桑者”即采桑人，“闲闲”即快然自得。

⑪老聃、列御寇、庄周、田穰苴、孙武、屈原、宋玉、孟轲、吴起、商鞅、墨翟、荀况、韩非、李斯、贾谊、枚乘、司马迁、相如、刘向、扬雄：老聃，即老子。列御寇，即圄寇或围寇，相传为战国时道家。庄周，即庄子，为道家。田穰苴，即田襄子，战国人。孙武，战国时兵家。屈原，楚人，善楚辞。宋玉，屈原弟子。孟轲，即孟子，儒家。吴起，卫国人，战国兵家。商鞅，战国时法家。墨翟，即墨子，战国墨家创始人。荀况，即荀子，战国时儒家。韩非，战国时法家。李斯，秦始皇时为丞相，法家。贾谊，汉初文学家、政论家。枚乘，西汉辞赋家。司马迁，西汉史学家。相如，即司马相如，西汉辞赋家。刘向，西汉经学家。扬雄，西汉辞赋家。

⑫鞹：亦作“鞟”，去毛的皮。

⑬陆机：西晋文学家，字士衡。

⑭韩退之：即韩愈，唐代文学家。

⑮毂梁子：即毂梁赤，阐释《春秋》者。

⑯班固：东汉史学家，字孟坚，著《汉书》。

⑰輾然：笑貌。

⑱左思：字太仲，西晋文学家，写有名作《三都赋》。

⑲子产：春秋时郑国执政大臣。

⑳晏平仲：即晏子，春秋时齐国大夫。

㉑澹台灭明：澹台氏，字子羽，孔子学生，貌丑品端。

〔解读〕

这是李翱写给向其请教的进士王载言的一封长信。

本文与其说是一封信，不如说是一篇杰出的文论，充分阐述了李翱自己为人作文的基本原则。他首先从做人修身谈起，提出了“恭”“厚”“弘”“直”“勇”“择友”“改过”七项原则，又指出观察和评价一个人的三项标准，即在利面前观察其邪与正，在事面前看其厚薄，在智谋方面看其才智高下。其次阐述了六经之宗旨和内容，并给予极高的评价，认为六经各成体系，互不相承，读《春秋》则不知有《诗》，读《诗》则不知有《易》，其义深，其理直，其词盛，其文工，如山之中之恒山、华山，如江河中之黄河、长江，虽各有异，但殊途同归。再其次，批评了世俗关于文章的六种不正确说法，提出为文要尚气质，“文、理、义三者兼并”，既反对“务于华而忘其实，溺于文而弃其理”的形式主义倾向，也强调注重文采，“言之无文，行之不远”。特别强调学习古文，不仅要学其言，而且要学其道，行其行。学习古人要各方面兼顾。李翱在此实际上婉转地提醒王载言勿溺于世俗，批评了当时学术界的一些不良文风。

复 性 书

说理学，如厨下说盐酱，何其真率？如闺中说儿女，何其婉转？妙绝之笔！

昼而作，夕而休者，凡人也。作乎，非作者也，与物皆作。休乎，非休者也，与物皆休。先写一种不知学道之人。吾则不类于凡人。昼无所作，夕无所休。作，非吾作也，作有物；休，非吾休也，休有物。作耶？休耶？二皆离而不存。予之所存者，终不亡且离矣。次写一种学道人。人之不力于道也，昏不思也。振笔慨然。天地之间，万物生焉。妙言，至言，逐句详思之。人之于万物，一物也。妙言，至言！其所以异于鸟兽虫色者，岂非道德之性全乎哉？妙言至言！受一气而成形，一为物而一为人，得之甚难也。妙言至言！生乎世，又非深长之年也。妙言至言！以非深长之年，行甚难得之身，而不专志于大道，肆其心之所为，其所以自异于鸟兽虫鱼者，无几[①]矣！妙言，至言！昏而不思，其昏也终不明矣。妙言，至言！句句须详思之。已上，应不学道。第一段。吾之生二十有九年矣！又振笔，又慨然。思十九年时，如朝日也；思九年时，亦如朝日也。妙言至言！人之受命，其长者不过七十、八十年。九十、百年者，则稀矣。妙言至言！当百年之时，而眡乎九十年时也，与吾此日之思于前也，远近其能相悬耶？妙言至言！其又能远于朝日之时耶？妙言至言！然则人之生也，虽享百年，若雷电之惊相激也，若风之飘而旋也，可知矣。妙言至言！况千百人而无一及百年之年哉？妙言至言！故吾之终日志于道德，犹惧未及也。已上，应学道。第二段。彼肆其心之所为者，独何人耶？另宕一句，无限痛惜。

〔注释〕

①无几：即庶几，差不多之意。

〔解读〕

本文为李翱《复性书》一部分。《复性书》分上、中、下三篇，将“性”与“情”相对立，认为“性”为先天而存在的内在本质，是善的；而“情”是后天的外在表现，是恶的，所谓“复性”就是要恢复人的本性，克服一切情欲，以达到诚。

在这一段文章里，作者认为，人之活动无非是昼作夜休，但人之作与休并不是单纯的动物般的作与休，而是要达到尽善尽美之“道德”的一种形式，否则，则与禽兽无异了。但“道德”之修养是一极艰难的事，人之生命短暂，以有限之生命追求至善至纯的“道”，需要加倍努力，勿肆其欲，勿懈其意。并说自己终日致力于对“道德”的追求而犹惧不及，更何况放纵其欲。

卷之十三　宋　文

欧　阳　修

欧阳修（1007—1072年），宋代著名文学家。字永叔，祖籍庐陵（今江西吉安）。天圣八年（1030年）中进士后，任西京留守推官，景祐初年迁为馆阁校勘，坚决站在范仲淹一边，主张革新内政，很受仁宗器重，升任龙图阁直学士河北都转运使。“庆历新政”失败后，贬为滁州知州，后又升任龙图阁学士知开封府、枢密副使、参知政事、蔡州知州，自号“醉翁”“六一居士”。

欧阳修一生关心国计民生，支持范仲淹的政治改革，主张整顿吏治，提出了一系列政治主张。在学术上，首开风气，敢于对儒家的各部经书提出新的见解和怀疑，修纂《新五代史》《新唐书》。在金石学上开宋代金石研究的先河，著《集古录》。

不过，欧阳修最大的成就并驰名千古的还是他在文学方面的成就，既是诗人、词人，又是杰出的散文家。他写诗近千首，诗风清新自然，在议论化、散文化方面发展了韩愈的传统；写词近两百首，内容有写景、抒情、咏史，风格多样。他积极提倡、指导北宋古文运动。除继承了韩愈的创作理论外，强调现实生活对文的作用，提倡平易自然的风格，克服了骈文华而不实、矫揉造作的毛病，使文章的内容（道）和形式（文）得到了和谐的统一。

本卷选录了欧阳修的政论、散文、赋等体裁的文章18篇。其散文以多样的体裁、咏叹的风格、平易的语言、精心的修改著称，如《丰乐亭记》《醉翁亭记》一类的优美深沉，其政论文则兼有韩愈、陆贽二人的长处，如《朋党论》《与高司谏》一类的理直气壮。他的文章在历史上备受赞扬，苏轼在《居士集序》中评价他说“欧阳子论大道似韩愈，论事似陆贽，记事似司马迁，诗赋似李白。此非予言也，天下之公言也”。本卷选录的各类文章，基本上代表了欧阳修不同时期思想倾向与艺术风格。

梁太祖论

用笔如侠客飞刀插屏：用力过猛，刀已透屏，其靶犹连动不已。

呜呼，天下之恶梁[1]久矣！自后唐以来，皆以为伪[2]也。至予论次五代，独不伪梁。斗奋奇笔。议者或讥予大失《春秋》之旨，以谓“梁负大恶，当加诛绝，而反进之，是奖篡也，非《春秋》之志也”。予应之曰：“是《春秋》之志尔！斗接，奇笔。鲁桓公弑隐公[3]而自立者，宣公弑子赤而自立者，郑厉公逐世子[4]忽而自立者，卫公孙剽逐其君衎而自立者，圣人于《春秋》，皆不绝其为君。此予所以不伪梁者，用《春秋》之法也。”斗奋斗接，只谓大奇。及至说来，却甚平正。真是史局大手。

“然则《春秋》亦奖篡乎？”曰：“惟不绝四者之为君，于此见《春秋》之意也。笔笔奇，笔笔确，笔笔斗，笔笔辣。圣人之于《春秋》，用意深，故能劝戒切，为言信，然后善恶明。忽提笔。夫欲著其罪于后世，在乎不没其实。笔硬如铁。其实尝为君矣，书其为君；其实篡也，书其篡。笔硬如铁。各传其实而使后世信之，则四君之罪不可得而掩。笔硬如铁。必使为君者不得掩其恶，然后人知恶名不可逃，则为恶者庶乎其息矣！笔硬如铁。○看他硬笔，疾斫而入，有何坚韧不断？是谓用意深而劝戒切，为言信而善恶明也。忽顿笔。○一论已毕，下为余波也。桀纣，不待贬其王，而万世所共恶者也。《春秋》于大恶之君不诛绝之者，不害其褒善、贬恶之旨也。辣笔、硬笔后，又作软笔、闲笔，妙极文致。惟不没其实以著其罪，而信乎后世，与其为君而不掩其恶，以息人之为恶。能知《春秋》之此意，然后知予不伪梁之旨也。”

〔注释〕

①梁：即后梁。五代之一。907年朱温代唐称帝，建都汴，国号梁，史称后梁。

②伪：即属篡夺正统王朝、历史上不被承认的王朝。

③鲁桓公弑隐公：鲁桓公名允，为鲁惠公夺其媳而生。隐公名息，摄政于国，为公子挥所谮杀。

④世子：一般指诸侯、帝王嫡长子。

〔解读〕

这是欧阳修《新五代史·梁本纪·太祖》后的一段总结。也是对自己将梁视为正统王朝而作本纪所作的辩护和解释。

欧阳修针对有人讥他为梁太祖立世纪是“奖篡”、非《春秋》之志的批评，回答说，他这样做正是符合《春秋》之意旨，在《春秋》中，篡权夺位的君主不止一人，但孔子并不绝其为君，仍作为国君来记载。那么，《春秋》是否也奖篡呢？当然不是，孔子这样做正是为了尊重史实，为了不掩其恶。既然他们确实做了国君，又罪恶满盈，那就应如实记载，如回避史实或将其从历史上抹煞，那就起不到劝诫后人的作用。《春秋》的真实用意在此。本文采取一问一答形式，问题提得尖锐，而回答得巧妙，立论充分，以孔子《春秋》为证据，雄辩地驳斥了“议者”对他的讥讽。

一行传论

史公《伯夷传》，低昂屈曲，自是千古绝调；此论，低昂屈曲，乃遂欲与抗行。斯为翰林之一奇也。○《伯夷》低昂屈曲，妙于孤愤；此又妙于悲凉，又各自极其致矣。

呜呼，五代[①]之乱极矣！下弑君、弑父，已尽此二字。传所谓天地闭、贤人隐之时欤？当此之时，臣弑其君，子弑其父，而搢绅之士安其禄而立其朝，充然无复廉耻之色者，自“当此之时”至此，凡用三十三字成句，不得读断。一读断，便通篇文态都寻不出。皆是也。只下三字一扫。吾以谓自古忠臣义士，多出于乱世，而怪当时可道者何少也！岂果无其人哉？一路低徊寻思，乍信乍疑，妙绝文态。○此段，先疑其何以无；下段，再又寻思。虽曰干戈兴，学校废，而礼仪衰，风俗隳坏，至于如此。然自古天下未尝无人也。吾意必有洁身自负之士，嫉世远去而不可见者。此段，又信其必然有。下段，再又寻思。自古材贤有韫于中而不见于外，或穷居陋巷，委身草莽，虽颜子[②]之行，不遇仲尼而名不彰。此段，寻思古人尚然不彰。况世变多故，而君子道消之时乎！吾又以谓必有负材能、修节义，而沉沦于下，泯没而无闻者。此段，寻思必是泯没，不是无人。求之传记，而乱世崩离，文字残缺不可复得。此段，寻思传记又多散落，是何等文态！然仅得者四五人而已。

处乎山林而群麋鹿，虽不足以为中道，然与其食人之禄，俯首而包羞，孰若无愧于心，放身而自得？吾得二人焉，曰郑遨、张荐明[③]。何止郑君、张君？悲哉！势利不屈其心，去就不违其义。吾得一人焉，曰石昂[④]。何止石君？悲哉！苟利于君，以忠获罪，何必自明？有至死而不言者，此古之义士也。吾得一人焉，曰程福赟[⑤]。何止程君？悲哉！五代之乱，君不君，臣不臣，父不父，子不子。至于兄弟夫妇，人伦之际无不大坏，而天理几乎其灭！于此之时，能以孝悌自修于一乡，而风行于天下者，犹或有之。然其事迹不著，而无可纪次。独其名氏，或因见于书者，吾亦不敢没。而其略可录者，吾得一人焉，曰李自伦[⑥]。何止李君？悲哉！作《一行传》。

〔注释〕

①五代：指梁、唐、晋、汉、周五个朝代，通称五代。

②颜子：名回，字子渊，春秋末鲁国人，乐道守贫，为孔子称赞。

③郑遨、张荐明：郑遨，字云叟，唐末入山为道士，不爱做官，耕田为生。张荐明，习老庄之道，曾被晋高祖拜为师，赐号通玄先生。

④石昂：五代时临淄（今属山东淄博）人，好学而不求仕，晋高祖时召为宗正丞，后辞官归家。

⑤程福赟：五代时人，以战功累迁洺州团练使，晋出帝时为人诬而自杀。

⑥李自伦：五代时人，晋时为司户参军，以六世同居出名。

〔解读〕

这是欧阳修写在《新五代史·一行传》开篇的一段史论。

欧阳修在《一行传》中写了郑遨、张荐明、石昂、程福赟、李自伦五个有修行、有气节的品德高尚者，或不爱权贵势利，或忠君爱国，虽区区数人、寥寥几事，但在五代这个所谓“天地闭、贤人隐”的黑暗时代，还有这么一些忠臣义士，实在难能可贵，颇值大书特书。所以，本传内容虽仅数人数事，作者却以大段感慨论之，述其为这些人作传之原因，其目的就是在乱世中显英雄，惩恶奖善，以弘扬儒家文化之美德，即使在如此乱世，仍有如此之高士超人。使其业绩不泯于历史，是一个有良心史家之责任。

本文低昂屈曲，凄楚悲凉，先以一句“呜呼，五代之乱极矣”开笔，层层讲起，条理清楚，叙其作此传之旨意。虽然此辈“高士”事迹不可与叔齐、伯夷相比，但因欧阳修在这篇前言中极论五代之礼教崩溃，天下大乱，尚有此等人物事迹，益显得极为难得。

宦　者　论

看他只是一笔，犹如引绳环环而转。

自古宦者[①]乱人之国，其源深于女祸[②]。

女，色而已；宦者之害，非一端也。自来妇与寺只是并提，此特与极力分出。盖其用事也近而习[③]，其为心也专而忍。此先总挈二句，下转写转入。能以小善中人之意，小信固人之心，使人主必信而亲之。此第一笔，下再转入。待其已信，然后惧以祸福而把持之。此第二笔，下再转入。虽有忠臣硕士[④]列于朝廷，而人主以为去己疏远，不若起居饮食、前后左右之亲为可恃也。故前后左右者日益亲，则忠臣硕士日益疏，而人主之势日益孤。此第三笔，下再转入。势孤则惧祸之心日益切，此第四笔，下再转入。而把持者日益牢。此第五笔，下再转入。安危出其喜怒，祸患伏于帷闼[⑤]，则向之所谓可恃者，乃所以为患也。此第六笔，下再转入。患已深而觉之，欲与疏远之臣图左右之亲近，缓之则养祸而益深，急之则挟人主以为质。虽有圣智，不能与谋。此第七笔，下再转入。谋之而不可为，为之而不可成。至其甚，则俱伤而两败。此第八笔，下再转入。故其大者亡国，其次亡身，而使奸豪得借以为资而起。至抉其种类[⑥]，尽杀以快天下之心而后已。此第九笔。自前"盖其"二字至此，只是一笔转写转入而成。此前史所载宦者之祸常如此者，非一世也。此方总兜出一句也。夫为人主者，重提笔。非欲养祸于内，而疏忠臣硕士于外，盖其渐积而势使之然也。特原之，正复切戒之。夫女色之惑，又提笔申前"深于女色"，一句。不幸而不悟，则祸斯及矣。使其一悟，捽之而去可也。宦者之为祸，虽欲悔悟，而势有不得而去也。最深切著明，可为痛戒！唐昭宗之事⑦是已。故曰“深于女祸”者谓此也，可不戒哉？

〔注释〕

①宦者：指宦官。

②女祸：由女人引起的祸乱。古人视女人为祸水，故称女祸。

③近而习：与皇帝亲近。习，亲狎。

④硕士：品节显著、学识渊博之人。

⑤帷闼：喻宫廷之内。帷，门帘。闼，门内。

⑥抉其种类：抉，抉剔、清除，即彻底除去党羽。

⑦唐昭宗之事：唐昭宗，即唐末代皇帝李晔。他即位后被宦官所控制，宦官刘季述、王彦范等于光化三年（900 年），借机将其幽禁，刘季述甚至用棒子击他的脑袋，数落他的“罪过”。后朱温发难，杀宦官七百余人。

〔解读〕

本文摘自欧阳修编纂的《新五代史·宦者传》，题目是后人所加。

宦官专政是中国封建专制社会的政治痼疾，其酿祸乱之惨，尤以东汉、唐代、明代三朝为烈。所以说，宦官与政治始终是历代学者和政治家所特别予以关注的问题，也是每一朝代开国统治者所重视的问题，朱元璋建国之初就在宫门立下不许宦官干政的戒条。欧阳修在此文中着重分析了宦官专权的原因及导致的后果。宦官专政并不是因为宦官有什么特殊本领，根本原因是此职务便于接近皇帝，善于迎合皇帝心意，骗取信任。一旦骗取信任和权力，就可控制君主，朝廷虽有忠臣贤士也无济于事，从而导致这些围绕在皇帝身边的宦官日益亲近，而忠臣贤士日益疏远，皇帝势力愈来愈单，不得不更加依赖宦官，形成恶性循环。而当祸患加重，皇帝觉察欲采取行动时，行动慢了会被宦官先下手，而操之过急，又怕宦官挟皇帝为人质，甚至导致国家灭亡。作者最后指出，作为君主并不是故意施信于宦官，而是事态逐渐发展所造成的形势导致的。如受女色迷惑，一旦醒悟，揪着头发撵出就行了，可宦官之祸患，即便君主醒悟，已成尾大不掉之势，唐昭宗不就是这样吗？所以，宦官之患深重于女色，难道不可引以为戒吗？

全文紧扣“易信”“难除”，逐层剖析，很有说服力。沈德潜说：“包括汉唐史立论，非专为五代也。逐层透入，无微不达，笔如切玉之刀，锋不可犯。”

伶官[①]传论

只是一低一昂法，妙于前幅，点缀又秾至。

呜呼，盛衰之理，虽曰天命，岂非人事哉！原庄宗之所以得天下[②]，与其所以失之者，可以知之矣！如此笔态，何遽逊子长？

世言晋王[③]之将终也，以三矢赐庄宗，而告之曰："梁[④]，吾仇也；燕王[⑤]，吾所立；契丹[⑥]，与吾约为兄弟，而背晋以归梁。此三者，吾遗恨也。与尔三矢，尔其无忘乃父之志！"庄宗受而藏之于庙。其后用兵，则遣从事以一少牢告庙[⑦]请其矢，盛以锦囊，负而前驱，及凯旋而纳之。先缀一事。

方其系燕父子以组，函梁君臣之首[⑧]，入于太庙，还矢先王，而告以成功。其意气之盛，可谓壮哉！一昂，妙妙。及仇雠已灭，天下已定，一夫夜呼[⑨]，乱者四应，仓皇东出，未见贼而士卒离散，君臣相顾，不知所归。至于誓天断发，泣下沾襟，何其衰也！一低，妙妙。岂得之难，而失之易欤？一顿。抑本其成败之迹，而皆自于人欤？又一顿。

《书》曰："满招损，谦得益。"忧劳可以兴国，逸豫可以忘身，自然之理也。始出手断定之。故方其盛也，举天下之豪杰，莫能与之争；再昂。仍用"方其"字，妙妙。及其衰也，数十伶人困之，而身死国灭，为天下笑。再低。仍用"方其"字，妙妙。夫祸患常积于忽微，而智勇多困于所溺，岂独伶人也哉？再出手。嗟叹不尽。

〔**注释**〕

①伶官：原指乐官，即音乐演出娱乐之人，后供奉宫廷的演出者和授有官职者

称为伶官。

②原庄宗之所以得天下：原，审察、推究。庄宗，五代后唐庄宗李存勖，李克用之子，沙陀族人（原姓朱邪，其祖父归唐后赐姓李），天祐十九年（923 年）称帝，建立后唐，后被杀。

③晋王：即李克用，唐昭宗乾宁二年（895 年）封晋王，死于后梁开平二年（908 年）。

④梁：即朱温（朱全忠）篡唐后建的王朝，史称后梁。唐末，李克用与朱温是两大势均力敌的军阀，长期争杀。

⑤燕王：指刘仁恭。李克用任他为幽州留后，后刘仁恭反叛。

⑥契丹：后称辽，我国北方一游牧部族。天祐二年（905 年）李克用曾与契丹首领耶律阿保机会盟，约为兄弟。而后来阿保机背盟反李克用。

⑦庙：指太庙，帝王供奉祖先神位的庙宇。

⑧函梁君臣之首：同光元年（923 年）十月，李存勖攻破梁，梁末帝及其谋臣敬翔等自杀，李存勖将其首装入木盒，收藏于太庙。

⑨一夫夜呼：李存勖攻灭仇敌即位后，耽于逸乐，重用伶人和宦官，杀害功臣，内部离心离德。后唐同光四年（926 年），李存勖妻刘皇后听信宦官诬告，杀死大臣郭崇韬，一时人心浮动。皇甫晖等乘机作乱，攻入邺都。一夫，指皇甫晖。

〔解读〕

本篇选录自欧阳修编纂的《新五代史·伶官传》，题目为后人加。《伶官传》是一篇合传，记录了伶人敬新磨、景进、史彦琼、郭从谦四人事迹。此四人均为李存勖之幸臣，因李存勖喜欢演戏，又颇懂得音乐，伶人便成为他的宠臣，参预国家大政，货赂交行，陷人之罪，破家灭族，导致朝内分崩离析，祸乱不息，李存勖仅做了三年皇帝便被杀。

此文以概括叙述李存勖一生为主，叙其如何继承前辈遗志，以“三矢”起家，逐一攻灭了燕王、梁王，报仇雪耻，大功告成，真可谓气概轩昂，雄视天下。但即位不久即沉溺声色犬马，重用小人，导致朝内作乱，被迫出逃，因走投无路而痛哭流涕，最后被杀。通过李存勖由兴到亡的过程分析，作者总结出“忧劳可以兴国，逸豫可以亡身”的历史教训，强调“人事”对国之兴亡所起的重要作用，其目的在于给后世以鉴戒。文章低昂往复，一唱三叹，极富感染力，叙事与议论相结，讲究起、承、转、合，运用盛衰对比、欲抑先扬手法和反复感叹句式，寄寓作者深切感慨。清代著名评论家沈德潜说："抑扬顿挫，得《史记》神髓，《五代史》中第一篇文字"。

朋党论

最明畅之文，却甚幽细；最条直之文，却甚郁勃；最平夷之文，却甚跳跃鼓舞。

臣闻朋党之说，自古有之，惟幸人君辨其君子、小人而已。不怪朋党，只与提出人君。大识力，大笔力。大凡君子与君子，以同道为朋；小人与小人，以同利为朋。此自然之理也。先平写，下忽然侧写，笔如鹰隼撇捩。

然臣谓小人无朋，惟君子则有之。侧写撇捩。其故何哉？小人所好者，利禄也；所贪者，货财也。当其同利之时，暂相党引[①]以为朋者，伪也；及其见利而争先，或利尽而交疏，则反相贼害，虽其兄弟亲戚不能相保。故臣谓小人无朋，其暂为朋者，伪也。说尽，君子则不然，疾转。所守者道义，所行者忠信，所惜者名节。以之修身，则同道而相益；以之事国，则同心而共济，始终如一。此君子之朋也。亦说尽。故为人君者，但当退小人之伪朋，用君子之真朋，则天下治矣。只与提出入君。

尧[②]之时，小人共工、驩兜等四人[③]为一朋，君子八元、八恺[④]十六人为一朋。舜佐尧，退四凶小人之朋，而进元、恺君子之朋，尧之天下大治。证一。大奇文。及舜自为天子，而皋、夔、稷、契等二十二人[⑤]，并列于朝，更相称美，更相推让，凡二十二人为一朋，而舜皆用之，天下亦大治。证二。大奇文。《书》曰："纣[⑥]有臣亿万，惟亿万心；周有臣三千，惟一心。"纣之时，亿万人各异心，可谓不为朋矣，然纣以亡国。证三。大奇文。周武王之臣，三千人为一大朋，而周用以兴。证四。大奇文。后汉献帝[7]时，尽取天下名士囚禁之，目为党人。及黄巾贼起，汉室大乱，后方悔悟，尽解党人而释之，然已无救矣！证五。大奇文。唐之晚年，渐起朋党之论。及昭宗[8]时，尽杀朝之名士，或投之黄河，曰："此辈清流，可投浊流！"而唐遂亡矣。证六。大奇文。连引数证，一段奇是一段。

夫前世之主，能使人人异心不为朋，莫如纣；能禁绝善人为朋，莫如汉献帝；能诛戮清流之朋，莫如唐昭宗之世。然皆乱亡其国。奇奇，看他忽然作倒卷之笔。更相称美推让而不自疑，莫如舜之二十二臣，舜亦不疑而皆用之。然而后世不诮舜为二十二人朋党所欺，而称舜为聪明之圣者，以能辨君子与小人也。周武之世，举其国之臣三千人共为一朋。自古为朋之多且大莫如周，然周用此以兴者，盖人虽多而不厌也！奇奇，看他倒卷，又参差变化，不作一样笔。夫兴亡治乱之迹，为人君者，可以鉴矣！只与提出人君。

〔注释〕

①党引：结为私党，互相援引。

②尧：传说时代部落联盟领袖，为历史上推崇的贤君。

③共工、驩兜等四人：旧时共工、驩兜、三苗、鲧四人，在尧时被称为"四凶"，《尚书·虞书·舜典》曾载，舜曾将共工流放于幽州，将驩兜贬谪于崇山，将三苗流放三危，将鲧则杀于羽山。

④君子八元、八恺：据《左传》载，古时候，高辛氏（即帝喾）有八个有德才之臣：伯奋、仲堪、叔献、季仲、伯虎、仲熊、叔豹、季狸，"忠肃共懿，宣慈惠德"，天下百姓称其"八元"；而高阳辛（即颛顼）有臣子八人：苍舒、隤敳、梼戭、大临、尨（máng）降、庭坚、仲容、叔达，以"齐圣广渊，明允笃诚"，称为"八恺"。元、恺本为善良、才干之意。

⑤皋、夔、稷、契等二十二人：据说这些人都是舜的臣子，委托管理诸方面事务。

⑥纣：即商末代亡国暴君殷纣王帝辛。

⑦汉献帝：即刘协，东汉末代之君，在位时宦官专权，党祸迭起。

⑧昭宗：即李晔，唐末代之君，受控于宦官。

〔解读〕

朋党即宗派。据李焘《续资治通鉴长编》载，宋仁宗庆历三年（1043年），保守的权势人物如夏竦、吕夷简等遭欧阳修、蔡襄等人弹劾而被罢免，仁宗任用改革派范仲淹、韩琦等革新派上台执政，即“庆历新政”。下台的保守派不甘心失败，对改革派一味阻挠和攻击，制造舆论，攻击范仲淹、欧阳修等人为朋党。为了驳斥保守派的攻击，欧阳修写下此文。

“朋党”一词是古代封建政治中最忌讳的词眼，也是历代皇帝对之极为敏感的问题。而出人意料的是，作者并不避讳此词，而是开门见山指出，朋党之说古已有之，君子可以为朋，小人也可为朋，只是看皇帝如何辨别罢了。这样，使保守派的“朋党”一说失去了攻击能力。接着，作者更大胆提出，只有真正的君子结合才配得称朋党，小人只是以禄利暂时勾结，见利则争先，利尽而情也尽，或互相残害，虽兄弟亲戚也不能保，所以说小人之朋党是虚伪的，而君子之朋党所守持的是道义，施行的是忠信，珍惜的是名节，始终如一。史鉴不远，小人为党则天下乱，而禁君子为党则天下也乱，如殷纣王、汉献帝、唐昭宗，对君之朋党视若寇仇，结果导致了身败国亡，而周武王时举国之臣三千共为一朋党，以此而兴邦安国。所以，作者最后特别强调，朋党之兴可以反映出历史治乱之轨迹，英君明主必须鉴别君子小人的真假朋党，提出“退小人之伪朋，用君子之真朋”。

本文是作者对保守派即朝廷小人攻击的最有力、最击中要害的反驳，作者不回避“朋党”，接过敌人攻击的武器，反戈相击，揭露了小人的丑恶嘴脸与险恶用心。文章写得理直气壮，有理有据，逻辑清晰严密，锋芒毕露，使保守派强加于改革派的罪名不攻自破。文中连用排比，增加说理气势，使事理在正反两方面对比中显得更加明白清楚。

纵囚论

此论，有刀斧气，横斫竖斫，略无少恕。读之，增人气力。

信义行于君子[①]，而刑戮加于小人。先立二句，如二壁对插。刑入于死者，乃罪大恶极，此又小人之尤甚者也。悬指所纵之囚。宁以义死，不苟幸生，而视死如归。此又君子之尤难者也。悬指囚之自归。○再立二句，又如二壁对插。○看他更不作一余笔相缭绕，只此四句，如四壁对插。

方唐太宗之六年，录大辟囚[②]三百余人，纵使还家，约其自归以就死。入事。是以君子之难能，责其小人之尤者以必能也。下一断。其囚及期，而卒自归无后者，是君子之所难，而小人之所易也。下一断。此岂近于人情哉？两断，大力一收。或曰："罪大恶极，诚小人矣；及施恩德以临之，可使变而为君子。盖恩德入人之深，而移人之速，有如是者矣！"腐生必有之论，不与驳出，必不得畅。曰："太宗之为此，所以求此名也！妙妙，不用驳语，却反与劈手一接，最奇笔！○言太宗为此，正求恩德入人之名也。然安知夫纵之去也，不意其必来以冀免，所以纵之乎？写尽丑。又安知夫被纵而去也，不意其自归而必获免，所以复来乎？写尽丑。夫意其必来而纵之，是上贼[③]下之情也；快笔，辣之甚，骇之甚！意其必免而复来，是下贼上之心也。快笔，辣之甚，骇之甚！吾见上下交相贼以成此名也，乌有[④]所谓施恩德上。与夫知信义下。者哉？断尽，更无人可得戏翻。不然，太宗施恩德于天下，于兹六年矣，不能使小人不为极恶大罪，妙妙。而一日之恩，能使视死如归而存信义。妙妙。此又不通之论也。"反复再断，更无人可得戏翻。

然则何为而可？曰："纵而来归，杀之无赦，而又纵之，句。而又来，句。则可知为恩德之致尔。”此只是戏论。然与腐生语，不可不如此。然此必无之事也！急断正。若夫纵而来归而赦之，可偶一为之尔。若屡为之，则杀人者皆不死，是可为天下常法乎？不可为常者，其圣人之法乎？圣人复起不易此。是以尧、舜、三王⑤之治，必本于人情，不立异以为高，不逆情以干誉⑥。另笔结出正论，却判尽太宗。

〔注释〕

①君子：君子与小人是中国历史上关于道德评价的一对范畴，君子指有道德修养者，而小人则指道德败坏、违犯法律者。

②录大辟囚：录，登记。大辟囚，判处死刑的犯人。

③贼：偷窃，此处引申为窥测。

④乌有：哪里有。

⑤尧、舜、三王：尧、舜为传说时代部落领袖，以仁义施天下。三王指夏禹、商汤、周文王。

⑥干誉：邀取名誉。

〔解读〕

本文作于康定元年（1040 年），是作者对唐太宗纵囚一事所发的不同于传统的议论。唐太宗纵囚一事在历史上一直作为千古佳话而流传，此事详载于《旧唐书·太宗纪》。在贞观六年（632 年）十二月，唐太宗为显示其宽宏重德，以仁义治天下，亲自处理囚犯，将判处死刑的 290 名犯人释放回家，约定于次年秋天回来伏法。至约定期，290 名死刑犯按期归来，太宗感其守法遵约，下诏免其死罪。虽然此事在历史上有人持怀疑态度，但大多认为是李世民善治世的美德，予以褒扬。而欧阳修则不然，对此持严厉批评态度。

欧阳修辩证地分析了唐太宗这一“善举”。首先认为这不合乎人之常情，避死求生为人之本能，连正人君子都很难做到的事，却被这些罪大恶极的小人做到了，这符合常理吗？唐太宗怎么能知道放他们回去，不是因为意料到他们为希求免刑而一定会回来，所以才放了他们的呢？又怎么能知道他们被放回家，不是因为猜想到主动回去一定会得到赦免，所以才又回来的呢？如料想他们一定会返回而放，是皇帝窥测到囚犯们的心思；而料想返回一定会被赦免而回来，是囚犯们窥测到皇帝的意图。所以，不过是上下互相窥测摸透了对方心思，才成就了这个美名，这哪里有什么施加恩德和信义之事！如太宗以仁义治天下，他已统治六年了，还有这么多罪大恶极犯人不能被感化，而一天的恩德却能使这些死犯成为重信守诺的君子之辈，令人不可思议。最后，作者提出了自己的看法，认为对那些回来的囚犯应杀而不赦。如果经常这样做，杀人犯得不到应有之处罚，国家的法律还有什么用呢？所以，圣人治国，必要根据人之常情，不标新立异，不违背常理以求美名。

上范司谏书

严意，行以宽笔。严，故听者竦仄；宽，故读者愉乐。如起手借写贺字，因轻提七品官字，已而忽然陪入宰相字，中幅点缀洛中士大夫字，后畅发阳城有待字，末又回护当今无事字，皆是一意要他听者竦仄。而不谓今日读者，乃反大得愉乐，则只为其行笔处处宽宽然也。

前月中得进奏吏报，云：自陈州[1]召至阙，拜司谏。即欲为一书以贺，多事，卒卒未能也。轻轻起。

司谏，七品官耳，七品官三字提头。于执事得之不为喜，而独区区欲一贺者，诚以谏官者，天下之得失、一时之公议系焉。便借上轻轻所起一“贺”字，只管跌入。今世之官，自九卿、百执事[2]，外至一郡县吏，非无贵官大职可以行其道也。然县越其封，郡逾其境，虽贤守长不得行，以其有守也。吏部之官不得理兵部，鸿胪[3]之卿不得理光禄[4]，以其有司也。若天下之失得，生民之利害，社稷之大计，惟所见闻而不系职司者，独宰相可行之，谏官可言之耳。故士学古怀道者仕于时，不得为宰相，必为谏官。谏官虽卑，与宰相等。轻轻将七品官三字提头，却斗陪入一宰相，发出如许畅论！天子曰不可，宰相曰可；天子曰然，宰相曰不然。坐于庙堂之上与天子相可否者，宰相也。先写宰相，只是陪。天子曰是，谏官曰非；天子曰必行，谏官曰必不可行。立殿阶之前，与天子争是非者，谏官也。正写谏官，何等荣耀。宰相尊，行其道；谏官卑，行其言。束。言行，道亦行也。再束。○畅极矣，不可不束。九卿、百司、郡县之吏，守一职者任一职之责；宰相、谏官系天下之事，亦任天下之责。此是转笔发下“甚可惧”一句，乃另起，不承上。然宰相九卿而下失职者，受责于有司；妙妙。谏官之失职也，取讥于君子。妙妙。有司之法，行乎一时；妙妙。君子之讥，著之简册而昭明，垂之百世而不泯，妙妙。○其斯为规切之言，岂真相赞贺耶？甚可惧也！四字束。夫七品之官，任天下之责，惧百世之讥，岂不重邪！非材且贤者不能为也。再束。○本意在此处，不可不束，○完七品官三字。

近执事始被召于陈州，洛之士大夫相与语曰：“我识范君，知其材也。其来不为御史，必为谏官。”及命下，果然。始入范君。看他无中生有，不局促。则又相与语曰：“我识范君，知其贤也。他日闻有立天子陛下，直辞正色、面争庭论者，非他人，必范君也！”无中生有，为下作势。拜命以来，翘首企足，伫乎有闻，而卒未也。窃惑之，岂洛之士大夫能料于前而不能料于后耶？将执事有待而为也。曲折申意，笔意矫矫。已下只破“有待而为”一句。

昔韩退之作《争臣论》[⑤]，以讥阳城[⑥]不能极谏，卒以谏显。人皆谓城之不谏，盖有待而然，退之不识其意而妄讥。修独以为不然。又引韩讥阳城，发畅论。当退之作论时，城为谏议大夫已五年，后又二年，始庭论陆贽，及沮裴延龄作相欲裂其麻[⑦]，才两事耳。阳城事。当德宗时，可谓多事矣：授受失宜，一。叛将强臣罗列天下，二。又多猜疑，三。进任小人。四。于此之时，岂无一事可言，而须七年耶？当时之事，岂无急于沮延龄、论陆贽两事也？文态低昂宛转，想见先生走笔甚喜。谓宜朝拜官而夕奏疏也。幸而城为谏官七年，适遇延龄、陆贽事，一谏而罢，以塞其责。笔笔低昂宛转。向使止五年、六年，而遂迁司业，是终无一言而去也，何所取哉？笔笔低昂宛转。

今之居官者，率三岁而一迁，或一、二岁，甚者半岁而迁也，此又非可以待乎七年也。笔笔低昂宛转，想见先生甚喜。今天子躬亲庶政，化理清明，虽为无事，又回护当今，何等细到！然自千里诏执事而拜是官者，岂不欲闻正议而乐谠言[⑧]乎？然今未闻有所言说，使天下知朝廷有正士，而彰吾君有纳谏之明也。笔笔低昂宛转。

夫布衣韦带⑨之士，穷居草茅，坐诵书史，常恨不见用；一折。及用也，又曰：“彼非我职，不敢言。”或曰：“我位犹卑，不得言。”一折。得言矣，又曰：“我有待。”一折。是终无一人言也，可不惜哉？袅袅然，凡六十字作一句，何等笔墨？伏惟执事思天子所以见用之意，收后幅。惧君子百世之讥。收前幅。一陈昌言，以塞重望，且解洛之士大夫⑩之惑，收中段。则幸甚幸甚！

〔注释〕

①陈州：今河南淮宁县。

②九卿、百执事：九卿为汉代时设的包括太常、光禄勋、卫尉、太仆、廷尉、大鸿胪、宗正、大司农、少府在内的九个中央行政机关。魏晋后设尚书分主各部事，九卿专掌部分事务。此处概指中央高级官职。百执事，即朝廷百官。

③鸿胪：掌管周边诸国朝贡宴飨及给赐送迎之事，以及关于国家的一些礼仪。

④光禄：掌管国家祭祀、国宴所需的酒水膳食之事。

⑤韩退之作《争臣论》：韩退之即韩愈，有名篇《争臣论》。

⑥阳城：居德宗时为谏议大夫，在位六年而不肯言事，后遇裴延龄、陆贽事，朝野百官惧而不敢言，他却奋不顾身上奏皇帝，斥裴延龄奸邪，反对任其为相，殿堂上痛哭反对，因此被贬。

⑦欲裂其麻：麻，即唐宋时皇帝任命宰相用的白麻纸。

⑧谠言：正直的言论。

⑨布衣韦带：平民百姓之服饰。

⑩洛之士大夫：指洛阳士大夫，当时作者在洛阳任西京留守推官。

〔解读〕

本文作于明道二年（1033 年），是作者写给范仲淹的一封信。当时仁宗亲政，思革除国家积弊，酝酿政治改革，起用敢言直谏之士。在陈州任通判的范仲淹即被召回开封，任右司谏。此官职品位不高，与一个县官差不多，但职权甚大。《宋史·百官志》载，司谏“掌规谏讽谕，凡朝政阙失，大臣至百官任非其人，三省至百司事有违失，皆得谏正”，可以批评任何人，可直接向皇帝奏言。

当范仲淹入朝之时，作者出于对国家命运的关心和改革之志，对其寄予重望，非常殷切地写下了这封鼓励和切责的信。文中首先阐明谏官非等闲之职，是一个可以立在殿陛前与天子争是非的重要职务，“任天下之责，惧百世之讥”。同时，作者对范仲淹入朝没有谏言表示忧虑，借韩愈《争臣论》中讥唐代谏官阳城之言，告诫范仲淹，要“朝拜官而夕奏疏”，不要学阳城为谏官七年，第七年才奏谏二事，险些为谏官而终无一言而去职。皇帝千里之诏将其召入朝廷，是为了能听到真正的关系国计民生的声音，这样做，也正是弘扬皇帝纳谏之明和让天下知朝内有正人君子。最后，作者批评了读书人的通病，未入仕之前，穷居破屋苦读经书，怨满腹经纶而不被重用，而一朝任其为官，又胆胆怯怯，这不敢说，那不敢道，以“非我职”“位犹卑”搪塞。因此，迫切要求范仲淹考虑到天子征用之意和千秋万世之誉，直谏直言，以解洛阳士大夫之疑惑。

范仲淹是宋代改革家，也是爱国者，后遭流放，作流传千古的《岳阳楼记》，有名句“先天下之忧而忧，后天下之乐而乐”。在其入朝不久，欧阳修能直言不讳地写下这样一封信，对他来说应该是极难得的，也是裨益匪浅的。

代人上王枢密求先集序书

此即昌黎《送孟东野序》蓝本所出也。虽逊其逸宕，然起伏、整散之法，乃全似矣。

某闻《传》曰："言之无文，行而不远。"君子之所学也，言以载事，而文以饰言。事信言文，乃能表见于后世。先发论。《诗》《书》《易》《春秋》，皆善载事而尤文者，故其传尤远。次以《诗》《书》《易》《春秋》为证。荀卿、孟轲[①]之徒，亦善为言，然其道有至、有不至。故其书或传、或不传，犹系于时之好恶而兴废之。又以荀、孟为证。其次楚有屈大夫[②]者善文，其讴歌以传。又以屈原为证。汉之盛时，有贾谊、董仲舒、司马相如、扬雄[③]能文，其文辞以传。又以贾、董、司、扬为证。由此以来，去圣益远，世益薄或衰。下迄周隋，其间亦时时有善文其言以传者，然皆纷杂灭裂，不纯信，故百不传一。幸而一传，传亦不显，不能若前数家之焯然暴见而大行也。又以诸不传者为证。

甚矣！言之难行也！事信矣须文；文至矣，又系其所恃之大小，以见其行远不远也。中间忽作结束。《书》载尧舜，《诗》载商周，《易》载先圣，《春秋》载文武之法。荀、孟二家载《诗》《书》《易》《春秋》者，楚之辞载《风》《雅》。汉之徒，各载其时王声名文物之盛以为辞。后之学者，荡然无所载，则其言之不纯信，其传之不久远，势使然也。又忽作评断。至唐之兴，若太宗[④]之政，开元之治，宪宗[⑤]之功，其臣下又争载之以文其词。或播乐歌，或刻金石。故其间钜人、硕士，闳言[⑥]高论，流铄前后者，恃其所载之在文也。又以唐诸文臣为证。若断若续，最弄笔态。故其言之所载者大且文，则其传也章；言之所载者不文而又小，则其传也不章。又作结束评断。

某不佞[7]，守先人之绪余。先人在太宗时，以文辞为名进士，以对策为贤良方正[8]。既而守道纯正，为贤待制，逢时太平，奋身扬名。入正意。宜其言之所载，文之所行，大而可恃以传也。曲折自喜之甚。然未能甚行于世者，岂其嗣续不肖，不能继守而泯没之？曲折自喜。抑有由也。曲折自喜。夫文之行，虽系其所载，犹有待焉！重发论。前发论是一"传"字，此重发论是一"待"字。《诗》《书》《易》《春秋》，待仲尼之删正。《诗》《书》《易》《春秋》待。荀、孟、屈原无所待，犹待其弟子而传焉。荀、孟、屈待。汉之徒，亦得其史臣之书。其始出也，或待其时之有名者而后发；其既殁也，或待其后之纪次者而传。汉之徒待。○看他笔墨，段段变换。其为之纪次也，非其门人故吏，则其亲戚、朋友，如梦得之序子厚[9]，李汉之序退之[10]也。此行卸到王枢密也。

伏惟阁下，学老文钜，为时雄人，出入三朝。其能望光辉，接步武者，惟先君为旧，则亦先君之所待也，岂小子之敢有请焉？收得精神之甚。谨以家集若干卷数，写献门下，惟哀其诚而幸赐之序。

〔**注释**〕

①荀卿、孟轲：荀卿，即荀子，名况，其思想为儒家一派。孟轲，即孟子，名轲，字子舆，受业于子思门人。

②屈大夫：屈原，名平，字原，楚国诗人。因做过三闾大夫，故名屈大夫。

③贾谊、董仲舒、司马相如、扬雄：贾谊，西汉文学家，称贾生。董仲舒，西汉哲学家，专治《春秋公羊传》。司马相如，西汉著名辞赋家，字长卿。扬雄，西汉文学家，字子云。

④太宗：即唐太宗李世民，史称千古一帝。

⑤宪宗：即唐宪宗李纯，在位间锐意改革。

⑥闳言：闳，宏大。闳言即宏大的言论。

⑦不佞：即不才，谦称。

⑧贤良方正：古代选拔人才科目之一。

⑨梦得之序子厚：梦得为刘禹锡字，子厚为柳宗元字，二者相交极深。此句指刘禹锡整理柳宗元文章，为之编集作序。

⑩李汉之序退之：李汉，字南纪，淮南王李道玄之后，韩愈女婿，师事韩愈，收集韩愈遗作，编成《昌黎先生文集》。

〔解读〕

这是欧阳修代人写给当时枢密使求写序的一封信。

在这封信中，首先以大段篇幅纵论“言”与“文”之关系，即文章的内容与表现形式，只有内容翔实可信而又文采可观的文章才能传之后世，如《诗》《书》《易》《春秋》等书就是“文”与“言”结合的代表作，所以能传之后世，千年不衰。而至荀卿、孟轲之下，一直到汉代贾谊、董仲舒、司马相如、扬雄，再至周隋，虽然其文辞传下来的也不少，但与古文相比已逊色不少。而唐代太宗之政、开元之治、宪宗之功之所以能发扬光大，传之后世，也是因为同时产生了“钜人、硕士”。而在文尾，才转入正题，即讲其先人有文集若干卷，想借阁下之大名、文笔为之增辉，如孔子删正《诗》《书》《易》《春秋》，如刘禹锡为柳宗元文、李汉为韩愈文整理作序那样，为其家集写一篇序。

本来求名人写序是件很普通的事，但在欧阳修的笔下却成了一篇文论，主要阐述自己对文章形式与内容的观点，因为是求人给家集写序，作者便着重阐述了文章形式——“文”的关键，并搬出孔子删正六经为证。本文文笔纵横恣肆，句法多变，连取类譬，旁征博引，如韩愈《送孟东野序》以“鸣”贯之一样，本文自首至尾以“文”贯之，汩汩滔滔，是一篇不可多得的议论精当的论说篇。

答吴充秀才书

卓然有主于胸中，而笔底又能行之以清折。看他笔笔清深，笔笔曲折。

修顿首白先辈[①]吴君足下：前辱示书及文三篇，发而读之，浩乎若千万言之多，及少定而视焉，才数百言尔。写得奇妙！惟司马子长，写来有此奇妙。非夫辞丰意雄，霈然有不可御之势，何以至此！然犹自患伥伥，莫有开之使前者[②]，此好学之谦言也。先曲折赞之。

修，材不足用于时，仕不足荣于世，其毁誉不足轻重，气力不足动人。世人欲假誉以为重，借力而后进者，奚取于修焉？次曲折自叙。先辈学精文雄，其施于时，又非待假誉而为重，借力而后进者也。然而惠然见临，若有所责。得非急于谋道，不择其人而问焉者欤？次曲折谢之，○下方发论。

夫学者未始不为道，而至者鲜焉。非道之于人远也，学者有所溺[③]焉尔。先论道。盖文之为言，难工而可喜，易悦而自足，世之学者往往溺之。一有工焉，则曰："吾学足矣。"甚者至弃百事，不关于心，曰："吾文士也，职于文而已。"此其所以至之鲜也。次论文。昔孔子老而归鲁[④]，六经之作，数年之顷尔。妙妙。然读《易》者如无《春秋》，读《书》者如无《诗》，何其用功少而至于至也。妙妙。圣人之文虽不可及，然大抵道胜者，文不难而自至也。论道与文，必归孔子，所以折衷也。故孟子皇皇不暇著书[⑤]，荀卿[⑥]盖亦晚而有作。带孟、荀，妙妙。只求道足，未尝求文。若子云、仲淹[⑦]，方勉焉以模言语，此道未足而强言者也。扬、王，道不足也，非文不足。后之惑者，徒见前世之文传，以为学者文而已，故愈勤而愈不至。此足下所谓终日不出于轩序[⑧]，不能纵横高下皆如意者，道未足也。若道之充焉，虽行乎天地，入于渊泉，无不之也。反覆只是勉其求道。

足下之文，浩乎霈然，可谓善矣，而又志于为道，犹自以为未广。若不北焉，孟、荀可至而不难也。再赞之。修学道而不至者，然幸不甘于所悦而溺于所止。再自叙。因吾子[⑨]之能不自止，又以励修之少进焉，幸甚幸甚！再谢之。

〔注释〕

①先辈：唐宋时应科举的士人互相敬称为先辈。

②莫有开之使前者：即没有人开导他使其继续提高。

③溺：沉迷不悟。

④孔子老而归鲁：孔子于鲁定公十四年（前 496 年）离开鲁国，鲁哀公八年（前 487 年）返回，时年六十五岁。

⑤孟子皇皇不暇著书：皇皇即“惶惶”，孟轲曾带车辆数十辆，到处游说诸侯，无时间著述，晚年才回家著《孟子》。

⑥荀卿：荀况，即荀子，字卿。战国末期人，早年到处游学，晚年失官住楚国兰陵（今山东峄县东），写《荀子》一书。

⑦子云、仲淹：子云，为汉辞赋家扬雄字。仲淹，为隋代学者王通字。前者模拟《易》著《太玄》、模拟《论语》著《法言》，后者模拟《论语》著《中说》。

⑧轩序：轩即窗户，序为堂前东西两厢的墙，此指门户。

⑨吾子：称呼对方的亲热之称。

〔解读〕

此文作于宋康定元年（1040 年），是欧阳修写给吴充的一封回信。吴充（1020—1080 年），字冲卿，建州浦城人，曾任国子监直讲和京西、淮南路转运使等职。康定元年六月，欧阳修由武成军节度判官召还京城，复任馆阁校勘。吴充当时应进士举至开封，投书向欧阳修请教。

欧阳修在此文中阐述了文与道的关系，首先肯定了吴文辞丰意雄、气势磅礴之优点，同时极坦率地指出了它的主要毛病，并具体分析了产生的原因。欧阳修认为，作文要注重于道，即提高理论思想修养，侧重对社会观察，参与社会实践，同时也批判了当时一些士人受科举利禄之诱而溺文轻道，终日闭门不出，弃百事于不顾。欧阳修以文道统一的观点对这种形式主义文风进行了批判。此外，他奖掖后学的精神，也值得称赞。

送杨寘序

此文，全然学韩昌黎送王含秀才序，看其结法便知。

予尝有幽忧之疾，退而闲居，不能治也。飘然落笔，如不欲为文者。既而学琴于友人孙道滋，受宫声数引[①]，久而乐之，不知疾之在其体也。随笔自记往事，而文油油乎如山之出云。

夫琴之为技，小矣。顿挫。及其至也，大者为宫，细者为羽[②]，此二句，是琴之本音。操弦骤作，忽然变之。此二句，是弹者手法。急者悽然以促，缓者舒然以和。如崩崖裂石，高山出泉，而风雨夜至也；如怨夫、寡妇之叹息，雌雄雍雍[③]之相鸣也。其忧深思远，则舜[④]与文王[⑤]、孔子之遗音也；悲愁感愤，则伯奇孤子、屈原忠臣[⑥]之所叹也。一段，写琴极尽。喜怒哀乐，动人心深。二句，为下转笔，又作顿挫。而纯古淡泊，与夫尧舜三代之言语、孔子之文章、《易》之忧患、《诗》之怨刺无以异。妙妙。必如此写，不是琵琶与筝。其能听之以耳，应之以手，取其和者，道其湮郁，写其幽思，则感人之际亦有至者焉！写琴至此，妙妙。

予友杨君，好学有文，始入正事，一。累以进士举不得志。二。及从荫调[⑦]，为尉于剑浦[⑧]，区区在东南数千里外，是其心固有不平者。三。且少又多疾，四。而南方少医药，五。风俗饮食异宜。六。以多疾之体，有不平之心，居异宜之俗，结束好。其能郁郁以久乎？作序本怀只一句。然欲平其心，以养其疾，于琴亦将有得焉。故予作《琴说》以赠其行，且邀道滋酌酒进琴以为别。一结冷然。

〔注释〕

①宫声数引：宫声，指以宫、商、角、徵、羽五声中宫声为主的调式。引，指琴曲的数量单位。

②大者为宫，细者为羽：宫为五音中最低音，羽为最高音。

③雌雄雍雍：雍雍，鸟鸣声。此句指雌鸟和雄鸟和鸣状。

④舜：也称虞舜，号有虞氏，传说中父系氏族社会后期部落联盟领袖。

⑤文王：即周文王姬昌，周代开国帝王，史称贤王。

⑥伯奇孤子、屈原忠臣：伯奇，即周宣王时大臣尹吉甫之子，遭继母之陷害，被其父逐出，愤而投河而死。屈原，战国时楚大夫、伟大诗人，遭谗言被放逐，自投汨罗江而死。

⑦荫调：封建时代凭借上代余荫而取得为官资格和调任。

⑧剑浦：宋时县名，今福建南平一带。

〔解读〕

杨寘是欧阳修的朋友，怀才不遇，屡试不第，直到后来由于“恩荫”才得一偏远地方小官。杨寘身体多病，心情忧郁，在即将远赴福建为官时，欧阳修怀着对朋友的真挚友情写下了这篇序。说自己也曾有隐疾，药石不疗，后跟着友人学琴，久之则融入琴声的大小骤缓之美妙音韵中，不觉而忘疾。因此，他劝朋友以弹琴来寄托情怀，排遣愁闷，否则将很难适应异乡气候。本文对琴的描写极为生动、形象，史笔极富感情色彩。

《梅圣俞诗集》序

不知是论，是记，是传，是序，随手所到，皆成低昂曲折。少年偷见此等文字，便思伸手泚笔自作古文。

予闻世谓诗人少达而多穷，斗引一。夫岂然哉[①]，劈手推倒。盖世所传诗者，多出于古穷人之辞也。自出妙论。先以一句判倒，下接手详写之。凡士之蕴其所有而不得施于世者，多喜自放于山巅水涯之外，见虫、鱼、草木、风云、鸟兽之状类，往往探其奇怪。内有忧思、感奋之郁积，其兴于怨刺，以道羁臣[②]、寡妇之所叹，而写人情之难言，盖愈穷则愈工。详写古今诗人，真被写尽。然则非诗之能穷人，殆穷者而后工也。妙论至论！结束上文。

予友梅圣俞[③]，先出人。少以荫补[④]为吏，累举进士，辄抑于有司[⑤]，困于州县，凡十余年。年今五十，犹从辟书[⑥]，为人之佐。郁其所蓄，不得奋见于事业。次出遭遇。其家宛陵[⑦]，幼习于诗，自为童子，出语已惊其长老。既长，学乎六经仁义之说，其为文章，简古纯粹，不求苟说于世。世之人徒知其诗而已。次出文章。然时无贤愚，语诗者必求之圣俞。圣愈亦自以其不得志者，乐于诗而发之。故其平生所作，于诗尤多。方出诗。世既知之矣，而未有荐于上者。昔王文康公[⑧]尝见而叹曰："二百年无此作矣！"虽知之深，亦不果荐[⑨]也。若使其幸得用于朝廷，作为《雅》《颂》[⑩]以歌咏大宋之功德，荐之清庙[⑪]而追商、周、鲁颂之作者，岂不伟欤？奈何使其老不得志而为穷者之诗，乃徒发于虫鱼物类、羁愁感叹之言？世徒喜其工，不知其穷之久而将老也，可不惜哉！如叙事，如发论，曲折低昂，离合转换，备极文情。

圣俞诗既多，不自收拾。七字，写尽真正诗人。其妻之兄子谢景初，惧其多而易失也，取其自洛阳至于吴兴⑫以来所作，次为十卷。真正诗人，其室中必定有此一人。予尝嗜圣愈诗，而患不能尽得之，遽喜谢氏之能类次也，辄序而藏之。其后十五年，圣愈以疾卒于京师。余既哭而铭之，因索于其家，得其遗稿千余篇，并旧所藏，掇其尤者六百七十七篇，为一十五卷。曲折低昂，离合转换，节节入妙。呜呼！吾于圣俞诗论之详矣，故不复云。惘然不尽。

〔**注释**〕

①夫岂然哉：难道真是如此吗？

②羁臣：在异乡为官者。

③梅圣俞（1002—1060 年）：字尧臣，宋宣州宣城（今属安徽）人，北宋著名诗人。其诗以质朴、清新著称。在宋中叶诗文革新运动中，起过良好作用，但一生仕途坎坷。

④荫补：靠祖辈功勋而为官。

⑤辄抑于有司：辄抑，受压制。有司，负有专责之官，此处指主考官。

⑥辟书：征召之文书。

⑦宛陵：今安徽宣城。

⑧王文康公：即宋仁宗时宰相王曙，文康为其谥号。

⑨不果荐：最终没有推荐。

⑩《雅》《颂》：即《诗经》中的《雅》《颂》，古代被视为诗歌之典范，属于贵族们对其祖先歌功颂德之作品。

⑪清庙：太庙，即皇帝家庙。

⑫吴兴：今浙江省吴兴。

〔**解读**〕

此文作于嘉祐六年（1061 年），即梅圣俞去世后的次年。作者欧阳修与梅圣俞、苏舜钦等诗人同为宋代诗文革新运动发起人，他对梅圣俞诗极为推崇。在这篇文章中，通过叙述梅圣俞的坎坷人生，提出了诗歌“殆穷者而后工”，只有真情实感，才能写出真正的好诗。梅圣俞即是“少达而多穷”的杰出诗人，他年轻时靠荫补得个小官，但屡考屡败，不为主考官所赏识，直至五十多岁还在给别人做秘书，其胸中蕴藏的治国平天下的抱负难以发挥施展出来。梅圣俞自幼习文，长大后其作品益加纯正精当，不媚世俗，为世人所钦敬。有个丞相看见他的诗，称“二百年来没见过这样的作品了”，但却不向朝廷推荐这位正直的奇才，终致其一生不得志。

在此文里，欧阳修虽然正确地指出，诗人们在对贫苦艰难生活有切身体验后，才能在艺术上取得高的造诣，即实践出真知。但其归宿点却是错误的，认为梅圣俞应该被推荐到朝廷，去作歌功颂德之诗，只有这样才能实现其人生价值。这种思想说明了作者思想囿于时代的局限性，不免带有庸俗的色彩。

《春秋》或问

行笔似最萧散，却是最精细文字。其中有惜墨如金之法。逐段、逐句、逐字，细细读，当自得之。○《春秋》始终，设果无义，则游夏二子，何至一辞莫赞？其事甚大、甚深，且姑存而俟之。

或问《春秋》何为始于隐公而终于获麟[①]？曰："吾不知也。"妙妙！读书第一高眼，著论第一高手。问者曰："此学者之所尽心焉，下知何也？"曰："《春秋》之起止，吾所知也。子所问者，始终之义，吾不知也，吾无所用心乎此也。妙妙！真正第一眼，第一手。昔者孔子仕于鲁，不用；去之诸侯，又不用。困而归，且老，始著书。得《诗》[②]，自《关雎》至于《鲁颂》；得《书》[③]，自《尧典》至于《费誓》；得《鲁史记》[④]，自隐公至于获麟，遂删修之。说得雪淡平常，妙绝，妙绝！其前远矣，圣人著书足以法世而已；不穷远之难明也，故据其所得而修之。是以始于隐公。说得雪淡平常。孔子非史官，不尝职乎史，故尽其所得修之而止耳。鲁之《史记》，则未尝止也，今《左氏经》可以见矣。"是以终于获麟。说得雪淡平常。曰："然则始终无义乎？"曰："义在《春秋》，不在起止！妙妙！真正第一眼，第一手。《春秋》谨一言而信万世者也，予厌众说之乱《春秋》者也！"再结二语，意态岸然！

或问子于隐之摄、盾止之弑[⑤]，据经而废传。经简矣，待传而详，可废乎？上文已毕，此又起一问。曰："吾岂尽废之乎？夫传之于经，勤矣。最为平心之言。其述经之事，时有赖其详焉。至其失传，则不胜其戾[⑥]也。其述经之意，亦时有得焉。及其失也，欲大圣人而反小之，欲尊经而反卑之。承“传之于经勤矣”。写得又整齐，又参差。取其详而得者，废其失者，可也；嘉其尊大之心，可也；信其卑小之说，不可也！”承“吾岂尽废之乎”，写得又整齐，又参差。问者曰：“传有所废，则经有所不通，奈何?”此却只是补问。曰：“经不待传而通者十七八，因传而惑者十五六。最为平心之言。日月，万物皆仰。一色人。然不为盲者明；又一色人。而有物蔽之者，亦不得见也。又一色人。圣人之意，皎然乎经。正如万物皆仰。惟明者见之，不为他说蔽者见之也。”句上，一“惟”字；句下，一“也”字，中间双写两“见之”，法极奇。

〔注释〕

①始于隐公而终于获麟：即指孔子所编《春秋》起自鲁隐公元年（前722年），迄于鲁哀公十四年（前481年），据说此年鲁国猎人猎获一只白麟，孔子认为麟为吉祥之灵物，只有在盛世才出现，今则在哀世而出，则为大不祥，遂辍笔不再写《春秋》。

②《诗》：指《诗经》。

③《书》：指《尚书》。

④《鲁史记》：鲁国的一部编年史，为《春秋》之蓝本。

⑤隐之摄、盾止之弑：隐，即鲁隐公，名息，惠公庶长子，《春秋》只言他摄政，不言其即位。盾，即赵国执政大臣赵盾，其族人赵穿杀灵公，《春秋》则言赵盾弑君。

⑥戾：乖张、罪过。

〔解读〕

此文写于宋仁宗景祐四年（1037年），是欧阳修关于《春秋》的一篇史论。《春秋》是一部鲁国编年体史书，为儒家主要经典之，相传为孔子依《鲁史记》修订而成。《春秋》文字简短，寓有褒贬之意，后世称其为“春秋笔法”。因《春秋》内容过于简短，有些事件仅以数字或一字代替，读者很难理解其意，因此解释《春秋》的书便层出不穷，主要有《左氏》《公羊》《穀梁》三传。但作为经的《春秋》与作为传的注解有时又不一致，这就使后人难以适从。

欧阳修作为一个史学家，从史学角度对有关《春秋》经传的一些问题提出了自己的看法。首先是关于《春秋》何故起于鲁隐公元年而止于鲁哀公十四年问题，他认为孔子只是就其所见的《鲁史记》而修《春秋》，孔子看到的《鲁史记》原本就是这样，对鲁隐公以前的事，孔子也不知道，他又不是史官，也无必要考溯其远古之事，只不过就其所见所知而修之罢了。其次是关于经与传问题，认为对传应该一分为二，有时传注解得详细正确，有助于理解经，而有时注解错了，则误解了经之本义。并拿日月为比喻，说圣人之经就像日月之明，其意皎然明白，并不为其他所遮蔽，而只有瞎子才看不见。

读李翱文

说李文处，备极顿挫郁勃之妙。至后幅，竟纯诉自己胸前眼前。有如许可恨事，至于不啻口出。此真大臣忧时之言，非率尔信笔题署也。

予始读翱《复性书》[①]三篇，曰：此《中庸》之义疏[②]尔。智者诚其性[③]，当复中庸。愚者虽读此，不晓也，不作可焉。顿挫。又读《与韩侍郎荐贤书》，以谓翱特穷时，愤世无荐己者，故丁宁如此，使其得志，亦未必。然以韩为秦汉间好侠行义之一豪隽，亦善论人者也。顿挫。最后读《幽怀赋》，然后置书而叹。写得郁勃淋漓之甚。叹已，复读，不自休。郁勃淋漓之甚。恨翱不生于今，不得与之交；又恨予不得生翱时，与翱上下其论也。郁勃淋漓之甚。为有如此郁勃淋漓，故前先作两顿挫也。

况乃翱一时人[④]有道而能文者，莫若韩愈。愈尝有赋矣，不过羡二鸟之光荣[⑤]，叹一饱之无时耳。推是心，使光荣而饱，则不复云矣。意思欲抬李，却不顾捺韩至此。若翱独不然，其赋[⑥]曰："众嚣嚣而杂处兮，咸叹老而嗟卑；视予心之不然兮，虑行道之犹非。"又怪"神尧[⑦]以一旅[⑧]取天下，后世子孙不能以天下守河北[⑨]"，以为忧。举李文毕。呜呼！使当时君子皆易其叹老嗟悲之心为翱所忧之心，则唐之天下岂有乱且亡哉！助李恸哭。

然翱幸不生今时，见今之事，则其忧又甚矣！已上，全说李，至此，忽然转笔说今日，奇怪！奈何今之人不忧也？竟撇过李，竟自说心头事，奇怪。予行天下，见人多矣，脱有[⑩]一人能如翱忧者，又皆疏远与翱无异。实实有之，先生岂虚虚弄笔作文而已？然文实已入妙！其余光荣而饱者[11]，一闻忧世之言，不以为狂人，则以为病痴，不怒则笑之矣。实实有之，被先生不顾面皮，都与写出。呜呼！在位而不肯自忧，又禁他人使皆不得忧，可叹也夫！胡可胜叹？重言以结。只说自己心头事，竟不复顾李文。奇怪！

〔注释〕

①《复性书》：唐学者韩愈著名弟子李翱关于人性论的著作。

②义疏：注解，说明。

③智者诚其性：智者谓聪明的人，“诚其性”，原注作“识其性”。

④一时人：同时代人。

⑤二鸟之光荣：此句指韩愈未仕时作的《感二鸟赋》，其中云“感二鸟之无知，方蒙恩而入幸”“余生命之湮阨，曾二鸟之不如”，当时有人向德宗献二鸟，韩愈借此抒发自己不得志的不平之感。

⑥其赋：指李翱《幽怀赋》。

⑦神尧：指唐太宗李世民。因唐张文琮《太宗文皇帝颂》中有“配尧登唐”之说，将李世民比作唐尧。

⑧一旅：古军队中五百人为一旅，喻指李世民起兵夺天下时兵员之少。

⑨不能以天下守河北：唐自安史之乱后，河北等地诸重镇相继割据，对抗中央，战乱不息，而腐朽的唐王朝竟长期难以平定。

⑩脱有：即使有。

⑪光荣而饱者：指荣华富贵的当权者。

〔解读〕

本文是作者读了李翱几篇文章后所发的感慨和议论。当时的写作背景是，作者景祐三年（1036 年）在抵达夷陵前夕的被贬途中。作者在文中高度赞扬了李翱的刚直不阿、忧国忧民，不以一己升迁荣辱为转移的高风亮节。作者在赞扬了李翱不叹老嗟卑，而“虑行道之犹非”之后，由古及今，说当时的天下君子如都像李翱那样忧国忧民，李唐岂能有此战乱衰亡！而更不幸的是，今日之事更甚于李唐中晚期，如李翱生于今日，则更加重其忧。作者对当时宋王朝的腐败和为官者的漠视国难极为担忧，指出当时为国家命运忧虑者之少，即使有那么一个如李翱者，也是位卑言轻，为朝廷摒弃于江湖之远，而其余权贵，一闻忧世之言，则以为是疯子或有病或傻瓜。在位者自己不肯忧虑国事，而又禁止他人忧国，真令人叹息呀！

欧阳修作文，强调思想为重，认为文应明道致用，达到古人立言不朽之高度。他反对风云雨露、趋时阿世之作，也反对叹老嗟卑、专写个人牢骚遭遇的文章，强调要从天下大事出发。此文实际上是作者借写李翱而写自己，借抨击李唐而讥宋，其不讳时弊、大胆揭发宋王朝权贵腐朽之精神，至今仍为可贵。

秋　声　赋

赋每伤于俳俪。如此又简峭，又精练，又径直，又波折，真是后学作文之点金神丹也。

欧阳子①方夜读书，一句，只如赋序。闻有声自西南来者，声。悚然而听之，曰："异哉!"初淅沥以萧飒，忽奔腾而砰湃，如波涛夜惊，风雨骤至。其触于物也，𫓩𫓩铮铮，金铁皆鸣。又如赴敌之兵，衔枚②疾走，不闻号令，但闻人马之行声。先赋声。极意描写，笔又参差。予谓童子："此何声也？汝出视之!"借视陪闻，作波。童子曰："星月皎浩，明河③在天，四无人声，声在树间!"渐入。

余曰："噫嘻，悲哉！此秋声也，胡为乎来哉？次赋秋声。先咨嗟，次怪叹，总与秋声相副。盖夫秋之为状也，其色惨淡，烟霏云敛；其色，宾。其容清明，天高日晶；其容。宾。其气慄冽，砭人肌骨；其气，宾。其意萧条，山川寂寥。其意，宾。只要如此生发，虽作万言赋，亦无难。故其为声也，凄凄切切，呼号奋发。连用其色、其容、其气、其意引其声，便浏然而下。丰草绿缛而争茂，佳木葱茏而可悦。二句未秋。草拂之而色变，木遭之而叶脱。其所以摧败零落者，乃一气之余烈。赋秋声，止此。夫秋，刑官④也，于时为阴。又兵象⑤也，于行为金。次赋秋。是谓天地之义气，常以肃杀而为心。再赋秋。天之于物，春生秋实。再赋秋。故其在乐也，商声⑥主西方之音，夷则⑦为七月之律。商，伤也，物既老而悲伤。夷，戮也，物过盛而当杀。再赋秋。看其带赋带注，带注又带赋。

嗟夫！草木无情，有时飘零。人为动物，惟物之灵。此段，始是作赋正意。言草木无情，尚飘零，何况人有情，又能永年。**百忧感其心，万事劳其形，有动乎中，必摇其精。**此是人所宜忧，万不能免者。**而况思其力之所不及，忧其智之所不能。**此是人所不必忧，而故自犯者。**宜其渥然丹者⑧为槁木，黟然黑者⑨为星星。**此赋之所以作也。**奈何非金石之质，欲与草木而争荣？念谁为之戕贼⑩，亦何恨乎秋声？"**讥世不必忧而故自忧人。**童子莫对，垂头而睡。但闻四壁虫声唧唧，如助予之叹息。**妙妙！于大声外，再添一小声，临了又作波。

〔注释〕

①欧阳子：作者自称。

②衔枚：枚，形状如箸，两端有带，古代突袭敌营时，为防止意外响动，令军士口中衔之，称"衔枚"。

③明河：银河。

④刑官：刑部之官为刑官，掌生杀大权。周时以天地四时之名命官，掌刑狱的司寇为秋官。而据《礼记·月令》，审决死囚也在秋天。

⑤兵象：古代于秋季练兵。而且以五行配以四季，秋在五行中属金，寓其肃杀之意。

⑥商声：宫商角徵羽五声之一，与五行相配，金为商，而与东、南、中、西、北五方相配，秋主西。

⑦夷则：古音按高度不同分十二个标准音：黄钟、大吕、太簇、夹钟、姑洗、仲吕、蕤宾、林钟、夷则、南吕、无射（yì）、应钟。将乐律与历法相配，夷则属七月。古人将自然现象与人事相附会，说"商"为悲伤，物老而悲伤，夷为杀戮，事物走到极点则转败。

⑧渥然丹者：渥然，丰润状，《诗经》有"颜如渥丹"。

⑨黟然黑者：黟（yī），黑色。

⑩戕贼：残害。

〔解读〕

本文为欧阳修诗文中最著名之篇，作于宋仁宗嘉祐四年（1059年）。当时情况是，作者虽官位稳升，但政治上难以有所作为，思想很矛盾，仍处于"庆历新政”失败后的苦闷忧思状态。

本文主题是比较消极的，作者夜闻秋声有感，由秋天草木飘零、万物萧条的凄切之景，联想到人生。草木无情，到了一定季节尚飘落凋零，而人为万物之灵，百忧刺激其心，万事劳累其躯体，时常处于忧思之中，怎么会不颜老发白，走向衰老死亡呢！人为什么以其有情有思血肉之躯，要与金石草木争荣比盛呢？篇中借秋天之惨淡景象，抒写了作者对于因人事忧劳，形神日渐衰老的悲感，发挥了老庄哲学中清心寡欲、知足保和的养身之道，同时也表现了作者对官场斗争、仕途坎坷的厌倦烦恼。

本文虽主题思想不足取，但艺术上的造诣是极高的。从体裁上看，作为赋来说，这是一种以散文为主，杂以骈偶、韵语的变体，是典型的宋人散文赋。作者首以夜闻秋声入手，写一段无形之秋声，连用四个形象化比喻，将秋声由远及近以至撞击物品时发出的声响，渲染得仿佛倾耳可闻，衬托出秋夜的萧瑟孤寂。自“余曰”至“亦何恨乎秋声”中间两段文字，运用传统赋的铺张手法与整齐而有变化的句子，由自然之变推及天人合一，其落脚点仍与秋声息息相关，前后呼应，不仅艺术效果极佳，而且思想效果也好，一句“如助予之叹息”道出了作者创作全文的原委。

醉翁亭记

一路逐笔缓写，略不使气之文。

环滁[①]皆山也。宽起。○此“也”字，独与下若干“也”字不类，乃半句歇后字也。其西南诸峰，林壑尤美。连上五字成句。望之蔚然而深秀者，琅琊[②]也。记亭在此山中。山行六七里，渐闻水声潺潺，而泻出于两峰之间者，酿泉也。记山中先有此泉。峰回路转，有亭翼然临于泉上者，醉翁亭也。记泉上今有此亭。作亭者谁？山之僧智仙也。记作亭人。名之者谁？太守自谓也。记名亭人。法只应云太守也，今多“自谓”二字，因有下注也。太守与客来饮于此，饮少辄醉，而年又最高，故自号曰“醉翁”也。接手自注。注“醉”，一句；注“翁”，一句。醉翁之意不在酒，在乎山水之间也。山水之乐，得之心而寓之酒也。接手又自破，亦二句：一句，不在酒；一句，亦在酒。笔最圆溜。

若夫日出而林霏开，朝。云归而岩穴暝，暮。晦明变化者，山间之朝暮也。记亭之朝暮。野芳发而幽香，春。佳木秀而繁阴，夏。风霜高洁，秋。水落而石出者，冬。山间之四时也。记亭之四时。朝而往，暮而归，四时之景不同，而乐亦无穷也。随手将朝暮四时又收，却收得参差任笔。

至于负者歌于涂，行者休于树，前者呼，后者应，伛偻提携，往来而不绝者，滁人游也。临溪而渔，溪深而鱼肥；酿泉为酒，泉清而酒洌。山肴野蔌，杂然而前陈者，太守宴也。“至于”二字，贯此二段。先记滁人游，次记太守宴，妙。宴酣之乐，非丝非竹。射[③]者中，奕者胜，觥筹交错，起坐[④]而喧哗者，众宾欢也。苍颜白发，颓然乎其中者，太守醉也。“宴酣之乐，非丝非竹”二句，贯此二段。记众宾自欢，太守自醉，妙。

已而，夕阳在山，人影散乱，太守归而宾客从也。树林阴翳，鸣声上下，游人去而禽鸟乐也。“已而”二字，贯此二段。记太守去，宾客亦去，滁人亦去，却意外忽添出禽鸟，妙！见太守仁民而爱物，而文态又萧散。然而禽鸟知山林之乐，而不知人之乐；人知从太守游而乐，而不知太守之乐其乐也。便从禽鸟倒卷转来作结。醉能同其乐，醒能述以文者，太守也。记撰文。太守谓谁？庐陵⑤欧阳修也。记名姓。一路皆是记也。有人说似赋者，误也。

〔注释〕

①滁：宋时州名，今安徽滁县。“环滁皆山也”，此句是夸张写法，据《朱子语类》载：“欧公文，亦多是修改到妙处。顷有人买得他《醉翁亭记》稿，初说滁州四面有山，凡数十字，末后改定，只曰‘环滁皆山也’五字而已。”实际上滁州仅西南部有山，钱锺书《管锥编》中已经指出。何绍基的《东洲草堂诗钞》卷有一首诗讥此事，曰：“野鸟豀云共往还，《醉翁》一操落人间。如何陵谷多迁变，今日滁州竟少山！”

②琅琊：即今滁县西南十里的琅琊山，相传以东晋琅琊王司马睿曾避难于此得名。

③射：即投壶，古代一种游戏，一定距离内，以箭状物投壶，以投中多少分胜负。

④起坐：原文为“坐起”，今据四库丛刊影印本《欧阳文忠公集》改。

⑤庐陵：宋时县名，今江西吉安。

〔解读〕

此文作于宋仁宗庆历六年（1046年），作者当时因“庆历新政”失败遭贬谪于滁州，思想很消极，愁绪万千。在此文中，作者首先描绘了滁州城山水草木之美，目力所及，繁草秀林，山峰回环，耳听水声潺潺，有人小憩于树下，有人歌呼于途中，钓深渊之肥鱼，采深山之野味。作者本人一边品尝着野味醇酿，一边欣赏着山光水色，参与众人之游玩。作者把酒临风，既为酒醉，又为美境陶醉，更为百姓之乐而沉醉，遂写下此文以记当时之心境。其实，在这“乐”“醉”之后面隐藏着作者深深的愁思。他自称“醉翁”，实则以旷达自放掩盖低落失意，借赏自然美境排遣愁怀。

此文体裁实为一篇游记，其特色是骈散结合，骈偶句较多，有一种似骈非骈、似散非散之风格，全文基本都是说明句，多数句后结尾用“也”字，共计21个“也”字，句子在形式上齐整而寓变，音韵响亮而和谐。罗大经《鹤林玉露》评价说“韩柳犹用奇字、重字，欧阳唯用平常轻虚字，而妙丽古雅，自不可及。”此文初成之时已成当时之名文，有洛阳纸贵之势。据《滁州志》载：“欧阳公记成，远近争传，疲于摹打。山僧云：‘寺库有毡，打碑用尽，至取僧室卧毡给用。凡商贾往来，亦多求其本，所遇关征，以赠监官，可以免税。’”

丰乐亭记

记山水，却纯述圣宋功德；记功德，却又纯写徘徊山水。寻之不得其迹，曰：只是不把圣宋功德看得奇怪，不把徘徊山水看得游戏。此所谓心地淳厚，学问真到文字也。

修[①]既治滁之明年，夏，始饮滁水而甘。始饮而甘，言初至滁，殊劳苦，至明年夏，始知水甘也。只此起句，早已用意。问诸滁人，得于州南百步之近。出其处。其上则丰山[②]耸然而特立，陪一“上”。下则幽谷窈然而深藏。陪一“下”。中有清泉，滃然而仰出。出泉。俯仰左右，顾而乐之。再陪左右。于是疏泉凿石，辟地以为亭，而与滁人往游其间。出亭。○看他必带“与滁人”字。

滁于五代干戈之际，用武之地也。重提笔，特叙滁事。昔太祖皇帝[③]，尝以周师破李景[④]兵五十万于清流山[⑤]下，生擒其将皇甫晖、姚凤于滁东门之外，遂以平滁。特叙滁事。修尝考其山川，按其图记，升高以望清流之关，欲求晖、凤就擒之所。而故老皆无在者，盖天下之平久矣。开脉淋漓，放声叫啸，文字之雄，无逾此者。自唐失其政，海内分裂，豪杰并起而争，所在为敌国者，何可胜数？又重提笔，不特叙滁事。及宋受天命，圣人出而四海一。向之凭恃险阻，铲削消磨。百年之间，漠然徒见山高而水清。欲问其事，则遗老尽矣。不特叙滁事。

今滁落笔独接今滁。介江淮之间，舟车商贾四方宾客之所不至，民生不见外事，而安于畎亩衣食，以乐生送死。而孰知上之功德，休养生息，涵煦[⑥]于百年之深也！言他处皆知皇宋之休养，而滁独不知，则不可以不记也。修之来此，乐其地僻而事简，又爱其俗之安闲。先说治滁。既得斯泉于山谷之间，乃日与滁人仰而望山，俯而听泉，次粗说游。掇幽芳春。而荫乔木，夏。风霜冰雪，刻露清秀，秋冬。四时之景无不可爱。次细说游。又幸其民乐其岁物之丰，而喜与予游也。因为本其山川，道其风俗之美。使民知所以安其丰年之乐者，幸民生无事之时也。次说撰记。夫宣上恩德，以与民安乐，刺史⑦之事也。遂书以名其亭焉。结得端庄、郑重，妙绝，妙绝！

〔注释〕

①修：作者自称。

②丰山：山名，在今安徽滁县城西。

③昔太祖皇帝：指宋朝开国皇帝赵匡胤。

④李景：即南唐皇帝李璟，李煜父，避周庙讳改称景。

⑤清流山：今滁县城西南。《资治通鉴》后周纪三详载宋太祖为后周殿前都点检时率军大败南唐军。

⑥涵煦：滋润教化。

⑦刺史：汉唐时州之主管称呼，而宋时称知州，职位相等。作者用以代称。

〔解读〕

此文作于仁宗庆历六年（1046年），时作者处于贬谪。丰乐亭位于滁州幽谷紫薇泉，在《滁州志》中引吕元中记："欧阳修谪守滁上，明年得醴泉于醉翁亭东南隅。一日，会僚属于州廨，有以新茶献者，公敕吏汲泉未至，而汲者仆出水，且虑后期，遽酌他泉以进。公已知其非醴泉也，穷问之，乃得它泉于幽谷山下。文忠博学多识而又好奇，既得是泉，乃作亭以临泉上，名之曰丰乐。"

此文与《醉翁亭记》写法和内容上有相同之处，以描写自然景致而抒发情怀。首写此亭之来历，因丰山有甜冽之甘泉，不仅水质甜美，而且水势喷涌可观，遂建此亭。接着作者介绍了滁州的历史沿革，开国皇帝赵匡胤当年曾激战于此。作者欲访当年战地，可惜知情者早已逝去。而最后落脚点则归到太平盛世、歌颂皇上休养生息之恩泽，百年无战事，老百姓死守不出乡，理想的治世不过如此罢了。在此，作者的思想比较典型地代表了封建社会一个父母官的治国为政之理想，即休养生包，不扰民，不贪财，弘扬皇帝恩德，欣赏自然美景，享受安定丰收，与民共乐。此文之所以为历代所看重，就是作者能将一篇记山水之文与述宋朝皇帝功德联结到一起，不露任何斧凿牵强之嫌，不愧为大手笔。

真州东园记

何故作离奇曲折？然而自然离奇，自然曲折，又且异样离奇，异样曲折。如先生，真足为东坡座师也。○手下若无如此文，眼中亦安能识得东坡？

真为州[①]，当东南之水会，故为江淮、两浙、荆湖发运使[②]之治所。先写真州。龙图阁直学士[③]施君正臣、侍御史[④]许君子春之为使也，得监察御史里行马君仲涂为其判官。三人者，乐其相得之欢，而因其暇日，得州之监军废营，以作东园，次写东园。而日往游焉。次写三人旧游。

岁秋八月，子春以其职事徙京师，图其所谓东园者来以示予。次写子春新图。曰："园之广百亩，句总起。而流水横其前，水。清池浸其右，池。高台起其北。台。台，吾望以拂云之亭；从台出亭。池，吾俯以澄虚之阁；从池出阁。水，吾泛以画舫之舟。从水出舟。敞其中以为清䜩之堂，又有堂。辟其后以为射宾之圃[⑤]。又有圃。○看他出水与池、台一样，出亭与阁、舟一样，出堂与圃一样。芙蓉芰荷之的历[⑥]，幽兰白芷之芬芳，与夫佳花美木列植而交阴，此今日。此前日之苍烟白露而荆棘也。此前日。高甍巨桷[⑦]，水光日影摇动而下上，其宽闲深靓，可以答远响而生清风，此今日。此前日之颓垣断堑而荒墟也。此前日。嘉时令节，州人士女啸歌而管弦，此今日。此前日之晦冥风雨、鼪鼯[⑧]鸟兽之嗥音也。此前日。写一通，唱一通，异样文情。吾于是信有力焉。句总结。凡图之所载，皆其一二之略也。又作开拓之笔。若乃升于高以望江山之远近，嬉于水，而逐鱼鸟之浮沉。其物象意趣登临之乐，览者各自得焉。凡工之所不能画者，吾亦不能言也。画家有意到而笔不到之法，此又笔意俱到，妙绝，妙绝！其为吾书其大概焉。”真不能不作记。又曰：“真，天下之冲也。四方之宾客往来者，吾与之共乐于此，岂独私吾三人者哉？上于画图外添出意，此又于三人外添出意，妙绝，妙绝！然而池台日益以新，草树日益以茂，四方之士无日而不来。而吾三人者，有时而皆去也，岂不眷眷于是哉？不为之记，则后孰知其自吾三人者始也？”真不能不作记。

予以为三君子之材，才出手，好好！贤足以相济，一。而又协于其职，二。知所后先[9]，使上下给足。而东南六路之人，无辛苦愁怨之声。然后休其余闲，三。又与四方之贤士大夫共乐于此，四。是皆可嘉也！总上四。乃为之书。出手只如此，好好！庐陵欧阳修记。

〔注释〕

①真为州：真州，今江苏仪征县，在长江北岸运河、池河之间。

②发运使：又称“转运使”，为各路之行政长官。宋代把全国分为若干路，初为征收赋税、转运漕粮兼管监察官吏区域，后则具有行政区性质。

③龙图阁直学士：中央政府文诰官员。

④侍御史：中央政府监察官员。

⑤射宾之圃：射为一种游戏，即作为宾客游戏之园地。

⑥的历：鲜明。

⑦高甍巨桷：甍（méng），屋梁。桷，方形椽。此处指高楼大厦。

⑧鼪鼯：鼪（shēng），即鼬鼠，俗称黄鼠狼。鼯（wú），鼠类，略似蝙蝠，能低飞。

⑨知所后先：懂得事务之轻重缓急。

〔解读〕

此文作于皇祐三年（1051年），是一篇独出心裁、别具风格之亭园记。实际上，欧阳修本人当时在京师，并未真到真州东园去实地游览，只是根据所见的图画及人的介绍而写。作者以第三者的口气，记叙了此园修建之起因，描绘了园中亭阁台池、流水画舫、佳卉美木，及水光日影、远响清风、鱼鸟浮沉，同时也介绍了园中建筑的位置前后、层次高低，读来历历在目。此文创意立法别具匠心，首段交代东园由来，中段描绘叙述园之可爱，末段议论点明作记原委，反映其“宽简政治”的理想。

祭石曼卿文

胸中自有透顶解脱，意中却是透骨相思，于是一笔自透顶写出去，不觉一笔又自透骨写入来。不知者乃惊其文字一何跌荡，不知非跌荡也。

维治平四年七月日，具官[①]欧阳修谨遣尚书都省令史李敭，至于太清[②]，以清酌庶羞[③]之奠，致祭于亡友曼卿之墓下，而吊之以文，曰：

呜呼曼卿！生而为英，死而为灵。其同乎万物生死，而复归于无物者，暂聚之形[④]。不与万物共尽，而卓然其不朽者，后世之名。此自古圣贤莫不皆然，而著在简册[⑤]者，昭如日星。此十九字，只是一句，勿读断。○名言也。然妙在下幅，不在此处。呜呼曼卿！吾不见子久矣，犹能仿佛子之平生。其轩昂磊落、突兀峥嵘而埋藏于地下者，十六字一句。意其不化为朽壤，而为金玉之精。不然，生长松之千尺，产灵芝而九茎[⑥]。奇情，奇文。看他中间，又下“不然”字，作一折。奈何荒烟野蔓，荆棘纵横，风凄露下，走磷飞萤。但见牧童、樵叟歌吟而上下，与夫惊禽、骇兽，悲鸣踯躅而咿嘤。今固如此，更千秋而万岁兮，安知其不穴藏狐貉与鼯鼪[⑦]？此自古圣贤亦皆然兮，独不见夫累累乎旷野与荒城！妙妙，索性说到尽情。○又牵“自古圣贤皆然”妙妙。文情一何酣态！呜呼曼卿！盛衰之理，吾固知其如此。而感念畴昔，悲凉凄怆，不觉临风而陨涕者，有愧夫太上[⑧]之忘情！临了，又下“固知如此”句，作一折。

〔注释〕

①具官：唐宋以下，在一些公文函牍底稿上常将应写的官职简写为“具官”。

②太清：石曼卿之家乡与葬地，在今河南永城市。

③清酌庶羞：清酌指酒，此处专指祭祀用酒。庶羞，美肴佳馔。

④暂聚之形：古人认为万物为天地精气临时之相聚而成，人也同万物，死后精气涣散，返归自然。

⑤简册：史书。

⑥灵芝而九茎：灵芝草是自然界生长的一种稀有的药用菌类植物，古人视之为灵异奇妙之物，与“麒麟游”“河图出”“凤凰飞”同视为一种祥瑞。

⑦鼯鼪（wú shēng）：鼯指类似松鼠的一种小动物，鼪即黄鼬。

⑧太上：指有情操之圣人。

〔解读〕

此文是欧阳修写于治平四年（1067 年）的一篇祭文。石曼卿，名延年，欧阳修早年朋友，能诗能兵，有“天下奇才”之誉。一生不得志，自放于酒，豪宕不拘，庆历元年（1041 年）忧郁而卒。治平四年，即距石曼卿死去二十余年之后，欧阳修仕途又一次受挫，罢参知政事，由尚书左丞出为亳州知州。在此种际遇下，作者忆往追昔，孤寂悲愤，写下了此篇带有浓厚怆凉悲哀之色的祭文。

文中赞扬了石曼卿生为英杰，死为鬼灵。作为一个圣贤，虽躯体不存而名声长存，其英俊的仪表和磊落的胸怀，杰出的品格和超凡的气质，虽已埋入地下，料想不会化为腐土，而将变为金玉般的精华，或者长成千尺苍松、九茎灵草。但作者在此笔锋已转，悲苍心情油然而生：为何而现在面对的是苍凉烟云，野生蔓草，荆棘纵横，风雨凄凄，霜降露下，磷闪萤飞，牧童樵夫歌吟于墓前，鸟兽凄叫徘徊于墓后？现在尚已如此，再过千秋万代后，哪能知道这里不会成为狐鼠之洞穴？至此，作者没有任悲伤的思绪继续演绎下去，而是采取一种无可奈何的豁达态度：事物兴衰存亡不可违背，自古以来圣贤哪个不是如此，难道没看见那一片片空旷的荒野和残破的荒坟吗？可以说，本文基调是极悲怆的，尽管作者旨在以声名不朽立论。

卷之十四　宋　文

苏　洵

苏氏族谱亭记

文更不曾用力，只是轻轻画成。不但老人坐亭中一段话，是轻轻画成，只起手劈空所起，便是轻轻画成也。

匹夫而化乡人者，吾闻其语矣。劈空起笔。国有君，邑有大夫，而争讼者诉于其门。乡有庠[①]，里有学，而学道者赴于其家。乡人有为不善于室者，父兄辄相与恐曰："吾夫子无乃闻之！"呜呼！彼独何修而得此哉？意者，其积之有本末而施之有次第耶？即起笔所称"匹夫而化乡人"者也，早已写得如活。○看他带描写、带唱叹，真好笔墨！今吾族人犹有服者，不过百人，而岁时腊社[②]不能相与尽其欢欣爱洽，稍远者至不相往来。是无以示吾乡党邻里也，乃作苏氏族谱，立亭于高祖墓茔之西南而刻石焉。径入题，更不连带上段，恰如说过一遍便休。既而告之曰："凡在此者，此，谱也。死必赴，冠、娶妻必告。少而孤，则老者字[③]之；贫而无归，则富者收之。而不然者，族人之所共诮让也。"岁正月，相与拜奠于墓下。只是族人申约数段，却将末一段放长，遂成一篇文字。既奠，则坐于亭。其老者顾少者而叹曰："是不及见吾乡邻风俗之美矣。写得如闻之。自吾少时，见有为不义者，则众相与疾之，如见怪物焉，慄焉而不宁。如闻之。其后，少衰也，犹相与笑之。如闻之。今也，则相与安之耳，是起于某人也。如闻之。○将风俗升降，只用两三语在口中闲闲说出。妙甚。夫某人者，是乡之望人也，而大乱吾俗焉。是故，其诱人也速，其为害也深。”重提某是望人，如有所指。○先总恨，下细开。自斯人之逐其兄之遗孤子而不恤也，而骨肉之恩薄；一。自斯人之多取其先人之赀田而欺其诸孤子也，而孝悌之行缺；二。自斯人之为其诸孤子之所讼也，而礼义之节废；三。自斯人之以妾加其妻也，而嫡庶之别乱；四。自斯人之笃于声色而父子杂处，欢哗不严也，而闺门之政乱；五。自斯人渎财无厌，惟富者之为贤也，而廉耻之路塞。六。此六行者，总束一句而后下。吾往时所谓大惭而不容者也。今无知之人皆曰：“其人何人也？犹且为之。”真有之，可痛可恨！其舆马赫奕，婢妾靓丽，足以荡惑里巷之小人；一。其官爵货力，足以摇动府县；二。其矫作修饰言语，足以欺罔君子，三。看他六段后，又写三段！是州里之大盗也。亦总束一句而后下。吾不敢以告乡人，而私以戒族人焉。仿佛于斯人之一节者，愿无过吾门也。看他如此折笔，挽到族中来。予闻之，惧而请书焉。老人曰：“书其事，而阙④其姓名，使他人观之，则不知其为谁；而夫人之观之，则面热内惭，汗出而食不下也。且无彰之，庶其有悔乎！”予曰：“然！”乃记之。“而夫人观之”句以下，转笔偶误，只应云“而吾之族人观之，则怵惕战悼，惟恐或有其一，以大累我同谱”云云。

〔注释〕

①庠：周代学校称庠，后一般指乡学，此处即为此意。

②腊社：即每年岁终举行的祭祀活动。

③字：养育。

④阙：同“缺”。

〔解读〕

这是苏洵为苏氏族谱亭所作的一篇记叙文。

苏洵，字明允，亦称“老苏”，世称“苏文公”。宋朝眉州眉山（今四川省眉山县）人，著名散文家，为“唐宋八大家之一”，曾官任秘书省校书郎、文安县主簿。他少年不学，27 岁才下决心为学。宋仁宗嘉祐初年，与儿子苏轼、苏辙一同进京，得到欧阳修赏识，并引荐皇帝。他对《孟子》《战国策》深有研究，其文章风格纵厉雄奇，尤其擅长策论，曾子固称其文章“烦能不乱，肆能不流。其雄壮俊伟，若决江河而下也；其辉光明白，若引星辰而上也”。

在此文中，苏洵一起笔便不从俗，讲匹夫化乡人之重要性，然后则转入正题，叙其作苏氏族谱亭之动机。按题目所标，既然是记叙苏氏谱亭，至“相与拜奠于墓下”似应无文再作。但出人意料的是，另起一大段，拉出一老者，讲了一番直斥时弊、痛责“某人”的话。这位老者的一番讲话可谓本文之重点。在此段话中，老人将今风俗衰败之因归于其乡“某望人”，连用六个“自斯人”排比句，说自此人不恤其兄遗孤、多取先人之田、为诸孤子所讼、以妾加妻之上、溺于声色而乱伦、渎财无厌，从而导致了世风日下。那么，“斯人”又是何人呢？作者仍借老人之口，说此人舆马之赫奕、婢妾之漂亮足以荡惑乡里之小人；其官爵财产，足以摇动府县；其矫作修饰之言，足以欺骗正人君子。实际上，作者借老人之口鞭挞了那些横行乡里、欺负百姓、骄奢淫逸的乡愿大盗，并提醒人们认清他们的真实面目，同时也希望这些风俗败坏者有自知之明，悔过顿悟。

送石昌言为北使引

今日送昌言，却写自幼狎昌言。凡作四番情事，而后写到此使。后幅自欲赠言，却写往年彭任为我言，因而借意便收，真奇笔也！

昌言[1]举进士时，吾始数岁，未学也。忆与群儿戏先府君[2]侧，昌言从旁取枣栗啖我，家居相近，又以亲戚故，甚狎。一番情事。昌言举进士，日有名，吾后渐长，亦稍知读书、学句读，属对声律，未成而废。昌言闻吾废学，虽不言，察其意甚恨。又一番情事。后十余年，昌言及第第四人，守官四方，不相闻。吾日以壮大，乃能感悟，摧折复学[3]。又一番情事。又数年，游京师见昌言长安，相与劳问如平生欢。出文十数首，昌言甚喜，称善。吾晚学无师，虽日为文，中心自惭，又闻昌言说，乃颇自喜。又一番情事。

今十余年，又来京师，而昌言官两制[4]，乃为天子出使万里外强悍不屈之虏，建大旆[5]，从骑数百，送车千乘，出都门，意气慨然。自思为儿时，见昌言先府君旁，安知其至此。富贵不足怪，吾于昌言独有感也。直至此，始写昌言北使，妙在接手便收上，又接手便落下。此等文字，谓之神助。大丈夫生不为将，得为使，折冲[6]口舌之间足矣！往年彭任从富公使[7]还，为我言曰："既出境，宿驿亭，闻介马数万骑驰过，剑槊相摩，终夜有声，从者怛然失色。及明，视道上马迹，尚心掉不自禁。"上幅，写自幼与昌言狎，凡四段，段段出像写。此后幅，不意又出像写。凡虏所以夸耀中国者，多此类也。中国之人不测也，故或至于震惧而失辞以为夷狄笑。呜呼！何其不思之甚也。老泉识胆如此。

昔者，奉春君使冒顿[⑧]，壮士健马皆匿不见，是以有平城之役[⑨]。妙！今之匈奴[⑩]，吾知其无能为也。妙。孟子曰："说大人，则藐之。"况于夷狄？妙！请以为赠。

〔注释〕

①昌言：即石昌言，字扬休，眉州（今四川省眉山市）人，苏洵的同乡与亲戚。

②府君：原指太守，后用于子孙对其先父祖之尊称。此指苏洵父苏序。

③摧折复学：改变以前废学行为，又重新致力于学。

④两制：官名。宋初称翰林学士中书舍人为"两制"，舍人官未至者则称"知制诰"。因石昌言当时官刑部员外郎知制诰，故称"两制"。

⑤旆：旗。

⑥折冲：折退敌方的战车，意为抵御敌人。此处指外交谈判。

⑦彭任从富公使：彭任，字有道，曾跟从富弼出使契丹。富公，即富弼，字彦国，仁宗庆历二年（1042 年）夏出使契丹。

⑧奉春君使冒顿：奉春君，即西汉人刘敬，原姓娄，刘邦赐姓刘。冒顿，汉时匈奴君主之名。汉高祖七年（前 200 年），刘邦欲进攻匈奴，派使者多次出使匈奴探虚实，匈奴人则匿其壮士大马，所见的全是老弱及羸畜。使者认为匈奴虚弱可击。后刘邦又派刘敬前往，刘敬发现其中阴谋，劝刘邦不要贸然进攻，而刘邦则大怒击伤刘敬。

⑨平城之役：平城，秦汉县名，治所在今山西大同市东北。前 220 年，刘邦率军与匈奴在此激战，被围以白登山。

⑩今之匈奴：指契丹。

〔解读〕

这是苏洵写的一篇送别的赠序。

朋友远行，写篇文章来送行，在唐宋是很流行的一种告别形式，叫"序"或"赠序"，为一种文体。因苏洵父亲叫苏序，为避父讳，苏洵改"序"为"引"。仁宗景祐元年（1034 年）八月，官任刑部员外郎知制诰的石昌言出使契丹祝贺契丹国母诞辰。契丹为宋的敌国，屡屡犯宋，宋被迫求和。在文章里，苏洵先讲了他自幼与石昌言的关系、交往，然后引富弼出使契丹之经验谈与西汉刘敬出使匈奴教训，告诫石昌言要谨慎小心，并以孟子的“说大人，则藐之”为赠。此文简洁明快，盛情真挚，如叙家常，字里行间亲切感人，同时表现了苏洵不辱使命、大义凛然的爱国主义精神。

苏　轼

武　王　论

惊人之论，无奈出于戒惧之心，便占得世间第一等道理。于是其言反复而愈不穷，恣肆而更悦其纯粹也。

武王[①]，非圣人也。劈空落大笔，发怪论，不怕天雷，不怕王法。妙妙！昔者孔子盖罪汤、武[②]，上只大书六字一句，下便忙请孔子自解。妙妙！顾自以为殷之子孙，而周人也，故不敢。略曲，始下。然数致意焉，曰："大哉！巍巍乎尧舜也。""禹，吾无间然。"证。其不足于汤武也，亦明矣。证孔子罪汤武。曰："武尽美矣，未尽善也。"又证。又曰："三分天下有其二以服事殷，周之德其可谓至德也已矣。"又证。伯夷、叔齐[③]之于武王也，盖谓之弑君，至耻之不食其粟，而孔子予之，又证。其罪武王也甚矣。证已骂武王，不背于孔子。此孔氏之家法也。世之君子，苟自孔氏必守此法。国之存亡，民之死生，将于是乎在，其孰敢不严！妙论，正论！而孟轲乃乱之曰："吾闻武王诛独夫纣，未闻杀君也。"自是，学者以汤武为圣人之正，若当然者，皆孔氏之罪人也。妙论，正论！使当时有良史如董狐[④]者，南巢之事，必以叛书；牧野之事[⑤]，必以弑书。而汤武，仁人也，必将为法受恶。又无中生有为证。周公作《无逸》，曰："殷王中宗，及高宗，及祖甲，及我周文王，兹四人迪哲，上不及汤，下不及武王，亦以是哉！"又无中生有作证。文王之时，诸侯不求而自至，是以文命称王，行天子之事，周之王不王，不计纣之存亡也。出正论。使文王在，必不伐纣；纣不见伐，而以考终。或死于乱，殷人立君以事周，命为二王，后以祀殷，君臣之道岂不两全也哉？出正论。武王观兵于孟津而归，纣若不改，则殷人改立君。武王之待殷，亦若是而已矣。出正论。天下无王，有圣人者出而天下归之，圣人所不得辞也。出正论。而以兵取之、而放之、而杀之，可乎？出武王案。

汉末大乱，豪杰并起，荀文若[⑥]，圣人之徒也，骂武王，忽颂荀文若，大奇大奇，然是作论正意。以为非曹操莫与定海内，故起而佐之，所以与操谋者，皆王者之事也。文若岂教操反者哉？颂荀文若，大奇，却是正意。以仁义救天下。天下既平，神器[⑦]自至，将不得已而受之；不至，不取也。此文王之道，文若之心也。颂荀文若大奇，却是正意。及操谋九锡[⑧]，则文若死之。故吾尝以文若为圣人之徒者，以其才似张子房[⑨]，而道似伯夷也。颂荀文若大奇，却是正意。杀其父，封其子，其子非人也则可使，其子而果人也则必死之。再出正论。楚人将杀令尹子兰，子兰之子弃疾为王驭士，王泣而告之，既而杀子兰。其徒曰："行乎？"曰："吾与杀吾父，行将焉入？""然则臣王乎？"曰："弃父事仇，吾弗忍也。"遂缢而死。入喻。

武王亲以黄钺斩纣，使武庚受封而不叛，岂复人也哉？故武庚[⑩]之必叛，不待智者而后知也。武王之封武庚，盖亦不得已焉耳！悉是正论。殷有天下六百年，贤圣之君六七作，纣虽无道，其故家遗俗未尽灭也，三分天下有其二，殷不伐周，而周伐之。大奇。诛其君，夷其社稷，诸侯必有不悦者，故封武庚以慰之。此岂武王之意哉！悉是正论，曲折畅快之至。故曰："武王，非圣人也。"

〔注释〕

①武王：即周武王，姬姓，名发，周文王子。

②汤、武：即汤文王、周武王。

③伯夷、叔齐：商末孤竹君长子和次子，墨胎氏。二人互相让位而不受，后闻周文王善养老而入周。武王伐纣后，二人隐居首阳山，不食周粟而死。

④董狐：春秋时晋国史官，世袭太史之职，亦称史狐。因直书"赵盾弑其君"，

著名，称为良史。

⑤牧野之事：指周武王率兵伐纣，于牧野（今河南新乡市北）大败商朝部队。

⑥荀文若：即荀彧，字文若，三国时曹操谋士，颍川颍阴（今河南许昌）人。后因反对曹操称魏公，被迫自杀。

⑦神器：指帝王、政权。

⑧九锡：古代帝王赐给有大功或有权势的诸侯大臣的九种物品。据何休注，九锡一曰车马，二曰衣服，三曰乐则，四曰乐户，五曰纳陛，六曰虎贲，七曰弓矢，八曰铁钺，九曰秬鬯。

⑨张子房：即张良，字子房，西汉初开国功臣，刘邦主要谋士。

⑩武庚：字禄父，殷纣王子。殷亡，周武王将商王畿一部分封给他，以管叔、蔡叔、霍叔监视之。后他联合三监谋反，为周公所杀。

〔解读〕

这是一篇评价历史人物功过是非的史论。周武王在中国历史上被誉为圣人，历代帝王奉为楷模，但苏轼却断然论曰“武王，非圣人也”，实为石破天惊之论。苏轼认为，在周文王时，已是天下三分有其二，周文王实际上已是行天子之事，其王不王并不关殷纣王之存亡，所以，周武王没有必要出兵讨伐殷纣王。如周武王是圣人，那就应该等待其自取灭亡，不应该加以血刃。同时，作者引用三国时曹操谋士荀彧从佐操起兵到反操而死为例，以及楚令尹子兰之子为父为君而选择自杀之事，证明圣人之徒应该像荀彧和子兰之子那样，为维护君臣之道而自舍己身，而非取而代之。

周武王伐纣之是非历史上早有争论，有人认为周武王是圣人，替天行道，诛杀暴君；有人认为周武王为人臣则不守君臣之道，不仅出兵讨伐王师，而且亲自斩殷纣王之头，应为弑君。这两种观点从各自的角度出发，都有一定的道理，但像本文这样断然否定武王圣人地位的，却极为少见。正如金圣叹点评，本文为惊人之论，无奈出于戒惧之心，正因此，作者在非武王时，先拿孔子为挡箭牌，以证明自己之论无非是阐明了孔子罪汤武、赞伯夷叔齐之微言大义，然后反复论述周武王非圣人之根据，最后呼应开篇之论，道曰“武王，非圣人也”，以做到先立论、再证论、后结论，前后呼应，自成一体，使其文有极强的说服力。这篇文章表现了苏轼善于思辨和大胆质疑的探索精神。

荀卿论

迅如秋江，峭如秋山，皎如秋日，旷如秋空，后贤精切读之，脱肉胎，换仙骨，真文家之宝符也！

尝读《孔子世家》[①]，观其言语文章，循循莫不有规矩，不敢放言高论，言必称先王，折衷孔子起，看他下连作数叹。然后知圣人忧天下之深也；一叹。茫乎不知其畔岸，而非远也；二叹。浩乎不知其津涯，而非深也；三叹。其所言者，匹夫匹妇之所共知，而所行者圣人有所不能尽也。四叹。呜呼！足亦足矣。使后世有能尽吾说者，虽为圣人无难。五叹。而不能者，不失为寡过而已矣。六叹。真是天下妙笔！子路[②]之勇、子贡[③]之辩、冉有[④]之智，此三者，皆天下之所谓难能而可贵者也。然三子者，每不为夫子之所悦。颜渊[⑤]默然不见其所能，若无以异于众人者，而夫子极称之。闲置一段，如连似断，又妙！○看他下文又斗发笔。且夫学圣人者，岂必其言之云尔哉，亦观其意之所向而已。夫子以为后世必有不足行其说者矣，必有窃其说而为不义者矣。是故，其言平易正直，而不敢为非常可喜之论，要在于不可易也。反复再叹。

昔者，常怪李斯事荀卿[⑥]，既而焚灭其书，大变占先圣王之法，于其师之道，不啻若寇仇。今观荀卿之书，然后知李斯之所以事秦者，皆出于荀卿而不足怪也。昔怪今悟提。荀卿者，喜为异说而不让，一断。敢为高论而不顾者也。二断。其言，愚人之所惊，小人之所喜也。三断。子思[⑦]、孟轲，世人之所谓贤人君子也。荀卿独曰：“乱天下者，子思、孟轲也。”一证。天下之人，如此其众也；仁人义士，如此其多也，荀卿独曰："人性恶。桀、纣性也，尧、舜伪也。"二证，文态又整齐又参差。由是观之：意其为人，必也刚愎不逊，而自许太过。彼李斯者，又特甚者耳！轻轻且结，下再起。今夫小人之为不善，犹必有所顾忌。是以夏、商之亡，桀、纣之残暴，而先王之法度、礼乐、刑政，犹未至于绝灭而不可改者，是桀、纣犹有所存而不敢尽废也。奇文快文，真是天下妙笔！彼李斯者，独能奋而不顾，焚烧夫子之六经，烹灭三代之诸侯，破坏周公之井田⑧，此亦必有所恃者矣。彼见其师历诋天下之贤人，自是其愚，以为古先圣王皆无足法者，分断李斯。不识荀卿特以快一时之论，而荀卿亦不知其祸之至于此也。分断荀卿。

其父杀人报仇，其子必且行劫。荀卿明王道、述礼乐；而李斯以其学乱天下，其高谈异论有以激之也。总断二人。孔孟之论，未尝异也，而天下卒无有及者。苟天下果无有及者，则尚安以求异为哉！仍折衷于孔子。

〔**注释**〕

①《孔子世家》：即司马迁《史记·孔子世家》。

②子路：孔子弟子。春秋时鲁国卞（今山东泗水）人。仲氏，名由，亦字季路，以性情直爽著称。

③子贡：孔子弟子。春秋时卫国人。端木氏，名赐。善于辞令。

④冉有：孔子弟子。春秋时鲁国人。冉氏，名求，字子有。

⑤颜渊：孔子弟子。春秋时鲁国人。名回，字子渊。贫居陋巷，箪食瓢饮，而不改其乐，为孔子称赞。

⑥李斯事荀卿：李斯，楚上蔡（今河南上蔡县西）人，曾从学荀卿，入秦为客卿，协助秦始皇统一中国，为丞相。秦二世即位后为赵高谮杀。荀卿，名况，赵国人，曾游学于齐，后入楚为春申君用，著述终老其地。李斯、韩非均为其学生。

⑦子思：姓孔，名伋，为孔子之孙。孟子曾受学于其徒弟。

⑧井田：殷周时的一种土地制度，因土地划作井字而名。

〔**解读**〕

荀子是中国古代著名思想家，虽为儒学代表人物，但其思想却糅杂了不少法家思想，尤其是其学生韩非、李斯为法家著名代表，与儒家正统思想相对立，任法任刑，所以他在历史上遭到了儒家学派的攻击。宋时，儒学昌盛，作为受儒家正统思想教育、影响和身为封建官僚的苏轼，对荀子予以批判，甚至带有偏见，并不足为奇。在本文中，苏轼认为，荀子之学喜为异端奇说，敢发高论而不顾后果，刚愎不逊，自许太过，其学生韩非、李斯受其学影响，终导致秦始皇焚书坑儒，毁灭先王礼法。所以，荀子应为秦始皇毁灭文化、残暴统治的罪魁祸首。同时，对比了儒学，认为孔子考虑到后世必有剽窃、篡改其学说而行不道不义之事，故在立论时平易正直，不敢为非常之论。

虽然苏轼对荀子的评价带有极大的偏见，但他提出的学者立论时要顾及对社会以及后世的影响，忌作高深奇异之论而误人子弟，有一定的借鉴和积极意义。他以荀子之学本以“明王道、述礼乐”为出发点，结果因其快一时之论，导致了焚书坑儒、败坏先王礼法之恶果为例，提醒学者在为学论时要谨慎小心，切忌奇谈怪论。

乐　毅　论

说王说霸，乃如说家常事者，直是心地光明，眼光洞越，手腕迅疾，笔墨恬净，故能至此。盖四者之中，若少一件，亦不得也。

自知其可以王而王者，三王也；自知其不可以王而霸者，五霸也。或者之论曰："图王不成，其弊[①]犹可以霸。"呜呼！使齐桓、晋文[②]而行汤、武之事，将求王之不暇，虽欲霸，可得乎？夫王道者，不可以小用也。大用则王，小用则亡。昔者，徐偃王、宋襄公[③]尝行仁义矣，然终以亡其身而丧其国者，何哉？其所施者未足以充其所求也。故夫有可以得天下之道，而无取天下之心，乃可与言王矣！开胸畅论，不顾世有冬烘老生与黄口小儿。○自起至此，只是一句话。范蠡、留侯[④]虽非汤、武之佐，然亦可谓刚毅果敢、卓然不惑而能有所必为者也。欲出乐毅却突然出范蠡、留侯，先反说甚畅。观吴王[⑤]困于姑苏之上，而求哀请命于勾践，勾践欲赦之。彼范蠡者，独以为不可，援桴进兵，卒刎其颈。范如此。项籍之解而东，高帝亦欲罢兵归囤，留侯谏曰："此天亡也，急击勿失。"留侯如此。此二人者，以为区区之仁义不足以易吾之大计也。反说甚畅。

嗟夫！乐毅，战国之雄，未知大道而窃尝闻之，则足以亡其身而已矣。出乐毅，随出随断。论者以为燕惠王不肖，用反间，以骑劫[⑥]代将，卒走乐生，此其所以无成者。出于不幸，而非用兵之罪。上只泛断，下方细翻细断，此先细翻。然当时使昭王尚在，反间不得行，乐毅终亦必败。细断。何者？燕之并齐，非秦、楚、三晋之利。洞悉。○言霸者知此，便应速下残城。今以百万之师，攻两城之残寇，而数岁不决，师老于外，此必有乘其虚者矣。诸侯乘之于内，齐击之于外。当此时，虽太公、穰苴[⑦]不能无败。此是断其必败，然所以至于必败者，下文转出。然乐毅以百倍之众，数岁而不能下两城者，非其智力不足，盖欲以仁义服齐之民，故不忍急攻而至于此也。确确！乐生又有何辩？夫以齐人苦湣王[⑧]之强暴，乐毅苟退而休兵，治其政令，宽其赋役，反其田里，安其老幼，使齐人无复斗志，则田单[⑨]者，独谁与战哉？言如范、如留，可也。奈何以百万之师相持而不决，此固所以使齐人得徐而为之谋也。确确！乐生又有何辩？当战国时，兵强相吞者，岂独在我？以燕、齐之众，压其城而急攻之，可灭此而后食，其谁曰不可？读此，想见先生用军最精。呜呼！欲王则王，不王则审所处，无使两失焉，而为天下笑也。收完起一段话。

〔注释〕

①弊：败，引申为竭尽、止息。

②齐桓、晋文：指齐桓公小白和晋文公重耳。

③徐偃王、宋襄公：徐偃王，春秋时徐戎的首领，统辖今淮、泗一带。宋襄公，春秋时宋国国君，名兹父，曾不自量力与楚争霸。

④范蠡、留侯：范蠡，字少伯，越王勾践谋臣，灭吴后，游齐国，改名陶朱公。留侯，即张良，字子房，被刘邦封为留侯。

⑤吴王：指吴王夫差。

⑥骑劫：燕国大将。燕昭王二十八年（前 284 年），燕惠王中齐反间计，使他代乐毅为将，结果为齐大败。

⑦太公、穰苴：太公即姜太公吕尚，善用计，辅助周武王灭商。穰苴，即司马穰苴，春秋时齐国大将，善用兵，有兵法传世。

⑧湣王：或作齐闵王、齐愍王，齐宣王子。

⑨田单：齐国大将。乐毅破齐时，他坚守即墨（今山东平度东南），并用反间计，使燕惠王改用骑劫为将，大败燕国。

〔解读〕

这是苏轼关于历史人物论说文之一篇。在此文中，苏轼一反历史既定之论，认为乐毅虽为战国之雄，但不明大道理。当时，即便是齐国不用反间计，燕昭王不死，乐毅也必败无疑。因为，燕国吞灭齐国，对秦、楚、韩、赵、魏不利，诸国绝不能袖手旁观。而乐毅倾百万之师，攻齐国剩余两城而数年攻不下，后方空虚，必然导致腹背受敌，即使姜太公、司马穰苴也难以不败。乐毅本意欲久围其城，不以猛攻，以仁义降服瓦解齐人，但结果适得其反。如果乐毅退兵，对齐人实行安抚政策，与民安息，则可使齐人失去斗志，不战而胜。所以，苏轼在其中前面一大段，举汤、武王业和齐桓、晋文霸业为例，与徐偃王、宋襄公行仁义而败相对照，说明为大事者必先明王霸之道，王道不可小用，小用则亡。又举范蠡、张良为例，正因为他们摒弃小仁而不为，猛追穷寇，才建立了越王、刘邦之霸业。如像宋襄公那样在两军对垒时大讲仁义，则必败无疑，何谈王业霸业。

此文写得很有特色，题曰“乐毅论”，而写了半篇则毫不涉及乐毅，而是大谈王道霸道，历叙历史人物，然后一转笔“嗟夫，乐毅，战国之雄……”由论及事，由侧及正，从而烘托出文章主题，从而使文章有极强之说服力。

战国任侠论

如飓风之蓬蓬起于大海，如黄河之滔滔下于龙门，岂复蘸笔点墨之恒事乎！

春秋之末，至于战国，诸侯卿相，皆争养士。养士，○先提。自谋夫说客、谈天雕龙[①]、坚白同异[②]之流，下至击剑、扛鼎、鸡鸣狗盗之徒，莫不宾礼。靡衣玉食，以馆于上者，何可胜数！养士。○先提。越王勾践[③]有君子六千人；魏无忌[④]、齐田文[⑤]、赵胜[⑥]、黄歇[⑦]、吕不韦[⑧]，皆有客三千人，而田文招致任侠奸人六万家于薛；齐稷下[⑨]谈者亦千人；魏文侯[⑩]、燕昭王[⑪]、太子丹[⑫]，皆致客无数；下至秦汉之间，张耳、陈馀[⑬]号多士，宾客厮养，皆天下豪杰，而田横[⑭]亦有士五百人。其略见于传记者如此。其见者有此。度其余当倍官吏而半农夫也。其未见者何限？此皆奸民蠹国者，民何以支，而国何以堪乎？一句收过，下突兀发论。苏子[⑮]曰：此先王之所不能免也。大奇，大奇！趁此一笔而下，势如黄河倒注矣。国之有奸也，犹鸟兽之有猛鸷，昆虫之有毒螫也。区处条理，使各安其处，则有之矣。锄而尽去之，则无是道也。一断，下突兀重发论。吾考之世变，知六国之所以久存，而秦之所以速亡者，盖出于此，不可以不察也。断定，下快说。

夫智、勇、辩、力，此四者皆天民之秀杰者也，类不能恶衣食以养人，皆役人以自养者也。看他两皆“者也”句，参差槎枒，是何笔态，最要善学。故先王分天下之富贵与此四者共之，此四者不失职，则民靖矣。一断。四者虽异，先王因俗设法，使出于一。三代以上出于学，战国至秦出于客，汉以后出于郡县吏，魏晋以来出于九品中正，隋唐至今出于科举。虽不尽然，取其多者论之。看他忽然住笔，大奇事。六国之君，虐用其民，不减始皇、二世。然当是时，百姓无一人叛者。以凡民之秀杰者，多以客养之，不失职也，其力耕以奉上，皆椎鲁[16]无能为者，虽欲怨叛而莫为之先，此其所以少安而不即亡也。妙绝，妙绝！谁有此识？即有此识，谁有此胆？即有此胆，谁有此笔！真是大奇，大奇！始皇初欲逐客，用李斯[17]之言而止。既并天下，则以客为无用，于是任法而不任人，谓民可以恃法而治，谓吏不必才，取能守吾法而已，故堕名城，杀豪杰，民之秀异者散而归田亩。向之食于四公子[18]、吕不韦之徒者，皆安归哉？不知其能槁项黄馘[19]以老死于布褐乎！抑将辍耕太息[20]以俟时也。妙绝，妙绝！大奇大奇！○又故作摇曳笔，愈见突兀，愈见槎枒！秦之乱，虽成于二世[21]，然使始皇知畏此四人者，有以处之，使不失职，秦之亡，不至若是速也。妙绝，妙绝！大奇大奇！纵百万虎狼于山林而饥渴之，不知具将噬人，世以始皇为智，吾不信也。再找一笔，是何气势？切切学之！

楚汉之祸[22]，生民尽矣！豪杰宜九几。妙！而代相陈豨[23]从车千乘，萧曹[24]为政，莫之禁也。妙！○余勇未息，犹湍悍如此。至文、景、武之世，法令至密，然吴濞、淮南、梁王、魏其、武安[25]之流，皆争致宾客，世主不问也。妙！岂惩秦之祸，以为爵禄不能尽縻天下士，故少宽之，使得或出于此也邪？妙妙！是是！奇奇！大奇，大奇！若夫先王之政则不然，曰："君子学道则爱人，小人学道则易使也。"呜呼！此岂秦汉之所及也哉！通篇如百万笳鼓竞奏。临了，忽以雅歌落之。

〔**注释**〕

①雕龙：战国时齐人邹衍"言天事"，善闳辩，驺奭"采驺衍之术以纪文"。齐人因称驺衍为"谈天衍"，驺奭为"雕龙奭"。据刘向《别录》解，"驺奭修衍之文，饰若雕镂龙文，故曰'雕龙'"，比喻善于撰写文章。刘思勰文论《文心雕龙》即本于此。

②坚白同异：此两个概念是战国时名辩中争论的两个问题。惠施派提出"合同异"的论题，公孙龙学派提出"离坚白"的论题。其实两派都不正确，前者夸大事

物同一性而抹煞区别，后者夸大差别而抹煞同一性。

③越王勾践：春秋末年越国国君。又称菼执，越王允常子。曾被吴败，后卧薪尝胆，发愤图强，灭亡吴国，成为霸主。

④魏无忌：即战国四大公子之一信陵君，魏国贵族，魏安釐王弟。

⑤齐田文：即战国四大公子之一孟尝君，齐国贵族。田婴子，称薛公。齐湣王时，任为相国。

⑥赵胜：即战国四大公子之一平原君，赵国贵族。惠文王弟，任赵相。

⑦黄歇：即战国四大公子之一春申君，楚国贵族。曾任左徒、令尹。

⑧吕不韦：战国末年卫国濮阳（今河南濮阳西）人，原为大商人，后因立异人为秦王有功，任相国，封文信侯。秦王嬴政时被免职贬谪，忧惧自杀。有《吕氏春秋》传世。

⑨稷下：战国时齐国都城临淄（今属山东淄博市）附近。齐宣王时，曾继其祖父在此扩充学官，招揽文学游说之士数千人，讲学辩论，成为当时一个著名的学派，称“稷下学”。

⑩魏文侯：魏国建立者。名斯，魏桓子之子。在位时用李悝为相、吴起为将，使魏成为强国。

⑪燕昭王：战国时燕国国君，名职。燕王哙庶子。在位间改革政治，招揽人才，重用乐毅等报齐国灭燕之仇。

⑫太子丹：战国末年燕王喜之子，名丹。曾入质于秦，后逃归燕，派荆轲入秦刺秦王失败。

⑬张耳、陈馀：张耳，汉初诸侯王。原为战国末魏国外黄令（今河南民权县西北），秦末与陈馀同从武臣北定赵地。项羽时封他为常山王，后投刘邦为赵王。陈馀为秦末大梁（今河南开封）人，与张耳一齐从武臣起兵反秦，立旧贵族赵歇为王，后与张耳绝交，被韩信战败而死。

⑭田横：秦末狄县（今山东高青东南）人。本齐国贵族，楚汉战争中自立为齐王。汉王朝建立，率徒属五百逃亡海岛，后与其徒全部自杀。

⑮苏子：作者自称。

⑯椎鲁：愚钝。锥，朴实，迟钝。

⑰李斯：战国末上蔡（今属河南）人。初为郡小吏，后入秦为客卿，助秦王统一天下。秦王朝建立，任丞相。秦二世即位后，为赵高谮杀。

⑱四公子：即战国时信陵君、孟尝君、平原君、春申君四人。

⑲槁项黄馘：此言见之于《庄子·列御寇》。槁项，即枯瘦的后颈。黄馘，即面

孔黄熟。此处指面黄肌瘦的样子。

⑳辍耕太息：此句引自《史记·陈涉世家》，言陈涉为人佣耕时，辍耕太息。太息，叹息。

㉑二世：即秦二世胡亥。

㉒楚汉之祸：指楚霸王项羽与汉王刘邦展开的争夺天下战争。

㉓陈豨：秦末宛朐（今山东定陶西）人。汉初，以战功封阳夏侯，任代相。汉高祖十年（前179年）举兵叛汉，自立为代王，后为周勃击杀。

㉔萧曹：指汉初丞相萧何、曹参，二人相继为丞相。

㉕吴濞、淮南、梁王、魏其、武安：吴濞即吴王刘濞，高祖兄刘仲之子。淮南即淮南王刘长，刘邦幼子。梁王即梁孝王刘武，汉文帝子。魏其即魏其侯窦婴，汉文帝皇后侄。武安即武安侯田蚡，汉景帝王皇后同母弟。这些人均招致宾客，收罗罪犯。

〔解读〕

此文是苏轼众多史论之一。标题各本有所不同，有标曰《六国论》，有标曰《论养士》，有标曰《游士失职之祸》。战国时代，诸侯卿相皆以养士为能，少者数十，多者上万，鱼目混珠，五花八门，三教九流，无一不全。那么，战国时代的重养士、任侠义之风究竟应该怎样评价，历来仁智互见。但苏轼却独辟蹊径，抓住“养士”这一点，认为秦王朝之亡是由于任法而任人，将“智、勇、辩、力”四类人打发回家，这等于将百万虎狼放之山林，他们必将不安守本分而造反。并认为，战国时诸侯国所以能存在就是因为重养士，汉代正因为吸取秦代禁养士的教训，对诸侯贵族争致宾客采取默认态度，才避免了秦的速亡。当然，苏轼将秦亡归结为禁养士是片面的，但也有一定道理，值得研究秦汉史学者参考。尤其是作者在文中影射了北宋末期轻视文化、轻视知识分子的风气。

范 增 论

不过“知几早去”一句，却写出许多议论、许多曲折及至细寻，亦更无议论与曲折，只是一味换笔法耳！

增之去，善矣；不去，羽必杀增。略许。独恨其不早耳。劈下断语，此谓笔快如风。然则当以何事去？故作问。增劝羽杀沛公[①]，羽不听，终以此失天下。当以是去耶？故作问。曰：“否！”增之欲杀沛公，人臣之分也；羽之不杀，犹有君人之度也。增曷为以此去哉？故作答。○故作问答，小弄波折。《易》[②]曰：“知几其神乎！”《诗》[③]曰：“相彼雨雪，先集维霰。”增之去，当于羽杀卿子冠军[④]时也。通篇只此一句断尽，下换无数笔，更不出此。陈涉[⑤]之得民也，以项燕、扶苏[⑥]；项氏之兴也，以立楚怀王孙心[⑦]；而诸侯叛之也，以弑义帝。逐段看其下文换笔。且义帝之立，增为谋主矣。义帝之存亡，岂独为楚之盛衰？亦增之所与同祸福也。未有义帝亡而增独能久存者也。又换笔。羽之杀卿子冠军也，是杀义帝之兆也。其弑义帝，则疑增之本也。岂必待陈平哉！又换笔。物必先腐也，而后虫生之；人必先疑也，而后谗入之。陈平[⑧]虽智，安能间无疑之主哉？又换笔。

吾尝论：义帝，天下之贤主也。独遣沛公入关，而不遣项羽。识卿子冠军于稠人之中，而擢以为上将。不贤而能如是乎？羽既矫杀卿子冠军，义帝必不能堪，非羽弑帝，则帝杀羽，不待智者而后知也。又换笔。增始劝项梁立义帝，诸侯以此服从。中道而弑之，非增之意也。又换笔。夫岂独非其意，将必力争而不听也。不用其言，而杀其所立，羽之疑增，必自是始矣。又换笔。方羽杀卿子冠军，增与羽比肩而事义帝，君臣之分未定也。为增计者，力能诛羽则诛之；不能，则去之。岂不毅然大丈夫也哉？增年已七十，合则留，不合则去，不以此时明去就之分，而欲依羽以成功名，陋矣！又换笔。虽然，增，高帝之所畏也。增不去，项羽不亡。呜呼！增亦人杰也哉！尾乃得此一振。

〔注释〕

①增劝羽杀沛公：指公元前 206 年，刘邦先攻入咸阳，项羽进驻鸿门（今陕西临潼东）。为消灭刘邦，范增劝项羽在宴会上杀刘邦，项羽不听，终使刘邦逃脱。增，即范增，居鄛（今安徽桐城）人，为项羽谋臣，后遭离间，为项羽所疑，被迫在古稀之年出走，道中病死。羽，指项羽，名籍，楚贵族后裔，起兵反秦，自称西楚霸王，灭秦后与刘邦展开数年战争，后兵败垓下，自杀于乌江。沛公，即汉高祖刘邦，沛（今江苏沛县）人，秦末起兵称沛公。后打败项羽，称帝，建立西汉王朝。

②《易》：即《周易》，或《易经》，为古时占卜书，寓含极博深的历史与人生哲理。

③《诗》：即《诗经》，我国最早一部诗歌总集。此句引文出自《诗经・小雅・頍弁》，意谓下雪前所看到的是细小的雪珠。

④卿子冠军：即宋义，卿子为尊称，冠军指其为上将，位诸将领之上。公元前 207 年，楚怀王封宋义为上将军率兵救援，他在途中畏缩不前，项羽杀之，破釜沉舟，大败秦军。

⑤陈涉：即陈胜，农民起义领袖。公元前 209 年，在大泽乡揭竿而起，打着项燕、扶苏之旗号争取民心。

⑥项燕、扶苏：项燕，楚国贵族和名将，项羽之叔父。扶苏，秦始皇长子。秦始皇死后被赵高矫诏赐死。

⑦楚怀王孙心：即楚怀王孙子熊心。公元前 208 年，范增献计拥立他为王以争楚地民心。

⑧陈平：刘邦主要谋臣。先为项羽部属，后投奔刘邦。汉建立后封曲逆侯。

〔解读〕

范增是项羽的首席谋臣，被尊为亚父，在反秦战争中起过重要的作用，并有先知之明，数劝项羽诛杀刘邦。项羽不仅不听，反中陈平离间计，对其疑之，削夺其权，迫其愤而出走，途中背发疽死，是一个令人赞且叹的悲剧人物。苏轼在此文正确分析了当时形势和项羽性格，由项羽矫诏诛宋义、弑义帝，可知范增将成为项羽根除的下一个目标。范增以七十岁高龄离开项羽，可谓有先见之明，是非常正确的，只恨离开太晚了些。同时，苏轼认为义帝是个有才有智的贤主，项羽弑义帝，既为杀范增之先兆（因范增力劝立义帝，并坚决反对弑义帝），也为项羽失败之开始。而范增不能及时地、较早地离开项羽，贪图功名，也是缺乏见识。但最后仍赞叹范增为人中之杰。本文逻辑很严谨，有史有论，是一篇精悍新颖的史论。

留　侯　论

此文，得意在“且其意不在书”一句起，掀翻尽变，如广陵秋涛之排空而起也。

古之所谓豪杰之士者，必有过人之节，人情有所不能忍者。一句，巉然立论。匹夫见辱，拔剑而起，挺身而斗，此不足为勇也。天下有大勇者，卒然临之而不惊，无故加之而不怒，此其所挟持者甚大，而其志甚远也。上论巉然，得此一落始畅。

夫子房受书于圯上之老人[①]也，其事甚怪。人事。然亦安知其非秦之世有隐君子[②]者，出而试之。先作浅笔略断。观其所以微见其意者，皆圣贤相与警戒之意。先作浅笔，就事略证。而世不察，以为鬼物，亦已过矣，先作浅笔笔，略驳。且其意不在书。至此别作深笔发议，此一句，乃一篇之头也。当韩之亡[③]，秦之将盛也，以刀锯鼎镬待天下之士，其平居无事夷灭者，不可胜数。虽有贲、育[④]，无所获施。笔力劲甚。夫持法太急者，其锋不可犯，而其势未可乘[⑤]。笔力劲甚。子房不忍忿忿之心，以匹夫之力而逞于一击之间[⑥]。当此之时，子房之不死者，其间不能容发，盖亦已危矣！笔力劲甚。千金之子[⑦]，不死于盗贼，何者？其身之可爱，而盗贼之不足以死也。上文，笔力劲甚，此略作抒缓。子房以盖世之才，不为伊尹、太公[⑧]之谋，而特出于荆轲、聂政[⑨]之计，以侥幸于不死。妙论，可感。此圯上老人之所为深惜者也。抒缓。是故倨傲鲜腆[⑩]而深折之，彼其能有所忍也，然后可以就大事，故曰：“孺子，可教也！”妙论，可感。看他连作三起笔，皆劲甚，连作三落，又皆抒缓。

楚庄王[11]伐郑，郑伯肉袒牵羊以迎[12]，庄王曰："其主能下人，必能信用其民矣。"遂舍之。一证。勾践之困于会稽[13]，而归臣妾于吴者，三年而不倦。又一证。二证不甚相论，却是行文到此时，更少不得。且夫有报人之志，而不能下人者，是匹夫之刚也。夫老人者，以为子房才有余，而忧其度量之不足，故深折其少年刚锐之气，使之忍小忿而就大谋。此先生自已无中生有之论，却说得极透澈，看他下文紧接"何则"二字！何则？非有平生之素[14]，卒然相遇于草野之间，而命以仆妾之役，油然而不怪者，此固秦皇之所不能惊，而项籍[15]之所不能怒也。妙妙！可感，可念！○至此，一论已毕，下乃余勇成文。

观夫高帝[16]之所以胜，项籍之所以败者，在能忍与不能忍之间而已矣。急推说到高帝、项籍。项籍唯不能忍，是以百战百胜，而轻用其锋；高祖忍之，养其锋而待其弊，此子房教之也。此段，本已推开子房，却仍归功子房，真乃恣情恣笔之文。当淮阴破齐而欲自王[17]，高祖发怒，见于词色。由是观之，犹有刚强不能忍之气，非子房其谁全之？只为欲畅忍不忍二论，故推开子房，再说高帝。又偶因手便，仍结归子房耳！看他却又还一证佐，恣情恣笔，一至于此哉！太史公疑子房，以为魁梧奇伟，而其状貌乃如妇人女子，不称其志气。呜呼！此其所以为子房欤！余波，更复胜！

〔注释〕

①子房受书于圯上之老人：子房，张良字。圯上老人，即黄石公。据《史记·留侯世家》载，张良在下邳圯上散步时，遇黄石公，使张良为他拾鞋穿鞋，张良听而从之。老人又反复考验，然后授张良《太公兵法》一书，告诉他说："读此则为王者师矣。"圯，方言称桥为圯。

②隐君子：隐居之高士。

③韩之亡：韩国亡于前230年，秦亡六国，首先灭韩。张良祖、父均为韩相。

④贲、育：即孟贲、夏育，古代著名勇士。

⑤其势未可乘：谓形势有利于秦，还没有可乘之机。

⑥一击之间：据《史记》载，秦灭韩后，张良为报秦始皇灭韩之仇，募大力士，铸铁椎120斤，乘秦始皇东游，在博浪沙（今河南原阳东南）狙击，可惜击中秦始

皇副车。

⑦千金之子：旧社会用以称富贵人家的子弟。

⑧伊尹、太公：伊尹为商初大臣，辅佐商汤灭夏有功。太公指吕尚，辅佐周武王灭殷有功。此二人均以谋略见长。

⑨荆轲、聂政：荆轲，齐人，受燕太子丹派遣到秦国，以献图之际刺杀秦始皇，失败被杀。聂政，战国时韩人，曾为韩卿严遂刺杀韩相侠累，后自杀。二人均以著名刺客身份列于《史记·侠客列传》。

⑩鲜腆：鲜，少。腆，丰厚，美好。此处意为没有礼貌。

⑪楚庄王：春秋时楚国君主。

⑫郑伯肉袒牵羊以迎：郑伯指郑襄公。据《左传》宣公十二年载，楚庄王率军围郑，郑襄公去衣露体，牵着羊向楚庄王请降，表示认罪认罚。楚庄王则认为他作为国君能如此低三下四，必定能取信于民，便退兵三十里。肉袒，袒衣露体。牵羊，示为臣仆，羊表示懦弱顺从。

⑬勾践之困于会稽：勾践，春秋末年越国君主，春秋五霸之一。会稽，在今浙江中部。史载，公元前494年，勾践为吴王夫差战败，困于会稽山上，被迫屈服请降，其本人和众大臣作为人质入吴国。三年后回国，卧薪尝胆，发愤图强，终战胜吴国。

⑭非有生平之素：即素昧平生，向来不习惯。

⑮项籍：即秦末汉初的项羽。

⑯高帝：即汉高祖刘邦。

⑰淮阴破齐而欲自王：据《史记》载，汉四年，韩信破齐，派使者请求称为假王，刘邦当时正被项羽围于荥阳，大怒说："我被围困于此，本指望你快来援救，你却想自立为王。"张良、陈平急忙踩刘邦的脚，刘邦意会，反骂道："大丈夫定诸侯，为王就称真王，何必做假王。"遂派张良去立韩信为齐王，以换取其兵进攻项羽。

〔解读〕

本文为宋仁宗嘉祐六年（1061年）苏轼应制科考试时所上《进论》之一。留侯张良受书于圯上老人是被司马迁载入《史记·留侯世家》的一个具有传奇色彩的故事。在此篇文章中，苏轼对此事提出了自己的见解。他认为，"忍小忿而就大谋"是张良辅佐刘邦灭秦、楚以兴汉室的关键所在，圯上老人鉴于张良博浪沙中鲁莽，认为伏击秦始皇是匹夫之勇，因授张良以奇书，使其学会忍耐以完成大事业。通篇即以此为核心，灵活地运用史料，反复申论，如以楚庄王伐郑伯退兵三十里、勾践屈服于吴王夫差，尤其以楚汉相争中，刘邦忍小忿而就大谋，而项羽则仅凭义气，小不忍而乱大谋，一成一败，更加说明“忍”之关键，小至身家性命，大至逐鹿天下。

此文为一篇政论文，以严肃的议论开始，则以闲笔收尾，尤其善于运用历史史料，使此文具有很强的说服力。

晁 错 论

此是先生破尽身见，独存义勇，而乃抒为妙文，后贤且只学其刀刀见血。

天下之患，最不可为者，名为治平无事，而其实有不测之忧。暗说汉景时七国强大！坐观其变而不为之所，则恐至于不可救；起而强为之，则天下狃[①]于治平之安而不吾信。暗说晁错建言之难。惟仁人君子、豪杰之士，为能出身为天下犯大难，以求成大功。此固非勉强期月之间，而苟以求名之所能也。暗说晁错非其人，一段，先论晁错之计，本尽忠于汉家。天下治平，暗说汉景时。无故而发大难之端，暗说建言削其国。吾发之，吾能收之，然后有辞于天下，暗说七国反。事至而循循焉欲去之，使它人任其责，暗说晁错欲自居守，而使天子自将。则天下之祸必集于我。暗说袁盎斩错之举，一段，再论晁错之意是，而其计则非。昔者，晁错[②]尽忠为汉，谋弱山东之诸侯[③]。山东诸侯并起，以诛错为名，而天子不之察，以错为之说[④]。天下悲错之以忠而受祸，纵一笔。不知错有以取之也。一笔擒，已下，全篇俱发此句。

古之立大事者，脱却题目，宽宽起笔。不惟有超世之才，晁有。亦必有坚忍不拔之志。晁无。昔禹[⑤]之治水，凿龙门、决大河而放之海，引证妙。方其功之未成也，盖亦有溃冒冲突可畏之患。入骨之情，入骨之文。惟能前知其当然，事至不惧，而徐为之图，是以得至于成功。读此等文，叹先生是何等学术，何等经济！夫以七国之强而骤削之，其为变，岂足怪哉！妙！自是意中事，振笔爽快。错不于此时捐其身，为天下当大难之冲，而制吴楚之命，先生见危授命，于此言可信。乃为自全之计，欲使天子自将，而己居守。提刀直入，抉晁要害。且夫发七国之难者谁乎？妙！无辩。己欲求其名，安所逃其患？妙！无辩。以自将之至危，妙！与居守之至安；妙！行文刀刀见血。己为难首，择其至安，妙，无辩。而遗天子以其至危，妙，无辩。此忠臣义士所以愤怨而不平者也。断尽晁错，与袁盎何与耶？上文已毕。当此之时，虽无袁盎[⑥]，错亦未免于祸，此又再进一层。何者？己欲居守，而使人主自将。以情而言，天子固已难之矣。妙！而重违其议，妙！是以袁盎之说得行于其间。妙！一正。使吴楚反，错以身任其危，妙！日夜淬砺[⑦]，东向而待之，妙！使不至于累其君，妙！则天子将恃之以为无恐，虽有百盎，可得而间哉？妙！一翻，加此一层翻驳，更快。

嗟夫！世之君子，宽宽收笔。欲求非常之功，则无务为自全之计。世间则圣贤豪杰，出世间则佛菩萨，尽于此二言矣！使错自将而讨吴、楚，未必无功，必有功！古之人有行之者，如伊尹放太甲，周公征东山，皆是也。惟其欲自固其身，而天子不悦，奸臣得以乘其隙。错之所以自全者，乃其所以自祸欤！说尽千古书生做事通病，晁在九原，无不心服。

〔注释〕

①狃：习以为常，习惯。

②晁错：西汉政论家，汉景帝时大臣。文帝时任太子家令，深得太子（景帝）信任。景帝即位，任御史大夫，建议削夺诸侯王封地，巩固中央集权。吴楚七国反叛，以诛晁错为名，为袁盎所谮，被杀。

③山东之诸侯：山东为秦汉时一通用地理概念，指函谷关以东地区。诸侯，指位于函谷关以东的吴楚等七个诸侯国。

④以错为之说：说，通“悦”，即以杀晁错取悦于诸侯。

⑤禹：传说为上古夏后氏部落首领，曾奉舜命治水，划分九州。

⑥袁盎：即爰盎，字兰，楚人。本为游侠，任诸侯国齐、吴之相，受吴王之贿，欺骗汉朝中央，被御史大夫晁错告发，贬为庶人。吴楚七国叛乱起，他谮言晁错，致使景帝杀晁错。后以事惹怒梁孝王，被刺死。

⑦淬砺：淬，打炼铁器时，将烧红的器物浸入水中，以增其弹性与硬度。砺，磨砺。

〔解读〕

晁错是个在历史上颇有争议的人物，有人认为他自找死路，有人认为他以忠被杀，为其鸣冤叫不平或直斥其不明事的文章为数不少，但苏轼却比较公允地论述晁错遭祸之深层原因。晁错是景帝为太子时的师傅，深得景帝之信任和重用，并且比较敏感地认识到诸侯势力膨胀的隐患，冒天下之大不韪向景帝提出削藩，此可称其勇而忠。但他却没有充分考虑到吴楚七国拒绝削藩之后果，也没提出解决此问题之对策。所以，一旦七国叛乱爆发，天下震动，他却想推卸责任，吓得不敢挺身而出，竟提出让景帝率师去平叛，他自己留守京师。这不仅引起景帝之反感和怀疑，而且恰给其昔日仇人袁盎以可乘之机，导致他被斩首。

晁错被杀，确实咎由自取，是他对问题处理失当而导致。但同时也暴露一些读书人的致命弱点和通病，虽有超世之才，但缺乏坚韧不拔之志，一旦局势骤变，则惊慌失措，失去方寸，能发而不能收。当时七国叛兵势力足以与中央抗衡，渡江西向，京师岌岌可危，晁错不以此时投身担重任，却让景帝率师平叛，即使无袁盎等人之谗言，也难免一死。所以，苏轼说，晁错本用来保全自身的谋略却成了自取灭亡的原因。

乞校正陆贽奏议进札子

进宣公奏议，便剀切一如宣公。此是先生天下独擅，然而笔墨之外，毕竟别有一种风流委折，此又是先生本色，不能自掩也。

臣等猥以空疏，备员讲读[①]。圣明天纵[②]，学问日新。臣等才有限而道无穷，心欲言而口不逮，以此自愧，莫知所为。不宽不迫，恰如此起，人只谓平平，岂知必须作过千文，始有此文哉！窃谓人臣之纳忠，譬如医者之用药，药虽进于医手，方多传于古文，若已经效于世间，不必皆从于己出。精论，至论。精喻，至喻！又复于题不宽不迫，此等处，俱可想见先生心地、先生气候。伏见唐宰相陆贽[③]，才本王佐，学为帝师；论深切于事情，言不离于道德；智如子房[④]而文则过，辩如贾谊[⑤]而术不疏。上以格君心之非，下以通天下之志。赞宣公，字字精切。虽然，先生直自道矣。但其不幸，仕不遇时，转笔，人知多少感慨，不知多少斡旋。德宗[⑥]以苛刻为能，而贽谏之以忠厚；德宗以猜忌为术，而贽劝之以推诚；切！德宗好用兵，而贽以消兵为先；切！德宗好聚财，而贽以散财为急。切！至于用人听言之法，治边御将之方，罪己以收人心，改过以应天道；去小人以除民患，惜名器[⑦]以待有功；如此之流，未易悉数。可谓进苦口之药石，针害身之膏肓，使德宗尽用其言，则贞观[⑧]可得而复。上四句，逐句写不遇，此数句，一总写不遇，笔法变化。

臣等每退自西阁，即私相告语，以陛下圣明，必喜贽议论。写朝廷，如写闺房，此皆先生一片忠孝心地，流而为至文妙文也！但使圣贤之相契，即如臣主之同时。岂惟无彼我，乃至无古今，此是何等心地！昔冯唐论颇、牧之贤[9]，则汉文为之太息；魏相条晁、董之对[10]，则孝宣以致中兴[11]。若陛下能自得师，则莫若近取诸贽。并无彼我、古今对畛于胸，一片只是忠孝心地，又要看他随手成对，蹴踏四六恶态尽净。夫六经、三史、诸子、百家[12]，非无可观，皆足为治，忽然自起一难。但陈言幽远，末学支离，譬如山海之崇深，难以一二而推择。自难自解。如贽之论，开卷了然，聚古今之精英，实治乱之龟鉴[13]。上文忽难忽解，正为此句作波折也。臣等欲取其奏议，稍加校正，缮写进呈，愿陛下置之坐隅，如见贽面；妙！反复熟读，如闻贽言。妙！必能发圣性之高明，成治功于岁月。臣等不胜区区之意，取进止[14]。

〔注释〕

①讲读：指翰林院的侍讲学士和端明殿的侍读学士，其职是为皇帝讲述经史，以备咨询。

②天纵：天禀。

③陆贽：字敬舆，苏州嘉兴人。德宗时，由翰林学士迁为中书侍郎、同平章事，勇于指陈时弊，实施两税法，后被裴延龄所谗，贬为忠州别驾。其所作奏议，多用排偶，条理精密，文笔流畅，遗著有《陆宣公奏议》。

④子房：即张良，西汉初年政治家，刘邦著名智囊，为建立西汉立下不世之功，后封留侯。

⑤贾谊：西汉政论家和政治家，洛阳人，文帝时为博士，好议论，受排挤出朝，贬为长沙王太傅、梁怀王太傅。有著名文章《陈政事疏》《过秦论》《鹏鸟赋》等。

⑥德宗：即李适，公元779—805年在位。

⑦名器：名位官爵。

⑧贞观：唐太宗年号，此指史称的“贞观之治”。

⑨冯唐论颇、牧之贤：冯唐，西汉安陵（今陕西咸阳东北）人，文帝时为郎中署长、车骑都尉，景帝时为楚相。颇，指战国时赵国名将廉颇。牧，指李牧，为战国时赵国名将。

⑩魏相条晁、董之对：魏相即汉宣帝时丞相。晁，即晁错。董，即董仲舒，经学大师，提出“罢黜百家，独尊儒术”，为武帝采纳。魏相在奏章中经常引用晁错、董仲舒二人的言论。

⑪孝宣以致中兴：孝宣，汉宣帝刘询，在其当皇帝时，整顿吏治，任贤选能，社会安定，史称“中兴”。

⑫六经、三史、诸子、百家：六经，即《书》《诗》《易》《礼》《春秋》《乐》六部儒家经典。三史指《史记》《汉书》《后汉书》。诸子、百家，先秦至汉初各学派之总称，诸子指各派代表人物，百家指各学派。

⑬龟鉴：借鉴。龟，古代用龟甲占卜辨吉凶。

⑭取进止：听从裁处。

〔解读〕

苏轼此文实际上借奏议陆贽之奏疏，以进谏哲宗如何借鉴古训，分清是非忠奸。札子是宋代始出现的臣子上奏给皇帝的书面文章，长短不一。元祐八年(1093年)，苏轼任端明殿学士兼翰林侍读学士，与吕希哲、吴安礼、吕祖禹等校正陆贽奏议，为此上奏给哲宗。在这篇札子中，苏轼首先以医者用药为喻，论述唐代名相陆贽智同张良而文才更优，辩如贾谊而策略更实用，上纠皇帝之错，下通众人之愿，为帝王之佐，只是他遇上了唐德宗这个苛刻、贪婪、好战、喜财的皇帝，许多利君利民的建议不被采纳。并认为陆贽之奏议开卷即有用，聚古今之精华，为治乱之借鉴，可以启迪皇帝圣明之天性。

在此文中，苏轼高度评价了陆贽，并批评了唐德宗，史论结合，借古喻今，看似平平，但字字精切，读之令人赞叹。

上梅直讲书

文态如天际白云，飘然从风自成卷舒。人固不知其胡为而然，云亦不自知其所以然。

某官执事，每读《诗》至《鸱鸮》[1]，读《书》至《君奭》[2]，常窃悲周公[3]之不遇。无因无由，忽叹周公，此为大奇。及观《史》[4]，见孔子厄于陈、蔡[5]之间，而弦歌之声不绝。颜渊、仲由[6]之徒，相与答问。夫子[7]曰："'匪兕匪虎，率彼旷野[8]。'吾道非邪？又何为至此？"颜渊曰："夫子之道至大，故天下莫能容。虽然，不容何病[9]？不容，然后见君子。"夫子油然而笑曰："回，使尔多财，吾为尔宰。"夫天下虽不能容，而其徒自足以相乐如此！乃今知周公之富贵，有不如夫子之贫贱。空中忽然纵臆而谈，劣周公，优孔子，岂不大奇！夫以召公之贤，以管、蔡之亲[10]，而不知其心，则周公谁为乐其富贵？真是妙论！使我慨然。而夫子所与共贫贱者，皆天下之贤才，则亦足以乐乎此矣。妙论！使我慨然。劣周公，优孔子，得此遂大畅。轼七八岁时，始知读书，闻今天下有欧阳公[11]者，其为人如古孟轲、韩愈之徒，而又有梅公[12]者从之游，而与之上下其议论。闻有此二公，是第一段。其后益壮，始能读其文词，想见其为人，意其飘然脱去世俗之乐，而自乐其乐也。方学为对偶、声律之文[13]，求升斗之禄[14]，自度无以进见于诸公之间。来京师逾年，未尝窥其门。读其文，未及其门，是第二段。○写得甚恣，甚腴。今年春，天下之士群聚于礼部[15]，执事与欧阳公实亲试之。轼不自意获在第二。获受二公取中第二，是第三段。既而闻之人，执事爱其文，以为有孟轲之风，而欧阳公亦以其能不为世俗之文也而取，十七字句。是以在此。此四字，总上二公。非左右为之先容[16]，非亲旧为之请属，而向之十余年间，闻其人而不得见者，一朝为知己。人传实以文字见之，是第四段。退而思之，人不可以苟富贵，亦不可以徒贫贱。有大贤而为其徒，则亦足恃矣。苟其侥一时之幸，从车骑数十人，使闾巷小民聚观而赞叹之，亦何以易此乐也。传曰："不怨天，不尤人"，盖"优哉游哉，可以卒岁"。一篇文字，只此数行是正文，已前，皆自叙也。先生一生，光明俊伟，风流潇洒，至诚恻怛，尽于此数行矣。执事名满天下，而位不过五品，其容色温而不怒，其文章宽厚敦朴而无怨言，此必有所乐乎！斯道也，轼愿与闻焉。赞梅公，亦只是一"乐"字，又写得甚轻脱。

〔注释〕

①读《诗》至《鸱鸮》：《诗》指《诗经》，《鸱鸮》是《诗经·豳风》中的篇名。旧说，周成王怀疑周公讨伐武庚、管叔、蔡叔动机不纯，为释疑，周公作了此首诗给周成王，以表示心意。

②读《书》至《君奭》：《书》，《尚书》简称。《君奭》，《尚书》中一篇。君奭指周召公，周文王庶子，与周公共辅成王。他曾猜疑周公有篡位野心，周公因作此诗给他，表白自己。

③周公：姓姬，名旦，周武王弟，辅佐成王。

④《史》：指司马迁《史记》。

⑤孔子厄于陈、蔡：陈、蔡为春秋时小国，均在河南、安徽交界一带。据载，孔子曾在此遭围困。

⑥颜渊、仲由：颜渊，名回，字子渊；仲由，字子路，均为孔子最得意的弟子。

⑦夫子：孔子学生对孔子的尊称。

⑧匪兕匪虎，率彼旷野：语出《诗经·小雅·何草不黄》，匪，同"非"。兕（sì）似野牛，头上仅一只角。率，循行或奔走意。

⑨何病：有什么担忧。

⑩管、蔡之亲：管、蔡即管叔和蔡叔，均为周公弟，他们曾散布流言，说周公篡夺成王王位。

⑪欧阳公：指欧阳修，北宋著名文学家。

⑫梅公：即梅尧臣，字圣俞，北宋文学家。

⑬对偶、声律之文：指有韵律的诗赋。

⑭升斗之禄：指俸禄微薄的小官吏。

⑮礼部：官署名，六部之一，掌管礼教与学校贡举诸事。

⑯先容：事先予以介绍、推荐。

〔解读〕

此信是苏轼于宋仁宗嘉祐二年（1057 年）考取进士后写给梅尧臣的。当时，在进士考试中，欧阳修为主考官，梅尧臣为参评官。苏轼的试文是《刑赏忠厚之至论》，深受欧阳、梅二人之欣赏，认为是“不为世俗之文”，将苏轼拔为第二名。苏轼感其知遇之恩，怀着十分高兴之心情写了这封信。

本文主要内容分两段，前段议论历史人物，以周公尊贵比乎天子，而却遭到其手足兄弟之猜疑；而孔子困顿于蔡陈小国，为诸侯王所弃而不用，但一路上弦歌不断，与其弟子高谈阔论。二者相比，周公之富贵还不如孔子之贫贱，由此表达到了作者以孔子安贫乐道为榜样的深意。后段则先赞扬欧阳、梅二人之人品文章，说自己自幼仰慕，读其文章，感谢二人对自己的赏识和提拔。苏轼当时只是一个二十几岁的青年人，其高兴之心情是可想而知的。此文比较真实地反映了一个阅世未深的青年得意时充满信心和活力而略带轻浮的人生态度，但对富贵而忧和贫贱乐道的认识则是极正确的。

本文情调潇洒，笔力雄健，有气魄，有文采，虽为赞扬他人之文，但无阿谀之嫌，其淋漓酣畅、得意快慰，给人一种朴实率直之感，而其文章意境则比较深远，耐人寻味，其中不难看出这位初出茅庐青年的远大志向和取舍。

到惠州谢表

纯是意，却绝不见作意之态。

仁圣曲全，本欲畀之民社，群言交击，必将致之死亡。尚荷宽恩，止投荒服[①]。无数曲折，如吮出。伏念臣，性资褊浅，学术荒唐，但信不移之愚，遂成难赦之咎。迹其狂妄，久合诛夷，方尚口乃穷之时，盖擢发莫数其罪。岂谓天幸，得存此生？无数曲折，如吮出。○看其安插笔法。此盖伏遇皇帝陛下，以大有为之资，行不忍人之政。汤[②]网开其三面，舜干舞[③]于两阶。念臣奉事有年，少加怜悯；妙！知臣老死无日，不足诛锄。妙！明降德音，许全余息。故使虺隤[④]之马，犹获盖帷；觳觫[⑤]之牛，得违刀几。妙，妙！臣敢不服膺严训，托命至仁，洗心自新，没齿[⑥]无怨？无数曲折，如吮出。但以瘴疠之地，魑魅为怜；衰疾交攻，无复首丘[⑦]之望。精诚未泯，空余结草之忠[⑧]。岂不乞怜，然是何等笔墨？

〔注释〕

①荒服：指极边远地方。

②汤：指商汤王，商王朝建立者。

③舜干舞：舜，传说远古时期部落联盟首领。干舞，一称兵舞。

④虺隤：疲极而病。

⑤觳觫：恐惧颤抖貌。

⑥没齿：至死。

⑦首丘：原词见于《楚辞·九章·哀郢》“狐死必首丘”，说狐死时头朝着巢穴。此处指死时归故乡。

⑧结草之忠：出自《左传》一典故。此处指受恩深重，虽死也要报答。

〔解读〕

此是苏轼贬谪惠州后写给皇帝的一纸谢表。绍圣元年（1094 年）四月，在定州任太守的苏轼以“讥讪先帝”罪改贬为承议郎责知黄州军州事。六月，又遭到来之邵奏劾，说他“诋斥先朝”，改贬为宁远军节度副使，惠州安置。当年十月二日抵惠州贬所。此表即是到惠州后所写。

在此文中，苏轼首先感谢皇上不杀之圣恩，次则非常愤慨地指出自己遭到小人攻击，必欲置己于死地后而快。而最主要的还是求皇上怜悯，说自己贬到瘴疠之地，老而有病，至死也难回京，无法报答皇恩，虽然此文不乏求情乞怜，但苏轼说自己“性资褊浅，学术荒唐，但信不移之愚”，非常坚决表示自己虽屡贬而不改自己之初衷，其气节之高尚、信念之坚定令人钦佩。

颍州谢到任表

总是绝不作意。

支郡责轻，未即满盈于小器；丰年事简，非徒饱暖于一家。览几席之溪湖，杂簿书于鱼鸟。平生所乐，临老获从。妙妙！吮亦吮不出矣。伏以汝颍[①]为州。邦几称首，土风备于南北，人物推于古今。宾主俱贤，盖宗资、范孟博[②]之旧治；文献相续，有晏殊、欧阳修[③]之遗风。将人物句细开一联，妙妙！顾臣何人，亦与兹选？吮出也。此盖伏遇皇帝陛下，丕承六圣[④]，总揽群英；生知仁孝之全，学识文武之大；谓臣簪缨[⑤]之旧物，尝忝帷幄之近臣；奉事七年，崎岖一节。吮出也。意其忠义许国，故暂召还；察其老病畏人，复许补外。置之安地，养此散材。吮出也。更少勉于桑榆，誓不忘于畎亩[⑥]。

〔**注释**〕

①汝颍：即汝州、颍州，以州境内有汝水、颍水得名。

②宗资、范孟博：宗资，东汉人，曾为汝南太守。范孟博，即范滂，东汉汝南征羌（今河南郾城东南）人，曾为宗资属吏，抑制豪强，反对宦官。

③晏殊、欧阳修：晏殊，字同叔，北宋词人。欧阳修，北宋著名文学家、政治家，“唐宋八大家”之一。

④六圣：指哲宗前面的宋太祖、太宗、真宗、仁宗、英宗、神宗六皇帝。

⑤簪缨：古代达官贵人的头上冠饰。也常为达官贵人之代称。

⑥畎亩：田地。

〔**解读**〕

这是宋哲宗时苏东坡被出任为颍州知州到任时所上的谢表。

在此表中，苏东坡赞扬了其所治之地的民俗风气兼顾南北，而且人杰地灵，为东汉宗资、范滂所为官治辖之旧地，并有晏殊、欧阳修之遗风。进而讲到自己，说自己算什么呢，也能入此辈之列，这一切都是皇帝的恩赐和对臣下的怜悯。当时苏东坡被朝廷召回而又贬出，到小小的颍州做一地方官，心境颇为复杂。在此表中，虽名曰感激皇恩浩荡，实则对自己的遭遇颇有怨言，如“崎岖”“召还”“老病畏人”“补外”“散材”等无不字中寓意，但在文中给人一种绝不作意，轻笔带过，只有仔细琢磨才能感觉出来。

谢兼侍读表

绝不作意，却纯是意。○分明胸前一段幽愤，而出以安和之音。

伏念臣志大而才短，论迂而性刚。以自用不回之心，处众人必争之地，不早退缩，安能保全！如吮而出。是以三年翰墨之林[①]，屡遭飞语[②]；再岁江湖之上，粗免烦言。岂此身愚智之殊，盖所居闲剧之致，臣之自处，何者为宜？如吮而出。而况讲读之私，帷幄[③]最近。分章摘句，则何以报非常之知？因事献言，又必贻前日之患。妙！虽仰恃天日之照，实常负水渊之虞。如吮而出。恭惟皇帝陛下，大德庇民，小心顺帝。虽天覆地载，以圣不可知为神；而日就月将，以学而不厌为智。曲收旧物，以广多闻。妙！如吮而出。臣敢不职思其忧，本无分于中外；欲报之德，誓不易于死生。

〔注释〕

①翰墨之林：指在京任翰林院士。

②飞语：流言，无根据的话或诽谤。

③帷幄：原意为在旁边的叫“帷”，四面围合起来像屋宇的叫“幄”。此处指官廷。

〔解读〕

这是苏轼在任翰林学士兼侍读后写给哲宗皇帝的一份谢表。时间应该在元祐三年（1088 年）。当时苏轼因反对王安石变法和“乌台诗案”，已是几度遭贬。

元祐元年（1086年），以司马光为首的旧党执政，苏轼被召回京任中书舍人、翰林学士兼侍读。这是苏轼一生中比较得意又极为短暂的一个时期。在这份谢表中，首先自责，说自己志大才短，性刚而议论迂阔，并且处于众人必争之地，易遭到人的攻击。而现在兼任侍读，在皇帝身边任职，如仅仅“分章摘句”讲些虚言，无法报皇上知遇之恩，如“因事献言”批评时政，又怕重蹈前辙而获罪。所以，感到处境极为艰难。在此，苏轼对就任新职表现出深深的忧虑。从这份谢表可以看出，苏轼对当时局势和自己处境看得极为清楚，并且也暗示自己将再遭贬谪。

潮州韩文公庙碑

此文，于先生生平，另是一手。大约凡作三段，一段冒起，一段正叙，一段辨庙，段段如有神助。

匹夫而为百世师，一言而为天下法。是皆有以参天地之化，关盛衰之运。其生也有自来，其逝也有所为。大笔如杠，自天而落，更不用起承转合，只是浩然之气荡荡自行。故申、吕[①]自岳降，傅说[②]为列星，古今所传，不可诬也。略证。孟子曰："我善养吾浩然之气。"笔笔如杠。是气也，寓于寻常之中，而塞乎天地之间。卒然遇之，则王公失其贵，晋、楚失其富，良、平[③]失其智，贲、育[④]失其勇，仪、秦[⑤]失其辩。一气连写五"失其"字。是孰使之然哉？其必有不依形而立，不恃力而行，不待生而存，不随死而亡者矣。一气连写四"不"字。故在天为星辰，在地为河岳，幽则为鬼神，而明则复为人。此理之常，无足怪者。又一气连写四"为"字。自起至此，只是一气荡荡自行。

自东汉以来，道丧文弊，异端并起。转笔作提笔，大力大人势。历唐贞观、开元[⑥]之盛，辅以房、杜、姚、宋[⑦]而不能救。曲折入题。独韩文公[⑧]起布衣，谈笑而麾之，天下靡然从公，复归于正。正叙韩公。盖三百年于此矣！叹句得神。文起八代[⑨]之衰，而道济天下之溺，忠犯人主之怒[⑩]，而勇夺三军之帅[⑪]。忽作对峙之文，全是一气所行。岂非参天地，关盛衰，浩然而独存者乎！结住。下提笔再起。盖尝论天下之辨，以谓人无所不至，惟天不容伪。智可以欺王公，不可以欺豚[⑫]鱼；力可以得天下，不可以得匹夫匹妇之心。大笔如杠，自天重落，荡荡一气自行。故公之精诚，能开衡山之云，而不能回宪宗之惑；能驯鳄鱼之暴，而不能弭皇甫镈、李逢吉[13]之谤；能信于南海[14]之民，庙食百世，而不能使其身一日安于朝廷之上。笔笔如杠，一气所行。盖公之所能者，天也，所不能者，人也！再结住。

始潮人未知学，公命进士赵德为之师。自是潮之士，皆笃于文行。延及齐民，至于今号称易治。信乎孔子之言："君子学道则爱人，而小人学道则易使也。"纪公于潮。潮人之事公也，饮食必祭，水旱疾疫，凡有求必祷焉。纪潮于公。而庙在刺史公堂之后，民以出入为艰，前太守欲请诸朝，作新庙，不果。元祐五年[15]，朝散郎[16]王君涤来守是邦。凡所以养士治民者，一以公为师。民既说服，凡为人作纪，最不可少是此一句。则出令曰："愿新公庙者听。"民欢趋之。卜地于州城之南七里，期年而庙成。纪新庙，下忽作辨难，笔笔如杠，全是一气所行。或曰："公去国万里而谪于潮，不能一岁而归。没而有知，其不眷恋于潮也审矣。"轼曰："不然。公之神在天下者，如水之在地中，无所往而不在也。而潮人独信之深，思之至，焄蒿悽怆[17]，若或见之。譬如凿井得泉，而曰水专在是，岂理也哉！"是何等名理？是何等妙论？孟子浩然之气被一群小人讲坏，得先生大笔，庶几正之。

元丰[18]七年，诏封公昌黎伯[19]，故榜曰"昌黎伯韩文公之庙"。又神庙门上额。潮人请书其事于石，因作诗以遗之，使歌以祀公。其词曰：

公昔骑龙白云乡[20]，手抉云汉分天章[21]。天孙[22]为织云锦裳，飘然乘风来帝旁。下与浊世扫秕糠，西游咸池略扶桑[23]。草木衣被昭回光，追逐李、杜[24]参翱翔。汗流籍、湜[25]走且僵，灭没倒影不可望。作书诋佛讥君王，要观南海窥衡湘[26]。历舜九嶷吊英皇[27]，祝融[28]先驱海若藏，约束鲛鳄如驱羊。钧天[29]无人帝悲伤，讴吟下招遣巫阳[30]。犦牲鸡卜羞我觞[31]，于粲荔丹与蕉黄[32]。公不少留我涕滂，翩然被发下大荒[33]。

〔注释〕

①申、吕：指申伯与吕侯，申伯为周宣王时大臣，吕侯为周穆王时辅政大臣。

据《诗经·大雅·崧高》曰："维岳降神，生甫及申。"意谓此二人为山岳降神才生出来的。

②傅说：商王武丁时大臣，据传原为奴隶，被武丁选拔为大臣治理朝政，又说他死后升天，比于列星。

③良、平：即汉刘邦之谋臣张良、陈平二人。

④贲、育：战国时卫国大匀士孟贲与夏育。

⑤仪、秦：战国时纵横家代表张仪与苏秦，以善游说著称。

⑥贞观、开元：分别为唐太宗、唐玄宗之年号，也为唐朝盛世之时。

⑦房、杜、姚、宋：即唐太宗、唐玄宗时著名辅政大臣房玄龄、杜如晦、姚崇、宋璟。

⑧韩文公：即韩愈，死后谥文，故称韩文公。

⑨八代：指汉、魏、晋、宋、齐、梁、陈、隋八朝。

⑩忠犯人主之怒：指韩愈在宪宗时上《谏迎佛骨表》，激怒宪宗被贬一事。

⑪勇夺三军之帅：指穆宗时韩愈在镇州平叛事。

⑫豚：小猪。此处泛指一般动物。

⑬皇甫镈、李逢吉：二人为唐宪宗时大臣，以搜刮民财、陷害忠良为能事。

⑭南海：指韩愈贬地潮州（今广东潮安）。

⑮元祐五年：元祐为宋哲宗年号，五年即公元 1090 年。

⑯朝散郎：文官名，从七品。

⑰焄蒿悽怆：焄，同"熏"。蒿谓香臭之气散发。悽怆，悲伤状。

⑱元丰：宋神宗年号。

⑲昌黎伯：韩愈本为河南河阳人，与在今辽宁的昌黎郡毫无关系。但因当时昌黎郡的韩姓为著姓，韩愈便自称其郡望为昌黎，所以历史上韩愈也称为韩昌黎。

⑳白云乡：天上，神仙所居之地。

㉑天章：指天空中分布的日月星辰等。

㉒天孙：即织女。

㉓咸池略扶桑：咸池，古代神话中的日浴之处。扶桑，原为神话中树木名，此处指极东之处。

㉔李、杜：唐大诗人李白、杜甫。

㉕籍、湜：唐文学家张籍、皇甫湜。

㉖衡湘：今湖南的衡水与湘水。

㉗历舜九嶷吊英皇：舜指虞舜。九嶷即九嶷山，相传虞舜死后葬此地。英皇为

唐尧的两小女儿女英、娥皇，同嫁给舜为妃。后舜出逃死于苍梧，二人寻至湘水旁投水而死。

㉘祝融：传说为楚国君主祖先，名重黎，为掌火之官，世祀之为火神。

㉙钧天：天之中央。

㉚巫阳：古代擅占卜者。

㉛犦牲鸡卜羞我觞：犦，即牛，祭祀用的牺牲。鸡卜，用鸡骨占卜。羞，进献。觞，一种酒具。

㉜荔丹与蕉黄：红色的荔枝与黄色的香蕉。

㉝大荒：借用韩愈诗“翩然下大荒”句。大荒，原指荒远之地，此处指人间。

〔解读〕

此是苏东坡为潮州韩愈庙写的一篇碑文。在此篇文章中，苏东坡怀着对韩愈极为同情和崇敬的心情，高度评价了韩愈的一生，对其人格、精神、文章作了极高的评价，并且叙述了潮州韩愈庙的来历与历史的变迁，叙述了潮州当地人民对韩愈的热爱与怀念。

此文写得很有气势，不是就潮州韩愈庙之事论韩愈，而是将其置之于天地人间、历史长河中来评价他。本文开篇即“匹夫而为百世师，一言而为天下法”，然后历叙历史上著名人物如周时的申伯、吕侯之治国，张良、陈平之智谋，孟贲、夏育之勇猛，张仪、苏秦之辩才，无不是因具有一种超乎自然社会而存在的“浩然之气”。而韩愈就正是有了这种“寓于寻常之中，而塞乎天地之间”“不依形而立，不恃力而行，不待生而存，不随死而亡”的“气”，才能够扭转历史乾坤、挽回八代衰败之文风，并得到匹夫匹妇之爱，甚至其精诚可驱衡山之云，可赶河中之鳄，可祷天上之雨，所以在潮州被当地人视为神明。可以说，苏东坡在此对韩愈评价是过于脱离实际，并有些神化了的。从中也可看出作者掺杂进自己的一些怨愤和物伤其类之同感。

此文有极强的艺术感染力，文中连用排比句，既有气势，如瀑布飞泻，而又灵活多变，有比喻、证引、答辩、叙述、议论、歌咏等手法，句子错落有致，音调铿锵激昂，充满着一腔热情、同情，读来使人激昂。所以，金圣叹批其“大笔如杠”“如有神助”。

卷之十五　宋　文

苏　轼

前赤壁赋

游赤壁，受用现今无边风月，乃是此老一生本领。却因平平写不出来，故特借洞箫呜咽，忽然从曹公发议，然后接口一句喝倒，痛陈其胸前一片空阔了悟，妙甚！

壬戌[①]之秋，七月既望[②]，苏子[③]与客泛舟游于赤壁[④]之下。此如赋序。清风徐来，水波不兴，先赋风。此赋通篇只说风月。举酒属客，诵《明月》之诗，歌《窈窕》之章[⑤]。少焉，月出于东山之上，徘徊于斗牛[⑥]之间。次赋月。白露横江，水光接天。纵一苇之所如[⑦]，凌万顷之茫然。浩浩乎如冯虚御风[⑧]，而不知其所止；飘飘乎如遗世独立，羽化[⑨]而登仙。赋领受此风此月者。于是饮酒乐甚，扣舷而歌之。歌曰："桂棹兮兰桨，击空明兮溯流光[⑩]。渺渺兮予怀，望美人兮天一方。"美人，君恩，此先生眷眷不忘朝廷之心也。若言与末段意思不类者，须知末段正即曾点暮春一副心期。自来真正经纶大手，未有不从此处流出者。

客有吹洞箫者，依歌而和之。其声呜呜然，如怨，如慕，如泣，如诉，余音袅袅，不绝如缕。舞幽壑之潜蛟，泣孤舟之嫠妇[⑪]。忽然赋洞箫，为生起下文也；不因此一纵，几无行文处矣。苏子愀然，正襟危坐而问客曰："何为其然也？"生起。客曰："'月明星稀，乌鹊南飞'，此非曹孟德之诗[⑫]乎？先引者所读诗。西望夏口[⑬]，东望武昌[⑭]，山川相缪，郁乎苍苍，此非孟德之困于周郎[15]者乎？现指今所遭境。方其破荆州，下江陵，顺流而东也，舳舻[16]千里，旌旗蔽空，酾酒临江，横槊赋诗[17]，固一世之雄也。细读"方其"二字，言曹公之为曹公也如此。而今只二字写尽黯然。安在哉！一段。借曹公发端；其伤心，却在下一段。况吾与子渔樵于江渚之上，侣鱼虾而友麋鹿，驾一叶之扁舟，举匏樽[18]以相属。寄蜉蝣于天地[19]，渺沧海之一粟。无有曹公舳舻千里，旌旗蔽空也。哀吾生之须臾，羡长江之无穷。承上"而今安在"。挟飞仙以遨游，抱明月而长终。遐想此事。知不可乎骤得，托遗响于悲风。"终无奈何也，伤心哉！已上，拟客发议，以抒下文。

苏子曰："客亦知夫水与月乎？逝者如斯，客所知。而未尝往也；客所未知。盈虚者如彼，客所知。而卒莫消长也。客所未知。盖将自其变者而观之，则天地曾不能以一瞬；客所知也。自其不变者而观之，则物与我皆无尽也，而又何羡乎？客所未知也。已上，先破客之伤心。且夫天地之间，物各有主，苟非吾之所有，虽一毫而莫取。先生此言，岂惟赋赤壁，直赋一生矣。惟江上之清风，风。与山间之明月，月。耳得之而为声，目遇之而成色，深思此二句，岂复止是风月哉。取之无禁，用之不竭，是造物者之无尽藏也，而吾与子之所共适[20]。"深思此是何等境界，先生所到如此，又何人间世之足云？○妙在说来又只是浅浅，不堕宋人五里雾中。客曰："况吾与子"，此曰"而吾与子"，一酬一对之间，差却境界多少？

客喜而笑，洗盏更酌。肴核既尽，杯盘狼藉，相与枕藉乎舟中，不知东方之既白。结出大自在。

〔注释〕

①壬戌：宋神宗元丰五年（1082年），此年岁次壬戌。

②既望：指阴历十六日，望为阴历十五。

③苏子：苏轼自称。

④赤壁：即东汉建安十三年（208年）曹操与孙刘联军大战之地。但当年激战的赤壁究竟在何处，在宋时已经弄不清楚了，有认为在今湖北武汉市武昌区西赤矶山，有认为在今赤壁市北赤壁山，或湖北黄冈市赤鼻矶。苏东坡《赤壁赋》所写的

赤壁实际上是黄冈市的赤鼻矶。许多地理学家认为，苏东坡赤壁怀古其实弄错了地方。

⑤《窈窕》之章：指《诗经·周南》中的《关雎》篇，篇中有“窈窕淑女，君子好逑”句；有认为指的是《诗经·陈风》里的《月出》篇中“舒窈纠兮”句。

⑥斗牛：即斗宿与牛宿，属于二十八宿。

⑦纵一苇之所如：听凭小船在江上飘荡。一苇，像一片苇叶的小舟。

⑧冯虚御风：腾空驾风而行。冯，同“凭”，乘。

⑨羽化：古人称成仙为羽化。

⑩击空明兮溯流光：用浆板划开澄明的江水，船儿在月光浮动的水面上溯波而进。空明，形容月亮映照水中澄明之色。

⑪嫠妇：寡妇。

⑫曹孟德之诗：指曹操《短歌行》里诗句。孟德，曹操字。

⑬夏口：今武昌，相传为三国时孙权建。

⑭武昌：今湖北鄂州鄂城区。

⑮困于周郎：指汉献帝建安十三年（208年）吴将周瑜赤壁之战中击曹营军事。

⑯舳舻：前后相接的大船。舳指船后掌舵处，舻指船前摇棹处。

⑰横槊赋诗：横执着长矛写诗。槊，长矛。

⑱匏樽：酒器。匏，葫芦之一种。

⑲寄蜉蝣于天地：比喻人生生命之短暂。蜉蝣，朝生暮死的小虫。

⑳共适：一起赏玩快意。

〔解读〕

宋神宗元丰二年（1079年），苏轼因“文字狱”被贬到黄州（今湖北黄冈市）做闲散的团练副使。在黄州期间，他常常“与田父野老相从溪山间”，以游山玩水来排遣政治上的失意和孤寂，其内心抑郁苦闷可想而知。本文是他元丰五年七月与友人游黄冈赤壁时所写。因后来又写了一篇《赤壁赋》，所以称此篇为《前赤壁赋》。

本文以作者感情的三个起伏分为三个段落，先从清风和明月交织而成的江山美景中，写出作者夜游江水“羽化而登山”的超然之乐，尤其是作者将发思古之幽情与自然美景融到一起，的确使人感觉到心胸开阔，兴意盎然，明月东升，江面横罩一层白露，远处水光天色相连，给人一种凌空飞翔之感。寥寥几笔，作者勾画出一个静寂清幽、辽阔迷茫的仙境，充满了诗情画意。本来在这月明风清之良夜，应该把酒临风，敲棹吟唱，一片喜气洋洋，但客人如泣如诉的箫声使作者不禁悲从中来，愀然而惊。在此，从写饮酒放歌时的欢乐，到客人吹箫和歌的凄凉，使一个充满乐趣的场面，一变而为满耳悲音，由现实欢乐一下跌入了历史的悲怆之中，从而使文章掀起波澜，使之跌宕生姿，引出了下段的主客问答。

在第二段以先扬后抑手法，既仰慕想当年曹操豪迈气概，率几十万大军南进，又叹息他困于赤壁，倏忽消逝。言外之意，万物俯仰之间，有如过眼烟云而已。联想自己，不也是沧海一粟，如朝生暮死的蜉蝣，人生实在悲哀啊！但是，作者并没有继续悲哀下去。

在第三段，以客人所羡慕的眼前流水和当头明月作例子，阐述了人生“变”与“不变”之理，阐述了对宇宙、人生的看法，表达一种齐生死、等荣辱、同忧乐、无是非的消极思想和随缘自适的人生态度，从而使他从现实的困顿和苦闷中挣脱出来，达到一种安于本分、不奢求外物的旷达乐观，最终沉浸于欢乐气氛中。应该说，作为一个封建士大夫，苏轼的这种思想是比较典型的，文中无不透露出一种消极的思想和无奈，但仍比较积极地表达了他受挫后的旷达胸怀。

本文写作技巧独特，善于运用赋体传统的对话手法，善于借助于景物描绘来抒写感情与抒发议论，将情、景、理三者融在一起，浑然一体，达到妙造自然之境。文中或使用拟人手法，或运用比喻，或着意渲染，将难于表达的情景、感觉与气氛写得生动鲜明。全文文笔流畅，豪迈奔放，而且有不少押韵与骈偶句子，适合诵读。

后赤壁赋

前赋，是特地发明胸前一段真实了悟；后赋，是承上文从现身现境，一一指示此一段真实了悟。便是真实受用也。本不应作文字观，而文字特奇妙！

是岁[①]明承上文。十月之望，步自雪堂[②]，将归于临皋[③]。写不必定游赤壁。二客从予过黄泥之坂[④]。写不必定约某客。霜露既降，木叶尽脱，赋十月。人影在地，仰见明月。赋望。顾而乐之，行歌相答[⑤]。赋自本欲归，客亦偶从。

已而叹曰："已而"妙。何必定尔，何必定不尔？"有客无酒，有酒无肴，月白风清，如此良夜何？"一片光明空阔。客曰："今者薄暮，举网得鱼，巨口细鳞，状如松江之鲈。"此鱼，须知出于无尽藏中。如不悟，便为负此二赋。顾安所得酒乎？归而谋诸妇。妇曰："我有斗酒，藏之久矣，以待子不时之需。"此酒，又出无尽藏中。若无后赋，前赋不明；若无前赋，后赋无谓。

于是携酒与鱼，复游于赤壁之下。赤壁亦在无尽藏中，故得复游也。江流有声，断岸千尺。山高月小，水落石出。曾日月之几何，而江山不可复识矣。赋赤壁，人间世大抵如此矣。予乃摄衣[⑥]而上，履巉岩，披蒙茸，踞虎豹[⑦]，登虬龙[⑧]，攀栖鹘之危巢，俯冯夷之幽宫[⑨]。盖二客不能从焉。赋自。先生于人间世，大抵如此。划然[⑩]长啸，草木震动，山鸣谷应，风起水涌。人间世时时有此。予亦悄然而悲，肃然而恐，凛乎其不可留也。先生亦不能不知难而退也。反而登舟，放乎中流，听其所止而休焉。赋人人大自在处。时夜将半，四顾寂寥。适有孤鹤，横江东来，翅如车轮，玄裳缟衣，戛然长鸣，掠予舟而西也。明明是鹤。赋鹤乎？自赋乎？必有悟者。

须臾客去，予亦就睡。梦一道士羽衣[11]蹁跹，过临皋之下，揖予而言曰："赤壁之游乐乎？"问其姓名，俯而不答。明明是道士。赋道士乎？自赋乎？呜呼噫嘻！吾知之矣。畴昔[12]之夜，飞鸣而过我者，非子也耶？道士顾笑，予亦惊寤。然则道士化鹤耶？鹤化道士耶？鹤与道士，则必有分矣。此之谓无尽藏也。开户视之，不见其处。岂惟无鹤、无道士，并无鱼，并无酒，并无客，并无赤壁，只有一片光明空阔。

〔注释〕

①是岁：这年。指《前赤壁赋》中说的壬戌年（1082年）。

②雪堂：苏轼在黄冈市东建的住所，堂于大雪中建筑，四壁都画雪景，故称雪堂。

③临皋：即临皋堂，在黄冈市长江边，东坡当时在此住。

④黄泥之坂：即黄泥坂，在临皋馆附近。

⑤行歌相答：边走边唱，互相酬答。

⑥摄衣：撩起衣服。古人多穿长袍，故上台阶或爬山时须提起。

⑦踞虎豹：踞，蹲也。即坐在状如虎豹石头上。

⑧登虬龙：爬上状如虬龙古树。虬龙，形容树枝柯盘如龙的古树。

⑨俯冯夷之幽宫：低头看水神居住的深宫。冯夷，神话传说中水神名，即河伯。

⑩划然：象声词。指长啸声。

⑪羽衣：道士穿的服装。

⑫畴昔：往日。此处指昨日。

〔解读〕

元丰五年七月作者夜游赤壁，写下了《前赤壁赋》，同年十月，再次游赤壁，写了此篇《赤壁赋》，称《后赤壁赋》。与前一篇赋相比，前赋主要谈玄说理，而此赋则重于叙事写景；前赋是盛夏七月，而此赋则是霜露十月。在此赋中，作者以轻巧之笔、简练之言，写出了深秋初冬月夜的景色和踏月之乐，通过主客对话，衬托出美景和愉快心情，如此良夜美景，又有酒有肴有客，为再游赤壁作了铺垫。在此篇赋中，作者描写的景显然不同于前赋，但基本思路相一致，有兴趣盎然赏景到内心苍凉和恐惧，直到文末，作者写了梦见道士之故事，表现了他的出世与入世思想的矛盾，流露出了内心的苦闷，仍然为失意的情绪和内心的苦恼寻找出路。

喜雨亭记

亭与雨何与？而得以为名。然太守、天子、造物既俱不与，则即以名亭固宜。此是特特算出以雨名亭妙理，非姑涉笔为戏论也。

亭以雨名，志喜也。“喜雨”二字拆开写。古者有喜则以名物，示不忘也。释“志喜”二字。周公得禾[①]以名其书，汉武得鼎[②]以名其年，叔孙胜敌[③]以名其子。其喜之大小不齐，其示不忘一也。引古为证。

予至扶风[④]之明年，始治官舍，为亭于堂之北，而凿池其南，引流种树，以为休息之所。先记作亭。是岁之春，雨麦于岐山[⑤]之阳，其占为有年[⑥]。纵一笔为波，便使下文有“既而”字。既而弥月不雨，民方以为忧，弥月。越三月，乙卯乃雨，越三月。甲子又雨，又距八日。民以为未足。详书以见下雨之可喜也。丁卯大雨，三日乃止。次记雨。官吏相与庆于庭，商贾相与歌于市，农夫相与忭[⑦]于野。忧者以喜，病者以愈。次记喜。而吾亭适成，紧接此五字，妙。雨更不可不喜，喜更不可不志，志喜更不可不以名亭，在此。于是举酒于亭上，以属客而告之。开书波澜。曰：“五日不雨，可乎？”更五日也。曰：“五日不雨，则无麦。”“十日不雨，可乎？”曰：“十日不雨，则无禾。无麦无禾，岁且荐饥[⑧]，狱讼繁兴，而盗贼滋炽，则吾与二三子虽欲优游以乐于此亭，其可得耶？先写忧一段作翻。今天不遗斯民，始旱而赐之以雨，使吾与二三子得相与优游以乐于此亭者，皆雨之赐也，其又可忘耶？”方写喜一段作正。

既以名亭，又从而歌之，歌曰：歌非余文，盖喜雨固必志，而志喜雨何故却于亭？此理还未说出，因借歌以发之。“使天而雨珠，寒者不得以为襦[9]；使天而雨玉，饥者不得以为粟。口头常语，天外妙文。一雨三日，伊谁之力？一眼注看亭，却不肯一笔便写亭。民曰太守，太守不有；妙。归之天子，天子曰不然；妙。归之造物，造物不自以为功；妙。此即暗用诸侯让善于天子，天子让善于天旧语，却运化得全然不觉。归之太空，太空冥冥不可得而名；吾以名吾亭。”妙妙，恰恰！

〔注释〕

①周公得禾：周公，姓姬名旦，周武王弟，周成王叔。传说周成王曾送给他两株苗合生一穗之谷子，为此，他写下了《嘉禾》以纪念。

②汉武得鼎：汉武即汉武帝刘彻，传说他曾从汾水得一鼎，改其年号为元鼎元年。鼎，国家权力之象征。

③叔孙胜敌：叔孙得臣为春秋时鲁国人，率军打败鄋瞒国，俘其国君侨如，便将自己儿子命名为侨如。

④扶风：即当时凤翔府，在今陕西凤翔县，苏东坡于仁宗嘉祐六年（1061 年）到此做签书判官。

⑤雨麦于岐山：雨麦，即下麦雨，实际为龙卷风将麦子刮起再洒向地面，产生“麦雨”现象。这本是一种自然现象，但古代却视为天意。岐山。即今陕西省岐山县。

⑥有年：丰收之年。

⑦忭：欢乐。

⑧荐饥：连年饥荒。荐，屡次。

⑨襦：短袄。

〔解读〕

喜雨亭是苏轼在凤翔府任签书判官的第二年修造的一座亭子。当时天旱，亭子修成时，适逢下了一场及时大雨，人们皆大欢喜。因此，作者便把这亭子命名为喜雨亭。本文就是记述此亭命名的缘由、人们逢甘雨的喜悦心情及亭子建设的经过等。作者首先说明为何用“喜雨”为亭子命名，其次讲述此亭子之来历，再次讲作者对天下雨看法，最后讲述天下雨之重要。而这一切既非靠太守，也不归于天子，而是归于太空。此文有两点需特别强调，一是作者关心人民生活、社会安定，二是摆脱了古代所谓造物者主宰一切、人民受福于天子的传统思想束缚。

本文句法灵活，寓议论于风趣谈话之中，写作上颇有特色：一采用剥茧抽丝手法，一步步深入展开，环环相扣，逻辑严谨，说理透彻；二则艺术感染力强，含蓄而又风趣；三是笔调轻快，文意丰厚，笔态多姿。本文有叙述，有议论，也有对话、歌咏，行文不拘一格，轻松活泼，而寓意又深刻，毫无斧凿之痕，其浓厚感情，新颖见解，读来使人轻松舒畅，而品味无穷。

超然台记

台名超然，看他下笔便直取“凡物”二字，只是此二字已中题之要害；便以下横说，竖说，说自，说他，无不纵心如意也。须知此文手法超妙，全从《庄子·达生》《至乐》等篇取气来。

凡物台名“超然”，故以“凡物”二字起。皆有可观。四字，大智慧眼。苟有可观，皆有可乐，四字，大解脱心。非必怪奇伟丽者也。哺糟啜醨[①]，皆可以醉；果蔬草木，皆可以饱。推此类也，吾安往而不乐？用此一翻洗，“凡物”二字始大畅。

夫所为求福而辞祸者，以福可喜而祸可悲也。轻笔散行，逸宕可喜。人之所欲无穷，而物之可以足吾欲者有尽。美恶之辨战于中，而去取之择交乎前，则可乐者常少，而可悲者常多，是谓求祸而辞福。一片纯是慈悲眼泪，却以轻笔散行出之。夫求祸而辞福，岂人之情也哉！物有以盖之矣。彼游于物之内，而不游于物之外。物非有大小也，自其内而观之，未有不高且大者也。彼挟其高大以临我，则我常眩乱反覆[②]，如隙中之观斗，又焉知胜负之所在？是以美恶横生，而忧乐出焉，可不大哀乎！只用轻笔散行，却说得恁透快。

予自钱塘移守胶西[③]，入题。释舟楫之安，而服车马之劳；去雕墙之美[④]，而蔽采椽[⑤]之居；背湖山之观，而行桑麻之野。反言安得超然。○此段始至胶西。始至之日，岁比不登[⑥]，盗贼满野，狱讼充斥，而斋厨[⑦]索然，日食杞菊[⑧]，人固疑予之不乐也。反言安得超然。○此段，在胶西以来。处之期年[⑨]，而貌加丰，发之白者日以反黑。予既乐其风俗之淳，而其使民亦安予之拙也。于是治其园圃，洁其庭宇，伐安丘高密之木，以修补破败，为苟全之计。不便写台，最有委次。而园之北，因城以为台者旧矣，稍葺而新之，时相与登览，放意肆志焉。方写台。南望马耳、常山[⑩]，出没隐见，若近若远，庶几[⑪]有隐君子乎？南。而其东则卢山[⑫]，秦人卢敖[⑬]之所以遁也。东。西望穆陵[⑭]，隐然如城郭，师尚父、齐桓公[⑮]之遗烈，犹有存者。西。北俯潍水[⑯]，慨然太息，思淮阴之功，而悼其不终。北。虽出习家蓝本，而情实过十倍矣。台高而安，深而明，夏凉而冬温。十一字写台。雨雪之朝，风月之夕，予未尝不在，客未尝不从。十八字写人。撷园蔬，取池鱼，酿秫酒，瀹脱粟而食之，曰：乐哉游乎！二十字写人与台之日用平常。

方是时，予弟子由[⑰]，适在济南，闻而赋之，且名其台曰“超然”。十九字写台名字。以见予之无所往而不乐者，盖游于物之外也。前幅特笔提出二句，彼游于物之内而不游于物之外，至此忽然结其一句，如应不应，有意无意，天然妙笔！

〔注释〕

①铺糟啜醨：铺，食。糟，酒糟。啜，饮。醨，淡酒。

②眩乱反覆：有头晕目眩、迷惑不清之意。

③胶西：山东省胶河以西地区，此处指高密，当时作者调任高密知州。

④雕墙之美：指雕饰墙壁的华丽。

⑤采椽：采，同“採”，栎木。即以栎木为椽之房屋，喻住房简陋。

⑥岁比不登：连年歉收。登，收成。

⑦斋厨：厨房。

⑧杞菊：枸杞与菊花，此处泛指野菜。

⑨期年：满一周年。

⑩马耳、常山：密州南的二山名。

⑪庶几：也许。

⑫卢山：山名，密州城东。

⑬卢敖：本燕国人，秦始皇时招他为博士，为其求仙药，因求不到，只好隐居于庐山不归。

⑭穆陵：即穆陵关。在今山东临朐县南大岘山上，春秋时为齐国南境，山谷峻险，称为齐南天险。

⑮师尚父、齐桓公：师尚父，吕尚，即姜太公，辅周武王灭殷有功，尊为师尚父，封于齐。齐桓公，春秋五霸之一。

⑯潍水：即今潍河，源出山东箕屋山，流经高密，至昌邑入海。韩信曾在此大败齐军。所以下句有“思淮阴之功”，淮阴，即淮阴侯韩信，曾封为淮阴侯，后以“谋反罪”被吕后杀。

⑰子由：即苏轼弟苏辙，字子由，当时在齐州（今济南）为官。

〔解读〕

本文是作者于宋神宗熙宁七年（1074 年）调任密州知州的第二年写的。在此年，他修复了当地一座残破的楼台，经常邀宾客们在其上饮酒赋诗，其弟苏辙便起名曰“超然台”。此文由澹泊自适、无往而不乐的人生观议论入手，阐述了超越物质和利害之争的内心境界。人的欲望无穷，能满足其欲望的东西，欲望越多，不能得到满足的痛苦就越大，必陷入烦恼之中不能自拔。人必须摆脱狭隘的物质欲望之束缚，不为世俗牵累，达到真正的精神之乐。在本文中心部分，作者叙述了他个人生活遭遇和所持的态度，在艰苦的环境中寻找超然之乐，逍遥自在，乐其所乐。实际上，虽然作者大肆渲染其悠然自乐，而实际上字里行间不难发现，作者时常流露出悲观和哀叹，如追思韩信不得善终的感叹，流露出他逃避现实的消极情绪。

此文从论述哲理入手，进而写建台背景与经过，再进而写登台之乐及四方形胜佳景，末尾用点题归结。文章逐层递进，推理严密，议论纵横，叙事脉络清晰，层次分明。全篇由理入事，由事及景，再用理来收煞，虚实相生，收纵自如。

凌虚台记

读之，如有许多层节，却只是兴成、废毁二段，一写再写耳。

国于南山之下，宜若起居、饮食与山接也。笔亦凌虚而起。四方之山，莫高于终南[①]，而都邑之丽山者，莫近于扶风[②]。以至近求最高，其势必得。而太守之居，未尝知有山焉。虽非事之所以损益，而物理有不当然者，此凌虚之所为筑也。笔笔凌虚而起。世间烟火小儿胸膈间，岂能知有如此想路哉？

方其未筑也，太守陈公杖履逍遥于其下，见山之出于林木之上者，累累如人之旅行于墙外而见其髻也。曰："是必有异。"好好！○笔笔凌虚。使工凿其前为方池，以其土筑台，高出于屋之檐而止。然后，人之至于其上者，怳然不知台之高，而以为山之踊跃奋起而出也。好好。○笔笔凌虚。公曰："是宜名'凌虚'。"以告其从事[③]苏轼，而求之以为记。轼复于文公曰：

物之废兴成毁，不可得而知也。提。昔者荒草野田，霜露之所蒙翳，狐虺之所窜伏。方是时，岂知有凌虚台耶？兴成。废兴成毁，相寻于无穷，则台之复为荒草野田，皆不可知也。废毁。○先分过。尝试与公登台而望，其东则秦穆之祈年、橐泉[④]也，其南则汉武之长杨、五柞[⑤]，而其北则隋之仁寿、唐之九成[⑥]也。又用刁凿齿。计其一时之盛，宏杰诡丽，坚固而不可动者，岂特百倍于台而已哉！例兴成。然而数世之后，欲求其仿佛，而破瓦颓垣，无复存者，既已化为禾黍、荆棘、丘墟、垅亩矣。而况于此台欤？例废毁。夫台犹不足恃以长久，而况于人事之得丧，忽往而忽来者欤？而或者欲以夸世而自足，则过矣。此是凌虚之“虚”字。盖世有足恃者，而不在乎台之存亡也。此是凌虚之“凌”字。高手人作文，无闲句字也。

既以言于公，退而为之记。

〔注释〕

①终南：即终南山，主峰在今西安市南。

②扶风：即凤翔府，治所在今陕西省宝鸡市。

③从事：辅佐官。当时苏轼任凤翔府判官。

④秦穆之祈年、橐泉：秦穆，即秦穆公，春秋五霸之一。祈年，宫名，后又称橐泉宫，传说秦穆公墓在此宫下。

⑤汉武之长杨、五柞：汉武，即汉武帝。长杨、五柞，均为汉代宫名。

⑥隋之仁寿、唐之九成：仁寿、九成分别指隋文帝的仁寿宫、唐太宗的九成宫。

〔解读〕

扶风太守陈公在终南山下建筑了一座土台，以登高望远，请当时为佐吏的苏轼作文以记之。苏轼在文中首先记叙了此台修建的起因经过，讲了此土台地理位置、奇异现象，然后由此联想到人事代谢，沧海桑田，古往今来的废兴成毁何以能计。想当年，秦穆公的祈年宫、橐泉宫，汉武帝的长杨宫、五柞宫，隋唐的仁寿宫、九成宫，何等宏伟奇丽，但如今已是荆棘荒草一片，连烂瓦断垣都没留下来。相比而言，这小小的土台岂能长久存在，又岂能以此来夸耀而自足。本文其宗旨在于，在浩浩的历史长河中，一切都是暂时的，人生应该去追求超越时空的永恒，而不仅满足于物质和眼前。虽然此文是以吊古伤今为出发点而写，但其结尾则是告诉人们，世界上存在有可以永恒的东西，至于“足恃者”是什么，则没点出。其耐人寻味也许正在于此。

三槐堂铭

此等题，最难是脱俗，今先生，世世皆与极力表章称叹，却无一句一字不脱俗。我尝细细察之，只为其起手时，写得“天可必”“天不可必”二端，便更无有俗气得到其笔尖也。

天可必乎？贤者不必贵，仁者不必寿。天不可必乎？仁者必有后。二者将安取衷哉？入手，便作如许摇动，添出姿态。吾闻之申包胥[①]曰：“人众者胜天，天定亦能胜人。”世之论定者，皆不待其定而求之，故以天为茫茫，善者以怠，恶者以肆。看先生作此言，是何等心地？盗跖[②]之寿，孔、颜之厄[③]，此皆天之未定者也。未定。松柏生于山林，其始也，困于蓬蒿，厄于牛羊；而其终也，贯四时，阅千岁而不改者，其天定也。定。善恶之极，至于子孙，则其定也久矣。独承“定”。吾以所见所闻考之，其可必也审矣。独承“定”。此句便是入题笔势。

国之将兴，必有世德之臣，厚施而不食其报。指晋国也。然后其子孙，能与守文太平之主共天下之福，指魏国也，看他先虚起。故兵部侍郎晋国王公[④]，讳祐。显于汉、周之际[⑤]，历事太祖、太宗[⑥]，文武忠孝，天下望以为相，而公卒以直道不容于时。此三句，极力表晋国。盖尝手植三槐于庭，曰：“吾子孙必有为三公[⑦]者。”三槐之名始此。已而魏国文正公[⑧]，讳旦。相真宗皇帝，于景德、祥符[⑨]之间，朝廷清明，天下无事之时，享其荣名者十有八年。此四句，极力表魏国。○“必为”三公之言果验也。今夫寓物于人，明日而取之，有得有否，忽然作宽笔。而晋公修德于身，责报于天，取必于数十年之后如持左契[⑩]，交相手付，吾是以知天之果可必也。忽然仍作紧笔。○结过。吾不及见魏公，而见其子懿敏公[11]，讳素。看他写世德子孙，故又添书一世。以直谏事仁宗[12]皇帝，出入侍从、将帅，三十余年，位不满其德。此三句，极力表懿敏公。天将复兴王氏也欤？何其子孙之多贤也？唱叹不尽，笔底津津然，妙甚！世有以晋公比李栖筠[13]者，不是蛇足李栖筠，亦不是骤附李栖筠，正是请出一相近人，再衬出色。其雄才直气，不相上下；且说同。而栖筠之子吉甫[14]，其孙德裕[15]，功名富贵，略与王氏等；且说同。而忠恕仁厚，不及魏公父子。请李栖筠，乃只为此句也。夫忠恕仁厚，后世固必为三公也。由此观之，王氏之福，盖未艾也。再结过。懿敏公之子巩[16]，与吾游。看他又添出一世。好德而文，以世其家。此二句，是极力表巩。吾是以为之铭，曰：呜呼休哉！魏公之业，与槐俱萌。好。封植之勤，必世乃成。好。既相贞宗，四方砥平。归视其家，槐荫满庭。好。吾侪小人，朝不及夕。相时射利，遑恤厥德。庶几侥幸，不种而获。好。不有君子，其何能国！好。王城[17]之东，晋公所庐。郁郁三槐，惟德之符。好。呜呼休哉！

〔注释〕

①申包胥：亦称王孙包胥，春秋时楚国贵族，与伍子胥为知交。楚昭王十年（前506年），吴用伍子胥计攻破楚，他入秦求救，在秦宫廷痛哭七昼夜，终使秦发兵救楚。

②盗跖：即跖，一作蹠，历史上蔑称为盗跖，春秋战国之际人，《庄子》中有“盗跖”一篇，传说其为农民起义首领。

③孔、颜之厄：孔即孔子，颜指颜渊，二人一生命运多艰。

④兵部侍郎晋国王公：即王祐，字景叔，宋初人，任潞州知州，后迁兵部侍郎，死后封晋国公。

⑤汉、周之际：即五代时后汉、后周两个朝代之际。

⑥太祖、太宗：分别为赵匡胤、赵光义的庙号。

⑦三公：西汉以丞相、太尉、御史大夫合称三公，为中央军政法大权执掌者，汉以后虽仍保留三公之称谓，但已无实权。

⑧魏国文正公：即王祐次子王旦，字子明，真宗时任给事中、同知枢密院事、

工部尚书、同中书门下平章事等职，死后封魏国公，谥号文正。

⑨景德、祥符：分别为宋真宗赵恒年号，前者为1004—1007年，后者即大中祥符，1008—1016年。

⑩左契：契约的左半联，索偿之凭据。

⑪懿敏公：即王旦之子王素，字仲仪，曾任鄂州知州、知谏院，后为成都知州、渭州知州、工部尚书，死后谥懿敏。

⑫仁宗：即宋仁宗赵祯。

⑬李栖筠：字贞一，唐代宗时人，官至给事中，遭宰相元载忌限，贬为常州刺史，唐代宗曾欲任其为相，由于元载作梗未果。

⑭吉甫：即李栖筠之子李吉甫，字弘宪，唐宪宗时大臣，曾两度为相，力主削弱藩镇势力，裁减冗员，撰有《元和郡县图志》《元和国计簿》。

⑮德裕：字文饶，李吉甫子，唐武宗时为相，力主削弱藩镇，佐武宗攻杀擅自袭任泽潞节度使的刘稹，反对李宗闵、牛僧孺集团，后遭牛派打击，贬崖州（今海南琼山东南）司户而死。

⑯巩：王素之子王巩，字定国，擅长作诗，与苏轼为友。

⑰王城：指首都，即宋首都汴京（开封）。

〔解读〕

三槐堂是北宋初年兵部侍郎王祐家的厅堂。王祐生活于五代末年和宋初，后汉、后周时分别任司户参军、县令等职，宋时任潞州知州、兵部侍郎，正直忠孝，文武俱全，朝野赞誉，但命运多厄，终不得为相。他曾在其家厅堂手植三棵槐树，说："我的子孙将来一定有做三公的。"后来其子王旦官做到丞相，其孙也做几任知州，实现了他的预言。苏轼有感于此，便写下此铭，以歌颂王祐功业和品德，并阐述了仁孝传家久、因果相报应的思想，虽其中不乏封建迷信，宣扬天命论，但其所论述的积善有余庆、诗书忠孝传家久的思想有一定积极意义，尤以王、李两家忠恕仁厚几世为高官来证明，一个家庭的兴旺就如一棵大树，需经过培土栽植，辛勤呵护，才能兴旺长大。本文以人定胜天，天定亦胜人立论，叙事证理，旁衬烘托，由王家之兴旺叙述了一个道理，从而使较俗的题目在内容上不落俗套。

苏　辙

六　国　论

看得透，写得快。笔如骏马下坡，云腾风卷而下，只为留足不住故也。此文在阿兄手中，犹是得意之作。“三苏”之称，岂曰虚语？

尝读六国世家[①]，窃怪天下之诸侯，以五倍之地，十倍之众，发愤西向，以攻山西千里之秦，而不免于灭亡，先窃怪。常为之深思远虑，以为必有可以自安之计。次为之代思。盖未尝不咎其当时之士，虑患之疏，而见利之浅，且不知天下之势也。次深处当时策士，下方发议。

夫秦之所与诸侯争天下者，不在齐、楚、燕、赵[②]也，而在韩、魏之郊[③]。诸侯之所与秦争天下者，不在齐、楚、燕、赵也，而在韩、魏之野。秦之有韩、魏，譬如人之有腹心之疾也。韩、魏塞秦之冲，而蔽山东[④]之诸侯，故夫天下之所重者，莫如韩、魏也。一眼注定韩、魏，笔又切玉如泥。

昔者范雎[⑤]用于秦而收韩，商鞅[⑥]用于秦而收魏。昭王未得韩、魏之心，而出兵以攻齐之刚、寿[⑦]，而范雎以为忧。然则，秦之所忌者可见矣。引证。秦之用兵于燕、赵，秦之危事也。越韩过魏而攻人之国都，燕、赵拒之于前，而韩、魏乘之于后，此危道也。曲折。凡三十九字，只得是上半句。而秦之攻燕赵，未尝有韩、魏之忧，曲折。此是下半句。则韩、魏之附秦故也。夫韩、魏，诸侯之障；而使秦人得出入于其间，此岂知天下之势邪？此切责韩、魏。委区区之韩、魏，以当虎狼强之秦，彼安得不折而入于秦哉？韩、魏折而入于秦，然后秦人得通其兵于东诸侯，而使天下遍受其祸。此切责东诸侯。

夫韩、魏不能独当秦，妙妙！而天下之诸侯藉之以蔽其西，妙妙！故莫如厚韩、亲魏以摈秦。一句，连下未绝。秦人不敢逾韩、魏以窥齐、楚、燕、赵之国；二句，又连下未绝。而齐、楚、燕、赵之国因得以自完于其间矣。三句，又连下未绝。以四无事之国，佐当寇之韩、魏，四句，又连下未绝。使韩、魏无东顾之忧，而为天下出身以当秦兵；五句，又连下未绝。以二国委秦，而四国休息于内，以阴助其急；六句，又连下未绝。若此可以应夫无穷，彼秦者将何为哉？直至此第七句，始得绝。胸中眼中，如镜如水，而笔乃更作此环锁之状，大奇大奇！不知出此，而乃贪疆埸尺寸之利，背盟败约，以自相屠灭，真可恨可笑！秦兵未出，而天下诸侯已自困矣。至使秦人得伺其隙以取其国，可不悲哉！文住时，恰似骤雨住时。

〔注释〕

①六国世家：指司马迁《史记》中的韩、赵、魏、燕、齐、楚六国“世家”，载记各国兴亡史。

②齐、楚、燕、赵：齐，姜姓，吕尚始封地。春秋末年齐国君权为大臣陈氏（即田氏）所夺，其范围包括今山东及河北一部分，国都临淄，前 221 年为秦所灭。楚，芈姓，始祖鬻熊，辖区包括今两湖及安徽、河南、陕西、山东一部分，最初建都丹阳（今湖北秭归东南），后屡迁至郢（今湖北江陵西北）、陈（今河南淮阳）、寿春（今安徽寿县），前 223 年为秦灭。燕，姬姓，开国封君召公奭，辖地在今河北北部及辽宁西，建都蓟（北京城西南），前 222 年为秦灭。赵，由晋国分出，开国君主赵籍，建都晋阳（今山西太原市西南），后迁邯郸（今河北邯郸），占有今河北北部、山西北和内蒙古河套地区等，前 222 年为秦灭。

③韩、魏之郊：韩，春秋末年由晋国分出，开国君主韩景侯，建都阳翟（今河南禹县），后迁新郑（今属河南），疆域有今山西东南和河南中部，介于魏、秦、楚之间，为军事必争之地，前 230 年最先为秦所灭。魏，春秋末与韩、赵一同瓜分晋国，开国君主魏文侯，初建都安邑（今山西夏县西北），后迁都大梁，前 225 年为秦

灭。韩、魏紧毗强秦，为秦东进的主要障碍，所以秦国最先向韩、魏进攻。

④山东：指函谷关以东诸国，与关西之秦相对应的地理概念。

⑤范雎：一作范且，战国时魏国人，字叔。后入秦，游说秦昭王，任秦相，主张远交近攻，先攻取韩国。后因株连“与诸侯通”，辞相归家病死。

⑥商鞅：姓公孙，名鞅，战国时卫人，又称卫鞅，后入秦，辅佐秦孝公变法，坚持攻取魏国，以功封商（今陕西商县东南），后被顽固派处以车裂之刑。

⑦刚、寿：刚在今山东兖州附近，寿在今山东东平县北，均属齐国。

〔解读〕

苏辙（1039—1112年），字子由，号颍滨遗老，眉州眉山（今属四川）人，苏轼之弟，北宋著名文学家。嘉祐进士，曾官尚书右丞、门下侍郎，仕途坎坷，数次流放。其与乃父苏洵、乃兄苏轼合称“三苏”，并被列入“唐宋八大家”。

秦朝统一与六国被灭是一个老生常谈的历史话题，前人对其教训已作了各方面总结，但苏辙却专从韩魏二国的位置和背向、存亡入手，认为关东六国虽然在土地、人力方面对秦占绝对优势，但却不识天下大势，为眼前小利而自相残杀，最终没有结成牢固的抗秦联盟。而其中最关键的是对韩魏二国，韩魏二国紧毗强秦，是关东燕齐赵楚四国的天然屏障，但却是秦向关东进攻的主要障碍，所以，韩魏之背向、存亡极为关键。秦国深知韩魏之重要，所以在范雎、商鞅为相时，坚持把韩魏作为主要军事打击对象，远交近攻，因为秦国明白，攻灭韩魏，既扫除了东进障碍，又除去了心腹之患，韩魏不灭，秦国无法放心地东进南下。由于关东六国的分裂，在强大的军事压力下，韩魏屈服于秦。燕齐赵楚却没有认识到这一点，他们自以为远离秦国，对韩魏之处境坐视不顾。如果关东四国加强与韩魏关系，对其全力支援，使韩魏在得到东部强大支持下全力以赴抗秦，秦人是无可奈何的。从这个意义上讲，六国之灭非秦所灭，而是自灭。苏辙作此文其目的是有针对性的，当时宋王朝面临北方契丹和西北西夏的威胁，朝内主战主和派相持不下，其目的是提醒人们以史为鉴，认清形势，制定正确的抗战策略。此文从大处着笔，而抓住具体问题，正反比较，反复论述，阐清了六国之亡的深刻原因。

上枢密韩太尉[①]书

上书大人先生，更不作喁喁细语，一落笔便纯是一片奇气。此一片奇气最难得。若落笔时写不得着，即此文通篇都无有。

太尉执事[②]：辙生好为文，思之至深。以为文者气之所形，然文不可以学而能，气可以养而致。高论，至论，一振。文势突兀。孟子曰："我善养吾浩然之气[③]。"今观其文章，宽厚宏博，充乎天地之间，称其气之小大。一证。太史公[④]行天下，周览四海名山大川，与燕、赵[⑤]间豪俊交游，故其文疏荡[⑥]，颇有奇气。二证。此二子者，岂尝执笔学为如此之文哉？其气充乎其中，而溢乎其貌，动乎其言，而见乎其文，而不自知也。一落。文势突兀。

辙生十有九年矣。看其意思甚疏宕。其居家所与游者，不过其邻里乡党之人；一。所见不过数百里之间，无高山大野可登览以自广；二。百氏之书[⑦]，虽无所不读，然皆古人之陈迹，不足以激发其志气。三。恐遂汩没[⑧]，故决然舍去，求天下奇闻壮观，以知天地之广大。空提。以起下四段。过秦、汉之故都，恣观终南、嵩、华之高[⑨]。妙。北顾黄河之奔流，慨然想见古之豪杰。妙。至京师，仰观天子宫阙之壮，与仓廪、府库、城池、苑囿之富且大也，而后知天下之巨丽。妙。见翰林欧阳公[⑩]，听其议论之宏辩，观其容貌之秀伟，与其门人、贤士大夫游，而后知天下之文章聚乎此也。妙。本学习凿齿，而疏宕过其十倍。看他上书韩太尉，却先引一欧阳公，妙妙！

太尉以才略冠天下，天下之所恃以无忧，四夷之所惮以不敢发，入则周公、召公[⑪]，出则方叔、召虎[⑫]，而辙也未之见焉。至此，更不得不入太尉，然笔势疏宕，绝非寻常径路。且夫人之学也，不志其大，虽多而何为？辙之来也，于山见终南、嵩、华之高，于水见黄河之大且深，于人见欧阳公，而犹以为未见太尉也，故愿得观贤人之光耀，闻一言以自壮，然后可以尽天下之大观而无憾者矣。写求见，又重叙上文一遍，总是笔势疏宕之极。

辙年少，未能通习吏事⑬。向之来，非有取于斗升之禄⑭，偶然得之，非其所乐。又自明志气，只是笔势疏宕。然幸得赐归待选⑮，使得优游数年之间，将归益治其文，且学为政。太尉苟以为可教而辱教之，又幸矣！

〔注释〕

①枢密韩太尉：即当时任枢密使的韩琦。枢密使掌全国兵权，职位与秦汉太尉相等，故称韩琦为太尉。

②执事：信函中尊敬对方的称呼。

③浩然之气：刚正不阿之气质。

④太史公：指司马迁，曾任太史令，自称太史公。

⑤燕、赵：战国时两国名，在今河北、山西一带。

⑥疏荡：挥洒、恣肆而不受拘束。

⑦百氏之书：诸子百家文章著述。

⑧汩没：埋灭、沉沦，无所成就之意。

⑨终南、嵩、华之高：终南即西安市西南终南山，为秦岭主峰。嵩即嵩山，在河南郑州市西南，为五岳之一。华即华山，在陕西渭南县境，海拔2400多米，五岳之一。

⑩翰林欧阳公：即官翰林学士的欧阳修。

⑪周公、召公：周公，姓姬名旦；召公，姓姬名奭，辅佐周成王大臣。

⑫方叔、召虎：方叔为周宣王时大臣，征伐荆蛮、猃狁有功。召虎即召穆公，曾奉命平定淮夷。

⑬吏事：为官的业务。

⑭斗升之禄：微薄的俸禄，此处指小官。

⑮待选：等待朝廷选拔。

〔解读〕

本文是苏辙十九岁考中进士后写给韩琦的一封信。写此信的目的是希望得到韩琦的接见。应该说，一个初出茅庐的青年给德高望重国家大官写求见信，想写好是很不容易的，要不干干巴巴，要不可怜兮兮。但苏辙这封信开门见山却并没有“干谒”之意，而是采用“王顾左右而言他”的笔法，先从做文章与养“浩然之气”关系入手，认为文章不可以学成，而通过气质修养可以达到，孟子善养浩然之气，其文宽阔、浑厚，充满于天地之间；太史公周游天下，遍历名山大川，交结燕赵豪杰志士，文章疏朗洒脱，气质非凡。所以说，文章是一个人修养、气质、精神力量之总和。继而作者讲到了自己，因交游有限，虽读不少古人留下来的陈旧东西，但不足以激发志气，所以决计放弃诸子百家之书，走出家门探求天下奇闻和壮丽景色。一路游览，历名山大川，来到京师，希望能一睹太尉之丰采，聆听只言片语，以激励自己。此信写得很委婉，也很恳切，直到最后几句，作者才直接点明自己的目的，求见太尉，并非为了一官半职，而是为了一睹其容，一聆其教，扩大交游和见识，作为自己学习和成长的鼓励。本文层次清楚，一气呵成，虽不乏对韩琦的溢美之词，但不落俗套，颇能打动人心。

曾 巩

《战国策》目录序

精整不懈散之文。

刘向[①]所定《战国策》[②]三十三篇，《崇文总目》[③]称十一篇者阙。臣访之士大夫家，始尽得其书。正其误谬，而疑其不可考者，然后《战国策》三十三篇复完。叙曰：向叙此书，言“周之先，明教化，修法度，所以大治。及其后，谋诈用而仁义之路塞，所以大乱”。引向言。其说既美矣。与向。卒又谓“此书战国之谋士，度时君之所能行，不得不然”。又引向言。则所谓惑于流俗，而不笃于自信者也。讥向。夫孔孟之时，去周之初已数百岁，其旧法已亡，旧俗已熄久矣。二子乃独明先王之道[④]以为不可改者，斗然提笔，折衷二子。岂将强天下之主以后之不可为哉？亦将因其所遇之时，所遭之变而为当世之法，使不失乎先王之意而已。说二子，最精切。二帝三王[⑤]之治，其变固殊，其法固异，而其为国家天下之意，本末先后，未尝不同也。斗然再提笔。二子之道，如是而已。盖法者所以适变也，不必尽同，道者所以立本也，不可不一。此理之不易者也。故二子者守此，岂好为异论哉？能勿苟而已矣，可谓不惑乎流俗，而笃于自信者也。说二子，最精切。

战国之游士则不然。一句判定。不知道之可信，而乐于说之易合，其设心注意[⑥]，偷为一切之计[⑦]而已。先通判。故论诈之便，而讳其败；言战之善，而蔽其患。其相率而为之者，莫不有利焉，而不胜其害也；有得焉，而不胜其失也。再细判。卒至苏秦、商鞅、孙膑、吴起、李斯之徒⑧，以亡其身；而诸侯及秦，有用之者，亦灭其国。其为世之大祸明矣，而俗犹莫之悟也。判毕。惟先王之道，因时适变。为法不同而考之无疵，用之无弊。故古之圣贤，未有以此而易彼也。再微归二子所守先王之道。或曰："邪说⑨之害正也，宜放而绝之，则此书之不泯其可乎?"此难不可少。不然，便不应又与校完。对曰："君子之禁邪说也，固将明其说于天下，使当世之人，皆知其说之不可为。然后以戒则明，岂必灭其籍哉？放而绝之，莫善于是。是以《孟子》之书，有为神农⑩之言者，有为墨子之言者，皆著而非之。解难毕。是以与之校完也。至于此书之作，则上继《春秋》，下至楚汉之起，二百四十五年之间，载其行事，固不可得而废也。"又说出一不可不与校完之故。

此书有高诱⑪注者二十一篇，或曰二十二篇，《崇文总目》存者八篇，今存者十篇云。

〔注释〕

①刘向：本名更生，字子政，汉元帝时官中垒校尉，善属文辞，为西汉著名经学家、目录学家和文学家。

②《战国策》：战国时游说之士的策谋和言论的汇编，西汉末刘向编订为33篇。

③《崇文总目》：宋仁宗时诏翰林学士王尧臣撰成的一部目录书。崇文，指崇文院，为当时宫廷藏书处。全书共66卷，著录藏书30669卷。原本已佚。

④先王之道：指尧、舜、禹、汤、文、武的治国之道。"之道"二字据别本加。

⑤二帝三王：古儒者以唐尧、虞舜为二帝，夏禹、商汤、周文武三代之王为三王。

⑥设心注意：犹言用心措意。

⑦偷为一切之计：苟且为权时之计，不作长久打算。偷，苟且。

⑧苏秦、商鞅、孙膑、吴起、李斯之徒：苏秦，东周洛阳人，学于鬼谷子，习纵横术，劝说燕、赵诸国合纵以抗秦，得六国相印，为纵约长。商鞅，姓公孙氏，劝秦孝公改革变法，使秦国富强，后遭车裂之刑。孙膑，孙武后裔，战国齐人，与庞涓俱从师学兵法，遭庞涓忌，被砍去膝盖而黥面。吴起，战国人，好用兵，为魏

文侯所用，倡言变革，遭宗室大臣所忌，后被射杀。李斯，楚上蔡（今河南省上蔡县）人，入秦为秦始皇重用，与赵高密谋篡改遗诏，拥立胡亥，后为赵高杀。

⑨邪说：古代儒家视杨朱、墨子等非儒家之言为邪伪之说。

⑩神农：即神农氏，传说农业与医药的发明者。曾尝百草，著《神氏草木经》。

⑪高诱：东汉学者。著有《孟子章句》《战国策注》《淮南子注》等书。

〔解读〕

曾巩（1019—1083年），字子固，建昌南丰（今江西省南丰县）人，宋仁宗嘉祐二年（1057年）进士。官至中书舍人，在位有政声。他深谙于儒术，文章温醇典重，雍容平易，能穷尽事理，得欧阳修称赏。其文章风格与欧阳修风格也相近。《宋史》本传称他“为文章，上下驰骤，愈出而愈工。本源六经，斟酌司马迁、韩愈，一时工作文词者，鲜能过也”。

本文主要驳斥刘向《战国策书录》中所论该书是“战国之谋士，度时君之所能行，不得不然”之论，进而阐述儒家所尊先王之道的因时适变、无疵无弊，远胜于游士之说，认为二帝三王之治，虽然各不相同，但均为治国之良法，其宗旨相一致，孔孟所发扬光大的先王之道无非如此而已。而战国游士则弃先王之道，为权宜之计，只讲利而不讲弊，只计得而不计失，如苏秦、商鞅、孙膑、吴起、李斯之徒，不仅自己身败名裂，而且国家也随之灭亡。应该说，作者在论法以适变、道以立本和批判战国游士的尚诈、言战等方面，有一定道理，但固守先王之道，倡言可变法而不变道，尤其对商鞅、吴起诸改革家持否定态度，反映出作者的偏见，其思想仍未跳出腐儒“天不变，道亦不变”的窠臼。不过，此文谨严明洁，考核精详，自成体系。

王　安　石

同学一首别子固

此为瘦笔，而中甚腴。学文必当由瘦以入腴；如先学腴，既更无由得瘦也。

江之南有贤人焉，字子固[①]。非今所谓贤人者，予慕而友之。淮之南有贤人焉，字正之[②]。非今所谓贤人者，予慕而友之。劈起二比，如离如合，奇情奇笔。二贤人者，足未尝相过也，口未尝相语也，辞币[③]未尝相接也，其师若友，岂尽同哉！予考其言行，其不相似者何其少也。曰：学圣人而已矣。劈起二比，接手忽作顿折，折出此一句。学圣人则其师若友。必学圣人者，圣人之言行岂有二哉？其相似也适然。奇笔劈起，直至此始全落下。

予在淮南，为正之道子固，又起，真乃奇情奇笔。正之不予疑也。写正之妙。还江南，为子固道正之，子固亦以为然。写子固妙。笔法整，句法又不整，妙。予又知所谓贤人者，既相似又相信不疑也。笔又落下。子固作《怀友》一首遗予，其大略欲相扳[④]，以至乎中庸[⑤]而后已。又起，又写子固详。正之盖亦尝云尔。又写正之略。一详一略，参差入妙。夫安驱徐行，轥[⑥]中庸之廷，而造于其室，舍二贤人者而谁哉？总二贤。予昔非敢自必其有至也，亦愿从事于左右焉尔，辅而进之其可也。入自己。

噫！官有守，私有系[⑦]，会合不可以常也。同学兄弟，每每若此，言之慨然。作《同学一首别子固》，以相警且相慰云。正文只此一、二言。

〔注释〕

①子固：即北宋著名文学家曾巩，南丰人，世称南丰先生，官至中书舍人，为“唐宋八大家之一”，主张改革，为王安石所推许。有《元丰类稿》传世。

②正之：即孙侔，北宋时人，为文奇古，有超世之志，拒不仕宦。

③辞币：辞，相互应对的言词。币，缯帛，古人通常用作互相赠送的礼物。

④扳：通“攀”，援引。

⑤中庸：儒家的基本哲学观和道德标准之一，即办事不偏不倚取乎中。

⑥辚（lìn）：车轮。此处为造或到之意。

⑦系：牵绊。

〔解读〕

王安石（1021—1086 年），北宋著名政治家、文学家、思想家。字介甫，号半山，因封荆国公，世称荆公。抚州临川（今属江西）人。在神宗时，两次为相，两次罢相，坚决制定和贯彻改革措施。其文章雄健峭拔，遒劲清新，风格高峻，为“唐宋八大家”之一，文集今有《王文公文集》《临川先生文集》。

本文是王安石在仁宗庆历年间写给好友曾巩的一篇文章。当时二人都初中进士，胸怀经世济时之大志，对北宋积弱积贫之局势甚为不平，互相慰勉。本文王安石高度赞扬了曾巩和另一个朋友孙侔，称他们为贤人，学习圣人的贤人，而圣人的标准则是中庸。在这篇文章中，王安石以从容淡雅而略带惆怅之笔调，讲述了贤人、同学、圣人，寄托了作者对高远目标的向往。标题“同学”即共同学习、互相勉励之意。

读《孟尝君传》

凿凿只是四笔，笔笔如一寸之铁，不可得而屈也。读之可以想见先生生平执拗，乃是一段气力。

世皆称孟尝君①能得士，士以故归之，而卒赖其力以脱于虎豹之秦②。斗然举起。嗟乎！孟尝君特鸡鸣狗盗之雄③耳，岂足以言得士！斗然劈落。不然，擅齐之强，得一士焉，宜可以南面而制秦，尚取鸡鸣狗盗之力哉！斗然转变。鸡鸣狗盗之出其门，此士之所以不至也。斗然断定。

〔注释〕

①孟尝君：即田文，战国时齐国贵族，与信陵君、平原君、春申君同称四大公子，以养食客众多著称。

②脱于虎豹之秦：指孟尝君因出访秦国，遭秦昭王软禁，赖其门客终逃脱出虎口。

③鸡鸣狗盗之雄：据《史记·孟尝君传》载，孟尝君为逃出秦国，派人到昭王宠姬那去求情，宠姬提出以白狐裘作为代价。但孟尝君唯一一件狐裘已献给秦昭王了。其门客中有一惯偷，夜里装成狗，潜入秦王宫，偷回白狐裘。宠姬得到此裘，便劝秦王放了孟尝君。孟尝君怕秦王反悔，连夜出逃，至秦东境函谷关，天还未亮。按规定，鸡叫才能开关放行。此时，其中一位门客又学鸡叫，骗守关吏开关，孟尝君得以逃出秦国。

〔解读〕

这篇仅88个字的短文是王安石读《史记·孟尝君列传》后的读后感。在历史上，人们对孟尝君不拘一格网罗天下有一技之长者津津乐道，尤其以用鸡鸣狗盗之徒脱于虎口为典型。但王安石却一反成见，指出“士”必须具有经世济时的雄才大略，那些“鸡鸣狗盗”之徒是不能作为国家栋梁之“士”的。此短文虽寥寥几句，但写得抑扬反复而转折有力，新颖动人，富有感染力，充分表现作者敢于冲破传统观念的独创和自负精神。

泰州海陵县主簿许君墓志铭

如崩崖，如断岸，如欲堕不堕危石，如仄路合沓，走出仍是前谿，此为王介甫先生之笔。

君讳[①]平，字秉之，姓许氏。余尝谱其世家，所谓今泰州海陵县主簿[②]者也。才动手，忽作此拗折之笔，此为介甫先生文字。君既与兄元相友爱称天下，而自少卓荦不羁，善辩说，与其兄俱以智略为当世大人所器。宝元[③]时，朝廷开方略之选[④]，以招天下异能之士，而陕西大帅范文正公、郑文肃公[⑤]，争以君所为书以荐，于是得召试，为太庙斋郎[⑥]，已而选泰州海陵县主簿。叙事至多，而用笔甚少，细细察之。贵人多荐君有大才，可试以事，不宜弃之州县，君亦常慨然自许，欲有所为。然终不得一用其智能以卒。噫！其可哀也已！一句断，下发议。

士固有离世异俗，独行其意，骂讥笑侮，困辱而不悔，彼皆无众人之求，而有所待于后世者也，其龃龉固宜[⑦]。百忙中，忽然插出另一样人，总是天姿拗折人。若夫智谋功名之士，窥时俯仰以赴势利之会，而辄不遇者，乃亦不可胜数。辩足以移万物，而穷于用说之时；谋足以夺三军，而辱于右武之国，此又何说哉？“若夫”妙，“乃亦”妙，“此又何”妙。笔之拗折，全赖清出。此数字，总是清出过人也。嗟乎！彼有待而不悔者，其知之矣。百忙中，又拗折去。

君年五十九，以嘉祐[⑧]某年某月某甲子，葬真州[⑨]之扬子县甘露乡某所之原。夫人李氏。子男瓌，不仕；璋，真州司户参军[⑩]；琦，太庙斋郎；琳，进士。女子五人，已嫁二人：进士周奉先，泰州泰兴县令陶舜元。

铭曰：有拔而起之，莫挤而止之。呜呼许君！而已于斯，谁或使之？纯是拗折，却甚淋漓，真奇绝之笔也！

〔注释〕

①讳：避讳，在其名前加“讳”，以示尊敬。

②泰州海陵县主簿：泰州，治所在今江苏泰州。主簿为掌管文书簿籍一类的官吏。

③宝元：宋仁宗年号。

④方略之选：宋时科举考试时新开的制举科目。

⑤范文正公、郑文肃公：即范仲淹（死后谥文正）、郑戬（死后谥文肃），当时二人任陕西路安抚使和都总管。

⑥太庙斋郎：太庙，皇帝家祖庙。斋郎，掌管宗庙及陵墓的祭祀事宜。

⑦龃龉固宜：原指上下齿不合，此处意为不合时宜。

⑧嘉祐：宋仁宗年号。

⑨真州：宋代州名，治所在今江苏仪征。

⑩司户参军：州官佐吏，掌管户籍。

〔解读〕

这是王安石为泰州海陵县主簿许平写的一篇墓志铭。从铭文可知，许平少有奇才，擅长论辩，以智谋为当时范仲淹等高官推荐，但不幸的是却被派到地方做一小官吏，终不得重用，抑郁而死。王安石在此文中大为许平一生不得重用鸣不平，在议论中提出一连串似在质问而实则痛斥的问题。本文叙事痛快淋漓，但又含蓄莫测，给人一种若虚若信、若近若远的感觉，并充满无限凄凉，令人回味无穷。

范　仲　淹

严先生祠堂记

一起，一结，中间整整相对。有发挥，有证佐，有咏叹，有交互，此今日制义之所自出也。

先生，光武[①]之故人也。总出先生、光武。相尚以道。总赞。先用四字总赞，下逐对反复分赞。及帝握赤符[②]，乘六龙[③]，得圣人之时，臣妾亿兆，天下孰加焉？赞光武，上半句宾。惟先生以节高之。赞先生。下半句，主。既而动星象[④]，归江湖[⑤]，得圣人之清。泥涂轩冕，天下孰加焉？赞先生。上半句，宾。惟光武以礼之。赞光武，下半句，主。

在《蛊》之“上九”[⑥]，众方有为，而独“不事王侯，高尚其志”，先生以之。引经，证先生。在《屯》之“初九”[⑦]，阳德万亨，而能“以贵下贱，大得民也”，光武以之[⑧]。引经，证光武。盖先生之心，出乎日月之上；再赞先生。光武之量，包乎天地之外。再赞光武。微先生不能成光武之大，互赞先生、光武。微光武岂能遂先生之高哉？互赞光武、先生。而使贪夫廉，懦夫立，是大有功于名教也。独归到先生，一句结住。

仲淹来守是邦，始构堂而奠焉，乃复为其后者四家以奉祠事。又从而歌曰：云山苍苍，江水泱泱，先生之风，山高水长。祠堂记后应有歌，即如迎神、送神曲例也。

〔注释〕

①光武：即东汉光武帝刘秀，曾与严子陵为同学。

②握赤符：即刘秀到鄗（今河北高邑东），儒生彊华献赤伏符，以象征其帝命有归。

③乘六龙：六龙指《周易》“乾”卦的六爻，有“乘六龙以御天”句。

④动星象：据《后汉书·严光传》，光武帝与严光共卧，严光将脚放到光武腹上。第二天，主管天象的太史奏曰：“客星犯帝星甚急。”这是一种封建迷信。

⑤归江湖：即光武授严光为谏议大夫，而严光则拒不接受，归隐山林，钓鱼于富春江上。

⑥在《蛊》之“上九”：《蛊》为《周易》一篇卦名，“上九”为该卦的第六爻中之阳爻，象辞曰“不事王侯，高尚其事”，意即作隐士。

⑦在《屯》之“初九”：《屯》为《周易》的卦名，“初九”为该卦的第一爻中的阳爻。

⑧以之：这样做。

〔解读〕

此文是范仲淹在严州桐庐任官时，为严光修了一座祠堂，为此而写的一篇记叙文。此文首先点明，严光为光武帝之故人，然后讲光武登极称帝，天下百姓莫不仰视归顺，唯严光拒不受封，视高官厚禄如粪土，归隐山林。然后引《周易》“蛊”卦和“屯”卦象辞，以说明严光和光武帝，为民为君，达到仁义礼节最高境界，拥有比日月还高的品质，比天地还宽广的气量。同时，作者通过赞扬严光淡泊名利和光武帝以礼待人，隐含了对当时官场腐败钻营的批判。

此文虽题“严先生祠堂记”，但行文中却将严光与光武帝两相并提，虚写光武帝宏大气量，尊重人格，实写严光不慕名利的高风亮节，一虚一实，相互比较，形成一篇对偶文字。至尾，仍归到正题，并以歌作结，使通篇生动，不失呆板。

岳阳楼记

中间悲、喜二大段，只是借来翻出后文忧、乐耳。不然，便是赋体矣。○一肚皮圣贤心地，圣贤学问，发而为才子文章。

庆历四年[①]春，滕子京[②]谪守巴陵郡。越明年，政通人和，百废具兴，最要先书此句。乃重修岳阳楼[③]，增其旧制，刻唐贤今人诗赋于其上，属予作文以记之。叙事毕。下斗然放笔。

予观夫巴陵胜状，在洞庭一湖。好手段，先以一笔提起。衔远山，吞长江，浩浩汤汤，横无际涯。朝晖夕阴，气象万千。毕写。此则岳阳楼之大观也，前人之述备矣。次以一笔结住。然则北通巫峡，南极潇湘[④]，迁客骚人[⑤]，多会于此，览物之情，得无异乎？不知是过接，是排荡，文态酣恣之甚。若夫霪雨霏霏，连月不开，阴风怒号，浊浪排空，日月隐曜，山岳潜形，商旅不行，樯倾楫摧，薄暮冥冥，虎啸猿啼。登斯楼也，则有去国怀乡，忧谗畏讥，满目萧然，感极而悲者矣。一段。写众人悲。至若春和景明，波澜不惊，上下天光，一碧万顷。沙鸥翔集，锦鳞游泳，岸芷汀兰，郁郁青青。而或长烟一空，皓月千里，浮光耀金，静影沉璧，渔歌互答，此乐何极。登斯楼也，则有心旷神怡，宠辱皆忘，把酒临风，其喜洋洋者矣！一段，写众人喜。

嗟夫！予尝求古仁人之心，或异二者之为，何哉？上二段，写众人悲喜，只是生起古仁人此一段正论。不以物喜，不以己悲。居庙堂[⑥]之高，则忧其民；忧。岂复《岳阳楼记》耶？处江湖之远，则忧其君。忧。是进亦忧，退亦忧，然则何时而乐耶？从悲喜引出忧乐，见登楼之人品心地，相去无算如此。其必曰：先天下之忧而忧，后天下之乐而乐欤！噫！微斯人，吾谁与归？独立楼头，举目慨然。

〔注释〕

①庆历四年：庆历为宋仁宗年号，四年即公元 1044 年。

②滕子京：名宗谅，字子京，与范仲淹同为大中祥符进士，庆历四年因受人诬陷被贬为岳州知州。

③岳阳楼：始建于唐，位于今湖南岳阳城西，高三层，俯临洞庭湖。

④潇湘：指潇水、湘水，二水合流后入洞庭湖。

⑤迁客骚人：迁客，降职外贬的官员。骚人，诗人。

⑥庙堂：原指宗庙和明堂，为古帝王举行祭祀之地，此处指朝廷。

〔解读〕

此文作于宋仁宗庆历六年（1046 年）秋天。当时“庆历新政”运动失败，范仲淹被贬。此年，范仲淹被贬于巴陵郡的好友滕子京重修岳阳楼，请范仲淹作《岳阳楼记》以纪念。范仲淹应邀作了此文。此文被历代刻于岳阳楼上。

正如文中所言，岳阳楼之景观描述已被宋以前人写尽，本无甚文章可做。但作者却跳出为写景而写景，以写景和议论两相结合的手法，记叙阴雨天、春明天登此楼之景，写出游观者的一悲一喜。最后一段似乎与楼记主题无关，但实质上却是本文的核心。作者借景发论，界定了仁人君子的忧乐，即“不以物喜，不以己悲”，以国家为己任，以百姓为忧虑，而不以个人一时得失为忧乐。此段议论写得极为深刻，由“览物之情”而发论，充分表现了作者崇高的人生境界和胸怀，是作者人品和内心的真实写照。其文中“居庙堂之高，则忧其民；处江湖之远，则忧其君”，“先天下之忧而忧，后天下之乐而乐”为千古名句。同时，也应该看到，只有发自真情才能出千古名篇。金圣叹批点曰“一肚皮圣贤心地，圣贤学问，发而为才子文章”很有见地。

钱　公　辅

义　田　记

最有法度之文，宋人中难得。

范文正公[1]，苏人也。一段，先记人。平生好施与，择其亲而贫，疏而贤者咸施之。一段，次记公之天性。是时未有田。方贵显时，置负郭[2]常稔之田千亩，号曰“义田”，以养济群族之人。日有食，岁有衣，嫁娶凶葬皆有赡。择族之长而贤者主其计，而时其出纳焉。一段，次记置田。日食，人一升；岁衣，人一缣[3]；嫁女者五十千，再嫁者三十千；娶妇者三十千，再娶者十五千；葬者如再嫁之数；葬幼者十千。族之聚者九十口，岁入给谷八百斛[4]。以其所入，终其所聚，沛然有余而无穷。分给之法已毕，下又别详二语。屏而家居俟代者与焉，仕而居官者罢莫给。加此二语，最详。此其大较[5]也。一段，次说分给之法。

初，公之未贵显也，尝有志于是矣，而力未逮者二十年。重记公未得志时，言此田岂不难。既而为西帅[6]，及参大政[7]，于是始有禄赐之入，而终其志。重记公得志始有此田。公既殁，后世子孙修其业，承其志，如公之存也。再记公殁后，此田永永不废。公虽位充禄厚，而贫终其身，殁之日身无以为敛，子无以为丧，惟以施贫活族之义，遗存其子而已。一段，再记公天性，以收完前数段。

昔晏平仲[8]敝车羸马，桓子[9]曰：“是隐君之赐[10]也。”晏子曰：“自臣之贵，父之族无不乘车者，母之族无不足于衣食者，妻之族无冻馁者，齐国之士，待臣而举火者三百余人。如此，而为隐君之赐乎？彰君之赐乎？”于是齐侯以晏子之觞而觞[11]桓子。予尝爱晏子好仁，齐侯好贤，而桓子服义也。先粗发议。又爱晏子之仁有等级，而言有次第也。先父族，次母族，次妻族，而后及其疏远之贤。孟子曰：“亲亲而仁民，仁民而爱物。”晏子为近之。又精发义。今观文正公之义田，贤于平仲，其规模远举，又疑过之。结到文正公。

呜呼！世之都三公位[12]，享万钟禄，其邸第之雄，车舆之饰，声色之多，妻孥之富，止乎一己而已，而族之人不得其门者，岂少也哉？况于施贤乎。其下为卿、为大夫、为士，廪稍[13]之充，奉养之厚，止乎一己而已，而族之人操壶瓢为沟中瘠者，又岂少哉？况于它人乎。是皆公之罪人也。骂人，落得骂，该骂，该杀。公之忠义满朝庭，事业满边隅，功名满天下，后世必有史官书之者，予可无录也。后人作此说，必以此一段起。今只略带，是其立言高人一等处。独高其义，因以遗其世云。

〔注释〕

①范文正公：即北宋著名政治家、文学家范仲淹。字希文，苏州吴中人。其谥号曰文正。

②负郭：郭，外城。此处指靠近城郭。

③缣：双丝的细绢。其丝细致，双倍于绢，不露水。

④斛：计量单位，北宋时十斗为一斛。

⑤较：概略。

⑥为西帅：指宋仁宗庆历二年（1042年）出任陕西路安抚经略招讨使。

⑦参大政：指范仲淹于仁宗庆历二年为参知政事。

⑧晏平仲：即晏婴，春秋时齐国大夫。历任齐灵公、庄公、景公三世，有《晏子春秋》传世。

⑨桓子：即田无宇，春秋时齐国贵族。

⑩隐君之赐：隐，不显，隐藏。此句意谓晏子故意不暴露君王赐给他的俸禄。

⑪觞：酒器。而后一“觞”字则为动词，意指敬酒或罚酒。

⑫三公位：西汉以丞相、太尉、御史大夫为三公，后世三公渐成荣誉性称呼，此指朝廷高官。

⑬廪稍：由官府供给的粮食。

〔解读〕

钱公辅，字君倚，籍常州武进（今属江苏省），北宋中期人。官至天章阁待制。

此文叙述了范仲淹设置义田之起因、过程，并给予高度评价。范仲淹买义田以赡养同族人，在中国历史上极为著名，视为千古仁义之举。本文赞扬了范仲淹爱护亲友羸弱，以己之俸禄购置义田以养同族近百余口，而自己则终身清贫，死时竟无以为殓，留给子孙的仅施舍贫困、周济亲族的道义而已。同时，将春秋时晏仲平养活亲族之事与之比较，认为范仲淹更高一筹。在最末一段，作者痛斥了那些高官厚禄者，只顾一己一家之享受，不顾亲族之死活，直斥其为范公之罪人。本文善于运用比较，一赞一骂，更加烘托出范仲淹千古高义。

李　觏

袁州州学记

学记多，自来无过此篇者。因其初动笔，便欲学秦石刻，遂使通篇俱古劲简峭，不复认其为宋人笔墨也。

皇帝[①]二十有三年，制诏州县立学。起笔意思便欲拟李斯秦石刻。惟时守令，有哲有愚。有屈力殚虑，祇顺德意；或亦间有。有假官借师，苟具文书。比比是也。或连数城，亡诵弦[②]声。倡而不和，教尼不行。一段，先记祖君未来以前。

三十有二年，范阳祖君无泽[③]知袁州[④]。始至，进诸生，知学宫阙状。叙事古甚。太息人才放失，儒效阔疏，亡以称上意旨。写得阔大。通判[⑤]颍川陈君侁闻而是之，议以克合。先书祖君，次书陈君。相旧夫子庙，狭隘不足改为，轻过。乃营治之东，厥[⑥]土燥刚，厥位面阳，厥材孔良。详记。殿堂门庑，黝垩丹漆，举以法。详记。故生师有舍，庖廪有次，百尔器备，并手偕作。工善吏勤，晨夜展力，越明年成。详记。舍菜[⑦]且有日。盱江[⑧]李觏，谂[⑨]于众曰：

惟四代之学，考诸经可见已。作学记，不说虞，夏，商，周，自是欠事；今只以一句道破，笔力高古。秦以山西鏖六国[⑩]，欲帝万世。刘氏[⑪]一呼，而关门不守，武夫健将，卖降恐后。何耶？诗书之道废，人惟见利而不闻义焉耳。引古废学之祸。孝武[⑫]乘丰富，世祖[⑬]出戎行，皆孳孳学术，俗化之厚，延于灵、献[⑭]。草茅危言[⑮]者，折首而不悔；功烈震主者，闻命而释兵。群雄相视，不敢去臣位，尚数十年。教道之结人心如此。引古兴学之效。今代遭圣神，句宽。尔袁得圣君。句切。俾尔由庠序[16]，践古人之迹。建学也。天下治，则谭[17]礼乐以陶吾民，此句人及。一有不幸，尤当仗大节，为臣死忠，为子死孝，使人有所赖，且有所法。此句，人所不及，妙妙。是惟朝家教学之意。一句收。若其弄笔墨以徼利达而已，岂徒二三子之羞？抑亦为国者之忧。又反收，言之慨然。

〔注释〕

①皇帝：指宋仁宗赵祯。

②诵弦：指读书。

③范阳祖君无泽：范阳即范阳县，治所在今河北省涿州市。祖君无泽即祖无泽。

④知袁州：为袁州知州，袁州治所在今江西宜春。

⑤通判：宋初始设之官，地位略次于知州，握有连署州府公事和监察官吏之权，号称“监州”。

⑥厥：其。

⑦舍菜：舍，同“释”，陈设之意。古代学校开学或新校舍落成举行祭祀先圣先师的典礼仪式，称“舍菜”。

⑧盱江：又称汝水、抚河，在今江西省东。

⑨谂：告诉。

⑩山西鏖六国：山西指崤山以西地，为秦国之泛称，六国指函谷关以东魏、赵、韩、燕、齐、楚，也称山东。

⑪刘氏：指刘邦。

⑫孝武：汉武帝。

⑬世祖：东汉光武帝刘秀，庙号世祖。

⑭灵、献：指东汉晚期汉灵帝、汉献帝。

⑮草茅危言：草茅指在野士人，危言即直言。

⑯庠序：殷代称学校为庠。周代则称为序。

⑰谭：通“诞”，光大之意。

〔解读〕

这是李觏为袁州州学校舍落成而写的一篇记叙文。

李觏，字泰伯，南城（今属江西）人，北宋著名思想家。因其家距盱江不远，世人称其盱江先生。曾创盱江书院，后为太学助教，直讲，终生教学。有《直江李先生文集》（也称《盱江文集》）传世。

此文详叙了袁州州学建立的背景与经过，批评了以前州官昏昧、假官假师、搪塞建学，赞扬了新任州官祖无泽、陈侁致力于教育，另起新址建学，选好地，用好料，精工造作，工匠官吏齐心协力，不到一年即告竣工。在学馆开学祭祀先圣先师的前夕，李觏写下了一段劝告师生们的话。此段话为此文核心，自虞、夏、商、周四代兴学教化谈起，考察秦汉衰亡时民众士人之态度，以证明学校教育关系国家兴亡。本文气魄非凡，开篇即曰“皇帝二十有三年，制诏州县立学”，大有秦时李斯石刻之势，不落俗套，通篇立论警切，古劲简峭，尤其末尾笔头一转，不顾时忌，痛斥那些为谋取官爵富贵而舞文弄笔者，读之令人惕然。所以，此篇学记被视为罕见之文。

李　文　叔[①]

书《洛阳名园记》后

幺麽小题，发出如许大论。大儒眼中，固无细事；大儒胸中，固无小计；大儒手中，固无琐笔；定当如此。

洛阳[②]先写洛阳。处天下之中，挟崤、渑[③]之阻，当秦、陇之襟喉[④]，而赵、魏之走集[⑤]，盖四方必争之地也。天下当无事则已，有事则洛阳必先受兵。予故尝曰："洛阳之盛衰，天下治乱之候也。"忽落大笔。唐贞观、开元[⑥]之间，公卿贵戚开馆列第于东都[⑦]者号千有余邸。次写名园。及其乱离[⑧]，继以五季之酷[⑨]，其池塘、竹树，兵车蹂蹴，废而为兵墟；台亭、大榭，烟火焚燎，化而为灰烬，与唐共灭而俱亡无余处矣。予故尝曰："园囿之兴废，洛阳盛衰之候[⑩]也。"再落大笔。且天下之治乱，候于洛阳之盛衰，而知洛阳之盛衰，候于园囿之兴废而得，则《名园记》之作，予岂徒然哉？忽将上二大笔一总，便写出记来。呜呼！公卿大夫，方进于朝，放乎一己之私，自为之而忘天下之治忽[⑪]，欲退享此，得乎？唐之末路是已！感叹欷歔以收之。

〔注释〕

①李文叔：名格非，北宋时人，籍济南（今山东济南）人。宋著名女词人李清照之父。宋神宗熙宁九年（1076 年）中进士，官至礼部员外郎、提点京东路刑狱。宋徽宗崇宁元年（1102 年），被定为元祐党人而罢职。

②洛阳：即今洛阳，为六朝旧都。因其位置居中，为摄天下之地。

③崤、渑：崤，指崤山，今河南洛宁县北。渑，古“九寨”之一，在今河南渑池县。

④秦、陇之襟喉：秦指秦地，今陕西一带。陇指陕西西部及甘肃一带。襟喉，喻要害之处，如衣之衣襟和人之咽喉。

⑤赵、魏之走集：赵，即战国时赵国地，指今山西、陕西、河北一带。魏，即战国时魏国地，指今河南北部、山西西南一带。走集，往来必经的险要之地。

⑥唐贞观、开元：分别为唐太宗与唐玄宗的年号。

⑦东都：西周时以镐京为西都，称洛阳（王城）为东都。唐时以洛阳为陪都，因在首都长安东，也称东都。

⑧乱离：遭战乱而流离失所。

⑨五季之酷：指五代后梁、后唐、后晋、后汉、后周兵祸不断。

⑩候：预兆、象征。

⑪治忽：指国家政治的好与坏。忽，绝灭之意。

〔解读〕

宋哲宗绍圣二年（1095 年），李格非写《洛阳名园记》，描写了北宋时洛阳十九座名园之盛况。此书完成后，作者在文章后面补写了这篇短跋。

在这篇短文中，作者首先指出洛阳地理位置之重要，处天下之正中，倚崤山、渑隘之险阻，为天下必争之地。洛阳之盛衰，为天下治乱之标志。进而作者指出在唐朝盛世时，公侯卿相争先在洛阳建立楼馆宅院，达一千家之多，而至唐末五代之战乱，亭阁楼榭、池塘竹树顿化为灰烬，由此来推，洛阳园圃之兴废则关系着天下治乱。可见，洛阳之地关系天下治乱，而从洛阳园圃之兴废又关系国家存亡，所以，公卿大夫们不能只关心经营自己的家园而忘记国家之治乱，要想等退休后享受洛阳之园圃，就必须在位时关心国家。

此文写作目的就是强调《洛阳名园记》的宗旨，告诫公卿大夫居安思危。本文逐层推理，逻辑严整，文章短悍而论证力很强。

卷末补遗

《左　传》

邾文公知命

看其动笔，如快刀切物相似。

邾文公[①]卜迁于绎[②]，史曰："利于民而不利于君。"邾子曰："苟利于民，孤之利也。至理至言，又极犀快！○一段只此八字，二句已毕，下乃自解也。天生民而树之君，以利之也。自解"苟利于民"句。民既利矣，孤必与焉。"自解"孤之利也"句。看他笔笔犀快。左右曰："命可长也，君胡弗为？"邾子曰："命在养民。看他应声将"命"字，疾接在"养民"字，成句，其意已毕，下特笔势犀快，不觉写尽耳。死之短长，时也；民苟利矣，迁也。吉莫如之[③]。"笔笔犀快。○"苟利于民""民既利矣""民苟利矣"，一口只咬定"利民"二字，接连作几踔跳。遂迁于绎。五月，邾文公卒，君子曰："知命！"

〔注释〕

①邾文公：邾国国君。邾国，春秋时小国，传为颛顼后裔所立，姓曹，在今山东费、邹、滕、济宁、金乡等地一带，战国时为楚灭。

②绎：邾国地名，在今山东邹县东南纪王城。

③吉莫如之：没有比此更吉利的了。

〔解读〕

利君还是利民，往往是一对矛盾范畴。作为统治者，大多是宁害天下民以利一己之私，而不会损一毫之利而利万民。但邾文公，这位在位五十余年的小国君主，当得知迁都将不利于他而利于民时，毅然决定迁都，并说利于民即利于君，上天生民而立君，本来就是要带来利益的，老百姓得到了利，君主也必得利，再也没有比这更吉利的事了，况且死生有命，为天下民何惜自己一死。巧合的是，迁都后当年五月，邾文公就死了。邾文公作为封建君主，能如此理解君民关系，并身体力行，实难能可贵。

詹桓伯让晋争阎田

看他初入手，便说周有天下，外薄四海，何争地田？早自占得无数地步，已下只反复祖宗封植天下，何至反教戎狄相制？却更不说到争田事，真得立言之大体也。○与“不许请隧”一样妙文，两样妙笔。

周甘人与晋阎嘉争阎田[①]，晋梁丙、张趯[②]率阴戎[③]伐颍。王使詹桓伯[④]辞于晋曰：“我自夏以后稷[⑤]，言周始祖当夏之世。魏、骀、芮、岐、毕[⑥]，吾西土也。先有此五国。及武王克商，蒲姑、商奄[⑦]，吾东土也。又有此二国。巴、濮、楚、邓[⑧]，吾南土也。又有此四国。肃慎、燕、亳[⑨]，吾北土也。又有此三国。吾何迩封之有？言周封疆，外薄四海，岂止此近郊之田而已。妙，妙！○已上先说不争此田。文、武、成、康[⑩]之建母弟，以藩屏周，亦其废坠是惧，岂如弁髦[⑪]而因以敝之？至情至理，直直说出，妙，妙！○已上方说，不图乃为此也。先王居梼杌[⑫]于四裔，以御魑魅[⑬]。故允姓[⑭]之奸，居于瓜州[⑮]。伯父惠公[⑯]归自秦，而诱以来。自此以下说阴戎，此先说阴戎来历。使逼我诸姬，入我郊甸，则戎焉取之？戎有中国[⑰]，谁之咎也？“使”，致使也。“焉取”，犹言若不诱来，则何至于此也。此深诘阴戎之来，是何人所致。后稷封植天下，今戎制之，不亦难乎？伯父[⑱]图之。此痛责晋来阴戎，大得罪于祖宗，妙妙！我与伯父，犹衣服之有冠冕，木水之有本原，民之有谋主也。伯父若裂冠毁冕，拔本塞原，专弃谋主，虽戎狄其何有余一人？”此归重阴戎敢于无主，皆是晋先无主，我直不责阴戎，妙妙。

叔向[⑲]谓宣子[⑳]曰：“文之霸也，岂能改物？翼戴天子而加之以共。自文以来，世有衰德，而暴蔑宗周，以宣示其侈；诸侯之贰，不亦宜乎？且王辞直，子其图之！”宣子说，致阎田，反颍俘。

〔注释〕

①周甘人与晋阎嘉争阎田：周甘人，即甘大夫襄，为周大夫。阎嘉即晋国大夫。阎，周地。

②梁丙、张趯：二人为晋国大臣。

③阴戎：阴地戎人。

④詹桓伯：周大夫。

⑤后稷：周人祖先。

⑥魏、骀、芮、岐、毕：魏，周地，后归晋，在今山西芮城西。骀，同“邰”，后稷始封地，今陕西武功县西南。芮，国名，姬姓，今山西芮城县西。岐，即岐国，今陕西岐山县南。毕，即毕国，今陕西咸阳市北。

⑦蒲姑、商奄：蒲姑，古地名，今山东博兴县东南。商奄，古国名，今山东曲阜县。

⑧巴、濮、楚、邓：巴，国名，姬姓，在今湖北襄阳市。濮，古族名，分布于“江汉”之南。楚指楚国都郢。邓，曼姓国，在今河南邓州。

⑨肃慎、燕、亳：肃慎，古国名，也作息慎，稷慎，居今东北一带。燕，国名，姬姓，今北京一带。亳，指商都亳。

⑩文、武、成、康：指周文王、武王、成王、康王。

⑪弁髦：弁，缁布冠。髦，婴儿三个月时剪去的头发。

⑫梼杌：古传说的怪兽名。

⑬魑魅：古代传说害人的怪物。

⑭允姓：古部落名，阴戎之祖。

⑮瓜州：地名，今甘肃敦煌市。

⑯惠公：即晋惠公。

⑰中国：指中原地带，文化较发达之区。

⑱伯父：天子称同姓诸侯，诸侯称同姓大臣俱可称伯父。

⑲叔向：即羊舌肸，晋国大夫。

⑳宣子：范宣子，士氏，名丐，晋国大臣。

〔**解读**〕

本为争田之事而却不做争田论。开口即言周有天下，四海之田，莫非王有，继之反复论述周王朝祖先开国之艰之功，而诸侯国反诱引戎狄侵占中原，从而使姬周处于艰难境地。后则道之以情，说晋国与姬周如衣服有冠冕，树木流水有根源，须臾不可分离，岂可为区区阎地而伤手足之情，使戎狄小看天子。詹桓伯此番话讲得极有气势，充分显示出周天子高诸侯一筹，不失天下共主之风度。而且也使晋国有愧自疚，并认识到，如果与周争田，还会引起戎狄对晋的蔑视，对自己的霸主地位不利。

卷末补遗 西汉文

汉 文 帝

赐尉佗[①]书

文字只要从一片心地流出，便正看、侧看、横看、竖看，具有种种无数美妙，任凭后来何等才人，含毫沉思，直是临摹一笔不得也。○能篇家人父子语，只临了“王亦受之，毋为寇患矣!”一“亦”字，一“矣”字，是稍露皇帝风力。

皇帝谨问南粤王，甚苦心劳意。五字先存问。朕，高皇帝侧室之子[②]。弃外，奉北藩于代，道里辽远，壅蔽朴愚，未尝致书。为皇帝赐玺书，却先致谢未为皇帝时，疏失书候，便是一片家人父子，更不见帝号之可贵，妙绝，妙绝！高皇帝弃群臣，孝惠皇帝即世，高后自临事，三笔叙过三朝，何等省？不幸有疾，日进不衰，以故悖暴乎治。引罪，妙！引罪止此，妙妙！诸吕为变，故乱法，不能独制，乃取他姓子为孝惠皇帝嗣。赖宗庙之灵、功臣之力，诛之已毕。何等省？朕以王侯吏不释[③]之故，不得不立，今即位。说得即皇帝位，并不足为意。此是孝文一片至诚之言，初不以此制胜，而制胜乃专在此。

乃者闻王遗将军隆虑侯[④]书，求亲昆弟[⑤]，请罢长沙两将军[⑥]。一叙佗。朕以王书，罢将军博阳侯。亲昆弟在真定者，已遣人存问，修治先人冢。一叙待佗。前月闻王发兵于边，为寇灾不止。当其时，长沙苦之，南郡尤甚。再叙佗。虽王之国，庸独利乎？必多杀士卒，伤良将吏。寡人之妻，孤人之子，独人父母，得一亡十，朕不忍为也。再叙待佗。○何等婉欵？朕欲定地，犬牙相入者，上文已恕佗毕，此又明说二意，毫发不用相瞒，待远人无过诚信，此是孝文天性合道处。以问吏，吏曰“高皇帝所以介[7]长沙土也”，朕不能擅变焉。此是一意不相瞒也。吏曰：“得王之地，不足以为大；得王之财，不足以为富；服领[8]以南，王自治之。”此又一意不相瞒也。○既不用欺，亦不示恩，三王以后，如孝文，岂非圣主？虽然，王之号为帝，两帝并立，亡一乘之使[9]以通其道，是争也。争而不让，仁者不为也。愿与王分弃前患，终今以来，通使如故。故使贾[10]驰谕告王朕意，王亦受之，毋为寇患矣！虽然一转，实不悦其号为帝，却不与之略争，只一顺仍呼之为王，而能令彼汗然中断，妙绝，妙绝！上褚[11]五十衣，中褚三十衣，下褚二十衣遗王，愿王听乐娱忧，存问邻国[12]。字字句句，一片家人父子。

〔注释〕

①尉佗（？—前 137 年）：姓赵名佗，真定（今河北石家庄市东北）人。秦时为南海龙川令，又为南海尉，故人称“尉佗”。自立南粤武王。汉初，佗自称帝，与汉中央政权分庭抗礼。文帝时，佗去帝号。

②侧室之子：汉文帝母为薄姬，非正嫡所生。

③不释：不放弃。

④隆虑侯：隆虑，县名（今河南林县），因县西隆虑山而得名。隆虑侯，即周灶（？—前 163 年），因功封侯。

⑤求亲昆弟：寻访赵佗在家乡的亲兄弟。一曰“从昆弟”，堂兄弟。

⑥请罢长沙两将军：因两将军率兵击南粤，故赵佗致书请罢之。

⑦介：隔，界限。指上述土地，作为与长沙相隔的界限。

⑧服领：山岭名。领，通“岭”。

⑨亡一乘之使：亡，无、没有。乘，车马。此句意为没有一个使节。

⑩贾：陆贾，汉初大臣。汉高祖时曾使南粤。此时文帝召为太中大夫，再次出使，赐封佗书。

⑪褚：绵装衣服。以绵多少、薄厚分上中下。

⑫邻国：指南粤邻国东越等。

〔解读〕

这是汉文帝赐给南粤王赵佗的一封诏书。汉文帝，即刘恒，刘邦庶子，先封为代王，诸吕之乱平定后，被迎立为皇帝，在位间，励精图治，与民休息，开“文景之治”之先河。

南粤王赵佗在秦朝时曾任南海官吏。秦亡后，他攻下桂林郡和象郡，自立为南粤武王。汉高祖时追立赵佗为南粤王，使之安定百越。吕后当政时，因禁止南粤在关市上购买铁器，赵佗自称南粤武帝，并发兵侵扰长沙。吕后派将军周灶讨伐，没有成功。汉文帝即位后，采取了安抚政策，慰问赵佗在真定的兄弟等亲属，修治赵佗父母、祖先的坟墓，派大臣陆贾携书出使南粤。这使赵佗十分惶恐和感激，遂写信谢罪，去帝号称臣，派人按时朝见汉天子，南边战事得以平息。本文虽为皇帝赐予诸侯王的书信，但一片至亲、至诚、至信之言，如家书一般，读来令人感动。书中字里行间，也处处流露出明主的风范。

尉　佗

上汉文皇帝去帝号书

心地是一片，便文字风格亦都是一片。不然，帝起代北，佗处粤南，其间辽远，何啻万里？何得二书便如一笔所出？○此二书便是《前出师》《祭十二郎》等文之所从出也。

蛮夷大长老夫[①]臣佗，更不必读至下，只此八字，已去帝号矣，盖诚信感人之疾如此。昧死再拜，上书皇帝陛下：

老夫，故粤吏也，孝文自为早封代北，有失书候，故倒写至高帝侧室之子句耳。今看其亦自倒写是故粤吏，言为王尚是逾分，胡敢自称帝号？便如响应然。高皇帝幸赐臣佗玺，以为南粤王，使为外臣，时内贡职[②]。此言为王尚是汉恩。孝惠帝即位，义不忍绝，所以赐老夫者厚甚。此却不是顺写汉恩，乃起下高后一段也，文字必须逐段、逐句分别看如此。高后自临用事，近细士[③]，信谗臣[④]，别异蛮夷[⑤]，出令曰："毋予蛮夷外粤金铁、田器、马、牛、羊；即予，予牡，毋与牝[⑥]。"叙汉失一。老夫处辟，马、牛、羊齿已长。自以祭祀不修，有死罪，使内使藩、中尉高、御史平，凡三辈上书谢过，皆不反[⑦]。叙汉失二。又风闻老夫父母坟墓已坏削，叙汉失三。兄弟宗族已诛论。叙汉失四。吏相与议曰："今内不得振于汉，外亡以自高异[⑧]。"故更号为帝。孝文委言"吏"，看他亦委言"吏"。委言吏，事便轻，妙妙。自帝其国，非敢有害于天下也。轻轻辩过，笔舌之妙如此。南中自古有人。高皇后闻之大怒，削去南粤之籍，使使不通[⑨]。叙汉失五，下，大怒字，正与孝文温语相对。老夫窃疑长沙王谗臣，故敢发兵，以伐其边。一“故敢”轻轻辩过。且南方卑湿[10]，蛮夷中西有瓯，其余半羸[11]，南面称王；东有闽粤，其众数千人，亦称王；西北有长沙，其半蛮夷，亦称王；老夫故敢妄窃帝号，聊以自娱。二“故敢”。上先有一“故”字、一“非敢”字，下又有一“不敢”字，俱是轻轻之笔。老夫身定百邑之地，东西南北，数千万里，带甲百万有余。然北面而臣事汉，何也？不敢背先人之故。亦是通篇小心语，只此一行，稍露鳞甲，细细分别看之。

老夫处粤四十九年，于今抱孙焉。然夙兴夜寐[12]，寝不安席，食不甘味，目不视靡曼之色，耳不听钟鼓之音者，以不得事汉也。两“老夫”提头，俱是妙笔，然俱是小心，实心语。今陛下幸哀怜，复故号，通使汉如故，老夫死骨不腐，改号不敢为帝矣。又一“不敢”字，此一“不敢”字，是今日生出。谨北面，因使者，献白璧一双、翠鸟千、犀角十、紫贝五百、桂蠹[13]一器、生翠四十双、孔雀二双。昧死再拜以闻皇帝陛下。

〔注释〕

①大长老夫：大长，大君长。老夫，年长男子的自称。

②时内贡职：按时交纳贡物。内通“纳”。

③近细士：亲近小人。细士，指小人。

④信谗臣：听信谗臣之言。谗臣，进谗言陷害忠良的奸臣。

⑤别异蛮夷：歧视蛮夷，把它与“华夏”区别开采。蛮夷，古代对少数民族的蔑称。

⑥予牡，毋与牝：牡，雄性动物。牝，雌性动物。

⑦反：通“返”。

⑧外亡以自高异：此句为自称帝号做遁词。

⑨使使不通：第一个“使”为动词，第二个为名词使臣。意为不令通使。

⑩卑湿：低下潮湿。

⑪羸：贫弱。

⑫夙兴夜寐：早起晚睡。

⑬桂蠹：桂树中的蝎虫，汉时常用于献陵庙。

〔解读〕

此文是赵佗对汉文帝《赐尉佗书》的回复。文中宣称自己历受汉恩，只是高后听信谗言，停止互市，断绝金铁、农具供应，且又闻听自己在内地的父母坟墓被毁、兄弟亲族被诛，愤而称帝。同时又为自己发兵侵犯长沙国境开脱。称自己“妄窃帝号”只是“聊以自娱”，又因“不得事汉”而寝食不安。现在得到文帝的安抚，深为感激，故去帝号，北面称臣，派使进贡。汉文帝读此文后很高兴。自此以后，南粤按时派人朝见汉天子，边境得以安宁。本文用词讲究，言语谦恭，作者极力为自己妄上帝号、发兵侵扰做遁词，又在“定百邑之地，东西南北，数千万里，带甲百万有余”语中略露锋芒，极具性格，又很注意分寸。

司　马　迁

伯夷[①]列传

每见从桌论此文者，多将“怨”“不怨”字，说天道无准，以为史公自抒其愤，此乃大谬。不知此文虽以伯夷名篇，其实乃言自古至今，如伯夷其人，正不知有千千万万，只为不曾经孔子大圣之所表章，便老死于水边林下，竟以湮没不传。如此等辈，真可叹息！今伯夷，则又幸而独遭孔子三翻四覆说不置口，因而史公亦遂搜拾轶诗，与之立传也。他如许由，明明有冢，而止为不经孔子论列，便到底不辨其人有无，何况卞随、务光而外，连姓名皆不传者，知有何限、何限？至于后幅，则又特地与此一辈人洗发心地，言世间往往见盗跖以寿终，颜回卒短命；天之为天，从来颠倒。然则彼其积仁洁行，何曾是有意徼天？实则各人禀性不同，立志又别，固有宁甘枵腹槁项以死，而断断不肯少损其洁白者。此自是各人意思所至，并非他人所得而强，故又有不同一段议论，只是此一辈人，便湮没无人传说者多矣，真是可惜！

夫学者载籍[②]极博，犹考信于六艺[③]。《诗》《书》虽缺[④]，然虞、夏之文[⑤]可知也。尧将逊位，让于虞舜；舜、禹之间，岳牧咸荐[⑥]，乃试之以位。一难。典职[⑦]数十年，功用[⑧]既兴，然后授政。二难。示天下重器，王者大统[⑨]，传天下若斯之难也。先述《诗》《书》之难如此，作宾。而说者曰：“尧让天下于许由[⑩]，许由不受，耻之逃隐。”次述说者之易如此，作主。乃夏之时，有卞随、务光[11]者，又不止一许由。此何以称焉？与《诗》《书》之文大反，何耶？岂世本无许由，而说者妄称耶？作翻。太史公曰："余登箕山，其上盖有许由冢"云[12]。又真有许由，作证。孔子序列古之仁圣贤人，如吴太伯[13]、伯夷之伦，详矣。余以所闻由光义至高，其文辞不少概见[14]，何哉？此乃正文，非疑词，乃是深痛由、光不曾被孔子论列。孔子曰："伯夷、叔齐[15]，不念旧恶，怨是用希！"[16]求仁得仁，又何怨乎？此是深幸伯夷，却受孔子论列。余悲伯夷之意，睹轶诗可异焉[17]。其传曰：轶诗，即《采薇》之诗也，其传，即《诗传》也。伯夷、叔齐，孤竹君之二子也。父欲立叔齐，及父卒，叔齐让伯夷。伯夷曰："父命也。"遂逃去。叔齐亦不肯立而逃之。国人立其中子[18]。于是伯夷、叔齐，闻西伯昌[19]善养老，"盍往归焉"。及至，西伯卒，武王载木主[20]，号为文王，东伐纣，伯夷、叔齐叩马而谏曰："父死不葬，爰[21]及干戈，可谓孝乎？以臣弑君，可谓仁乎？"左右欲兵之，太公曰："此义人也。"扶而去之。

武王已平殷乱，天下宗周；而伯夷、叔齐耻之，义不食周粟，隐于首阳山[22]，采薇而食之。及饿且死，作歌，其辞曰："登彼西山兮，采其薇矣。以暴易暴兮，不知其非矣。神农、虞、夏，忽焉没兮，我安适归矣？吁嗟徂兮，命之衰矣！"遂饿死于首阳山。诗与《传》毕。

由此观之，怨耶？非耶？此特作滑稽之笔，言孔子亦不必论得伯夷果然确，只是名姓却是亏他传了。或曰："天道无亲，常与善人。"若伯夷、叔齐，可谓善人者非耶？积仁洁行如此而饿死。已上是说幸而传，不幸而不传；已下是说此一辈人，立志屹然，不同流俗，虽天道亦不为动。且七十子之徒，仲尼独荐颜渊为好学。然回也屡空[23]，糟糠不厌，而卒早夭。陪一许由，又陪一卞随、务光，此又陪一颜回。天之报施善人，其何如哉？只是言立志屹然，天亦不能动之，非詈天之辞也。盗跖[24]日杀不辜，肝人之肉，暴戾恣睢，聚党数千人，横行天下，竟以寿终。是遵何德哉？言盗跖所遵何德。此其尤大彰明较著[25]者也。此句意言只应从跖，不应如夷、渊所行。若至近世，操行不轨，专犯忌讳，而终身逸乐，富厚累世不绝。或择地而蹈之㉖，时然后出言，行不由径，非公正不发愤，而遇祸灾者，不可胜数也，余甚惑焉。傥所谓天道，是耶？非耶？只此一段，带入自己怨愤，然只是说人生世上，有何天道？惟有富贵寿考，当尽力取之耳，如何乃有夷、渊一辈人？

子曰："道不同，不相为谋。""亦各从其志也。"故曰："富贵如可求，虽执鞭之士，吾亦为之；如不可求，从吾所好"。"岁寒，然后知松柏之后凋。""举世混浊，清士乃见。"至此方正言。无奈志士仁人，立志屹然，必出于此。岂以其重若彼、其轻若此哉！其重，求仁也；其轻，天下也。"君子疾没世而名不称焉。"贾子㉗曰："贪夫殉㉘利，烈士殉名。夸者死权㉙，众庶冯生㉚。同明相照，同类相求。云从龙，风从虎。圣人作而万物睹。"又概论人各其志，志士仁人，只贵名存天壤也。伯夷、叔齐虽贤，得夫子而名益彰；颜渊虽笃学，附骥尾而行益显。岩穴之士，趋舍有时㉛。若此类名湮灭而不称，悲夫！此特深痛操行如伯夷而不遇孔子论列，遂终不传，乃一篇之正文也。闾巷之人㉜，欲砥行立名者，非附青云之士，恶能施于后世哉？此又略作怨愤为余波。

〔注释〕

①伯夷：商末孤竹君长子，墨胎氏。初，孤竹君以叔齐为继承人。孤竹君死后，叔齐让位，伯夷不受。二人都弃国投周，反对武王伐纣。商亡后，他们隐居首阳山，不食周粟而死。

②载籍：书籍。

③六艺：即《六经》，指《书》《诗》《礼》《乐》《易》《春秋》。

④《诗》《书》虽缺：相传孔子曾删削《诗》《书》。

⑤虞、夏之文：指尚书中的《尧典》《舜典》《大禹谟》，记载虞、夏禅让的故事。

⑥岳牧咸荐：岳牧，古代传说中四岳和十二牧的合称。咸荐，一起推荐。

⑦典职：任职。

⑧功用：成绩、功绩。

⑨大统：帝王尊位。

⑩许由：尧时隐士。传说尧欲让帝位给他，不受，逃隐到颍水之阳。

⑪卞随、务光：传说商汤灭夏后，欲把帝位让给他们，二人拒而不受，并投水而死。

⑫盖有许由冢：盖，表示未必确实或难以肯定。冢，坟墓。

⑬吴太伯：周太王的长子。太王想传位幼子，太伯为了能让父亲如愿，出走到吴，故称“吴太伯”。

⑭不少概见：少，稍微。概见，略见。意为没有稍稍略见。

⑮叔齐：见注①。

⑯怨是用希：即“怨用是希”。用，因。希，稀少。意为怨恨因此而少。

⑰睹轶诗可异焉：轶诗，指下文的诗歌，因未收入《诗经》，故称轶诗。轶，通“佚”，散失。可异焉，感到奇怪。全句意为：看到散失的诗篇，感到很奇怪。

⑱中子：中，通“仲”，次子。

⑲西伯昌：周文王姬昌。商末姬昌为西方诸侯之长，故称“西伯昌”。

⑳木主：木制的灵牌位。

㉑爰：就。

㉒首阳山：山名，在今山西永济市南。也有说在陇西、洛阳、辽西等地。

㉓空：空乏、贫乏。

㉔盗跖：相传为春秋时鲁国人，一说为贤者柳下惠之弟，为横行大盗，故名其为“盗跖”。

㉕彰明较著：特别明显。

㉖择地而蹈之：选好地方才落步，不轻举妄动。

㉗贾子：即贾谊。西汉文帝时政论家、文学家。下面的话是引自他的《鹏鸟赋》。

㉘殉：为达到目的而不惜牺牲生命。

㉙夸者死权：夸者，贪图权势而夸矜的人。死权，为争夺权力而死。

㉚众庶冯生：众庶，即民众。冯，通“凭”，依靠。此句意为，平民百姓为生存而努力。

㉛趋舍有时：进取或隐退都有机会。趋，进取。舍，隐退。

㉜闾巷之人：平民。这里指有才能却地位低下的人。

〔解读〕

本文是司马迁所著《史记》七十列传的第一篇。纪传体裁为司马迁首创，其中列传一般用于记述帝王诸侯以外的人物事迹，它与本纪、世家一样，同为优秀的历史传记文学，有着高度的艺术价值和深刻的思想内涵。本篇记载了伯夷、叔齐的事迹，但因年代久远，所传史料较少，因此本传部分甚短，而相当文字是引述孔子有关言论加以议论，这样，则更加突出了它的思想性。文章不仅是对史事的记述，还包含了对史事的思考和解释，并一再提出询问，对当时思想领域中人们关心的“善恶”“仁义”“天道”等问题加以探讨和说明。文中列举了伯夷、叔齐、颜回、盗跖的事例，对“天道无亲，常与善人”的说法提出了质疑，认为“天道”与“人事”并不相干。这与当时具有广泛影响的公孙弘、董仲舒等经学大师保守、唯心的历史观是对立的，反映了司马迁在历史哲学上的唯物的、辩证的进步倾向。

匈奴列传赞

史公不喜武帝穷兵匈奴，然又不敢深论，故特地笔出，一笔入。

孔氏著《春秋》，隐、桓之间[①]则章，至定、哀之际[②]则微，为其切当世之文而罔褒，忌讳之辞也。罔褒者，言不得不褒，则不如微之也。赞《匈奴传》，先著此一行，最有意。世俗之言匈奴[③]者，患其徼一时之权，而务谄纳其说，以便偏指，不参彼已。将率席中国广大、气奋，人主因以决策，是以建功不深。此数十语，逐句含吐。尧虽贤，兴事业不成，得禹而九州宁。忽然又撇笔外去。且欲兴圣统，唯在择任将相哉！唯在择任将相哉！不唯择将，兼宜择相，有味哉！有味哉！

〔注释〕

①隐、桓之间：指鲁隐公、鲁桓公年间，为《春秋》记事之初。

②定、哀之际：即鲁定公、鲁哀公年间，为《春秋》记事晚期。

③匈奴：也称胡。汉初，不断南下侵略汉朝。汉武帝时多次进攻，其势力渐衰，东汉时分裂，并西迁，在中国历史上消失。

〔解读〕

司马迁从评论孔子著《春秋》文辞褒贬隐彰，指出治国之道在于选用将相，没有贤相良将的辅佐，是建立不了牢固功业的。文尾一再称“在择任将相哉”。

卫将军列传赞

全传写大将军战功，至赞忽补写苏建语，便使人看大将军是另一样气色。全首苏建语，史公只下得“其为将如此”五字。

苏建[①]语余曰：“吾尝责大将军[②]至尊重，而天下之贤大夫毋称焉。愿将军观古名将所招选择贤者，勉之矣！大将军谢曰：‘自魏其、武安[③]之厚宾客，天子常切齿。彼亲附士大夫，招贤、绌不肖者，人主之柄也。人臣奉法遵职而已，何与招士?’”骠骑[④]亦放此意，其为将如此。二将军之以功名终也，不亦宜乎?

〔**注释**〕

①苏建：西汉中期人，苏武父，曾数次从大将军卫青出击匈奴，功封平陵侯，后为代郡太守。

②大将军：即卫青，西汉名将，字仲卿，卫皇后弟，官至大将军，封长平侯。

③魏其、武安：即外戚魏其侯窦婴和武安侯田蚡。

④骠骑：即骠骑将军霍去病，以攻灭匈奴功，官至骠骑将军，封冠军侯。

〔**解读**〕

司马迁借苏建语，高度评价了卫青位高身尊而不骄纵、奉法守职有自知之明，以窦婴、田蚡由外戚插手政治而败为教训，谨小慎微。霍去病也同样如此。

平津侯列传赞

读公孙一叹！读主父又一叹！人生在世上，真是业报！

公孙弘[①]行义虽修，然亦遇时，八字胡可胜慨！汉兴八十余年矣，上方乡文学，招俊乂[②]，以广儒墨，弘为举首。此只是注上“遇时”句，盖赞公孙，上八字已尽矣。主父偃[③]当路，诸公誉之。及名败身裂，士争言其恶。妙妙！只二语写尽世情。悲夫！悲得妙，不特悲“争言其恶”，亦悲诸公皆誉也。非悲主父，正悲诸公也！

〔注释〕

①公孙弘：字季，西汉菑川（郡治在今山东寿光）人，以谙熟经书文法，被汉武帝任为丞相，封平津侯。

②俊乂：也叫“俊艾”，贤能之人。

③主父偃：西汉人，武帝时任中大夫，主张进一步削弱诸侯王国势力，实行“推恩令”，被武帝采纳。后因胁齐王自杀，被诛。

〔解读〕

公孙弘本出身穷儒，四十才开始研究《春秋公羊传》，但恰逢汉武帝时重用儒士，他便因势而入仕，直步入丞相位。而主父偃曾得势一时，得势时朝野赞誉他，而被杀后则争着斥骂他。司马迁在此痛感西汉社会风气之不正，尤其是官场、士林之风邪恶。

东越列传赞

看他突兀提起，看他历落数出，看他匠心兜转，只得十数语，却是一篇最酣畅文字。

越虽蛮夷，其先岂尝有大功德于民哉！何其久也？笔态突兀曲折。先提，下逐句数出。历数代常为君王，数出。句践①一称伯，数出。然余善②至大逆，灭国迁众，其先苗裔由王居股③等，犹尚封为万户侯。数出。由是知越世世为公侯矣，先提，次数，此一句锁住也。盖禹之余烈也。上文只了“越虽蛮夷”“何其久也”，此句又补出其“先世大功德”也。真正精神酣足之笔。

〔注释〕

①句践：指春秋时越国国王勾践。

②余善：闽越王郢之弟，因杀其兄有功，被汉朝中央立为东越王，后因反叛失败被杀。

③王居股：即越繇王居股，田协助汉军杀余善有功，封为东成侯，食邑万户。

〔解读〕

司马迁说东越世世为公侯，是由于继承了禹的余烈。实际上，因东越处于边远之地，属于“蛮夷”类的少数民族，为了加强对东南一带统治，西汉时采取安抚政策，封王封侯，给以自治权，以保持和维护国家统一与安定，并非是什么大禹之后裔。

司马相如列传赞

史公极许相如如此。古来文人互相引重，真可敬仰！

《春秋》推见至隐，《易》[1]本隐之以显，《大雅》[2]言王公大人而德逮黎庶，《小雅》[3]讥小己之得失，其流及上；所以言虽外殊，其合德一也。高引诸经，殆重许相如矣。相如虽多虚词滥说，略抑。然其要归引之节俭，此与《诗》之风谏何异？极扬。○本有扬雄二十八字，系《汉书》赞，是后人混入，今削去。余采其语可论者著于篇。明明说余采而著，《史通》乃云相如自作，何耶？诚自作，胡不少讳文君事？

〔注释〕

①《易》：指《周易》，也即《易经》。

②《大雅》：指《诗经》中的“大雅”。

③《小雅》：指《诗经》中的“小雅”。

〔解读〕

在此赞中，司马迁将司马相如拔得很高，说其诗赋可与《诗经》相提并论，虽然其中包括不少虚词滥说，但其归根到底归之于节俭，讽谏皇帝行仁政善政。对司马相如一抑一扬，说明了司马迁对人物评价的客观精神。

淮南、衡山列传赞

通首说淮南、衡山，临了忽一笔飏开，别说荆楚剽悍。盖有道后服，无道先强，史公虑之非一遍矣。

《诗》之所谓“戎狄是膺，荆舒是惩”①，信哉是也。先引发叹。淮南、衡山②，亲为骨肉，疆土千里，列为诸侯。一笔。不务遵蕃臣职，以承辅天子，二笔。而专挟邪僻之计，谋为畔逆。三笔。仍父子再亡国，各不终其身，为天下笑。四笔。此非独王过也，亦其俗薄，臣下渐靡使然也。五笔。○楚地剽悍，史公便亦作此剽悍之笔，大奇，大奇！夫荆楚僄勇轻悍，好作乱，乃自古记之矣。此句在传外自结，史公无限深意。

〔注释〕

①“戎狄是膺，荆舒是惩”：出自《诗经·鲁颂·闷官》，意谓进攻戎狄，惩罚荆舒。戎狄为北方少数民族，荆舒即指楚国。膺，即进攻意。

②淮南、衡山：即淮南王刘安和衡山王刘赐。

〔解读〕

淮南王、衡山王均是皇家直系，但却阴谋反叛，被处以极刑并撤其封国。在此文，前段写二王得罪亡身灭国，是咎由自取；后段则又说“此非独王过也”，认为是当时天下风俗浇离，而且荆楚一带人骄勇轻悍好为乱。可见，司马迁是能够比较全面，尤其是能从社会因素来看待此二王不二世而亡一事。

循吏列传赞

史公真是本论，便与孔子意旨一样。

法令所以道民也，刑罚所以禁奸也，文武不备，良民惧。略予，下便疾转笔。然身修者，官未曾乱也。妙语，耐人十日思，乃至终身思。奉职循理，亦可以为治，何必威严哉？仁人之言，真乃蔼如！○史公最是出奇，赞荆楚剽悍，便作剽悍之笔；赞循吏婉蔼，便作婉蔼之笔，其手腕中，直是无所不有。孙叔敖①出一言，郢市复；子产⑤病死，郑民号哭；公仪子③见好布，而家妇逐；石奢④纵父而死，楚昭名立；李离⑤过杀而伏剑，晋文以正国法。叶韵，而句法如断铁。

〔**注释**〕

①孙叔敖：春秋楚国人。苏氏，名敖，字孙叔，曾为楚国令尹。

②子产：即公孙侨。春秋郑国执政大臣，历定公、献公、简公三朝。

③公仪子：即公仪休，为鲁相，为政有贤声。

④石奢：楚昭王时相，因其父杀人，他自刎而死。

⑤李离：晋文公时司法官，因误听杀人，自杀而死。

〔**解读**〕

司马迁在此传中写了春秋时孙叔敖、郑子产、公仪休、石奢、李离五个循吏，以此证明，治国理民除了威严使人惧怕外，还有一种“奉职循礼”，即靠执法执政者本人的道德人格教化治理百姓，也可以达到国家大治。

汲、郑列传赞

《汲郑传》中，并不说及宾客势利，不过赞尾略带一语。而全赞乃独发此，恐嫌未尽情事，故特搀入下邽翟公，补写教畅。

夫以汲、郑[①]之贤，笔有层折。有势则宾客十倍，无势则后，况众人乎？笔有层折。下忽无端另入一下邽翟公，疏奇之甚。下邽翟公[②]有言：始翟公为廷尉，宾客阗门；及废，门外可设雀罗。翟公复为廷尉[③]，宾客欲往，翟公乃大署其门曰："一死一生，乃知交情；一贫一富，乃知交态；一贵一贱，交情乃见。"分明翟公小传。汲、郑亦云。苏长公纯写东方朔赞，赞李太白，其法却出于此。悲夫！"悲夫"妙！非悲汲、郑，悲宾客也。

〔注释〕

①汲、郑：汲，即汲黯，字长孺，西汉濮阳（今河南濮阳西）人，曾任东海太守、主爵都尉、淮阳太守，好黄老之术，切言直谏。郑，即郑当时，西汉陈县（今河南淮阳）人。其先郑君尝为项羽部将。他曾任太子舍人、济南太守、右内史、大农令，后以罪被罢官。

②下邽翟公：下邽，汉县名，属京兆尹。翟公，翟为姓，公为尊称。

③廷尉：汉官名。掌刑狱，九卿之一。

〔解读〕

汲、郑二人均好黄老之术、好招宾客，在仕途上几起几落。司马迁从其二人仕途上起落而引起门客的多寡，悟到世间人情冷暖，悲哀世间真情少有而趋炎附势者众，引翟公言而道出司马迁本人的愤慨和悲惜。

酷吏列传赞

酷吏何足又数？然史公既于叙起时，引孔子、老氏发端，言德薄刑苛，吏不可为矣。至于赞，则又表其各亦有长。此真所谓不隐恶，不没善，为良史之遗法也。

自郅都、杜周十人[①]者，此皆以酷烈为声。先一句总其酷。然郅都[②]伉直，引是非，争天下大体；张汤[③]以知阴阳，人主与俱上下，时数辨当否，国家赖其便。赵禹[④]时据法守正。杜周[⑤]从谀，以少言为重。自张汤死后，网密，多诋严，官事浸以耗废，九卿碌碌奉其官，救过不赡，何暇论绳墨之外乎？然此十人中，其廉者足以为仪表，其污者足以为戒。方略教导，禁奸止邪，一切亦皆彬彬，质有其文焉。虽残酷，斯称其位矣。史公不没人善有如斯，斯为良史者也。至若蜀守冯当暴挫，广汉[⑥]李贞擅磔人，东郡弥仆锯项，天水骆壁推灭[⑦]，河东褚广妄杀，京兆无忌、冯翊殷周蝮鸷[⑧]，水衡[⑨]阎奉扑击卖请，何足数哉！何足数哉！既不足数，又留其名与后人骂。

〔**注释**〕

①郅都、杜周十人：指《史记·酷吏列传》列举的郅都、宁成、周阳由、赵禹、张汤、义纵、王温舒、尹齐、杨仆、减宣、杜周等十余人，为西汉前期著名官吏。

②郅都：西汉杨县（今山西洪洞县南）人，敢直谏，曾任济南太守、中尉等职，敢打击豪强贵族，因触怒窦太后被斩。

③张汤：西汉杜陵（今陕西西安南）人，武帝时为廷尉、御史大夫等职，执法严酷，打击富商大贾，订“告缗令”，后因勾结商贾事发而自杀。

④赵禹：西汉斄（今陕西省武功县西南）人，曾任廷尉、燕国相，与张汤定

律令。

⑤杜周：西汉南阳人，曾任廷尉史、御史、廷尉，大兴冤狱，对贪官污吏也予以沉重打击。

⑥广汉：即西汉广汉郡，在今四川省北和甘肃省、陕西省南。

⑦推灭：逼供成狱。

⑧蝮鸷：毒蛇与凶猛的鸟。此处喻酷吏残暴至极。

⑨水衡：即水衡都尉，掌上林苑，兼管税收。

〔解读〕

司马迁在《酷吏列传》一口气写了十几个酷吏，而在此短短二百余字赞中，又一口气点了中央和地方七八个残忍无比的酷吏，对西汉酷吏之多、手法之残予以充分揭露。但司马迁并没有将酷吏一棍打死，而是指出酷吏中有些人、有些事还是可以为之表表的，是值得肯定的。在此，反映了司马迁对西汉统治者的极度不满，揭示了西汉统治者标榜的“仁治”之虚伪。

大宛列传赞

《禹本纪》言河出昆仑：昆仑其高二千五百余里，日月所相隐避为光明也。其上有醴泉、瑶池[①]。今自张骞使大夏[②]之后也，穷河源，恶睹《本纪》所谓昆仑者乎？故言九州山川，《尚书》近之矣。至《禹本纪》《山海经》所有怪物，余不敢言之也。

〔注释〕

①醴泉、瑶池：古代传说昆仑山上之泉名和池名。醴，甜美的泉水。瑶池，传说为西王母居的地方。

②张骞使大夏：张骞，西汉人，武帝时为大行，奉命出使西域诸国，亲历大宛、康居、大月氏、大夏等地。在武帝建元二年（前 139 年）和元狩四年（前 119 年）两次出使，加强了中原与西北少数民族关系。

〔解读〕

以张骞出使西域，证明古书《禹本纪》《山海经》中所载“怪物”之不确。司马迁否定了自西周以来传说的昆仑山上西王母、瑶池之存在，对《禹本纪》《山海经》持怀疑态度。

老子、韩非列传赞

老子所贵道，虚无因应，变化于无为。故著书辞，称微妙难识。庄子散①道德放论，要亦归之自然。申子卑卑②，施之于名实。韩子引绳墨③，切事情，明是非，其极惨礉少恩④，皆原于道德之意，而老子深远矣！

〔注释〕

①庄子散：散，推演。意即庄子发展老子理论。

②申子卑卑：申子，即申不害，韩昭侯时为相，主张刑法治国。卑卑，自勉之意。

③绳墨：原意指木工用以正曲直之墨线，此处指标准。

④惨礉少恩：惨，酷。礉，苛刻。此句说韩非子之理论极其残酷苛刻，少情寡恩。

〔解读〕

《老子韩非列传》记叙了老子、庄子、韩非子、申不害四人的事迹与学问。老庄为道家代表，韩申为法家代表，司马迁将两派人合为一传，可能出于其理论渊源考虑和西汉初黄老、刑名之学并重考虑。在此篇赞文中，司马迁点明了老子和庄子、申子和韩非子两派理论的前后关系，并指出，其皆源于老子的《道德经》。

游侠列传赞

吾观郭解[①]，状貌不及中人，言语不足采者，然天下无贤与不肖。知与不知，皆慕其声；言侠者，皆引以为名。谚曰："人貌荣名，岂有既乎?"於戏[②]惜哉!

〔注释〕

①郭解：字翁伯，西汉河内轵县（今河南济源市）人。以任侠闻名，藏匿亡命，任意杀人，私铸货币。后被徙往关中，因涉嫌杀人案被诛。

②於戏：感叹词。

〔解读〕

司马迁在《游侠列传》中记叙、描写了朱家、剧孟、郭解三个大游侠的事迹。司马迁久闻郭解大名，并在关中亲眼见过他，对其名声与形象名实不符有深刻印象。郭解虽其貌不扬，言谈也不出色，但却闻名天下，所以司马迁感叹道："人貌荣名，岂有既乎?"并对其被诛表示可惜。

滑稽列传赞

天道恢恢，岂不大哉！谈言微中，亦可以解纷。淳于髡①仰天大笑，齐威王横行；优孟②摇头而歌，负薪者以封；优旃③临槛疾呼，陛楯④得以半更，岂不亦伟哉！

〔**注释**〕

①淳于髡：淳于，复姓。齐国学者，博学，多次讽谏齐威王，后入魏。

②优孟：即优者名孟，楚国艺人。

③优旃：秦国艺人，侏儒，寓讽刺于笑谑之中。

④陛楯：陛，宫殿的台阶。楯，通“盾”，指武器。此处指宫廷宿卫人员。

〔**解读**〕

司马迁是历史上不可多得的将不少正统史家不屑记载的下层人载入史册的史学家之一。在《滑稽列传》中，司马迁写了艺人、侏儒，他们通过其特殊的身份和特殊的劝谏方式，起到了王公大臣所起不到的作用。所以，太史公称其“伟大”。

佞幸列传赞

谚曰："力田不如逢年，善仕不如遇合。"固无虚言。非独女以色媚，而仕宦亦有之。

昔以色幸者多矣。至汉兴，高祖至暴抗也，然籍孺[①]以佞幸。孝惠时有闳孺[②]。此两人非有材能，徒以婉佞贵幸，与上卧起，公卿皆因关说[③]。故孝惠时，郎侍中皆冠鵔鸃[④]，贝带，傅脂粉，化闳、籍之属也。太史公曰："甚哉，爱憎之时！弥子瑕[⑤]之行，足以观后人佞幸矣，虽百世可知也。"

〔**注释**〕

①籍孺：籍，人名。孺，小也，孺子。汉刘邦之宠臣。

②闳孺：孝惠帝宠臣。

③关说：通其词说，即通关节。关，通也。

④鵔鸃：锦鸡。此处指用其羽装饰的帽。

⑤弥子瑕：春秋时卫灵公的宠臣。

〔**解读**〕

皇帝后宫的宠臣本不登大雅之堂，但由于其与皇帝的极特殊关系，对国家政事影响极大。但这些人或以貌美辞顺，或善于谄媚，被皇帝一时宠幸。而一旦被皇帝抛弃或换了新主人，就惨不可言，如春秋时弥子瑕那样，其得宠者也正为其得罪；如汉文帝时邓通，其善吮痔得文帝宠之时，也得到景帝之厌恶。

三代世表

五帝三代之记尚[1]矣。自殷以前，诸侯不可得而谱，周以来乃颇可著。孔子因史文次《春秋》，纪元年，正时月日，盖其详哉！至于序《尚书》，则略无年月，或颇有，然多缺，不可录。故疑则传疑，盖其慎也。余读谍记[2]，黄帝以来，皆有年数，稽其历，谱谍终始，五帝之传，古文咸不同，乖异。夫子之弗论次其年月，岂虚哉？于是以《五帝系牒》《尚书》集《世纪》黄帝以来讫共和[3]为世表。

〔注释〕

①五帝三代之记尚：五帝按《史记·五帝本纪》为黄帝、颛顼、帝喾、唐尧、虞舜五个上古氏族部落联盟酋长。三代指夏、商、周三个王朝。尚，久远之意。

②谍记：即谱录。

③共和：即指周厉王出逃后，由共伯和摄行王事，号共和元年（前841年），为我国历史上有确切纪年之始。

〔解读〕

在此段文字中，司马迁解释了其作三代世表的背景，指出五帝纪年之不可录是因为没有可靠之记载，而即使夏商周三代也是或疑或缺，所以，现在只能以疑传疑。这里，充分表现了太史公的严谨求实的治史态度。

贡　禹

乞归疏

极似疏略之笔。看其中间，异样缜密精致。汉人文字，胡可易到？

臣禹年老贫穷，家赀[①]不满万钱。如此写起，大奇。○更不奇，乃全为下两拜大夫，受禄过饶反衬也。妻子糠豆不赡，裋褐不完[②]。此二句，只是细写上句。有田百三十亩，陛下过意征臣，臣卖田百亩，以供车马。再细写，却是写得闲甚、琐甚。○余三十亩留家。至，句。拜为谏大夫，秩八百石，奉钱月九千二百，廪食大官[③]。忽富。又蒙赏赐四时杂缯、绵絮、衣服、酒肉、诸果物，德厚甚深。加倍一笔。疾病待医临治，赖陛下神灵，不死而活。再加倍一笔。又拜为光禄大夫，秩二千石，奉钱月万二千。愈富。禄赐愈多，家日以益富，身日以益尊，又将二段自比论一笔。诚非草茅愚臣所当蒙也。一句忽然结住。

伏[④]自念终亡以[⑤]报厚德，日夜惭愧而已。真心实意语。○只因此语，便消得上二段高官大禄；不然，岂非叨冒盗窃之徒？臣禹犬马之齿[⑥]八十一，血气衰竭，耳目不明，非复能有补益，所谓素飧尸禄，洿[⑦]朝之臣也。真心真意语。自痛去家三千里。凡有一子年十二，非有在家为臣具棺椁者也。真心真意语。只此二语，须看其前一语，为国之大；后一语，为骸骨之细，不得混混俱谓老病语也。诚恐一旦蹎仆气竭，不复自还[⑧]，洿席荐于宫室，骸骨弃捐，孤魂不归，不胜私愿。愿乞骸骨[⑨]，及身生归乡里，死亡所恨！

都是实事，然都是他人不肯语者。从实商量，君臣之间，有如家人，何其长者之行也？

〔注释〕

①家赀：家财，财产。赀，通“资”。

②裋褐不完：裋褐（shù hè），粗布衣服。不完，不完整、不完好。

③廪食大官：意为由大官供其食物。大官：亦作“太官”。汉代设置，属少府，掌管宫廷的膳食、酿酒，并献四时水果。

④伏：下对上（多用于对皇帝）陈述自己的想法时用动词。

⑤亡以：无以。

⑥犬马之齿：对自己年纪的谦称。

⑦洿：洿（wū），通“污”。

⑧不复自还：死去。

⑨乞骸骨：大臣向朝廷请求退休的说法。

〔解读〕

本文是西汉大臣贡禹为请求辞去官职、回归故里而向皇帝上的《乞归疏》。

贡禹为西汉名臣，字少翁，琅琊人（治所在今山东诸城），曾以明经洁行著闻，征为博士，先为凉州刺史，后为河南令。汉元帝初即位，征禹为谏大夫，多次虚心向他咨问政事。贡禹上书凡数十次，建议朝廷杜绝奢侈、轻徭薄赋、禁止兼并、发展生产，受到皇帝重视，迁禹为光禄大夫。此时他已八十一岁，遂上本文乞归。疏上之后，受到皇帝挽留，任禹为长信少府、代御史大夫，列于三公。过数月后，贡禹病卒。从本文风格来看，文字简约纯朴，言词委婉真切，绝无矫揉造作之笔。

杜　钦[1]

追讼冯奉世疏

文章家有曼笔，有悍笔。欲人徐思，贵用曼笔；欲人疾悟，贵用悍笔。切须知之！

前莎车[2]王杀汉使者，约诸国背畔[3]。左将军奉世，以卫侯便宜[4]发兵诛莎车王，策定城郭，功施边境。议者以奉世奉使有指[5]，《春秋》之义亡遂事，汉家之法有矫制[6]，故不得侯。一案。○奉使有指，言奉使自有本指，擅兴军诛莎车，却非其指也。今匈奴郅支单于杀汉使者，亡保康居；都护延寿[7]，发城郭兵屯田吏士四万余人，以诛斩之，封为列侯。一案。○看他叙两案，笔下轻重。臣愚以为比罪则郅支薄，量敌则莎车众，用师则奉世寡，计胜则奉世为功于边境安，虑败则延寿为祸于国家深。其违命而擅生事同。笔如暑月骤雨，不过数十百点，而势甚猛。延寿割地封，援今。而奉世独不录[8]。追前。臣闻功同赏异，则劳臣疑；罪均刑殊，则百姓惑。疑生无常，惑生不知所从。亡常则节趋[9]不立；不知所从，则百姓无所措手足。上段“臣愚以为”，此段“臣闻”，总是悍笔。此老泉先生之所从出也。奉世图难[10]忘死，信命殊俗[11]，威功白著[12]，为世使表，独抑压[13]而不扬，非圣主所以塞疑厉节之意也。信手檃栝四字，好。愿下有司议。

先是宣帝时，奉世矫制斩莎车王。上下议对。少府萧望之独以奉世奉使有指，而擅矫制违命，发诸国兵，虽有功效，不可以为后法。争逐发兵，要功万里之外，为国家生事于夷狄，渐不可长。奉世不宜受封。上善望之议。至奉世死二年后，甘延寿斩郅支单于，封为列侯。时丞相匡衡，亦用望之前议，以为不当封；而议者成美其功，上从众侯之。于是杜钦上疏追讼奉世功。上以先帝时事，不复录。

〔注释〕

①杜钦：字子夏，西汉大臣杜延年之子。曾任大将军武库令，实为大将军王凤幕僚。

②莎车：古西域城国名，位于今新疆莎车县一带。

③背畔：背叛，反叛。畔，通“叛”。

④卫侯便宜：卫侯，冯奉世时为卫侯。便宜，经朝廷特许，遇事不经请示，根据实际情况或临时变化酌情处理。

⑤奉使有指：意为作为使节，本有使命送诸国客人，擅自发兵，非原来的意图。

⑥矫制：擅自改变诏命。

⑦延寿：即甘延寿，西汉北地郁郅（今甘肃庆阳）人。元帝时任西域都护。匈奴郅支单于攻扰西域，他发兵杀之，封义成侯。

⑧录：录用，任用。

⑨节趋：节制的意向。

⑩图难：谋除国难。

⑪信命殊俗：信，信（shēn），伸展。命，即王命。殊俗，不同风俗的地区。

⑫白著：显明。

⑬压：压抑，压住。

〔解读〕

冯奉世，西汉上党潞县（今山西潞城东北）人，字子明。汉宣帝时，冯奉世以卫侯使持节送大宛等诸国客人。途中遇莎车国叛乱，诛杀汉使，并与他国歃盟叛汉。奉世为安定西域，发兵进击莎车，攻陷其城，莎车王自杀，西域诸国皆平，使汉朝在当地的统治得以维护。宣帝本欲加封奉世，但从萧望之之言，使冯未得封侯。奉世死后二年，西域都护甘延寿以诛郅支单于有功被封列侯。此事引起争议，杜钦为此上疏，奏请追封冯奉世。文中追述了冯在西域的功绩，并将二人的功过加以比较，指出了“功同赏异”“罪均刑殊”的危害。其言高昂慷慨，论理谨严周密，情辞豪放，很有特色。

谷　永

谏验梁王立疏

经以大体，纬以至言。如此文字，后学胡可不烂熟于胸中？

臣闻礼：天子外屏①，不欲见外也。引礼。是故帝王之意，不窥人闺门之私，听闻中冓②之言。引帝王之意。○“意”字妙妙！《诗》云：“戚戚兄弟，莫远具尔。”③引《诗》。○杂引毕。今梁王④年少，颇有狂病。“年少”“狂病”四字断梁毕，的是好手。始以恶言⑤按验，恶言，怨望之言也。始劾乃为此。○一。既亡事实，而发闺门之私，非本章所指。二。王辞又不服，三。猥强劾立，传致难明之事；独以偏辞，成辜断狱，四。○叙得最明白。亡益于治道。妙妙！只此一语，便足悟上。污蔑宗室以内乱之恶，披布宣扬于天下，非所以为公族隐讳，增朝廷之荣华，昭圣德之风化也。又妙！○上一句公言之，此数句，私计之也。臣愚以为王少，句。而父同产长，句。年齿不伦。又与细辨。一辨。梁国之富，足以厚聘美女，招致妖丽。二辨。父同产，亦有耻辱之心。案事者，乃验问恶言，何故猥自发舒？三辨。○言自验问怨望，何故猥自别伏。以三者揆⑥之，殆非人情。结住。○三辨精绝。疑有所迫切，过误失言，文吏蹑寻⑦，不得转移。此四句十六字，乃即句头之一“疑”字也，精绝，确确。萌芽之时，加恩勿治，上也⑧。妙妙！○所不及已然，必先写。既已案验举宪，一句。宜及王辞不服，二句。诏廷尉，三句。选上德通理之吏，四句，“上德”妙，“通理”妙！更审考清问。五句。著不然之效，六句。定失误之法，七句。而反⑨命于下吏，八句。以广公族附疏之德，为宗室刷污乱之耻，甚得治亲之谊。

〔注释〕

①外屏：屏，照壁，对着门的小墙。外屏为设在门外的照壁。

②中冓：材构在堂之中，意为宫室深处。

③戚戚兄弟，莫远具尔：二句选自《诗经》中《大雅·行苇》。戚戚，相亲。尔，通“迩”，近。意为王族之兄弟，都要亲近莫疏远。

④梁王：名立，公元前 24 年袭王爵。横行不法，屡犯重罪，后被废庶人，流放汉中，自杀而亡。

⑤恶言：怨望朝廷之言。

⑥揆：考察，揣测。

⑦蹑寻：跟踪，追寻。

⑧上也：言加恩不治罪，为计之上。

⑨反：返还。

〔解读〕

本文作者谷永，字子云，长安（今陕西省西安市西北）人。少时为长安小吏，后举为太常丞，历任光禄大夫、安定太守、凉州刺史、太中大夫、北地太守、大司农等职。谷永博学经书，通晓天文，善言灾异，前后上四十余疏，议论得失，然略相反复。本文是谷永因梁王立犯罪一事所上皇帝书。

梁王立袭位之后，妄行不羁，夜私出宫，殴伤官吏，屡犯刑律，遭到大臣多次弹劾，仍不思改悔，又与人通奸，并对朝廷口出怨言。有司案验，因其淫乱事，奏梁王有禽兽行为，请诛。谷永为其开脱，汉成帝纳其言，将此案搁置，没有治罪。后梁王立又先后数次毙伤人命，终于被废为庶人，流徙汉中，被迫自杀。

萧　望　之

入粟赎罪议

不惟通达治体，又最通达人情。此即东坡先生之所以出矣。

民函[①]阴阳之气，有仁义欲利之心，在教化之所助。民阳，故有仁义之心；民阴，故有欲利之心。二者并函于心，全赖上之教化。如此说，方是圣贤语，不是头巾语。尧在上，不能去民欲利之心，而能令其欲利，不胜其好义也；虽桀在上，不能去民好义之心，而能令其好义，不胜其欲利也。说尧、桀不能有加于民，真是十成透语。○看他分明是对偶体。故尧、桀之分，在于义、利而已。道民[②]不可不慎也。结过。

今欲令民量粟以赎罪，入事。如此，则富者得生，贫者独死，是贫富异形，而法不一也。一句断毕，不详列。人情贫穷，父兄囚执。闻出财得以生活，为人子弟者，将不顾死亡之患。败乱之行，以赴财利，求救亲戚。细写必至之情之势。一人得生，十人以丧。如此，伯夷[③]之行坏，公绰[④]之名灭，政教一倾，虽有周、召[⑤]之佐，恐不能复。至言也，痛言也！谁能信之！古者藏于民，不足则取，有余则与。《诗》曰："爰及矜人，哀此鳏寡[⑥]。"上惠下也；又曰："雨我公田，遂及我私[⑦]。"下急上也。双引古。今有西边之役，民失作业，虽户赋口敛[⑧]，以赡其困乏。古之通义，百姓莫以为非，以死救生，恐未可也。此亦古语。急则先救，且作此言耳。○味上引古，乃反重下急上句，正连此段成文也。陛下布德施教，教化既成，尧、舜亡以加也。始予。今议开利路，以伤既成之化[⑨]，臣窃痛之！四字至言，痛言！不是通套激语。

〔注释〕

①函：通“含”。

②道民：同“导民”，引导民众。

③伯夷：商末孤竹国君长子，因辞让君位而为人称道。

④公绰：孟公绰，春秋时鲁国大夫，以不贪欲闻名。

⑤周、召：即西周初年的周公和召公，二人辅佐成王治理国家。

⑥此两句引自《诗经》中《小雅・鸿雁》，意为王者应惠泽鳏寡等受苦之人。

⑦此两句引自《诗经》中《小雅・大田》，意为旱而逢雨时，先润公田，又及私田。

⑧户赋口敛：按户收赋，计口敛财。

⑨化：教化。

〔解读〕

萧望之（？—前47年），西汉大臣。字长倩，东海兰陵（今山东苍山西南）人。历任左冯翊、大鸿胪、太子太傅等官。后遭宦官排挤，被迫自杀。

此文系西汉大臣萧望之所作。当时，西汉经多年征战，财力已竭，国府虚耗，又逢西羌国反，汉遣将军征伐。京兆尹张敞上书，称陇西以北、安定以西地区，素无积蓄，粮食匮乏，又因战乱，农业受损，建议令有罪之人，除杀人等不赦者，皆可交纳粮食以赎其罪。此议引起萧望之等大臣的反对。作者在文中说，民众有阴阳之气、利义之心，引导他们不能不慎重。现在如果让百姓以粮赎罪，则“富者得生，贫者独死”，是贫富有别，法令不一。这样只能导致人们“不顾死亡之患，败乱之行”去追逐财利，使风气败坏、政教倾废。建议布德施教，强调教化的重要性，倡导建立一种“上惠下”“下急上”的相互关系，坚决反对开利路、入粟赎罪的做法。本文分析透彻，文风平易，说理性强。

卷末补遗 唐文

李 华

吊古战场文

人但惊其字句组练，不知其只是极写亭长口中“尝覆三军”一句。先写未覆时，次补写欲覆未覆时，次写已覆之后。

浩浩乎平沙无垠，敻[①]不见人。河水萦带[②]，群山纠纷。黯兮惨悴，风悲日曛[③]。蓬断草枯，凛若霜晨。鸟飞不下，兽挺[④]亡群。先写空场。亭长告余曰：“此古战场也，尝覆三军；往往鬼哭，天阴则闻。”亭长语，止此。伤心哉！秦欤？汉欤？将[⑤]近代欤？只用“伤心哉”三字一接，却以秦、汉连问，下即紧问近代，妙。

吾闻夫齐、魏徭戍，荆、韩召募；万里奔走，连年暴露[⑥]，沙草晨牧，河冰夜渡；地阔天长，不知归路；穿身锋刃，腷臆谁诉[⑦]？此一段，写三军初合未覆时，字字酸苦。秦汉而还[⑧]，多事[⑨]四夷，中州耗斁[⑩]，无世无之。上云“秦欤？汉欤”，此仍从秦、汉嗟怨起。古称戎夏，不抗王师。文教失宣，武臣用奇。奇兵有异于仁义，王道迂阔[⑪]而莫为。呜呼！噫嘻！胡可胜怨？

吾想夫北风振漠，胡兵伺便[⑫]；主将骄敌，期门[⑬]受战；野竖旄旗，川回组练[⑭]；法[⑮]重心骇，威尊命贱；利镞穿骨，惊沙入面，主客相搏，山川震眩；声析江河，势崩雷电。此写初战未覆时，字字酸苦。

至若穷阴[16]凝闭，凛冽海隅，积雪没胫，坚冰在须；鸷鸟休巢，征马踟蹰；缯纩[17]无温，堕指裂肤；当此苦寒，天假[18]强胡；凭陵[19]杀气，以相剪屠。加写苦寒。径截[20]辎重，横攻士卒；都尉亲降，将军覆没；尸填巨港之岸，血满长城之窟；无贵无贱，同为枯骨，可胜言哉！此写三军正覆时也。鼓衰兮力尽，矢竭兮弦绝；白刃交兮宝刀折，两军蹙[21]兮生死决；降矣哉终身夷狄，战矣哉骨暴沙砾。此重写三军欲覆未覆时。鸟无声兮山寂寂，夜正长兮风淅淅；魂魄结兮天沉沉，鬼神聚兮云幂幂；日光寒兮草短，月色苦兮霜白；伤心惨目，有如是耶？此写三军已覆之后也。

吾闻之：牧用赵卒[22]，大破桂胡[23]，开地千里，遁逃匈奴。赵。汉倾天下，财殚力痡[24]，任人而已，其在多乎？汉，重怨；赵，即秦也。周逐猃狁[25]，北至太原，既成朔方[26]，全师而还。饮至策勋[27]，和乐且闲；穆穆棣棣[28]，君臣之间。叹周。秦起长城，竟海[29]为关；荼毒生灵，万里朱殷[30]。秦。汉击匈奴，虽得阴山，枕骸遍野，功不补患。汉。再怨秦、汉。看他叠叠只怨秦、汉，即近代不言可知。苍苍烝民[31]，谁无父母？提携捧负[32]，畏其不寿。谁无兄弟，如足如手？谁无夫妇，如宾如友？父母，作四句押韵，一解；兄弟夫妇，各作二句押韵，亦一解。生也何恩？杀之何咎[33]？以至情至理断之。其存其殁，家莫闻知。人或有言，将信将疑；悁悁[34]心目，寝寝见之。布奠倾觞[35]，哭望天涯。天地为愁，草木凄悲；吊祭不至，精魂何依？写其家中，字字酸苦。必有凶年[36]，人其流离。呜呼噫嘻！时耶命耶？从古如斯。怨之至，怒之至，不嫌而出于诅矣。为之奈何？一问。守在四夷[37]！一答。忽作一问一答，文便寂然而住，奇极！

〔注释〕

①敻（xiòng），远。

②萦带：像带子一样环绕。

③曛：日落时的余光，这里是阴暗之意。

④挺：快跑的样子。

⑤将：抑或，还是。

⑥暴露：指置身于露天之下。

⑦腷臆谁诉：腷（bì）臆，抑闷的心情。谁诉，向谁倾诉。

⑧秦汉而还：秦汉以来。

⑨多事：征伐。

⑩中州耗斁：中州，这里指中原，意为中国。耗，损失、损耗。斁（dù），败坏。

⑪迂阔：迂远而不切实际。

⑫伺便：侦察便利，指寻找进攻的时机。

⑬期门：汉官名，主管护卫。这里指武将。

⑭川回组练：川回，大河环绕。组练，指军队。

⑮法：这里指军法。

⑯穷阴：天气阴得很厉害。

⑰缯纩：将士穿的衣服。缯（zēng），帛。纩（kuāng），粗的丝绵。

⑱天假：天借给胡人机会。

⑲凭陵：凭着，凭借。

⑳径截：径，直。截，拦抢。

㉑蹙：迫近，遭遇。

㉒牧用赵卒：牧，即李牧，战国时赵国良将。牧用赵卒意为李牧统领赵国军队。

㉓桂胡：匈奴的一种。

㉔财殚力痡：财尽力疲。殚，竭尽。痡（fū），疲劳过度。

㉕猃狁（xiǎ yǔn）：古代北方少数民族。

㉖既成朔方：在朔方筑城。成，通“城”，这里作动词。朔方，地名，在今内蒙古自治区内。

㉗饮至策勋：获胜班师后在宗庙饮酒庆贺，并把功劳记录在简策上。

㉘穆穆棣棣：和而且敬，雍容优雅的样子。

㉙竟海：一直到海。竟，终。

㉚朱殷：血染红色。朱，红色。殷，红中带黑。

㉛烝民：指民众。

㉜提携捧负：幼小时，被大人拉着、抱着、背着。

㉝生也何恩？杀之何咎：让老百姓活着，算什么恩？把老百姓杀死，他们犯了什么罪？

㉞悁悁：忧闷的样子。

㉟布奠倾觞：摆下祭品，把酒洒在地上。觞，酒杯。

㊱必有凶年：《老子》曰：“大军过后，必有凶年。”

㊲守在四夷：意为用文德使外族归服，为天子守土，就没有战祸了。

〔解读〕

李华（715—766年），唐散文家。字遐叔，赞皇（今河北元氏）人。开元进士，任监察御史、右补阙。安禄山陷长安时，曾受职。叛乱平息后贬官。后被起用，官至检校吏部员外郎。后人辑有《李遐叔文集》。其作品在中国文学史上占有一定的地位。唐初承六朝浮艳文风，文章多杂以骈丽之辞。李华与萧颖士等主张恢复古文，实开韩愈古文运动先河。本篇是其代表作品。

唐玄宗时，曾数次大举进行对外战争，以致库府耗竭，社会动荡，给人民带来极大的灾难。本文对古战场的描写，悲怆凄楚，深切感人，表达了作者反对不义战争的思想感情。名为吊古，实为借此谴责封建统治者为了达到自己的目的，不顾百姓和将士们的生死而推行的穷兵黩武政策，同时也反映了作者对战士的命运寄予的深切同情。文中写道：“苍苍烝民，谁无父母？提携捧负，畏其不寿。谁无兄弟，如足如手？谁无夫妇，如宾如友？生也何恩？杀之何咎？其存其殁，家莫闻知。”这一连串的质问，实际上是作者内心的宣泄和对现实的控诉，把文章引向了高潮。文章的结尾，表达了作者对和平安定生活的热切期盼。全文抒怀感事，悲婉凄凉，很有感染力。

卷末补遗 宋文

苏洵

心术

此全学孙子文字，逐节自为段落，最为苍劲之笔。

为将之道，当先治心[①]，泰山崩于前而色不变，麋鹿兴于左而目不瞬。然后可以制利害[②]，可以待敌。自作一段。凡兵上义[③]，不义，虽利勿动；非一动之为利害，而他日将有所不可措手足也。夫惟义，可以怒[④]士；士以义怒，可与百战。自作一段。凡战之道，未战，养[⑤]其财；将战，养其力；既战，养其气；既胜，养其心。谨烽燧[⑥]严斥堠[⑦]，使耕者无所顾忌，所以养其财。丰犒而优游之[⑧]，所以养其力。小胜益急，小挫益厉，所以养其气。用人不尽其所欲为，所以养其心。故士常蓄其怒、怀其欲而不尽，怒不尽则有余勇，欲不尽则有余贪。故虽并天下而士不厌兵，此黄帝之所以七十战而兵不殆也。不养其心，一战而胜，不可用矣。自作一段。此段特长。凡将，欲智而严；凡士，欲愚。智则不可测，严则不可犯，故士皆委己而听命，夫安得不愚？夫惟士愚，而后可与之皆死。自作一段。

凡兵之动，知敌之主，知敌之将，而后可以动于险。邓艾缒兵于蜀中[⑨]，非刘禅[⑩]之庸，则百万之师可以坐缚。彼固有所侮而动也。故古之贤将，能以兵尝敌[11]，而又以敌自尝[12]，故去就可以决。自作一段。凡主将之道，知理，而后可以举兵；知势，而后可以加兵；知节[13]，而后可以用兵。知理则不屈，知势则不沮[14]，知节则不穷。自作一段。见小利，不动；见小患，不避。小利小患，不足以辱吾技[15]也。夫然后有以支[16]大利大患。自作一段。夫惟养技而自爱者无敌于天下。故一忍可以支百勇，一静可以制百动。自作一段。兵有长短，敌我一也。敢问："吾之所长，吾出而用之，彼将不与我校；吾之所短，吾蔽而置之，彼将强与吾角奈何？"曰："吾之所短，吾抗而暴之，使之疑而却；吾之所长，吾阴而养之，使之狎而堕其中。此用长短之术也。"自作一段。此段特变。善用兵者，使之无所顾，有所恃[17]。无所顾，则知死不足惜；有所恃，则知不至于必败。尺箠[18]当猛虎，奋呼而操击。徒手遇蜥蜴，变色而却步，人之情也。知此者可以将矣。自作一段。此特作譬。袒裼[19]而按剑，则乌获[20]不敢逼；冠胄衣甲，据兵[21]而寝，则童子弯弓杀之矣。故善用兵者以形固[22]，夫能以形固，则力有余矣。自作一段，此段乃是主。

〔注释〕

①治心：指思想修养、心理素质和军事素质的锻炼。

②制利害：控制利害得失。

③上义：崇尚正义。上，通"尚"。

④怒：激起义愤。用作动词。

⑤养：积蓄。

⑥谨烽燧：慎重地做好警报工作。谨，慎重小心。烽燧（suì），烽火和烽烟，古代边防用的两种信号。

⑦严斥堠：严格做好放哨和瞭望工作。斥堠（hòu），侦察、候望。

⑧丰犒而优游之：丰犒，丰厚的犒劳和奖赏。优游之，使其悠闲自在地生活。

⑨邓艾缒兵于蜀中：邓艾，三国时魏镇西将军。公元263年，与将军钟会分兵两路灭蜀。邓艾开辟一条险路，将士用绳子缒下山，战胜了"难于上青天"的蜀道，取得了成功。

⑩刘禅：刘备之子。字公嗣，小字阿斗。公元223—263年在位，为蜀汉后主。昏聩无能，朝廷腐败，被魏所灭。

⑪以兵尝敌：决战前，用小股兵力试探敌军情况。尝，尝试，试探。

⑫以敌自尝：利用敌军的行动，来检查自己军队的情况。

⑬知节：懂得节制。

⑭沮：沮丧，失败。

⑮技：技能。

⑯支：对付、经受、支撑。

⑰无所顾，有所恃：无所顾忌，有所依靠。

⑱尺箠：一尺来长的鞭子。箠（chuí），鞭子。

⑲袒裼：脱去上衣，露出臂膀。袒（tǎn），裸露。裼（xī），脱掉上衣，露出身体的一部分。

⑳乌获：古代大力士。

㉑据兵：据，依靠。兵，武器、兵器。

㉒以形固：凭借形势巩固自己。

〔解读〕

本文选自苏洵的《嘉祐集·权书》。本文是《权书》的第一篇。除此之外，《权书》还包括《法制》《强弱》《攻守》《用间》《孙武》《子贡》《六国》《项籍》《高祖》等十篇著名的论说文。

本篇是其《权书》的第一篇。在《权书·叙》中，作者说明："《权书》，兵书也。而所以用仁济义之术也。"作者著"兵书"，主要是讲述有关用兵治军之道，希望以此提高将士们的军事素质。当时，北宋外受辽国威胁侵扰，内部阶级矛盾尖锐。作者从维护宋王朝统治出发，反对朝廷苟安目前、委屈忍让的对外政策，反对大地主的土地兼并和政治特权，主张富国强兵，积极抵抗辽国的攻掠。本文从一个方面，反映了作者的政治主张和抱负。

本文开宗明义，首先论及为将之道，强调主将的军事修养。指出用兵要崇尚正义，"士以义怒，可与百战"。重视对士兵的心理训练，使其保持良好的作战状态。同时要求主将知理、知势、知节，懂得扬长避短、以长击短，善于"以兵尝敌"和"以敌自尝"，凭借形势巩固自己的阵容，等等。所有这些都包含了一些朴素的辩证法因素，具有积极意义。但其"将智士愚""夫惟士愚，而后可以与之皆死”的观点，显然包含着封建主义的落后成分。从写法上看，文章逐节自成段落，各段若断若续，但中心十分突出，各部分紧密结合，形成一个整体。语言明畅，笔力雄健，很有风格。

附

金圣叹其人其事

一、金圣叹身世

金圣叹生于明万历三十六年（1608 年），名采，字若采。大约在二十多岁时，他就给自己取别号为“圣叹”，并解释说，《论语》“侍坐”章有关于孔子叹赏他的学生曾点的纪述：“夫子喟然叹曰：‘吾也点也！’”他素仰曾点之为人，所以以“圣叹”为号，以示愿居曾点之流亚云云。但实际上圣叹是一个很自负的人，其志又何尝只限于曾点？他在《水浒》批中就曾情不自禁地流露了要与圣人分庭抗礼的思想。他写道：“虽遇圣人，亦何敢多让？”这是何等的勇气！金圣叹之名广为人知，主要是因为他批改的文学读物“圣叹外书”（其哲学著述则称为“内书”）中的《水浒传》《西厢记》是三百多年来家喻户晓的读物。其同乡后进毛宗岗仿照他批改《水浒》的手法批改的《三国志演义》，也成为了三百年来这部小说的定本，毛氏还伪托金圣叹之名为此书写了一篇序并诡称它也是“圣叹外书”之一。这说明“圣叹”之号实际上是作为他的笔名活跃于文坛的。当然由于圣叹又以哲学家自居，他在宣讲佛经时，也是用的“圣叹”作为法号。例如他在顺治末年批刻的《唐才子诗选序》之末的署名，就是“大易学人金人瑞法名圣叹述撰”（“人瑞”是他入清以后的改名）。

金圣叹是明苏州府长洲县人。苏州府是明南京所属的十四个府之一。清顺治二年（1645年）改明南京为江南省，因此金圣叹的籍贯，入清以后应作江南省长洲县人，但他的学籍却是吴县庠生。其为人，“倜傥高奇，俯视一切”（廖燕《金圣叹先生传》），“醉则须眉戟张如蝟毛，或掷铁灯檠于地”（蔡丐因《清代七百名人传》）。由于他个性不羁，所以“少时以诸生为游戏”（王应奎《柳南随笔》），“每遇岁试，或以俚辞入诗文，或于卷尾作小说讥刺试官，辄被黜”（采衡子《虫鸣漫录》）。他又“好批小说，人多薄之”（《随园诗话》）。这样，他一生就没能够考上举人。其父祖也无功名。他自称“身为窭人”，“一生穷到底”，除得点润笔外，主要靠教蒙馆为生。他有一子三女，荒年往往乏食。金圣叹常处于贫病交迫的困境，这也就促使他与统治者离心离德而走向人民一边。

由于金圣叹生活在我国封建社会开始解纽、资本主义有所萌芽的时代，而他的家乡苏州又是东南文化中心，民歌和其他通俗文学也最为发达，这时西学也已东渐，圣叹重视格物，见闻甚广，又能刻苦钻研，不拘一家，所以能够兼采众长。更重要的是，他父祖均无功名，实际是出身于城市贫民之家，怀大才而不遇，又不屑干谒钻营，一生贫病交迫，深感“人身衣食浑难事”，也同情天下更穷似他的人，因而愤斥拜金主义，讥刺狡诈习俗，反对封建暴政，憎恨贪官酷吏。在崇祯末年，农民革命暴风雨来临，使朱明政权摇摇欲坠，这对金圣叹的思想必然要产生巨大的影响。从古代歌谣、先秦散文中曲折反映的劳动人民反剥削反压迫的民主意识，以柳宗元为代表的进步的思想家的论著，道家的自然观，周易的变动观，印度的极微说，相宗的方法论，禅宗的反宗教仪式、破清规戒律，所谓“左派王学”的反程朱理学，和某些西洋科学知识以及传统的文艺批评中富有现实主义因素成分，金圣叹都有所选择、有所汲取，并加以综合发挥，这样他才能成为一个朴素的唯物主义者、无神论者和反宗教迷信反儒学独断的思想家与贬低禹汤文武、否定君主制存在的必要性，提倡“视民如天”、庶民议政和歌颂农民武装斗争与农民革命政权的宣传家。

当然金圣叹最主要的成就是文学批评。他在三十岁时就订了一个批点印行六部《才子书》的计划。“才子”通常是对有才华的文人的称赞，而金圣叹则改变它的涵义，把它作为几乎可以比“圣人”的名词。他称：“才子者，菩萨也，真能致知格物者也。”就是说，才子并不比圣人逊色。他选“才子书”时只选六种，就是主张用这六部古典文学名著来代替儒家的“六经”作为童蒙课本、群众读物。所谓“六才子”就是指庄周、屈原、司马迁、杜甫、施耐庵、王实甫。所谓“六才子书”就是指《庄子》《离骚》《史记》、“杜诗”、《水浒传》《西厢记》。但他最先着手批点的却不是第一、二、三、四才子书，而是第五才子书《水浒传》。他大约在崇祯十一年（1638年）着手批点直至十四年二月刻成此书。

二、金圣叹为反抗清朝的横征暴敛而牺牲的经过

崇祯十三年（1640年）冬，李自成在坚定了所部的斗志以后，即进军河南，掀起农民起义斗争的高潮。经过三年的较量，于崇祯十七年（1644年）三月十九日攻进北京，独夫朱由检自缢于煤山。但崛起于关外的清统治者却在明叛将吴三桂的勾结与配合下，在山海关大败李自成率领的二十万大顺军，迫使李自成不得不放弃北京向西撤退。次年正月又撤出陕西，经武昌沿江东下，于五月初牺牲于湖广通山县的九宫山。而在南京建立的南明弘光政权亦于此时不战而迎降清兵。顺治三年（1646年），张献忠亦在四川西充凤凰山阵亡。在李自成撤出北京的五个月之后，顺治帝即在北京即皇帝位，宣称“定鼎燕京，建号大清，纪元顺治”，开始了对全国的统治。金圣叹于是仿效陶渊明入刘宋以后改名“潜”之例，因此也改名“人瑞”，而以圣叹为字，以示不仕新朝之意，并且还在他的诗稿和所写

的《杜诗解》《唐诗选评》中，时有讥刺清统治者的思想流露出来。

顺治十六年（1659年）在浙闽沿海活动的郑成功、张煌言率水军再入长江口，郑、张大军直逼南京城下。这一时期前后，江南士人对清朝的离心力和反抗进入了新的阶段。从金圣叹的杜诗评中，我们可以看出他流露出的对郑、张军表示欢迎的感情。

顺治十八年（1661年）二月初，苏州知识分子与市民结合，开展了反对贪官酷吏，并把矛头指向清朝统治者的斗争，是为“哭庙案”，应称为抗粮哭庙风潮。而金圣叹就是这一次斗争的组织者，因而作为主犯被杀害的。所以我们称他“生得无愧清白，死得尤为壮烈”。

苏州在明属南京，清廷于顺治二年（1645年）改南京为江南省，设布政司，置两江总督（辖江南、江西两省，安徽未建省，仍隶于江南省）驻江宁，江宁巡抚驻苏州。顺治十七年（1660年）正月，汉军正黄旗人朱国治由大理寺卿“外简”江宁巡抚。时郑成功军“出没江南滨海州县，国治疏言：……宜以守寓战”，他建议在海边、江口多设墩台。清廷下所司议行（《清史稿·列传·史义二·朱国治》）。这一年冬，新任吴县县令任维初到职，竟在朱国治的支持下，盗卖了常平仓粮三千石，又“比征钱粮甚急”，甚至为此杖毙乡民，“吴民大愤”。正是在“邑之妇人孺子皆怀不平”时，金圣叹等秀才挺身而出，于顺治十八年二月初四、初五，开展了一场可视之为“秀才造反”的政治斗争。他们趁“世祖崩哀诏至苏，巡抚朱国治设幕哭临”，全省官绅“咸在”的有利时机，“抢入进揭帖，继至者千余人，国治大骇”（蔡丏因《清代七百名人传·金人瑞》），进匿名揭帖的秀才，跪在前面的十一人当场被捕，同县被称为有“侠骨”的家颇富有的秀才丁观澜之兄也在关押中，金圣叹等就于当天黄昏去串联丁观澜，由金圣叹写了“哭庙文”（王应奎《柳南随笔》），于次早去“哭庙”，即在府学文庙当着孔子牌位控诉巡抚和县官贪赃枉法。吴翌凤的《东斋脞语》则说金圣叹是这次“哭庙”之举的纠集人。由此可见金圣叹确是这次事件的组织者。此外我还找到了一条力证，那就是丁氏族谱记有丁观澜由金圣叹等纠往哭庙，以致遇此惨祸之语，隐然有责怪金圣叹不该带头去组织这次行动之意，而且他还写了《十弗见》之文揭发巡抚，故朱国治必欲杀之而后快，更说明金圣叹是这次风潮的鼓动者。

由于巡抚朱国治加诸生以“惊大行（皇帝），抗国赋，言言皆反侧所为”之罪名，因此清朝廷派满族官员四人至江宁审理此案。据同案有关人员的记载，他们的家到五月间即被抄，他们的妻子均被羁押起来。据当时会审纪录：“姚刚、丁子伟（即丁观澜）、金圣叹称鸣钟击鼓。伊等亦说，在于倪用宾家聚会，丁子伟、金圣叹、姚刚为首，鸣钟击鼓，聚众倡乱是实。”（《辛丑纪闻》）此案最后以“御旨”定谳：金圣叹等八人斩刑，家产籍没，妻子充军；其余十人也是斩刑。这十八人连同其他九案“人犯”二百余人，都于立秋时被杀于南京。时为顺治十八年（1661 年）七月十三日。这是清朝对江南士人的第一次集体屠杀。金圣叹在狱中寄家人数语云：“杀头，至痛也！籍家，至惨也！而圣叹以无意得之，不亦异乎？”声辩自己无罪。他有绝命词说：“且喜唐诗略分解，庄、骚、马（司马迁）、杜待何如？”深惜这四部书未能批竣。按《离骚》批，只存半篇叙文，《庄子》文全缺，《史记》批语，仅有一部分保留在《才子古文》中，“杜诗”批是金圣叹死后，他的族兄金昌所辑录，但所批诗的数量，只占杜诗的七分之一。这说明清朝杀害金圣叹，也是对民族文化事业的摧残。

金圣叹研究《周易》、庄子哲学和佛经、禅理的著述，大都失传，仅一部分由其族兄金昌汇刻为《唱经堂才子书汇稿》。此外金圣叹的《董西厢》批亦已亡佚，完整传世的除《第五、六才子书》外，还有评《才子古文》、唐人律诗二书。他的唐律评是其子金雍笔录他口授的评语写定的。金雍还搜集了其父一些论诗的语录信札刻行，由此可见圣叹论诗、衡文的卓识。

金圣叹死难后十年，金雍一度从流放地回吴探视。当时吴江诗人沈永令有诗送之云：

鸿飞万里异翱翔，叫断寒云认故乡。
嗣世可堪成汉史，十年无复说蒙庄。
关河历尽霜花白，岁月移来鬓影苍。
塞外只今书种在，凭谁笔札问中郎？

首联形容金雍之痛苦，颔联为金圣叹的被杀害致慨。作者认为金圣叹可比蔡邕，实为良史之才。他的死，是一大憾事。“十年”句反映了金圣叹研究《庄子》甚为有名，可惜他死后竟成“广陵散”。然而人们赎金雍回乡的愿望直到十年以后才实现，但在金雍回吴前夕，金圣叹之妻已病逝了。这是由金圣叹第三女的诗作中反映出来的。圣叹的一部分诗稿，也是由其外孙沈元景、元一传出的，这就是现在我们看到的《沉吟楼诗选》。金圣叹等被杀于江宁三山街，遗体归葬于吴县五峰山下之博士坞，其墓在抗日时期由于日军修筑工事破坏了。苏州群众很同情金圣叹等十八位秀才，特为他们立祠祀之，怕清朝压制，乃诡称曰“马王庙”。尽管正统文人归庄诋金圣叹“惑人心，坏风俗，乱学术，罪不胜诛”，但金批《水浒》《西厢》却几至家置一编，成为鼓动人民反抗、提倡恋爱自由的优秀古典文艺作品。

乾隆朝钦定的《四库全书》不收金圣叹的任何著作，连存目也不录入，并有人斥他为“恶薄轻狂，业经正法之金圣叹”。但清初思想家廖燕吊之云：“读君所著书，恨不相追随！……斯人不可再，知音当俟谁？”